Aljoscha
  Roman

Rainer Buck

Aljoscha

Eine Geschichte vom Suchen und Finden

Roman

cap-books

Bestell-Nr.: 52 50601
ISBN 978-3-86773-129-4

Alle Rechte vorbehalten
© 2011 cap-books by cap-music
Oberer Garten 8
D-72221 Haiterbach-Beihingen
07456-93930
info@cap-music.de
www.cap-music.de

Umschlag und Layout: Tamara Hoffarth
Druck: cpibooks.de

KAPITELÜBERSICHT

Erster Teil

Der Schriftsteller (7)
Karel und Karl (13)
Literatenkreis (19)
Eine Diskussion unter aufgeklärten Menschen (27)
Die Vermieterin (31)
Der Zeuge (36)
Weltuntergang (40)
Sonntagnachmittag (46)
Ehepaar Beutelmaier (50)
Frieden auf Erden (54)
Butterkuchen und Ikonen (59)
Narren Gottes (64)
„Hier stehe ich …" (69)
Liebe (73)
Freundschaft (79)
Verwandte Seelen (82)
Der Idiot (87)
Segen mit Seidentüchern (92)
Erfolgreiche Mission (100)
Göttlicher Wink (104)
Intuition (109)
Missverstanden (113)
Versöhnt (117)
Existentialistische Literatur (123)
Schläge (131)
Harmagedon der Liebe (135)
Komplizen (141)

Zweiter Teil

Die Vorladung (151)
Auf der Straße (155)
Pensionsgäste (158)
Schlechter Eindruck (166)
Dichterschicksal (172)
Männerabend (177)
Pläne (182)
Unten angekommen (189)
Verlorene und Gefundene (195)
Nachtgespräch (205)
Lisa (214)
Eine Befreiung (220)
Flüchtige und Verfolger (226)
Offene Türen (234)

Dritter Teil

Klosterfrieden (241)
Ein überraschender Verbündeter (249)
Schafe und Wölfe (254)
Ende gut? (261)
Blutsbrüder (267)
Wie ein Engel (276)
Hoffnung (286)
Demaskiert (292)
Kämpfen oder fliehen? (301)
Joschka und Lisa und ein Wiedersehen (306)
Bruder Aljoscha (315)
Tod und Leben (323)
Epilog (331)

Erster Teil

Der Schriftsteller

Karel Puto war ein zufriedener Mensch. Jedenfalls erweckte er in allen diesen Anschein, denn er war zu jedermann stets freundlich. Seine äußere Erscheinung war unscheinbar, fast schäbig. Ein aus der Mode gekommener Mantel kleidete ihn von September bis Mai, im Sommer sah man ihn meist in mangelhaft gebügelten langärmeligen Hemden. Man merkte ihm den Junggesellen an und hätte sich möglicherweise nicht gewundert, ihn zuweilen oder regelmäßig trinkend vor Bahnhofskiosken anzutreffen, jedoch deutete sein frisches, fast jungenhaftes Gesicht mit keiner Spur darauf hin, dass er einem Laster anhing.

Sein bevorzugter Aufenthaltsort war die städtische Bibliothek, die in der Innenstadt in einem großen Gründerzeithaus untergebracht war. Diese betrat er an manchen Tagen schon früh morgens, um sie erst dann wieder zu verlassen, wenn hinter ihm die mächtige Tür des Haupteingangs abgeschlossen wurde. Er hatte sich einen Arbeitsplatz eingerichtet, auf dem sich verschiedene Fachliteratur zu russischer Dichtkunst im Allgemeinen und zu Fjodor M. Dostojewskij im Besonderen stapelte, denn diesem Dichter gehörte seine Leidenschaft.

Das schon reichlich abgegriffene Exemplar der „Brüder Karamasow", das tagsüber stets aufgeschlagen vor ihm lag, war Karel Putos eigenes. Es war bereits übersät mit Randnotizen und Unterstreichungen, aber Karel schien immer noch ein Plätzchen zu finden, wo er einen Vermerk oder nochmals eine Unterstreichung anbringen konnte.

Die Bibliothekarin Marlies Kunstmann richtete von ihrem Platz hinter dem Tresen aus immer wieder ihren beobachtenden Blick auf Puto. Sie musste schmunzeln, wenn sie sah, wie sich manches Mal Erregung seiner bemächtigte, bevor er zum Stift griff und etwas in sein Buch oder auf einen bereitliegenden Papierbogen schrieb. Sie hatte etwa ein halbes Dutzend männlicher Kunden wie Karel Puto, aber keiner schien so ausdauernd und akribisch bei der Sache zu sein wie er.

Die meisten dieser Privatgelehrten waren mürrisch und unzugänglich und reagierten auf jede Art von Unterbrechung ihrer „Arbeit" unwirsch, aber Puto schien durchaus erfreut und dankbar, wenn man ihn auf seine Studien und Notizen ansprach. Zuweilen geriet Puto dann sogar in einen Redefluss und dozierte über Dostojewskij oder das Buch, das er als „das Hauptwerk des Dichters" bezeichnete.

Schon bei seinem zweiten oder dritten Aufenthalt in der Bibliothek hatte Marlies Kunstmann von Karel Puto erfahren, warum er sich so intensiv mit Dostojewskij beschäftigte. Er war mehrmals an ihren Tresen gekommen, um sich nach einer älteren Monographie und weiterer Sekundärliteratur zu erkundigen. Eine Rückfrage von ihr hatte er zum Anlass genommen, sie in seine Pläne einzuweihen.

„Sie müssen wissen, liebe Frau, dass ich nicht zum Müßiggange hier bin, sondern dass ich Vorstudien zu einem Buch betreibe, welches mein erster Roman werden soll."

„Das ist ja interessant", entgegnete Marlies Kunstmann, obwohl sie es nicht sonderlich interessant fand. Sie kannte eine ganze Anzahl von Menschen, die ständig und immer wieder an ihrem ersten Roman arbeiteten. Jemand, der wie sie im Reich der Bücher beschäftigt war, konnte den Eindruck bekommen, die halbe Welt schriebe gerade am „ersten Roman" (bis auf einige Seniorinnen und Senioren, die an ihren Lebenserinnerungen werkelten). Ihr vertraute man dies gerne an, weil sie ja als Bibliothekarin Verständnis für lesende und schreibende Menschen haben musste. Als aber Karel Puto anfing, ausführlicher von seinen Plänen zu erzählen, hörte sie schließlich doch genauer hin, auch wenn sie noch daran zweifelte, ob sie den freundlichen, etwas abgerissen wirkenden Menschen ganz ernst nehmen konnte.

Zunächst hatte sie ihn für einen komischen Kauz gehalten, da er sie „liebe Frau" genannt und von „Müßiggange" gesprochen hatte. So drückte sich schließlich kein heutzutage lebender Mensch aus. Was seine Art zu reden betraf, neigte Karel Puto manchmal zu altertümlichen Floskeln, vor allem wenn er längere Zeit in die Welt seiner Lieblingsliteratur abgetaucht war. Hatte er sich jedoch warmgeredet, fiel diese Sonderlichkeit kaum noch ins Gewicht. Und als er einmal das an die Brust geheftete Namensschild der Bibliothekarin entdeckt hatte, sprach er sie sogleich weniger feierlich, dafür aber mit ihrem Namen an.

„Frau Kunstmann, ich weiß nicht, welche Literatur in Ihrer Gunst am höchsten steht. Haben Sie zum Beispiel die Bücher von Dostojewskij gelesen?"

„Nicht alle, aber doch einige, ‚Der Spieler', zum Beispiel."

„Na ja, das ist eine spannende Erzählung, aber ..."

„‚Schuld und Sühne'", schob sie gleich nach. „Ich fand den Roman etwas schwierig, aber doch interessant. Ich bin ja sonst kein religiöser Mensch."

Es schien, als belebte sich Karel Putos Blick auf diese Bemerkung hin noch um einige Grade. Mit einer Spur von Eifer in der Stimme entgegnete er: „Man muss dazu ja gar kein religiöser Mensch sein. Der Dichter behandelt das Thema nicht hauptsächlich von einem religiösen Standpunkt aus!"

Marlies Kunstmann war für einen Moment irritiert, auf was ihr Gegenüber hinaus wollte. Mit erklärendem Tonfall sagte sie: „Ich hatte aber doch den Eindruck, dass ‚Schuld und Sühne' voller biblischer Bezüge steckte. Ging es nicht um die Frage von Gnade und Vergebung?"

„Das schon", bemerkte Puto, immer noch mit dem gerade entfachten Feuer in seinem Blick, „aber kann man die Frage nach Gerechtigkeit auf Religion reduzieren? Aus meiner Sicht behandelt Dostojewskij Menschheitsfragen schlechthin!"

„Das mag sicher stimmen. Ich bin ja keine Expertin, weder für Dostojewskij noch für Religion", sagte Marlies Kunstmann. In ihr war der Verdacht aufgekommen, für den Mann vor ihrem Tresen könnte Dostojewskij möglicherweise Religion sein.

Karel Puto hatte sehr wohl aus der letzten Antwort der Bibliothekarin herausgehört, dass ihr nicht unbedingt der Sinn nach einer Lektion über Dostojewskij stand, aber er hatte nun einmal nicht allzu oft die Gelegenheit, sich über sein Lieblingsthema zu unterhalten, und so unternahm er nochmals einen Anlauf: „Das bedeutendste Werk von Dostojewskij ist zweifellos ‚Die Brüder Karamasow'!"

Die Bibliothekarin sah ihren Versuch, das Gespräch über den russischen Dichter schnell zu beenden, als gescheitert an und war deshalb so leichtsinnig, eine weitere Bemerkung zu machen: „Das Buch war mir immer zu dick, aber wir lasen daraus in der Schule die Legende vom Großinquisitor. Geht es darin nicht auch um Religion?"

Marlies Kunstmann notierte mit einem gemischten Gefühl aus Amüsement und Resignation, dass ihr Gegenüber mit dankbarem Ausdruck in den Augen tief Atem holte, ehe er zu einem kleinen Vortrag ansetzte.

„Sie müssen wissen", sagte Karel Puto, „dass ‚Die Brüder Karamasow' der letzte große Roman war, den Dostojewskij geschrieben hat. Es scheint, als habe er nochmal alles in dieses Werk hineingelegt, die Summe seiner Gedanken über Gott und die Welt. In den drei Brüdern Iwan, Dimitrij und Aljoscha finden wir Charaktere, die das ganze Spektrum der menschlichen Existenz verkörpern; den modernen Menschen, der an Gott zweifelt, den hin- und hergerissenen Menschen, der an seinen Leidenschaften fast zugrunde geht und den Menschen, der Christus in seinem Herzen hat und sein Leben als Pilgerschaft hin zu Gott versteht."

„Muss solch ein Buch, in dem die Hauptpersonen offensichtlich jeweils eine Seite des menschlichen Wesens verkörpern, nicht reichlich konstruiert und blutarm wirken?", fragte die Bibliothekarin.

Puto holte abermals tief Luft und entgegnete: „In den Händen eines Romanciers, der weniger Einblicke in die menschliche Existenz hat, gewiss! Aber Dostojewskij durchdringt die menschliche Seele wie kein anderer und kennt alle ihre Widersprüchlichkeiten. Er weiß darum, dass der hartnäckigste Gottesleugner im Grunde getrieben ist von einer tiefen Sehnsucht nach Gott, und er weiß, dass Glauben nie frei sein wird von Zweifeln. Lesen Sie das Buch und Sie werden sehen, dass Dostojewskijs Figuren Fleisch und Blut besitzen, dass sich in Iwans Atheismus enttäuschte Liebe und eine verzweifelte Suche nach Gerechtigkeit wiederspiegeln oder in Dimitrijs Haltlosigkeit der immerwährende Kampf um das Gute im Leben sowie die Hindernisse, die wir Menschen uns selbst ständig in den Weg stellen! In Aljoscha aber, dem jüngsten der Brüder, finden wir eine radikale Herzensfrömmigkeit. Eigentlich ist er nicht von dieser Welt. Er ist ein Fremdling, ein Pilger auf Durchreise, und doch steckt er mitten in dem wilden, bunten, bedrohlichen Leben. Er begegnet Sünde, Armut und Verzweiflung, stößt mit seiner radikalen christlichen Liebe auf Spott und Ablehnung und bleibt sich doch selbst trotz aller Zweifel treu."

„Das klingt durchaus faszinierend, wobei ich, wie vielleicht schon erwähnt, nicht sehr religiös bin."

„Ach, kommen Sie mir doch nicht wieder mit Religion! Hier haben wir es mit dem Leben schlechthin zu tun, mit der menschlichen Existenz! Ich denke, jeder, der ehrlich fühlt und bereit ist, über das Leben nachzudenken, wird in diesem Buch hilfreiche Entdeckungen machen und er wird feststellen, dass Dostojewskij etwas vom Leben weiß und dieses Wissen weitergibt, unbeeindruckt von irgendwelchen Dogmen und Ideologien."

„Aber er ergreift doch Partei für den Christen, für diesen Aljoscha, oder?"

„Er lässt uns Aljoscha einige Schritte seines Lebens begleiten, seine Erfahrungen teilen, aber es bleibt uns überlassen, ob wir ihn liebgewinnen und seinen Weg als den richtigen ansehen. Selbst wenn wir ihm unsere Sympathien schenken, stellt Dostojewskij unser Herz auf eine Probe, denn Aljoscha ist kein üblicher Held."

„Also nicht wie Karl Mays Old Shatterhand oder Kara Ben Nemsi, der seiner christlichen Überlegenheit mit Fausthieb und Schießgewehr Nachdruck verleiht?"

Marlies Kunstmann versuchte, Karel Putos zunehmenden Eifer durch eine zum Abschweifen animierende Bemerkung zu dämpfen, doch dieser nahm ihren Einwurf ohne Zögern auf: „Aljoscha wirkt im Gegensatz zu den Helden Karl Mays manchmal wohl eher wie ein Schwächling, aber die Bibel sagt ja, dass Gottes Kraft gerade in den Schwachen mächtig ist."

Jetzt bekam die Bibliothekarin ihre Chance, die Gedanken ihres so redselig gewordenen Stammkunden umzudirigieren. Lächelnd sagte sie: „Nun, dann ist Ihr Aljoscha vielleicht der überzeugendere christliche Held als Kara Ben Nemsi. Das werden wir einmal mit Herrn Hiller erörtern müssen."

„Herrn Hiller?"

„Ja, der Mann mit dem schwarzen Texas-Hut, der wie Sie immer zum Bücherstudium hierherkommt. Er ist Ihnen sicher schon aufgefallen. Herr Hiller ist ebenfalls ein Stammgast und vor allem ein großer Karl-May-Experte."

„Seltsam, dass Sie Karl May erwähnen! Ich heiße nämlich Karel, weil bereits mein Großvater ein begeisterter Karl-May-Leser war und diese Begeisterung auf meinen Vater vererbt hat. Er besaß eine ganze Karl-May-Bibliothek."

„Oh, da müssen Sie sich unbedingt einmal mit Herrn Hiller unterhalten!" Marlies Kunstmann lächelte. „Vielleicht lässt er sich durch Sie ja auch von Dostojewskij begeistern. Mich haben Sie schon recht neugierig gemacht!"

Um diese nur zur Hälfte wahre Bemerkung zu beglaubigen, rang sich Marlies Kunstmann in einem plötzlichen Anflug von Selbstverleugnung noch zu einer letzten Großtat einfühlsamer Nächstenliebe durch. Sie ermutigte Karel: „Nun müssen Sie mir aber auch sagen, was Ihr geplanter Roman mit Dostojewskij zu tun hat?"

Karel Putos Antlitz leuchtete, aber er versuchte, möglichst sachlich zu erklären: „Ganz einfach. Im Vorwort zu den ‚Brüdern Karamasow' erwähnt der Dichter, dass das Buch zwei Teile habe, wobei der erste Teil nur eine kurze Episode aus dem Leben des Romanhelden Aljoscha beleuchtet, während der zweite Teil den weiteren Lebensweg Aljoschas als christlicher Pilger in der Welt beschreiben soll. Leider ist dieser Teil nie geschrieben worden!"

„Weil der Dichter vor der Vollendung des Buches starb?"

„Ich weiß es nicht. Einerseits wage ich es nicht, in diesem großartigen Buch nur ein Torso zu sehen, andererseits frage ich mich, was diesem interessanten Menschen Aljoscha Karamasow in seinem weiteren Leben noch hätte widerfahren können. Wollte Dostojewskij in ihm das Idealbild eines Christen zeichnen? Hatte er vielleicht den Plan, ein Buch voller Heiligenlegenden um diese Person zu schreiben?"

„Wollen Sie nun gar die Fortsetzung dieses Buches schaffen?"

Karel Puto errötete. „In gewissem Sinne ja. Und doch zweifle ich, ob mich meine Studien in die Lage versetzen, diesen Stoff bewältigen zu können."

„Wenn es keine Aufzeichnungen zu diesem zweiten Teil gibt, sind Sie doch frei, sich eine Lebensgeschichte für diesen Aljoscha auszudenken?"

„Ausdenken?" Karel lachte etwas empört auf. „Ich möchte wahrheitsgetreu und schonungslos ehrlich darstellen, wie sich ein echter Christ, ein wahrhaftes Kind Gottes in einer Welt wie der unseren behaupten kann. Ob er scheitern muss? Ob er gekreuzigt wird? Wie weit er die Liebe leben kann, die Jesus Christus in der Bergpredigt gelebt hat."

„Es gibt doch viele fromme Bücher mit Helden, die Heilige sind. Ich will nicht wieder mit Karl May kommen, aber Winnetou …"

„Wir reden hier nicht von Märchenbüchern", erhob Karel jetzt seine Stimme. „Ich will ein Buch schreiben, das einen Menschen aus Fleisch und Blut skizziert. Einer, der glaubwürdig ist, egal ob ihn ein Christ als Vorbild erwählen möchte oder ein Heide als Spottobjekt. Ich muss die Antwort auf die Frage suchen, ob es einen wahrhaften Nachfolger Christi hier in unserer Welt geben kann und wie dieser Heilige sein Leben führen würde!"

„Vielleicht müssten Sie dazu die Lebensbilder der bekannten Heiligen studieren? Zumindest die Kirche behauptet ja, dass dies keine Märchen sind!"

„Aber die meisten dieser Heiligengeschichten haben doch eine Eindimensionalität, die dem Leben nicht gerecht wird! Um Dostojewskij fortzuschreiben, muss ich schon tiefer in die Seele eines solchen Heiligen eindringen, muss ihn mit all seinen Facetten kennenlernen! Ich möchte feststellen, ob es nicht im vollkommensten Heiligen noch Widersprüche gibt. Ja, vielleicht muss ich noch etwas zurückgehen und fragen, ob es überhaupt zulässig ist, in einem wahrhaftigen Buch über die menschliche Existenz einen im tiefsten Sinne Heiligen und Nachfolger Christi vorkommen zu lassen? Vielleicht gibt es solche Menschen gar nicht, vielleicht kann man nur in Wünschen und Gedanken und Idealen ein Christ sein, nicht aber im wirklichen Leben!"

„Das sind ja spannende Fragen." Marlies Kunstmann achtete nun nicht mehr darauf, ob sie mit dieser Bemerkung auf Karel Puto glaubwürdig wirkte, sondern schaute auf die Uhr. „Sie müssen mir gelegentlich erzählen, wie Sie vorankommen mit Ihren Studien und mit Ihrem Roman. Und versäumen Sie es nicht, sich einmal mit Herrn Hiller über Karl May zu unterhalten!"

Karel und Karl

Nach diesem ersten Gespräch mit Marlies Kunstmann hatte Karel Puto gehofft, in der Bibliothekarin eine regelmäßige Zuhörerin zu finden. Er war eigentlich zurückhaltend und hielt sich für ein wenig schüchtern, aber er merkte doch, dass es gut war, sich ab und zu jemandem mitzuteilen und Anstöße zu erhalten. Die Bibliothekarin schien ihm allerdings in der nächsten Zeit kaum noch besondere Aufmerksamkeit zu widmen. Sie bediente ihn am Tresen freundlich, machte aber immer einen sehr beschäftigten Eindruck. War er ihr zu sehr mit der Türe ins Haus gefallen? Puto hatte festgestellt, dass viele Menschen nicht gerne über Fragen des Glaubens und der Religion sprachen. Es verwunderte ihn, denn für ihn waren das existenzielle Fragen. Zumindest seit er sich mit Dostojewskij beschäftigte.

Er war in einem katholischen Elternhaus groß geworden. Der Besuch der Messe und das Tischgebet waren die Regel gewesen. Er hatte sich daran gehalten, solange er im Elternhaus lebte, denn es gab für ihn keinen Grund, das zu hinterfragen, was seine Eltern ihm vorlebten. Er hatte seinen Vater und mehr noch die Mutter geliebt und geachtet und stets alles unterlassen, was sie hätte verletzen können. Ob sein Vater ein besonders gläubiger Katholik gewesen war, wusste Karel bis heute nicht. In religiösen Dingen hatte sich sein Vater kaum je geäußert. Ganz anders dagegen, wenn es um Fragen der Politik ging! Mehr als einmal hatte sich Karels Vater unerschrocken zu Wort gemeldet, als er die Gerechtigkeit grob verletzt gesehen und festgestellt hatte, dass im real existierenden Sozialismus jener Sozialismus, den er eigentlich schätzte, irreal zu werden drohte. Nach dem Ende des Prager Frühlings war er halb freiwillig und halb gezwungen mit seiner Frau, dem 14-jährigen Karel und dessen jüngerer Schwester Klara in den Westen emigriert.

Dort, wo sie sich niederließen, gab es kaum Katholiken, sodass die Kirchenbesuche sich fortan auf die besonderen Festtage beschränkten. Als Karels Vater vor einigen Jahren gestorben war, hatte er auf dem Sterbebett keinen priesterlichen Beistand verlangt. Ihm hatte die Anwesenheit seiner Familie genügt. Man hatte ein „Vaterunser" gebetet, der Vater hatte die Augen geschlossen und war friedlich eingeschlafen. Karel erinnerte sich daran, dass eine Tante, die Schwester des Vaters, entsetzt gewesen war, dass man dem Kranken das Abendmahl und die letzte Ölung vorenthalten hatte, aber die Mutter hatte gesagt, wenn der Eingang eines Menschen in den Himmel von solchen Formalien abhinge, verzichte sie dankend auf den Eintritt.

Karel musste ihr im Herzen Recht geben, obwohl er selbst sich zu jener Zeit, es war das Jahr 1990, schon wieder stärker für religiöse Fragen interessiert hatte. Damals war bereits seine Entscheidung für die Schriftstellerlaufbahn gefallen. Ein ärztliches Attest, das er nur zur Hälfte verstand, hatte ihm eine lebenslange Unvermittelbarkeit auf dem Arbeitsmarkt bescheinigt. An handwerklicher Arbeit hinderte ihn ein verkrüppelter Arm, Folge eines Fahrradsturzes, der ihm als 12-Jährigem widerfahren war. Er hatte eine Versicherungslehre mit Mühe und Not zu Ende gebracht, sich aber als unfähig erwiesen, im Büroalltag auch nur einigermaßen mit Anstand zu bestehen.

Als er schon viele Arbeits- und Umschulungsversuche hinter sich hatte, versuchte er einmal seiner Schwester zu erklären, woran er offensichtlich immer wieder gescheitert war. Er hatte sich zu keiner Zeit auch nur die simpelsten Vorgänge in einem Büro einprägen können, weil er nie einen Sinn darin hatte erkennen können, mit Versicherungen zu handeln oder mit Zinsen Geld zu verdienen: „Sobald ich ein Büro betrete, kommt es mir vor, als verlöre ich alle meine Sinne, ich fühle mich zugleich blind und taub. Und wenn ich versuche, mich tastend zu orientieren, lande ich mit Händen und Füßen in einer zähflüssigen Masse."

Lange hatte seine Umgebung ihm Faulheit unterstellt, aber dazu passte nicht, dass er sich zu jedem neuen beruflichen Anlauf hergab, viele Demütigungen klaglos ertrug und sich für keinen Dienst zu schade war, ehe man ihn doch jedes Mal mit Schimpf und Schande verstieß. Als nun feststand, dass er das Leben eines Frührentners führen würde, hatte er sich vorgenommen, die staatliche Alimentation nicht in die Tasche zu stecken, ohne der Gesellschaft etwas zurückzugeben.

„Ich beschloss, Schriftsteller zu werden", hatte er an einem schicksalsträchtigen Tag in sein Tagebuch geschrieben. Gelesen hatte er schon immer viel und gerne. Er fraß sich durch die Literaturgeschichte und blieb bei Dostojewskij hängen, der für ihn Segen und Fluch zugleich war. Segen, weil sich ihm durch die Bücher des russischen Dichters ein ganzer Kosmos erschloss; Fluch, weil er nach der Lektüre von „Schuld und Sühne" alle seine eigenen bis dahin fertiggestellten Manuskripte wegwarf, da sie ihm zu banal vorkamen und unwert, die kostbare Lebenszeit irgendeines Lesers zu beanspruchen.

Er arbeitete seitdem ernsthaft, las und studierte, machte sich ordnerweise Notizen, konnte aber bis heute nie etwas vorweisen, was zur Grundlage eines Buches getaugt hätte. Er war ergriffen von dem Wunsch, mit seinem Schreiben dort anzusetzen, wo Dostojewskij aufgehört hatte, als dieser die letzte Seite der „Brüder Karamasow" geschrieben hatte. Um diesen faszinierenden Menschen Aljoscha Karamasow spann sich noch Ungesagtes, für das er, Karel Puto, die passenden Worte suchen wollte.

Über seinen Studien war Karel Puto zu einem Einzelgänger geworden. Nicht dass er von sich aus jede Gesellschaft gemieden hätte, aber es fanden sich einfach nicht die Menschen, denen er sich mit seinen Plänen und Überlegungen mitteilen konnte. Zuweilen gab es jemanden, der sich in ein Gespräch verwickeln ließ, aber Karel konnte sich an keine Gelegenheit erinnern, bei der in jüngerer Zeit ein Gedankenaustausch jenseits höflicher Konversation zu Stande gekommen war.

Dabei spürte er seit geraumer Zeit, dass es nicht möglich war, sich allein durch Lektüre und Studien den Stoff für seinen Roman zusammenzukratzen. Obwohl er sich dagegen sträubte, wurde es ihm mit der Zeit immer klarer, dass er den Weg in die reale Welt antreten musste. Aljoscha Karamasow, so lebendig er durch das mächtige Dichterwort erschien, blieb immer Teil einer Gesellschaft, die es so schon lange nicht mehr gab. Revolutionen und Weltkriege waren über sie hinweggefegt, technische Errungenschaften hatten ihren Teil dazu beigetragen, das Leben der Menschen nachhaltig zu verändern. Auch wenn sich die menschliche Seele treu war und manche Konflikte immer die alten blieben, würde ein Heiliger, wie es Aljoscha für ihn war, in der heutigen Zeit vor völlig anderen Problemen stehen als damals. Karel Puto hatte den Eindruck, er müsse in seiner Umgebung nach Heiligen Ausschau halten, müsse beobachten, wie sie ihr Leben in einer oft kalten und feindlichen Welt lebten, was sie ihr als frommes Ideal entgegensetzten.

Es fiel ihm nicht leicht, sich der realen Welt zuzuwenden. Ein Problem bestand darin, dass diese Welt ihm zunächst einmal wenig von sich preisgab. Was bewegte die Menschen, die auf der Straße an ihm vorbei eilten? Es gab zwar solche, die nicht hasteten, die in Cafés saßen oder auf Parkbänken oder am Straßenrand. Aber die Menschen in den Cafés waren meist im Gespräch mit anderen, und diejenigen, die auf Parkbänken saßen, waren es auch, oder sie waren in eine Lektüre vertieft. Die einzigen, die er vielleicht hätte ansprechen können, ohne sie in ihrer Sphäre zu stören, waren jene, die am Rand der Straße saßen. Aber auch dazu fehlte ihm der Mut. War es nicht eine Form von Überheblichkeit, einfach eine dieser armen Gestalten anzusprechen, sie in ein Gespräch zu verwickeln, ohne dass eine Notwendigkeit dazu bestand? Er fühlte sich nicht berechtigt, einen Menschen zu behelligen, nur weil dieser in seiner Situation hilflos und ausgeliefert schien. Solange Karel nicht den Mut aufbrachte, sich zu einem der fein und modisch gekleideten Café-Besuchern an den Tisch zu setzen, räumte er sich auch nicht das Recht ein, einen der Menschen anzusprechen, die in einer Fußgängerzone bettelten. Deshalb suchte Karel Puto vorerst weiterhin nach neuer Fachliteratur.

Der Mensch, der Karel Puto die Tür zur Welt ein Stück weit öffnete, war ausgerechnet ein Privatgelehrter wie er selbst. Er hieß Roland Hiller. Es war derselbe, den Marlies Kunstmann im Zusammenhang mit Karl May erwähnt hatte. Karel begegnete ihm zum ersten Mal am Kopiergerät der Stadtbibliothek. Ein Papierstau und das verzögerte Erscheinen eines herbeigerufenen Technikers spielten Schicksal.

„Neumodischer Schrott", sagte Hiller, der den Stau verursacht hatte, pflichtschuldigst. „Je komplizierter diese Geräte werden, desto anfälliger."

„Das ist richtig", bemerkte Karel.

„Da können Sie eingeben, ob Sie vergrößern, verkleinern, sortieren, wenden und was weiß ich alles wollen, und dann versagt das Gerät bei einer einzigen simplen Kopie."

„Es wäre besser, man hielte die Dinge einfach und unkompliziert."

„Da haben Sie wohl Recht!"

„Damit wäre den meisten Menschen am besten gedient. Mit zu viel Technik lässt sich nichts mehr anfangen."

„Nein, die meisten Menschen werden schon heute technisch überfordert."

„Wir haben eine Welt voller Spezialisten, aber das einfache Leben funktioniert nicht mehr."

„Wie wahr!"

An dieser Stelle geriet das Gespräch, das wie ein einstudierter Dialog über Technik im Alltag abgespult worden war, zunächst ins Stocken. Da fiel Hillers Blick auf das Buch in Karels Hand. Sein Autopilot schaltete sich ab und sein Ton gewann an Wärme: „Ah, Dostojewskij! Interessant!"

„Sie kennen ihn?" fragte Karel sogleich, denn in ihm vollzog sich der gleiche Prozess.

„Wer kennt ihn nicht, den großen Psychologen unter den Dichtern?"

„Beschäftigen Sie sich eventuell auch mit ihm?", fragte Karel hoffnungsvoll.

„Beschäftigen wäre übertrieben. Aber ich habe einige seiner Bücher gelesen und war beeindruckt."

Karel stellte erfreut fest, dass er dabei war, einen Gesprächspartner zu finden. „Was ist denn Ihr … Fachgebiet, wenn ich so unverblümt fragen darf?"

„Karl May", kam es kurz aus Hillers Mund, und es schien, als straffte sich sein Körper, während sein Gesicht offensichtlich einen kampfbereiten Ausdruck annahm.

„Karl May?", fragte Karel gedehnt, was nicht an seiner Einstellung zu Karl May lag, sondern weil er sich daran erinnerte, dass Marlies Kunstmann ihm von einem Karl-May-Verehrer namens Hiller erzählt hatte.

„Gewiss", sagte Hiller und seine Augen blitzten. „Denken Sie jetzt nicht, das sei nur ein Trivialautor oder Jugendschriftsteller! Oh, nein! Karl May hat in seinem Spätwerk …"

„Entschuldigen Sie meine Unhöflichkeit, Sie kurz zu unterbrechen", sagte Karel. „Sie müssen Herr Hiller sein, wenn ich mich nicht irre."

„Woher kennen Sie meinen Namen?", fragte Hiller und schien etwas verblüfft.

„Frau … Kunstmann, die Bibliothekarin hat Sie mir bereits als großen Experten in Sachen Karl May vorgestellt."

„Hat sie das?", fragte Hiller leicht misstrauisch. „Ich dachte, Ihr Thema sei Dostojewskij?"

„Das ist es, aber ich erzählte ihr davon, dass mein Vater und mein Großvater große Karl-May-Verehrer waren. Ich bin sogar nach Ihrem Freund benannt worden."

„Sie heißen demnach Karl?"

„Karel, wie man es in meiner alten Heimat aussprach und wie es auch auf dem Rücken der alten tschechischen Bücher stand, die mein Vater vererbt bekam. Natürlich habe ich selbst oft und viel in diesen Büchern gelesen. Ich heiße Karel Puto und ich bin erfreut, Ihre Bekanntschaft zu machen, Herr Hiller."

Hillers Körpersprache wirkte mit einem Male entspannter. Er reichte Karel die Hand und stellte sich ebenfalls vor. Nachdem er seine Freude über das Kennenlernen zum Ausdruck gebracht hatte, sagte er: „Wenn Sie mit Karl-May-Büchern aufgewachsen sind, können Sie kein schlechter Mensch sein. Wissen Sie zufällig, ob die Karl-May-Ausgabe ihres Vaters jene war mit den wunderbaren Illustrationen von Josef Ulrich?"

„Das kann ich Ihnen leider nicht sagen, aber bebildert waren die Bücher in der Regel. Soviel weiß ich."

„Eine wunderbare Ausgabe, jeder Sammler würde sich darüber freuen. Halten Sie die Bücher in Ehren!"

„Leider mussten wir sie bei unserer Übersiedlung in den Westen zurücklassen und haben sie Verwandten geschenkt. Es war eine aufregende Zeit, und Karl May ist in meinem Leben damals in den Hintergrund getreten."

„Ich verstehe", sagte Hiller und bemühte sich um Verständnis, doch sein Ausdruck wurde wieder etwas förmlicher. Karel schien es zu bemerken, aber er lächelte schelmisch und sagte: „Ja, manchmal verschieben Lebensumstände die Prioritäten. Ich kann Ihnen vielleicht dennoch beweisen, dass ich meines Namenspatrons im Großen und Ganzen würdig bin."

„Wie meinen Sie das, Herr Puto? Sie müssen mir doch nichts beweisen."

Aber Karel hatte schon konzentriert die Stirn gefaltet und die Augen geschlossen. Dann sagte er: „Hadschi Halef Omar Ben Hadschi Abul Abbas Ibn Hadschi Dawuhd Al Gossarah."

Dass in diesem Moment der erwartete Techniker kam, um das Kopiergerät wieder in Gang zu bringen, konnte den Anfang einer Männerfreundschaft nicht mehr aufhalten.

Literatenkreis

Karel Puto und Roland Hiller mochten sich und wurden bald rege Gesprächspartner. Freilich hatten ihre Gespräche des Öfteren einen eigenen Charakter, da sie abwechselnd in dozierendem Tonfall Monologe hielten. Jeder hörte dem andern in der freudigen Erwartung zu, bald selbst mit Reden an der Reihe zu sein und dann im anderen den lange ersehnten Zuhörer zu besitzen.

Erörterte Karel Puto unter Berufung auf verschiedene theologische Aufsätze, warum es sich beim Fürsten Myschkin und bei Aljoscha Karamasow um „Heilige" oder sogar „Spiegelungen Christi" in ihrer Zeit handelte, hakte Roland Hiller gerne ein, um aufzuzeigen, dass Karl May mit Old Shatterhand und Kara Ben Nemsi die ganze „Menschheitsfrage" auf Reisen geschickt habe. Referierte Karel aber anhand eines herangezogenen Beispiels darüber, wie sich in einem seitenlangen Monolog die psychologische Meisterschaft Dostojewskijs zeige, so wusste Hiller entgegenzuhalten, dass die prallbunten Abenteuer des sächsischen Fantasten May oft Gleichnisse seien für die Lösung psychologischer Rätsel. Der Dichter May habe sich in seinen biographischen Werken oft dazu bekannt, eigentlich ein Psychologe zu sein.

Die glücklichsten Momente ergaben sich, wenn Hiller in einem Dostojewskij-Zitat einen Gedanken erkannte, den May so ähnlich auch geäußert hatte oder wenn Karel in der kindlich naiven Art eines komischen May-Helden eine enge Wesensverwandtschaft mit dem Fürsten Myschkin wahrnahm, in dem die Gesellschaft, die Dostojewskij skizzierte, ja völlig zu Unrecht einen „Idioten" sah. Während Karel dann zum wiederholten Male erklärte, dass ein Mensch wie Myschkin eigentlich in Wahrheit ein Weiser war, erinnerte Hiller daran, wie der drollige Hobble-Frank auf der Reise zum „Schatz im Silbersee" die Helden Winnetou und Old Shatterhand aus der Gewalt des Utah-Indianerstammes befreit hatte.

In solchen Augenblicken schienen Karel Puto und Roland Hiller gemeinsam der Lösung aller Weltfragen nahe zu sein. Sie fühlten sich untereinander eins und sie fühlten sich eins mit den verehrten Dichtern. Wenn sie diese Momente gemeinsam auf einer Parkbank sitzend auskosteten, hätte Hiller am liebsten eine Friedenspfeife ausgepackt, um gemeinsam mit Karel den Rauch in alle vier Himmelsrichtungen zu blasen: über den kleinen algenbedeckten Parkteich im Süden, in Richtung der stillgelegten Brauerei im Norden, nach Westen, wo sich der Verkehr über die Bundesstraße quälte, und zum Schluss nach Osten, wo die Stadtverwaltung inmitten des Parks recht lieblos einen Kinderspielplatz angelegt hatte, der vor allem herumhängenden Teenagern als Treffpunkt diente.

Karel dagegen warf dem neben ihm sitzenden Hiller einen heimlichen Blick zu und sagte sich, dass Gott viel Tiefe und manche verborgene

Schönheit in den Charakter dieses Menschen gelegt hatte. Er meinte in solchen Momenten in Hiller den Geist Gottes in einem irdenen Gefäß zu erkennen, und er hoffte, immer mehr von diesem Geist zur Freiheit verhelfen zu können, indem er Hiller für das Wahre und Schöne im Leben und in der Literatur begeisterte. Karl May war gewiss ein Steigbügelhalter, um sich aufzumachen, nach der wahren Bestimmung des Menschen zu suchen, aber es gab reinere, ergiebigere Quellen, zu denen er den guten Freund, den er in solchen Momenten schon in Hiller sah, führen wollte.

Im Gegensatz zu Karel kannte Hiller tatsächlich so etwas wie ein gesellschaftliches Leben. Er verkehrte in einigen Lokalen, kannte hier und da Leute, besuchte Lesungen und andere Veranstaltungen. Hin und wieder fragte er Karel, ob dieser ihn begleiten wolle, aber der hatte sich bisher immer entschuldigt. Karel Puto musste sich selbst eingestehen, dass er menschenscheu geworden war. Jede Sicherheit im Umgang mit anderen fehlte ihm, zumindest wenn größere Gesellschaften zusammenkamen.

Als es jedoch darum ging, Karel zum Mitkommen in den „Dichterzirkel" zu bewegen, hatte Hiller nicht lockergelassen und schließlich Erfolg gehabt. Die beiden Männer trafen sich zum verabredeten Zeitpunkt an einer zentralen U-Bahn-Haltestelle, von wo aus sie sich gemeinsam zur Wohnung des Journalisten Achim Leverus aufmachten. Dort traf sich der „Dichterzirkel" einmal im Monat.

Achim Leverus war etwa 50 Jahre alt und arbeitete als Feuilletonredakteur für die größte Zeitung der Stadt. Seine Wohnung befand sich im dritten Stock eines gepflegten Bürgerhauses. Er empfing die beiden Besucher an der Wohnungstür, begrüßte Hiller mit einer herzlichen Umarmung und reichte Karel freundlich die Hand.

„Es freut mich, dass unser Freund Lederstrumpf Sie hierhergeführt hat", sagte er mit sonorer Stimme. „Willkommen in der Bohème!"

„Sie müssen wissen, dass Herr Leverus ein schlimmes Lästermaul ist", erklärte Roland Hiller. „Für ihn ist Karl May ein Indianerbuchschreiber und deshalb tituliert er mich mit ‚Lederstrumpf', obwohl er natürlich weiß, dass dieser ein Held aus Coopers Romanen ist, der so gut wie nichts mit Karl May zu tun hat."

„Nun, ich sehe, dass unser Freund Pfadfinder Sie vermutlich in seine Abenteuerwelt der Kinderbücher initiiert hat", bemerkte Leverus zu Karel.

„Erschrecken Sie nicht, wenn Sie bei uns das erwachsene Leben kennenlernen! Roland ist bei uns natürlich geschätzt und geduldet, denn wir haben ja alle mal mit Karl May angefangen, und nachdem er uns hier im Zirkel einmal mit einigen, wenn auch grottenschlechten Gedichten seines ‚Maysters' überrascht hat, konnten wir ihm den Ritterschlag nicht verwehren. Er gehört seitdem zum erlauchten Kreis unseres kleinen literarischen Zirkels. Zwar haben wir uns weitere Kostproben aus Karl Mays Gedichtschatzkästlein verbeten, aber hin und wieder gibt Mays Spätpazifismus unserem eifernden Roland die Gelegenheit, ein philosophisches Gespräch zu bereichern. Von Ihnen, lieber Herr Puto hört man freilich, dass Sie sich von ganzem Herzen der russischen Hochliteratur verschrieben haben."

„Nun ja", sagte Karel. „Ich bin ein großer Verehrer Dostojewskijs."

„Einen, der die weite Seele Mütterchen Russlands in unseren vielleicht etwas verkopften und in Herzensdingen verrohten Männerkreis einbringt, können wir sicher gut gebrauchen", lächelte Leverus und klopfte Karel auf die Schulter. Jetzt kommen Sie in den Salon und lernen erst einmal die Prachtexemplare unseres Zirkels kennen."

Der Kreis war überschaubar und bestand zumeist aus Männern zwischen fünfzig und sechzig. Es waren Journalisten, Beamte und Pensionäre. Herausstechend war nur ein jüngerer, gutaussehender Mann. Im Gegensatz zu den meist nachlässig gekleideten anderen Mitgliedern des Kreises war er auffallend elegant. Er hatte ein blasses Jünglingsgesicht mit weichen Zügen. Während die meisten der Männer zumindest Hiller mit burschikosen Bemerkungen empfingen, lächelte der junge Mann die Neuankömmlinge nur freundlich an.

Karel fühlte sich auf den ersten Blick von ihm angezogen. Die anderen Anwesenden wirkten auf ihn zumindest auf den ersten Eindruck wie Menschen, denen man an jeder Straßenecke hätte begegnen können. Lediglich der Gastgeber entsprach mit seiner wallenden ergrauten Künstlermähne und seinen runden Brillengläsern dem typischerweise überlieferten Bild eines Intellektuellen. Der junge Mann dagegen hätte einem Roman von Thomas Mann entsprungen sein können. Seine Bewegungen wirkten elegant und geschmeidig. Die Zurückhaltung, die er an den Tag legte, schien nicht auf Unsicherheit zu beruhen. Fiel im Kreis eine witzige Bemerkung, lachte er nicht laut wie die andern. In seinem Gesichtsausdruck schien sich eine leise Ironie widerzuspiegeln.

Karel selbst verhielt sich etwas unsicher. Wenn man ihn fragte, was er tat, gab er kurz und höflich Auskunft. Konversation war er kaum gewohnt, sodass er sich nach kurzer Zeit etwas verloren vorkam und sich fragte, ob ihm der Abend überhaupt etwas bieten werde. Nachdem noch ein weiterer Gast erschienen war und einen Platz gefunden hatte, klopfte Leverus an sein Weinglas und bat um Ruhe:

„Liebe Freunde. Ich freue mich außerordentlich, dass wir uns heute wieder in meinem bescheidenen Salon treffen können. Unser neuer Freund … Karel …"

Hiller flüsterte ihm den Namen zu.

„… Herr Puto also hat sich euch ja bereits bekannt gemacht, und wenn er auch von unserem Freund Lederstrumpf hierher eingeladen wurde, müsst ihr euch keine Sorgen machen, dass wir uns deshalb bald nur noch über Kriegsbeile und Marterpfähle unterhalten werden. Vielmehr ist Herr Puto ein ausgewiesener Experte russischer Literatur, bei der es, wie Sie wissen, zwar auch bisweilen um ‚Krieg und Frieden' oder ‚Schuld und Sühne' geht, die Konflikte aber doch eher mit Worten und Argumenten als mit Schmetterhänden ausgetragen werden."

Hiller sah den Redner mit etwas müdem Ausdruck an. Er schien solche Bemerkungen gewohnt zu sein. Leverus fuhr in seiner Rede fort: „Heute Abend soll aber eher die sanftere Poesie zu ihrem Recht kommen. Sie müssen wissen, Herr Puto, dass es hier im Raum viele tatsächliche und verhinderte Schriftsteller und Dichter gibt und dass wir uns reihum mit Kostproben unseres Schaffens die Zeit vertreiben. Das heißt nicht, dass wir hier längere Lesungen veranstalten. Manchmal liest einer ein paar Takte eines Manuskriptes vor und wir geraten uns darüber gleich in die Haare. Zuweilen kommt auch einer, der für uns das Abendprogramm bestreiten sollte, mit der Bemerkung, er habe just am Vortag aus Verzweiflung darüber, kein neuer Jean Paul zu sein, alles verbrannt, was er geschrieben hatte."

„Und ein paar verbrennen ihre Sachen auch, nachdem wir sie hier gehört und diskutiert haben", bemerkte ein feister Herr, der gerade sein Glas wieder auffüllte.

Einige lachten über diese Bemerkung. Leverus sprach weiter: „Nun denn, hoffen wir, dass wir heute keine hoffnungsvolle Dichterkarriere zerstören. Zumal unser Freund Guido uns heute endlich einige seiner Werke vortragen wird."

Er blickte wohlgefällig auf den jungen Mann, der leicht errötete.

„Wir mussten ihn lange bitten, denn Guido ist keiner, der von sich selbst behauptet, ein unerkanntes Genie zu sein, das sich der Welt unbedingt mitteilen müsse."

Leverus wandte sich direkt an Karel: „Sie sollten nämlich wissen, lieber Herr Puto, dass wir von dieser Spezies einige hier im Kreis haben. Sie werden sie nach und nach kennenlernen. Vertrocknete Schreibtischtäter und Bürobesetzer, die sich in ihrer Freizeit wie Heinrich Heine gerieren oder mindestens damit glänzen, einen Kurzkrimi an eine Illustrierte verhökert zu haben."

„Und dem Suff verfallene Journalisten, die darunter leiden, dass sie zwar über andere Schreiberlinge lästern können, selbst aber nichts zustande bringen außer dem Vorwort für eine Kurzgeschichten-Anthologie, die eine Margarinefabrik zu ihrem 75-jährigen Firmenjubiläum herausgebracht hat", ließ sich wiederum der feiste Herr vernehmen.

„Nimm dies, Schurke", rief Leverus und schüttete dem anderen einen Rest aus seinem Weißweinglas ins Gesicht.

„Aber, aber, Herrschaften", schnarrte ein hagerer Greis in einem aus der Mode gekommenen Anzug. „Wir wollen uns doch wie zivilisierte Menschen des 20. Jahrhunderts benehmen. Schließlich sind wir hier doch nicht im Wirtshaus!"

„Gewiss nicht", antwortete Leverus, „denn hier gibt's den Wein gratis, ob ins Gesicht oder ins Glas. Jeder schenke sich nochmals ein, damit wir uns nun gänzlich ungestört dem Werk unseres jungen Freundes widmen können. Darf ich Sie bitten, Guido?"

Der junge Mann räusperte sich und blätterte in einer Kladde, die bislang vor ihm auf dem Tisch gelegen hatte.

„Nun, meine Herren. Unser geschätzter Gastgeber Herr Leverus war ja schon so freundlich, darauf hinzuweisen, dass ich meine Werke nicht unbedingt reif für eine größere Öffentlichkeit halte. Ich darf Sie also um

Nachsicht bitten für meine Versuche, etwas Poetisches zu Papier zu bringen."

„Fang an, Junge, mach et!", sagte der Dicke und Leverus drohte grinsend mit seinem Weinglas. Guido hatte inzwischen in seiner Kladde gefunden, womit er seinen Vortrag beginnen wollte.

„Das ist ein ... ein Gedicht, in Griechenland entstanden. Es heißt ‚Berg Athos'."

Was Guido nun vortrug, hörte sich für Karel Puto schön an, tiefsinnig vor allem. Der junge Dichter schien Sprachgefühl zu besitzen und Beobachtungsgabe. Karel war kein besonderer Freund von Gedichten und hätte nicht sagen können, ob Guidos Verse literarisches Gewicht hatten. Aber es kam fast so etwas wie eine weihevolle Stimmung auf, als die Männer dem ernsthaften Vortrag des jungen Mannes lauschten, dessen Stimme mit zunehmender Dauer der Lesung an Festigkeit gewann. Es folgten weitere Gedichte, die in Griechenland entstanden waren. Danach las Guido einige Verse, die sich mit dem Thema Liebe befassten, romantische, leicht schwärmerische Zeilen, die jedoch nie in Gefahr gerieten, kitschig zu wirken. Ein leichter Weltschmerz schien sich durch alle Verse zu ziehen, ohne jene Form von Wehleidigkeit anzunehmen, die unsentimentale Zuhörer schnell ermüdete.

„Ich danke Ihnen, dass Sie so aufmerksame Zuhörer sind und Nachsicht mit meinen unausgegorenen Ergüssen haben. Zum Schluss und um den Kreis zu schließen möchte ich Ihnen ein Gedicht vortragen, das unter dem Eindruck des Klosterbesuchs auf Athos entstanden ist. Es heißt ‚Credo'."

Guido holte noch einmal Atem, dann las er:

„Ich glaube
glaube ich
betet es nicht in mir
flüsterte meine Seele nicht ‚Heimat' beim Betreten der heiligen Hallen
ruft mein Herz nicht ‚daheim' beim Blick übers Meer
preist mein Mund nicht den Schöpfer beim Betrachten der Mohnblume
ich glaube
glaube ich
Hilf meinem Unglauben durch den Kuss des Geliebten
der die Stille, die Weite, die Schönheit zur Vollendung bringt."

Die eine Hälfte der Anwesenden verharrte nach diesen Zeilen in stiller Andacht, die andere schwieg leise lächelnd in Erwartung der Szene, die man offensichtlich kommen sah. Die Blicke der letzteren richteten sich auf Achim Leverus, der tatsächlich, nachdem er taktvoll eine Weile geschwiegen hatte, das Wort ergriff: „Guido, Sie überraschen mich!"

Der Angesprochene versenkte errötend den Blick in seinen Manuskripten.

„Nun ja", fuhr Leverus fort. „Vielleicht ist es gar nicht so überraschend, dass der Heilige Berg, wie man den Athos meines Wissens nennt, aus einem dekadenten Jüngling einen Heiligen macht."

„Hört, hört!", protestierte der Dicke. „Guido ein dekadenter Jüngling? Ich an seiner Stelle würde Leverus zum Duell fordern!"

„In einem dunklen Raum, womöglich", lachte einer aus dem Kreis.

Leverus warf dem Zwischenrufer einen bösen Blick zu und wandte sich dann wieder an Guido: „Die Dekadenz war nicht persönlich gemeint, trotzdem überrascht es mich, dass aus Ihrer Feder, lieber Guido, solche Worte fließen, die Ihnen jedes katholische Sonntagsblatt mit Dank abnehmen würde."

„Aber, aber", kam einer dem verlegenen Guido zu Hilfe. „Hinter einer Blume einen Schöpfer zu sehen, das entspricht doch poetischer Freiheit und offenbart noch keine dogmatischen Tendenzen."

„Poetische Freiheit?" Leverus schüttelte den Kopf. „Freiheit besteht darin, die Ketten solcher Vorstellungen abzustreifen."

„Ach, unser Herr Leverus wieder als sturer Statthalter humanistischer Emanzipationsideale!"

Ein bis dahin gemütlich wirkender Mann, einer der ältesten Anwesenden, mischte sich jetzt in das Gespräch ein: „Anstatt der Poesie etwas Raum zu lassen, haben Sie deren Geist durch ihre tumben Bemerkungen schon fast wieder vertrieben. Man hat den Eindruck, Sie fürchteten Gott, als ob es ihn wirklich gäbe. Was hat er Ihnen denn getan, dass Sie es nicht mal eine Minute schweigend ertragen können, wenn er sich als Symbol in ein Gedicht verirrt?"

„Das ist Heinrich Lutterhof", flüsterte Roland Hiller dem neben ihm sitzenden Karel Puto ins Ohr. „Das ist eine Nuss, die nicht einmal Leverus knacken kann."

Eine Diskussion unter aufgeklärten Menschen

Leverus hatte nach dem Einwurf von Heinrich Lutterhof einiges von seiner Lockerheit verloren. Es war offensichtlich, dass der ältere Mann ihn an einem wunden Punkt getroffen hatte. Leverus suchte einen Weg, sein Gesicht zu wahren.

„Gut gesprochen, Martin Luther", nickte er Lutterhof anerkennend zu. „Ein Sektenmensch hat mich einmal in der Fußgängerzone angesprochen und mir gesagt, ich müsse ‚Frieden mit Gott schließen'. Vielleicht fehlt mir dieser Frieden ja tatsächlich, solange mich eine altmodische Metapher noch in Unruhe versetzt. Beim späten Karl May, den unser Freund Hiller so verehrt, sah ich es ja noch ein, dass er, nachdem ihm die Fantasie abhanden gekommen war, Gott die Stellung einräumte, die vorher Winnetou innehatte. Nein, protestieren Sie jetzt nicht, lieber Hiller! Ich weiß natürlich inzwischen, dass schon Winnetous Großer Manitu christliche Züge getragen hat. Freilich zahlte ein katholischer Verleger das Fleisch, das sonntags bei Familie May auf den Tisch kam, was vieles erklärt und entschuldigt."

„Nicht schon wieder eine Diskussion über Karl May", bat einer aus dem Kreis.

„Keine Angst", sagte Leverus. „Wenn mir nun Gott, den es nicht gibt, schon wieder eine seiner Fallen gestellt hat, gibt uns das vielleicht die schöne Gelegenheit, unseren neuen Gast gleich heute etwas besser kennenzulernen. Herr Puto, plagte sich nicht der alte Dostojewskij auch ganz ordentlich mit der Gottesfrage herum?"

Der Körper Karel Putos straffte sich. Er atmete einmal tief durch. Dann sagte er: „In der Tat ist die Frage nach Gott in sämtlichen bedeutenden Büchern des Dichters Dostojewskij weit mehr als eine Randerscheinung und ich halte sie sogar für die Triebfeder seines Schreibens."

„Neben der Frage, wer seinen Sonntagsbraten finanziert", warf Leverus ein. Als er die bösen Blicke von allen Seiten bemerkte, fügte er entschuldigend hinzu: „Tut mir leid, aber Dostojewskij lebte wirklich nicht gerade in Saus und Braus. Wenn ihr wissen wollt, wie er um Honorare besorgt sein musste, lest einfach einmal die Briefe, die er hinterlassen hat. Der konnte nicht einfach hingehen und sagen: ‚Jetzt schenke ich der Welt einen dicken Roman'."

„Ich muss Herrn Leverus Recht geben, was die wirtschaftlichen Verhältnisse des Dichters betrifft", sagte Karel.

„Aber", meldete sich Roland Hiller zu Wort. „Karl May schuf seine Meisterwerke ebenfalls, um von deren Erlös leben zu können. Dennoch wird keiner behaupten, dass die inneren Beweggründe ihn nicht mindestens genauso an den Schreibtisch trieben."

„Man wird wahrscheinlich erstaunlich wenige große Poeten finden, die es sich leisten konnten, Kunst um ihrer selbst willen zu produzieren", bemerkte Heinrich Lutterhof.

„Es sei denn, eine Margarinefirma sorgt zuvor für fett geschmierte Stullen", ließ sich der Übergewichtige wieder hören und erntete dafür nicht nur von Leverus einen vorwurfsvollen Blick.

Karel fuhr fort: „Meines Erachtens wird die Meisterschaft Dostojewskijs noch unterstrichen, wenn man weiß, dass er seine Romane teilweise in Fortsetzungen ausliefern musste und ihm die Verleger im Nacken saßen. Als Künstler ließ er sich durch nichts korrumpieren."

„Karl May hat in seiner Not einige Kolportageromane geschrieben, in denen er ganz schöne Zeilenschinderei betrieb."

Hiller war wieder bei seinem Thema. Aber Karel schien ihm wegen der Unterbrechung nicht böse zu sein. Stattdessen sah er Hiller schalkhaft an und fragte:

„Da seid Ihr Euch auch wirklich sicher, Herr Hiller?"

„Wenn ich es doch sage."

„Und das ist nicht gelogen?"

„Nein."

„Und Ihr sagt wirklich die Wahrheit?"

„Ja."

„Auf welche ich unbedingt vertrauen kann?"

„Gewiss."

Die Zuhörer folgten dieser spontanen Kostprobe klassischer Kolportagekunst etwas entgeistert, aber Hiller klopfte Karel auf die Schulter und sagte in die Runde blickend: „Herr Puto kennt nämlich seinen Karl May auch ein wenig, wenn ich mich nicht irre."

Als Karel sah, dass das kleine Intermezzo bei den Zuhörern eher für Irritationen als für Erheiterung gesorgt hatte, bemühte er sich schnell, den verloren gegangenen Faden wieder aufzunehmen: „Dostojewskij musste mit seinen Romanen zwar Geld verdienen, aber er hätte sich literarisch nie unter seinem Wert verkauft. Das wäre für ihn eine Versündigung an der Wahrheit gewesen. Und die Wahrheit darzustellen, das war seine Intention. Alles, was er über die Seele des Menschen wusste, floss in seine Erzählungen ein. Er kannte die gute und die finstere Seite der menschlichen Seele, er kannte die tiefe Sehnsucht nach Gott und er kannte die menschlichen Leidenschaften, die uns daran hindern, geradlinig auf dem Weg der Wahrheit zu gehen."

„Folglich ist Gott für Sie kein Widerspruch zur Wahrheit?", fragte Lutterhof.

Karel Puto zögerte. „Ich glaube nicht", sagte er leise.

Leverus lächelte. „Wir achten hier natürlich jeden Standpunkt, Herr Puto. Uns die Wahrheit Gottes plausibel zu machen, dürfte jedoch ein schwieriges Unterfangen sein. Selbst für Ihren Karl-May-Freund dürfte Gott wohl eher ein Geschöpf sein, das zum Gleichgewicht des May'schen Fantasie-Universums beiträgt, weniger eine reale Größe."

Hiller widersprach dieser Ansicht nicht, wurde aber verlegen, als er einen Blick Karels auffing.

„Nun ja", sagte Leverus versöhnlich. „Vielleicht haben Sie ja in Guido einen heimlichen Verbündeten. Nun, Herr Poet, wollen Sie uns etwas an Ihrem Credo Anteil geben?"

Der junge Mann erklärte mit überraschend fester Stimme, dass er Gott durchaus für eine plausible Möglichkeit halte. Er lächelte freundlich in Karels Richtung und dieser schickte einen dankbaren Blick zurück.

„Bisher hätte ich mich wohl als Agnostiker eingestuft", sagte Guido. „Aber ich will gestehen, dass jene Zeilen, die ich vorhin vorgetragen habe, zum Zeitpunkt ihres Entstehens durchaus aufrichtig gemeint waren. Ich muss zugeben, es sträubte sich etwas in mir, aus der Schönheit der Schöpfung nicht auf eine Hand zu schließen, die das ganze Universum erneuert und erhält."

„Aber ist nicht sogar Herr Putos Lieblingsdichter zugleich ein Anwalt gegen Gott? Sprechen nicht die von ihm aufgezeigten Widersprüche und Abgründe der menschlichen Existenz gegen die angebliche Weisheit eines Schöpfers?" Aus Leverus' Stimme war jetzt jede Ironie verschwunden. „Ich habe irgendwo gehört, die Stellen in Dostojewskijs Romanen, in denen er durch den Mund von Frevlern die Existenz Gottes leugnen lässt, seien dreimal so schnell geschrieben worden wie die Stellen, in denen er Gott verteidigt."

„Das mag stimmen oder nicht, doch hat sich Dostojewskij ja wohl eindeutig genug zu einem Glaubensstandpunkt bekannt", entgegnete Karel. „Er zeigt schon in seinem Roman ‚Schuld und Sühne' auf, dass der Mensch ohne Gott völlig haltlos ist, weil es ohne Gott keine tragfähigen moralischen Gesetze mehr gibt."

„Aber was beweist diese Erkenntnis wirklich?", schaltete sich Lutterhof wieder in die Diskussion ein. „Womöglich würde ich Ihnen sogar darin Recht geben, dass die Welt einen Gott ganz gut gebrauchen könnte, der über sie wacht. Ob die Religionsverwalter in Kirchen und Moscheen für diese Ordnungsfunktion zu gebrauchen sind, wage ich allerdings zu bezweifeln. Diese scheinen mir eher zu dem Chaos beizutragen, das unsere Welt leider beherrscht. Dostojewskij mag von der Notwendigkeit Gottes überzeugt gewesen sein, mehr aber nicht!"

„Aber wenn Sie ihn gelesen haben, müssen Sie doch auch bekennen, dass es in seinen Erzählungen Figuren gibt, die quasi durch ihr Leben und ihren heiligen Wandel einen Beweis für Gottes Existenz abgeben!" Karel erhob bei diesen Worten seine Stimme.

„Sie spielen auf Personen wie den Fürsten Myschkin oder Aljoscha Karamasow an?", entgegnete Lutterhof. „Ich gebe gerne zu, dass diese Figuren lebensecht wirken, obwohl sie wie Heilige gezeichnet sind. Ihr Dichter war eben ein Meister der Darstellung, ein guter Personenerfinder. Von solchen literarischen Gestalten jedoch auf die Existenz Gottes zu schließen, halte ich für gewagt. Sie müssten mir zu solchem Zwecke dann schon einen lebenden Aljoscha zeigen, am besten einen, der sich in einer Welt, wie ich sie kenne, behauptet!"

„Das ist es ja, das ist es ja!" Karel Puto machte fast den Eindruck, als wolle er von seinem Sitz aufspringen. „Das genau ist die Aufgabe, der ich seit Jahren mein Leben und nun mein Schreiben gewidmet habe. Ich will Skeptikern wie Ihnen zeigen, dass es Menschen gibt, in denen Gott mächtig ist. Ich will zeigen, wie diese Menschen heute leben. Die Geschichte von Aljoscha Karamasow muss unbedingt für die heutige Zeit weitererzählt werden!"

„Mit Verlaub, Herr Puto", sagte Guido freundlich, „das hört sich nach einem spannenden und sinnvollen Unternehmen an. Aber wenn Sie wirklich überzeugen wollen, darf dieser neue Aljoscha, über den Sie schreiben wollen, keine rein erfundene Person sein. Kennen Sie denn einen solchen Menschen?"

Karel bekannte kleinlaut: „Ich bin noch auf der Suche. Aber ich stehe ja erst ganz am Anfang."

Leverus sagte mit leichter Ironie: „Dann mal fröhliches Suchen, Herr Puto. Ob Sie bei uns fündig werden, wage ich zu bezweifeln, aber der Herr Jesus verkehrte ja auch unter Gesindel. Ich fürchte freilich, dass es eine sehr, sehr lange Suche wird."

„Vor allem hab ich bisher nur in Büchern gesucht. Herr … Guido hat schon Recht, wenn er sagt, dass ich im wahren Leben suchen muss. Was aber Myschkin oder Aljoscha betrifft, könnte man sich beide sicher ohne Probleme in einem Kreis wie diesem vorstellen. Natürlich wären sie irgendwie anders als die meisten hier."

„Hört, hört!", rief der Dicke lachend und fast alle anderen lachten mit. Karel bemerkte seinen kleinen Fauxpas und hielt sich peinlich berührt seine rechte Hand über den Mund, aber Guido klopfte ihm freundschaftlich auf die Schulter.

Die Vermieterin

„Na, Herr Puto, wie war Ihr Abend? Es ist ja schön, dass Sie wohl einmal unter Menschen gekommen sind!"

Nadja Tesslowski saß in ihrem Wohnzimmer auf der Couch und blätterte in einer Illustrierten. Karel musste durch dieses Zimmer, um in seinen Wohn- und Schlafraum zu kommen, den er seit etwa einem Jahr zur Untermiete bewohnte. Die Vermieterin war eine stille, zurückhaltende Frau, die darauf achtete, nie aufdringlich oder gar neugierig zu sein. Weil auch Karel ihr gegenüber eher schweigsam war und nicht annahm, dass sie für seine literarischen Pläne besonderes Verständnis aufbringen würde, war ihre Wohngemeinschaft eine sehr ruhige. Dies hieß nicht, dass die beiden sich nicht mochten.

Nadja Tesslowski stammte aus der Ukraine. Sie war mit einem deutschstämmigen Mann verheiratet gewesen, der als Spätaussiedler nach Deutschland gekommen war. Das war noch zur Zeit des Eisernen Vorhangs gewesen, und für Nadja hatte der Umzug bedeutet, die Kontakte zu ihrer Familie, zu ihrer Verwandtschaft und ihren Jugendfreundinnen fast vollständig zu kappen. Es war ihr nicht leicht gefallen, aber sie und ihr Mann hatten eine gute Ehe geführt, und die Aussicht, sich in Deutschland durch Fleiß ein bescheidenes Stück Wohlstand zu erarbeiten, war für sie eine Perspektive gewesen. Viele ihrer Angehörigen in der Ukraine hatten ihr beim Abschied mit Tränen in den Augen zugeraten, die Gelegenheit zu nutzen, die Trostlosigkeit und wirtschaftliche Depression ihres Heimatlandes hinter sich zu lassen.

Karel wusste nicht viel über Nadja Tesslowski. Irgendwann einmal war ihm in einem Winkel des Wohnzimmers ein angegilbtes Foto aufgefallen, das Nadja und Artur Tesslowski zusammen vor einer Strandkulisse zeigte. Er hatte es eine Weile betrachtet, weil ihm das Gesicht der hübschen blonden Frau bekannt erschienen war. Da hatte Nadja ihm erzählt, dass auf dem Foto ihr verstorbener Mann zu sehen sei und dass die Aufnahme auf der Krim entstanden war.

Nadja Tesslowski schien nur noch eine entfernte Ähnlichkeit mit der lachenden jungen Frau auf dem Foto zu haben, was nicht nur daran lag, dass von der schlanken Figur nichts mehr erhalten war. Zwar waren Nadjas Gesichtszüge nicht hart geworden, aber sie wirkte doch fast immer müde und ernst und erschien älter als die meisten Frauen Ende 40. Seit sie in Deutschland lebte, hatte sie immer hart gearbeitet, zumeist als Putzfrau und zwischendurch als ungelernte Arbeiterin am Fließband. Ihre Ausbildung war in Deutschland nichts wert, darüber machte sie sich keine Illusion, und sie nahm es als gegeben hin, dass man sie in ihrem zweiten Leben nur als billige Arbeitskraft wahrnahm.

Als ihr Mann nach einer kurzen Krebserkrankung viel zu jung verstorben war, hatte sie mit dem Gedanken gespielt, in die Ukraine zurückzukehren, aber zum einen hatten die Zeit und die politischen Umbrüche in ihrem Familien- und Freundeskreis inzwischen zu vielen Verwerfungen geführt, und zum andern hatten sie und ihr Mann über die Jahre hinweg einige Verwandte mit Geldüberweisungen unterstützt. So sah es Nadja als ihr Los an, weiter in Deutschland zu bleiben, fleißig zu arbeiten und bescheiden zu leben, um in der fernen Ukraine als Wohltäterin wirken zu können.

Einen Raum ihrer Wohnung hatte sie seit dem Tod ihres Mannes untervermietet, meistens an Studentinnen. Karel Puto hatte bei ihr vorgesprochen, weil er ihre Anzeige in einem Wochenblatt gelesen hatte. Eigentlich hätte sie das Zimmer lieber wieder an eine Studentin vermietet, aber Karel hatte sich als erster gemeldet, und Nadja hätte ein schlechtes Gewissen gehabt, den zwar etwas wortkargen, aber freundlich und anständig wirkenden Mann abzuweisen, der die Kündigung seiner vorherigen kleinen Wohnung schon einige Wochen in der Tasche hatte und bisher erfolglos auf der Suche nach einer neuen Unterkunft gewesen war.

Ein Zimmer zur Untermiete sollte für Karel zunächst nur eine Übergangslösung sein, aber er stellte bald fest, dass er sich bei Nadja Tesslowski wohlfühlte. Wenn er die Zimmertüre hinter sich schloss, genoss er weiterhin die Ruhe seiner bisherigen Einsiedelei, doch nachdem es sich abgezeichnet hatte, dass er nicht gleich wieder ausziehen werde, hatte die Vermieterin ihm angeboten, gegen ein bescheidenes Entgelt für ihn zu waschen und ihn nach Absprache auch zu verköstigen.

Irgendwann hatte er sogar festgestellt, dass sie das eine oder andere Loch in seinen Kleidern gestopft hatte. Wenn er es nicht vergaß, bedankte er sich dafür und steckte ihr einen kleinen Geldbetrag zu. Manchmal aßen sie inzwischen gemeinsam zu Abend, wenn Nadja Tesslowski nicht zu spät von der Arbeit heimkehrte. Die Reinigungsfirma, bei der sie beschäftigt war, setzte sie in einem Betrieb ein, wo sie erst nach Dienstschluss die Büros betreten durfte. Dies bedeutete, dass sie oft erst heimkam, wenn sich Karel schon in sein Zimmer zurückgezogen hatte.

An diesem Abend war sie ausnahmsweise vor ihm nach Hause gekommen. Karel hatte ihr am Morgen erzählt, dass er sich mit Roland Hiller träfe. Nun schauten ihn ihre etwas müden Augen freundlich an, und er verspürte das Bedürfnis, ein paar Worte mit ihr zu wechseln, ehe er zu Bett ging.

„Sie sind ja noch wach, Frau Tesslowski. Bei Ihnen ist es wohl wieder etwas später geworden mit ihrer Arbeit."

„Ach, Sie wissen doch", seufzte sie. „Seit ich bei den Kapitol-Werken arbeite, komme ich kaum einmal vor 22 Uhr heim. Die Busverbindung abends ist ja nicht gerade die Beste."

„Ja", bestätigte er. „Ich musste auch eine Viertelstunde an der Haltestelle warten, um die Linie 61 zu erwischen."

„Sie waren mit Herrn Hiller in der Innenstadt?"

„Wir waren bei einer kleinen Gesellschaft. Herr Hiller kennt da einen Kreis von Literaturfreunden, der sich regelmäßig bei einem gewissen Herrn Leverus trifft. Ein humorvoller Mensch, der wohl regelmäßig für den Kulturteil der Morgenpost schreibt. Der Kreis nennt sich der ‚Dichterzirkel'."

Nadja Tesslowski lächelte: „Na, da waren Sie ja ganz gut aufgehoben. Sind das Schriftsteller wie Sie, die sich bei Herrn Leverus treffen?"

„Nun, es scheint da durchaus einige ambitionierte Schreiber zu geben. Allerdings arbeiten die meisten wohl in anderen Berufen. Heute Abend trug allerdings ein begabter junger Mann einige seiner Gedichte vor."

„Gedichte?" Nadja Tesslowski schien richtig aufmerksam zu werden. „Ich habe früher Gedichte sehr geliebt. In meiner Heimat gibt es einige hervorragende Poeten. Schreiben Sie zuweilen auch Gedichte, Herr Puto?"

„Nein. Die liegen mir nicht", entgegnete Karel verlegen. „Mein Metier ist ja das Erzählwerk. Vielleicht erwähnte ich schon Dostojewskij ..."

Über Nadja Tesslowskis Gesicht huschte ein fast spitzbübisches Lächeln. „Ich glaube, Herr Puto, Sie haben den Namen Dostojewskij gelegentlich schon fallen lassen."

Karel bemerkte die leise Ironie nicht. „Gedichte sind mir in ihrer Aussage oft zu vage", fuhr er fort. „Natürlich habe ich nichts gegen eine schöne gepflegte Sprache, aber viele Gedichte verstehe ich einfach nicht. Besonders die modernen. Dieser Guido Kronendorf jedoch scheint mir einige interessante Gedanken zu Papier gebracht zu haben. Herr Kronendorf ist der Dichter, der heute bei Herrn Leverus aus seinen Werken vorgelesen hat. Ich wechselte später einige Worte mit ihm."

„Sie müssen es mir sagen, wenn, ich Sie aufhalte, Herr Puto", sagte Nadja Tesslowski. „Aber ich würde gerne hören, über was dieser Herr Kronendorf so schreibt. Irgendwie lebe ich ja in einer Welt, in der man sich gar nicht vorstellen kann, dass es noch Menschen gibt, die Gedichte schreiben und sie anderen vorlesen."

„Hm. Das meiste aus diesen Gedichten habe ich leider schon wieder vergessen", bedauerte Karel. „Es waren Naturschilderungen und Ähnliches, manches hörte sich nach Liebesgedichten an. An eines erinnere ich mich noch, weil es fast wie ein Gebet formuliert war. Das interessierte mich natürlich, denn in Dostojewskijs Werken ist ja die Frage nach Gott auch eine ganz wesentliche."

„Sie und Ihr großer Russe", lachte Nadja Tesslowski. Karel stellte fest, dass es wohl das erste Mal war, dass er solch ein Lachen bei ihr bemerkte. Es war ein überraschend warmes und herzliches Lachen. Er hatte seine Vermieterin immer als freundliche und herzensgute Person wahrgenommen, aber er hatte sie auch im Stillen dafür bedauert, dass ihr Leben aus Mühe und Arbeit zu bestehen schien und keinen Raum für Fröhlichkeit ließ. Zwar war er selbst in der Regel ernsthaft und grüblerisch, aber an anderen gefielen ihm Freude und Fröhlichkeit, wenn sie nicht von der lauten Art waren, die er meist als aufgesetzt empfand. Er beobachtete gerne Menschen, die Lebensfreude ausstrahlten.

Nadjas Lachen steckte ihn an, denn er bemerkte jetzt selbst seine Neigung, jedes Gespräch auf sein Lieblingsthema zu lenken.

„Oh, Sie müssen mich schon für einen besonderen Vogel halten, aber wenn es Sie gelegentlich interessiert, kann ich versuchen, Ihnen zu erklären, warum mir das Thema so wichtig ist. Es geht ja nicht um die Vergötterung eines Dichters, sondern darum, dass ich mein Leben der Erkundung der Wahrheit widme und ich Dostojewskij für den besten Fährtenleger halte."

„Aber finde ich nicht auch Ihre Bibel stets aufgeschlagen auf dem Nachttisch liegen, wenn ich bei Ihnen Staub wische? Viele behaupten doch, die Bibel sei der Schlüssel zur Wahrheit." Nadja lächelte wieder. „Aber jetzt haben Sie es fast geschafft, von den Gedichten abzulenken. Handelte dieses eine Gedicht, das Sie erwähnten, auch von der Suche nach Wahrheit?"

Karel dachte kurz nach. „Ich weiß es nicht. Ich sagte ja, dass mir Lyrik oft etwas vage und unbestimmt erscheint. Jedenfalls würde ich diesen Dichter Guido Kronendorf gerne näher kennenlernen."

„Oh", sagte Nadja, „ich beneide Sie fast um die Gelegenheit, solche Menschen zu treffen. Wissen sie, ich habe früher wirklich Gedichte geliebt.

In der Ukraine war ich ja Lehrerin, das habe ich Ihnen wohl noch gar nie erzählt."

„Nein, das wusste ich nicht", sagte Karel überrascht. Diese Mitteilung machte ihn sehr nachdenklich, denn nie hätte er vermutet, dass seine Vermieterin eine gebildete Frau war. Als sie zuerst von ihrer Liebe zu Gedichten sprach, hatte er an Poesiealben und Kalenderblätter gedacht. Warum eigentlich? Was hatte ihn dazu bewogen, Nadja Tesslowski keinen literarischen Geschmack zuzutrauen? Selbst wenn sie eine einfache Arbeiterin war, hätte ihm das nicht das Recht gegeben, sie nicht ernst zu nehmen. Nun hatte sie ihn beschämt, ohne es wohl beabsichtigt zu haben. Er fragte sich, ob er es sie in den vergangenen Monaten hatte spüren lassen, dass er sie für eine ungebildete Frau hielt. Zum Glück konnte er von sich behaupten, dass er versuchte, allen Menschen mit gleicher Achtung zu begegnen. Dies hatte ihn sicher vor groben Fehlern bewahrt, aber dennoch erschreckte ihn die Feststellung, dass er Nadja Tesslowski von einem Moment auf den anderen mit anderen Augen sah, nur weil sie ihm erzählt hatte, dass sie Lehrerin gewesen war.

Nadja deutete sein Schweigen so, als wolle er sich nun doch zurückziehen. „Es ist spät", sagte sie. „Vielleicht können wir ja am Wochenende mal einen Kaffee zusammen trinken und ich versuche, Sie doch noch etwas über ihren ‚Dichterzirkel' ausfragen."

„Sehr gerne", sagte Karel. „Gute Nacht, Frau Tesslowski. Ich wünsche Ihnen eine gute Nacht."

Der Zeuge

Als Karel am anderen Morgen aufstand, hatte Nadja Tesslowski die Wohnung bereits verlassen. Nadja hatte mehrere Putzstellen und arbeitete an jedem Samstag bei einem Arztehepaar. Vor seinem routinemäßigen Gang zur Bibliothek wollte Karel an diesem Tag zunächst ein bis zwei Stunden an seinem Romanmanuskript weiterarbeiten. Dies konnte er hier am Schreibtisch tun, da er keine Literatur aus der Bibliothek benötigte. Er schlurfte in die Küche und schaltete den Wasserkocher an. Meist begann Karel den Tag mit einer Tasse Instantkaffee. Er stellte fest, dass sein Glas mit Kaffeepulver leer war, aber Nadja hatte ein volles Glas daneben gestellt. So konnte er kurz darauf eine dampfende Tasse Kaffee in sein Zimmer tragen und sie auf dem Schreibtisch abstellen.

Karel hatte es sich angewöhnt, morgens zunächst einen kleinen Bibelabschnitt zu lesen. Meist schlug er dafür nach dem Zufallsprinzip die Bibel auf und las einfach ein Kapitel durch. Überraschend oft stieß er dabei auf Gedanken, die ihn in den Tag begleiteten. An diesem Morgen landete er mitten im ersten Brief, den der Apostel Paulus an die christliche Gemeinde in Korinth geschrieben hatte. Im 14. Kapitel tauchte ein Begriff auf, der neu für ihn war. Das „Reden in Zungen". Es schien darum zu gehen, dass es durch den Geist Gottes möglich war, in fremden und unbekannten Sprachen zu sprechen. Der Apostel beherrschte anscheinend diese Kunst, denn er schrieb „Ich danke meinem Gott, dass ich mehr in Zungen reden kann als ihr alle. Aber in der Gemeinde sprach ich lieber fünf Worte mit meinem Verstand, damit durch meine Stimme andere etwas lernen konnten, als tausend Worte in einer unbekannten Sprache."

Die Haltung des Apostels gefiel Karel. Es klang so, als ob es dem frommen Mann eher darum ging, den Menschen etwas über Gott beizubringen, als sich selbst daran zu berauschen, von Gott besondere Fähigkeiten erhalten zu haben. Der Held seines zu schreibenden Romans musste auch etwas von diesem Charakterzug mitbekommen, dachte Karel und war damit in Gedanken schon bei seinem Manuskript. Er las durch, was er zuletzt zu Papier gebracht hatte. Dann brachte er ein paar kleine stilistische Verbesserungen an und wollte gerade den ersten neuen Satz anfügen, als es an der Wohnungstür klingelte.

Er überlegte, ob er das Klingeln ignorieren solle, aber um diese Zeit konnte es der Paketbote sein. Wenn er die Post in Empfang nahm, ersparte er seiner Vermieterin einen zusätzlichen Gang zum Postamt. Er legte also seinen Füllfederhalter zur Seite, stand auf und ging zur Tür, um sie zu öffnen.

„Guten Tag, haben Sie Zeit für ein kurzes Gespräch?" Es war der ältere von zwei Männern in dunklen Anzügen, der diese Frage an Karel richtete.

„Wir würden mit Ihnen gerne über die Bibel sprechen", fügte der Jüngere hinzu.

Karel war überrascht. Es war Jahrzehnte her, seit ihm zum letzten Mal Zeugen Jehovas an einer Haustür begegnet waren. Seither waren sie ihm nur zuweilen an öffentlichen Plätzen aufgefallen, wo sie meist stumm ihre Zeitschriften anboten. Karel musterte die beiden. Der Ältere schien etwa gleich alt wie er selbst zu sein. Der Mann war etwas untersetzt, und in seinem gemütvoll wirkenden Gesicht fiel die Röte von Nase und Wangen auf. Er hatte die Krawatte etwas nachlässig gebunden, ganz im Gegensatz zu seinem jüngeren Begleiter, an dem besonders ein strenger Seitenscheitel auffiel. Der Jüngere war vielleicht dreißig Jahre alt und wirkte wie ein Notar oder Bankangestellter.

„Ich habe eigentlich gerade wenig Zeit", sagte Karel wahrheitsgemäß, denn es drängte ihn an sein Manuskript zurück, aber der Gescheitelte ergriff sogleich das Wort: „Sie wissen ja, dass in Kürze das Jahr 2000 vor der Tür steht. Sie hören und lesen von Kriegen und Umweltkatastrophen und von Korruption. Machen Sie sich da nicht auch manchmal Gedanken, wie es mit dieser Welt weitergehen wird?"

Karel kratzte sich verlegen am Kopf. Er wollte nicht unhöflich wirken und sagte: „Sicher macht man sich da so seine Gedanken."

„Und sind Sie nicht auch enttäuscht", setzte der junge Mann seine Rede fort, „wenn Sie hören, dass selbst die Kirchenführer oft in unschöne Affären verwickelt sind. Vielleicht kennen Sie ja die Kirchengeschichte. Dann wissen Sie, was da in fast zweitausend Jahren alles an Unrecht geschehen ist: Glaubenskriege, Zwangsmission, Prunksucht. Meinen Sie, Gott kann mit solch einer Kirche zufrieden sein? Können Sie solch einer Institution Vertrauen entgegenbringen? Darf ich Sie nach Ihrer Konfession fragen?"

„Nun", sagte Karel und hatte dabei fast ein schlechtes Gewissen, „ich bin katholisch, freilich nicht praktizierend."

Da ergriff der ältere der beiden Zeugen Jehovas das Wort: „Denken Sie, dass es richtig ist, wenn sich ein Mensch als Stellvertreter Gottes bezeichnet?" Mit fast besorgt klingendem Tonfall fügte er hinzu: „Wissen Sie, dass das Papstamt im Mittelalter käuflich war und dass viele Päpste uneheliche Kinder hatten?"

„Und die evangelische Kirche ist nicht besser", schaltete sich der Gescheitelte wieder ein. „Haben Sie davon gehört, dass dort geplant ist, Homosexuelle zu trauen? Wissen Sie, dass es evangelische Pfarrer gibt, die in den Gottesdiensten die Bibel als Fantasiebuch bezeichnen dürfen, ohne dass ihre Kirchenleitung einschreitet?"

Karel wollte kein längeres Gespräch beginnen, fühlte sich aber zu einer Antwort verpflichtet. Er hoffte, den beiden zu entkommen, indem er sagte: „Sehen Sie, um Kirche kümmere ich mich nicht viel, aber ich lese regelmäßig die Bibel und glaube, dass sie mit Recht die Heilige Schrift genannt wird, weil sie Gottes Wort enthält."

Tatsächlich schien den beiden Männern die Antwort zu gefallen, denn sie nickten zustimmend. Karel glaubte schon, sie verabschieden zu können, doch der Jüngere stellte ihm eine weitere Frage: „Fänden Sie es nicht schön, wenn Sie von einer Gruppe Menschen hörten, die wie Sie die Bibel studieren und Gottes Gebote ernst nehmen und danach leben?"

Diese Frage wollte Karel nicht verneinen, obwohl er wusste, dass der Fragesteller mit jenen Menschen nur und ausschließlich die Zeugen Jehovas selbst meinte. Ihm fiel deshalb zunächst einmal keine passende Antwort ein. Stattdessen schaute er etwas ratlos zunächst den jüngeren und dann den älteren der beiden Männer an. Der Gescheitelte erwiderte Karels Blick mit einem triumphierenden Ausdruck, während sich die freundlich geschäftsmäßige Miene des Älteren plötzlich veränderte und seine Augen Karel überrascht fixierten.

„Karel? Karel Puto?" Er hatte die Stimme erhoben.

„Äh, ja", sagte Karel, nun seinerseits überrascht.

„Aber auf der Türklingel steht Tesslowski!"

„So heißt meine Vermieterin."

„Dann ist ja alles klar. Karel Puto! Mensch Karel, kennst du deinen alten Kollegen Beutelmaier nicht mehr. Globus-Versicherung. Das muss, warte mal, irgendwann vor 1985 gewesen sein, denn in dem Jahr hab ich selber den Laden verlassen. Du gabst ja nur ein kurzes Intermezzo, aber ich hatte dich damals unter meinen Fittichen."

Der Mann vor der Tür schaute ihn erwartungsvoll an. Karel musste seine Gedanken so lange sortieren, dass es ihm fast peinlich war. Dann jedoch konnte er Beutelmaier einem Zeitabschnitt seiner fast verdrängten beruflichen Vergangenheit zuordnen.

„Ja, hm, Beutelmaier, jetzt besinne ich mich auch. Ich weiß jedoch Ihren oder vielmehr deinen Vornamen leider nicht mehr."

Beutelmaier lachte. „Haha, ich heiße Volker."

„Volker?" Karel grübelte. „Den Namen habe ich wohl völlig vergessen. Ich erinnere mich jetzt wieder an dein Gesicht, aber ich erinnere mich, ehrlich gesagt, an keinen Volker."

„Oh, das kann daran liegen, dass ich die ganze Abteilung damals geduzt habe, während du mich beharrlich ‚Herr Beutelmaier' genannt hast. Na ja, du schienst mir damals in dem Laden ohnehin nicht recht heimisch gewesen zu sein und warst ziemlich, wie könnte man sagen, ... unlocker."

Karel errötete: „Ich bin damals mit der Arbeit nicht zurechtgekommen. Daher musste ich die Globus-Versicherung schon nach wenigen Monaten verlassen. Das war keine schöne Zeit für mich. Ist es Ihnen überhaupt recht, wenn ich Sie ‚Volker' nenne?"

„Ihnen .. recht ...?", prustete Volker Beutelmaier. „Mensch, Karel, Lockerheit scheint immer noch nicht deine Stärke zu sein. Nenn mich Volker und sag' gefälligst ‚du' zu mir! Und wenn wir dich für unseren Verein hier anwerben können, sind wir sowieso Brüder, nicht wahr, Detlev?"

Der Gescheitelte blickte seinen Begleiter etwas überrascht an, denn diese burschikose Ausdrucksweise war er von anderen Zeugen Jehovas, mit denen er sonst im Dienst unterwegs war, nicht gewohnt. Außerdem hieß er nicht Detlev, sondern Hans-Jürgen.

Weltuntergang

Volker Beutelmaier hatte seinen Begleiter Hans-Jürgen mit dem Auftrag fortgeschickt, vor dem gegenüberliegenden Discountladen Zeitschriften anzubieten. Das zählte in der Liste der guten Taten eines Zeugen genauso viel wie der Predigerdienst an der Haustüre. Dann war er bei Karel eingetreten, und jetzt saßen die beiden alten Bekannten im Wohnzimmer und unterhielten sich bei einer Tasse Kaffee. Volker Beutelmaier schwelgte zunächst in alten Erinnerungen. Karel fühlte sich dabei nicht so recht behaglich, denn je mehr ihm aus seiner Zeit bei der Versicherung ins Gedächtnis zurückgerufen wurde, desto klarer wurde es ihm, dass er seinerzeit nur knapp an einem psychischen Zusammenbruch vorbei geschlittert war. Er dachte an die Ängste, die ihn an jedem Tag auf dem Weg zur Arbeit begleitet hatten, die ständige Furcht, als Versager abgestempelt und zum Außenseiter degradiert zu werden. Diese Angst hatte ihm auch ein Kollege wie Volker Beutelmaier trotz seiner im Grunde freundlichen und wohlmeinenden Art nicht nehmen können, im Gegenteil. Dessen lauter und lockerer Ton hatte ihm zusätzlich Ängste bereitet, denn insgeheim fürchtete er, dass ein Beutelmaier hinter seinem Rücken Bemerkungen über ihn fallen ließ und seinen Spott mit ihm trieb.

Der Mann, der ihm nun erzählend und lachend in Nadja Tesslowskis Fernsehsessel gegenübersaß, war Karel immer noch nicht ganz geheuer, obwohl er sich nicht gerade vor ihm fürchtete. Karel plagte inzwischen nicht mehr diese ständige Angst, Zielscheibe von heimlichem und offenem Spott zu sein. Er hatte es inzwischen für sich angenommen, ein Individuum auf einem besonderen Weg zu sein. Sein Eindruck, von seiner Seite aus mit Gott und der Welt weitgehend im Frieden zu leben, schien ihn verhältnismäßig unabhängig von der Meinung anderer zu machen. Karel hatte das Gefühl, dass seine innere Unabhängigkeit noch einmal deutlich gewachsen war, seit er versuchte, die Menschen anzunehmen wie sie waren und sie möglichst positiv zu sehen.

So sagte er sich jetzt, dass es angebracht sei, sich darüber zu freuen, einem Menschen zu begegnen, den er von früher her kannte und der sich seiner erinnerte. Da die kurze gemeinsame Zeit bei der Versicherung nicht besonders viel Gesprächsstoff hergab, erzählte ihm Beutelmaier einiges von seinem späteren Lebensweg, der kein ganz leichter gewesen war.

Obwohl Volker Beutelmaier versuchte, sich locker und fröhlich zu geben, verrieten kurze Stockungen in seinem Erzählfluss und zuweilen ein fast trauriger Ausdruck seiner Augen, dass seine burschikose Art manchmal nur dem Selbstschutz diente. Diese Fassade war auch von einem nicht sonderlich versierten Psychologen leicht zu durchschauen.

Karel erfuhr, dass Beutelmaier zwar die Globus-Versicherung freiwillig und mit großen Plänen verlassen, danach aber beruflich eine Serie von Misserfolgen zu verzeichnen hatte. Auch seine Ehe war vor einigen Jahren gescheitert, und ihm war wie vielen Männern in ähnlicher Situation nichts Besseres eingefallen, als immer öfter zur Flasche zu greifen.

„Ich war auf dem besten Weg, als Alkoholiker auf der Straße zu enden", sagte er ernst. „Ob du es glaubst oder nicht. Mein Leben wendete sich nur deshalb wieder zum Besseren, weil eines Morgens so wie heute bei dir

Zeugen Jehovas klingelten. In meinem Fall waren es zwei Frauen. Übrigens ist die besser Aussehende der beiden heute meine Frau."

Mit der letzten Bemerkung schien sich Beutelmaier kurz selbst in seinem Redefluss unterbrochen zu haben. Er grinste kurz, ehe er mit betont ernster Stimme fortfuhr: „Wichtig war in dem Moment natürlich nicht, dass es zwei Frauen waren, die mich ansprachen, sondern was sie mir zu sagen hatten. Mit meinem Leben konnte es so nicht weitergehen. Ich hatte mir kaum je Gedanken darüber gemacht, warum ich überhaupt lebe oder dass mein Leben auf der Erde irgendwann einmal und wahrscheinlich sogar bald ein Ende hat. Wenn du die Bibel liest, weißt du ja, dass es einmal ein Jüngstes Gericht geben wird und dass dann alles Unrecht offengelegt wird und die Urheber im Feuerpfuhl verbrennen werden. Die beiden Frauen an der Tür haben mir zunächst zwar vor allem einen gehörigen Schrecken eingejagt. Wäre ich nicht morgens schon leicht angesäuselt gewesen, hätte mich das, was sie mir über meine Lage sagten, vielleicht gar nicht so betroffen gemacht. Alkohol lässt mich in manchen Situationen etwas melancholisch werden. Jedenfalls erlaubte ich ihnen, wieder zu kommen und mir beim nächsten Mal mehr aus ihrer Bibel zu erzählen. Nun, was soll ich sagen? Was sie mir vortrugen, hörte sich verhältnismäßig plausibel an. Vor allem half es mir, dass diese Menschen eine Vorstellung davon hatten, was es heißt, ein gutes Leben zu führen. Klar, kommen dir einige ihrer Regeln am Anfang vielleicht etwas übertrieben vor, aber im Prinzip kann dir jeder Zeuge Jehovas erklären, warum das so ist und dir die passenden Bibelstellen dazu erklären. Ich könnte das jetzt auch, wobei ich zugeben muss, dass andere, wie zum Beispiel dieser Detlev, der jetzt wohl vor dem ‚Penny-Markt' steht, oder auch meine Frau, das mit der Bibel besser können."

Jetzt lächelte Volker Beutelmaier wieder: „Ich bin aber trotzdem an der Haustüre nicht ganz erfolglos. Das liegt wahrscheinlich an meinem Job bei der Versicherung. Bin ja jetzt wieder im Geschäft, allerdings noch als kleiner Außendienstler. Natürlich will ich dich jetzt nicht überreden, zu den Zeugen Jehovas überzutreten, aber wenn du ohnehin schon ab und zu die Bibel liest und es nicht so besonders mit der Kirche hast, wäre es gar nicht so daneben, wenn du dich mal zu einer Versammlung einladen ließest oder wenn wir unverbindlich eine Stunde Bibelstudium vereinbaren. Du kannst dir dann eine Meinung bilden und machst auf keinen Fall was falsch. Zumal man es jetzt wieder rumoren hört, dass mit dem Jahr 2000 alles hier aus sein könnte."

„Das mit dem Jahr 2000 halte ich für etwas überbewertet", entgegnete Puto, um auch einmal zu Wort zu kommen, aber er lieferte Beutelmaier damit eine Steilvorlage.

„Ich bin für gewöhnlich auch kein Spinner und Endzeitprophet", erwiderte dieser. „Aber ich habe mit einem Computerspezialisten gesprochen, und der meinte, dass beim Sprung ins Jahr 2000 viele PC-Programme verrücktspielen werden. Selbst in einer Klitsche wie unserer Versicherung sind einige Jungs ganz schön nervös, was die Sache angeht. Die hängen das zwar nicht an die ganz große Glocke, aber wenn man auf den Busch klopft, hört man da schon so manches. Jetzt denk bloß mal dran, dass auch die immer noch reichlich vorhandenen Atomraketen in Ost und West an Rechnern hängen und was da alles passieren kann. Und die Atomkraftwerke sind ja auch von unten bis oben mit Computertechnik voll."

„Die müssen doch über Spezialisten verfügen, die das Ganze im Griff haben", wandte Karel ein, obwohl er zu denen gehörte, die gegenüber Spezialisten eher skeptisch waren. Sein Einwand kam deshalb so wenig überzeugend, dass sein Bekannter gar nicht darauf einging. Vielmehr nannte Beutelmaier noch weitere Gefahrenquellen sowie Indikatoren für den bestehenden Weltuntergang, der sich gerade in diesem Jahr durch einige schlagzeilenträchtige Zwischenfälle und Naturkatastrophen anzukündigen schien.

„Schau dir nur Israel an. Das ist ein Pulverfass, das jederzeit explodieren kann", setzte Beutelmaier an den Schluss seiner apokalyptischen Thesen. „Das alles scheinen mir gute Gründe dafür zu sein, das Verhältnis zu Gott einmal ordentlich zu überdenken, und gerade bei dir, Karel, scheint ja bereits ein Anfang erfolgt zu sein."

Karel hoffte nun, dass Beutelmaier eine kleine Atempause benötige, sodass er selbst Gelegenheit zu einer Antwort hätte. Inzwischen war in ihm nämlich ein gewisser Unmut aufgekommen gegenüber dem, was sein ehemaliger Kollege ihm dargelegt hatte.

„Weißt du, lieber Volker, ich muss zugeben, dass mich die Frage mit Gott eigentlich jeden Tag beschäftigt. So gesehen hast du in mir schon den richtigen Gesprächspartner gefunden. Dein Angebot, mit anderen zusammen die Bibel zu lesen, hört sich für einen wie mich sogar recht verlockend an. Ich bin nämlich tatsächlich ein Mensch auf der Suche. Ich weiß, dass ich mehr über die Zusammenhänge, über das Verhältnis Gottes zu den Menschen, über seine Pläne, den Charakter seiner Liebe und alles Mögliche andere erfahren möchte."

„Was du bei uns garantiert finden kannst", fiel Beutelmaier strahlend ein, aber Karel fuhr mit ernster Stimme fort: „Mir scheinen einige eurer Antworten zu einfach. Ich habe mich mit verschiedenen Kirchen und Glaubensgemeinschaften ein wenig beschäftigen müssen, da ich gerade im Begriff bin, ein Buch zu schreiben, in dem der christliche Glauben keine ganz unwesentliche Rolle einnehmen wird. Ich bin misstrauisch gegenüber denen, die behaupten, für jedes Problem die Lösung zu kennen. Ich weiß nicht, ob ich mich für dich freuen soll, dass du offensichtlich viele Antworten schon gefunden hast, nach denen ich auf meinem Weg und auf meine Weise noch suche. Ich freue mich für dich, wenn du Frieden mit Gott hast, und ich würde deiner Mission an den Haustüren sogar allen Segen wünschen, den ich mir vorstellen kann, wenn ich überzeugt davon wäre, dass du in Gottes Auftrag unterwegs bist und dass die Liebe zu deinen Mitmenschen dich treibt."

„Die Bibel sagt uns doch, dass wir losziehen sollen, Jehovas Wort weiterzusagen! Bloß machen das die wenigsten, die sich Christen nennen. Oder klingelst du an fremden Türen? Ich kann dir sagen, das machst du nicht, wenn du nicht von der Wahrheit überzeugt bist!"

Beutelmaier war etwas lauter geworden. Seine Entgegnung klang nicht unfreundlich, aber er spürte doch, dass er Karel nicht da hatte, wo er ihn haben wollte. Dies ging auf Kosten seiner Selbstzufriedenheit, weshalb er sich nicht mehr so jovial wie zuvor zeigen konnte.

Karel Puto war im echten Leben nicht sonderlich erprobt, was Streitgespräche betraf, doch in Büchern hatte er schon unzählige Diskussionen über Gott und die Welt verfolgt. Die Stellen in den Werken Dostojewskijs, die er am meisten liebte, bestanden aus solchen Streitgesprächen, zuweilen wurden sie auch völlig stumm nur von einer Person geführt.

„Ich bekenne mich schuldig, lieber Volker", sagte Puto leise, „dass ich bisher nur wenig getan habe, um der Welt Gott so bekanntzumachen, wie ich ihn erlebe. Dazu habe ich bisher sicher viel zu sehr nur für mich und in meiner Welt gelebt, war nur mit mir selbst beschäftigt. Aber das liegt nicht nur an Faulheit oder Feigheit, sondern vor allem an meinem Eindruck, dass ich bislang noch nicht das zu erzählen hatte, was ich der Welt eigentlich sagen möchte. Mein Eindruck von Gott ist der, dass er die unendliche Liebe ist, dass er jede Kreatur, Groß und Klein, unendlich liebt und dass er Menschen sucht, die diese Liebe wie Engel in die heutige Welt tragen. Manchmal leide ich darunter, dass ich kein solcher Engel bin. Vielleicht werde ich einer, wenn mein Buch einmal fertig ist und wenn ich mich den Menschen damit verständlich machen kann. Ich glaube fest daran, dass es solche Engel gibt, die uns Gott durch ihr Leben ein Stück weit nahe bringen, indem sie uns zeigen, was Liebe ist."

„Das sind Gedanken, denen ich gar nicht widersprechen möchte", erwiderte Volker Beutelmaier. Karel war über diese Reaktion überrascht, erwartete er doch einen dogmatischen Einwand seines anhand einer starren Lehre gedrillten ehemaligen Kollegen. Der aber sagte nachdenklich: „Ich glaube zwar mehr an einen gerechten Gott als nur an den lieben Gott, aber die Sache mit den Engeln kann ich nachvollziehen. Weißt du, warum?"

Karel schaute ihn neugierig fragend an.

„Weil meine Frau…", Volker Beutelmaier sprach jetzt wie zuvor Karel mit gedämpfter Stimme, „…weil meine Frau solch ein Engel ist."

Die beiden Männer schauten sich einen Moment lang an. Karel war überrascht über die plötzliche Wärme in Volker Beutelmaiers Gesichtsausdruck. Fast schien es ihm, als schimmerten Volkers Augen feucht, als er sagte: „Wenn du so an Gott glaubst wie du behauptest, wirst du mich jetzt hoffentlich nicht in den Boden treten, wenn ich dir gegenüber zugebe, dass ich mir mit meinem Jehova-Glauben nicht ganz so sicher bin, wie sich das vorhin vielleicht anhörte. Wir bekommen das so gesagt, lesen in unseren Gruppenstunden darüber. Wenn du dich nicht gerade dagegen wehrst und wenn es dir vorher so mies gegangen ist, wie es mir zeitweise gegangen ist, bist du gerne bereit, fast alles zu glauben, was du dort hörst. Zumal es einfach gut tut, von freundlichen Menschen umgeben zu sein, die sich Sorgen um dich machen. Ein paar, verzeih, Ärsche gibt es natürlich auch bei den Zeugen. Du hast vielleicht gesehen, dass dieser aalglatte Typ, der jetzt unten seine ‚Wachtürme' feilbietet, nicht gerade mein dickster Kumpel ist. Aber zum Beispiel meine Frau, übrigens die große Schwester dieses Typen, die ist in Ordnung! Mit ihr kann ich auch über das sprechen, was ich aus unseren Bibel- und ‚Wachturm'-Studien noch nicht verstanden habe. Sie gibt zwar ihr Bestes, eine vorbildliche Zeugin zu sein, aber sie hat mich von Anfang an nicht für meine Fehler verurteilt oder mir das Gefühl gegeben, ein schlechterer Mensch zu sein. Am meisten imponiert mir, dass sie auch zu denen freundlich ist, die unsere Religion ablehnen und dass sie über diese Leute, die ja manchmal ziemlich arrogante Blödschwätzer sein können, nie eine böse Bemerkung fallen lässt. Ich merke manchmal, dass ihr das nicht leicht fällt, aber gerade deshalb muss ich sie noch viel mehr bewundern. Ich würde sie dir gerne mal vorstellen. Sie heißt übrigens Marianne. Weißt du, ehrlich gesagt ist schon allein sie ein Grund dafür, dass ich eigentlich hoffe, dass mein Gerede vom baldigen Weltuntergang gar nicht stimmt!"

Sonntagnachmittag

Karel war seit vielen Jahren nicht mehr in einem Café gewesen. Schon gar nicht hatte er jemals eine Frau zum Kaffee eingeladen. Aber an diesem Sonntag zeigte sich der Frühsommer von seiner freundlichsten Seite, und da Nadja Tesslowskis Wohnung keinen Balkon besaß, hatte Karel zögernd vorgeschlagen, das von seiner Vermieterin angeregte Gespräch doch mit einem Spaziergang zu verbinden. Mit Roland Hiller hatte er gelegentlich den großen Stadtpark durchstreift und wusste daher, dass sich an dessen Rand ein Café mit einer schönen, einladenden Terrasse befand. Allein hatte er bisher nie den Mut gehabt, sich dort niederzulassen.

Nadja hatte freudig auf seinen Vorschlag mit dem Spaziergang reagiert und auch zugestimmt, mit Karel zusammen das Parkcafé zu besuchen. „Aber natürlich kann ich mich von Ihnen nicht einladen lassen", hatte sie gesagt, „ich weiß doch, dass Sie nicht sehr viel Geld haben."

Aber Karel hatte ihr geantwortet, dass er im Allgemeinen sehr sparsam lebe und es sich deshalb mit gutem Gewissen leisten könne, sie einzuladen. Im Übrigen sei er altmodisch, sodass es ihm schwerfiele, seine Begleiterin in einem Café selbst bezahlen zu lassen. Nadja hatte ihm daraufhin allen Ernstes vorgeschlagen, sie könne ihm ja einen kleinen Geldschein zustecken. Glücklicherweise hatte sie an Karels Gesichtsausdruck bemerkt, dass sie drauf und dran war, ihn zu beleidigen, und schließlich doch die Einladung angenommen.

Nun saßen sie sich auf der Terrasse gegenüber, tranken Kaffee und aßen dazu ein Stück des Butterkuchens, den die Kellnerin ausdrücklich empfohlen hatte. Karel genoss den schönen Sommertag, und Nadja schien Gefallen daran zu haben, mit ihm plaudernd hier zu sitzen. Wenn sie lächelte und ihre großen Augen ihm einen freundlichen Blick zusandten, blitzte etwas von der Ähnlichkeit mit der glücklichen jungen Frau auf, die ihm auf dem Foto in ihrem Wohnzimmer aufgefallen war. Karel bedauerte Nadja wegen ihres harten Lebensschicksals und hätte ihr gewünscht, diesen Frühsommertag mit ihrem Mann zusammen genießen zu können.

Stattdessen lauschte sie nun seinen Erzählungen, die sich zuerst um Karels überraschendes Zusammentreffen mit Volker Beutelmaier und später um den Literatenkreis drehten. Der „Dichterzirkel" schien sie wirklich stark zu interessieren und die Bemerkungen, die sie zu Karels Ausführungen machte, zeigten ihm, dass Nadja eine kluge und sogar belesene Frau war. Leider musste sie bekennen, in den letzten Jahren kaum je ein gutes Buch zur Hand genommen zu haben.

„Seit ich in Deutschland bin, scheint mein Leben vor allem aus Arbeit zu bestehen", lächelte sie verlegen. „Sehr viele eigene Bücher hatte ich nie und Artur, mein Mann, machte sich nicht sonderlich viel aus Literatur. Ich hatte einen stark zerlesenen Band mit Gedichten von Taras Schewtschenko, vielleicht kennen Sie ‚Sapowit', auf Deutsch heißt es ‚Das Vermächtnis'. Am liebsten aber mochte ich Lesja Ukrainka, eine wunderbare Dichterin und eine starke Frau. Sie war lungenkrank und musste wohl die meiste Zeit ihres Lebens mit einem frühen Tod rechnen. Eines ihrer Gedichte heißt ‚Gegen die Hoffnung hoffe ich'. Ein bisschen hat es mich gelehrt, nie aufzugeben und immer optimistisch zu sein."

Karel kannte die ukrainischen Dichter leider nicht, aber er sah sich durch Nadjas Bemerkungen darin bestätigt, dass gute Literatur mehr war als Unterhaltung oder Stoff zum Nachdenken, dass die wertvollsten Bücher Begleiter und Lebensretter sein konnten.

„Nicht wahr", sagte er, „Bücher können einen durchs Leben tragen."

„Leider habe ich das wohl nicht so intensiv wie Sie getestet", antwortete Nadja. „Aus meinem Leben sind irgendwann einmal leider Gottes auch meine liebsten Bücher fast ganz verschwunden. In den Koffern, mit denen wir hier in Deutschland ankamen, war kein Platz für sie. Da dachte ich wohl, andere Dinge seien wichtiger. Seit ich hier lebe, habe ich ehrlich gesagt meist gar keine Zeit, ein Buch zur Hand zu nehmen, oder ich fühle mich zu müde dazu."

Als Karel dies hörte, fühlte er ein schlechtes Gewissen, weil es ihm selbst vergönnt war, fast ausschließlich für die Literatur zu leben. Und nochmals spürte er in seinem Herzen einen Stich, dass er einer Frau wie Nadja Tesslowski seither kaum zugetraut hatte, an schönen Dingen wie Büchern überhaupt interessiert zu sein. Selbst wenn sie viele Jahre kein vernünftiges Buch mehr gelesen hatte, schien sie doch zu den Menschen zu gehören, welche die Kunst des Lesens beherrschten. Dazu gehörte für Karel eine Ehrfurcht vor der Kunst des Schreibens, ein Sich-Vertiefen-Können in die Gedankenwelt eines Dichters und die hohe Erwartung, dass die besten Schriftsteller Wahrheiten über das Leben ausdrückten, die in Lehrbüchern und religiösen Schriften nicht zu finden waren. Er wollte keineswegs über den Mitgliedern des „Dichterzirkels" zu früh den Stab brechen, aber mit Nadja schien er sich besser über Dichtkunst unterhalten zu können als mit dem größeren Teil dieses Kreises, der wohl überwiegend aus sehr verkopften Wesen bestand.

„Es ist schade, Frau Tesslowski, dass Sie sich nicht mehr mit Büchern beschäftigen können. Sicher würde Ihnen auch Dostojewskij gefallen!"

„Oh", entgegnete Nadja, „wer sagt Ihnen, dass ich ihn nicht gelesen habe. Leider gehörte er aber zur Kategorie Pflichtlektüre im Russisch-Unterricht, was mir ganz sicher den Zugang zu ihm versperrt hat. Zumindest in meiner Jugend, als ich ihn las, konnte ich wenig mit ihm anfangen. Heute sind mir seine Bücher einfach zu dick, um mich daran zu wagen. Ein bisschen liegt es wohl auch am Migranten-Los, dass ich mich der Literatur entfremdet habe. Ich spreche zwar inzwischen Deutsch fast wie eine Muttersprache, aber nicht gut genug, um einen Sinn zu haben für das, was die großen Dichter Deutschlands in ihrer poetischen Sprache voneinander unterscheidet. Wenn ich aber nach russischen Büchern greifen würde, hätte ich das Gefühl, ich hinge nur meiner Vergangenheit nach. Aber das sind sicher auch Ausflüchte. Denn wie ich schon sagte, irgendwie bin ich leider zu müde geworden, um zu lesen. Ich bin leider eine dumme Frau geworden."

„Nein", protestierte Karel, „Sie wären selbst dann keine dumme Frau, wenn Sie gar nie Bücher gelesen hätten."

„Ach, Herr Puto, Sie wissen gar nicht, wie oft ich es gesagt bekomme, dass ich eine dumme Frau bin. Die einen sagen es nicht durch Worte, sondern lassen es mich einfach spüren. Und leider sagt man es mir oft auch mit Worten. Bei den Leuten, für die ich arbeite, ist der Umgangston ziemlich rau."

„Aber Sie haben … Herzensbildung. Ich wohne gerne bei Ihnen, und ich wäre nie auf den Gedanken gekommen, Sie als eine dumme Frau zu bezeichnen."

„Lieber Herr Puto", sagte sie, „Sie sind ein guter Mensch. Gäbe es mehr Menschen wie Sie, wäre es gar nicht schlimm, dumm oder arm oder dick oder hässlich zu sein. Sie fragen nach dem Herzen eines Menschen und sind zu allen Leuten höflich. Sie sind der beste Untermieter, den ich bekommen konnte."

Karel kämpfte mit einem Anflug von Verlegenheit. „Wer Sie für dumm hält, ist selbst ein dummer Mensch. Das sollten Sie sich sagen, wenn man sie verletzt."

„Das weiß ich ja, aber es ist nicht einfach, wenn man sich ständig gedemütigt fühlt. Sie werden es kaum für möglich halten, aber für mich ist es schon seltsam, mit Ihnen hier zu sitzen und einen Kaffee zu genießen."

„Ich glaube, da verstehe ich Sie sogar, denn ein wenig geht es mir genauso. Aber das kommt davon, dass ich wie in einem Schneckenhaus lebe und den Umgang mit Menschen fast ein wenig verlernt habe. Das ist aber nicht gut, wenn man ein Buch schreiben will, das den Menschen etwas sagen soll."

„Ja, Ihr Buch", sagte Nadja, „ich hab mir schon seit einer Weile gewünscht, Sie würden mir mehr davon erzählen, mir ein paar Einblicke in Ihre schriftstellerischen Pläne geben, aber ich dachte immer wieder, dass Sie mich schließlich für unverständig halten müssen. Nur habe ich bei Ihnen weniger Angst, dass Sie mich verletzen. Sonst hätte ich Sie wahrscheinlich nie nach dem Literatenkreis gefragt."

„Ich bin froh, dass Sie es getan haben, denn außer Herrn Hiller habe ich ja gar niemanden, mit dem ich ab und zu über meine Pläne sprechen kann. Jetzt weiß ich, dass Sie ebenfalls eine gute Zuhörerin sind, und wenn Sie mir versprechen, mir zu sagen, falls ich es übertreibe und ins Referieren gerate, dann würde ich mich freuen, mich schon bald wieder wie heute mit Ihnen unterhalten zu können."

Sie hatten unterdessen ihre Tassen leergetrunken und den Butterkuchen gegessen. Die Kellnerin fragte nach weiteren Wünschen. Karel bat um die Rechnung. Er war verunsichert, was man hier als Trinkgeld gab. Er rundete den Betrag nach oben auf und die freundliche Kellnerin ließ es sich, falls er zu sparsam gewesen war, nicht anmerken. Sie wünschte ihnen noch einen schönen Sonntag.

Als sie jetzt wieder durch den Park gingen, wussten weder Karel noch Nadja so richtig, wie sie das unterbrochene Gespräch wieder aufnehmen konnten. Es war kein unangenehmes Schweigen zwischen ihnen, aber jeder spürte doch die Verlegenheit des anderen. Daheim angekommen, stellte Nadja fest, dass sie noch ein paar Dinge im Haushalt zu erledigen hatte, was Karel Gelegenheit gab, sich in sein Zimmer zurückzuziehen. Zuvor versicherten sie sich gegenseitig, dass es ein schöner Nachmittag gewesen sei und Karel versäumte es nicht, Nadja zu sagen, dass er gerne einmal wieder mit ihr einen Spaziergang unternähme.

Ehepaar Beutelmaier

Karel hatte sich vorgenommen, Nadja möglichst bald eine gemeinsame Sonntagsunternehmung vorzuschlagen, doch das nächste Wochenende bot keine Gelegenheit dazu. Volker Beutelmaier hatte angerufen und Karel für den Sonntagnachmittag zu sich nach Hause eingeladen. Er drängte darauf, dass Karel bald seine Frau kennenlerne, die er als seinen Engel bezeichnet hatte.

Marianne Beutelmaier entpuppte sich tatsächlich als warmherzige Person. Sie gab Karel gleich das Gefühl, willkommen zu sein. Volker und Marianne bewohnten eine einfache Erdgeschosswohnung in einem ruhigen Stadtteil. Es gab eine kleine Terrasse und einen liebevoll gestalteten Vorgarten. Das Wohnzimmer war einfach, aber geschmackvoll möbliert. Im kleinen Bücherregal standen Bücher der „Wachturm-Traktatgesellschaft" sowie einige Bände deutscher Klassiker, Teile einer Billigedition, die vielleicht vor einigen Jahren einmal bei einem bekannten Kaffee-Röster angeboten worden waren. Ein Fernsehgerät schien es nicht zu geben, dafür stand im Wohnzimmer eine Stereoanlage und daneben ein Regal mit einer übersichtlichen Schallplatten- und CD-Sammlung.

Der Kaffeetisch war auf der Terrasse gedeckt. Karel wurde freundlich gebeten, Platz zu nehmen. Volker schenkte ihm Kaffee ein, während Marianne ihm ein großes Stück Erdbeerkuchen auf den Teller schob und ihm eine Schüssel mit Schlagsahne reichte.

Dann setzten sie sich ihm gegenüber in die bequemen Gartenstühle und strahlten ihn an. Karel lobte den Kuchen, machte eine höfliche, aber ehrlich gemeinte Bemerkung zu dem hübschen Garten und fragte schließlich, wie lange das Paar schon hier lebe.

„Marianne wohnt hier schon, seit sie auf eigenen Füßen steht", erzählte Volker. „Sie ist in dem Viertel verwurzelt. Selbst zur Arbeit sind es nur zehn Minuten mit dem Fahrrad."

„Ich arbeite bei einer kleinen Firma, wo ich schon meine Ausbildung als Buchhalterin gemacht habe", fügte Marianne hinzu. „Mein Elternhaus ist gleich um die Ecke und unser Königreichssaal, so nennen wir Jehovas Zeugen unser Gemeinschaftshaus, befindet sich ebenfalls hier im Viertel."

„Würde Marianne nicht ab und zu mal zu einem Jehova-Kongress eingeladen, käme sie wohl gar nie hier weg", lachte Volker.

„Das ist nicht ganz wahr", verbesserte ihn Marianne. „Seit wir verheiratet sind, gönnen wir uns einmal im Jahr einen Urlaub. Volker liebt die Berge und hat mich mit seiner Begeisterung infiziert. Ich denke, es ist vor Jehova ja auch durchaus Recht, wenn wir uns an der Schönheit seiner Schöpfung erfreuen."

Karel bestätigte ihre Meinung und überlegte bei sich, wie lange er selbst die Stadt nicht mehr verlassen hatte. Als er zum letzten Mal ans Meer oder in die Berge gereist war, musste das vermutlich noch ein Familienurlaub mit seinen Eltern gewesen sein.

Marianne setzte die Unterhaltung fort: „Mein Mann hat mir erzählt, dass Sie zusammen mit ihm bei der Globus-Versicherung gearbeitet haben und dass Sie jetzt Schriftsteller sind. Leider haben wir nicht viele Bücher."

„Oh", lachte Karel. „bis jetzt gibt es noch kein Buch von mir. Ich lebe sozusagen gerade von einer staatlichen Alimentation, die mich in den Stand setzt, umfangreiche Vorstudien zu führen und meine Pläne zu verfeinern. Immerhin ist mein Manuskript zuletzt ein Stück fortgeschritten, aber ich befinde mich damit noch eher am Anfang."

Volker lachte. „Karel ist wohl das, was man landläufig einen brotlosen Künstler nennt. Aber wenigstens ruiniert er damit weder sich noch eine Firma, die das Pech hätte, ihn zu beschäftigen."

Marianne warf ihrem Mann einen irritierten Blick zu, aber Karel lächelte gutmütig. „Ihr Mann hat wohl durchaus nicht ganz Unrecht, was mein Geschick in der Versicherungswirtschaft betrifft. Und in der Tat ist es nicht gewiss, ob ich mit meinem Roman jemals Geld verdienen werde."

„Ich würde es als ziemlich gesichert ansehen, dass du damit kein Geld verdienen wirst", fuhr Volker lachend fort und erntete dafür einen strafenden Blick seiner Frau. Sogleich ergriff er ihre Hand und sagte begütigend: „Keine Angst, Mariechen. Karel weiß schon, dass ich es nicht böse meine. Er sieht sein Schreiben nun mal als Mission an, so wie wir von Haus zu Haus ziehen, um unsere ‚Wachtürme' anzubieten. Solche Dinge macht man ja nicht wegen des Geldes. Karel ist ein Idealist, so wie du einer bist, mein Schatz. Deshalb wollte ich, dass ihr euch mal kennenlernt."

„Dass wir uns heute persönlich treffen, freut mich jedenfalls, lieber Herr Puto", sagte Marianne. Karel bot ihr daraufhin das ‚Du' an, was Volker freute. Nachdem die Kaffeetassen geleert waren, holte Volker Mineralwasser und Fruchtsaft.

„Bier gibt es in unserem Hause leider nicht", erklärte er bedauernd. „Ist für mich aber auch ganz gut so, denn bevor ich Marianne kennenlernte, hatte ich ein ganz schön heftiges Problem mit der Sauferei. An einem Tag wie heute wäre mir zwar manchmal nach einem kühlen Hellen, aber wir wollen die Dämonen lieber gar nicht erst in unser Haus lassen. Da ergänzen sich Jehovas Ordnungen und der gesunde Menschenverstand ganz prima, nicht wahr, Mariechen?"

„Volker redet manchmal, als nähme er unseren Glauben nicht ganz ernst. Aber Sie dürfen mir glauben, verzeih, du darfst mir glauben, Karel, dass er seine Pflichten gegenüber Jehova nicht versäumt."

„Marianne ist meine Beschützerin", lachte Volker. „Sie würde sich auch mit dem Gemeindevorstand anlegen, wenn es um meinen tadellosen Zeugenruf geht."

„Volker, bitte, was soll Karel denken?"

„Ach mein Liebes. Karel und ich haben uns doch ausgesprochen. Er weiß, dass mir der Glauben an Gott wahrscheinlich das Leben gerettet hat. Zumindest hat mich Jehova vor der Gosse bewahrt, und deshalb halte ich ihn in Ehren. Was mir zu einem tadellosen Knecht Gottes vielleicht fehlt, machst du sicher wett – gemeinsam werden wir Harmagedon sicher überstehen und können am Jüngsten Tag auf Gottes Gnade hoffen."

„Du schrecklicher Mann", lächelte Marianne und griff verliebt nach seinem Arm. „Karel, ich freue mich, dass mir Volker einmal einen alten Freund vorstellen kann. Durch die Krise nach seiner Scheidung und seine geistliche Neuorientierung hat er ja die meisten Brücken hinter sich abgebrochen. Selbst seine Verwandten wollen wegen unseres Glaubens kaum mit uns zu tun haben. Dabei wäre ich ihm zuliebe durchaus bereit gewesen, sogar Geburtstagseinladungen anzunehmen, obwohl wir uns von persönlichen Festtagen und Bräuchen wie Weihnachten und Ostern ja aus Glaubensgründen distanzieren. Leider haben sich in diesem Falle Volkers Verwandte noch schärfer von uns distanziert."

„Na ja", sagte Volker, dem die ernste Wendung des Gesprächs etwas unangenehm war. „Marianne wiegt für mich eine ganze Verwandtschaft auf, und die alten Kumpels wären ohnehin nicht mehr ganz das Richtige für mich."

„Volker erzählte mir, dass du auch an Jehova glaubst", wandte sich Marianne wieder an Karel. „Wenn du auch nicht in unserem Sinne ein Diener Jehovas bist, scheint uns der Glaube doch wie ein Band zusammenzuführen, denkst du nicht?"

Karel sah Marianne an und überlegte, was er ihr auf diese Frage antworten sollte. Er hatte sich vor einiger Zeit nach einer stillen Besinnung über der Bibel vorgenommen, in Glaubensfragen möglichst nichts mehr nur aus Höflichkeit zu sagen. Die Lehre, der Marianne anhing, war für Karel ein menschengewirktes Gebilde und eine Verzerrung dessen, was ihn selbst am Evangelium Jesu Christi faszinierte. Karel fand die Blicke Mariannes und Volkers auf sich gerichtet. Er spürte, dass sie sich von ihm eine Bestätigung wünschten. Sie mochten ihn und schienen aus einem Grunde, den er sich nur vage vorstellen konnte, seine Freundschaft und sein Verständnis zu suchen. Typische Sektierer waren anders. Die schauten auf andere herab, weil sie sich selbst im Besitz des Schlüssels zur Erlösung wussten, der allen anderen vorenthalten war. Karel atmete tief durch und sagte dann: „Ja, ich denke, dass uns der Glaube an Gott vereint, und ich freue mich, dass es ihm offensichtlich gefallen hat, dass sich unsere Wege kreuzten."

Frieden auf Erden

„Schön, dass Sie Herrn Hiller wieder hierher begleitet haben und unserem kleinen Kreis erneut die Ehre geben!" Achim Leverus schüttelte Karel freundlich die Hand und wies ihn ins Wohnzimmer. Dort hatten sich neben Heinrich Lutterhof bisher nur Guido Kronendorf und Heinz Heinemann eingefunden. Letzterer war der dicke Herr, der sich an Karels erstem Abend mit Zwischenrufen hervorgetan hatte. Kronendorf lächelte Karel freundlich zu, Lutterhof murmelte ein etwas steifes „Freut mich" und der füllige Heinemann quäkte: „Schneid hat der Mann, dass er sich wieder in unsere Lästerhöhle wagt!"

Kurz darauf trafen noch zwei weitere Herren ein, sodass Achim Leverus für diesen Abend bereits Vollzähligkeit konstatieren konnte: „Einige unserer Freunde haben sich entschuldigen lassen. Die Ferienzeit fordert bereits ihren Tribut. Unsere Herren Lehrer genießen bereits die Toskana, und einer unserer Freunde muss heute seine Gattin anlässlich des Hochzeitstages ausführen. Möglicherweise ist diese Entschuldigung aber auch nur ein Vorwand, um den ‚finsteren und blutigen Gründen' zu entgehen, in die uns heute unser Scout Hiller voraussichtlich entführen wird."

„Ah, bekommen wir es heute wieder mit der Dichtkunst Karl Mays zu tun?", fragte Heinemann.

„Nun ja", sagte Roland Hiller, „nachdem der für heute vorgesehene Referent ebenfalls zu denen gehört, die bereits im sonnigen Süden weilen, hat mich Herr Leverus angefragt, ob ich nicht etwas Neues zu Karl May vortragen könnte."

„Das haben wir gerne", schnarrte Lutterhof, „anstatt uns, wie wir es seither gewohnt waren, an dichterischer Feinkost zu weiden, lässt uns Herr

Leverus neuerdings mit Vorliebe Hausmannskost auftischen, um dann als Erster die mangelnde Fantasie des Kochs wortreich zu verhöhnen. Waren wir mit May nicht schon fertig? Lag Old Shatterhand nicht schon hier verblutend auf dem Boden des Leverus'schen Salons, niedergestreckt durch einen hinterhältigen Schuss des Hausherren?"

„Nun mal langsam, Martin Luther! Herr Hiller hatte sich selbst noch an jenem desaströsen Abend angeboten, bei Gelegenheit mit einem anderen Pfund des Sachsen zu wuchern, um Mays Schauerlyrik möglichst bald vergessen zu machen. Vielleicht gelingt es ihm ja heute, uns zu beeindrucken. Ich sitze hier jedenfalls nicht mit gewetztem Messer, sondern ganz einfach neugierig und bereit, zu hören und belehrt zu werden."

„Na, was haben Sie uns denn überhaupt mitgebracht, Master Hiller?", fragte Heinemann. „Ich las als unschuldiger Knabe durchaus gerne die Abenteuer mit Winnetou und entsinne mich, dass ich mich einen halben Tag lang in der Toilette eingeschlossen hatte, als ich auf die Stelle gestoßen war, wo die edle Rothaut ihr letztes ‚Ave Maria' sang."

„Hat May in seinem Epos tatsächlich einen singenden Apachen auftreten lassen?", wollte Leverus wissen. „Seinen Gedichten nach zu urteilen, würde ich ihm dies durchaus zutrauen."

„Nein", sagte Karel, „Winnetou hat nicht gesungen. Aber er hatte kurz vor seinem Tod ein ‚Ave Maria' bei deutschen Siedlern gehört und wünschte sich von ihnen, dass sie es nochmals sangen, während er in den Armen Old Shatterhands starb."

„Nicht viel weniger kitschig als ein singender Indianer!", stellte Leverus fest.

„Ich fand die Stelle immer ergreifend", sagte Heinemann. „zumal das ‚Ave Maria' von Old Shatterhand komponiert worden war. Da hatte ich mir in meiner Fantasie vorgestellt, Winnetou habe mitgesungen oder wenigstens gesummt."

„Die Komposition von Karl May gibt es übrigens wirklich", sagte Roland Hiller. „Ich habe sie sogar auf Schallplatte!"

„Nicht möglich", sagte Leverus mit gespielter Überraschung, „der Junge war ja ein Universalgenie!"

„Zumindest hat er einige Überraschungen anzubieten", erwiderte Roland Hiller. „Mit meinem Freund Karel pflege ich einen regen literarischen

Gedankenaustausch. Bisweilen stellen wir fest, dass May ein beachtlicher Psychologe ist, der ganz dicht sogar an einen Meister wie Dostojewskij herankommt."

„Und das können Sie wirklich bestätigen, Herr Puto?", fragte Leverus. Er legte zweifelnd seine Stirn in Falten.

Man merkte es Karel an, dass er nach einer diplomatischen Antwort rang: „Nun ja, die Stilmittel beider Dichter unterscheiden sich schon ein wenig. Man muss die Abenteuerhandlungen Mays als Gleichnisse lesen, dann lässt sich eine gewisse psychologische Komponente darin erkennen."

„Sehen Sie", sagte Hiller triumphierend, „und in seiner Selbstbiografie hat May geschrieben, er habe zeitlebens Allegorien und Predigten an die Völker verfasst! Meine Herren, ich will Sie heute mit der pazifistischen Seite Karl Mays vertraut machen!"

„Pazifismus? Hat der Kerl in seinen Büchern nicht dauernd Kunstschüsse auf Menschen ausgeführt?", fragte Leverus laut flüsternd seinen Nebenmann.

„Nur auf Schurken und nur auf die Beine", flüsterte Heinemann zurück.

„Und erst, nachdem er sie auf ihre Rechte hingewiesen hatte", gluckste Lutterhof.

„Oder ihnen eine Predigt gehalten hat", fügte Heinemann hinzu.

Hiller ignorierte diese Bemerkungen und setzte seine Rede fort: „Das Buch, das ich Ihnen heute vorstellen möchte, heißt ‚Und Frieden auf Erden' und entstand nach Mays großer Orientreise."

Es folgte nun ein für die meisten durchaus interessanter, aber etwas langatmiger Vortrag über Karl Mays Friedensroman. Hillers Bestreben war es, May als einen unbequemen und ernst zu nehmenden politischen Mahner des frühen 20. Jahrhunderts erscheinen zu lassen, eine Stimme gegen den Kolonialismus und überraschenderweise auch gegen religiösen Dogmatismus. Mays Botschaft gipfelte in dem Appell „Gebt Liebe nur, gebt Liebe nur allein!" Diesen stellte Hiller etwas pathetisch an das Ende seiner Ausführungen.

Leverus lag es auf der Zunge, auf den hymnischen Schluss eine seiner tödlichen sarkastischen Bemerkungen folgen zu lassen. Er besann sich aber und sagte stattdessen: „Ich muss zugeben, dass der Vortrag für mich doch noch einige Überraschungen barg."

„Weil es keine toten Indianer zu beklagen gab?", fragte Heinemann.

„Nein, weil ich ein Stück weit das Bild eines opportunistischen Frömmlers, für den ich May stets hielt, revidieren muss. Mit diesem Werk, so naiv und kitschig es mir auch an manchen Stellen erscheinen will, dürfte sich der Gute damals so ziemlich zwischen alle Stühle gesetzt haben."

„Das ist richtig bemerkt", sagte Lutterhof. „Die negative Darstellung des christlichen Missionars war ein Affront gegen alle Kleriker. Und Kolonialismus oder Militarismus kommen in diesem Buch wohl wirklich schlecht weg. Viele Freunde konnte sich der Mann im Kaiserreich damit nicht machen!"

„Zumal der Roman, was ich eigentlich schon eingangs meiner Ausführungen hätte bemerken sollen, ursprünglich eine Auftragsarbeit war, der in einem patriotischen Werk über die Niederschlagung des chinesischen Boxeraufstands erscheinen sollte", stellte Hiller befriedigt über die ersten Reaktionen der Zuhörer fest. „May lieferte sein Werk in Fortsetzungen und der verärgerte Verleger bemerkte erst nach und nach, was ihm May da untergejubelt hat. Als er es dann entdeckte, musste May die Erzählung abbrechen. Das letzte Kapitel erschien erst später in Buchform."

„Es adelt einen Schriftsteller, wenn er seine Überzeugungen so hoch stellt, dass er bereit ist, sich dafür Ärger einzuhandeln", sagte Lutterhof.

„Und wer Stunk gegen Militär und Kirche macht, darf sich unserer Sympathien ohnehin gewiss sein", lachte Heinemann. „Da darf er sich zur Not auch ziemlich sentimental religiös geben, was May ja offensichtlich auch hier nicht ganz unterlassen konnte."

„Man kann nun mal als Schriftsteller seine Glaubensüberzeugung nicht ausblenden", bemerkte Guido Kronendorf.

„Aber man muss sie, wenn man Rücksicht auf das lesende Publikum nimmt, auch nicht wie ein Schild ständig vor sich hertragen", erwiderte Heinemann.

„Wenn man sein literarisches Schaffen als Mittel sieht, sich der Welt mitzuteilen, kann man doch eine elementare Sache wie den eigenen Glauben nicht im Herzen vergraben!" Der junge Mann schaute sein fülliges Gegenüber streitlustig an.

„Wer sagt, dass Glaube und Religion wichtig sind?", bemerkte Heinemann gereizt. „Sie selbst sind doch bis vor Kurzem ganz gut ohne ausgekommen."

„Und jetzt bemerke ich bei Ihnen, dass die Abneigung gegen Religion selbst zu einer Art Ersatzreligion wird", giftete Guido.

„Aber meine Herren", mischte sich Leverus ein, „mir scheint, unser literarischer Kreis wird so langsam überfrachtet von diesem religiösen Gezänk. Hatten wir nicht beim letzten Male die Fronten schon ziemlich eindeutig geklärt. Außer in Herrn Puto, der sich bis jetzt höflicherweise und sicher auch aufgrund seiner Klugheit zurückgehalten hat, und neuerdings wohl in Ihnen, lieber Guido, hat der liebe Gott in diesem Kreis keine Fürsprecher. Und dies wird voraussichtlich so bleiben, deshalb brauchen wir uns gar nicht erst zu streiten! Besuchen Sie doch lieber einmal mit Herrn Puto zusammen eine Kirche, wenn ihnen der Sinn nach Transzendenz steht, junger Mann!"

Guido wurde nun wirklich ärgerlich: „Ich hatte diesen Kreis eigentlich für einen Hort des offenen Gesprächs gehalten. Es macht doch keinen Sinn, hier durch Herrn Hiller ein offensichtlich religiös inspiriertes Buch vorstellen zu lassen, und dann Glaubensfragen unter den Teppich zu kehren!"

Leverus antwortete beschwichtigend: „Aber gerade Herr Hiller zeigt uns doch, dass es möglich ist, die religiöse Grundhaltung eines Dichters als sozusagen historisch gegebene Tatsache stehen zu lassen und sich einem Werk vom ästhetischen Blickwinkel her zu nähern!"

„Wenn ich Literatur so betrachte, brauche ich kein Buch mehr zu lesen", sagte Guido und schaute sich um, ob er von Karel keine Unterstützung erhalte. „Ein Buch, das seinen Wert nicht daraus bezieht, dass es seine Leser in gewissem Sinne lebensverändernd zu beeinflussen sucht, ist doch schließlich nichts als Unterhaltungsfutter. Wenn ich mich dem Anliegen des Dichters gegenüber aber völlig verschließe, ist es so, als gäbe ich vor, ein Gespräch zu führen, und würde mich gleichzeitig taub stellen."

Karel nickte dem jungen Mann bestätigend zu. Die erhoffte verbale Unterstützung kam aber von Roland Hiller: „Ich muss Herrn Kronendorf Recht geben. Auch wenn ich durchaus Mays Glauben distanziert betrachten kann, wäre ich seinen Büchern nicht über dreißig Jahre treu geblieben, wenn sie nicht zumindest mein Interesse an religiösen Fragen geweckt hätten. Das Buch, das ich Ihnen hier vorgestellt habe, ist mir persönlich wertvoll geworden, weil es mich von einer friedlichen, von der Liebe regierten Welt träumen lässt. Die Überzeugung Mays, dass diese Liebe notwendigerweise göttlichen Ursprungs ist, habe ich lange Zeit etwas in den Hintergrund verdrängt."

„Das meinte ich doch", sagte Leverus. „Dieser Aspekt kann doch quasi ausgeblendet werden!"

„Nun ja", sagte Hiller, „das ging ziemlich lange, aber inzwischen bin ich ja durch meinen Freund Karel intensiv mit dem Werk eines anderen Schriftstellers konfrontiert worden. Und Dostojewskij stellte, wenn ich es richtig verstanden habe, doch deutlich die These in den Raum, dass man die Vorstellung von Gott nicht einfach aus der Welt heraus radieren kann, ohne dass sich die Verhältnisse der Dinge dadurch grundlegend änderten. Im stillen Kämmerlein ist mir bei der Vorbereitung des heutigen Abends der Gedanke gekommen, dass ich nur so lange gemeinsam mit May von der Liebe träumen kann, soweit ich auch seine Vorstellung von einem liebenden Gott in meinen Traum mit einbeziehe. Konsequent zu Ende gedacht, besteht wohl ernsthaft die Gefahr, dass mich May und Dostojewskij noch zu einem Christen machen. Und wenn es diesen beiden Dichtern nicht gelingt, schafft es vielleicht Karel selbst, wenn sein Buch einmal fertig ist!"

Hiller grinste Karel und Guido leicht verschämt an und freute sich, dass es ihm gelungen war, Leverus für einen Augenblick sprachlos zu machen. Leverus hisste die weiße Flagge, indem er in die Küche ging, um neue Weinflaschen zu holen.

Butterkuchen und Ikonen

„ ... Und so wurde es dann noch ein recht harmonischer Abend, wobei es natürlich schade war, dass wir die spannende Diskussion nicht noch ein bisschen weiter führen konnten!" Karel schloss den Bericht über seinen zweiten Besuch im „Dichterzirkel" gerade, als sie beim Parkcafé angekommen waren. „Wollen wir uns wieder auf die Terrasse setzen? Es ist heute zwar etwas windig, aber vielleicht finden wir einen geschützten Platz."

„Ich bin gerne draußen an der frischen Luft", antwortete Nadja. „Aber diesmal darf ich Sie einladen, Herr Puto. Ja?"

„Aber ich bitte Sie. Ich werde sie doch einmal im Monat zu einem Stückchen Kuchen einladen dürfen! So lange ist das nämlich schon wieder her. Machen Sie mir doch die Freude, dass ich Sie ausführen darf."

Nadja lächelte. „Wenn es für Sie eine Freude ist, fühle ich mich gerne geehrt. Schauen Sie, der Tisch vom letzten Mal ist noch frei!"

Wieder bestellten sie bei der freundlichen Bedienung Kaffee und Butterkuchen, und Karel ertappte sich bei dem Gedanken, dass er aus den Sonntagsspaziergängen mit Nadja, aus Kaffee und Butterkuchen, gerne ein Ritual machen würde. Er hatte den Eindruck, dass es Nadja gut tat. Wann immer sie Zeit für Gespräche hatten, die nicht nur Alltagsdinge wie Wäsche und Einkäufe betrafen, schien Nadja regelrecht aufzublühen. Dies fiel ihm umso mehr auf, weil sie in letzter Zeit oftmals sehr bedrückt von der Arbeit nach Hause gekommen war.

„Herr Puto. Ich finde es so schön für Sie, dass Sie Anschluss an diesen Literaturkreis gefunden haben", sagte Nadja, während sie auf Kaffee und Kuchen warteten. „Auch wenn mir scheint, dass nicht alle diese Leute so wie Sie gestrickt sind!"

„Ja, ich glaube schon, dass dieser Kreis recht anregend für mich werden kann."

„Sie erwähnten öfters diesen jungen Mann, diesen Guido Kronendorf. Er schien Sie zu beeindrucken?"

„So ganz bin ich mir noch nicht sicher. Aber er ist zumindest der, vor dem ich am wenigsten Angst habe, wenn ich beim nächsten Treffen über meinen geplanten Roman erzählen soll."

„Sie werden dort über Ihr Buch sprechen? Das ist ja wunderbar!"

„Nun ja. Herr Leverus meinte beim Abschied, das nächste Mal sei ich an der Reihe. Er handhabt die Gestaltung des Programms mitunter sehr autoritär. Ehrlich gesagt fühle ich mich bei der Sache gar nicht so wohl, denn mit dem Schreiben bewege ich mich ja noch sehr am Anfang. Außerdem beginne ich gerade jetzt, also sagen wir im letzten halben Jahr, die Welt teilweise noch einmal mit anderen Augen zu entdecken. Ich mache Beobachtungen, lerne Menschen kennen. Herrn Hiller, Sie, Volker und Marianne Beutelmaier, vielleicht auch Guido Kronendorf. Es gibt plötzlich in meinem Leben Menschen, die mich hinterfragen und, was vielleicht noch wichtiger ist, die mir etwas über sich erzählen. Menschen, die etwas von sich preisgeben, Menschen, in denen ich Tiefen entdecke, die ich erkunden möchte, ehe ich meinen Aljoscha in die literarische Welt setze."

Nadja sah Karel in die Augen. „Sie hatten mich in Ihrer Aufzählung erwähnt. Es ist schlimm, dass ich so neugierig bin, aber denken Sie wirklich, dass ich eine Rolle für Ihr Buch spielen kann?"

Karel nickte. In der ernsthaft nachdenklichen Art, in der er meist über sein Buch sprach, antwortete er: „Ich glaube schon. Auch in Ihrem Leben zeigt sich mir ein Funken dieser Liebe, die göttlich ist. Ich will nicht plump erscheinen, aber mit Ihrer Hilfsbereitschaft und durch die Hingabe, mit der Sie Ihre Verwandten unterstützen und dafür hart arbeiten, haben Sie für mich etwas von einem Engel!"

„Oh, wenn Sie wüssten, wie es manchmal in diesem Engel aussieht, wären Sie leider ziemlich desillusioniert, fürchte ich." Nadja lächelte traurig. „Ein Engel ist ja ein Wesen, das, wie Sie sagen, aus Liebe heraus handelt, und ich fühle gerade wenig Liebe in mir. Ich habe in meinem Leben gelernt, Pflichten zu erfüllen, Verantwortung nicht abzulegen. Aber ich fühle mich dabei langsam sehr müde und erschöpft. Doch das gehört nicht hierher. Ich möchte gerne von Ihren Plänen hören. Ist dieser Guido vielleicht ein wenig so, wie Sie sich Aljoscha vorstellen? Er scheint viel sensibler zu sein als der Rest Ihrer Männerrunde."

„Ich hatte, ehrlich gesagt, auch schon den Gedanken", bestätigte Karel. „Deshalb möchte ich ihn gerne noch etwas besser kennenlernen. Er bezeichnet sich ja nicht einmal als gläubigen Menschen, aber gerade das ist es, was mich neugierig macht. So wie ich mir einen Heiligen vorstelle, kann das ja niemand sein, der das Gesetz Gottes ständig im Mund trägt, sondern es muss jemand sein, der Gottes Liebe im Herzen hat, vielleicht ohne sich dessen wirklich bewusst zu sein. Gerade diese Unbedarftheit kann ihn doch zu einem wahrhaft demütigen Gotteskind machen, das sich nicht für besser und heiliger hält als andere. Bei mir selbst merke ich ja bereits, dass mich mein Glaube und mein Bibellesen in Gefahr bringen, mich wie ein besserer Mensch zu fühlen. Oh, da kommt unser Kaffee."

Die Kellnerin servierte Kaffee und Kuchen und sorgte für eine Unterbrechung des Gesprächs. Eine Weile genossen sie still ihren Butterkuchen und den Milchkaffee. Nadja war es, die den Gesprächsfaden wieder aufnahm: „Für mich ist es interessant, dass Sie sich viel mit Glaubensfragen beschäftigen. Ich bin nicht religiös, aber manchmal bin ich schon in diese kleine orthodoxe Kirche gegangen, die sich in unserer Straße befindet. Von außen ist sie ganz unscheinbar und sieht gar nicht wie eine Kirche aus."

„Das Schild ist mir mal aufgefallen: ‚Kapelle Sankt Nikolaus', nicht wahr?"

„Ja. Es ist der Gottesdienstraum einer russisch-orthodoxen Gemeinde. Die Kapelle ist meist geöffnet. Innen ist sie so eingerichtet, wie ich das von den älteren Kirchen in meiner Heimat kenne. Die Ikonen und der besondere Duft entführen einen in eine fremde Welt. Auch wenn mir der Glaube selbst fremd ist, wird für mich in einer solchen Kirche greifbar, dass es Menschen gibt, die an Gott glauben, die ihm ihre Kunst und ihre Gedanken widmen!" Nadja lachte. „Es klingt vielleicht etwas verrückt. Aber Sie erinnern mich an diese Kirche. Ich bilde mir manchmal ein, in Ihrem Zimmer mit der aufgeschlagenen Bibel auf dem Nachttisch würde es wie in dieser Kirche etwas nach Weihrauch duften!"

„Ikonen faszinieren mich seit einiger Zeit", sagte Karel. „Ein wenig sicher deshalb, weil sie zur russischen Seele gehören, der ich in Dostojewskijs Büchern nachspüre. Aljoscha Karamasow überlegte ja, auf Dauer in einem Kloster zu leben. Interessanterweise spielen Kirchen und Klöster bei Dostojewskij trotzdem nur eine Nebenrolle. Seine Heiligen, wie Myschkin und Aljoscha Karamasow, müssen sich in der Welt bewähren und die Läuterung von Raskolnikow, dem tragischen Helden aus ‚Schuld und Sühne', findet weitab von jeder Kirche statt. Aber ganz ohne schöne Kirchengebäude, ohne Bilder, auch ohne Ikonen käme mir die Welt leerer und ärmer vor. Ich habe einmal gehört, dass man Ikonen ‚liest'. Ja, heilige Bilder und heilige Stätten sind für mich wohl ein wenig wie Bücher, die mir helfen, mehr von der Welt, besonders der unsichtbaren Welt, zu begreifen."

Nadja und Karel unterhielten sich angeregt, bis es Zeit wurde, wieder aufzubrechen. Karel tat das Interesse gut, das Nadja an seinen schriftstellerischen Plänen zeigte. Er hatte das Gefühl, dass sie viel von dem verstand, was ihn innerlich antrieb. Während er mit gemischten Gefühlen dem nächsten Abend bei Leverus entgegensah, hatte er vor Nadja keine Scheu, unfertige Gedanken auszubreiten.

Auf dem Heimweg machte Nadja den Vorschlag, nachzusehen, ob die Nikolaus-Kapelle geöffnet sei. Sie fanden sie offen und betraten den sakralen Raum. Vor den Ikonen brannten noch einige Kerzen, vermutlich vom Gottesdienst am Morgen. Die ganze Kirche war von einem intensiven Duft erfüllt, der für Karel zunächst immer etwas gewöhnungsbedürftig war. Sie setzten sich nebeneinander auf eine Bank und betrachteten schweigend die Ikonostase. Karels Blick fiel auf die drei Türen an der bildergeschmückten Wand. Die mittlere Tür nannte man die Königstür. Durch sie schritt der Priester, wenn er den Gläubigen das Evangelienbuch oder den Kelch der Eucharistie brachte. Jetzt war sie verschlossen. Karel stellte sich vor, sie würde geöffnet und dahinter erschiene der König selbst. Nicht in Gestalt des Wortes oder der eucharistischen Symbole. Er stellte sich den König mit einladend ausgestreckten Armen vor. Das Gesicht und die Gestalt des Königs nahmen in seinen Gedanken unterschiedliche Formen an. Er erkannte die Züge verschiedener Menschen, die ihm begegnet waren und die ihn gerade beschäftigten. Die Bilder kamen und verschwanden. Es schien nicht möglich, ein bestimmtes Bild des Königs für längere Zeit gedanklich festzuhalten. Karels Blick richtete sich auf Nadja, die neben ihm saß. Was sie wohl im Moment beschäftigte? Er wünschte ihr, dass sie hier wenigstens eine Ahnung spürte von der Präsenz des Königlichen. Die Arme, die sich liebevoll ausstreckten, luden sie genauso wie ihn selber ein. Karel sprach ein stummes Gebet für Nadja, denn er erinnerte sich daran, dass sie ihn auf der Terrasse vorhin traurig angelächelt und ihm gestanden hatte, wie müde sie sich fühlte.

Nadja stand nach einigen Minuten des gemeinsamen Schweigens als Erste auf. Karel folgte ihr zum Ausgang. Nach ihnen war noch ein grauhaariger Mann, vielleicht Mitte 50, in die Kirche eingetreten, der in einer der hinteren Bänke Platz genommen hatte. Als sie an ihm vorbeigingen, fiel sein Blick auf Nadja. Auf seinem Gesicht spiegelte sich eine freudige Überraschung, als er sie ansprach: „Frau Tesslowski! Das ist ja schön, Ihnen so unverhofft wieder zu begegnen!"

Narren Gottes

Der Grauhaarige hatte zusammen mit ihnen die Kirche verlassen. Draußen stellte er sich Karel vor: „Georg Kreuzmann. Ich bin der evangelische Pastor dieses Stadtviertels. Frau Tesslowski habe ich leider bei einem traurigen Anlass kennen gelernt."

Karel nannte ebenfalls seinen Namen und sagte, er sei der Untermieter von Nadja Tesslowski. Kreuzmann wandte sich an Nadja: „Liebe Frau Tesslowski, es ist ja eine kleine Ewigkeit her, seit ich Sie das letzte Mal gesehen habe. Wie geht es Ihnen denn?"

Nadja reagierte leicht verlegen. Sie schätzte Georg Kreuzmann sehr. Kennengelernt hatte sie ihn nach dem Tod ihres Mannes. Obwohl Artur und sie keine Kirchenmitglieder gewesen waren, hatte der Pastor nach einem kurzen Gespräch eingewilligt, ihren Mann kirchlich zu bestatten. Ein Kollege Arturs war Mitglied in Kreuzmanns Gemeinde und hatte den Kontakt hergestellt. Georg Kreuzmann hatte sich Zeit für Gespräche mit der Witwe genommen und es gegenüber dem Kirchenvorstand vertreten, dass er aus seelsorgerlichen Gründen eine kirchliche Feier zur Beerdigung abhalten werde. Ob dies denn angehen könne, hatte ihn einer der Kirchenältesten gefragt, wenn weder der Verstorbene noch die Witwe Kirchenmitglieder seien! Kreuzmann hatte erwidert, dass für ihn als Pastor ein Hinderungsgrund nur dann bestünde, wenn bekannt wäre, Artur Tesslowski habe sich zu Lebzeiten ausdrücklich gegen ein christliches Begräbnis ausgesprochen. Die Witwe habe ihm aber versichern können, dass ihr Mann nie gegen die Kirche eingestellt gewesen sei. Nadja Tesslowski selbst erscheine ihm als Mensch auf der Suche nach Halt und Orientierung. Er werde sie weder abweisen noch nötigen, in die Kirche einzutreten. „Ich bin mir aber sicher", hatte er den Kirchenvorständen gesagt, „dass Frau Tesslowski in unserer Kirche eine Heimat finden könnte, wenn wir ihr als Gemeinde einladend begegnen."

Tatsächlich hatte Nadja Tesslowski später einige Male den Gottesdienst besucht. Pastor Kreuzmann ließ ihr einige Einladungen zu weiteren Veranstaltungen zukommen. Aber sie zeigte sich zurückhaltend. Kreuzmann schmerzte es, dass er Nadja Tesslowski nach jedem Gottesdienst mit einem warmen Händedruck und einigen guten Worten in die Einsamkeit verabschieden musste. Sie kam alleine und ging alleine, und keines seiner Gemeindemitglieder hatte offensichtlich den Mut, die fremde Gottesdienstbesucherin einmal anzusprechen oder sich zu ihr in die Bank zu setzen. Als sie nach einiger Zeit wegblieb und Kreuzmann es bemerkte, fehlte ihm das Selbstvertrauen, ihr nochmals nachzugehen und sie wieder einzuladen. Zum Glauben konnte er sie nicht zwingen, und ihr in seiner Kirche ‚christliche Gemeinschaft' anzubieten, erschien ihm aufgrund der offensichtlichen Zurückhaltung seiner Herde gegenüber Fremden wie eine leere Worthülse.

Nadja ihrerseits hatte gegenüber dem freundlichen Pastor ein schlechtes Gewissen. Seine etwas trockenen und spröden Predigten hatten ihr wenig zu sagen gehabt. Viele andere Gründe, die als schmucklosen Nachkriegsbau wiedererrichtete Kaiser-Wilhelm-Kirche zu besuchen, hatte sie nicht gefunden. Am ehesten hatten noch die feierlichen Orgelklänge und die Choräle in ihr nachgeschwungen, doch bei den letzten beiden Gottesdiensten, die sie besucht hatte, war die Orgel stumm geblieben. Stattdessen hatte ein junges Paar mit Gitarre und Keyboard neuere Lieder begleitet, die Nadja an Schlager- oder Popmusik erinnerten und bei ihr keinen Eindruck hinterlassen hatten.

Die Frage nach ihrem Wohlergehen beantwortete Nadja mit einer üblichen Floskel, von der sie gleich wusste, dass Pastor Kreuzmann sie als solche wahrnahm. Es entstand eine gemeinsame Verlegenheit. Georg Kreuzmann hätte sich beinahe zu einer Bemerkung über das Wetter hinreißen lassen. Dann besann er sich und deutete stattdessen auf die Tür der Nikolaus-Kapelle: „Eine schöne, stimmungsvolle Kirche, nicht wahr?"

Nadja nickte bestätigend.

„Ich komme manchmal hierher", fuhr der Pastor fort, „in unserer eigenen Kirche vermisse ich diese besondere Atmosphäre. Die orthodoxen Gottesdienste sind ja Zeremonien, die einem schon einen Vorgeschmack auf den Himmel geben wollen. Dazu gehören natürlich der Goldschmuck und der Blick auf das Antlitz unseres Herrn Jesus und seiner Heiligen. Das haben wir leider nicht zu bieten." Er seufzte. „Wir sind eben eine Kirche des Wortes. Wobei ich das Wort nicht gering achten möchte!"

Kreuzmann sah sich gefährdet, aus seiner Verlegenheit heraus ins Schwallen zu kommen. Deshalb war er dankbar, dass Karel auf seine letzte

Bemerkung einging, indem er sagte: „Ich messe der Kraft des Wortes ebenfalls viel Wert bei!"

Kreuzmann war sich nicht sicher darüber, ob er die Bemerkung Karels als Glaubensbekenntnis oder als allgemeine Lebensweisheit verstehen dürfe. Deshalb nickte er nur schweigend und kommentierte nach einer Weile: „Das ist gut!"

Nun hatte auch Nadja einen Anknüpfungspunkt gefunden: „Ja. Herr Puto liest viel in der Bibel und ist als Schriftsteller jemand, der sich mit der Kraft von Worten beschäftigt."

„Ach, Sie sind Schriftsteller?"

Kreuzmann sah Karel freundlich an. „Da darf sich Frau Tesslowski ja über einen interessanten Mieter freuen!"

Karel lächelte verlegen und Nadja Tesslowski bestätigte eifrig, dass ihr Untermieter an einem spannenden Buch arbeite. „Ein wenig fällt es auch in Ihr Metier, Herr Pastor, denn in Herrn Putos Buch wird es viel um christlichen Glauben und Religion gehen."

Da sich Kreuzmann interessiert zeigte, versuchte Karel, in möglichst knappen Worten seine schriftstellerischen Ziele zusammenzufassen. Der Pastor war unsicher, ob er Karel mit seinen Ambitionen ernst nehmen könne. Als Karel jedoch beiläufig den Kreis von Achim Leverus erwähnte, rief Kreuzmann lachend aus: „Also, in diesem Zirkel bewegen Sie sich! Dass Sie sich als religiöser Schriftsteller in diese Höhle des Löwen begeben, nötigt mir ja den höchsten Respekt ab!"

„Nun ja, ich hatte schon Gelegenheit, einige antiklerikale Tendenzen in diesem Literatenzirkel festzustellen", erwiderte Karel. „Aber ich denke doch, dass man schließlich jede aufrichtig vertretene Meinung dort zumindest stehen lassen wird und hoffentlich auch achtet!"

„Zu wünschen wäre es", sagte Kreuzmann, „und ich will auch niemandem etwas Schlechtes nachsagen. Aber ich muss Ihnen nun doch erzählen, dass ich diesen Kreis bis vor etwa einem Jahr hin und wieder besucht habe. Zum Schluss habe ich, ganz ehrlich gesagt, resigniert vor dem Sarkasmus, der mir dort begegnet ist. Es mag nun in meinem Fall vielleicht an meinem Beruf oder gar an meinem Namen gelegen haben, dass man mir dort besonders übel mitgespielt hat. Jedenfalls hat man mir meine Erzählungen, die übrigens von einem renommierten christlichen Verlagshaus seit einigen

Monaten mit großem Erfolg verkauft werden, bei Leverus derart um die Ohren gehauen, dass ich meine Manuskripte fast auf den Müll geworfen hätte. So groß waren plötzlich die Selbstzweifel an meinem literarischen Talent! Untereinander sind diese Herren zwar auch nicht zimperlich, aber ich fühlte mich dort in besonderem Maße in eine Ecke gestellt und zertrampelt."

„Oh weh, Herr Puto!" Nadja Tesslowski ergriff nach den Ausführungen Kreuzmanns Karels Hand und schaute ihn voller Besorgnis an. Es war eine rührende, mütterlich wirkende Geste. Karel schien jedoch das Gehörte gelassener als sie aufzunehmen.

„Ich muss Ihnen gestehen, Herr Kreuzmann, dass ich auch nicht ganz ohne jedes mulmige Gefühl bei Herrn Leverus über meine literarischen Absichten sprechen kann, aber zur Not muss ich es aushalten, mich in diesem Kreis zum Narren machen. Das ist schon klügeren Leuten als mir passiert. Wenn man den Apostel Paulus beim Wort nimmt, ist es ja das Los eines Christen, von der Welt belächelt zu werden."

Nadja gab sich damit nicht zufrieden und wandte ein: „Für das, woran Sie hängen, wofür Sie so lange schon arbeiten, verspottet und verletzt zu werden! Möchten Sie sich das wirklich antun? Wenn es schon Herrn Pastor Kreuzmann so schlimm ergangen ist!"

Georg Kreuzmann kratzte sich am Kopf. Es hatte nicht in seiner Absicht gelegen, Karel ernstlich das Referat vor dem Literatenzirkel auszureden oder gar Nadja mit Sorgen zu belasten. Er suchte nach einer Bemerkung, um die Wogen zu glätten. Andererseits stiegen lebhafte Erinnerungen in ihm hoch. Er hatte sich durch Leverus und dessen Freunde seinerzeit wirklich tief verletzt gefühlt, obwohl für ihn die Schreiberei ja tatsächlich nur eine Nebenprofession war und keine tragende Säule seines Selbstwertgefühls.

„Könnten Sie Herrn Puto vielleicht zu Leverus begleiten?", fragte Nadja und schaute den Pastor erwartungsvoll an. Die beiden Männer warfen sich verdutzte Blicke zu. Nadja bemerkte diese und sagte zu Kreuzmann: „Ich weiß, dass dies ein etwas seltsames Ansinnen ist, nachdem Sie eben erst mit Herrn Puto bekannt geworden sind. Wären mir unsere Gespräche nach dem Tod meines Mannes nicht in so guter Erinnerung, würde ich auch nie auf die Idee gekommen sein, solch einen Gedanken auszusprechen. Aber

Sie haben mir wirklich Angst gemacht, Herr Puto könnte von diesem Herrn Leverus als Schlachtopfer auserkoren sein. Und ich weiß doch, dass Herrn Puto sein Buch so viel bedeutet!"

„Aber Herr Kreuzmann weiß ja gar nicht, wie ich schreibe", wandte Karel ein. „Wie sollte er sich aus heiterem Himmel bereiterklären, als Anwalt für mich anzutreten. Auch steht ja nicht wirklich fest, dass ich einen Verteidiger an meiner Seite brauche. Ich glaube, dass ich wirklich Kritik einstecken kann, selbst wenn sie bösartig sein sollte. Solange ich von meiner Sache nur überzeugt bin!"

Pastor Kreuzmann strich sich sinnierend über sein bärtiges Kinn und erklärte dann an Nadja gewandt: „Hm, und ich befürchte zudem, dass wir Leverus und seine Freunde dadurch überhaupt erst anstacheln werden, wenn gerade ich Herrn Puto begleite. Leverus hätte dann gleich zwei Gottesnarren, mit denen er seinen Spott treiben könnte."

„Ich weiß, es ist seltsam. Aber mich würde es beruhigen, wüsste ich Sie an der Seite von Herrn Puto." Nadja errötete, denn ihr kam es plötzlich komisch vor, wie besorgt sie um ihren Untermieter war. Sie fragte sich, ob sich hier nicht aus einer freundlichen Konversation heraus eine recht absurde Szene entwickelt hatte. Was hatte sie dazu veranlasst, Kreuzmann um Unterstützung für Karel Puto zu bitten? Ein ungewöhnlicher Mensch wie Karel beschwor möglicherweise leichter als andere besondere Situationen herauf. Er öffnete verschlossene Herzen wie das ihre. Er zettelte Diskussionen über Glaubensfragen an, denen doch die meisten Leute gewöhnlich gleichgültig gegenüber standen. Er ließ Dinge und Gedanken wichtig erscheinen, die für viele als Nebensächlichkeiten angesehen wurden. Ein harmloser Herrenabend schien zum Schlachtfeld zu werden, auf dem um existenzielle Wahrheiten gerungen wurde!

Kreuzmann löste die Verlegenheit auf, indem er versprach, sich Nadjas Vorschlag ernsthaft zu überlegen und sich im Laufe der nächsten Woche telefonisch bei ihr und Karel zu melden. Dieser Vorschlag hatte für ihn zugleich den Charme, dass er dadurch vielleicht doch noch eine Gelegenheit bekam, herauszufinden, wie es Nadja gerade wirklich ging.

„Hier stehe ich …"

„Karel!"

Volker Beutelmaier, der seit einer halben Stunde zusammen mit Hans-Jürgen Kroll vor dem kleinen Supermarkt erfolglos seine Traktate angeboten hatte, freute sich, unvermutet ein bekanntes Gesicht zu sehen. „Wohin des Wegs, lieber Karel?"

Karel Puto wurde sichtlich aus intensiven Gedanken herausgerissen. Als er Beutelmaier erkannte, lächelte er und kam näher. Er reichte Volker die Hand und nickte dessen Begleiter, der sich zwei Schritte entfernt hatte, freundlich zu.

„Ich bin auf dem Weg in die Stadtbibliothek", beantwortete Karel die Frage.

„Wohl wieder studieren, um die Schriftstellerkarriere in Gang zu bringen?"

„Ja. Ich möchte noch ein wenig mehr über die russisch-orthodoxe Theologie erfahren."

„Warum das denn? Kommt die in deinem Buch vor?"

„Ehrlich gesagt, weiß ich es noch nicht. Wenn ich die Lebensgeschichte von Aljoscha Karamasow weitererzählen möchte, kann ich die Theologie sicher nicht ausblenden. Es ist eigentlich seltsam, dass ich mich in diese Richtung bisher kaum fortgebildet habe. Für mich ist Aljoscha wohl eine Person ohne konfessionelle Prägung. Es würde mir schwerfallen, Aljoscha über konfessionelle Fragen disputieren zu lassen. Aber ich kann ihn natürlich nicht ohne jeden realen Hintergrund beschreiben, und dazu gehört wohl, dass ich mich noch etwas mehr mit den orthodoxen Gebräuchen auseinandersetzen muss."

„Könnte er nicht einfach einer von uns sein?" Volker deutete auf Kroll und sich. „Unsere Leute waren sicher schon im alten Russland unterwegs. Wenn Aljoscha ein perfekter Mann Gottes ist, wäre es doch eigentlich nur glaubwürdig und recht, wenn er die Zeichen der Zeit erkennen würde!"

Karel wusste für einen Moment nicht, ob Volker diesen Vorschlag ernst meinte. Er machte deshalb wohl ein etwas entgeistertes Gesicht, denn Volker bemerkte laut und herzlich lachend: „Es war ja nur ein Vorschlag. Immerhin entstünde dann ein Roman, den auch meine liebe Marianne vielleicht lesen dürfte, ohne mit den Empfehlungen unserer Leitung in Konflikt zu geraten. Na ja, einen Bestseller können wir sicher nicht garantieren, aber vielleicht würde unsere Zentrale dann einige tausend Straßenverkäufer für dein Buch rekrutieren? Wäre doch eine witzige Vorstellung!"

Karel lächelte. „Gibt es denn überhaupt schon schöngeistige Literatur für Zeugen Jehovas?"

„Das weiß ich nicht. Vielleicht wäre das ja ein neuer Markt. Stell dir einen Krimi vor, der von einem Privatdetektiv gelöst wird, der seine Ermittlungen dadurch tarnt, dass er überall klingelt und ‚Wachtürme' anbietet! Und da wir uns ja sicher in eine heile Zeugenwelt versetzen ließen, würden die Menschen auch alle brav die Türen öffnen und sich aushorchen lassen, während unser Held sie nebenbei noch vor Harmagedon warnt und ihnen die Bibel erklärt. Und am Missetäter konnte man am Ende noch durch Jehova ein gerechtes Exempel statuieren lassen."

„Du wirst es nicht glauben", sagte Karel ernsthaft, „aber ein ähnliches Buch ist mir vor einiger Zeit mal in die Hände gefallen. Natürlich nicht mit einem Zeugen Jehovas als Helden, sondern mit einem Baptisten. Die Schurken sind, soweit sie nicht missioniert wurden, tatsächlich von einem gutaussehenden christlichen Polizisten überführt worden. Und der Hauptganove ist auf der Flucht ins Gebirge von einem Blitz erschlagen worden."

„Na also. Da war mein Gedanke doch gar nicht so abwegig", grinste Volker.

„Ich werde ihn dennoch nicht ganz realisieren können, denn ich habe ja schon angedeutet, dass ich ein realistisches Buch schreiben möchte."

„Was kann realistischer sein, als ein erzürnter Gott Jehova, der einen Übeltäter zur Strecke bringt?"

„Ein liebender Gott, der über Gut und Böse die Sonne scheinen lässt", seufzte Karel. „Glaube mir, das macht meine Aufgabe gar nicht so einfach! Glück und Unglück sind im wahren Leben unter Guten und Bösen scheinbar so ungerecht verteilt, dass ich nicht einfach hergehen und an Gottes Stelle die Dinge fein säuberlich sortieren kann, ohne die Glaubwürdigkeit meines Buches herabzusetzen."

„Aber wollen die Leute nicht Bücher lesen, in denen am Ende die Guten ihren Lohn empfangen und die Bösen bestraft werden? Das hat ja nicht einmal etwas mit Glauben und Religion zu tun!"

„Ich denke gerade an meinen Karl-May-Freund Roland Hiller", sagte Karel lachend. „Der beschäftigt sich seit seiner Jugend mit Büchern, in denen die Welt so fein zurechtgebogen wird."

„Nun ja, wenn ich es mir recht überlege, erfüllen solche Bücher ja wohl wirkliche Bedürfnisse. Ehrlich gesagt ...", Volker sprach jetzt etwas leiser, um von Kroll nicht gehört zu werden, „die Traktate, die ich hier verteile, folgen ja ebenfalls der Spielregel, die Welt nach Gut und Böse zu sortieren. Und wie du ja weißt, hat mir dies für mein Leben sogar ein ganzes Stück geholfen. Vielleicht ist es ja gar nicht so hilfreich, die Dinge immer komplex zu sehen. Auch das eigene Leben wird damit viel zu kompliziert."

„Was du sagst, ist nicht ganz von der Hand zu weisen. Übrigens sehne ich mich durchaus auch nach Einfachheit. In Heiligen wie Aljoscha steckt ja immer etwas von dem, was man Einfalt nennt. Im Letzten wird ein Heiliger die Welt wieder wie aus den Augen eines Kindes sehen, bloß eben nicht schwarz und weiß."

„Oder eben doch, denn auch ein Kind kennt ja nur Gut und Böse! Aber, schau mal Karel! Kennst du den älteren Mann da, der gerade aus dem Geschäft gekommen ist? Er starrt zu uns rüber."

Karel wendete seinen Blick und sah einen großgewachsenen Mann, der zwei vollbepackte Einkaufstaschen trug. Dieser war tatsächlich stehengeblieben und musterte sie interessiert. Es war Pastor Georg Kreuzmann, der Karel jetzt freundlich zuwinkte. Offensichtlich dachte er, dass Karel sich nur kurz mit dem Zeitschriftenverkäufer unterhielte und gleich frei wäre, zu ihm herüberzukommen. Karel war verunsichert. Er bedeutete Volker, ihn kurz zu entschuldigen, und ging dann auf Kreuzmann zu, der ihm die Hand entgegenstreckte.

„Ah, Herr Puto. Ich freue mich, Sie hier zufällig wiederzusehen. Ich hatte schon ein schlechtes Gewissen, weil ich mich bis jetzt noch nicht wieder telefonisch gemeldet hatte. Ich wollte ja bei Frau Tesslowski anrufen und Ihnen wegen des ‚Dichterzirkels' Bescheid geben."

„Aber das hatte ja noch Zeit", sagte Karel. „Und ohnehin schien Sie Frau Tesslowski mit einer fixen Idee überrascht zu haben."

„Nun ja", gab Kreuzmann zu, „etwas überrascht war ich für den Moment schon von dem Gedanken, zumal ich Sie ja erst Minuten zuvor kennengelernt hatte. Allerdings meine ich, dass man im Leben manchmal auf solche spontanen Impulse reagieren sollte. Ich bin ja in der Tat ein literarisch interessierter Mensch. Mein Glaube lehrt mich, anderen nicht ewig zu zürnen oder auch einmal die Herausforderung zu suchen. Kurzum, es spräche von meiner Seite also nichts dagegen, Sie zu Herrn Leverus zu begleiten. Offen gesagt, ist auch meine Neugierde geweckt worden für das, was Sie schreiben." Kreuzmann schaute auf seine Armbanduhr. Dann fragte er: „In welche Richtung haben Sie denn zu gehen, vielleicht haben wir ja ein Stück Weg gemeinsam und können uns noch etwas unterhalten?"

„Oh", sagte Karel, „ich befand mich gerade im Gespräch mit einem Freund."

„Ach", erwiderte Kreuzmann, „Sie kennen diesen ‚Wachturm'-Verkäufer? Ich wunderte mich schon, dass Sie sich mit ihm unterhielten. Da ich die Beharrlichkeit einiger dieser Sektierer kenne, dachte ich schon, ich könnte Ihnen einen Gefallen tun, Sie von ihm loszueisen."

Karel lächelte. „Nein, der Herr ist ein Freund von mir. Und wenn Sie noch eine kurze Minute Zeit haben, werde ich Sie mit ihm bekannt machen."

Kreuzmann hielt es für höflich, auf Karels Vorschlag einzugehen. Dieser stellte die beiden Männer einander vor: „Das ist Volker Beutelmaier. Ein früherer Kollege von mir, den ich erst kürzlich wieder getroffen habe. Und dies ist Pastor Kreuzmann!"

Der Händedruck der beiden Männer wirkte etwas reserviert.

„In gewissem Sinne sind Sie ja Kollegen", sagte Karel lächelnd, „denn wenn ich es richtig verstanden habe, bezeichnet sich ja jeder Zeuge Jehovas als Verkündiger."

Kreuzmann schwieg zu dieser Bemerkung, Beutelmaier fiel auf, dass dem Pastor der Vergleich unangenehm war, und wollte ihm aus der Verlegenheit helfen.

„Na ja", sagte er, „einen gewissen Unterschied in der Berufsauffassung gibt's da schon. So ganz umsonst studiert man ja nicht! Früher war ich übrigens zumindest nominell auch ein Mitglied der evangelischen Kirche. Aber dem Leben hat es offenbar gefallen, mich in eine andere Richtung zu führen. Nun steh ich mit meinen ‚Wachtürmen' hier, und kann nicht anders!"

Karel lachte über diese Anspielung, während Kreuzmann kurz stutzte, ehe er herzlich in das Lachen einstimmte.

Liebe

Bis jetzt war alles gutgegangen. Achim Leverus schien heute seine Lästerzunge im Griff zu haben. Georg Kreuzmann hatte er wie einen alten Freund begrüßt. Es sah so aus, als freute er sich wirklich darüber, dass der Pastor wieder einmal im „Dichterzirkel" aufgetaucht war. Gegenüber Karel, dessen Nervosität offensichtlich war, hatte Leverus sich jede seiner spaßhaften Bemerkungen verkniffen. Karel hatte zu Beginn des Abends bekannt, dass es ihm nicht leicht fiele, seine Pläne offenzulegen und über eine Arbeit zu sprechen, über die er sich selbst noch nicht völlig im Klaren sei. Das Manuskript, aus dem er vorlas, bat er als etwas Vorläufiges zu betrachten. Es war Karel sichtlich entgegengekommen, zunächst einmal etwa eine Viertelstunde lang allgemeine Bemerkungen zu Fjodor M. Dostojewskij und seinen Werken zu machen, ehe er auf seine eigenen Pläne zu sprechen kam. Als Karel sich selbst darüber referieren hörte, dem hinterlassenen Torso des letzten Dostojewskij-Romans ein eigenes Stück hinzufügen zu wollen, ergriff ihn fast ein heiliger Schauer. Er fragte sich zum tausendsten Mal, wie ihm solch eine Vermessenheit hatte in den Sinn kommen können. Die Antwort auf diese Frage gab er sich selbst und seinen Zuhörern mit Worten, über die er zu Hause einige Zeit lang heftig gebrütet hatte:

„Ja, ich muss es selbst eine Vermessenheit nennen, mich in die Fußstapfen eines so großen Dichters, vielleicht des Größten, zu wagen. Aber was würde es für einen Sinn machen, die Feder zu führen, wenn ich nicht zum Höchsten strebte, das ich mir und meinen Lesern zu entdecken vermag. Für Ihre Ohren mag es empörend klingen, wenn ich behaupte, ich fühle mich quasi von Gott berufen, das zu schreiben, was ein genialer Mensch nicht mehr leisten konnte, weil der nahende Tod ihm die Kraft nahm. Ich bin kein zweiter Dostojewskij, sondern nur einer, der sich vielleicht wie tausend andere danach sehnte, dessen nie realisierte Darstellung eines begnadeten Lebens zu lesen. Einer, der sich brennend wünschte, das im Dunkel gebliebene weitere Schicksal des Aljoscha Karamasow offenbart zu bekommen. Weil sich bislang kein nachgekommener Dichter zu Wort gemeldet hat, will ich es unternehmen, muss ich es vielleicht gar tun, solange niemand den Anspruch erhebt, dieses göttliche Rätsel zu ergründen. Ich wage mir vorzustellen, dass es eines einfachen, gar nicht hochgebildeten Menschen bedarf, einen einfältigen Charakter wie Aljoscha Karamasow in seiner ganzen Tiefe zu verstehen. Wer Aljoscha begreifen will, muss nach dem wahren Wesen der Liebe fragen, denn dieser Aljoscha hat den Wert bedingungsloser Liebe erkannt. Ich möchte ihn selbst sprechen lassen: ‚Wenn du jedes Ding lieben wirst, so wird sich dir das Geheimnis Gottes in den Dingen offenbaren'."

Karel referierte darüber, dass Liebe ein vielfach diskreditierter Begriff sei. In der trivialen Kultur drehe sich scheinbar alles um die Liebe, allerdings ohne dass die Tiefe ihres Wesens auch nur ansatzweise ergründet werde. Dort, wo sich Gelehrte träfen, könne dagegen allenfalls abstrakt über Liebe diskutiert werden. Gerne vermeide oder umschreibe man den Begriff, vielleicht, um sich gegenüber der trivialen Masse abzuheben. Der christliche Glaube oder die christliche Kultur sei auf das Fundament der Liebe aufgebaut. Dennoch schiene ihm der Umgang mit dem Phänomen Liebe unter Christen ähnlich widersprüchlich zu sein wie in der säkularen Kultur. Man verwende den Begriff großzügig dort, wo Gefühle bedient und Stimmungen beeinflusst würden, gehe aber einigermaßen verlegen damit um, wenn es darum gehe, wissenschaftlich seriös und intellektuell redlich über das Weltgebäude oder die Beziehung zwischen Gott und den Menschen nachzudenken.

An dieser Stelle hatte Kreuzmann dem Referenten mit einem Kopfnicken Zustimmung signalisiert, während sich einige andere Herren mit einem süffisanten Lächeln in ihren Sesseln zurücklehnten. Achim Leverus ließ keine Gefühlsregung erkennen. Er hörte anscheinend mit Wohlwollen zu, hatte aber nach einer Weile die Arme vor der Brust verschränkt, was Karel als Zeichen der Distanzierung interpretierte.

Die Stunde der Wahrheit kam für Karel, als er seinen Erläuterungen über den Umgang mit dem Begriff Liebe die programmatische Aussage folgen ließ, sein Buch solle von vorne bis hinten der Liebe in ihrer vollkommenen Dimension gewidmet sein. Daran schlossen sich einige Leseproben an. Das eine war eine rührende kleine Geschichte, wie Aljoscha ein Kind bei der

Hand nahm, das im Gewühl eines städtischen Marktes die Eltern verloren hatte, und wie er darüber die eigenen Geschäfte vergaß. In einem anderen Text ging es um Aljoschas Besuch bei einem Kranken. Karel zeigte darin die Fähigkeit seines Helden auf, in einer trostlosen Situation Trost zu spenden, ohne sich in vielen Worten zu verlieren. Der dritte und letzte Ausschnitt, den Karel aus seinen Manuskripten vortrug, handelte offensichtlich davon, dass Aljoscha sich in ein Moskauer Mädchen verliebt hatte und sich gewissenhaft prüfte, ob das Leben eines Ehemannes oder ein zölibatärer Wandel der für seine Ideale angemessenere Lebensstil sei.

Auf das Ende der Lesung folgte ein längeres Schweigen. Achim Leverus schien nicht geneigt, eine seiner gefürchteten Bemerkungen zu machen, und der dicke Heinemann hatte zu Beginn des Abends wehleidig geklagt, schon während des ganzen Tages an Zahnschmerzen zu laborieren. So saß er entgegen seiner sonstigen Gewohnheit schweigend in einer Sofaecke und führte immer wieder das Weinglas zum Mund, da er den Eindruck hatte, der Rebensaft lindere den Schmerz. Es war deshalb der für gewöhnlich zurückhaltende Guido Kronendorf, der den ersten Kommentar abgab. Er bemerkte, dass er das Gehörte interessant fand. Es sei sein Interesse geweckt worden, mehr über den Protagonisten zu erfahren, und dies sei doch schließlich fast das Beste, was man nach dem Hören einer kurzen Leseprobe sagen könne. Er beglückwünschte Karel zu dem Mut, sich solch einer großen Aufgabe zu stellen.

Für seine Stellungnahme erntete Guido das gleiche zustimmende Kopfnicken Georg Kreuzmanns, das vorhin Karel Auftrieb gegeben hatte. Der Pastor hatte sich geschworen, bei einer aufkommenden Diskussion möglichst zurückhaltend zu agieren. Nun fürchtete er fast, es werde zu gar keinem großen Disput kommen. Auch Karel fragte sich, ob sein Vortrag womöglich gar nicht den von ihm vermuteten Zündstoff enthielte, sondern die Zuhörer gelangweilt und ohne innere Berührung zurückgelassen habe.

Endlich rang sich der alte Lutterhof zu einem Kommentar durch: „Lieber Herr Puto, nehmen Sie es mir bitte nicht übel, aber ich muss vor allem bemerken, dass ich den Proben ihres Manuskriptes noch nicht entnehmen kann, ob Sie dazu in der Lage sein werden, ihre hehren dichterischen Ideale umzusetzen. Es mögen hübsche modernisierte Heiligenlegenden sein, die Sie über ihren Aljoscha zu erzählen beabsichtigen. Solche Episoden gibt es meines Wissens ja auch schon in den ‚Brüdern Karamasow' selbst. Aber was Sie darüber hinaus der Welt über die Liebe nahebringen wollen, hat sich mir heute Abend noch nicht erschlossen."

„Mir scheint …", meldete sich Walther Schwämmer zu Wort, der in vielen Diskussionen als Adlatus von Lutterhof auftrat, „… dass sich Herr Puto insbesondere in die Gefahr begibt, der Welt Fragen zu stellen, die außer ihm allenfalls eine Minderheit interessiert. Heute Gottes Liebe zum Thema machen zu wollen, heißt doch, sich in eine Nische zu begeben, in der gar kein Raum ist für ein ernsthaftes intellektuelles Gespräch. Möglicherweise muss Herr Puto froh sein, wenn ihm wenigstens diejenigen zuhören, die er vornehmlich gar nicht ansprechen möchte: die Leser mit dem Sinn fürs Triviale!"

Karel fürchtete, dass dies ein Stichwort für Roland Hiller war, sich zu Wort zu melden. Tatsächlich sagte Roland nun an Schwämmer gerichtet: „Reden Sie doch nicht immer abfällig über das sogenannte Triviale! Auch einfache Menschen suchen nach Wahrheiten. Mich haben die Erzählungen über Aljoscha sogar ein wenig an Karl May erinnert. Jetzt lachen Sie doch nicht schon wieder! Auch Karl Mays ‚Ich-Erzähler' kümmert sich regelmäßig um die Hilfsbedürftigen. Er gibt ein Beispiel für praktische Nächstenliebe und setzt sich für Versöhnung ein."

„Wir wissen, dass Sie Ihren Heiligen gefunden haben, Herr Hiller", witzelte Herr Lutterhof. „Aber mir scheint, dass Herr Schwämmer das Dilemma von Herrn Putos Plänen auf den Punkt gebracht hat. Herr Puto müsste sich entscheiden, entweder mit seinem Instrument, das er durchaus virtuos bedienen kann, im Konzert der ernsthaften Literaten mitzuwirken und seine Sehnsucht nach Wahrheit dadurch zu befriedigen, dass er den Abgründen der Menschenseele nachspürt. Dazu kann er durchaus Dostojewskijs Spuren folgen. Oder er entschließt sich dazu, seinen Träumen und Einbildungen verhaftet zu bleiben. Meines Wissens gibt es eine eigene Industrie, die fromme Erbauung und Lebenshilfe produziert. Herr Kreuzmann müsste sich auf dem Gebiet auskennen! Haben Sie in ihrer Kirche nicht auch fromme Gesprächskreise und Bibelstunden, in denen Herr Puto mit einer gewogenen Hörerschaft rechnen könnte?"

Pastor Kreuzmann bemühte sich, seinen Ärger zu zügeln, als er auf diesen Einwurf antwortete: „Lieber Herr Lutterhof! Selbst in Zeitungen und

Magazinen, die sicherlich unverdächtig sind, die Anliegen der Kirche zu befördern, steht vermehrt zu lesen, dass es ein wachsendes Interesse der Menschen an Fragen nach dem Sinn des Lebens und nach Gott gibt! Nur der kleinere Teil dieser geistig wachen und interessierten Menschen sucht in den traditionellen Kirchen nach Antworten. Nicht Herr Puto steuert einen Nischenplatz an, was die Relevanz seines literarischen Themas betrifft! Vielmehr katapultiert sich die von Ihnen gerühmte ‚bedeutende Literatur' aus der gesellschaftlichen Wahrnehmung hinaus, solange sie nicht die Frage nach Gott in ihrer Mitte zumindest wieder duldet."

„Ach, das ist doch nur das Wunschdenken eines Pfaffen", sagte Lutterhof scharf. „Dieses vermeintliche Interesse an Gott außerhalb der immer kleiner werdenden Kirchen soll doch einen Markt suggerieren, auf dem man sich künftige Missionserfolge erhofft! Mir scheinen die Menschen nach wie vor mehr an Sex, Macht und Geld interessiert zu sein! Das Interesse derer, die unsere Gesellschaft kritisch hinterfragen, sollte darauf gerichtet sein, wie man die Menschen am besten vor sich selber schützt. Solide Bildung, Kultur und meinetwegen gepflegte Unterhaltung können dem Erhalt der Gesellschaft immer einen guten Dienst erweisen. Religiöse Hysterie zu wecken oder abergläubisches Brauchtum zu pflegen, beschwört dagegen weitere Gefahren für die Menschheit herauf. Dazu muss man sich nur anschauen, wie sich religiöse Fundamentalisten die Köpfe einschlagen! Bevor Sie jetzt explodieren, lieber Pastor, will ich gerne einräumen, dass es in Ihrer Kirche sittsamer und gepflegter zugeht. Wenn ich allerdings daran denke, was meine Schwiegermutter, die zeitlebens zu den Kirchenschafen zu rechnen war, aus ihren frommen Zirkeln an Tratsch und Intrigen mit nach Hause brachte! Wie sie den Zorn Gottes auf alle herab beschwor, die nicht auf ihrer Linie waren! Wenn Sie genauer hinschauen, beherbergen Sie in Ihrem Tempel sicher etliche Wölfe in Schafspelzen."

„Meine Herren, ich möchte Sie doch bitten, nicht wieder die immer gleichen Fronten zu eröffnen", beschwichtigte Achim Leverus. „Ich weiß, ich fechte da selbst mitunter eifrig mit, aber heute habe ich mich einfach bemüht, ein guter Zuhörer zu sein und mich in Toleranz zu üben. Da Gott seinem Wesen nach nichts ist, das wissenschaftlich bewiesen oder widerlegt werden kann und da ich als Leser in Fantasie bewandert bin, kann ich mir doch zumindest eine Stunde lang vorstellen, es gäbe im Himmel einen

Gott. Was mich stört ist die Selbstverständlichkeit, mit der Herr Puto seinen Gott mit Liebe gleichsetzt. Er unterstellt, dass es keine von Gott unabhängige Liebe gibt. Ich hab einmal mit einem ausgesprochen toleranten Christen gesprochen, der mir erklärte, dass auch Heiden und Atheisten lieben können, weil Gott ihnen diese Liebe unerkannt in ihr Herz gelegt habe. Diese Form vermeintlicher christlicher Toleranz hasse ich fast noch mehr als offen gelebte Selbstgerechtigkeit! Über meine Gründe hierzu mag ich heute in diesem Kreis nicht sprechen. Leider, Herr Puto, kann ich nicht mehr tun, als mich höflich bei Ihnen zu bedanken, dass Sie bereit waren, Ihre Gedanken hier vorzustellen. Es wäre schon nicht mehr aufrichtig, wenn ich behauptete, dass es Ihnen gelungen wäre, mein Interesse an Ihrem Projekt ernsthaft zu wecken und zu steigern. Es ist Ihnen immerhin gelungen, sich wacker aus der Affäre zu ziehen. Ich verspüre keine Lust, Ihre schriftstellerischen Versuche lächerlich zu machen, dazu sind Ihre Intentionen zu redlich und ist Ihr Federschwung zu elegant!"

Die Blicke aller richteten sich entgeistert auf den Gastgeber, der heute so ganz aus der gewohnten Rolle fiel. Er hatte eine viel versprechende Diskussion abgewürgt, noch ehe sie richtig aufkeimen konnte. Karel wusste nicht, wie er das von Achim Leverus Gesagte einordnen sollte. Er war darauf gefasst gewesen, der Lächerlichkeit preisgegeben zu werden. Er hatte sich zusammen mit Georg Kreuzmann darauf eingestellt, seinen Glauben einen Abend lang verteidigen zu müssen. Nun schenkte man schweigend die geleerten Gläser wieder ein und bemühte sich in unverbindlicher Konversation. Guido Kronendorf war der einzige, der sich für weitere Details von Karels Projekt interessierte. Karel gab ihm gerne jede Auskunft, konnte aber das, was Leverus gesagt hatte, nicht ausblenden. Leverus hatte behauptet, es habe persönliche Gründe für seine Ablehnung. Karel überlegte, ob er wohl jemals die Gelegenheit dazu bekäme, diese Gründe zu hören. Wäre Leverus bereit, sich einmal persönlich mit ihm zu unterhalten? So spröde sich die heutige Äußerung von Leverus ausnahm, hatte Karel seltsamerweise dennoch den Eindruck, es seien ein paar Steinchen aus einer wohlgepflegten Fassade herausgebrochen.

„Wissen Sie schon, ob Aljoscha endgültig das Zölibat wählen wird?", fragte Kronendorf in diesem Moment. Daher widmete sich Karel wieder dem neben ihm sitzenden jungen Mann.

Freundschaft

Karel hatte darauf gehofft, dass Nadja noch wach geblieben war, um ihn zu erwarten. Es war schön, nach solch einem Abend die Wohnung zu betreten und noch jemanden anzutreffen, der einem gerne zuhörte. Nadja war für ihn in den letzten Wochen zu einer regelmäßigen Gesprächspartnerin geworden. Er hatte darauf geachtet, dass sie nicht nur über seine schriftstellerischen Ideen und Pläne sprachen, sondern dass er sie auch nach ihrem Alltag fragte. Meist winkte sie müde lächelnd ab. „Was gibt es da schon zu erzählen?", meinte sie. „Die Arbeit ist immer die gleiche und die Menschen sind gleichgültig. Wenig Freude, leider!" Aussagen wie diese kamen eigentlich immer, wenn er Nadja fragte, wie ihr Tag gewesen war. Karel stimmte dies traurig und Nadja bekam regelmäßig ein schlechtes Gewissen, weil ihr keine optimistischere Antwort eingefallen war. Umso schneller lenkte sie dann ab und fragte Karel nach seinen Erlebnissen. Sie interessierte sich besonders dafür, was er gelesen hatte, was er darüber dachte und was er selbst zu Papier brachte.

„Ihr Aljoscha ist inzwischen wie ein guter Bekannter von mir", hatte sie kürzlich gesagt. „Fast kommt er mir vor wie der starke Nikolai!" Dann hatte sie Karel davon erzählt, dass sich ihr Vater einst für sie und ihren Bruder eine Figur ausgedacht habe, die nach und nach die ganze Welt bereiste. „Wir hatten einen alten Globus, den wir oft anschauten. Abends baten wir dann: ‚Väterchen, erzähl uns doch, was der starke Nikolai im Land der Eskimos erlebt hat!' Meinem Papa fiel zu allen Orten der Erde eine abenteuerliche Geschichte ein. Eine Zeit lang ließen wir Nikolai eine richtige Weltreise antreten, rund um den Globus. Jeden Tag zur Gute-Nacht-Zeit war er ein Stückchen weitergereist. Er lernte viele Reisegefährten kennen, die ihn manchmal ein paar Tage begleiteten, und er schloss auf der ganzen Welt Freundschaften." Nadja seufzte. „Es ist schade, dass diese Geschichten niemals aufgeschrieben wurden! Mein Papa ist längst tot und mein Bruder und ich haben das meiste von dem vergessen, worauf wir damals so gebannt hörten und was uns nachher glücklich einschlafen ließ. Ich habe ganz lange nicht mehr daran gedacht, aber durch Ihren Aljoscha habe ich mich wieder erinnert. Entschuldigen Sie bitte meine Tränen! Aber ich muss gerade an diese glücklichen Stunden meiner Kindheit denken."

Karel hatte Nadja mit wachsender Rührung zugehört und ihr gesagt, dass diese liebevoll erdachten Erzählungen ihres Vaters sicher für alle Zeit einen Winkel ihres Herzens wärmen würden, auch wenn es ihr nicht bewusst sei. „Wenn der Mensch viele gute Erinnerungen an sein Elternhaus hat, dann ist er fürs Leben gerettet", hatte er dazu seinen Lieblingsdichter zitiert.

Als Karel das Wohnzimmer betrat, schaltete Nadja den plärrenden Fernseher ab und schaute ihren Untermieter in banger Erwartung an. Karel schenkte ihr ein Lächeln und nickte ihr zu. „Ich lebe noch und blieb verhältnismäßig ungeschoren. Ich werde weder meine Manuskripte wegwerfen noch in meinem Eifer nachlassen", sagte er fröhlich.

„Oh wie gut, dass es diese Lästermäuler nicht zu böse mit Ihnen getrieben haben", antwortete Nadja. „War Ihnen Pastor Kreuzmann eine Hilfe?"

„Zumindest tat es gut, zur Not jemand zur Seite zu wissen, sollte die Diskussion zu erhitzt geführt werden. Aber es ist alles etwas anders gekommen. Herr Leverus war heute gar nicht spottlustig."

Karel schilderte Nadja den Verlauf des Abends und teilte ihr seine Gedanken über Achim Leverus mit. Dann fragte er: „Meinen Sie, ich sollte einmal mit ihm sprechen, warum er so ablehnend gegen alles Christliche ist?"

„Ich weiß nicht, ob er es Ihnen mitteilen möchte", antwortete Nadja nachdenklich. „Allerdings sind Sie vielleicht jemand, dem auch einer wie dieser Herr Leverus seine Gefühle anvertrauen wird! Mich bringen Sie jedenfalls immer wieder zum Reden."

Karel winkte verlegen ab. „Aber Nadja, ich meine, liebe Frau Tesslowski! Sie dürfen sich nun wirklich nicht mit Herrn Leverus vergleichen!"

„Warum nicht?", entgegnete Nadja ernst. „Wenn dieser Herr Leverus eine Mauer aus Spottlust und Arroganz um sich errichtet hat, so ist es bei mir eine Fassade aus Geschäftigkeit und Resignation. Außer mit Ihnen, rede ich mit kaum einem Menschen mehr als notwendig ist. Der Herr Kreuzmann ist auch jemand, der einen vielleicht zum Reden bringen kann. Aber er muss vielen Menschen ein Seelsorger sein!"

„Ich spreche sehr gerne mit Ihnen und fühle mich von Ihnen verstanden", sagte Karel. „Und ich hatte nie das Gefühl, dass Sie um sich herum eine hohe Mauer errichtet hätten. Sie sind immer freundlich zu den Menschen, und es liegt vielleicht an den anderen, dass man Sie nicht so sieht wie man Sie sehen sollte!"

„Wenn Sie nur Recht hätten!", antwortete Nadja. „Aber ich möchte nicht über mich sprechen. Für Sie war es heute ein wichtiger Abend, und es freut mich, dass meine Befürchtungen grundlos waren. Wie gerne hätte ich Ihnen heute zugehört! Zumindest habe ich Ihnen fest die Daumen gedrückt." Sie lächelte. „Entschuldigen Sie, die gläubigen Menschen sagen das anders. Ich habe an Sie gedacht!"

„Sie haben im Stillen für mich gebetet", lachte Karel.

„Oh nein, Gebete kann ich ja nicht sprechen. Dazu fehlt mir noch der Glauben."

„Na, wenn man einem Anderen etwas Gutes wünscht, ist das doch wie ein Gebet oder Segenswort. Ich würde in solch einem Fall meinen Wunsch Gott erzählen. Sie erzählen es dem Schicksal oder irgendwelchen unsichtbaren Engeln. Jedenfalls hat Ihr Gebet mir geholfen."

Nadja sah ihn freundlich an: „Nun haben Sie mich sogar zu einer frommen Frau und zu einer Beterin gemacht. Dies dürfen Sie bei Gelegenheit Herrn Pastor Kreuzmann erzählen. Der würde sich sicher darüber freuen."

Karel schmunzelte über diese Bemerkung. Dann räusperte er sich und es schien sich wieder eine leichte Verlegenheit seiner zu bemächtigen, als er fast etwas feierlich bemerkte: „Ich habe heute schon mit vielen zusammen Wein getrunken, deren Gesellschaft mir nicht so wertvoll war, wie Ihre, Frau Tesslowski. Würden Sie mir die Freude machen, noch ein Glas Wein mit mir zu trinken?"

„Gerne, aber woher sollen wir Wein bekommen? Ich habe leider gar keinen im Hause!"

„Beim Aufbruch im Hause Leverus trieb es mich plötzlich, unseren Gastgeber darum zu bitten, diese kaum angebrochene Flasche Wein mitnehmen zu dürfen, für den Fall, dass ich Sie heute noch zu einem Glas überreden könnte!"

„Wie peinlich", entfuhr es Nadja.

Aber sie versprach lachend, sich auf die Suche nach Weingläsern zu begeben. Etwas später saßen sie nebeneinander auf der Wohnzimmercouch und erhoben ihre Gläser. Sie sahen sich in die Augen.

„Auf was trinken wir?", fragte Nadja.

Karel überlegte kurz: „Ich würde sagen, darauf, dass sich im Hause Leverus die Liebe behauptet hat. Und auf unsere Gesundheit und unsere Freundschaft! Und einen Wunsch hätte ich noch für heute Abend."

Nadja schaute ihn fragend an.

„Darf ich Sie Nadja nennen? Wollen Sie Karel zu mir sagen?"

„Oh gerne", sagte sie leise. Sie stießen miteinander an, tranken einen Schluck und dann hauchte jeder verschämt dem andern ein Küsschen auf die Wange und es störte sie nicht, dass sie sich dabei wie Kinder vorkamen.

Verwandte Seelen

„Ich hatte Sie schon vermisst, Herr Puto. Sie waren doch hoffentlich nicht krank?"

Die Bibliothekarin Marlies Kunstmann nahm am Tresen eine neue Bücherbestellung von Karel entgegen.

„Nein, nein", antwortete Karel, „inzwischen habe ich ganz einfach einen Großteil meiner Vorstudien beendet und festgestellt, dass ich zu Hause am Schreibtisch konzentrierter an meinem Manuskript arbeiten kann als hier."

„Dann macht Ihr Projekt also Fortschritte?", fragte die Bibliothekarin mehr aus Höflichkeit als aus Interesse.

Vor Kurzem noch hätte Karel solch eine Frage wohl zum Anlass genommen, möglichst viel über seine Pläne zu erzählen. Jetzt verstand er die Frage als Form üblicher Konversation und gab darauf freundlich eine recht pauschale Antwort, so wie sie die Dame hinter dem Tresen vermutlich hören wollte. Wenn Karel über sein Leben nachdachte, konnte er mit Erstaunen feststellen, dass er zwar immer noch ein Einzelgänger war, dass in seinem Leben in den vergangenen Monaten aber ständig neue Menschen Raum gewonnen hatten.

Es hatte mit Roland Hiller angefangen, der wie er selbst ein Eigenbrötler war und dessen Leben der Beschäftigung mit dem Werk eines einzelnen Dichters gewidmet schien. Dann war der „Dichterzirkel" hinzugekommen. Mit dessen Mitgliedern pflegte Karel bis jetzt zwar keinen besonders persönlichen Umgang, aber er hatte damit begonnen, sich für einzelne Personen aus diesem Kreis näher zu interessieren. Besonders Guido Kronendorf und Achim Leverus beschäftigten ihn. Mit Dankbarkeit im Herzen dachte Karel an Nadja Tesslowski, die wie Hiller eine vertraute Gesprächspartnerin geworden war, eine, die gegenüber dem Karl-May-Freund gar noch den Vorzug hatte, sich als interessierte und aufmerksame Zuhörerin ganz auf ihn einzulassen! Inzwischen hatte Karel auch mehrfach Volker und Marianne Beutelmaier besucht, die sich offensichtlich über den Kontakt mit ihm sehr freuten. Seinem ehemaligen Kollegen schien daran gelegen, die Beziehung nicht wieder abreißen zu lassen. Da Karel das Ehepaar sehr sympathisch fand und gerne Gast in ihrem Haus war, schlug er keine Einladung aus. Schließlich gehörte zu seinem neuen Bekanntenkreis noch Georg Kreuzmann, der sich hin und wieder telefonisch bei Nadja Tesslowski meldete. Da Karel manchmal am Apparat war, nutzten die beiden Männer diese Gelegenheiten für einen kleinen literarischen Plausch.

Es war kurz vor 16 Uhr, als Karel die Bibliothek verließ. Da sich der Oktober heute von seiner goldenen Seite zeigte, beschloss Karel, noch ein wenig durch die Stadt zu schlendern. Die große Einkaufsmeile liebte er weniger, aber an deren Rand gab es ein paar verkehrsberuhigte Zonen mit Flair. Im Sommer hatten dort eine Anzahl netter Straßencafés zum Verweilen eingeladen. Karel kam es so vor, als habe er in diesem Jahr zum ersten Mal, seit er hier in der Stadt lebte, überhaupt auf den Wechsel der Jahreszeiten geachtet. Der Frühsommer kam ihm in den Sinn, als er zum ersten Mal mit Nadja durch den Park spaziert war.

„Wie schnell so ein Sommer verfliegt", dachte er. Er hatte gar nicht sehr viele Gelegenheiten gehabt, der einsamen Frau etwas Abwechslung für den Sonntagmittag anzubieten, denn auf die Sonntage fielen meist die Einladungen von Volker und Marianne. Wenigstens hatte er Nadja ab und zu dazu überreden können, die sonnigen Tage zu nutzen, um sich mit einem Buch in den Park zu setzen oder einen kleinen Stadtbummel zu unternehmen. Leider schien sie keine ‚beste Freundin' in der Nähe zu haben. Karel hätte ihr dies sehr gewünscht.

Aus dem Café „Schillerlocke", das er vor einiger Zeit einmal mit Roland Hiller zusammen besucht hatte, kamen zwei Männer. Diese umarmten sich flüchtig und gingen dann in getrennter Richtung auseinander. In dem einen, der auf ihn zukam, erkannte Karel zu seiner Überraschung Guido Kronendorf. Dieser hatte ihn erblickt und lächelte erfreut.

„Herr Puto, welche Überraschung!"

Er streckte ihm seine Hand entgegen, und auch Karel signalisierte seine Freude darüber, in der Großstadt unvermittelt einem Bekannten zu begegnen. Es stellte sich heraus, dass sich Guido im Café mit einem Freund verabredet hatte, der aber früher als geplant wieder aufgebrochen war. Karel und Guido konstatierten, dass sie beide ein Stündchen Zeit hatten. Sie überlegten, ob sie in ein Café einkehren oder die Sonnenstrahlen bei einem Spaziergang in Richtung Stadtpark genießen sollten. Sie entschieden sich für die schöne Herbstsonne, was Karels schmalem Budget entgegenkam.

Während des Spaziergangs plauderten sie angeregt über die letzten Abende im „Dichterzirkel". Seit dem Abend mit Karels Referat hatte es nur ein weiteres Treffen gegeben. Guido brachte in Erinnerung, wie Achim Leverus dabei, scheinbar wieder in bester Laune, die reichlich sentimentalen Kurzgeschichten eines ziemlich eingebildeten Dichters zerpflückt hatte, der im bürgerlichen Leben Leiter des städtischen Ordnungsamtes war.

„Leverus sollte sich in nächster Zeit lieber nicht beim Falschparken erwischen lassen", meinte Guido lachend. „Aber der literarischen Szene hat er sicher einen guten Dienst damit erwiesen, indem er diesen vermeintlichen Poeten gründlich entmutigte!"

Sie spekulierten darüber, ob der von Leverus gerupfte Dichter den Verriss seiner Werke überhaupt als Entmutigung aufnahm oder ob er sich zum Märtyrer gestempelt sah, der jetzt erst recht bereit war, für seine Kunst zu leiden.

„Wäre es mir wie diesem Herrn ergangen, hätte ich ja vermutlich ebenfalls mangelndes Verständnis auf Seiten der anderen geltend gemacht", meinte Karel.

„Das ist in Ihrem Fall aber etwas ganz anderes", entgegnete Guido. „Sie sind ja ein begabter Schreiber, der höchstens durch seine Gedanken und seine Anschauungen auf Widerspruch trifft. Jener Mensch aber war ein offensichtlicher Pfuscher, an dessen Geschichten nichts Eigenes war!"

„Es ist eigentlich seltsam", bemerkte Karel, „dass wir uns hier so selbstverständlich über das literarische Unvermögen eines Dritten auslassen! Ich habe es mir über die Jahre wirklich abgewöhnt, schlecht über Andere zu reden oder mir selbst einen Vorzug über sie einzuräumen. Das entspricht nicht dem christlichen Umgang mit dem Nächsten. Aber wenn es um Literatur geht, kann ich fast so gnadenlos urteilen wie Herr Leverus."

Guido lachte. „Mir hat sich vor Jahren ein Satz eingeprägt: ‚Gott hasst nicht den Sünder, wohl aber die Sünde'. Das sagte mir einer, der mich von einem vermeintlich falschen Weg … aber das gehört nicht hierher! Jedenfalls macht es wohl einen Unterschied, wenn Sie nur diese literarischen Sünden verächtlich machen, dem guten Mann aber sonst sein Leben lassen."

„Und trotzdem würde ich wohl nicht in jedem Fall so unmäßig über die Werke eines Anderen zu Gericht ziehen", sagte Karel nachdenklich. „Schließlich ist das, was einer schreibt, ja Ausdruck seiner Persönlichkeit, und da sollten wir um der Liebe willen doch möglichst Verletzungen vermeiden."

„Sie schaffen es, lieber Herr Puto, jedes Gespräch ins Ernsthafte zu ziehen", erwiderte Guido. „Aber gerade das schätze ich an Ihnen. Trotzdem habe ich jetzt gegenüber diesem Herrn ‚Höherer Beamter' nur ein mäßig schlechtes Gewissen, denn mir kamen seine Werke, auf die er sich mächtig etwas einbildete, nicht wie Lebensäußerungen aus der Tiefe der Seele vor, sondern wie Machwerke, nur dazu geschaffen, Eindruck zu schinden. Ihr Herr Jesus hat doch im Tempel auch ein wenig Sachschaden in Kauf genommen, als er die Tische der Händler und Geldwechsler umstieß!"

„Oh, Sie lesen sogar ab und zu in der Bibel?", fragte Karel.

„Ehrlich gesagt hat sich mir die Szene aus einem Jesus-Film eingeprägt, den ich zu Ostern einmal im Fernsehen gesehen habe. Aber seit einiger Zeit nehme ich ab und zu tatsächlich eine Bibel zur Hand."

„Sie tun gut daran."

Guido lächelte. „Nun ja, es ist seltsam, dass man gewöhnlich allerhand Dinge liest und darüber redet, mit der Bibel dagegen immer etwas verschämt umgeht. Ich glaube, Sie sind der Einzige, dem ich diese Lektüre so freimütig gestehen kann."

„Mir ist schon in Ihren Gedichten aufgefallen, dass Sie jemand sind, der ehrlich nach Wahrheiten und einem Lebenssinn fragt. Und ich rechnete es Ihnen von Anfang an hoch an, dass Sie es auch in unserem Literatenzirkel nicht geleugnet haben! Ich erinnere mich an einen Abend, als Sie sehr mutig waren."

„Sie überraschen mich. Wann soll das denn gewesen sein?"

„Es war schon bei meinem ersten Besuch, als Sie sich dazu bekannt hatten, die Erwähnung eines göttlichen Schöpfers nicht nur aus ästhetischen Gründen in eines Ihrer Gedichte aufgenommen zu haben."

Guido nickte leicht verlegen. „Sie erinnern sich dann aber auch, dass ich mich keinesfalls zu irgendeinem Dogma bekennen kann!"

„Natürlich. Das haben Sie gesagt. Umso mehr wiegt für mich Ihre Offenheit und Ihr Einsatz dafür, dass das Thema Glauben in unseren literarischen Gesprächen im ‚Dichterzirkel' nicht ausgeblendet wird."

„In dieser Hinsicht stehe ich ganz auf Ihrer Seite."

„Sehen Sie, und deshalb sehe ich schon fast einen Gesinnungsgenossen in Ihnen. Das, was wir wirklich und wahrhaftig glauben, kann doch nur Gott beurteilen. Vielleicht tragen Sie schon mehr Gottvertrauen in Ihrem Herzen als viele andere, die sich freimütig zu ihm bekennen!"

Karel bedauerte sogleich, dass er dies gesagt hatte, denn er spürte, dass er Guido damit in Verlegenheit brachte. Es hatte nicht in seiner Absicht gelegen, den jungen Menschen zu manipulieren oder ihm etwas einzureden, doch in dem, was er soeben gesagt hatte, entlarvte Karel den Versuch, Guido für seine Sache zu vereinnahmen. Karel hätte deshalb Verständnis dafür gehabt, wenn Guido jetzt rasch das Thema gewechselt hätte. Es entsprach aber dem Bild, das er bislang von Guido Kronendorf hatte, dass dieser nicht sofort versuchte, sich zu distanzieren. Stattdessen sagte Guido nach einigen Minuten des nachdenklichen Schweigens: „Den Gedanken auszusprechen, dass ich Gott in meinem Herzen tragen könnte, wäre für mich selbst etwas seltsam und schiene mir zu gewagt. Aber da Sie so etwas sagen … also halten Sie mich bitte nicht für verrückt oder eingebildet … aber wann immer ich in letzter Zeit über Gott nachdachte, ist mir ein ähnlicher Gedanke gekommen. Ich habe in der Bibel Geschichten über Jesus gelesen und musste daran denken, dass ich gerne mehr von seiner Fähigkeit hätte, die Menschen zu lieben und sie so anzunehmen, wie sie sind. Vielleicht ist es nur ein Gefühl, so wie man sich mit einem positiven Helden aus einem Buch identifizieren möchte? Aber wenn ich Sie so Ihre Gedanken aussprechen höre … also, wenn man mit einem Menschen wie Ihnen zusammen ist, der Gott und Jesus für eine Realität hält, bekommt man fast den Mut, selbst ein bisschen mehr zu glauben als nur an das, was man sieht!"

Karel spürte die Versuchung, Guido etwas Ermutigendes zuzusprechen, ihm seine eigene Erfahrung mitzuteilen. Er wollte ihm sagen, dass man es vielleicht gerade an solch einem Punkt einfach wagen solle, den Glauben zu probieren, Gebete in den blauen Himmel zu sprechen und zu warten, ob sie beantwortet würden! Aber Karel schwieg. Es war ein seliges Schweigen, denn er spürte in diesem Augenblick die Gewissheit, in Guido Kronendorf einen Seelenverwandten gefunden zu haben. Gott schien mit diesem jungen Mann einen Anfang gemacht zu haben. Gott konnte aus Guido ein Werkzeug machen, auch wenn dieser nicht viel mehr als eine Ahnung davon hatte. Möglicherweise waren solche Menschen, die sich Gott öffneten, ohne ihn beim Namen zu nennen, diejenigen, die dem Herzen Gottes am nächsten standen!

Karel nahm sich vor, sich in nächster Zeit mit Guido Kronendorf zu beschäftigen. Er wollte erfahren, was solch einen Menschen umtrieb und wovon er träumte. Er wollte wissen, wovor Guido Angst hatte, was ihn hoffen ließ und wie er sich eine ideale Welt vorstellte.

„Sehen Sie diesen herrlich verfärbten Baum, Herr Puto?" Guidos Stimme riss Karel aus seinen Gedanken. „Können Sie sich vorstellen, dass ich manchmal den Wunsch habe, einfach einen Baum zu umarmen?"

Der Idiot

Etwa eine Stunde später verabschiedeten sich Guido und Karel voneinander. Guido hatte eine weitere Verabredung, während Karel sich auf den Heimweg machen wollte. Karel sann über das Gespräch mit dem jungen Dichter nach. Für ihn war Guido ein Dichter, obwohl das eigentlich schwerlich seine Profession sein konnte, denn allzu viel hatte der junge Mann offensichtlich noch gar nicht geschrieben. Karel fiel jetzt erst auf, dass er Guido nie nach seinem Beruf gefragt hatte. Er lächelte über sich selbst, denn er gestand sich ein, dass Guido in ihm von Anfang an einen Impuls ausgelöst hatte, „seinen Aljoscha" in ihm zu sehen. Deshalb wohl hatte es für Karel noch etwas Zeit, bis er vielleicht erfuhr, dass Guido Betriebswirt oder Bankkaufmann war oder sogar Verkäufer in einem Autohaus.

Sein Weg zur Bushaltestelle führte Karel an einem Kiosk vorbei, vor dem einige Männer standen. Die meisten von ihnen machten bereits zu dieser Nachmittagszeit einen reichlich benebelten Eindruck. Ein paar laute Wortfetzen, die zu Karel herüber drangen, signalisierten ihm, dass es innerhalb der Gruppe vermutlich eine Meinungsverschiedenheit gab.

Dann ging plötzlich alles ganz schnell; einige laute Rufe, Klirren von Glas. Karel sah, dass ein junger Mann wegrannte. Zwei der anderen setzten ihm nach. Alle drei rannten an Karel vorbei. Nur wenige Meter von ihm entfernt wurde der Flüchtige ergriffen. Dieser erhob seine Arme, als wolle er sein Gesicht vor den prasselnden Hieben schützen, die nun fielen. Als der Mann hart in der Magengegend getroffen wurde, krümmte er sich und ließ die Arme sinken. Sofort trafen ihn Faustschläge ins Gesicht und das Blut schoss ihm aus Nase und Mund.

Karel sah wie gelähmt zu, wie der junge Mann zu Boden ging, wo ihm noch einige derbe Fußtritte verpasst wurden. Die beiden Angreifer sahen sich einige Momente lang an und machten Anstalten, zum Kiosk zurückzukehren. Von dort kamen aber Zurufe, sie mögen sich aus dem Staub machen, ehe „Bullen" kämen. Der Blick eines der beiden Männer fiel zufällig auf Karel, der die Szene erstarrt und mit geöffnetem Mund beobachtet hatte. Der Mann grinste ihn höhnisch an und drohte mit seinen Fäusten. Karel zuckte erschreckt zusammen. Der Mann machte eine drohende Bewegung auf Karel zu, aber sein Kumpan ergriff ihn bei der Schulter und bedeutete ihm, sich schleunigst aus dem Staub zu machen.

Am Boden röchelte der junge Mann. Er war merkwürdig verkrümmt und seine Augen waren verdreht. Hilflos und verzweifelt schaute Karel ihn an. Er wusste nicht, was in einer solchen Situation zu tun war. Es kostete ihn Überwindung, näher an den blutenden Mann heranzutreten. Er hoffte auf andere Passanten, aber niemand außer den Kunden des Kiosks war in der Nähe. Das Einzige, was Karel noch von einem Erste-Hilfe-Kurs in Erinnerung war, war die Regel, Bewusstlose in eine stabile Seitenlage zu bringen. Da der Mann regungslos auf dem Rücken lag, zupfte Karel, nachdem er seine Büchertasche zur Seite gestellt hatte, vorsichtig am Arm des Verletzten. Der Blick des offenbar Ohnmächtigen ging ins Leere. Sein Gesicht war voller Blut. Karel zerrte an der linken Schulter des Mannes und wollte ihn auf die Seite legen. Der leblose Körper kippte wieder nach hinten, ehe es Karel einfiel, dass man noch etwas mit den Armen des Bewusstlosen anstellen musste, um ihn in der Seitenlage zu halten. Außerdem kam ihm in Erinnerung, dass auch die Beine angewinkelt werden sollten. Nach drei Versuchen blieb der Mann in der Seitenlage. Er röchelte stärker.

Jetzt war Karel vorerst mit seinem Latein am Ende. Er lief zum Kiosk hinüber und hoffte, dass der Betreiber inzwischen einen Notarzt verständigt hatte. „Na, der hat wohl genug für heute", grölte einer der Betrunkenen. Karel achtete nicht auf ihn, sondern wandte sich an den Kioskbesitzer. „Haben Sie schon einen Krankenwagen gerufen?"

„Ist das denn nötig?", fragte der kahlköpfige, stark untersetzte Mann hinter dem Tresen lethargisch. Karel hatte einen Augenblick lang das Gefühl, zu explodieren.

„Ob das nötig ist? Wenn Sie sich nicht beeilen, stirbt der Mann!"

Der Kioskbesitzer verschwand daraufhin, etwas Unverständliches murmelnd, im Hinterzimmer, während aus dem Kreis der Betrunkenen einige Bemerkungen fielen:

„So schnell stirbt es sich nicht!" – „Unkraut vergeht nicht!" – „Und wenn schon!" – „Der Arsch hat schließlich selber angefangen!"

Karel achtete darauf, dass er aus dem Dunstkreis der alkoholisierten Männer möglichst schnell wegkam. Er ging wieder zu dem immer noch reglos daliegenden Mann und kniete neben ihm nieder. Karel schickte verworrene Stoßgebete zum Himmel. Er überlegte, ob es gut war, dem Bewusstlosen vielleicht das Blut aus dem Gesicht zu wischen. Da war so viel Blut! Vor dem Kopf hatte es sich auf dem Boden in einer kleinen Lache gesammelt. Karel blicke etwas ratlos auf sein nicht mehr ganz sauberes Taschentuch. Dann wischte er dem Mann mit der bloßen Hand übers Gesicht und sah schaudernd, dass sie sogleich voller Blut war.

Karel schloss die Augen und betete. Noch nie hatte er sich so ratlos und hilflos gefühlt! Eben noch in einem schönen Gespräch und mit wunderbaren Gedanken erfüllt, war plötzlich die ganze unbarmherzige Welt über ihn hereingebrochen, brutal und ekelhaft. Karel spürte, wie sich seine Augen mit Tränen füllten. Wenn wenigstens diese Betrunkenen im Hintergrund geschwiegen hätten! Einer hatte die Stirn, beim Wirt eine weitere Lage

Bier zu ordern. Erst nach einer kleinen Unendlichkeit hörte Karel das näher kommende Signal eines Rettungswagens. Dieser fuhr in rasender Geschwindigkeit heran und bremste scharf ab. Zwei Rettungssanitäter sprangen heraus.

„Welcher Idiot hat den so schief hingelegt?", schrie der eine.

„Machen Sie mal Platz für die Einsatzkräfte!", rief der andere und schob Karel unsanft zur Seite.

Karel beobachtete die routinierten Handgriffe der Sanitäter, die eine Rettungsdecke unter den Verletzten geschoben hatten und ihn untersuchten, ehe sie ihn auf eine Trage hoben. Diese wurde behutsam zum Rettungswagen gebracht. Karel fühlte sich wirklich wie ein Idiot angesichts seiner Ratlosigkeit und Ohnmacht.

„Steht es sehr böse um den Mann?", traute er sich endlich einen der beiden Sanitäter zu fragen.

„Ach wo! Sieht im ersten Moment manchmal viel schlimmer aus als es wirklich ist."

Karel schenkte dem Mann für diese Auskunft einen dankbaren Blick. Der fragte ihn: „Haben Sie den Verletzten versorgt und den Rettungswagen gerufen?"

„Telefoniert hat der Kioskbesitzer dort drüben, aber ich war zuerst bei dem Verletzten."

Der Sanitäter grinste: „Sie sollten vielleicht für alle Fälle mal wieder an einem Erste-Hilfe-Kurs teilnehmen. Es ist vermutlich eine Weile her, seit Sie den Führerschein gemacht haben."

„Ich habe gar keinen Führerschein", sagte Karel.

„Passen Sie auf mit dem Blut an ihren Händen! Die Polizei müsste gleich kommen, und so wie Sie aussehen, wird man Sie gleich verhaften!"

Als Karel ihn entgeistert anschaute, sagte der Sanitäter gutmütig: „Das sollte ein Scherz sein, aber vielleicht können Sie sich im Kiosk drüben trotzdem die Hände waschen. Falls sie Zeuge des Vorfalls waren, wird die Polizei vermutlich eine Aussage von Ihnen aufnehmen. Von den Brüdern dort drüben wird sicher nichts Vernünftiges herauszubekommen sein."

Der Sanitäter machte eine abfällige Bemerkung in Richtung der alkoholisierten Gesellschaft. Karel ging hinüber zum Kiosk und fragte den lethargischen Wirt, ob er sich die Hände waschen könne. Der Wirt schob ihm einen Schlüssel zu. „Hinten am Anbau ist eine Toilette", knurrte er. Karel nahm den Schlüssel und begab sich zur Rückseite des Kiosks. Während er sich in dem nach Urin stinkenden kleinen Raum die Hände wusch, wurde die Tür aufgestoßen und ein bulliger Mann, den er vorhin an einem der Stehtische erkannt hatte, stand an der Schwelle.

„Pass mal auf Kumpel, wenn dich nachher die Bullen fragen, wäre es vielleicht günstig, du würdest dich nicht so sehr an die Einzelheiten erinnern!", sagte der Mann mit etwas schwerer Zunge.

Karel erschrak. Spielte er plötzlich eine tragische Rolle in einem zweitklassigen Krimi? Er war unfähig, etwas zu sagen. Der andere deutete dieses Schweigen so, als wäre Karel schwer von Begriff.

„Also, Kumpel! Du weißt nicht, wer den Jungen k.o. geschlagen hat! Das könnten ältere oder jüngere Typen gewesen sein, Langhaarige oder Skins. Du bist vielleicht erst um die Ecke gebogen, als der Junge schon auf dem Gehweg lag! Wenn in der Zeitung morgen eine Polizeimeldung steht, in der nur eine halbwegs brauchbare Personenbeschreibung auftaucht, solltest du dich vorsichtshalber nicht mehr hier im Viertel blicken lassen! Haben wir uns verstanden?"

Karel beschloss, nicht den Helden zu spielen. Er murmelte nur: „Verstanden."

Der kräftige Mann gab den Eingang frei und Karel wollte sich davonmachen.

„He, du Trottel, schließ gefälligst die Tür ab und bring dem Wirt wieder die Schlüssel! Das ist hier kein öffentliches Penner-Klo!"

Unter den Augen des Mannes schloss Karel zitternd die Toilettentür ab. Den Schlüssel übergab er dem Kioskbesitzer, der ihn wortlos entgegennahm.

Den Polizeibeamten, die kurz darauf seine Aussage zu Protokoll nahmen, gab Karel, so gut er konnte, eine Beschreibung der beiden geflüchteten Männer. Dann wies er noch darauf hin, dass der bullige Mann, der jetzt wieder bei der Gruppe vor dem Kiosk stand, ihn bedroht habe. Dies führte dazu, dass der Mann zur Vernehmung auf die Polizeiwache mitgenommen wurde, da man in ihm einen guten Bekannten oder gar Verwandten von einem der Täter vermutete.

Während der Angetrunkene abgeführt wurde, drehte er sich zu dem etwas abseits stehenden Karel um und rief ihm einige obszöne Ausdrücke sowie handfeste Drohungen zu. Karel fuhr es plötzlich durch Mark und Bein. Über sich selbst enttäuscht, stellte er fest, dass er absolut kein Held war und dass es nun einen Platz in der Stadt gab, den er künftig konsequent meiden würde.

Segen mit Seidentüchern

Erschöpft kam Karel zuhause an. Nadja war noch nicht von der Arbeit zurückgekehrt. Sollte er ihr von dem Vorfall beim Kiosk erzählen? Wäre sie bei seiner Ankunft schon daheim gewesen, hätten sie bestimmt darüber gesprochen. So aber beschloss er, die Sache für sich zu behalten. Gab es nicht erfreulichere Dinge, als diese aufregende Stunde ins Gedächtnis zurückzurufen, während der er sich so hilflos gefühlt hatte? Viel lieber hätte er mit Nadja über die Begegnung mit Guido Kronendorf nachgedacht. Guido und er waren auf Glaubensfragen zu sprechen gekommen, und Karel war dankbar dafür, dass der junge Mann ihm gegenüber sein Herz ein Stück weit geöffnet hatte. Aber durfte er über die Gefühle, die Guido ihm offenbart hatte, überhaupt mit Nadja sprechen? Wie konnte es ihm in den Sinn kommen, sich über Dinge, die ihm in einem persönlichen Gespräch anvertraut worden waren, mit einer Dritten auszutauschen?

Karel hatte in letzter Zeit mit Nadja intensiv über sein werdendes Buch gesprochen, hatte mit ihr über seine Hauptperson Aljoscha nachgedacht, die langsam an Konturen gewann. Jetzt wurde ihm klar, dass Aljoscha in den letzten Wochen in seiner Vorstellung tatsächlich einige Züge von Guido Kronendorf angenommen hatte, dessen stille, feine Art Karel bewunderte. Im „Dichterzirkel" hatte Guido für Karel von Anfang an eine besondere Rolle eingenommen. Er wirkte tiefsinniger und ernsthafter als die anderen. Er hatte sich noch keine harte Schale aus Burschikosität und Sarkasmus zugelegt, wie sie sonst das Bild des Zirkels prägte, und er schien trotz seines zurückhaltenden Wesens auf seine Art sehr geradlinig und stark zu sein.

Karel aß eine Kleinigkeit. Dann beschloss er, sich zurückzuziehen und heute nicht im Wohnzimmer auf die Heimkehr von Nadja zu warten, wie er es in letzter Zeit öfter getan hatte. So lag er schon in seinem Bett, als er hörte, dass sich der Schlüssel im Schloss drehte und seine Vermieterin nach ihrem langen Arbeitstag nach Hause kam. Er schaute auf den Wecker neben sich. Es war fast 23 Uhr. Möglicherweise war Nadja ein Bus vor der Nase weggefahren, sodass es besonders spät geworden war. Karel seufzte, als er an die Frau dachte, die er jetzt noch eine Weile in der Küche und im Badezimmer werkeln hörte, ehe sie das Licht löschte. Als letztes bekam er von ihr mit, wie sie die Schlafzimmertür hinter sich schloss. „Schenk ihr eine gute Nacht und einen erholsamen Schlaf!", murmelte er in sein Kissen. Kurz darauf schlief er ein.

Nadja sah am nächsten Morgen nicht so aus, als hätte sie eine besonders gute Nacht hinter sich. Als Karel aufstand, schien sie schon eine ganze Zeit lang auf den Beinen zu sein. Eben trug sie einen vollen Wäschekorb in ihr Schlafzimmer. „Guten Morgen, Karel", sagte sie viel munterer als sie aussah und lächelte ihm zu.

Sie sagte, dass sie noch nicht zum Kaffeetrinken gekommen sei und bot sich an, ein gemeinsames Frühstück herzurichten. Er nahm dankend an. Bis er seine Morgentoilette beendet hatte, waren schon Kaffee eingeschenkt und Brot, Butter sowie Marmelade aufgetischt. Er setzte sich. Nadja kam aus der Küche und stellte noch ein Glas Honig auf den Tisch. Er fragte sie, ob er die Tageslosung lesen und ein kurzes Tischgebet sprechen dürfe, und sie nickte.

Schweigend nahmen sie die ersten Bissen zu sich, ehe Karel bemerkte: „Es ist sehr spät geworden gestern. Hattest du den Bus verpasst?" Nadja nickte. „Eine Kollegin ist krank geworden und ich musste einige ihrer Büros mit übernehmen. Da reichte es nicht mehr auf den üblichen Bus. Ich hab mir dann etwas Zeit gelassen, um nicht zu lange allein an der Bushaltestelle zu stehen."

Nach seinem Erlebnis von gestern überkam Karel ein Unbehagen, wenn er daran dachte, dass Nadja fast täglich nach Anbruch der Dunkelheit noch alleine in der Stadt unterwegs war. Aber dies ließ sich bei ihrer Arbeit kaum umgehen.

„Gestern hat übrigens Pastor Kreuzmann hier angerufen, während du in der Bibliothek warst", sagte Nadja. „Ihm tut es leid, dass er dir zum letzten

‚Dichterzirkel' absagen musste, aber beim nächsten Mal möchte er wieder mitkommen."

„Schön", entgegnete Karel. „Er ist ein netter Mensch, aber er scheint viel beschäftigt zu sein."

„Dennoch nimmt er sich Zeit, so gut es geht", sagte Nadja. „Er hat sich damals nach Arturs Tod viel um mich gekümmert. Ich fühle mich fast etwas schuldig, dass ich nicht ab und zu in seine Kirche gehe."

„Weißt du eigentlich, ob er eine Familie hat?", fragte Karel. „Als evangelischer Pfarrer darf er doch heiraten, oder?"

„Er erzählte mir einmal, dass er geschieden sei. Er hat wohl auch erwachsene Kinder. Es hörte sich so an, als lebe er allein. Mich wundert, dass ihr Männer so wenig voneinander wisst. Schließlich habt ihr doch schon etwas zusammen unternommen."

„Na ja. Da ergab es sich nicht, dass wir über Familiäres sprachen."

Nadja lächelte. „Ach ja. Ihr wart ja wegen der Literatur zusammen. Herr Kreuzmann hat uns übrigens zu einem Gottesdienst eingeladen. Am Sonntag feiert seine Gemeinde wohl einen besonderen Abendgottesdienst. Er meinte, dass es ein interessantes Programm gibt. Warum besuchst du als gläubiger Mensch eigentlich so gut wie nie die Kirche?"

Karel kratzte sich am Kopf. „Darüber hab ich mir eigentlich bisher gar nicht viele Gedanken gemacht. Als Kind haben wir regelmäßig die Kirche besucht, aber seit wir in Deutschland leben, haben wir uns das abgewöhnt, ohne dass ich es wirklich vermisste. Das Bibellesen hat mir immer genügt, und manchmal lese ich auch andere christliche Bücher."

„Aber hast du dich nie nach der Gesellschaft anderer gläubiger Menschen gesehnt?", fragte Nadja.

Karel dachte über die Frage eine Weile nach. „Mir genügte wohl mein Aljoscha, der mich ja fast täglich begleitet", sagte er lächelnd, „aber vielleicht kommt die Zeit, in der ich wieder öfter in eine Kirche gehe. Es wäre sicher interessant, Pastor Kreuzmann einmal predigen zu hören."

„Vielleicht fändest du ihn langweilig als Prediger", sagte Nadja.

„Das kann ich mir nicht vorstellen. Er ist ein gebildeter und belesener Mann und hat sogar schon Bücher geschrieben."

„Vielleicht ist er ein Prediger für Männer." Nadja lächelte. „Mir erschien er immer etwas zu trocken und theoretisch mit seinen Ausführungen."

„Warum nehmen wir seine Einladung nicht einfach an und gehen zusammen in die Kirche?", fragte Karel.

Nadja war etwas überrascht von diesem Vorschlag, aber ihr fiel auch nach längerem Nachdenken kein wirkliches Gegenargument ein. Sonntags hatte sie gewöhnlich Zeit und das Fernsehprogramm war meist nur eine Verlegenheitslösung gegen Langeweile. Nur wollte sie in Pastor Kreuzmann nicht die falsche Hoffnung wecken, sie könne sich doch noch seiner Gemeinde anschließen. Wenn sie allerdings jenen besonderen Abendgottesdienst zum Anlass nahm, um mit Karel die Kirche zu besuchen, schien die Sache noch am unverfänglichsten.

Am Sonntagabend machten sich Karel und Nadja gemeinsam kurz nach 19 Uhr auf den Weg. Zur Kirche war es nicht weit, sodass es sich nicht gelohnt hätte, auf einen Bus zu warten. Die evangelische Kaiser-Wilhelm-Kirche, in den 1950er Jahren zweckmäßig erbaut und kein architektonisches Schmuckstück, hatte ihren Namen von ihrem Vorgängerbau geerbt, der im Zweiten Weltkrieg zerstört worden war. Der Gottesdienst sollte um 19:30 Uhr beginnen. Karel und Nadja kamen schon etwa zehn Minuten früher in der Kirche an.

Am Eingang drückte man ihnen ein fotokopiertes Faltblatt in die Hand, auf dem unter einem handschriftlichen „Herzlich Willkommen zu unserem Gäste-Gottesdienst" einige Liedtexte abgedruckt waren. Ferner stand da ein Hinweis, dass es hinterher noch eine Einladung zu Tee und Keksen gebe und dass die Kollekte für die Unterstützung eines Missionars in Neu-Guinea bestimmt sei. Es gab noch ausreichend freie Plätze. Karel steuerte eine völlig unbesetzte Bank im hinteren Drittel der Kirche an und schaute Nadja fragend an, ob ihr seine Platzwahl recht sei. Sie nickte und folgte ihm.

Vorne in der Nähe des Altartisches stand Georg Kreuzmann und redete auf einen Mann ein, der sich etwas hektisch abwechselnd an einem Tageslichtprojektor und an einem Mikrofon zu schaffen machte. Als sich der Pastor umblickte, entdeckte er Nadja und Karel und kam sogleich mit einem Lächeln auf sie zugestürmt. „Frau Tesslowski und Herr Puto, das freut mich aber!", sagte er und schüttelte ihnen herzlich die Hände. „Ich hoffe, es wird Ihnen gefallen. Sie müssen mich nur entschuldigen, wir haben ein paar kleinere technische Probleme."

Er eilte wieder nach vorne, wo sein Helfer inzwischen „Test, Test, eins, zwei" ins Mikrofon gemurmelt und befriedigt festgestellt hatte, dass seine Stimme nun auch aus den hinteren Lautsprechern zu hören war. Währenddessen hätten sich Kreuzmanns Füße fast in einem Kabel verfangen, dessen Stecker-Ende im Mittelgang lag. Er wollte es beiseiteschieben, entdeckte dann aber zwischen zwei Bänken die Dose eines Verlängerungskabels. Er verband Stecker und Dose. Das Licht des Tageslichtprojektors leuchtete auf und der Helfer, der soeben an der Lampe schraubte, fuhr erschrocken zurück. Kreuzmann lächelte ihm befriedigt zu und setzte sich in die vordere Bank, um einige seiner dort abgelegten Unterlagen nochmals durchzustudieren.

In den nächsten Minuten füllte sich die Kirche noch etwa bis zur Hälfte. Viele der Anwesenden schienen miteinander gut bekannt zu sein, denn der Lärmpegel aus Gesprächsfetzen und Lachen schwoll beträchtlich an. Ein etwa zwölfjähriges Mädchen wollte in die Bankreihe, wo nur Karel und Nadja saßen, aber seine Eltern hatten weiter vorne in der Kirche Freunde entdeckt. Sie riefen das Kind zu sich und gingen zu einer der vorderen Bänke, wo einige Personen zusammenrückten und ihnen Platz machten.

Inzwischen war es Zeit, mit dem Gottesdienst zu beginnen. Rechts vom Altar hatte sich hinter zwei Mikrofonen ein junges Pärchen platziert. Die Frau setzte eine Flöte an ihre Lippen und der Mann hielt spielbereit seine Gitarre. Er zählte den Takt leise an und verpasste dabei seinen eigenen Einsatz. Beim zweiten Versuch klappte es und es erklang eine bekannte Musical-Melodie. „König der Löwen", flüsterte jemand in der Bankreihe vor Karel und Nadja.

„Cats", kam es entschieden zurück, „und das Stück heißt ‚Memorys'!"

Karel erinnerte sich daran, dass er das Lied schon das eine oder andere Mal im Radio gehört hatte, allerdings etwas mitreißender dargeboten. Nachdem das Musikstück bemüht zu Ende gebracht worden war, stand Pastor Kreuzmann auf und begrüßte die Besucher durch sein Handmikrofon, das er etwas verkrampft festhielt. „Liebe Gemeinde, liebe Gäste", begann er. Als er „Gäste" sagte, suchte er den Blickkontakt mit Karel und Nadja. „Ich freue mich, dass Sie so zahlreich der Einladung zu unserem besonderen Gottesdienst gefolgt sind, in dem es um das Thema ‚Erinnerung' gehen soll. Wir wollen uns in dieser Stunde erinnern, was uns Gott

Gutes tut in unserem Leben. Dazu sehen Sie gleich ein Anspiel unserer Pantomime-Gruppe."

Nun folgte eine Darbietung, deren Sinn sich Karel nicht voll erschloss. Es schien um eine Person zu gehen, die von guten und bösen Erinnerungen heimgesucht wurde. Die Gedanken sollten vermutlich durch die schwarzen und weißen Gestalten symbolisiert wurden, die nach der Hälfte des bis dahin ziemlich ereignislosen Auftritts plötzlich tänzelnd auftauchten. Der Mensch in der Mitte bekam von den weißen Gestalten Blumen in die Hand gedrückt, während er vor den schwarzen Tänzern zu fliehen versuchte, aber immer wieder gepackt wurde.

„Ist das nicht Knut?", flüsterte es in der Bankreihe vor Karel. „Seit wann ist der in der Pantomime-Gruppe?"

„Seit Deborah dort mitmacht", flüsterte es zurück.

Karel hörte unterdrücktes Gelächter. Nadja sah ihn mit hochgezogenen Augenbrauen an. Er zuckte leise schmunzelnd mit den Schultern und versuchte sich wieder den Pantomimen zu widmen. Als die Darsteller mit freundlichem Applaus verabschiedet worden waren, bat der Mann mit der Gitarre die Gemeinde darum, sich zu erheben, um zwei Lieder zu singen. Als das erste angestimmt wurde, suchte Karel den Text auf seinem Liedblatt, ehe ihn Nadja sachte anstieß und ihn darauf aufmerksam machte, dass die Worte des Liedes an die Wand projiziert wurden. Karel versuchte dem Gesang zu folgen, aber die Projektion war etwas schief, und ein über dem Altar hängendes Kreuz warf zudem einen Schatten darauf. Die Gemeinde schien es nicht zu stören, denn man kannte den Text wohl auswendig. Zudem waren die Zeilen so einfach gestrickt und wurden so häufig wiederholt, dass Karel sie am Ende auswendig kannte.

Beim zweiten Lied fiel Karel auf, dass einige Kirchenbesucher die Arme erhoben und besonders engagiert mitsangen. Dann las Georg Kreuzmann ein Gebet vor, das Karel als stark modernisierte Variation eines ihm bekannten Psalms identifizierte. Er wunderte sich etwas über den kumpelhaften Ton der Anrede Gottes, der nicht so richtig zu Kreuzmanns sonstiger Ausdrucksweise passen wollte. Nach der Lesung forderte der Pastor die Gemeinde auf, sich zu setzen, und man sang ein Lied vom Liedblatt.

Das darauf folgende Theaterstück war recht amüsant. Es zeigte eine Szene aus dem Leben eines älteren Ehepaares: Während die Frau in Erinnerungen schwelgte, hatte der Mann fast alles von dem vergessen, wovon seine Frau ihm vorschwärmte. Dafür erinnerte er sich an Fußballergebnisse und die Mannschaftsaufstellungen seines Clubs aus den 70er Jahren. Nach dem Verklingen des Beifalls für die zwei weiblichen Jugendlichen, die in die Rolle des Paares geschlüpft waren, stimmte der Gitarrist ein weiteres Lied an, das auf dem Blatt abgedruckt war.

Danach sagte Kreuzmann etwas über „wichtige und unwichtige Erinnerungen". Karel wunderte sich, warum der Pastor das eigentlich verständliche Stück noch einmal erklärte, aber als der Redner seinen zehnminütigen Vortrag am Ende mit einem Bibelzitat schmückte und mit einem Amen beschloss, vermutete Karel, dass dies die Predigt gewesen sei. Als nächstes wanderten mehrere Körbe mit Steinen durch die Bankreihen. Jeder Besucher sollte sich einen Stein nehmen. Dann wurde das Licht ausgelöscht. Eine Frau las mit Hilfe einer Taschenlampe etwas schleppend einen meditativen Text, in dem dazu aufgefordert wurde, den Stein zu befühlen und zu erspüren, wie sich dessen Kälte in den Händen langsam in Wärme verwandelte.

Dann ging das Licht wieder an. Jetzt wurden alle dazu aufgefordert, aufzustehen und ihren Banknachbarn oder denjenigen, die vor und hinter ihnen saßen, die Hand zu reichen und zu sagen: „Schön, dass du da bist."

Karel und Nadja standen etwas verlegen da. Nach einer Weile drehte sich vor ihnen eine fröhliche korpulente Dame um, streckte ihnen die Hand entgegen und sagte: „Schön, dass …äh… Sie da sind." Dies gab auch den beiden Nebensitzerinnen der Dame den Mut, Karel und Nadja die Hände zu reichen. Diese antworteten etwas befangen mit der vorgeschlagene Formel. Dann streckte Karel seine Hand Nadja entgegen und sagte leise: „Schön, dass du da bist!" Nadja lachte zurück und schien zu erröten.

Erleichtert registrierte Karel die Aufforderung Kreuzmanns, das Vaterunser zu sprechen. Karel war angenehm überrascht, dass man es so betete, wie er es kannte. Zum Abschluss kündigte der Pastor an, dass nun die Frauengruppe der Gemeinde einen getanzten Segen bringe, der durch geschwungene bunte Seidentücher symbolisiert werde. Außerdem gebe es zur Erinnerung an das Thema des Gottesdienstes am Ausgang noch einen kleinen Memo-Block. „Aber bleiben Sie ruhig noch auf einen Tee hier und haben Sie interessante Gespräche! Falls Sie noch Fragen zu unserem Thema haben, stehe ich Ihnen gerne zur Verfügung. Und am nächsten Sonntag feiern wir wieder zur gewohnten Zeit Gottesdienst. Vielleicht besuchen Sie uns ja wieder?"

Kreuzmann schien es als Befreiung zu empfinden, das Mikrofon weglegen zu können und den Rest des Programms der Frauengruppe zu überlassen.

„Ich genieße diese ganzheitlichen Gottesdienste", hörte Karel die korpulente Dame sagen, als er mit Nadja zum Ausgang strebte.

„Aber muss Herr Kreuzmann immer so lange Ansprachen halten?", entgegnete die Begleiterin der Fülligen. „Es war zwar kürzer als sonst, aber abends fällt mir die Konzentration immer besonders schwer!"

In der Nähe des Ausgangs stellte sich ihnen ein freundlicher Herr in den Weg und bot ihnen Tee und Kekse an. Karel sah Nadja fragend an, aber diese flüsterte, sie wolle doch lieber gleich nach Hause. Kreuzmann wollte sich zu ihnen durchkämpfen, wurde aber von einer älteren Frau aufgehalten, die ihn etwas fragte. Er winkte Karel und Nadja noch zu und rief: „Schön, dass Sie da waren!" Dann widmete er sich der Dame. Karel fand, dass Georg Kreuzmann unter dem aufgesetzten fröhlichen Gesicht abgekämpft und müde wirkte.

Auf dem Heimweg schwiegen sie eine Zeit lang, ehe Karel fragte: „Wie fandest du den Gottesdienst?" Nadja schien zu zögern.

„Schwer zu sagen", sagte sie schließlich. „Sie haben sich zumindest Mühe gegeben, etwas Originelles zu bieten."

„Und wie fandest du unseren Pastor Kreuzmann?"

„Er schien sich bei dem, was er machte, nicht richtig wohl zu fühlen, oder? Heute hat er nicht so kompliziert wie sonst gepredigt, aber ich weiß leider trotzdem nicht mehr, was er gesagt hat."

„Hoffentlich fragt er mich nie, wie ich den Gottesdienst fand", lachte Karel. „Ich stelle mir gerade vor, Achim Leverus wäre heute von seinem Chefredakteur in diesen Gottesdienst geschickt worden, um darüber eine Kritik zu verfassen."

„Oh weh", sagte Nadja, „wenigstens weiß ich jetzt eines. Sollte ich mich einmal wieder mehr für Gott interessieren, werde ich mich eher vertrauensvoll an dich wenden, statt einen von Herrn Kreuzmanns Gäste-Gottesdiensten zu besuchen."

Erfolgreiche Mission

„Ich frage Sie wohl besser nicht, wie Sie den Gottesdienst neulich fanden?"

Georg Kreuzmann saß mit Karel im Bus. Sie waren zusammen auf dem Weg zu Achim Leverus. Karel überlegte sich eine diplomatische Antwort.

„Wissen Sie", sagte er, „da ich kein traditioneller Kirchgänger bin, kann ich ohnehin kaum etwas dazu sagen."

Georg Kreuzmann schien das Gefühl zu haben, sich rechtfertigen zu müssen. „Man hat mir vielleicht angemerkt, dass diese modernen Tendenzen nicht so ganz meine Sache sind", erklärte er. „Ich mag eigentlich die ganz traditionellen evangelischen Gottesdienste. Klare Liturgie, bewährte Kirchenlieder, die Predigt im Mittelpunkt. Aber im Kirchenvorstand haben wir uns Gedanken darüber gemacht, dass unsere Gottesdienste immer weniger besucht werden. Ich wollte es einmal mit einer Verlegung des Gottesdienstes auf den Abend versuchen, aber viele unserer Vorstandsmitglieder meinten, wir müssten dabei auch etwas zeitgemäßer werden, um Gäste anzusprechen."

„Ich verstehe", entgegnete Karel, „daher die vielen Elemente, die ich gar nicht in einem Gottesdienst vermutet hätte."

„Na ja", grinste Kreuzmann. „Leuten wie Ihnen, die eher selten die Kirche besuchen, soll es eben nicht so schwer gemacht werden."

Karel lachte: „Aber wenn ich eine Kirche betrete, erwarte ich doch Kirche. Wenn ich an diese orthodoxe Kapelle denke, in der wir uns damals getroffen haben! Der Reiz, dieses Gotteshaus zu betreten, besteht doch darin, dass man dort eine andere Welt vorfindet, eine Aura des Heiligen! Als ich in Ihre Kirche ging, hatte ich mich ehrlich gesagt gefreut, nach Langem wieder einmal eine Predigt zu hören. Bedeutet das Hören einer Predigt nicht, dass wir gleichzeitig Gottes Wort hören? Wir stellen uns vor, Gott könne in diesem Moment selbst zu uns sprechen? So ähnlich hab ich es jedenfalls einmal in einem Buch über die Reformation gelesen."

„So darf man sich das tatsächlich vorstellen. Wenn ich eine Predigt vorbereite, versuch ich mir jedenfalls bewusst zu machen, dass ich als Sprachrohr Gottes auf der Kanzel stehe."

„Ah, dann hat Ihnen an jenem Sonntagabend wohl auch die Kanzel gefehlt?"

„Nun ja", bekannte Kreuzmann, „ein wenig fühle ich mich mit dem Handmikrofon immer wie ein TV-Moderator, nicht wie ein Prediger. Ich hoffe aber doch, dass man das nicht merkt?"

Karel entgegnete nichts auf diese Frage, was freilich einer Antwort entsprach. Die beiden Männer schauten in entgegen gesetzter Richtung aus den Fenstern und bemerkten übereinstimmend, wie dicht der Verkehr noch war. Kreuzmann drängte es allerdings nochmals zu ihrem Thema zurück.

„Herr Puto, darf ich Sie einmal offen fragen, sozusagen aus beruflicher Neugier, weshalb Sie trotz Ihres offenkundigen Interesses an Religion kein Kirchgänger sind?"

Karel stutzte ein wenig, als diese Frage an ihn gerichtet wurde.

„Sie müssen mir natürlich keine Antwort auf meine Frage geben, wenn Ihnen dies als zu persönlich erscheint", schob Kreuzmann nach.

„Nein, nein", sagte Karel. „ich möchte schon versuchen, Ihre Frage zu beantworten. Allerdings weiß ich es ehrlich gesagt selbst nicht so genau, warum es mich nicht in die Kirche zieht. Ich lese die Bibel, versuche manchmal mit Gott zu reden, habe das Gefühl, er ist so etwas wie ein Begleiter. In gewissem Sinn sehe ich mich sogar als seinen Diener, weil ihm ja meine literarische Arbeit zuallererst gewidmet ist. Aber irgendwie habe ich nie nach der Kirche gefragt und sie hat nie nach mir gefragt. In Deutschland muss man ja vor niemandem Rechenschaft wegen seines Glaubens ablegen. Im Gegenteil, den Leuten scheint es eher peinlich zu sein, wenn man darüber redet."

„Aber wenn ich Ihnen nun sagen würde, dass die Kirche Leute wie Sie braucht? Dass es wichtig ist, dass Sie sich in die christliche Gemeinschaft einfügen lassen?"

„Dann würde ich Sie fragen, ob Ihre Kirche diese christliche Gemeinschaft repräsentiert. Sehen Sie, mein Freund Volker Beutelmaier ist in einer Sekte, die für sich beansprucht, die einzige Gemeinschaft zu sein, die sich nach Jehovas Willen richtet. Und wenn ich an meine Jugend denke: In der Tschechoslowakei war es meiner Familie wichtig, zur katholischen Kirche zu gehören. Ich könnte Ihnen gar nicht sagen, ob wir damals überhaupt daran dachten, dass es christliche Gemeinden auch außerhalb der katholischen Kirche geben könnte."

„Von Konfessionen möchte ich ja gar nicht reden", sagte Kreuzmann, „meine Kirche sehe ich selbstverständlich nur als eine unter vielen Möglichkeiten, christliche Gemeinschaft zu pflegen. Sie könnten genauso gut in andere Kirchen gehen! Nun ja, vielleicht nicht gerade zu der Sekte Ihres Freundes!"

„Sehen Sie, dies lote ich gerade aus. Es ist so, als würde ich gerade entdecken, wohin ich überall gehen kann und wo ich überall auf Spuren Gottes stoße oder das finde, was Sie christliche Gemeinschaft nennen. Lange Zeit hab ich wahrscheinlich den Fehler gemacht, mich ausschließlich in meinen Büchern zu vergraben, weil ich dort eine weite Welt gefunden habe, in die hinein Gott für mich sprach. Nun bewege ich mich tastend in die reale Welt hinein und finde an allen Ecken und Enden den Schimmer von Gottes Licht. Ich könnte anfangen mit meinem Freund Roland Hiller und seiner idealen Karl-May-Welt. Dort werden die Guten belohnt und die Schlechten zur Rechenschaft gezogen, und es erblühen wunderbare Freundschaften. Oder denken Sie an unseren jungen Dichter Guido, der allein durch seinen wachen Blick in die Natur und sein offenes Herz für die Menschen zumindest eine Ahnung von Gott gewonnen hat. Er hat schon mehr von einem Christenmenschen an sich als er selbst ahnt!"

„Sind Sie da sicher?", entfuhr es Kreuzmann, aber Karel ließ sich nicht unterbrechen.

„Selbst in den verpönten Sekten scheint sich Gottes Antlitz zu zeigen. Sie sollten meinen Freund Volker einmal von seiner Frau reden hören! Wie ich diese Frau kennengelernt habe, wäre sie sicher auch für Ihre Gemeinde eine Zierde! Und auch meine Vermieterin Frau Tesslowski ist jemand, der die Liebe Gottes im Herzen zu tragen scheint, ohne mit dem Mund ein Glaubensbekenntnis sprechen zu können."

Kreuzmann hakte wieder ein. „Ja, Frau Tesslowski habe ich schon öfter in unsere Gemeinde eingeladen. Es ist ja nicht so, dass wir von allen gleich erwarten, sie müssten schon voll und ganz unserem Bild entsprechen, ehe sie bei uns heimisch sein können! Aber als Pastor habe ich natürlich das Ziel und die Hoffnung, dass in meiner eigenen Kirche speziell etwas von Gott zu erfahren ist. Dass man in unseren Gottesdiensten etwas über sein

Wesen lernt und dass in unserer Gemeinschaft etwas von seiner Liebe spürbar ist."

„Und was denken Sie, Herr Kreuzmann?", fragte Karel mit dem Anflug eines Lächelns im Gesicht. „Verkörpern Ihre Leute die Liebe Gottes so überzeugend, dass es sich lohnt, dafür einen Spaziergang mit Frau Tesslowski oder ein philosophisches Gespräch mit Herrn Hiller oder eine ruhige Stunde allein mit der Bibel einzutauschen?"

Kreuzmann benötigte einen Moment, ehe er antworten konnte. Er fand Karels Frage durchaus berechtigt, aber er wollte sich durch sie nicht vollständig entwaffnen lassen.

„Sie wissen so gut wie ich, dass es auch unter Christen und in Kirchengemeinden Konflikte gibt", entgegnete er, „außerdem stehen die von Ihnen genannten Alternativen ja einem Besuch unseres Sonntagsgottesdienstes nicht wirklich im Wege, oder?"

Karel lachte den Pastor herzlich an. „Nun, ich sollte Ihnen ja vor allem eine Antwort darauf geben, warum es mich bisher nicht reizte, unbedingt regelmäßig in die Kirche zu gehen. Ich hab ja nicht ausgeschlossen, dies künftig anders zu halten. Im Prinzip müssten Sie mir nur sagen, dass ich Ihnen einen persönlichen Gefallen damit täte, wenn ich mir nächstens wieder eine Ihrer Predigten anhöre. Das wäre doch schon ein hinreichender Grund, Ihren Gottesdienst zu besuchen."

„Es kann dabei aber nicht um mich gehen", wandte Kreuzmann ein.

„Warum eigentlich nicht? Natürlich weiß ich, dass Sie sonntags nicht im eigenen Namen auf der Kanzel stehen und der Gottesdienst nicht Ihre persönliche Party ist. Aber wenn Sie mir freundschaftlich den Tipp geben, eine gute Gelegenheit, Gottes Wort zu hören, nicht zu verpassen, liegt es doch ziemlich nahe, auf Ihren Rat zu hören! Sie haben es sich schließlich auch einen Abend kosten lassen, mich bei Leverus über Dostojewskij sprechen zu hören!"

Kreuzmann lachte und klopfte Karel kräftig auf die Schulter. „Von Ihrer Sorte müsste es mehr Menschen geben, lieber Herr Puto! Dann hätten Sie mir jetzt einen Weg gezeigt, wie wir unsere Kirche ganz einfach füllen könnten. Ich bitte Sie also einfach darum, mir eine Freude zu bereiten, und verspreche Ihnen, dass es Ihnen zumindest nicht schaden wird, in unserer Kirche eine Predigt zu hören. Und wenn Sie mir noch einen größeren Gefallen tun möchten, dann laden Sie doch einfach Frau Tesslowski ein, mitzukommen. Bei ihr müsste dieses Prinzip schließlich ebenso funktionieren!"

Georg Kreuzmann und Karel Puto waren in fröhlicher Stimmung, als sie die Haltestelle erreichten, wo sie aussteigen mussten.

Göttlicher Wink

Karel trauerte zum ersten Mal seit Langem der wärmeren Jahreszeit nach und bemerkte, wie kurz und unwirtlich die Tage wurden. Er bedauerte es, dass es keine einladenden Sonntagnachmittage mehr gab, die eine Gelegenheit geboten hätten, Nadja zu einem Spaziergang zu überreden. Immerhin war sie einmal sonntagmorgens zu einem Gottesdienst in Georg Kreuzmanns Kirche mitgegangen, aber es schien ihr keine wirkliche Freude zu bereiten, ihn öfters dorthin zu begleiten.

Abends kam Nadja meistens müde und sehr abgespannt nach Hause. An den Tagen, an denen sie besonders lange arbeiten musste, achtete Karel bewusst darauf, dass er sich vor ihrer Heimkehr nicht zurückzog, sondern ihr im Wohnzimmer noch etwas Gesellschaft leistete. Er hatte bemerkt, wie gut es ihr tat, noch etwas mit ihm zu plaudern oder sich ihren täglichen Frust von der Seele zu reden. Über einen kleinen Lichtblick hatte ihm Nadja ebenfalls berichten können. Sie hatte eine neue Kollegin bekommen, eine junge Russlanddeutsche, mit der sie sich auf Anhieb gut verstand. Hin und wieder erzählte sie ihm von der jungen Frau.

Karel und Nadjas Verhältnis zueinander war vertraut geworden. Nadja lernte auch Roland Hiller kennen, der ihr schon länger aus Karels Erzählungen ein Begriff gewesen war. Hin und wieder hatte sie ihm die Tür geöffnet, wenn er Karel abholte. Da Karels Zimmer nicht geeignet war, Besucher zu empfangen, hatte Nadja ihrem Untermieter angeboten, das Wohnzimmer zu benützen, falls er einmal Freunde einladen wolle. Sie sagte, sie könne sich in ihr Schlafzimmer zurückziehen, um nicht zu stören. Karel hatte stattdessen den Vorschlag gemacht, Roland Hiller an einem Sonntagmittag einzuladen und einen Kaffeeklatsch zu dritt zu verabreden.

Karels Freund war der Einladung gerne gefolgt. Sie hatten einige fröhliche Stunden miteinander erlebt. Nadja erfuhr dabei fast alles über das skurrile Leben Karl Mays und erwies sich selbst als veritable Kennerin der Winnetou-Kinofilme. Roland Hiller beharrte zwar darauf, dass diese fast nichts mit dem echten Karl May gemeinsam hatten, aber dann tauschten sie sich doch mit wahrem Eifer über ihre Lieblingsszenen und die größten Heldentaten der Filmstars aus.

Roland Hiller hatte seit diesem Nachmittag nie vergessen, Nadja Grüße ausrichten zu lassen, wenn er sich mit Karel getroffen hatte.

„Deine Vermieterin ist eine sehr nette Frau. Du hast es bei ihr wirklich gut getroffen. Wäre da nicht die Sorge, dich obdachlos zu machen, würde ich ihr glatt den Hof machen", scherzte er.

Karel freute sich über diese Sympathiebezeigung. Gerne hätte er davon Nadja weitererzählt, um ihrem Selbstbewusstsein aufzuhelfen. Ein wenig hatte Karel allerdings den Eindruck, als blühe Nadja langsam auf.

An den Weihnachtstagen besuchte Karel in der Regel seine Schwester Klara und ihre Familie. Übers Jahr hatten sie kaum Kontakt miteinander, aber es wäre für Klara unerträglich gewesen, anzunehmen, dass ihr älterer Bruder irgendwo allein die Feiertage verbrachte. Zwar führte sie mit ihrem Mann, der ein solider Verwaltungsangestellter war, und ihren beiden Kindern ein ganz anderes Leben als Karel und war stolz auf ihre bürgerliche Existenz, aber sie liebte ihren Bruder und freute sich darauf, ihn wenigstens in den Tagen von Heiligabend bis Neujahr unter ihre Fittiche nehmen zu können. Da ihr Mann eine größere Verwandtschaft hatte, machten Klara und ihre Familie während dieser Tage immer einige Besuche. Karel war es ganz recht, zwischendurch mal allein im Haus der Schwester zu bleiben, denn eine ganze Woche lang Familienanschluss wäre ihm zu anstrengend geworden.

In diesem Jahr wäre Karel nicht betrübt gewesen, wäre die Einladung der Schwester einmal ausgeblieben. Er wusste, dass Nadja diese Woche allein zu Hause bliebe und stellte sich vor, dass sie in der Weihnachtszeit ihre Einsamkeit besonders schmerzlich empfinden würde. Natürlich kam die Einladung der Schwester pünktlich wie immer, und selbstverständlich nahm Karel sie an. Wie jedes Jahr besorgte er einen Tag vor Heiligabend kleine Geschenke und kaufte sich seine Fahrkarte. Am Morgen des Heiligabends verabschiedete er sich von Nadja.

Er hatte ihr schon vor einiger Zeit davon erzählt, dass er das Jahresende wohl bei seiner Schwester verbringen werde. Dennoch schien es an diesem Morgen, als sei sie wegen seines Aufbruchs traurig gestimmt. Sie in seinen Armen zu halten war für ihn noch immer ungewohnt, aber er spürte, dass sie es jetzt brauchte. Auch er selbst hatte das Bedürfnis.

„Vielleicht gehst du heute zu einem von Herrn Kreuzmanns Gottesdiensten? Er hat mir erzählt, sie hätten einen schönen festlichen Weihnachtsgottesdienst vorbereitet. Ganz klassisch. Schön soll auch die Christmette sein."

Karel wusste, dass Nadja wohl kaum ohne ihn in die Kirche ginge. Sein Vorschlag kam aus einer gewissen Verlegenheit heraus. Nadja schüttelte den Kopf und schmiegte sich an Karels Schulter. „Mit Artur bin ich meist an Weihnachten in der Kirche gewesen. Du weißt, dass viele dies nur aus Tradition so machen. Dazu gehörten wir auch. Aber jetzt hätte ich dabei wohl nur traurige Gedanken. Ich werde versuchen, es mir hier gut gehen zu lassen. Du hast mir aus der Bibliothek so schöne Bücher besorgt! Und wenn mir Lesen zu anstrengend wird, gibt es heute im Fernsehen vielleicht mal einen netten Film. Du brauchst Dir keine Sorgen zu machen!"

Sie versuchte, tapfer zu lächeln, löste sich aus seinem Arm und fragte ihn, ob sie ihm ein belegtes Brot für die Reise mitgeben solle.

„Ich bin nur zwei Stunden unterwegs", sagte er. „Und heute Abend werde ich wohl mehr Essen angeboten bekommen als mir eigentlich gut tut!"

„Freust du dich auf deine Schwester?", fragte Nadja, während sie Wasser ins Spülbecken ließ, um das Frühstücksgeschirr abzuwaschen.

„Eigentlich schon", antwortete Karel. „Seit unsere Eltern nicht mehr leben, sehen wir uns fast nur noch zu Weihnachten. Klara kann nicht ganz verstehen, was für ein Leben ich führe, aber sie macht mir keine Vorwürfe. Ihr Mann ist sehr tüchtig. Sie haben sich ein kleines Haus gekauft. Es gab eine Zeit, da hat sie es mich ein wenig spüren lassen, dass sie es im Leben zu mehr gebracht hat als ich. Aber ich glaube, das war nicht böse von ihr gemeint. Je älter wir werden, desto besser scheint es zwischen uns zu funktionieren. Ich glaube, sie kommt inzwischen damit zurecht, dass ihr Bruder von Sozialhilfe lebt und ein verrückter Schriftsteller ist. Und sie versucht ein wenig, mir die verlorene Mutter zu ersetzen!"

Karel schaute auf die Uhr. „Jetzt muss ich aber gehen. Mach es gut, Nadja. Ich wünsche dir … gesegnete Weihnachtstage!"

„Ich dir auch, Karel!" Sie trocknete ihre Hände an einem Geschirrtuch ab und reichte ihm ihre Rechte. „Und einen schönen Jahreswechsel!"

Verlegen drückte er ihre Hand. Silvester war ein weiteres Fest, das sie wohl allein verleben würde, während andere in fröhlicher Gesellschaft waren. Gerne hätte er sie nochmals in seine Arme genommen, aber das hätte das schale und traurige Gefühl, das ihn plötzlich befiel, nicht besser gemacht.

„Mach es dir irgendwie schön!", sagte er mit einem Kloß in seinem Hals. Dann nahm er seine Reisetasche auf, um zu gehen.

Draußen war es kühl, aber trocken. Karel klappte den Mantelkragen hoch, um sich gegen den Wind zu schützen, als er zur Bushaltestelle ging. Von der anderen Straßenseite wurde ein freundliches „Hallo" herübergerufen. Es war Georg Kreuzmann, der, mit großen Einkaufstüten bepackt, die Straße entlangging.

„Sie verreisen?", fragte der Pastor.

„Ja, bis Neujahr zu meiner Schwester!", rief Karel zurück.

Kreuzmann ließ ein Auto vorbeifahren und überquerte dann die Straße.

„Schön für Sie", sagte er im Näherkommen, „dann wünsch ich Ihnen jetzt schon gesegnete Weihnachten und einen guten Jahreswechsel!"

„Das wünsche ich Ihnen auch", entgegnete Karel. Er stellte seine Tasche neben sich ab und reichte Kreuzmann die Hand.

„Ein wenig bedaure ich es, dass Sie dann ja gar nicht zu unseren Gottesdiensten kommen können", sagte Kreuzmann.

Karel lächelte. „Ein bisschen sind Sie als Pastor wohl immer im Dienst? Aber mir tut es auch etwas leid. Ich wäre sicher gekommen."

„Und Sie hätten Frau Tesslowski mal wieder mitbringen können!"

Karel runzelte die Stirn. „Ich habe ihr zumindest vorgeschlagen, sie könne zu Weihnachten in Ihre Kirche gehen. Aber ich befürchte, sie wird die ganzen Festtage allein verbringen."

„Es ist schade", sagte der Pastor, „Frau Tesslowski scheint mir ein Juwel von einem Menschen zu sein, aber sie führt solch ein Schattendasein! Leider wage ich es kaum, sie selbst nochmals in unsere Gemeinde einzuladen, denn ich fürchte, sie fühlt sich möglicherweise bedrängt. Dabei will ich sie ja weder bekehren noch sonst wie beeinflussen. Ich denke einfach, dass es ihr gut tun würde, unter Menschen zu kommen, und dass zumindest einzelne meiner Gemeindeschäfchen über kurz oder lang ihre Qualitäten entdecken würden. Ja, ich selbst finde Frau Tesslowski so sympathisch, dass ich am liebsten meinen Seelsorgeauftrag einmal beiseitelassen und sie einfach privat zu einem Kaffee einladen würde."

„Tun Sie das doch einfach!", sagte Karel, der die Zeit im Auge behalten musste, um den Bus nicht zu verpassen. „Ich kann Ihnen bestätigen, dass Frau Tesslowski eine wunderbare Frau ist. Es würde mich freuen, wenn Sie sich einfach einmal mit ihr treffen könnten, damit sie jemanden zum Reden hat."

„Meinen Sie wirklich, dass ich Frau Tesslowski damit nicht in Verlegenheit bringe?", fragte Kreuzmann.

Karel dachte über den Einwand des Pastors nach, aber er fand, dass eine kleine Verlegenheit im Zweifelfall besser war als das Gefühl von Einsamkeit.

„Vielleicht wird sie etwas erstaunt sein", erwiderte er, „aber Sie hätten über unsere Bekanntschaft und den ‚Dichterzirkel' doch gute Anknüpfungspunkte! Frau Tesslowski ist ebenfalls literarisch interessiert. Und wenn ich ehrlich bin, tut es mir selbst sehr leid, die Feiertage und den Jahreswechsel nicht hier verbringen zu können. Es ist ein Jammer, sie hier ganz alleine zu wissen. Falls Ihnen der Mut fehlt, Frau Tesslowski anzurufen, betrachten sie doch einfach unser zufälliges Zusammentreffen hier als göttlichen Wink! Nun muss ich mich aber beeilen, damit ich den Bus nicht verpasse. Überlegen Sie es sich! Auf Wiedersehen."

„Auf Wiedersehn, Herr Puto. Ja, ich werde es mir überlegen."

Kreuzmann blickte dem davoneilenden Karel längere Zeit nach und rieb sich dabei bedächtig übers Kinn.

Intuition

Die Festtage bei Klara verliefen für Karel so ähnlich wie in den Vorjahren. Er hatte das Gefühl, ein willkommener Gast im Haus seiner Schwester zu sein. Zwar pflegte sein Schwager ihm gegenüber vielleicht noch den einen oder anderen inneren Vorbehalt, versuchte aber jedenfalls, sich nichts davon anmerken zu lassen. Umgekehrt bemühte sich Karel darum, den Mann seiner Schwester so anzunehmen wie er war, auch wenn sich ihre Lebenseinstellungen grundsätzlich unterschieden. Was ihm an Bernd am wenigsten gefiel, war dessen latente Unzufriedenheit. Obwohl sein Schwager einerseits unverhohlen stolz auf das war, was er sich erarbeitet hatte, beklagte er sich oft über Kollegen, die es noch etwas weiter gebracht hatten als er selbst. Oder er ereiferte sich darüber, dass die Steuern einen Teil seiner schönen Gratifikation, die er in diesem Jahr erhalten hatte, wieder auffraßen. Bernd Kampe ärgerte sich über Versicherungstarife, Politiker, Zugverspätungen, Bettler und das unfähige Präsidium seines Lieblings-Fußballvereins. Seiner Familie gegenüber verhielt er sich allerdings liebevoll. Auch den Kindern gegenüber ließ er eine gewisse Großzügigkeit walten. Alles in allem hätte es Klara mit einem anderen Mann schlechter treffen können, fand Karel.

Was anders war als in den Vorjahren, war eine gewisse innere Unruhe, die Karel in diesen Tagen spürte. War es ihm sonst immer ziemlich gleichgültig gewesen, wo er sich aufhielt, so rückte ihm in diesem Jahr die längere Abwesenheit von seinem Wohnort richtig ins Bewusstsein. Es war nicht nur das Wissen darum, dass Nadja die letzten Tage des Jahres allein verbringen musste. Karel dachte auch an andere Menschen. Volker und Marianne Beutelmaier feierten zwar aufgrund der rigorosen Ansichten ihrer Sekte weder das Weihnachtsfest noch den Jahreswechsel, hätten aber doch freie Tage und somit Zeit für einen Besuch gehabt. Mit Roland Hiller hatte sich Karel zuletzt regelmäßig einmal in der Woche verabredet. Wie Roland wohl die Feiertage verbrachte? Karel hatte mit seinem Freund nicht darüber gesprochen.

An einem Nachmittag, an dem Klaras Familie einen Besuch bei einer Tante von Bernd machte, kam Karel der Gedanke, bei Nadja anzurufen, um zu fragen. wie es ihr ging. Nadja nahm den Hörer nicht ab. Karel schaute auf den Kalender. Heute war ein normaler Werktag. Vielleicht war sie gerade beim Einkaufen. Er wollte es später noch einmal probieren. Als er gegen Abend nochmals anrief, meldete sich Nadja. Er sagte seinen Namen und sie reagierte freudig überrascht: „Karel, schön dass du anrufst!"

Karel war seinerseits überrascht, dass er etwas wie einen warmen Schauer in seinem Innern spürte, als er Nadjas Stimme hörte. Dennoch hatte er das Gefühl, sich für seinen Anruf rechtfertigen zu müssen.

„Ich bin gerade allein", erklärte er, „Klara macht einen Besuch. Da habe ich gedacht, ich frage einmal, wie es dir geht."

„Das ist aber lieb von dir. Mir geht's gut. Danke für die Nachfrage!"

„Hast du… über die Feiertage etwas unternommen?"

„Nichts Besonderes. Gelesen, ferngesehen und viel geschlafen. Aber das tat alles auch mal gut. Und heute … stell dir vor … wurde ich von einem Herrn zum Kaffee eingeladen!"

„Oh. Das ist aber schön", sagte Karel. Georg Kreuzmann hatte also den Mut gefunden, bei Nadja Tesslowski anzurufen.

„Es war ein sehr netter unterhaltsamer Nachmittag", erzählte sie fröhlich. „Wir haben uns in der Stadt verabredet und sind dort in ein nettes Café gegangen. So langsam finde ich wieder Gefallen am Ausgehen."

Es schien ihm, als habe ihre Stimme etwas Neckisches angenommen.

„Ich hoffe, du wirst im neuen Jahr trotzdem auch noch ab und zu für mich Zeit finden", sagte Karel, dem dieser neue muntere Ton an Nadja gefiel.

„Das werde ich mir überlegen. Ich werde jedes eingehende Angebot ernsthaft prüfen und dann eine Entscheidung treffen."

„Dann habe ich ja noch Hoffnung!" Karel überlegte, wie er dem Gespräch wieder eine Wendung zum Ernsthaften geben konnte. Da sagte Nadja:

„Du fragst nicht mal, wer mich eingeladen hat? Wäre es nicht hilfreich, den Konkurrenten wenigstens zu kennen?"

„Oh, ich glaube ihn zu kennen!"

„Das überrascht mich aber!"

„Nun. Ein Schriftsteller verfügt ja bekanntlich über eine gewisse Intuition, sollte man doch annehmen."

„Dann gib mir eine Kostprobe deiner Intuition!"

Karel räusperte sich und bemühte sich, wie der Ermittler in einer klassischen englischen Detektivgeschichte zu klingen, der gutmütig und souverän seinen Scharfsinn demonstriert:

„Wohlan. Dein Kavalier ist sicher kein ganz dummer Mensch!"

„Warum?"

„Weil er die gute Idee hatte, dich näher kennenzulernen. Das lohnt sich nämlich!"

„Die Spur ist heiß. Es ist sicher kein dummer Mensch. Denn es ist jemand, der auch dich sehr gut kennt und schätzt!"

„Ah. Ich wette, es handelt sich um einen belesenen Menschen, vielleicht gar ein Mitglied des ‚Dichterzirkels'?"

„Die Spur ist heiß."

Nadja hatte also ebenfalls Gefallen an dem „Verhör" gefunden. Karel versuchte das harmlose Spiel durch Umständlichkeit noch etwas auszudehnen.

„Ist dein Besucher Mitglied eines ehrenwerten Berufsstandes?", fragte er gespielt inquisitorisch.

„Hm. Also ehrlich gesagt: Nicht dass ich wüsste."

„Oh Nadja, du bist ja eine schlimme Nihilistin. Ich werde dir doch noch einmal streng ins Gewissen reden müssen, wo ich es vorher allein mit Liebe probiert habe. Du hast deinen Kavalier hoffentlich nicht wissen lassen, wie wenig du von seinem Beruf hältst!"

Innerlich lachte Karel herzlich über Nadjas offensichtliche Respektlosigkeit vor Kreuzmanns Pastorenamt. Jetzt schien ihm der Zeitpunkt gekommen, das Rätsel aufzulösen.

Ich hatte doch angenommen, dass du Herrn Kreuzmann im Großen und Ganzen stets für einen achtbaren Pastoren gehalten hast", sagte er scherzhaft.

Nadjas Stimme klang plötzlich irritiert: „Wieso Herrn Kreuzmann? Ich verstehe nicht ganz!"

Karel stutzte, ehe er nun gleichfalls verunsichert fragte: „Aber … war es nicht Herr Kreuzmann, der dich eingeladen hat?"

Nadja lachte auf, als erschiene ihr Karels Gedanke völlig abwegig: „Herr Kreuzmann? Wieso sollte er mich in ein Café in die Stadt einladen? Du hast ja fantastische Ideen!"

Jetzt war Karel völlig aus dem Konzept gebracht. Jegliche Intuition hatte ihn verlassen. Nadja schien dies zu bemerken. Sie entschied sich dafür, Karel das Ratespiel nicht fortsetzen zu lassen und klärte ihn mit fröhlicher Stimme auf:

„Es war dein Freund Roland Hiller, der hier angerufen hat. Ihm war nicht ganz klar, dass du über die ganzen Feiertage bis Neujahr weg sein wirst. Als ich es ihm sagte, dass es nichts mit eurer Verabredung werden kann, hat er kurzerhand mich eingeladen. ‚Wenn Karel uns beide hier allein lässt, können wir uns doch hinter seinem Rücken treffen', hat er gesagt."

Weil Karel überrascht schwieg, fügte sie hinzu: „Nun, ganz fremd ist mir Herr Hiller ja nicht, außerdem ein guter Freund von dir. Da habe ich mich eben einladen lassen."

„Ich verstehe", sagte Karel. „Das ist doch schön."

Dies war ehrlich gemeint, aber Karel war es peinlich, dass sich die Pointe seines Detektivspiels so unerwartet als Missgriff herausgestellt hatte. Nadja spürte wohl seine Irritation. Verunsichert und mit leiser Stimme fragte sie: „Das war doch in Ordnung, oder nicht?"

„Was soll da nicht in Ordnung sein?", sagte Karel, dem der Verlauf des Gesprächs jetzt fast noch peinlicher wurde. Betont fröhlich sagte er: „Ich bin nur etwas schockiert, was meine Intuition betrifft."

Nadjas Antwort kam immer noch leise: „Ich hatte schon Sorge… ich hätte das vielleicht nicht tun sollen? Oder zumindest nicht so stolz darüber erzählen?"

Karel tat es leid, dass er Nadja verunsichert hatte. Der Anflug von Fröhlichkeit und Selbstbewusstsein hatte ihr so gut gestanden.

„Ach Nadja", seufzte er, „Ich war einfach so dumm, dich durch mein Ratespielchen in Verlegenheit zu bringen. Es lag ja viel näher, dass … also Roland Hiller war ja schon zu Besuch bei uns. Ich freu mich außerordentlich, wenn ihr zusammen einen schönen Nachmittag hattet! Ich mag ihn sehr … und … ich mag … dich auch sehr! Ich finde ja, dass du öfters unter Menschen kommen solltest. Nun hoffe ich, dass Roland dir nicht den ganzen Nachmittag lang Karl-May-Vorträge gehalten hat?"

„Nein, nein", entgegnete Nadja und die Unsicherheit schien wieder von ihr zu weichen, „wir haben uns über alles Mögliche unterhalten. Auch über dich."

„Über mich, oh weh!"

„Nichts oh weh! Er hat mir erzählt, wie sehr er dich schätzt und wieviel ihm eure Freundschaft bedeutet."

Sie plauderten noch ein Weilchen. Dann verabschiedete sich Karel, indem er Nadja noch einen schönen Abend wünschte. Und Nadja sagte ihm, dass sie sich über seinen Anruf gefreut habe.

Missverstanden

Am späten Nachmittag des Neujahrtages kam Karel von seiner Reise zurück. Nachdem er das Gepäck verstaut hatte, wartete er im Wohnzimmer, dass sich Nadja zeige. Sie musste es ja gehört haben, als er die Wohnungstür geöffnet hatte. Er wartete eine Weile vergeblich. Vielleicht war sie gerade im Badezimmer? Er rief ihren Namen. Da öffnete sich die Tür ihres Schlafzimmers und Nadja trat ins Zimmer. Er hatte eine Umarmung erwartet, doch ihr Gruß war reserviert.

„Hallo, Karel", sagte sie fast tonlos.

„Hallo Nadja".

Karel bemühte sich, nicht irritiert zu wirken, und schenkte Nadja seinen freundlichsten Blick.

„Ich wünsche dir ein gutes Neues Jahr", sagte er.

„Das wünsche ich dir auch", entgegnete sie kühl.

Spätestens jetzt bemerkte Karel, dass irgendetwas nicht stimmte. Das war ganz und gar nicht die Art, wie Nadja ihm sonst begegnete. Selbst wenn sie einen harten Tag hinter sich hatte und mit einer ernsten und traurigen Miene heimkam, hatte sie normalerweise ein Lächeln für ihn übrig. So wie heute war sie ihm noch nie erschienen, seit sie sich kannten. Sollte er sie einfach in Ruhe lassen oder sollte er auf direkte Art fragen, was mit ihr los war? Für den Moment war er verunsichert darüber, was er eigentlich erwartet hatte? Dass Nadja ihm wie eine sehnsuchtsvolle Frau um den Hals fiel? Schließlich waren sie doch kein Paar. Und doch war aus ihrer Wohngemeinschaft in den letzten Monaten mehr geworden. Reagierte Nadja vielleicht deshalb so reserviert auf ihn? Hatte sie vielleicht über ihre Beziehung zueinander nachgedacht und für sich den Eindruck gewonnen, dass zwischen ihnen zu viel Nähe aufgekommen war? Karel gab sich einen Ruck und riskierte die Frage: „Stimmt irgendetwas nicht?"

„Ach Karel", seufzte Nadja. „Wahrscheinlich hast du sogar alles ganz gut gemeint!"

„Ich verstehe nicht ganz, was du meinst", bekannte er aufrichtig.

Sie seufzte nochmals und sah ihm ins Gesicht. Karel schaute sie in gespannter Erwartung an. Ihr Blick wurde noch eine Spur kühler und sie sagte, mehr zu sich selbst als zu ihm: „Du bist doch ein rechtes Unschuldslamm! Womöglich sollte ich dir noch dankbar sein. Aber das bin ich nicht!"

„Nadja!" Er griff nach ihrem Arm. „Ich verstehe dich jetzt überhaupt nicht mehr. Welchen Fehler hab ich denn begangen?"

Sie entzog sich seinem Griff.

„Fehler? Wahrscheinlich gar keinen! Vielleicht ist es ja gerade umgekehrt. Du hast es zu gut gemacht!"

Karels Gesichtsausdruck war immer noch von Ratlosigkeit geprägt. Nadja machte es innerlich fast rasend, wie Karel sie so völlig unwissend anschauen konnte.

„Was ist denn passiert?", fragte er leise und mit fast zärtlichem Timbre.

„Was passiert ist?" Sie erhob ihre Stimme. „Nichts ist passiert. Alles hat gut funktioniert. Herr Hiller hat gleich nach Weihnachten angerufen, Herr Kreuzmann kurz vor Silvester. Die Reihenfolge hast du wohl etwas durcheinander gebracht, aber ansonsten haben deine Freunde mit dir zusammen ihre guten Taten vollbracht. Wen hast du denn für nächstes Wochenende angeheuert, um mich ins Café auszuführen? Oder bist du selbst dann wieder der Samariter?"

Nadja schaute ihn wütend und herausfordernd an, dann wendete sie sich ab und verschwand in ihrem Schlafzimmer. Die Türe knallte sie zu. Karel blieb konsterniert zurück. Er versuchte das Gehörte zu sortieren, wurde aber nicht richtig klug daraus. Hatte Pastor Kreuzmann tatsächlich bei Nadja angerufen? War er sogar auf die Idee gekommen, sie ebenfalls ins Café einzuladen wie zuvor Roland Hiller? Aber was hatte er, Karel, damit zu tun?

Er ließ das kurze Gespräch, das er mit Georg Kreuzmann auf der Straße geführt hatte, Revue passieren. Ja, er hatte den Pastor ermutigt, mit Nadja

Kontakt aufzunehmen. Aber selbst wenn sich Kreuzmann Nadja gegenüber auf das Gespräch mit ihm bezogen hätte? Wie kam sie darauf, dies so negativ zu bewerten? Und mit Roland hatte es sich ja ganz anders verhalten. Dem hätte er doch nie und nimmer vorgeschlagen, sich um Nadja zu kümmern! Als ihm Nadja von dem überraschenden Treffen mit Roland erzählt hatte, war er einen Moment lang sogar nachdenklich geworden, ob es ihm überhaupt behagte, dass die beiden in seiner Abwesenheit miteinander ausgingen. Hatte Nadja nicht schon fast ein wenig damit kokettiert, dass sie von Roland eingeladen worden war?

Es dauerte, bis der Groschen fiel und Karel endlich das Gefühl hatte, Nadjas Reaktion zu begreifen. Sie hatte etwas gründlich missverstanden! Irgendwie musste Nadja auf den Gedanken gekommen sein, er habe sowohl Kreuzmann als auch Roland Hiller vorgeschlagen, sich ihrer anzunehmen. Und womöglich hatte sie im Nachhinein auch alle ihre gemeinsamen Unternehmungen als eine Art Fürsorge interpretiert? Ihre Freude darüber, als Mensch und als Frau wieder wahrgenommen zu werden, war jäh umgeschlagen. Konnte es sein, dass sie jetzt frustriert war und nur noch den Eindruck hatte, er sähe sich ihr gegenüber in der Pflicht, sich in ihrer Einsamkeit um sie zu kümmern?

Hatte sie denn nicht spüren können, dass das Mitleid, das er ihr gegenüber anfangs empfunden hatte, schon nach ihren ersten längeren Gesprächen umgeschlagen war in aufrichtige Bewunderung? Er profitierte durch ihre Beziehung doch mindestens genauso wie sie, eigentlich noch viel mehr! Und er hatte sie als Frau wahrgenommen. Er hatte notiert, dass jedes Lächeln auf ihrem Gesicht wieder etwas von der Schönheit sichtbar machte, die sie auf jenem alten Foto aus glücklichen Tagen geziert hatte. Auch ihre etwas fülliger gewordene Figur machte eine Frau ihres Alters nicht unattraktiv! Wenn er sich im Café oder auch in der Kirche vorstellte, dass andere sie für ein Paar hielten, erfüllte ihn das nicht mit Unbehagen, sondern mit einem gewissen Stolz. Nadja war eine attraktive Frau, wenn sie sich nicht im Alltag zur Arbeitsdrohne degradieren ließ.

Wie konnte er das Missverständnis auflösen? Er klopfte an ihre Türe. Nadja reagierte nicht auf das Klopfen. Er öffnete die Türe. Sie lag bäuchlings auf ihrem Bett und schluchzte in ihr Kissen. Als sie ihn an der Türschwelle bemerkte, drehte sie sich um und sagte: „Geh bitte hinaus! Ich hätte dich nie hier hereinlassen dürfen."

Unschlüssig blieb er eine Weile stehen. Sie vergrub ihr Gesicht wieder im Kissen. Er wollte noch etwas sagen, merkte aber, dass es jetzt wohl keinen Sinn machte. Er schloss die Tür und setzte sich traurig auf die Couch im Wohnzimmer. Noch nie, seit sie sich kannten, hatte zwischen Nadja und ihm eine Missstimmung geherrscht. Deshalb wusste er nicht, wie er mit der Situation umgehen sollte. Klar war für ihn nur, dass er versuchen musste, die Sache schnellstens aufzuklären.

Das Telefon klingelte. Karel lauschte, ob Nadja Anstalten machte, an den Apparat zu gehen. Als sich im Schlafzimmer nichts regte, ging er zum Telefon und nahm den Hörer ab. „Hier bei Tesslowski", meldete er sich.

„Mensch Karel, du bist ja wieder im Lande!"

Karel erkannte am anderen Ende der Leitung die Stimme Roland Hillers. Er musste tief Luft holen.

„Roland?"

Mit fröhlicher Stimme kam die Antwort: „Ja, ich bin es. Ich wollte deiner Vermieterin ein gutes Neues Jahr wünschen. Aber dann kann ich ja auch mit dir anfangen. Ich wünsch dir alles Gute."

„Ich dir auch", gab Karel die guten Wünsche mechanisch zurück.

„Tja … ist denn Nadja auch hier?"

„Ja, aber telefonieren geht jetzt gerade schlecht. Sie … fühlt sich gerade nicht so gut, hat sich hingelegt. Darf ich ihr deine guten Wünsche erst einmal ausrichten?"

„Wenn es nicht anders geht", kam es etwas enttäuscht zurück. „Hat Nadja dir eigentlich schon erzählt, dass wir zusammen ausgegangen sind?"

„Ja, wir haben zwischendurch mal telefoniert. Sie fand es schön, sich mit dir zu unterhalten."

„Ich fand es auch schön. Sie ist eine nette Frau. Wir duzen uns übrigens seither. Das ist dir doch recht, oder nicht?"

„Was sollte ich denn dagegen haben?"

„Ich weiß nicht. Du hörst dich irgendwie bedrückt an. Ist irgendetwas mit dir?"

Karel seufzte. „Das ist eine etwas komplizierte Geschichte." Er überlegte, ob er Roland die Sache einfach erzählen sollte. Möglicherweise hätte er ihn sogar darum bitten können, das Missverständnis auszuräumen. Andererseits hieße dies, Nadja gegenüber seinem Freund bloßzustellen. Er entschied, dass es auch anders gehen müsse. Deshalb redete er sich mit etwas allgemeiner Erschöpfung heraus. Er habe heute eine lange Reise hinter sich. Karel und Roland verabredeten sich noch für die kommende Woche, denn dann sollte sich bei Leverus wieder der „Dichterzirkel" treffen.

Nachdem er den Telefonhörer aufgelegt hatte, atmete Karel tief durch. Dann zog er sich in sein Zimmer zurück. Das Wiedersehen mit Nadja, auf das er sich schon seit Tagen gefreut hatte, war gründlich schief gegangen, und er hoffte nur, dass dies kein Omen für den weiteren Jahresverlauf war.

Noch gestern hatte er, während es auf Mitternacht zuging, für sich eine persönliche Jahresbilanz aufgestellt, die insgesamt sehr erfreulich war. Nun hatten seine Erwartungen für das neue Jahr einen ersten Dämpfer erhalten. Allerdings, sagte er sich, müsse es möglich sein, in Ruhe mit Nadja zu sprechen und ihr plausibel zu machen, dass sie sich gründlich geirrt hatte. Karels Blick fiel auf den Schreibtisch. Die Unterlagen für seinen Roman waren noch im Reisegepäck, aber auf dem Tisch lag ein Briefblock und in einem Plastikbecher steckten einige Stifte und Kugelschreiber. Plötzlich kam ihm der Gedanke, Nadja einfach zu schreiben. Im Schreiben war er ohnehin besser als im Reden. Es müsste gar kein langer Brief werden. Wichtig war nur, dass Nadja ihn las und darauf vertraute, dass er sie nicht belügen würde.

Versöhnt

„Da habe ich mich wohl ziemlich dumm verhalten", sagte Nadja, während sie Karel eine Tasse Kaffee eingoss.

„Ach, das ist geschenkt", erwiderte er, „ich bin nur froh, dass du meinen Brief wirklich gestern Abend noch gelesen hast!"

„Du hast es ja auch lustig angestellt, indem du den Bogen unter meiner Türe durchgeschoben hast." Nadja lächelte. „Wenn ich es mir richtig überlege, eine wirklich komödienhafte Szene! Aber mein Schmollen kommt mir im Nachhinein sehr kindisch vor. Was musst du nun von mir denken?"

„Was ich hauptsächlich von dir denke, steht ja in meinem Brief."

Fast mädchenhaft schlug sie die Augen nieder. „Da stehen einige Sachen drin, die ich wirklich kaum glauben kann."

„Aber du wirst mir doch wohl endlich glauben, dass ich Roland nicht …"

„Das meine ich doch nicht", wehrte sie ab, „ich meine die Sachen über mich …"

„Seltsam", sagte Karel, „ich dachte, ich hätte dir immer wieder zu verstehen gegeben, wie ich dich sehe."

„So deutlich wohl noch nie", sagte sie, beugte sich zu ihm herüber und gab ihm einen Kuss auf die Wange.

„Eine Frage habe ich nun doch noch." Karel nahm einen Schluck Kaffee. „Wie hast du denn auf Georg Kreuzmanns Einladung reagiert? Ist der Arme denn das erste Opfer unseres Missverständnisses geworden? Das täte mir leid!"

„Na ja. Ich habe ihm gesagt, dass ich gerade sehr wenig Zeit habe, was er einer einsamen und alleinstehenden Frau wahrscheinlich nicht unbedingt geglaubt haben wird. Aber was sollte er sagen? Er hat angekündigt, im neuen Jahr nochmals bei mir anzurufen."

„Und? Wirst du seine Einladung dann annehmen?"

„Ich würde euch beiden damit wohl einen Gefallen tun?", lächelte sie.

„Ich weiß es nicht", grinste Karel. „Zu viele Verehrer möchte ich ja nicht gerade um dich herumschwirren sehen."

Er errötete und spürte, dass er ungeübt darin war, in diesem scherzhaften Ton mit Nadja zu flirten. Aber sie ging darauf ein.

„Na ja", sagte sie gespielt vorwurfsvoll, „zumindest im Fall von Herrn Kreuzmann stammte die Idee, sich um mich zu kümmern, ja doch von dir!"

„Oh. Ganz sicher bin ich mir da gar nicht. Mir ist, als hätte ich ihm allenfalls ein wenig Mut zugesprochen. In seinem Herzen war der kühne Plan, sich mit dir hinter meinem Rücken zu treffen, vermutlich längst schon gefasst."

„Du schaffst es, dass ich noch regelrecht eingebildet werde. Ich werde wohl einen meiner Jobs kündigen und dir stattdessen die Miete erhöhen. Dann investiere ich etwas Zeit für Kosmetikerin und Sportstudio und nehme abwechselnd Einladungen an. Vielleicht melden sich ja noch andere Männer aus deinem ‚Dichterzirkel' bei mir."

Karel lachte. „Ich kann dir ja noch Achim Leverus vermitteln. Ob du mit dem aber glücklich wirst?"

Nadja übte sich an einem leicht verruchten Lächeln. Obwohl es ihr nicht wirklich gelang, schaffte sie es, Karels Freude an dem koketten Spielchen lebendig zu halten.

„Vielleicht wäre mir ja Guido Kronendorf lieber", hauchte sie, „das scheint mir doch ein ausgesprochen liebenswürdiger junger Mann zu sein."

„Den werde ich dir sicher nicht vorstellen. Sonst willst du vielleicht nur noch von ihm ausgeführt werden!"

„Na ja. Wahrscheinlich hat er ja eine Freundin, die zu ihm passt."

„Das hoffe ich. Wenn ich erfahre, dass er in festen Händen ist, kann ich ihn dir ja einmal vorstellen. Aber nur dann!" Karel erhob bei diesen Worten drohend den Zeigefinger.

Nadja lachte ihn glücklich an und gab jeden weiteren Versuch auf, eine verruchte Person darzustellen.

„Oh Karel, auf was für ein Terrain führst du mich? Da möchte ich mich am liebsten heute gar nicht mehr in meine Putzfrauenkluft stecken lassen! Aber es hilft nichts! Leider muss ich jetzt aufbrechen. Zumindest im Bus kann ich ja noch ein wenig von meinen Dichtern träumen. Leben Sie wohl, mein lieber Herr Puschkin oder Puto oder Tolstoi!"

Für Nadja war heute wieder ein normaler Arbeitstag, sodass Karel beschloss, sich ebenfalls einen solchen zu verordnen und sich seinem Manuskript zu widmen. Sein „Aljoscha" hatte für ihn in den letzten Wochen deutlich an Kontur gewonnen. Wonach er aber noch suchen musste, war eine richtige Geschichte! Bisher füllten Beschreibungen und Reflexionen seine Blätter. Bei der Niederschrift hatte er an dem anknüpfen können, was Dostojewskij selbst in seinem Roman schon über die Gedanken Aljoschas preisgegeben hatte. Es stand für Karel fest, dass sein Held aus der tiefen Quelle des Glaubens schöpfen müsse und dass die Beziehungen Aljoschas zum Kloster mit dem Tode seines väterlichen Freundes Starez Sossima nicht enden durften. Aber es war ebenso klar, dass Aljoscha durch seinen geistlichen Lehrmeister der Weg in die Welt gewiesen worden war. Seine Familie hatte ihn einen Mönch genannt, weil es schien, als werde er eines Tages ganz ins Kloster eintreten. In Karels Roman sollte Aljoscha zum Pilger werden, der sich im Laufe seiner Pilgerschaft seiner göttlichen Sendung bewusst würde. Karel sah ihn als Suchenden, der dem Leid der Menschen selbst oft ratlos gegenüberstand, und zugleich als einen Fackelträger, der manche Erleuchtung in eine dunkle Welt tragen konnte. Dies tat er manchmal im vollen Bewusstsein geistlicher Vollmacht, viel öfter aber, ohne sich darüber im Klaren zu sein. Aljoscha sollte ein Werkzeug in der Hand Gottes sein.

„Fürchten Sie sich nicht vor dem Leben. Wie schön ist das Leben, wenn man etwas Gutes und Nützliches getan hat", hatte Aljoscha den Kindern und Jugendlichen seiner Heimatstadt zugerufen. Karel hatte es zugleich so verstanden, als habe sich Aljoscha damit selbst befeuert, den schwierigeren Weg zu gehen, anstatt sich vor allem den Gedanken und dem Räsonieren über Gott hinzugeben und sich ansonsten vom Leben nur treiben zu lassen.

Nun war aber die Frage: Was würde Gott einem Menschen wie Aljoscha, der bereit zu allem Guten war, als nächstes wohl als Aufgabe vor die Füße legen? Die äußere Rettung seines Bruders Mitja war fehlgeschlagen. Dieser hatte den Weg in die sibirische Verbannung antreten müssen, wegen eines Mordes, den er nicht begangen hatte. Aber er war dort nicht ohne Hoffnung und ohne Trost! Der zweite Bruder, Iwan, der in eine schwere seelische Krise geraten war, würde wohl zunächst am stärksten Aljoschas Zuspruch und Hilfe bedürfen. Iwan, der einen Gott nicht akzeptieren wollte, weil in der Welt unschuldige Kindertränen vergossen wurden! Iwan, der einen göttlichen Heilsplan für die Welt als zynisch empfand, weil ihm das ewige Heil durch unschuldiges Blut zu teuer erkauft schien! Iwan war schmerzhaft klar geworden, dass aus einer Welt, die Gott als ihren Anker verleugnete, ein einziges Raubtierhaus werden müsse. Er war an seinem eigenen Nihilismus zerbrochen, aber das würde nicht ausreichen, um seine Vorbehalte gegenüber einem Gott, der Leid und Ungerechtigkeit zuließ, mit einem Schlag abzubauen! Iwan würde Aljoscha weiterhin herausfordern, weil er Fragen stellte, die selbst der Glaubensstarke nicht immer beantworten konnte. Die Anklagen Iwans gegenüber Gott enthielten Fragen, die auch gläubige Menschen in ihrem Herzen trugen. Karel war sich keineswegs sicher, ob es am Schluss seines Buches, wenn die Geschichte der Brüder Karamasow nach bestem Vermögen zu Ende erzählt war, weitreichende Antworten auf diese Fragen geben würde. Dieser Umstand war es immer wieder, der ihn zwischendurch an seinem Unterfangen zweifeln ließ. Es siegte aber doch jedes Mal die Hoffnung, dass ihm selbst die Sinne geschärft würden, indem er an seinem Stoff weiterarbeitete und mit den Augen seines Helden Aljoscha die Welt erkundete.

Karel verbrachte die ganzen folgenden Tage vor allem am Schreibtisch. Nadja war in ihrer Arbeit wieder sehr eingespannt. Dennoch schafften sie es, sich abends noch ein Weilchen einander zu widmen und zumindest Zeit für ein gemeinsames Gespräch zu finden. Nadja verstand nicht jeden von Karels Gedanken, die den Roman betrafen. Manches hinterfragte sie dagegen ganz bewusst. Sie fand zunehmend den Mut, Widersprüche gegenüber seinen Thesen zu formulieren und Vorbehalte gegen Karels Intentionen zu äußern. Sie konnte nicht nachvollziehen, warum die Gedanken seiner Figuren immer um Gott kreisten. Verhielt es sich im wirklichen Leben nicht anders? Sie selbst hatte, was ihr persönliches Leben betraf, den Eindruck, als würde es weitaus stärker durch andere Faktoren als die Frage ihrer Gottesbeziehung geprägt. Sie erkannte Karels Ringen um eine wahrhaftige Darstellung der menschlichen Psyche an, aber sie hatte mitunter den Eindruck als beginge er den gleichen Fehler wie viele religiös geprägte Menschen, die insgeheim unterstellten, dass alle Menschen im Inneren ihres Herzens auf der Suche nach Gott seien. Nadja hätte von sich behauptet, dass dies auf sie selbst nicht zutraf, und sie nahm an, dass sie in dieser Hinsicht nicht anders als die Mehrzahl der Menschen war.

Karel nahm Nadjas Einwände ernst. Im Grunde hatte sie zumindest darin Recht, dass er tatsächlich den Samen der Gottessehnsucht in jedem menschlichen Herzen vermutete. Wenn Nadja bei der Erforschung ihres Innern für sich selbst zu einem anderen Ergebnis kam, so lag es nach Karels Ansicht daran, dass sie wie viele Menschen nicht dazu in der Lage war, sich ihrer selbst völlig bewusst zu sein. Die Diskussion zwischen Karel und Nadja geriet an dieser Stelle an einen Punkt, von wo aus sie sich gegenseitig nicht weiterhelfen konnten.

Nach dem Tod ihres Mannes hatte es in Nadjas Leben eine Phase gegeben, in der sie von sich selbst gedacht hatte, sie benötige Antworten auf die Frage nach dem Sinn des Lebens. Sie war Georg Kreuzmann dankbar dafür gewesen, ihr nachgegangen zu sein und ihr als Gesprächspartner und Seelsorger zu helfen. Was sie wieder aufgerichtet hatte, war aber die menschliche Zuwendung, die er ihr gegeben hatte. Was er in seiner Kirche predigte, hatte sie nie existentiell berührt. Sie hatte verstanden, was er sagen wollte und woran er glaubte, aber sie hatte darin keine wirkliche Relevanz für ihr Leben erkannt. Letztlich hatten sie alle Kirchenbesuche, die sie bislang absolviert hatte, in dem Eindruck bestärkt, dass religiöse Institutionen vor allem Tummelplätze Gleichgesinnter waren, die dort ihre Interessen befriedigten. Kirchen schienen zu funktionieren wie Kultureinrichtungen oder Sportvereine. Wenn sie stärker sozial ausgerichtet waren, konnte man sie auch mit Gewerkschaften oder politischen Parteien vergleichen. Pfarrer wie Georg Kreuzmann verdienten in Nadjas Augen Respekt für vieles, was mit ihrem Amt verbunden war, aber ein priesterliches Element, eine göttliche Sendung, konnte sie darin nicht erkennen oder gar anerkennen. Je mehr Kreuzmann darum buhlte, sie in seine Kirche zu locken, desto mehr wurde sie darin bestärkt, dass er wie andere Menschen in ihrer Berufen versuchen musste, einen für die Existenz seiner Institution notwendigen Kundenstamm anzusprechen.

Von Karel ließ sie sich Nadja eher dazu verführen, über Glaubensfragen nachzudenken, denn er war in ihren Augen ein freier Geist. Er war kein Repräsentant organisierter Religion und an keine Glaubensgemeinschaft gebunden. Dennoch schienen auch für Karel bestimmte Dogmen nicht hinterfragbar. Nicht dass Nadja diese Dogmen ständig torpedieren wollte, aber da Karel sie immer wieder in ihre Gespräche einbrachte, kam Nadja nicht umhin, manchmal Dinge in Zweifel zu ziehen, die sie ihrem Gefühl nach durchaus hätte stehen lassen können.

Nadjas Gespräche mit Karel bestanden aber nur zum kleineren Teil aus Diskussionen, und es ging darin auch nicht ständig um Karels Literatur. Nadja und Karel teilten sich die kleinen Freuden und Leiden des Alltags mit und kamen sich persönlich näher.

Georg Kreuzmann rief in diesen Tagen tatsächlich noch einmal bei Nadja an, wurde von ihr aber erneut nur vertröstet.

„Am Freitag werde ich Herrn Puto zum ‚Dichterzirkel' abholen", bemerkte Kreuzmann am Ende des Telefonates dennoch hoffnungsvoll. „Vielleicht wissen Sie ja bis dann, ob Sie sich am Sonntagnachmittag ein Stündlein für mich Zeit nehmen können?"

Existentialistische Literatur

Bodo Fallersleben legte das Buch, aus dem er vorgelesen hatte, vor sich auf den Tisch und griff nach der dort liegenden Zigarettenschachtel. Sein erster Zug an der filterlosen Zigarette war so tief, als müsse er seine Lunge dafür entschädigen, dass sie fast eine Dreiviertelstunde lang auf Entzug gesetzt gewesen war. So lange hatte die Lesung aus seinem Roman „Nacktschnecken" gedauert. Die Mitglieder des „Dichterzirkels" hatten interessiert gelauscht. Bodo war kein besonders guter Vorleser. Er lispelte stark. Seine Stimme verriet den Kettenraucher. Immer wieder unterbrach er sich selbst durch ein heiseres, bellendes Husten. Manchmal verlor er dabei den Faden und verrutschte in den Zeilen.

Trotzdem hatte der Blick von Leverus während der ganzen Zeit wohlgefällig auf ihm geruht. Fallersleben war seine Entdeckung. Seine Rezension von „Nacktschnecken" hatte den Anstoß dazu gegeben, dass Fallersleben im letzten halben Jahr zum Stadtgespräch geworden war. Der Roman war ein lokaler Bestseller, und sein Schöpfer erhielt inzwischen mehr Einladungen als er annehmen konnte. Das war für den 40-jährigen Absolventen eines Philosophiestudiums, der sich als freier Lektor und gelegentlich als Aushilfsverkäufer in einem Laden für Comics und Fantasy-Literatur durchs Leben schlug, ein kaum erhoffter Popularitätsschub, nachdem seine bisherigen drei Veröffentlichungen allesamt Ladenhüter gewesen waren. „Nacktschnecken" hatte nur deshalb noch einen Verleger gefunden, weil Fallerslebens Schwester seit Kurzem mit dem Erben eines recht renommierten Verlages liiert war, der sich zwar nur selten ins operative Geschäft seines Unternehmens einmischte, hin und wieder jedoch für einen unbekannten Autoren Partei ergriff und ihn im eigenen Haus durchsetzte.

Leverus hatte, kurz bevor ihm seinerzeit ein druckfrisches „Nacktschnecken"-Exemplar zur Rezension zugeschickt worden war, einige Neuveröffentlichungen aus demselben Verlag ziemlich böse verrissen. Es war eine Zeit gewesen, in der Leverus generell recht ungnädig mit der jungen deutschen Literatur umgegangen war. Dass es allerdings in Serie sämtliche Hoffnungsträger eines Verlagshauses erwischte, hatte den Chefredakteur dazu veranlasst, Leverus daran zu erinnern, dass sich ihre Zeitung zu gut 70 Prozent im Besitz des betreffenden Verlages befände. Nun hätte sich

Leverus zwar nie in seiner Meinung korrumpieren lassen, aber er hatte doch zugesagt, einige seiner Positionen und seiner persönlichen Forderungen an ein gutes Buch zu überdenken. Um es sich nicht zu schwer zu machen, hatte er sich im Fall von „Nacktschnecken" vorgenommen, weniger dem Inhalt des Buches Aufmerksamkeit zu zollen, als vielmehr das zu studieren, was der PR-Abteilung des Verlags zur jüngsten Neuerwerbung ihres Hauses eingefallen war. Er übernahm nicht deren etwas blumige Formulierungen, sondern übersetzte sie in seine eigene nüchterne Sprache, aber schon der Verzicht auf jegliche Art von Sarkasmus erweckte im Kreis derer, die regelmäßig Leverus-Rezensionen lasen, den Eindruck, der Autor wolle zwischen den Zeilen eine dicke Empfehlung aussprechen. Als Leverus in zwei oder drei Leserzuschriften bescheinigt wurde, er habe geschmackssicher die Stärken eines bislang unbekannten Autors herausgearbeitet und sei ein Visionär in Sachen neuerer Literatur, fühlte er sich so geschmeichelt, dass er daraufhin das Buch las und sich selbst im Nachhinein ein intuitives Erfassen des Gegenstandes bescheinigte. Seither war Fallersleben „sein" Autor und wäre es wohl auch geblieben, selbst wenn er erfahren hätte, dass die betreffenden Leserbriefe von einem ehemaligen Kommilitonen Fallerslebens sowie zwei Stammkunden des Comic-Ladens kamen.

Fallersleben zog nochmals kräftig an seiner Zigarette. Dann sagte er: „Also, meine Herren, falls Sie noch Fragen haben, dann …"

Der Rest des Satzes ging in einem Hustenanfall unter. Dies gab Leverus die Gelegenheit, das Wort zu ergreifen: „Ja, liebe Freunde, ich vermute doch nicht, dass das soeben Gehörte hier in diesem erlauchten Kreis keinen Widerhall findet. Ich für meinen Teil fühle mich durch Herrn Fallerslebens Worte immer wieder aufs Neue ergriffen und herausgefordert."

„Sind Sie eigentlich mit Hoffmann von Fallersleben verwandt?", fragte der füllige Heinemann den Autoren.

„Und haben Sie Ihre Lederjacke bei Peek & Cloppenburg gekauft?", äffte Lutterhof den Tonfall Heinemanns nach, was ihm einen irritierten Blick Fallerslebens und einen ziemlich bösen des Gastgebers eintrug. Guido Kronendorf rettete die Situation, indem er eine ernsthafte Frage nachschob: „Ich war etwas irritiert, weil Sie in Ihrem Roman ja doch ein ziemlich negatives Menschenbild aufzeigen. Wenn ich es richtig verstanden habe, bezieht sich der Titel ‚Nacktschnecken' auf Menschen allgemein?"

Der Gefragte ließ seinen Blick betont gelangweilt durch die Runde wandern, ehe er antwortete: „Ahnenforschung betreibe ich nicht, die Jacke stammt von C&A und mein Menschenbild halte ich für realistisch."

Guido wandte ein: „Das mit den Menschen kann man doch so oder so sehen. Natürlich kann man sie sehr ernüchternd beschreiben, aber andererseits fehlt mir, kurz gesagt, in Ihren Beschreibungen etwas die Liebe."

Fallersleben nahm einen weiteren Zug aus seiner Zigarette und verdrehte die Augen: „Liebe?" Er bemühte sich um einen Tonfall, der zugleich belustigt wie auch leicht verächtlich klingen sollte: „Sie müssen doch bloß in die Fernsehnachrichten oder in die Tageszeitung schauen, dann sehen Sie, dass der eine Teil der Menschheit aus Bestien besteht und der andere ständig seiner Würde beraubt wird. Alle, die keine Bestien sind und trotzdem mit einem fröhlichen Gesicht herumlaufen, wissen nur nicht, was mit ihnen gespielt wird oder wozu sie missbraucht werden."

„Und wo würden Sie sich da sehen, lieber Herr Fallersleben?", fragte Heinemann.

„Ich bin ein Chronist dieses Zustands", zischte es zurück.

„Ich muss, ohne dass es mir seither bewusst war, ein sentimentaler Romantiker sein", flüsterte Lutterhof dem neben ihm sitzenden Karel ins Ohr. „Gegen diesen Fallersleben bin jedenfalls selbst ich der reinste Philantrop."

Leverus warf unterdessen Fallersleben einen bewundernden Blick zu und sagte: „Ja, unsere ganze Theologenriege wird heute etwas schockiert sein, obwohl ja auch in ihrer Bibel steht, dass der Mensch ein Dreckklumpen ist und am Ende wieder zu Staub werden muss. Herr Fallersleben hält den Menschen einen Spiegel vor, aber so schmerzhaft die Erkenntnis zu sein scheint, so heilsam ist sie wiederum. Wer sich über die Menschen keine Illusionen macht, kann nicht enttäuscht werden. Ich für meinen Teil habe mein Quantum Enttäuschung für dieses Leben ausgekostet, und weil ich nur dieses eine habe, hilft mir eine nüchterne Bestandsaufnahme wie die von Herrn Fallersleben, mich einzurichten und mit den traurigen Tatsachen zurechtzukommen. Das nenne ich Existentialismus!"

Er tippte sein Weinglas an. „Wenn mir nach Illusion ist, saufe ich mir die Welt schön. Ansonsten schaue ich mir von den Bestien ab, was einen über Wasser hält. Sehen Sie mich nicht so entsetzt an, Herr Kreuzmann! Ich bin nicht schlimmer als die Leute, die in Ihre Kirche gehen, nur ehrlicher – zumindest heute Abend!"

„Für mich ist das widerlichster Sarkasmus", sagte Kreuzmann scharf. „Ich kann nur hoffen, dass Sie das, was Sie sagen, nicht wirklich ernst meinen! Herr Fallersleben betreibt in meinen Augen geistige und seelische Umweltverschmutzung!"

„Hört, hört!", lachte Heinemann. „Die Inquisition meldet sich zu Wort."

„Ach Heinemann", wehrte Lutterhof ab, „für solch eine Bemerkung bekommen Sie heute nicht einmal von mir Beifall. Wenn der Klerus die schönen Dinge des Lebens als Schmutz bezeichnet, werde ich zwar garstig, und ich bin jederzeit bereit, jegliche Art von Unmoral und Lasterhaftigkeit gegen pfäffische Einwände zu verteidigen, aber Fallersleben nimmt einem ja jegliche Freude selbst an allen schönen Dingen, welche die Kirche verbietet. Mit dieser Art Nihilismus kann ich nichts anfangen!"

Leverus antwortete mit schneidender Stimme: „Ihren Einwurf, Herr Lutterhof, kann ich kaum als ernsthaft anerkennen. Sie sind selbst Nihilist, sehen in Brot und Spielen aber sinnstiftende Lebenselemente. Wenn jemand wie Herr Fallersleben ernsthaft die Trostlosigkeit der menschlichen Existenz darstellt, können Sie nichts damit anfangen. Für mich zeigt dies nur Ihre intellektuelle Unredlichkeit auf."

„Werter Herr Leverus", erwiderte Lutterhof aufreizend jovial, „vielleicht bin ich mit meinem Bekenntnis zu dem, was mir Spaß macht, ja redlicher als Sie und Ihr Lieblingsautor? Ich will Herrn Fallersleben nicht zu nahe treten, aber falls er ernst nähme, was er schreibt, müsste er eigentlich von allem Schmutz der Welt angewidert in einer Einsiedelei hausen, statt sich von der feinen Gesellschaft dieser Stadt nun schon wochenlang als Autor der Stunde feiern zu lassen! Nicht wahr, Herr Fallersleben, mit dem Verbreiten schlechter Stimmung lässt es sich doch, wenn Sie mal ehrlich sind, ganz gut leben?"

Fallersleben reagierte mit einem lethargischen Schulterzucken, doch Leverus schlug empört mit der Faust auf den Tisch und brüllte: „Herr

Lutterhof! Ich lass es nicht zu, dass man so mit einem Gast meines Hauses umgeht! Sie greifen gerade in die allerunterste Schublade!"

„Lassen Sie es gut sein, Herr Leverus", sagte Fallersleben, „ich kann mich schon selbst verteidigen." Der Autor richtete sich ein wenig auf, nahm wieder einen tiefen Lungenzug und fuhr fort: „Wenn Sie mir vorhin zugehört hätten, wüssten Sie, dass ich mich durchaus nicht für einen von Widersprüchlichkeiten freien Menschen halte. Der Ekel, den ich den Menschen gegenüber allgemein empfinde, macht vor mir selbst nicht halt. Wenn Sie so wollen, lebe ich gerade in beneidenswerten Verhältnissen. Aber keiner kann behaupten, dass ich deshalb glücklich bin. Ich verabscheue den Beifall, mit dem man mich überschüttet, denn ich weiß, dass die meisten, die mir applaudieren, im Grunde Ignoranten sind. Herr Leverus ist eine Ausnahme. Und warum ist er das? Weil er das Leben von seiner hässlichsten Seite kennengelernt hat!"

„Ich bitte Sie! So schlimm waren die Abende, die Herr Leverus hier mit uns im ‚Dichterzirkel' verbringt, auch wieder nicht!"

Einige lachten über Lutterhofs ironische Zwischenbemerkung, aber Leverus wurde jetzt noch eine Spur zorniger. Hatte er vorhin seine Stimme nur deutlich erhoben, so nahm sie nun eine Färbung an, wie sie keiner der Anwesenden je bei ihm wahrgenommen hatte. Hass und Trauer schienen miteinander um die Oberhand zu kämpfen.

„Was verstehen Sie schon, Herr Lutterhof? Für Sie ist das hier alles doch bloß eine Form von netter Unterhaltung! Sie kommen hierher, machen ihre klugen Bemerkungen und gefallen sich als aufgeklärter Rationalist, aber was wissen Sie schon vom Leben? Klar, lässt sich das Leben gut aushalten, wenn man die Oberfläche sieht. Aber ich habe, verdammt noch mal, auch die Abgründe sehen müssen! Ich habe miterlebt, wie ein Mensch buchstäblich bei lebendigem Leib verfault ist! Ich habe erlebt, dass ein Mensch, der wie unser junger Freund Guido an Liebe glaubte und Liebe suchte, sich auflöste in eine ekelhafte Masse Fleisch! Wie sich sein Gehirn zersetzte und alles verloren ging, was ihn einmal zu einem Menschen gemacht hatte! Ich durfte erleben, wie sich innerhalb einer lächerlich kurzen Frist ein Liebesschwur, der mir das Leben zu bedeuten schien, in ein Nichts auflöste. Ich musste mich mit schäbigem Trost verspotten lassen, der dem ganzen unwürdigen und unerträglichen Schauspiel noch einen Sinn zusprechen wollte! Ja, Herr Kreuzmann, hören besonders auch Sie mir zu! Seien Sie froh, dass mich diese ganze Geschichte gelehrt hat, das Leben so zu sehen, wie es Herr Fallersleben so vortrefflich beschreibt. Würde ich noch an Ihren Gott glauben, müsste ich ständig alle Welt vor ihm warnen, weil er dann in meinen Augen der schlimmste Feind des Menschen wäre! Ich glaube nicht an einen tieferen oder höheren Sinn unseres Daseins und an irgendeine höhere Macht. Gäbe es solch eine Macht, so hätte sie damals vor meinen Augen langsam und mit teuflischer List die Liebe erdrosselt, die Sie in Ihren Kreisen immer so schön rühmen!"

Alle starrten überrascht und teilweise entsetzt auf Leverus, den keiner jemals so reden gehört hatte. Man kannte ihn als locker geschwätzigen Unterhalter, der sich darin gefiel, durch ironische Bemerkungen eine Diskussion anzuheizen. Man fürchtete ihn bisweilen als abgebrühten Kritiker, der jedes aufkeimende Gefühl durch eine seiner sarkastischen Bemerkungen ersticken konnte. Nie hatte er sich bisher so ernsthaft zu einem Gefühl bekannt, soviel unverhüllten Zorn in eine Rede gelegt. Er wirkte aggressiv und doch auch verletzlich, denn seine laut erhobene Stimme war gegen Ende merklich ins Zittern geraten.

Der füllige Heinemann fühlte sich sichtbar unbehaglich. Lutterhof hatte den Mund offen, ohne einen Laut von sich zu geben. Roland Hiller und Karel senkten betroffen ihre Blicke. Guido, der in der Nähe von Leverus saß, legte diesem seine Hand auf den Unterarm, eine Geste, die Mitgefühl ausdrückte. Achim Leverus selbst schien über seinen Gefühlsausbruch etwas erschrocken zu sein. Er senkte seinen Kopf und verharrte schweigend.

Es war Georg Kreuzmann, der das Schweigen unterbrach. Er hatte seine Arme vor der Brust verschränkt und sich in seinem Sessel zurückgelehnt.

„Eine eindrucksvolle Rede, Herr Leverus! Allerdings wurde ich mit dieser Art Zorn gegenüber Gottes vermeintlicher Grausamkeit schon zu oft konfrontiert, als dass mich solch eine Tirade noch sonderlich schockieren könnte!"

Karel sah den Pastor entsetzt an. Was war in Kreuzmann gefahren, dass er in dieser Weise auf die doch offensichtlich ernsthafte Äußerung eines tiefen inneren Schmerzes reagierte? Konnte ein Seelsorger so verfahren?

Auf Leverus schienen diese kühl ausgesprochenen Worte zu wirken, als habe ihm jemand ganz überraschend mit einem Messer in die Haut geritzt.

Georg Kreuzmann fuhr fort: „Gewiss verdienen Sie Mitleid, Herr Leverus, aber Sie haben nun mal das Pech, dass Sie nicht der Erste sind, der in meiner Gegenwart eine bittere Anklage gegen Gott vorbringt. Wenn ich Sie richtig verstehe, haben Sie einen nahestehenden Menschen verloren? Durch eine schlimm verlaufende Krankheit, nehme ich an? Das kommt leider vor in unserer gefallenen Welt!"

Die Blicke aller, nicht weniger überrascht und entsetzt, hatten sich jetzt auf Kreuzmann gerichtet.

„Schweigen Sie doch, bitte!", raunte Karel dem Pastor zu, doch dieser ließ sich nicht unterbrechen.

„Ich wage die Behauptung", sagte Kreuzmann fast aufreizend dozierend, „dass Sie sich ganz gut in Ihrem Zorn auf Gott gefallen. So kommen Sie um die Notwendigkeit herum, sich ernsthaft mit ihm zu beschäftigen!"

Guido, der noch immer seine Hand auf dem Arm von Leverus hatte, unterbrach den Pastor: „Hören Sie doch bitte auf, so zu reden! Herr Leverus hat von seiner Frau gesprochen, die kurz nach der Hochzeit an Krebs gestorben ist. Wie können Sie ihm da einen Vortrag von einer gefallenen Welt halten? Haben Sie denn kein Gefühl?"

Leichte Röte legte sich auf Kreuzmanns Gesicht, aber er tat, als wolle er sich nicht aus dem Konzept bringen lassen. Karel fiel jedoch in diesem Moment auf, dass entgegen der zur Schau gestellten Ruhe etwas wie Fieber in den Augen Kreuzmanns schimmerte.

„Die Gefühle lassen wir in diesem Kreis in der Regel doch gerne außen vor", fuhr Kreuzmann fort. „Warum soll das jetzt anders sein? Herr Leverus hat doch einen Weg gefunden, seinen Schmerz zu verarbeiten! Warum sollte er auf einmal unseres Mitgefühls bedürfen? Ich wage zu behaupten, dass ich viel schlimmer dran bin als er … gut, meine Frau ist nicht gestorben. Sie hat mich nur betrogen. Ja, da hat sich ein Liebesschwur auch in ein Nichts aufgelöst, um Ihre vorhin gewählten Worte zu gebrauchen! Aber ich war und bin nun nicht in der angenehmen Lage, Gott dafür die Schuld in die Schuhe zu schieben und ihn durch Missachtung zu bestrafen. Ich muss weiterhin in der Kirche Gutes und Schönes über ihn reden, ich muss ihn gegenüber Leuten wie Ihnen in Schutz nehmen! Ich muss von seiner Menschenliebe reden, ob es mir nun passt oder nicht! Und wenn ich mit ihm allein bin, muss ich mir noch seine Vorwürfe anhören, dass ich nicht auf die gleiche Art an ihn glaube wie ich das den Leuten vorzumachen pflege! Sie haben einen Sündenbock gefunden, Herr Leverus, den Sie mit allem beladen können. Sie sind frei von Schuld und Zweifel! Hat man Gott beseitigt, lebt es sich doch freier, als ein Christenmensch jemals leben kann. Mir dagegen wurde nicht nur die vermeintliche Liebe meines Lebens geraubt, sondern ich stehe danach noch als armseliger Sünder da. Statt meiner Frau einen kernigen Fluch nachzuschicken, wie es die meisten hier im Raum tun würden, fühle ich mich von diesem unbarmherzigen Gott genötigt, mich selber zu fragen, ob ich nicht mitschuldig an ihrer Treulosigkeit bin! Schauen Sie mich doch nicht an wie ein Häuflein Elend, Herr Leverus!"

Kreuzmann hielt inne und machte von einem Moment auf den anderen den Eindruck, als sei er über seine eigene Rede erschrocken, denn er geriet ins Stammeln: „Verzeihen Sie mir, bitte! Wahrscheinlich tue ich Ihnen gerade großes Unrecht. Sicher haben Sie Ihre Frau geliebt! Sicher sind Ihre Wunden nicht verheilt! Wahrscheinlich müssen auch Sie noch auf Ihre Art mit Gott ringen, weil er sich nicht einfach für tot erklären lässt! Herr Puto, Sie baten mich vorhin, zu schweigen. Ja, das hätte ich tun sollen. Ich merke, dass ich Unsinn geredet habe. Ich möchte mich bei Herrn Leverus und bei Ihnen allen entschuldigen. Als Pastor hätte ich nicht so reden dürfen. Es ging hier um den Schmerz und den Verlust von Herrn Leverus und nicht um meinen!"

Die Runde schwieg verlegen. Fallersleben zündete sich eine neue Zigarette an und murmelte: „Also wenn Sie sonst keine Fragen mehr zu meinem Buch haben, können wir ja zum gemütlichen Teil des Abends übergehen."

„Lassen Sie uns die ‚Nacktschnecken' in Wein ersäufen!", sagte Lutterhof sarkastisch und griff nach einer Flasche.

Schläge

Den „gemütlichen Teil des Abends" hatten alle Anwesenden als ziemlich ungemütlich empfunden, sodass es früher als gewöhnlich zum allgemeinen Aufbruch kam. Auf dem ersten Teil des Nachhausewegs gingen Georg Kreuzmann und Karel schweigend nebeneinander her. Sie erreichten die Bushaltestelle. Da sie ohnehin noch 20 Minuten zu warten hatten, schlug Kreuzmann vor, bis zur nächsten Haltestelle zu spazieren. Karel stimmte zu.

„Ich habe heute Abend völlig die Beherrschung über mich verloren", sagte Kreuzmann im Weitergehen. „Ich weiß nicht, was in mich gefahren ist. Ich habe mich Leverus gegenüber wie ein Idiot benommen. Meine Vorstellung muss ihn ja gerade darin bestätigen, dass man sich eine Panzerhaut zulegen sollte und der Welt nicht mit seinen Gefühlen kommen darf! Statt zu versuchen, ihn zu verstehen und ihn zu ermutigen, sich seine Last von der Seele zu reden, habe ich ihn völlig sinnlos angegriffen!"

„Jetzt reden Sie schon wieder wie ein Pastor", bemerkte Karel, der bei dem schnellen Schritt, den Kreuzmann vorlegte, fast außer Atem kam.

„Ich war vorher einfach nicht ganz bei mir", erwiderte Kreuzmann. „Ich wünschte, wir könnten diesen Abend vergessen!"

„Ich weiß nicht", sagte Karel, „das was Sie sagten, kam doch schließlich alles irgendwo aus dem Innern Ihres Herzens!"

„Es war eine Unbeherrschtheit von mir!" Kreuzmann lachte bitter. „Nun ja, einem Dostojewskij-Verehrer und Leser psychologischer Romane kann ich wohl nichts vormachen! Sie wissen also jetzt von mir, dass ich zuweilen mit dem einen oder anderen finsteren Gedanken zu kämpfen habe. Auch ein Pastor ist nur ein Mensch!"

„Ich denke, dass man überhaupt erst Mensch sein muss, um ein guter Pastor zu sein!"

„Das haben Sie wieder einmal schön gesagt. Dennoch hätte ich heute lieber ein Deckmäntelchen über meinem verwundeten inneren Menschen gehabt! Vor Ihnen, Herr Puto, ist mir mein Ausfall schon peinlich genug, aber noch mehr fürchte ich den Eindruck, den er auf die anderen gemacht haben dürfte! Ich glaube, der ‚Dichterzirkel' ist ab heute tabu für mich!"

„Das wäre schade", warf Karel eifrig ein, „weil …"

„Weil?"

Kreuzmann war stehengeblieben und schaute Karel fragend an. Der suchte einen Moment lang nach den richtigen Worten, ehe er antwortete: „Nun, ich denke, Ihnen täte hin und wieder das Zusammensein mit Menschen gut, für die Sie nicht die Rolle des Pastors ausfüllen müssen."

Kreuzmann seufzte. „Sie haben wohl ganz Recht. Aber es ist für mich gar nicht so leicht, diese Erkenntnis in die Tat umzusetzen! Ich habe jahrzehntelang keine engen persönlichen Freundschaften gepflegt. Als sich meine Frau von mir trennte, musste ich feststellen, dass die wenigen Freunde, die ich als solche bezeichnet hätte, in erster Linie Freunde meiner Frau waren. Nun ja, mit einem von ihnen hat sie mich schließlich auch betrogen. Mir blieben mehr oder weniger nur meine Gemeinde und einige befreundete Kollegen. Und selbst denen ist ein Pfarrer, der plötzlich ohne Frau dasteht, suspekt. Zum ersten Mal war ich regelrecht dankbar für das Gerede der Leute, denn die Buschtrommel sorgte zumindest dafür, dass es wie ein Lauffeuer herumging, dass meine Frau die Schuldige am Scheitern unserer Ehe war. Einem, der böswillig verlassen wurde, bleiben wenigstens Mitleid und Sympathien!"

„Gewiss keine Trostpflaster, die groß genug für Ihre Wunden wären", wandte Karel wieder ein.

Der Pastor nickte bedächtig und sagte mit leiser, trauriger Stimme: „Sie haben abermals Recht. Ich kämpfe weiterhin vor allem mit der Einsamkeit."

Nach dieser Offenbarung Kreuzmanns liefen die beiden Männer eine Weile schweigend nebeneinander her. Es war der Pastor, der den Gesprächsfaden wieder aufnahm. Er versuchte, seiner Stimme wieder einen eher munteren Klang zu verleihen.

„Leider hat es bisher immer noch nicht damit geklappt, Frau Tesslowski zum Kaffee einzuladen. Sie hatten mich vor Weihnachten auf diesen guten Gedanken gebracht, aber Frau Tesslowski scheint sehr reserviert auf mich zu reagieren. Ich fürchte, sie vermutet, dass ich sie für meine Kirche gewinnen möchte. Dabei … Herr Puto, ich will es Ihnen gestehen! Ich denke, dass man Ihnen gegenüber offen sein kann, ohne es hinterher bereuen zu müssen. Seit ich Frau Tesslowski an Ihrer Seite wieder getroffen habe, übt sie auf mich eine wirkliche Faszination aus! Ich dachte ja zuerst, Sie beide wären ein Paar. Aber eigenartigerweise bin ich froh, dass Sie es nicht sind! Als Sie dann in unserem Gespräch vor Weihnachten, wahrscheinlich erinnern Sie sich gar nicht mehr daran, von einem ‚göttlichen Wink' sprachen, hat mich dies hinterher noch eine Weile beschäftigt. Mir wurde klar, dass ich Frau Tesslowski sehr gerne näher und persönlicher kennenlernen möchte! Ich frage mich, Herr Puto, ob Sie nicht vielleicht für mich …" Kreuzmann unterbrach sich plötzlich: „Nanu, was möchte der Kerl da von uns?"

Karel und Kreuzmann passierten gerade einen hell erleuchteten Platz, als sich aus einer kleinen Menschentraube eine Gestalt löste und mit einem schnaubenden Laut zielgerichtet auf sie zuschritt. Als die Person näher kam, erstarrte Karel. Er erkannte den bulligen Mann, der ihn mit einer handfesten Drohung entlassen hatte, als Karel Zeuge geworden war, wie zwei Männer einen Wehrlosen niedergeschlagen hatten. Karel hatte trotz dieser Drohung seine Aussage pflichtgemäß gemacht und danach versucht, jene unschöne Episode, so gut es ging, zu vergessen. Ob die Polizei die Täter geschnappt hatte, wusste Karel nicht. Was er dagegen genau wusste, war, dass er jenem Mann, der ihn bedroht hatte, nicht mehr begegnen wollte. Und schon gar nicht nachts auf der Straße!

„Das ist doch das Vöglein, das gepfiffen hat!" Der bullige Mann, der eine kräftige Alkoholfahne vor sich hertrug, schnappte den erstarrten Karel ohne Umschweife am Kragen seines Mantels. Kreuzmann wollte den Angreifer daran hindern, was ihm selbst einen kräftigen Schlag gegen die Brust eintrug, der ihn zurücktaumeln ließ. Karel fühlte den festen Griff des Mannes, gegen den er mit seinem einen gesunden Arm nichts ausrichten konnte. Der Angreifer hielt ihn mit seiner Linken fest, während die Rechte, die eben noch Kreuzmann einen kräftigen Stoß versetzt hatte, einen kräftigen Schlag in Karels Gesicht platzierte. Karels Wange brannte wie Feuer. Er spürte einen weiteren Schlag, der ihm fast das Trommelfell platzen ließ. Karel versuchte, mit seinem rechten Arm sein Gesicht zu schützen, doch dafür traf ihn die Kniespitze des Mannes heftig in der Magengegend. Karel wurde losgelassen und ging zu Boden. Es erhob sich ein Schreien und Lärmen, das er nicht zuordnen konnte. Karel krümmte sich auf dem Pflaster. Völlig unfähig, etwas zu seiner Verteidigung zu unternehmen, erwartete er Stiefeltritte, die ihn schutzlos treffen mussten. Das einzige, worauf Karel noch hoffte, war irgendein Umstand, der dem Angreifer Einhalt gebot! Aber da traf ihn schon ein kräftiger Fußtritt am Rücken. Ein zweiter, weniger gezielter Tritt folgte. Vermutlich war der Alkoholisierte etwas unsicher auf den Beinen und stauchte deshalb wild und willkürlich nach seinem Opfer.

„Hör auf, hör endlich auf, Mann! Willst du ihn umbringen?" Aus dem Lärm hörte Karel eine einzelne Stimme heraus. Noch ein dritter kräftiger Stoß traf ihn in die Seite, aber dann schien der Angreifer von ihm abzulassen.

„Hau am besten so schnell ab wie du kannst!", brüllte die Stimme. „Du hast schon genug Ärger am Hals!"

Es schien, als würde sein Angreifer diesen Rat beherzigen. Karel hatte am ganzen Körper Schmerzen. Er spürte, dass er sich übergeben musste und wälzte sich, immer noch stark verkrümmt, zur Seite. Mit dem unangenehmen Nachgeschmack von Erbrochenem in seinem Mund vermischte sich der Geschmack von Blut, das aus seiner Nase schoss.

„Karel!"

Zwei Hände griffen nach ihm. Er blickte in das Gesicht Kreuzmanns, das noch alle Zeichen des Entsetzens in sich barg. Karel schloss die Augen und versuchte, tief durchzuatmen. Als er die Augen wieder öffnete, tauchte neben dem Kopf des Pastors noch ein zweites Gesicht auf. Es gehörte einem Mann, der sich wie Kreuzmann besorgt über ihn gebeugt hatte. Karel schaute in ein rot gerändertes Augenpaar, das ihn traurig anstarrte. Kreuzmann hatte Karel ein Papiertaschentuch unter die Nase gehalten. Der Blutfluss aus der Nase war zum Stillstand gekommen. Der Pastor wischte mit mehreren Taschentüchern das Blut aus Karels Gesicht und auch die Reste von Erbrochenem. Karel aber blickte erstaunt und erschrocken auf den Mann neben Georg Kreuzmann, der mit seinem Atem deutliche Spuren von Alkohol und Zigaretten verströmte.

„Was, was machst du denn hier", flüsterte Karel unter Schmerzen. Er bemerkte Tränen in den Augen des Mannes.

„Ach Karel. Ist das nicht eine Scheiß-Welt, in der sogar einer wie du fast totgeschlagen wird?" Volker Beutelmaier grinste unter Tränen. „Für dich gibt's Schläge hier, wo du doch gar nichts verloren hast, und ich hab mir meine Schläge woanders abgeholt, wo ich wohl genauso wenig zu suchen hatte."

„Ich verstehe nicht", stöhnte Karel leise.

„Ich verstehe auch nicht, was in Kalle Steinmann gefahren ist. Ich fürchtete fast, er wolle dich umbringen! Da habe ich geschrien wie ein Idiot. Zum Glück ist er zur Besinnung gekommen und abgehauen!"

„Was … was machst du hier?" Trotz seiner Schmerzen bewegte Karel in diesem Moment nur die Frage, warum sich Volker zur Nachtstunde offensichtlich angetrunken hier herumtrieb.

„Ich?" In Beutelmaiers Miene spiegelte sich ein seltsamer Kontrast. Während die Augen traurig und tränenerfüllt auf Karel blickten, umspielte seine Lippen ein bitteres Grinsen: „Bevor ich Marianne traf, war hier in der Nähe meine Stammkneipe. Und jetzt sieht es so aus, als sei mein Platz wieder hier. Womöglich hat mich Jehova als deinen Schutzengel hierher beordert? Vielleicht liebt er ja doch wenigstens einen von uns beiden!"

Harmagedon der Liebe

Es war gegen zwei Uhr, als Karel endlich zu Hause ankam. Nach dem Befund des Krankenhauses hatte er bis auf starke Prellungen und ein angebrochenes Nasenbein glücklicherweise keine schwereren Verletzungen. Die Untersuchungen und Behandlungen hatten ihre Zeit benötigt. Kreuzmann hatte geduldig bei Karel ausgeharrt und ein Taxi gerufen, als dieser endlich bereit für den Heimweg gewesen war. Karel litt immer noch unter starken Schmerzen, aber er hielt sich wacker auf den Beinen. Dennoch führte ihn Kreuzmann die Treppen nach oben und schloss die Wohnungstür für ihn auf. Karel bedankte sich bei dem Pastor und wankte in die Diele. Er wollte sich gerade ins Bad begeben, als Nadjas Schlafzimmertür geöffnet wurde. Nadja Tesslowski stand an der Schwelle und starrte ihn entsetzt an.

„Karel, um Himmels willen! Was ist denn passiert?" Sie lief auf ihn zu und wollte ihn in ihre Arme schließen. Karel entfuhr ein Wehlaut. Erschrocken machte Nadja wieder einen Schritt rückwärts.

„Keine Sorge", sagte Karel, „ich bin einigermaßen in Ordnung, aber an verschiedenen Stellen habe ich noch heftige Schmerzen."

Er berichtete der besorgten Nadja, was ihm zugestoßen war. Sie schüttelte während seines Berichtes immer wieder entsetzt den Kopf und strich ihm durchs Haar. „Mein Gott", sagte sie, „was da hätte passieren können!"

„Na ja", versuchte er zu lächeln, „als ich am Boden lag, habe ich mir ausgemalt, dass mich jetzt einige gezielte Tritte ins Jenseits befördern könnten! Ich glaube, ich habe ein Stoßgebet zu Gott geschickt, mir entweder durch ein Wunder zu helfen oder meiner Seele gnädig zu sein. Er hat sich wohl für ein kleines Wunder entschieden, das ich allerdings immer noch nicht ganz begreife!"

Nun erzählte Karel von dem überraschenden Wiedersehen mit Volker Beutelmaier, den er zu dieser Stunde in jener Gegend am allerwenigsten vermutet hätte. Karel versuchte, Beutelmaiers seltsame Bemerkungen wiederzugeben und schloss seinen Bericht ab: „Leider habe ich ihn aus den Augen verloren, als der Krankenwagen kam. Aber ich habe ein ganz dummes Gefühl! Ich muss ihn oder Marianne morgen unbedingt anrufen! Ich fürchte, da ist irgendetwas vorgefallen!"

Nadja, die ihm weiterhin durchs Haar strich, nickte: „Ja. Was du von ihm erzählst, klingt seltsam. Aber jetzt musst du erst einmal nach dir schauen! Kann ich dir irgendwie helfen?"

Karel ließ sich von ihr ins Bad führen. Er duldete es, dass Nadja ihm beim Entkleiden und Waschen half, so gut es ging. Dann ließ er sich von ihr wie ein Kind zu Bett bringen. Sie deckte ihn zu und küsste ihm auf die Stirn. „So, jetzt versuche zu schlafen! Ich hoffe, das geht trotz der Schmerzen!"

„Es wird schon gehen", sagte er. „Versuch du nun auch, noch einige Stunden Schlaf zu erwischen! Es tut mir leid, dass ich dich so lange wach gehalten habe. Du musst morgen zur Arbeit."

Nadja winkte ab. „So früh muss ich ja nicht raus, und jetzt wo ich dich behütet weiß, werde ich schlafen können."

„Warst du die ganze Zeit wach und hast auf mich gewartet?" murmelte er.

„Schlaf jetzt", flüsterte sie und schloss die Tür.

Als Karel am anderen Tag erwachte, war es schon so spät, dass Nadja das Haus bereits verlassen hatte. Der Frühstückstisch war für ihn noch gedeckt. Kaffee hatte sie in eine Thermoskanne gefüllt. Während er aß, waren seine Gedanken bei Nadja. ‚Wenn sie wohl wüsste, dass sie auf Georg Kreuzmann so attraktiv wirkt', sinnierte er. Fast war er stolz darauf, Nadja wieder ein wenig zum Leben erweckt zu haben! Sie hatte in den letzten Wochen an Selbstvertrauen sichtbar zugelegt. Nach der Klärung des Missverständnisses, mit dem sie ins neue Jahr gestartet waren, hatte Karel den Eindruck, als wäre Nadja noch einmal eine Spur offener und selbstbewusster geworden. Ihm fiel in letzter Zeit das eine oder andere neue Kleidungsstück an ihr auf. Von der Arbeit brachte sie nicht mehr nur demütigende Erfahrungen mit nach Hause, sondern erzählte jetzt öfters auch über erfreuliche Begegnungen. Einmal berichtete sie Karel davon, dass sie sich mit Erfolg gegen eine Schikane gewehrt habe und statt der befürchteten Kündigungsdrohung sogar ein kleines Entgegenkommen erreicht hatte.

Karel selbst fühlte sich wohl und geborgen bei Nadja. Im Augenblick genoss er seinen warmen Kaffee und stellte fest, dass seine körperlichen Schmerzen über Nacht schon deutlich abgeklungen waren. Den Verband über der Nase würde er aber noch eine Weile tragen müssen. Karel fand, dass die verbundene Nase ihm einen etwas lächerlichen Ausdruck gab, sodass er beschloss, die nächsten Tage möglichst nicht auszugehen, abgesehen von einem notwendigen Arztbesuch.

Bei Volker Beutelmaier wollte er aber so schnell wie möglich anrufen. Eigentlich mussten Volker und Marianne zu dieser Stunde bei der Arbeit sein, aber Karel suchte trotzdem nach dem Taschenkalender, in den er ihre Telefonnummer notiert hatte. Er beschloss, es mit einem Anruf zu probieren und ließ es lange klingeln. Als er gerade auflegen wollte, wurde am anderen Ende der Leitung der Hörer abgenommen. Es meldete sich eine verkaterte Stimme: „Ja, bitte?"

„Volker? Bist du es? Hier ist Karel."

„Hallo Karel. Geht es dir wieder besser? Das war ja eine Scheiß-Geschichte heute Nacht!"

„Ich muss mich wohl für deine Intervention bedanken. Du hast den Angreifer in die Flucht geschlagen!"

„Na ja, zumindest hat ihn mein Geschrei beeindruckt. Der Typ ist mir ja ein wenig bekannt. Was er allerdings gegen dich hat, ist mir ein Rätsel. Oder bist du etwa der Zeuge, der vor einiger Zeit seinen kleinen Bruder verpfiffen hat? Der Prozess steht zwar noch aus, aber sie haben den jungen

Steinmann wegen gefährlicher Körperverletzung am Wickel. Kalle hat mir erst vor Kurzem am Tresen sein ganzes Leid geklagt …"

Karel unterbrach Volker Beutelmaiers Wortschwall: „Hör mal, Volker! Eigentlich rufe ich an, weil ich mir Sorgen um dich mache."

Am anderen Ende der Leitung blieb es zunächst still.

„Wir haben uns eine Weile nicht gesehen. Ist irgendetwas passiert, das ich nicht mitbekommen habe?"

Volker schwieg. Karel überlegte sich, ob er nachfassen sollte. Da kam die Antwort: „Marianne ist weg!"

„Was?", entfuhr es Karel. „Das darf doch nicht wahr sein!"

Er wusste, dass dies nur eine Floskel war, die man gebrauchte, wenn einem jemand eine Nachricht mitteilte, die man nicht hören wollte. Freilich hatte er eine Form von Hiobsbotschaft befürchtet, denn unter anderen Umständen hätte er es sich kaum vorstellen können, Volker alkoholisiert und in schlechter Gesellschaft nachts in der Innenstadt anzutreffen.

Volker war wieder stumm. Karel hörte ihn nur heftig atmen, es konnte auch ein tiefes Schluchzen sein.

„Hattet ihr Streit?"

‚Wieder eine dumme Frage', dachte Karel, aber irgendwie musste er den Freund ja zum Reden bewegen!

„Ja, wir hatten Streit. Aber eigentlich war es gar kein wirklicher Streit", sagte Volker. „Diese Scheiß-Sekte hat es doch noch geschafft, uns auseinander zu bringen!"

„Die Sekte?" Karel versuchte, das Gespräch in Gang zu halten. „Aber ihr habt euch da doch beide miteinander engagiert?"

„Das schon", kam nach kurzer Pause brummend die Antwort. „Aber Marianne ist mit dem Zeugentum ja aufgewachsen, und ich hab halt manches nur ihr zuliebe mitgemacht! Das war mir eine Zeit lang selbst nicht so klar!"

„Und jetzt ist es dir klar geworden?"

„Na ja. Ich hatte einen heftigen Disput mit dem Versammlungsleiter, weil er einige Leute ziemlich drangsalierte. Irgendwann ist mir der Kragen geplatzt und ich bin ziemlich heftig geworden."

„Und das hat den Streit mit Marianne ausgelöst?"

„Zunächst hielt es sich in Grenzen. Ich wäre ja sogar bereit gewesen, mich bei dem Leiter für ein paar persönliche Beleidigungen zu entschuldigen. Er wollte aber in der Sache Recht behalten, und als ich ihm da widersprach, hat er die ganze Versammlung gegen mich mobilisiert. Man bezichtigte mich, ein Ungehorsamer und ein Abweichler zu sein! Kein treuer und verständiger Knecht des Herrn und all dieser Quatsch! Und ich sagte dann eben, wie es so meine Art ist, dass ich nicht jeden Unfug mitmachen werde, nur weil er uns von oben diktiert wird! Mit ‚oben' meine ich jetzt ausdrücklich nicht Jehova, obwohl ich auf den inzwischen auch ordentlich sauer bin!"

Jetzt vernahm Karel deutlich, dass Volker, während er erzählte, immer wieder schluchzte. In beinahe jämmerlichem Ton fuhr sein Freund fort: „Ich hätte ja nie gedacht, dass es für Marianne so eine Zerreißprobe bedeuten würde, als ich mich mit unserer Versammlung zerstritt! Sie war immer ein bisschen weitherziger als all die anderen, aber am Ende lief es darauf hinaus, dass sie mich anflehte, doch wieder einzulenken und der Versammlung gegenüber meine Schuld zu bekennen. Glaub mir, Karel, fast hätte ich es Marianne zuliebe getan! Aber gleichzeitig bin ich auch erschrocken, wie sehr sie an dem ganzen Sektenkram hängt! Ich hatte das ganze Brimborium lange Zeit einfach für eine besondere Art gehalten, an Gott zu glauben oder in die Kirche zu gehen. Ein bisschen strenger, ein paar Marotten halt, die man so aus Tradition pflegt! Und im großen Ganzen hatte sich ja mein Leben gegenüber früher tatsächlich zum Besseren verändert! Ich habe Marianne vorgeschlagen, uns eine andere Kirche oder Gemeinde zu suchen, aber als sie mir daraufhin von Hölle und Harmagedon erzählte, ist es mir Angst um sie geworden! Um mich übrigens auch, denn ich weiß ja, dass ein Leben ohne sie für mich tatsächlich die Hölle bedeutet! In der Versammlung hat man sie wohl gedrängt, mir ein Ultimatum zum Einlenken zu stellen und mich erst einmal zu verlassen."

„Und du hast wieder mit dem Trinken angefangen?"

Karel hoffte, dass seine Frage in diesem Moment nicht wie ein Vorwurf klang. Aus dem Hörer kam ein tiefer Seufzer von Volker.

„Ich bin in ein tiefes, dunkles Loch gefallen. Ein paar Tage hab ich mich zur Arbeit geschleppt, aber die haben bald bemerkt, dass etwas nicht stimmt! Ich bin jetzt krankgeschrieben und soll mich demnächst mal bei einem Seelendoktor vorstellen. Gesoffen hab ich bis jetzt nur ein paar Mal, aber die Versuchung, mich täglich zu betäuben, wird von Tag zu Tag größer!"

Volker begann jetzt, laut zu heulen. Für Karel war es schlimm, dies am Telefon mit anzuhören, ohne wenigstens tröstend einen Arm um den Freund legen zu können. Es war doch nicht möglich, dass alles, was sich in Volkers Leben zum Besseren gewendet hatte, plötzlich weggespült wurde wie ein Fundament aus Sand! Karel erinnerte sich, wie er mit Volker und Marianne in deren gemütlichem Wohnzimmer zusammengesessen hatte. Ihre Beziehung schien so harmonisch! Alles um sie herum strahlte eine biedere Behaglichkeit aus, der selbst ihre Zugehörigkeit zu einer radikalen Glaubensgemeinschaft nichts anhaben konnte. Gott schien über Volker und Mariannes gemeinsamem Leben schützend zu thronen, unabhängig davon, ob sie ihn als Herrgott, Vater oder Jehova bezeichneten! Karel selbst hatte sich mit der weitherzigen Marianne geschwisterlich verbunden gefühlt. Nie hatte sie ihm das Gefühl gegeben, dass sie sich aufgrund ihres Glaubens ihm gegenüber privilegiert fühlte. Es musste ihm doch zumindest möglich sein, mit ihr vernünftig und in Ruhe zu reden!

„Weißt du denn, wo Marianne sich jetzt aufhält?", fragte Karel.

„Ja", antwortete Volker bitter. „Sie ist zu einer alleinstehenden Frau gezogen. Einer Glaubensschwester, die wohl darauf achtgeben soll, dass ich ihr nicht zu nahe komme. Warum fragst du?"

„Ich würde gerne mit ihr reden."

„Das hatte ich insgeheim gehofft", sagte Volker schnell. „Ich suche dir die Adresse heraus. Mensch, Karel! Als ich dich gestern sah, ist mir der Gedanke gekommen, dass du vielleicht der Einzige bist, der mit ihr reden kann!"

„Ich möchte dir nicht zu viel versprechen", bremste Karel Volkers plötzlich aufgeflammte Euphorie.

„Sicher", sagte Volker eifrig, „ich weiß natürlich, dass auch du für nichts garantieren kannst! Aber wenn sie einer bewegen könnte, zu mir zurückzukommen, dann bist es du! Ich war ein Riesenesel, dass ich nicht gleich versucht habe, dich einzuschalten! Aber ein bisschen hatte ich wohl Angst davor, dass dir Marianne erzählt, was ich diesen Versammlungsleiter in meiner Wut alles geheißen hatte! Da waren schon einige Sachen dabei, die sich wohl auch einem gewöhnlichen Christenmenschen nicht geziemen."

„Und wenn es mir Marianne jetzt erzählt?"

„Soll sie es meinetwegen! Ich bin bereit, jede Buße auf mich zu nehmen, außer vielleicht, in diese Sekte zurückzukehren! Sag ihr bitte auch, dass ich nicht meinen ganzen Glauben plötzlich über Bord geworfen habe!"

„Dann such jetzt mal die Adresse heraus! Ich werde so schnell wie möglich zu ihr gehen."

„Wie kann ich dir das jemals vergelten?"

„Indem du mir versprichst, ein wenig auf dich achtzugeben. Ich kann Marianne ja schlecht zu einem Säufer zurückschicken!"

„Ich werde mich heute rasieren, waschen und nicht betrinken. Und ich werde Jehova bitten, langsam zu vergessen, was ich ihm die letzten Tage verbal so alles um die Ohren geschlagen habe!"

Komplizen

„Guten Tag!" Karel kam sich vor wie ein Staubsauger-Vertreter. „Ist Frau Beutelmaier zu sprechen?"

Martha Waldecks Blick verriet Misstrauen gegenüber dem Mann, der vor ihrer Haustür stand. Sie schaute aus einem Fenster im Obergeschoss des kleinen Einfamilienhauses. Karel hatte erwartet, dass er es mit einer alten Jungfer zu tun haben werde. Deshalb war er überrascht, dass sie vielleicht 35 Jahre alt und eine gutaussehende Frau war. Sie trug einen modischen Kurzhaarschnitt und war sogar dezent geschminkt. Martha Waldeck schien zu überlegen, welche Antwort sie Karel geben sollte. Sie stellte eine Gegenfrage: „Was wollen Sie von ihr?"

Zumindest darin, dass Martha Waldecks Stimme kühl und abweisend klingen würde, hatte Karel sich nicht getäuscht.

„Ich würde mich gerne mit ihr unterhalten." Karel versuchte harmlos und gleichzeitig verbindlich zu wirken.

„Schickt Sie Frau Beutelmaiers Mann?"

Diese Frage hatte Karel befürchtet.

„Nein, niemand schickt mich. Aber ich bin ein Freund von Frau Beutelmaier und ihrem Mann."

Martha Waldeck zögerte kurz. Dann sagte sie: „Wenn Sie mir Ihren Namen sagen, werde ich Frau Beutelmaier fragen, ob Sie mit Ihnen sprechen möchte."

Karel nannte seinen Namen. Der Kopf der kurzhaarigen Frau verschwand aus der Fensteröffnung. Es dauerte eine Weile, bis Martha Waldeck wieder erschien:

„Frau Beutelmaier möchte im Augenblick nicht mit Freunden ihres Mannes sprechen. Sie bittet dafür um Verständnis!"

Karel holte tief Luft. „Kann mir Frau Beutelmaier dies nicht wenigstens persönlich sagen?"

Martha Waldeck schien mit sich zu kämpfen, ob sie das Fenster einfach schließen und Karel stehen lassen solle. Da tauchte plötzlich Marianne neben ihr auf und sagte:

„Ich möchte jetzt wirklich nicht mit dir reden, Karel. Es sei denn Volker hätte es sich überlegt und …"

„Marianne, ich möchte dir in Bezug auf Volker nichts vormachen."

„Dann macht eine Unterhaltung keinen Sinn!"

„Ich hätte trotzdem gerne mal mit dir über alles gesprochen. Einfach, um dich zu verstehen!"

Martha Waldeck flüsterte Marianne etwas zu. Marianne schaute zuerst sie und dann Karel an und sagte dann: „Jetzt bitte nicht!"

Karel stand noch einen endlosen Moment lang vor dem Fenster und blickte zu Marianne hoch. Dann wendete er sich enttäuscht ab.

„Karel!"

Er drehte sich noch einmal zu ihr um.

„Wie geht es Volker?", fragte sie leise.

„Er steckt in einem tiefen Loch, und es gibt nur einen Menschen, der ihm da heraushelfen kann!", sagte Karel eindringlich.

Er sah, dass Martha Waldeck wieder leise auf Marianne einredete. Dann dirigierte sie diese bestimmt vom Fenster weg und schloss es mit einem lauten Knall.

Zu Hause merkte Nadja Tesslowski an Karels bedrücktem Gesichtsausdruck sofort, dass das Gespräch zwischen ihm und Marianne Beutelmaier nicht erfreulich verlaufen war. Karel berichtete ihr, und Nadja seufzte: „So kann man seinen Mann doch nicht fallen lassen. Was ist das nur für eine Religion?"

Karel zuckte nur traurig mit den Schultern. Nadja strich ihm liebevoll durchs Haar: „Nicht traurig sein, Karel! Irgendwie wird es schon gelingen, diese Frau zur Besinnung zu bringen. Vielleicht erwischen wir sie einmal ohne ihre Aufpasserin!"

„Sie öffnet mir vielleicht gar nicht erst die Tür", sagte Karel mutlos.

„Wenn sie dir nicht öffnet, dann öffnet sie vielleicht mir."

„Aber sie kennt dich ja gar nicht!"

„Eben", lächelte Nadja hintergründig, „es geht ja erst einmal darum, einfach einen Fuß in die Türe zu bekommen. Und wenn ich ihr etwas vorflunkern werde! Sie muss dich einfach anhören. Religion darf nie stärker sein als die Liebe, nicht wahr?"

„Gott ist Liebe", sagte er und küsste ihre Hand.

„Dann ist Gott auch mehr als diese seltsame Religion!"

Karel schmunzelte und sagte: „Du predigst für mich manchmal überzeugender als Pastor Kreuzmann, obwohl du angeblich gar nicht gläubig bist."

„Ich habe einen gläubigen Lehrmeister", sagte Nadja mit Wärme in der Stimme. „Schade, dass du noch voller blauer Male bist. Sonst würde ich dich jetzt gerne umarmen. Aber zumindest einen Kaffee werde ich dir jetzt endlich kochen, du geplagter Mensch!"

Martha Waldeck arbeitete als Verkäuferin in einem Drogerie-Markt. Karel hatte sie bei seinem ersten Besuch nur deshalb zu Hause angetroffen, weil es einer ihrer zwei freien Nachmittage gewesen war. Karel konnte bei Volker in Erfahrung bringen, dass Martha Waldeck samstags gewöhnlich Dienst hatte. Karel versprach dem Freund, dass er gemeinsam mit Nadja nochmals einen Anlauf unternehmen werde, um mit Marianne ins Gespräch zu kommen. Volker sagte ihm dafür zu, auch die nächsten Tage nüchtern zu bleiben. Er setzte weiterhin große Hoffnungen auf Karel.

Am Samstag entstiegen Nadja und Karel gegen 10 Uhr in der Nähe von Martha Waldecks Häuschen dem Bus. Nadja trug einen kleinen Blumenstrauß in der Hand. Sie ließ sich nochmals den Weg beschreiben. Dann drückte sie Karel einen Kuss auf die Wange und sagte: „Nun bin ich doch ein wenig aufgeregt, aber es wird schon funktionieren! Ich denke, es wird gut sein, wenn du in etwa zehn Minuten nachkommst. Ich hoffe, dass die Dame so höflich sein wird, mich hereinzubitten. Aber zur Not wird es auch klappen, wenn wir an der Haustüre stehen!"

Karel hegte immer noch Bedenken gegen den vornehmlich von Nadja entworfenen Plan: „Mir erscheint es immer noch als ein etwas zu großer Zufall, dass die ehemalige Nachbarin von Martha Waldeck zugleich eine Bekannte von mir sein soll!"

„Ach", winkte Nadja ab, „das ist doch nebensächlich! Zufälle gibt es, und ehe Marianne darüber viel nachdenken wird, werde ich mich empfohlen haben. Selbst wenn sie Verdacht schöpft, geht es ja nur darum, dass ihr miteinander ins Gespräch kommt. Was daraus folgt, ist dann sowieso eine Geschichte für sich. Jetzt bete erst einmal dafür, dass Marianne überhaupt allein daheim ist!"

„Du Heuchlerin", sagte Karel und gab Nadja den vorher empfangenen Kuss zurück. „Denkst du, tatsächlich, dass uns Gott bei unserer Schwindelgeschichte helfen soll?"

„Wenn er mich mal kriegen will, dann muss er jetzt unser Komplize sein!"

Nadja entfernte sich und Karel betete im Stillen. Er schaute auf die Uhr und ging einige Minuten auf und ab. Dabei sinnierte er darüber, was er Marianne überhaupt sagen wollte und konnte. Als knapp zehn Minuten um waren, machte er sich auf den Weg zu Martha Waldecks Haus. Er sah keine Nadja. Es musste also funktioniert haben! Marianne hatte sie zu sich hereingebeten. Karel schickte nochmals ein Stoßgebet zum Himmel, ehe er klingelte. Kurz darauf erschien Mariannes Kopf am Fenster.

„Karel? Du? Ich habe doch gesagt, dass …"

„Oh Frau Beutelmaier, wenn Sie Besuch bekommen, will ich doch am besten gleich wieder gehen." Nadja war hinter Marianne getreten und sprach auf sie ein. „Ich wollte Sie nicht stören und meine Grüße an Martha können Sie ja ausrichten. Ich gehe gleich hinunter und kann ihrem Besucher die Tür öffnen."

„Halt! So warten Sie doch. Es dauert ja nur …"

Nadja war verschwunden und Marianne ihr nachgeeilt. Einen Augenblick später öffnete sich die Tür. Nadja erschien. Sie zwinkerte Karel verschwörerisch zu und drehte sich dann zu Marianne um, die hinter ihr die

Treppen herunter gekommen war. „Also Frau Beutelmaier. Sagen Sie Martha einen lieben Gruß. Ich werde es vielleicht mal wieder probieren, wenn ich hier im Viertel bin. Dann werde ich vorher anrufen. Nun können Sie sich Ihrem Besuch widmen … aber das ist ja … Herr Puto? Welch ein Zufall! Erst laufen wir uns in der Bibliothek über den Weg und dann hier! Sie sind auch ein Bekannter von Frau Waldeck?"

„Nein, von Frau Beutelmaier."

„Oh, aber dann will ich nun wirklich nicht länger stören, Frau Beutelmaier! Ich habe Sie schon viel zu lange aufgehalten."

Geschickt schob Nadja Karel an sich vorbei durch die Tür. „Treten Sie nur ein, Herr Puto! Ich bin schon weg. Vielleicht sehen wir uns ja wieder einmal in der Bibliothek? Leben Sie wohl, Frau Beutelmaier!"

Nadja zog die Tür hinter sich ins Schloss. Schnurstracks machte sie sich auf den Weg zur Bushaltestelle. Dieser Teil des Planes hatte geklappt. Marianne würde Karel, wenn er erst einmal im Haus war, nicht gleich wieder hinauswerfen. Nadja nahm den nächsten Bus, denn sie rechnete damit, dass das Gespräch länger dauern würde.

Karel und Marianne standen sich im Treppenhaus zunächst befangen gegenüber.

„Schickt dich Volker?", fragte Marianne schließlich.

„Ja und nein", antwortete Karel.

„Was heißt das?"

Über Mariannes Stirn legten sich misstrauische Falten, doch Karel fühlte sich nun in der Lage, seine Mission auszuführen.

„Das heißt", sagte er nun mit fester Stimme, „Volker hofft, dass ich mit dir sprechen kann. Gleichzeitig bin ich aber auch als dein … Freund hier."

Marianne errötete. Wieder entstand eine Pause. Dann sagte sie: „Bevor wir hier lange im Flur herumstehen, lass uns nach oben gehen!"

Sie führte Karel in ein nüchtern eingerichtetes Wohnzimmer und bot ihm an, Platz zu nehmen. Er setzte sich in einen Sessel. Sie platzierte sich ihm gegenüber in der Mitte eines Dreisitzer-Sofas.

Karel räusperte sich: „Ich war ziemlich schockiert, als mir Volker sagte, dass du ausgezogen bist. Er hat mir erzählt, wie es dazu kam."

„Dann weißt du ja Bescheid", sagte Marianne und versuchte dabei, kühl zu klingen.

„Ganz verstehen kann ich es aber nicht. Deshalb wollte ich mit dir ebenfalls darüber reden."

„Wenn dir Volker alles erzählt hat, weißt du, dass die Sache mit meinem Glauben und unserer Glaubensgemeinschaft zu tun hat. Er wusste, worauf er sich mit mir einlässt und dass es mir viel bedeutet, Jehova gehorsam zu sein! Es schien, als sei es unser gemeinsamer Weg, aber nun hat er sich von allem losgesagt!"

„Von allem? Mir scheint es, als bereue er es nicht, den Glauben an Gott gefunden zu haben!"

„Du weißt, dass viele sich als gläubig oder als Christen bezeichnen, die sich deshalb aber trotzdem nicht um Jehovas Gebote kümmern!"

„Geht es um den Glauben an Gott oder geht es um die Regeln eurer Gemeinschaft?"

„Beides gehört für mich zusammen. Unsere Gemeinschaft lebt nach Gottes Geboten."

„Ich kenne keine Gemeinschaft oder Kirche, die von sich behaupten kann, nach Gottes Geboten zu leben."

„Du warst nie in unserer Gemeinschaft", erwiderte Marianne trotzig.

Karel spürte, dass sie Gefahr liefen, sich in eine fruchtlose Diskussion zu verirren. Er hielt inne und versuchte, durch einen liebevoll durchdringenden Blick die Kühle aus Mariannes Zügen zu verbannen.

„Ach Marianne", sagte Karel, „ich bin ja nicht gekommen, um deinen Glauben anzugreifen. Ich erinnere mich, dass wir uns vor nicht allzu langer Zeit geschwisterlich verbunden wussten. Wir saßen damals bei euch im Wohnzimmer und sprachen über unseren Glauben. Wir sprachen nicht über Dogmen, sondern über die Liebe. Die Liebe Gottes, die wir über unserem Leben leuchten sahen, und die Liebe zu unseren Mitmenschen! Ich weiß, dass wir nach den Regeln eurer Gemeinschaft dieses Band zwischen uns eigentlich nicht spüren durften, aber es war da. Ich hoffe sogar, dass es immer noch da ist!"

Mariannes Miene entspannte sich etwas. Plötzlich hatte sie den Wunsch, sich Karel ihrerseits anzuvertrauen, denn sein Blick schien ihr Verständnis zu verheißen. Traurig sagte sie: „Du hast nicht miterlebt, wie respektlos und verletzend Volker in letzter Zeit über unsere Versammlung und die Leiter sprach. Ich wusste, dass er einige Dinge immer auf seine Weise sah, und ich habe mich ihm in Manchem sogar angepasst. Leider wurde mir jetzt klar, dass ich selbst schon auf dem Weg war, gegenüber Jehovas Geboten nachlässig zu werden! Als Volker seine Maske fallen ließ, wurde mir bewusst, dass er mich zum Ungehorsam verführen wird, wenn ich ihn mehr als Jehova liebe! Im Kern ist Volker immer der geblieben, der er war, bevor wir uns kennenlernten. Vielleicht hat er sich wirklich eine Zeit lang eingebildet, dass er ein verständiger Diener Jehovas sein möchte. Aber es ging ihm darum, mit mir zusammen zu sein!"

„Glaubst du, dass er dich aus ganzem Herzen liebt?", fragte Karel, dankbar dafür, dass das Eis zwischen Marianne und ihm gebrochen war.

„Das mag sein", erwiderte Marianne irritiert, „aber darum geht es nicht. Das ist nicht der Weg, der uns in Gottes Endgericht bestehen lässt!"

Karel fuhr unbeirrt fort: „Er nannte dich seinen Engel, seine Retterin. Weißt du, dass du gerade dabei bist, ihn in die irdische Hölle zurückzustoßen, der er mit deiner Hilfe entkommen ist?"

Marianne senkte den Kopf und schwieg.

„Meinst du, Gott geht mit Menschen solche Wege? Dass er sie zuerst seine Liebe erleben lässt und sie dann kalt zurückstößt?", bohrte Karel weiter.

In Marianne regte sich erneut Widerstand. „Volker hat mich in die Situation gebracht, mich zwischen meiner Liebe zu ihm und der Treue zu Jehova entscheiden zu müssen. Aus der Bibel weißt du, dass es wichtiger ist, Gott zu folgen, als den Menschen nachzulaufen!"

„Nichts anderes bitte ich dich, liebe Marianne! Prüfe in deinem Herzen, ob es Gott ist, der dir die Trennung von Volker nahelegte, oder ob es Menschen sind, die so auftreten, als stünden sie an Gottes Stelle!"

„Diese Menschen sagen nur das, was sie in der Bibel erforscht haben!"

„Ich kann nur behaupten, dass ich die Bibel ebenfalls liebe und achte. Der Gott, der für mich aus der Bibel spricht und von dem ich glaube, dass er manchmal auch als Stimme meines Herzens mit mir redet, wird nicht einfach zwei Menschen zusammenfügen und sich dann zwischen sie stellen! Er hat dich dazu gebraucht, dass Volker sein Vertrauen auf Gott setzte. Selbst wenn Volker gerade dabei wäre, zu straucheln, wäre es doch deine Aufgabe, ihn zu halten und ihn nicht auf den Abgrund zugehen zu lassen!"

„Was du sagst, Karel, klingt so, dass man es fast glauben möchte! Aber das würde ja bedeuten, dass mich alle anderen, die mich anhand der Bibel belehren, belügen!" Marianne schüttelte heftig den Kopf. „Das kann ich nicht glauben!"

„Ich möchte niemanden der Lüge bezichtigen. Vielleicht glauben sie das, was sie dir sagen! Aber wenn du den Mut hast, dein Herz zu befragen und wenn du daran glaubst, dass Gott zu dir persönlich sprechen kann, dann kannst du darauf vertrauen, dass Gott selbst dir den Weg zeigen wird, der für dich und für Volker richtig ist."

Einen Moment lang befürchtete Karel, er habe das Gespräch wieder auf den Abweg einer religiösen Diskussion geführt, doch Marianne reagierte auf seine letzte Bemerkung nach kurzem Innehalten mit einem tränenerfüllten Lächeln und entgegnete mit wieder wachsender Wärme in der Stimme: „Das sind schöne Worte! Bist du ein Prophet oder bist du ein Verführer, Karel?"

„Wenn du Martha Waldeck fragst, wird sie mich wohl als Verführer bezeichnen", seufzte Karel und erwiderte das Lächeln. „Indizien dafür könnten sein, dass ich Volker wirklich sehr liebgewonnen habe und ihn davor bewahren möchte, eine Frau wie dich zu verlieren! Außerdem hab ich eine Freundin von mir dazu missbraucht, mir Zutritt zu dir zu verschaffen! Das war nämlich die Frau, von der diese Blumen hier stammen." Dabei deutete er auf die Vase, die auf dem Wohnzimmertisch stand. „Sie sind eigentlich nicht für Frau Waldeck, sondern für dich, und weil Nadja und ich arme Schlucker sind, werden wir uns den Strauß von Volker bezahlen lassen. Dann sind die Blumen von ihm und das wäre ganz bestimmt in seinem Sinn!"

Karel stand auf und wandte sich zum Gehen. Marianne erhob sich ebenfalls. Karel sah, dass sie sich einige Tränen aus den Augen wischte. Da ging er auf sie zu und sagte leise: „Verzeih mir Marianne, dass ich dir einen Vortrag gehalten habe, als sei ich klug und wüsste alles viel besser als du! Ich weiß, dass dir der Schritt nicht leicht gefallen ist, von Volker wegzugehen. Ich darf deinen Konflikt nicht einfach kleinreden, das würde dir nicht gerecht! Schon gar nicht wollte ich dir ein schlechtes Gewissen machen! Wenn ich etwas Dummes gesagt habe, dann verzeih mir, bitte! Erlaubst du es mir, dass ich dich wenigstens kurz umarme?"

Marianne lächelte traurig und näherte sich ihm eine Schritt, sodass er sie mit seinem gesunden Arm umfassen konnte. „Du kannst so weise und närrisch zugleich sein, aber ich glaube, dass du es ehrlich und gut mit Volker und mir meinst. Wenn du mit ihm sprichst, sag ihm, dass ich ihn liebe! Aber ich brauche noch Zeit zum Nachdenken. Darf ich mit Martha über deinen Besuch sprechen?"

„Am liebsten würde ich es dir untersagen und dich gleich aus diesem Haus hier entführen. Aber wenn ich heute wirklich eine Sendung als Prophet erfüllt habe, wird dir hier keine ernsthafte Gefahr drohen! Lass dir jedoch den Umgang mit mir nicht verbieten, das ist das Einzige, worum ich dich heute bitten möchte!"

„Und wenn mir Gott heute Nacht im Traum sagt, dass du doch ein Verführer bist?"

„Dann musst du mich vor mir selber warnen und mich um meiner armen Seele willen dazu überreden, künftig ‚Wachtürme' zu verkaufen!"

Zweiter Teil

Die Vorladung

Die Vorladung hatte ihn überrascht. Dabei nahm sich das Amt immer wieder das Recht heraus, Karel Puto dafür, dass es ihn regelmäßig alimentierte, ein paar Fragen zu stellen oder ihm ein neues Formular vorzulegen. Formulare füllte er gewissenhaft aus und Fragen beantwortete er stets freundlich, unabhängig davon, ob ihn die Beamten höflich oder herablassend behandelten.

Kam ihm ein Staatsdiener unfreundlich, so nahm Karel dies demütig hin, ja er gönnte ihm den kleinen, freilich schalen Triumph, den dieser offensichtlich aus einer behördlichen Machtdemonstration für sich persönlich bezog. Mehr freute sich Karel aber, wenn hinter dem Schreibtisch ein freundlicher Mensch saß, denn ein freundliches Wesen sprach dafür, dass es sich um jemanden handle, der mit sich selbst und der Welt im Reinen war.

Die Sachbearbeiterin Frieda Lüderitz gehörte eher zu denen, die ihrem Selbstbewusstsein damit aufhelfen mussten, die kalte, unerbittliche Staatsgewalt zu repräsentieren. Vor ihr lag der bekannte Ordner, in dem die letzten fünfzehn Jahre von Karel Putos Lebens dokumentiert waren und der von der Behörde zu einer dicken Akte herangefüttert worden war. Zuoberst lag ein gelber, handbeschriebener Bogen, ein Papier, das Karel bislang in den Unterlagen nicht aufgefallen war.

Auch die erste Frage, die Frieda Lüderitz an ihn richtete, hatte ihm seither noch kein Beamter gestellt. War es überhaupt eine Frage oder war es eine Feststellung?

„Herr Puto, Sie leben in einer eheähnlichen Gemeinschaft?"

Karel sah die Beamtin mit dem streng nach hinten gekämmten Haar wortlos fragend an. Sie rückte sich die Brille zurecht und präzisierte die Frage: „Herr Puto, trifft es nicht zu, dass Sie mit einer gewissen Frau Nadja Tesslowski in einer eheähnlichen Gemeinschaft zusammenleben?"

Karel schaute sie noch verwunderter an. Dann lächelte er und sagte:

„Nein, nein. Wie kommen Sie denn auf so einen Gedanken? Frau Tesslowski ist meine Vermieterin. Ich habe bei ihr ein Zimmer zur Untermiete. Aber das müsste doch in den Akten stehen!"

„Ja, Herr Puto, in den Akten steht das natürlich so, weil sie unserem Amt dies so angegeben haben!" Die Stimme der Beamtin wurde schneidend: „Wir zahlen Ihnen sogar die Miete."

„Genau. Und Frau Tesslowski ist ja auf dieses Geld angewiesen. Sie verdient nur wenig und überweist trotzdem jeden Monat noch Geld an ihre Verwandten in der Ukraine."

„Das ist natürlich eine wunderbare Sache, dass Frau Tesslowski mit dem Geld, das ihr von uns überwiesen wird, in ihrer Heimat Gutes tun kann!"

Karel wollte der Beamtin beipflichten, hatte aber ihre bissige Ironie bemerkt. Deshalb fühlte er sich etwas betreten und schwieg. Frieda Lüderitz holte tief Luft und wurde lauter:

„Herr Puto! Das Sozialamt beschäftigt, wie Sie vielleicht wissen, Mitarbeiter im Außendienst, die sich über die Verhältnisse unserer Klienten informieren. Wir haben hinreichend Grund zur Annahme, dass Sie sich seit längerer Zeit Sozialleistungen erschleichen. Frau Tesslowski gibt sich als Ihre Vermieterin aus, ist aber wohl eher eine Lebensabschnittsgefährtin!"

„Lebens – Abschnitts – Gefährtin?"

„Richtig", sagte die Sachbearbeiterin triumphierend. „Die letzte Inaugenscheinnahme der Wohnung Heinrich-Heine-Straße 19 hat ergeben, dass sich persönliche Gegenstände von Ihnen außerhalb Ihres angeblich gemieteten Zimmers im Wohnzimmer von Frau Tesslowski befanden. Ferner wurden Sie in den folgenden Wochen dreimal beobachtet, wie Sie abends gemeinsam mit Frau Tesslowski das Haus verließen, einmal zum Besuch eines Gottesdienstes, die anderen Male offensichtlich, um einen Spaziergang zu machen."

Karel blickte entgeistert die Beamtin an, bevor sein Blick ins Leere wanderte. Nach einer Weile zeigte sich ein verwirrtes, leicht hilfloses Lächeln auf seinem Gesicht.

„Ich hatte ja keine Ahnung, dass wir beobachtet werden. Das wäre doch auch anders zu klären gewesen!"

„Sie meinen, wir hätten Sie fragen sollen, ob Frau Tesslowski Ihre Partnerin ist?"

„Genau." Karels Blick fokussierte nun wieder die Beamtin. „Das Missverständnis hätte sich doch aufklären lassen! Natürlich sind ich und Nadja, ich meine Frau Tesslowski, befreundet! Ja, wir sind sogar gute Freunde geworden!"

„Ich höre Ihnen interessiert zu", sagte Frieda Lüderitz spitz.

Karel war immer noch zuversichtlich, die Verhältnisse durch seine Aufrichtigkeit ins richtige Licht rücken zu können. „Sehen Sie, ich habe eigentlich keinen Freundeskreis und lebe sehr zurückgezogen. Und Frau Tesslowski hat ebenfalls so gut wie keinen Menschen. Ich finde es schön, dass wir einander etwas helfen können! Manchmal ist es gut, einen Menschen zu haben, wissen Sie?"

Die Beamtin sah ihn lauernd an. „Herr Puto! Darf ich dies als Eingeständnis werten, dass Sie uns in Bezug auf das Verhältnis zwischen Ihnen und Frau Tesslowski bisher falsche Angaben gemacht haben?"

„Nein, nein!" Karel war wieder leicht verwirrt und schüttelte den Kopf. „Wissen Sie, ich habe mir das nie überlegt! Frau Tesslowski ist meine Vermieterin und sie ist ein sehr guter, sehr lieber, sehr wertvoller Mensch!"

„Stellen Sie sich nicht so naiv", wetterte die Beamtin plötzlich los. „Wenn Frau Tesslowski Ihre Freundin ist, kann es nicht sein, dass ihr das Sozialamt Geld für ihren angeblichen Untermieter überweist. Und wenn Sie in einer eheähnlichen Gemeinschaft leben, werden wir zu prüfen haben, ob Frau Tesslowskis Einkommen nicht auch für Ihren Lebensunterhalt heranzuziehen ist!"

Karel reagierte entsetzt auf diese Tirade. „Aber das ist doch nicht möglich. Sie können doch Frau Tesslowski kein Geld wegnehmen! Sie unterstützt doch ihre Verwandten!"

„Zuerst sollte sie vielleicht für ihren Lebenspartner aufkommen, der keiner Arbeit nachgeht."

Karel wurde blass. Mit einem Schlag wurde ihm die ganze Lage klar. Jetzt wusste er, wohin die Befragung führen sollte. Er kam sich vor wie ein überführter Ganove, wusste aber doch, dass sich die Sache ja in Wirklichkeit ganz anders verhielt! Dass er völlig zu Unrecht einer Irreführung der Behörde verdächtigt wurde! Am liebsten hätte er laut gelacht oder geschrien oder hätte einfach von sich aus das Gespräch beendet und zu einem einzigen Missverständnis erklärt, zu dem es gar nicht hätte kommen dürfen.

Aber Frieda Lüderitz, deren Gesicht einen selbstzufriedenen Ausdruck angenommen hatte, sah nicht aus, als wolle sie ihn so schnell aus ihren Fängen lassen. „Zu Unrecht erworbene Leistungen – Rückzahlungspflicht – Einstellung von Zahlungen!" Die Begriffe schwirrten um seinen Schädel, und als er eine halbe Stunde später den Behördenbau verließ, war nichts in seiner Welt mehr in Ordnung. Um wenigstens Nadjas Welt zu retten, gab es nur eine Möglichkeit. Er würde schleunigst sein Zimmer bei ihr räumen, jeden Kontakt meiden und hoffen, dass die Behörde sie danach in Ruhe ließe. Das Amt würde vielleicht versuchen, die Miete von ihr zurückzufordern, aber er hoffte, es käme zur Einsicht, dass es bei ihr nichts zu holen gab. Schlimm genug, wenn jetzt das Geld aus der Untervermietung fehlte, aber vielleicht würde sie ja bald wieder einen Mieter finden.

Wie hatte die Behörde auf den Gedanken kommen können, Nadja und er seien Lebensabschnittsgefährten? Er lachte bitter. Nie war er auf den Gedanken gekommen, Nadja in irgendeiner Weise an sich zu binden. Er hatte es als Glück empfunden, wenn er manchmal für sie da sein konnte, wenn sie deprimierter als gewöhnlich von der Arbeit nach Hause kam. Er hatte Gott dafür gedankt, dass er an solchen Tagen der Mensch für sie sein konnte, der wenigstens ein gutes Wort übrig hatte. In der Firma, für die sie arbeitete, herrschte ein unmenschlicher Ton. Für die Leute, deren Müll sie wegschaffte und deren Büros sie reinigte, war sie eine billige Arbeitskraft.

Eines Abends hatte sie deshalb wieder geweint und er hatte sie in den Arm genommen. Er hatte ihr durch ihr blondes Haar gestrichen und sanft ihren Rücken gestreichelt. Er war überrascht gewesen, wie sie sich in seinen Armen entspannt und ihren Kopf für kurze Augenblicke an ihn geschmiegt hatte!

Ein anderes Mal hatte sie ihm erzählt, wie minderwertig sie sich fühlte, weil sie alle so entwürdigend behandelten. Ihm waren keine besseren Trostworte eingefallen als ihr zu sagen, dass sie wunderschöne Augen habe und dass alle Menschen Narren wären, die ihren Wert nicht erkannten.

Sie hatte ihn mit traurigen Augen angelächelt. Dies hatte ihr etwas verhärmtes Gesicht richtig bezaubernd gemacht. Da hatte er sie wieder in den

Arm genommen und sie sanft gestreichelt und er hatte bemerkt, dass er gerne ihren warmen Körper berührte.

Auch als sie später manchmal miteinander geschlafen hatten, war es vor allem die Wärme und die Weichheit ihres Körpers gewesen, die ihn anzogen. Seine Berührungen waren zärtlich und voller Respekt gewesen und er hatte es gemocht und sich glücklich gefühlt, wenn sie entspannt neben ihm gelegen hatte oder in seinen Armen eingeschlafen war.

„Nadja, du Gute", sagte er, als spräche er in seiner Kammer ein Gebet, „weißt du überhaupt wie viel Glück darin liegen kann, dich zu streicheln oder die Nähe deines Körpers zu spüren?"

Auf der Straße

Karel hatte versucht, Nadja alles so gut es ging zu erklären. Das Sozialamt hatte ihm im nüchternen Amtsdeutsch mitgeteilt, dass es künftig weder für die Miete aufkommen noch vorbehaltlos weiterhin Sozialleistungen für ihn bewilligen werde, da er mit einer Lebensgefährtin zusammenlebe, die möglicherweise über ausreichend Einkommen für die „Haushaltsgemeinschaft" verfüge. Man werde sie anschreiben, und sie müsse ihre Einkommensverhältnisse offenlegen. Es hatte Karel gefröstelt, als er Nadja den Sachverhalt nahebringen musste.

Nie hatte er gewollt, dass sie seinetwegen mit Behörden zu tun hatte! Nie hatte er in ihr Leben eindringen wollen! Seine Koffer habe er gepackt. Ein paar Wäschestücke habe er nicht auffinden können, weil sie vielleicht unter die ihren geraten oder noch in der Waschmaschine seien.

Er werde in einigen Tagen nochmal anrufen oder sie aufsuchen, falls er sonst noch etwas in der Wohnung vergessen habe. Er habe der Behörde bereits einen Brief geschrieben, dass man ihr in keiner Weise irgendeine Verantwortung für ihn aufladen und dass man schon gar keine Miete von ihr zurückfordern dürfe, weil sie ohnehin viel zu wenig genommen habe und obendrein noch oft für ihn gekocht und seine Wäsche gewaschen habe.

Nadja hatte wie erstarrt gewirkt. Da Karel nicht sicher gewesen war, ob sie ihm zuhörte, hatte er vieles stammelnd wiederholt. Am Ende hatte er sie auf beide Wangen geküsst, sie an sein Herz gedrückt und ihr ein Kreuzzeichen auf die Stirn gezeichnet.

Dann war er mit seinem großen alten Reisekoffer und mehreren Taschen die Treppe mehr hinunter gestolpert als gegangen.

Als er auf der Straße stand, wusste er zunächst nicht, welche Richtung er einschlagen sollte. Er schaute zu Nadjas Küchenfenster hinauf. In diesem Moment wurde ihm klar, dass er erstmals seit seinem Auszug aus dem Elternhaus nicht nur eine Wohnung, sondern auch einen Menschen zurückließ, der ihm etwas bedeutete. Das Zusammenleben mit Nadja war für ihn mehr als eine gute Zweckgemeinschaft gewesen.

Zunächst hatte er einfach Mitleid mit der umher gestoßenen und missbrauchten Frau gehabt. Es war vielleicht das gewesen, was Pastor Kreuzmann den „Jesus-Blick für andere Menschen" genannt hatte. Aber es war mehr daraus geworden! Nie hatte er Nadja freilich auch nur andeutungsweise gefragt, ob sie ihm einen festen Platz in ihrem Leben einräumen wolle. Für ihn selbst war immer klar gewesen, dass das, was er den Menschen geben wollte und konnte, allein der Roman war, an dem er nun schon seit Jahren arbeitete. Darin würde alle Liebe stecken, zu der er fähig war, und darin würde seine geöffnete Seele erkennbar sein!

Nadja musste das doch verstanden haben! Er hatte ihr manche seiner Gedanken mitgeteilt, um ihr sein bisheriges Leben und seine Sicht der Dinge zu erklären. Dennoch war sie ihm vorhin wie eine im Stich gelassene Frau erschienen. Waren es die Zärtlichkeiten, die körperliche Intimitäten zwischen ihnen, die ein Band geknüpft hatten, das nur durch einen schmerzhaften, verletzenden Schnitt gelöst werden konnte? Er dachte an die katholischen Dogmen, mit denen er aufgewachsen war und fragte sich, ob er und Nadja etwas Verbotenes getan hatten.

Einen Moment lang überlegte er, ob er einfach umkehren sollte. Ob Nadja womöglich immer noch mit dem gleichen erstarrten Ausdruck im Zimmer stand, wie er sie verlassen hatte? Ob sie darauf wartete, dass er wie im dramatischen Finale eines Liebesromans zurückkehrte und sie in die Arme nähme? In die festen männlichen Arme, die Schutz vor den Stürmen einer feindlichen Welt boten?

Unwillkürlich schaute er auf seinen verkrüppelten linken Arm. Nein, das Leben war kein trivialer Liebesroman und er würde seine ganzen Ideale preisgeben, wenn er sich jetzt einfach an den Busen einer Frau flüchtete! Eine Liebesbeziehung zu einer Frau, das war nicht die Liebe, der er sein ganzes Denken und Trachten widmen wollte! Wenn es auch für den Moment einen Riss in Nadjas und seinem Herzen bedeuten mochte, sein Weg musste ihn weiterführen. Wenn auch das Ziel jetzt gerade sehr verschwommen am Horizont stand und er nicht einmal wusste, wo er die nächste Nacht verbringen konnte, standen ihm seine Ideale doch klar vor dem inneren Auge und hatten keinen Schaden genommen.

Karel schlug nach kurzem Zögern den Weg zur Sankt-Nikolaus-Kapelle ein. Die kleine Kirche war offen. Drinnen hing noch ein leichter Weihrauchduft in der Luft. Karel setzte sich in eine Bank und betrachtete die Heiligenbilder. Mit Nadja war er einige Male hier gewesen. Die Liturgie des orthodoxen Gottesdienstes war ihm fremd geblieben, aber die Ikonen gaben ihm immer ein Gefühl der Geborgenheit. In dieser Kirche zu sitzen hieß, eine Stunde lang der Welt entrückt zu sein. Wenn dann noch der kleine Männerchor seinen harmonischen Gesang anstimmte, schwebte Karels Seele Richtung Himmel.

Jetzt war zwar alles still und Karel hörte sogar ab und zu ein vorbeifahrendes Auto, aber nach kurzer Zeit fing er an, einen Choral zu summen, sich in der Betrachtung der großen Ikone zu verlieren und sich völlig zu vergessen. Nach einer Weile kam es ihm vor, als hörte er den Chor singen und dazwischen die gemurmelten Gebete des Popen. In ihm fing es selbst zu beten an: „Herr Jesus Christus, Sohn Gottes, erbarme dich meiner!" Er vernahm seinen gleichmäßigen Herzschlag. Der Rhythmus des inneren Betens passte sich dem Rhythmus seiner Herzschläge an. „Herr Jesus Christus, Sohn Gottes, erbarme dich meiner!" Karel spürte einen Frieden, der fast greifbar schien. Seine Lippen beteten nicht, aber sein Inneres war erfüllt von dem Herzensgebet, das sich nun anfühlte, als betete eine ganze Kathedrale voller Menschen. Es kam ihm vor, als vernähme er Orgeltöne, wie er sie von seiner Kindheit her mit Kirchen und Gottesdiensten in Verbindung brachte. Verzückt wollte er nach der Hand von Nadja fassen, die schon eine Weile an seiner Seite saß, aber sein Griff ging ins Leere. Das jagte ihm einen kurzen Schauer über den Rücken. Das Gebet geriet darüber ins Stocken. Ohne es zu wollen, schaute er auf die leere Bank neben sich und spürte einen Stich im Herzen. Aber es betete trotzig weiter in ihm:

„Herr Jesus Christus, Sohn Gottes, erbarme dich meiner!" Es war nun freilich ein anderes Gebet, dem Herzen fast abgetrotzt und durch Bewegungen der Lippen verstärkt. Zuletzt hörte Karel sich laut beten, ehe er jäh verstummte. Es war ihm, als vernähme er die Glocke, welche die Wandlung des Messopfers verkündete. Dies war ein Geräusch, das gar nicht zu diesem Ort gehörte! Die salbungsvolle Stimme eines Geistlichen sagte: „Liebe Gemeinde, Gott der Herr hat sich eurer erbarmt!"

„Amen", sagte Karel mechanisch und bekreuzigte sich. Jäh stand er auf und griff nach seinem Gepäck. Als er sich zum Ausgang begab, summte er eine Melodie vor sich hin, die er draußen vor der Tür nach einigem Nachsinnen als den Triumphmarsch aus der Oper „Aida" identifizierte.

Vor der Kirche empfing ihn die kühle Abendluft. Karel dachte nicht viel darüber nach, welche Richtung er einschlagen sollte. Die Überlegung, auf einer Parkbank zu schlafen, verwarf er. Er hatte noch genug Geld in der Tasche, um sich für diese Nacht in einem billigen Hotel einzuquartieren.

Pensionsgäste

Karel fühlte sich seltsam, als er in der Pension „Sterngasse" ein Zimmer bezog. Die Wirtin hatte ihn eine ganze Weile lang gemustert, war dabei aber nicht unfreundlich gewesen. Sie ging ihm voran in das Zimmer, das einfach eingerichtet, aber ordentlich war. Eine Dusche und Toiletten gab es am Ende des Korridors.

„Ich habe noch weitere Gäste da", erklärte die Wirtin. „Kann sein, dass Sie sich im Bad in die Quere kommen! Ist halt kein 3-Sterne-Hotel, aber es scheinen ordentliche Leute zu sein! Zwei Monteure, die nach der Arbeit irgendwo was essen und ein Bierchen trinken und meist so gegen acht hier einlaufen. Und ein Pärchen, das sich auf der Durchreise befindet. Sehen sich heute wohl etwas in der Stadt um. Falls Sie heute nichts vorhaben: Es gibt einen Aufenthaltsraum mit ein paar Zeitschriften und Fernseher. Getränke stehen im Kühlschrank. Rauchen ist okay, solange sich kein anderer Gast beschwert!"

„Danke, ich bin Nichtraucher", sagte Karel. „Ich werde mich wahrscheinlich früh zurückziehen."

„Wie Sie möchten", sagte die Wirtin. „Die beiden Arbeiter trinken abends gern noch ein, zwei Bierchen und schauen etwas fern, aber ich denke, dies wird Sie nicht stören. Ich setze mich manchmal etwas dazu. Aber jeder, wie er will! Ich lasse Sie dann mal allein. Wenn Sie noch Fragen haben, finden Sie mich unten am Empfang oder Sie klopfen an die Tür mit dem ‚Privat'-Schild!"

Karel bedankte sich. Als die Wirtin gegangen war, legte er sich bäuchlings aufs Bett und schloss seufzend die Augen. Er fand jedoch keine Ruhe. Der Raum unterschied sich in seiner kargen Einrichtung kaum von seinem Zimmer in Nadjas Wohnung. Über dem Bett hing freilich kein Heiligenbild, sondern ein Motiv, das er schon einmal irgendwo in einem Trödelladen gesehen hatte: Ein Pferd, das vor einen Pflug gespannt war, dahinter ein untersetzter Bauer.

Noch zwei weitere, leicht vergilbte Bilder mit Blumenmotiven hingen an den Wänden. Es gab einen kleinen, einfachen Kleiderschrank, ein Tischchen und zwei Stühle. Karel erhob sich vom Bett und packte ein paar seiner Kleider in den Schrank. Dann legte er die „Brüder Karamasow", die Bibel und sein Schreibzeug auf den Tisch. Gedankenverloren blätterte er in beiden Büchern, aber heute war kein Tag, um noch etwas zu arbeiten. Auch nach Bibellesen stand ihm der Sinn nicht. Die Eindrücke aus der Kirche wirkten noch in ihm nach, ohne dass er sagen konnte, ob er mit Gott gerade noch im Frieden oder schon wieder im Streit war.

Karel verspürte Durst. Er erinnerte sich an den Kühlschrank im Aufenthaltsraum. Schon auf dem Weg dorthin hörte er, dass inzwischen wohl andere Hausgäste eingetroffen waren. Es drangen Stimmen durch die Tür. Einen Moment lang zögerte er, ob er eintreten solle, doch dann öffnete er beherzt die Tür und blickte in den Raum. An einem Tisch saßen rauchend zwei Männer, vermutlich die Monteure. Jeder hatte eine Bierflasche vor sich. Als Karel den Aufenthaltsraum betrat, unterbrachen sie ihr Gespräch. Der ältere der beiden rief Karel ein fröhliches „Guten Abend" zu. Karel erwiderte den Gruß und schaute sich suchend im Zimmer um.

„Eisschrank iss dort", deutete der Mann in die Ecke. Karel bedankte sich und öffnete die Kühlschranktür, um sich ein Getränk zu holen.

„Die haben nur eine Sorte Bier", klärte ihn der Arbeiter auf. „Aber nach der dritten Flasche hast du dich an das Zeug gewöhnt!"

Karel wollte zuerst nach Mineralwasser greifen, entschied sich dann aber doch für ein Bier. Er glaubte nicht, dass das Bier besonders schlecht war, sondern hielt die Bemerkung des anderen Gastes für eine Form der Konversation, wie sie in bestimmten Kreisen üblich war, um überhaupt ein Gespräch in Gang zu bringen.

„Wird schon", sagte er.

„Flaschenöffner iss hier, setz dich ruhig her", lud ihn der Monteur ein und schob ihm einen Stuhl hin. „Für das bisschen Geld, das die Wirtin nimmt, iss das Bier okay, und bei meinem Kumpel hier kommt es heute wirklich nicht drauf an, mit was er sich die Birne zuschüttet, was Kleiner?"

Der Arbeiter stieß seinen jüngeren Kollegen freundlich an. Dieser murmelte etwas Unverständliches und nahm dann wie zur Demonstration einen guten Zug aus der Flasche.

Karel musterte die beiden. Der Ältere war vielleicht Mitte dreißig, hatte ein freundliches Gesicht und etwas von einem gutmütigen Zirkusbären an sich. Der andere war sicher nur knapp über zwanzig und eher hager. Sein Gesicht war schmal und bleich. Die Wangen waren leicht gerötet und seine Augen schimmerten feucht.

Es trat eine kurze Stille ein, denn weder Karel noch der ältere Monteur wussten für den Moment, wie sie ein Gespräch anfangen sollten. Der jüngere setzte währenddessen die Flasche nochmal an und leerte sie vollends auf einen Zug. Sein Kollege ging zum Kühlschrank, holte ein weiteres Bier heraus und stellte es vor ihn auf den Tisch. Dabei schien er ihm einen fast liebevoll fürsorglichen Blick zuzuwerfen und ließ ein freundliches Grunzen hören. Es verging eine weitere Minute des Schweigens, ehe die Männer auf das Nächstliegende kamen und sich erst einmal bekannt machten.

„Also, ich heiße Alfred", sagte der Bär, „und mein Kumpel, von dem ich nicht weiß, ob er heute noch viel zur Konversation beitragen wird, heißt Joschka. Iss dir doch recht, wenn wir uns duzen? Auf Arbeit iss das so und wir sind auf Montage hier, Ladenbau. Die Goethe-Passage richten wir ein, wenn du dich hier im Städtchen schon auskennst."

Karel nannte seinen Namen. Mehr fiel ihm gerade nicht zu seiner Person ein, denn als Schriftsteller wollte er sich nicht zu erkennen geben. Was ihn hierher geführt hatte, war außerdem nicht in einem Satz zu erklären.

Aber Alfred schien sich auch nicht dafür zu interessieren. Er blickte auf seinen Kollegen, lächelte etwas schelmisch und sagte: „Der da hat einen ganz harten Tag hinter sich. Nicht dass du denkst, das sei ein Säufer oder so! Schätze, vier, fünf Flaschen werden reichen, ihn flachzulegen, und dann kann er seinen Liebeskummer vergessen!"

„Alfred, jetzt hör halt mal auf!" Der junge Mann mit dem blassen Gesicht ließ jetzt zum ersten Mal etwas Verständliches von sich hören.

„Haha, kannst also doch noch reden! Nix für ungut, Kleiner! Aber vielleicht iss unser Freund Karel ja jemand, der Verständnis für kummervolle Gestalten hat?"

„Alfred, bitte!"

„Ach komm, werde doch ein bisschen lockerer! Deine Geschichte iss es ja eigentlich wert, erörtert zu werden, und wenn wir Glück haben, iss Karel ja so was wie 'n Sozialpädagoge oder sonst 'n Mensch mit Verständnis. Sag mal Karel, du hast doch sicher ein Herz für liebeskranke Jüngelchen, oder?"

Karel war die Situation unangenehm. Zwar merkte er, dass Alfred die Sticheleien gegenüber seinem Kollegen nicht wirklich böse meinte, aber er verstand ebenso die Pein des anderen. Dabei weckte das Stichwort „Liebeskummer" durchaus etwas Neugierde in ihm. Liebe im umfassenden Sinne war schließlich das Thema, das ihn als Romanschreiber beschäftigte. Seinen eigenen Erfahrungsschatz in Liebesdingen hielt er für zu begrenzt, um damit die profane Seite der Liebe authentisch beleuchten zu können. Aber Karel war zu anständig, um indiskret zu sein. Er sagte deshalb nichts, sodass nun Alfred wieder das Wort ergriff:

„Nun, mein Joschka, mein heiliger Josef, schau doch in das biedere Gesicht dieses guten Menschen! Wenn dieser Karel mal nicht der Seelsorger iss, den dir dein Engel heute geschickt hat, um deinen ganzen Kummer loszuwerden!"

„Alfred, du bist ein echter Kotzbrocken! Meinetwegen erzähl, was du willst! Ich sauf jetzt noch 'n Bier und vielleicht kann ich dann mit euch über meine Dämlichkeit lachen!"

„Jetzt sei doch nich' beleidigt! Vielleicht sagt Karel ja, wenn er dein Erlebnis hört, dass ich eigentlich der dämliche Arsch bin, und er dich voll und ganz versteht! Die Psychologen sagen jedenfalls, dass Reden immer hilft."

„Dann rede meinetwegen, wenn es dir hilft!"

Joschkas Stimme klang genervt und zugleich resigniert. Mit einem Seufzer starrte er auf die leere Bierflasche in seiner Hand.

„Ich weiß wirklich nicht, ob wir Josef ... Joschka ... nicht lieber in Ruhe lassen sollten", wandte Karel ein.

Alfred wollte sich den Spaß an der Konversation aber nicht so schnell nehmen lassen.

„Ach", brummte er beschwichtigend, „du hast ihn ja gehört. Wir sollen miteinander reden und ich bin jetzt einfach mal neugierig, was du über die Sache denkst! Ich fang mal an, und Joschka kann mich dann korrigieren, wenn ich es nicht richtig erzähle."

„Aber erst noch das Bier!", ließ sich Joschka maulend hören.

Während Alfred diesmal drei neue Flaschen holte und auf den Tisch stellte, fing er an: „Wir sind jetzt 14 Tage hier, um diese Ladeneinrichtungen zu montieren. Samstags arbeiten wir auch. Also nix mit Wochenendheimfahrt und so! Weißt ja, wie das heutzutage iss mit den Terminen! Da zählt jede Stunde, und wenn wir nich' so auf'm Präsentierteller wären in der Goethepassage, dann würde uns der Alte auch am Sonntag malochen lassen. Andrerseits gibt's gutes Geld, nich' wahr, Joschka? Wir können uns nich' beklagen. Aber es iss halt so, dass man fast nur noch für die Arbeit lebt und sich kaum mal 'nen Spaß gönnt. Vielleicht grad mal ein Bierchen nach Feierabend. Okay, und wie wir nun gestern mit einigen Kumpels zusammenhocken und über dies und das reden, was uns so Spaß macht, stellen wir fest, dass unser junger Hirsch hier ...", er deutete auf Joschka, „dass der also überhaupt zu kurz kommt, was den Spaß angeht. Wir haben so unsere Bilder im Spind hängen und nehmen schon mal eins dieser Magazine mit aufs Klo, aber Joschka iss da so was wie der Heilige Josef!"

„Ach, das ist doch Quatsch! Hab ich euch doch tausendmal gesagt! Bloß weil ich eure Pornos für perverses Zeug halte ...!"

Joschka hatte unvermittelt für einen Moment seine Bier-Meditation unterbrochen und den Blick angriffslustig auf Alfred gerichtet. Gleich darauf versank er jedoch wieder in seiner Lethargie und trank einen Schluck aus der Flasche. Sein Freund nahm die kurze Unterbrechung gelassen hin.

„Na ja, mein Freund", setzte er seine Rede schmunzelnd fort, „aber die Vorstellung heute hat es dann ja wohl erwiesen! Bekommt von seinen Kollegen 50 Mark für einen Freischuss spendiert ... wir haben alle zusammengelegt und ihm zugeredet ... und was macht der Typ? Verschwindet mit dem hübschen Ding auf'm Zimmer und labert eine halbe Stunde mit ihr. Kommt als Jungfrau zurück! Also ... er jetzt, nicht sie natürlich! In einer Gegend, wo du für 'n Fünfziger wahrscheinlich alles haben kannst, von den Mädels aus dem Osten sowieso, haut er unser sauer verdientes Geld für nix auf'n Kopf! Na ja, einem Geschenk trauert man nicht hinterher. Wenn der Kerl jetzt einfach gesagt hätte, dass ihn der Mut verlassen hat. Aber jetzt schau ihn dir an, Karel! Seit er mit dem Mädel allein war, hat er den Moralischen. Hält sie für 'n gefallenen Engel, dem man helfen muss."

„Aber, das kann ich ja verstehen", sagte Karel.

Alfred und Joschka schauten ihn überrascht an. Alfred grinste.

„Siehst du, Joschka. War doch gut, unserm Freund alles zu erzählen. Vielleicht iss er ja tatsächlich 'n Seelsorger, 'n entlaufener Mönch oder gar 'n Priester, der dich jetzt heiligspricht!"

Alfreds Tonfall war spöttisch, aber nicht bösartig. Er bedeutete Karel mit einem ermunternden Blick, seine Meinung darzulegen. Joschka hatte dagegen seinen Kopf wieder gesenkt und starrte auf die vor ihm stehende Bierflasche.

Karel sagte mit leiser und ernster Stimme: „Ich finde es großartig, dass Ihr Freund in einem Mädchen, das sich, aus welchem Grunde auch immer, für Geld feilbieten muss, einen Menschen wahrgenommen hat, ein von Gott geliebtes Geschöpf!"

„Sag mal, jetzt redest du ja wirklich wie ein Pfaffe", sagte Alfred irritiert. „Tschuldige ... also, wenn du wirklich was in der Richtung bist, dann reden wir lieber von was anderem. Iss ja sonst peinlich."

„Aber wieso?", entgegnete Karel mit einer Spur von Eifer in der Stimme. „Peinlich wäre es doch allenfalls, wenn sich Joschka heute nicht als Mensch gezeigt hätte! Ich meine ... also ... menschlich wäre es sicher auch gewesen, sich übermannen zu lassen, aber ..."

Alfred versuchte, Karel mit einer abwehrenden Handbewegung zu unterbrechen.

„Nein, bitte, Hochwürden, oder was du auch bist, wir müssen das nicht vertiefen!"

„Keine Angst", lächelte Karel milde, „ich bin kein Geistlicher."

„Nun ja", meinte Alfred, den diese Mitteilung nicht beruhigte, „dann bist du aber vielleicht trotzdem jemand, den wir in unseren Kreisen gerne als Betbruder bezeichnen. Verzeih, ich meine das jetzt nich' böse!"

„Vielleicht bin ich ein Betbruder", fuhr Karel eindringlich milde fort, „wenn ihr damit Menschen meint, die an Gott glauben. Aber ihr braucht wirklich keine Scheu … ich befasse mich mit dem Leben und kann weder an dem Thema noch an dem Verhalten von Joschka etwas Peinliches erkennen."

Alfred lachte. „Das kann ich verstehen, wenn du tatsächlich so ein Betbruder bist. Dann hättest du dich ja gegenüber dem Mädel genauso verhalten wie unser Freund hier!"

„Ich weiß es nicht", sagte Karel ernst. „Aber ich denke, es war gut, dass Joschka mit der jungen Frau gesprochen hat. Vielleicht hat sie dadurch erstmals seit Langem wieder einen Mann als einen Menschen erlebt."

Alfred winkte ab. „Jedenfalls hat sie ihm den Kopf verdreht. Ihm eine Geschichte zum Heulen erzählt. Von wegen ‚unfreiwillig auf dem Strich' und so …"

„Ich wollte ihr Hilfe anbieten, aber sie sagte, das geht nicht", murmelte Joschka und sah wie nach Hilfe heischend zu Karel herüber.

„Wird sie denn bedroht?", fragte Karel sanft.

„Das weiß ich nicht, aber sie sagte auch, dass sie auf das Geld angewiesen ist." Joschka hörte sich mit einem Mal an, als sei er noch ziemlich nüchtern.

„Wir wissen doch, dass es für viele ein Beruf wie jeder andere iss", mischte sich Alfred wieder ein. „Das Mädel muss ja nicht schlecht sein, weil es anschaffen geht!"

„Sie tat mir leid", fuhr Joschka an Karel gewandt fort, „und sie hatte so ein liebes Gesicht!" Er errötete. „Sie ist mir unter den Mädchen schon vorher aufgefallen. Wir kommen auf dem Weg von der Arbeit hierher ja immer an denen vorbei."

Alfred lachte laut auf. „Mensch, Joschka, also daher weht der Wind! Bildest dir wohl ein, das Mädel wartet nur auf 'nen Retter, der sie aus der Gosse zieht? Mensch, mach dich nicht lächerlich. Vielleicht hat die 'nen Freund, dem zuliebe sie anschaffen geht, weil er vielleicht als Türsteher bei Kaufhof nur sieben Mark die Stunde kriegt."

„Hat sie nicht", sagte Joschka leise.

„Hast du dich in das Mädchen verliebt?", fragte Karel verständnisvoll, aber vielleicht eine Spur zu eindringlich.

Joschka schwieg verlegen. Auch Karel schwieg, während Alfred etwas Unverständliches vor sich hin grummelte. Karel seufzte und musterte Joschkas junges, hageres Gesicht. Entfernt erinnerte ihn Joschka an Guido Kronendorf. War er da unvermutet einem Menschen vom Typ eines Aljoscha Karamasow begegnet? Einem stillen Helden, wie er ihn für seinen Roman gesucht hatte? Jedenfalls hatte der junge Mann in einer Prostituierten ein Mädchen wahrgenommen, das wie jeder Mensch Respekt verdiente. Joschka waren ein keusches Gespräch und menschliche Anteilnahme wichtiger als ein lustvolles Erlebnis gewesen. Er hatte sich gegenüber den Sticheleien seiner Kollegen behauptet. Einer war versucht worden, jedoch ohne Sünde! Karel empfand plötzlich eine Riesensympathie für den jungen Mann und hätte ihn am liebsten umarmt. Was war das für eine gefallene Welt, in der man meinte, Unschuld in Alkohol ersäufen zu müssen!

„Joschka", sagte Karel, während seine Stimme einen fast feierlichen Ausdruck annahm, „du hast uns heute mehr über Liebe und Menschlichkeit gelehrt, als wir vielleicht fassen können! Verzeih deinem Freund Alfred seinen Spott und verzeih auch mir, dass ich ihn in seinen Spötteleien gewähren ließ!"

Joschka leerte mit einem langen Zug erneut eine Flasche und schaute Karel verwundert an.

„Sag mal! Willst du mich jetzt auch auf den Arm nehmen?"

„Keineswegs", sagte Karel erschrocken.

Alfred quittierte die Irritation Karels mit einem fröhlichen Lachen: „Da haben wir ja eine Heiligenversammlung beieinander! Einen Retter gefallener Engel und einen salbungsvollen Prediger. Ihr seid mir ein Gespann, vor dem ich langsam kapitulieren muss. Joschka, erinnere mich daran, dass ich morgen alle Pornos aus meinem Spind dem Feuer übergebe!"

„Ach, ihr seid doch zwei Idioten", schrie Joschka jetzt und knallte die Flasche auf den Tisch. „Ich glaube, das Bier wirkt langsam! Morgen könnt ihr mir ja nochmal 50 Steine geben und dann leg ich das Mädchen flach, wenn euch das beruhigt! Dazu stellt sie sich doch schließlich an die Straße, oder?"

„Joschka", sagte Karel betreten, „ich wollte dich nicht auf den Arm nehmen. Ich meine es ernst damit, dass ich deine Menschlichkeit bewundere."

„Dann ist es ja vielleicht noch schlimmer", lachte Joschka bitter. „Dann bist du der Idiot, für den Alfred mich hält, für den alle Kollegen mich halten! Aber ich bin nicht blöd! Und diese Nutte ist auch kein Engel! Das mit dem Engel hat Alfred gesagt. Ich habe nie was von einem Engel gesagt. Bloß dass sie hübsch ist und nicht wie eine Nutte aussieht! Ihr habt mir das Wort im Mund herumgedreht. Und wenn sie nicht anschaffen wollte, müsste sie es nicht, dann ginge sie einfach weg oder in ein Frauenhaus. Ich mach jetzt hier die Fliege, und morgen könnt ihr mir nochmals 50 …"

Joschka war aufgestanden und verließ mit den letzten Worten den Raum.

„Nee, Mann", rief ihm Alfred grinsend hinterher, „die nächsten 50 musst du schon aus deinem Geldbeutel berappen. Bist schließlich nicht bei den barmherzigen Samaritern!"

Alfred stand jetzt ebenfalls auf und klopfte dem konsternierten Karel auf die Schulter. „Jetzt scheint es unserem jungen Mann ja wirklich besser zu gehen! Hätte nie geglaubt, dass er heut' noch auf eig'nen Beinen diesen Raum verlässt! Karel, ich weiß zwar immer noch nich', was genau du bist, aber jedenfalls scheinst du 'n guter Psychologe zu sein. Du weißt, wie man mit Menschen umgeht! Wir müssen morgen früh raus, aber trink hier ruhig noch ein Bierchen auf meine Rechnung! Und wenn du morgen noch da bist, freu ich mich auf einen netten Abend mit dir."

Karel leerte seine Flasche auf einen Zug und ging dann zum Kühlschrank, um sich eine neue zu holen.

Schlechter Eindruck

Als Karel am anderen Morgen zum Frühstück in den Aufenthaltsraum kam, waren Alfred und Joschka schon zur Arbeit aufgebrochen. An einem der Tische frühstückte das Paar, das die Wirtin erwähnt hatte. Die beiden jungen Leute erwiderten höflich Karels Gruß. Karel nahm am Nebentisch Platz und wartete, bis die Wirtin ihm den Kaffee brachte. Sie stellte außerdem einen Brötchenkorb auf den Tisch, dazu Butter und verschiedene

Marmeladesorten. Das Angebot, ihm auch Wurst und Käse zu servieren, lehnte Karel dankend ab.

„Wissen Sie schon, ob Sie noch eine Nacht bleiben werden?", fragte ihn die Wirtin.

„Wenn es möglich ist, bleibe ich gerne eine weitere Nacht", antwortete Karel.

Er hatte sich vorgenommen, den heutigen Tag zu nutzen, um sich nach einer längerfristigen Bleibe umzuschauen. Vielleicht konnte er bei einem Freund unterkommen, bis er wieder ein billiges Zimmer zur Miete fand. Karel seufzte tief bei dem Gedanken daran, dass er es wohl kaum noch einmal so gut treffen würde wie bei Nadja Tesslowski. Ob es Nadja wohl so ging wie ihm? Ihm erschien es noch immer unfassbar, dass ihn Behördenwillkür aus seinem kleinen Paradies vertrieben hatte. Er hoffte darauf, dass sich die Sache aufklärte, sodass er Nadja zumindest wieder besuchen konnte, ohne dass sie befürchten mussten, die Behörde könne daraus falsche Schlüsse ziehen.

Zu wem sollte er gehen? Roland Hiller schied aus, denn dieser lebte selbst sehr beengt zur Untermiete. Volker Beutelmaier hätte ihn sicher aufgenommen, aber ihm wollte Karel in diesen Tagen nicht zur Last fallen, da er nicht wusste, wie dessen Beziehung zu Marianne gerade stand. Georg Kreuzmann fiel ihm ein, der ja allein ein großes Pfarrhaus bewohnte. Ein Gefühl, das sich Karel selbst nicht erklären konnte, hinderte ihn aber daran, zu Kreuzmann zu gehen. Hing es damit zusammen, dass er jenen Absturz des Geistlichen beim letzten Treffen des „Dichterzirkels" miterlebt hatte? Oder war es vielleicht sogar das Bekenntnis des Pastors, an Nadja Tesslowski interessiert zu sein? Aber warum hätten dies Hindernisse sein sollen, Kreuzmann um Hilfe zu bitten?

Karel ging die weitere Liste der Möglichkeiten durch und stellte fest, dass er schon ziemlich an ihrem Ende angekommen war. Achim Leverus um Hilfe zu bitten, wagte er nicht. Der einzige aus dem „Dichterzirkel", bei dem er vielleicht anklopfen konnte, schien ihm Guido Kronendorf zu sein. Guido war einer, der in allen Situationen Freundlichkeit und Mitgefühl zeigte. Zwar wusste Karel nicht allzu viel über ihn, aber das wenige genügte, um dem jungen Mann Vertrauen entgegenzubringen. Die Adresse von Guido kannte er inzwischen, auch wenn er noch nie bei ihm gewesen war.

Bevor Karel die Pension verließ, brütete er noch eine Stunde lang über seinem Manuskript. Dies lenkte ihn von den düsteren Gedanken ab, die um Nadja, seinen fluchtartigen Auszug und die Ungewissheit seiner Zukunft kreisten. Er hatte den Roman zu seiner persönlichen Mission erklärt. Der Auftrag war ihm geblieben, unabhängig davon, wie behaglich oder unbehaglich die äußeren Umstände seines Lebens waren. Vor einiger Zeit war ihm klar geworden, dass er unter Menschen musste, um der Welt ein Werk zu schenken, das sie Menschlichkeit lehren sollte. Die Welt aber war größer als das, was er sich seither von ihr erschlossen hatte. Schon die Begegnung des gestrigen Abends war für ihn eine neue Erfahrung gewesen, auch wenn sie am Ende bedrückend für ihn geworden war.

Es hatte ihn fassungslos gemacht, dass sich Joschkas beide Seelen so unmittelbar nebeneinander gezeigt hatten. Karel hielt den jungen Mann nach wie vor für einen sensiblen Charakter. Scham, Unsicherheit und Niedergeschlagenheit hatten Joschka Worte wählen lassen, die eigentlich nicht seinem Wesen entsprachen. Karel hoffte, dass er vielleicht noch einmal in Ruhe mit dem Jungen würde sprechen können. Außerdem bräuchte es eine Person, die jemandem wie Alfred liebevoll ins Gewissen redete! Menschen wie Alfred waren ja im Kern nicht schlecht, hatten sich aber im täglichen Verkehr mit anderen eine raue Schale zugelegt, die manchmal die echte Menschlichkeit blockierte.

Karels Gedanken wanderten zu seinem Manuskript. Einer wie Aljoscha würde es immer schwer haben, wenn er mit dem rohen Menschenschlag, wie ihn Alfred verkörperte, konfrontiert wurde. Aber Karel musste seinen Helden durch eine Welt pilgern lassen, in der die groben Charaktere in der Überzahl waren. Aljoscha würde verspottet und verletzt werden, aber er würde sich behaupten! Die Frage war nur, ob ein Mensch wie Aljoscha die Welt um sich herum prägen und verändern konnte. Dies musste doch wenigstens exemplarisch möglich sein, denn was für eine Form der Ermutigung hätte Karel ansonsten der Welt durch sein Buch mitteilen können? Warum musste es eigentlich überhaupt eine Botschaft der Hoffnung sein? Gab es nicht viele Bücher, die einfach bewundernswerte Bestandsaufnahmen des Lebens boten, ohne Hoffnung auf eine Besserung verbreiten zu wollen? „Vermutlich ticke ich schon wie Georg Kreuzmann, dessen Predigten ihre Zuhörer ja unbedingt immer zu einem Ziel führen müssen", dachte Karel und lächelte innerlich über diese Selbsterkenntnis.

Über Georg Kreuzmann waren Karels Gedanken unvermittelt wieder bei Nadja gelandet. Wie würde Nadja reagieren, wenn der Pastor das nächste Mal Kontakt zu ihr aufnähme? Gab Georg Kreuzmann als Mensch und Privatmann nicht einen guten Partner für sie ab? Ein anregendes Gegenüber, wie Nadja es brauchte, um nicht wieder völlig im Stumpfsinn ihres aufopferungsvollen, arbeitsreichen Lebens auf- und schließlich irgendwann einmal unterzugehen?

Karel legte den Stift aus der Hand. Er würde heute nichts zu Papier bringen. Deshalb holte er seinen Mantel aus dem Schrank und beschloss, sich auf den Weg zu Guido zu machen. Falls dieser keinen typischen Acht-Stunden-Arbeitstag hatte, konnte Karel ihn vielleicht zu Hause antreffen.

Karel legte den Weg zu Fuß zurück, was ihn zwar eine Stunde kostete, ihm aber den Kauf einer Fahrkarte ersparte. Zeit hatte er im Moment mehr als Geld. Das Haus, in dem Guido wohnte, befand sich in einer Straße, in der die meisten Häuser aus der Gründerzeit stammten und vorbildlich renoviert schienen. Außer Wohnungen gab es dort Arztpraxen und Rechtsanwaltskanzleien. Neben dem Eingang des Hauses waren zwölf Briefkästen angebracht. Über den Türklingeln hing ein Schild, das auf die Praxis eines Nervenarztes hinwies.

Karel suchte ein Klingelschild mit der Aufschrift „Kronendorf", fand aber nur eines, auf dem in violetter geschwungener Schreibschrift „Guido & Leander" stand. Nachdem er vorsichtshalber alle Namen noch einmal überflogen hatte, klingelte er dort. Guido hatte nie erwähnt, dass er sich mit jemandem die Wohnung teilte, aber bei den schwer erschwinglichen Mieten in dieser Gegend war dies sehr vernünftig, solange man keine Familie hatte.

Karel wartete eine Weile. Er wollte sich schon damit abfinden, dass niemand zu Hause war, als er zu seiner Freude durch die Türsprechanlage Guidos vertraute Stimme hörte: „Ja? Wer ist da?"

Karel räusperte sich und sagte seinen Namen. Guido reagierte erstaunt: „Was verschafft mir diese Ehre am frühen Morgen?"

Karel schaute verunsichert auf die Uhr. Es war fast elf. Guido konnte ihm also kaum böse sein, dass er ihn zur Unzeit aus dem Bett geworfen habe.

„Hallo Guido", sagte er. „Entschuldige, dass ich unangekündigt hier auftauche! Wärst du so nett, mich einzulassen, wenn ich gerade nicht zu sehr störe?"

Statt einer Antwort ertönte das Summen des Türöffners. Karel schob sich durch die schwere Haustür in ein geräumiges Treppenhaus.

„Dritter Stock", rief Guido von oben herunter. „Es gibt einen Aufzug".

Karel entschied sich für die Treppe. Oben fand er die Wohnungstür offen, sodass er eintrat.

„Ich bin noch kurz im Bad", rief Guido durch eine geschlossene Tür, „geh schon mal ins Wohnzimmer und nimm Platz! Ich komme gleich!"

Karel durchquerte den halbdunklen, unbeleuchteten Korridor und ging in das Wohnzimmer. Dieses war ein heller, großzügiger Raum, der fast leer wirkte. In der Mitte stand um einen Glastisch herum eine moderne Designer-Sitzgruppe aus zwei futuristischen roten Kunstledersesseln und einem dazu passenden Zweisitzer. An einer Wand waren einige Regalelemente angebracht. In einem der Regale stand eine kleine Stereoanlage. Die wenigen CDs steckten in dem daneben stehenden Turm, der ebenfalls ein Designer-Möbelstück zu sein schien. Auf den übrigen Regalen verloren sich einige Bücher. Der einzige Wandschmuck bestand aus einem modernen Gemälde, auf dem man mit etwas Fantasie zwei sich liebende menschliche Gestalten erkennen konnte, deren Geschlecht nicht definierbar war.

Das Zimmer machte auf Karel keinen besonders wohnlichen Eindruck. Er überlegte, ob die anderen Räume wohl ähnlich eingerichtet waren und wie er sich überhaupt die Wohnung eines Menschen wie Guido vorgestellt hatte. Zumindest überraschte ihn die kühle Nüchternheit des Wohnzimmers. Aber Guido wohnte ja nicht alleine hier. Nach einigen langen Minuten, während derer Karel die Buchrücken in den Regalen gemustert hatte, betrat Guido den Raum. Der junge Mann trug einen seidenen Bademantel. Seine Haare waren frisch gewaschen und geföhnt und er roch nach Parfüm.

„Ich habe leider nicht viel Zeit, denn ich ... erwarte Besuch. Womit kann ich dir dienen?"

Diese Frage klang aus Guidos Mund zwar nicht unfreundlich, aber doch ein wenig kühl und geschäftsmäßig. Karel hatte in dem Zweisitzer Platz genommen. Guido setzte sich ihm gegenüber in einen der Sessel, allerdings in einer Haltung, die Karel anzeigte, dass der Hausherr gewissermaßen „auf dem Sprung" sei. Karel überlegte, ob er Guido wirklich seine Situation und seine Gedanken schildern sollte, aber da er gerade deshalb gekommen war, berichtete er Guido von seinem Auszug bei Nadja und ließ durchblicken, dass er vorübergehend eine Bleibe benötige.

„Hier kann ich dich leider nicht aufnehmen", sagte Guido schneller und direkter als Karel es auf seinen indirekten Wink hin erwartet hätte.

„Das ... das dachte ich auch gar nicht", stammelte Karel verlegen. „Ich meine, schließlich wohnst du ja auch nicht allein hier."

„Unter anderem deshalb. Was kann ich sonst noch für dich tun?" Guido schaute fast demonstrativ auf seine Armbanduhr. „Ich bin echt etwas in Eile, denn mein Besuch wird bald hier eintreffen!"

„Oh, kein Problem. Ich bin gleich wieder weg", sagte Karel und stand auf.

„Auf der Straße wirst du ja nicht gleich landen, oder?", fragte Guido.

„Nein, diese Nacht bin ich noch in einer Pension."

„Na fein. Ich denke, wir sehen uns demnächst bei Leverus. Dann können wir ja länger miteinander reden. Jetzt ist es wirklich schlecht, denn mein Besuch sollte dich nicht gerade hier treffen!"

„Ich wollte ja ohnehin ..." Karel spürte, dass ein leicht beleidigtes Gefühl in ihm aufstieg, das er sogleich zu unterdrücken versuchte.

Aber Guido notierte die Befremdung. „Es ist eine Stilfrage", grinste er, „die Kundschaft in unserer Branche ist etwas heikel!"

„Ach, du erwartest einen Geschäftspartner? Das hättest du mir gleich sagen sollen. Dann hätte ich dich gar nicht so lange aufgehalten. Ich wusste ja nicht, dass du von zu Hause aus arbeitest!"

„Nein. Über meine Arbeit habe ich ja noch nie mit dir gesprochen. Aber jetzt weißt du, dass es auf jeden Fall besser ist, mich hier nicht unangemeldet zu besuchen!", sagte Guido bestimmt, „und schon gar nicht in diesem Aufzug!", fügte er leise, aber für Karel doch vernehmbar hinzu, als er diesen zur Tür begleitete.

Karel streckte Guido die Hand entgegen. Guido gab ihm einen flüchtigen Händedruck. Gerade als Karel die Wohnung verlassen hatte, klingelte es an der Haustür. Karel vernahm, dass der Türöffner betätigt wurde. Im ersten Stock begegnete er einem eleganten, kahlköpfigen älteren Mann, der mit Schwung die Stufen nahm. Karel stieg ein ähnliches Parfüm in die Nase, wie es Guido in Gebrauch hatte. Unwillkürlich schnupperte er an seinen eigenen Kleidern und strich sich durch das ungekämmte Haar. Er musste aufpassen, dass er auf sein Äußeres achtgab! Nadja hatte ihn auf eine liebevolle Art etwas erzogen, aber heute machte er sicher keinen besonders vorzeigbaren Eindruck.

Allerdings wunderte er sich auch über Guido. Egal, ob dieser geschäftlich nun mit Geld oder Versicherungen oder Beratungsleistungen zu tun hatte: Einen Kunden beinahe zur Mittagszeit noch im Bademantel zu empfangen, konnte jedenfalls keinen ganz günstigen Eindruck machen!

Dichterschicksal

Zu Mittag aß Karel eine Kleinigkeit an der Warmtheke einer Bäckerei. Danach beschloss er, für ein paar Stunden in die Bibliothek zu gehen. Er wollte die Tageszeitung nach Wohnungsanzeigen durchsuchen, aber auch etwas weiter in der Dostojewskij-Literatur forschen. Er sagte sich, dass er seine Studien und sein Schreiben nicht aufgrund äußerer Umstände vernachlässigen dürfe.

In einer kleinen Grünanlage hatten es sich zwei Männer aus der Obdachlosenszene auf einer Bank bequem gemacht. Neben beiden stand jeweils eine halbleere Weinflasche. Vor der Bank hatte sich ein schwarzer Mischlingshund ausgestreckt, der träge in die Sonne linste. „Wenigstens sind die härtesten Tage des Winters vorüber", dachte Karel bei sich. Im gleichen Augenblick schalt er sich selbst einen Narren, weil er sich für einen Moment schon selbst auf einer Parkbank campierend gesehen hatte.

Andererseits tadelte er sich kurz darauf wiederum dafür, dass ihm ein Los als Obdachloser so jenseits des Möglichen erschien. Welchen Vorzug hatte er schließlich gegenüber jenen beiden Männern auf der Parkbank? Wie konnte er so selbstverständlich davon ausgehen, ihr Schicksal müsse ihm erspart bleiben? Für jemanden in seinen Verhältnissen würde es nicht ganz einfach, einen vertrauensvollen Vermieter zu finden. Wäre es nicht vernünftig gewesen, wenigstens so lange die Wohnung bei Nadja zu behalten, bis er ein neues Domizil gefunden hatte? Konnte er jetzt nicht immer noch zurückkehren? Allerdings hätte dies für Nadja das Risiko bedeutet, keine Miete mehr zu erhalten, und es hätte vielleicht die Gefahr vergrößert, dass das Amt sogar Geld von ihr zurückforderte. Nein, ein Zurück in diese Richtung gab es leider nicht! Eher würde er mit Pastor Kreuzmann sprechen oder selbst die Möglichkeiten ausloten, die es für einen Wohnungslosen ohne großes finanzielles Polster außer Brücke und Parkbank noch gab.

In der Bibliothek war an diesem Tag nicht viel Betrieb. Marlies Kunstmann hatte an ihrem Tresen Zeit für ein kurzes Gespräch. Sie erkundigte sich freundlich nach Karels Befinden. Da er das Maß der Anteilnahme, das in dieser Frage steckte, realistisch einzuschätzen wusste, sagte er, dass es ihm gut gehe, was die Bibliothekarin erfreut zur Kenntnis nahm. Als er sich schon zum Gehen anschickte, rief sie ihm nach: „Übrigens ist Ihr Freund, der Herr Hiller, heute auch wieder in der Bibliothek! Ich wollte es Ihnen nur sagen, falls Sie nicht ohnehin hier miteinander verabredet waren. Er ist ins erste Obergeschoss hinauf – Sie wissen ja, dass er am liebsten bei seinen Jugendbüchern steckt!"

„Und dass er sich jedes Mal darüber mokiert, dass man seinen Karl May immer noch zur Jugendliteratur rechnet", erwiderte Karel lachend.

Er freute sich darauf, Roland Hiller so unvermittelt zu treffen. Nach der eher unerfreulichen Begegnung mit Guido würde es ihm gut tun, sich mit einem Freund zu unterhalten.

Roland begrüßte Karel auf eine für ihn nicht untypische Art, indem er ihm gleich einen kurzen Vortrag über die Sache hielt, die ihn im Augenblick gerade beschäftigte: „Es ist ein Graus, lieber Karel, dass die Verantwortlichen in dieser Bibliothek sich kaum darum scheren, eine vernünftige Karl-May-Ausgabe zu führen! Du wirst jetzt sagen, dass da doch eine ganze Reihe grüner Bände mit glänzendem Goldrücken steht, aber frag mal nach der historisch-kritischen Ausgabe, so werden dich diese Ignoranten ansehen, als kämst du von einem anderen Stern! ‚Karl May in einer historisch-kritischen Edition? Nie davon gehört, und wozu eigentlich?'"

„Schön, dich zu sehen, lieber Roland", sagte Karel, ohne auf dessen Ausführungen einzugehen, und klopfte dem Freund kameradschaftlich auf die Schulter.

Roland ließ sich nicht aus dem Konzept bringen: „Wozu eigentlich? ‚Sie müssen nur einmal die ‚Juweleninsel' lesen und mit der Originalfassung vergleichen', sage ich, ‚dann werden Sie überrascht sein, welch einen unterschiedlichen Verlauf eine Schatzsuche in zwei Ausgaben des vermeintlich gleichen Buches nehmen kann!' Da sagt doch dieses todeswürdige Greenhorn von Bibliothekar: ‚Von der ‚Schatzinsel' gibt es tatsächlich mehrere Ausgaben. Da müssen Sie aber bei ‚Stevenson' nachschauen!'"

„Und jetzt liegt der ignorante Kerl gefesselt und geknebelt im Keller der Stadtbibliothek?", fragte Karel lachend.

„Dir wird das Lachen noch vergehen, wenn dir diese literarischen Blindschleichen statt der ‚Brüder Karamasow' nächstens ‚Krieg und Frieden' als das eigentliche Meisterwerk deines Helden Dostojewskij verkaufen wollen!" Roland schaltete von Empörung auf Herzlichkeit um: „Hallo Karel, ich freue mich ebenfalls, dich zu sehen!"

In den letzten Monaten waren ihre Begegnungen sporadischer geworden als zu Beginn ihrer Bekanntschaft. Dies lag vor allem daran, dass Karel jetzt mit mehr Menschen verkehrte als damals. Für Roland Hiller war dies kein Problem. Zwar pflegte er nicht viele Freundschaften, aber er hatte doch einen größeren Bekanntenkreis. Es gab Kneipen, wo man ihn kannte, und es gab einen Kreis von Karl-May-Freunden. Trotzdem brachte er immer wieder zum Ausdruck, dass ihm die Freundschaft mit Karel wichtig war.

In ihrer Beziehung war schon früh eine gewisse Tiefe. Vielleicht lag es daran, dass sie ihren jeweiligen Lieblingsdichter auf eine ähnliche Art verehrten, indem sie in dessen Büchern nicht nur Unterhaltung und Anregung suchten, sondern Lebensunterweisung, und dass sie sich dies gegenseitig offen gestehen konnten. Keiner musste befürchten, dass ihn der andere insgeheim als weltfremden Spinner belächelte, denn sie waren auf die gleiche Art weltfremd, wenn sie beieinander waren.

Da sie beide in der Bibliothek noch etwas zu tun hatten, verabredeten sie sich für später auf einen Kaffee. Karel schaute zunächst die Tageszeitungen durch, fand aber keine Wohnungsangebote, die für ihn auch nur annähernd in Frage gekommen wären. Er musste entweder auf die Wochenendausgaben warten oder sich einige der kostenlosen Anzeigenblätter besorgen.

Die nächste Stunde verbrachte er mit einer spannenden Monographie, die sich mit Dostojewskijs Verhältnis zur Armut beschäftigte. Der Dichter hatte selbst sein Leben lang um sein Auskommen kämpfen müssen. Viele seiner Manuskripte waren unter dem Druck entstanden, Vorschüsse abzuarbeiten oder Schulden abzutragen. Wenn Dostojewskij in seinen Büchern das Los armer Menschen schilderte, musste er keine große Fantasie entwickeln. Er kannte den Druck der Armut, wusste wie es war, wenn man nicht genug Geld hatte, um damit die Medizin für sein krankes Kind zu bezahlen. „Armut ist keine Schande, dagegen ist es schändlich, einen armen Menschen zu verachten oder gar schuldig zu sein an dessen Armut", hatte er einmal geschrieben. Dostojewskijs Bücher schärften das soziale Gewissen.

Über die bittere, trostlose Armut, wie der Dichter sie öfter schilderte, wusste Karel aus eigener Erfahrung und Anschauung nichts. Obwohl es ihm manches Mal vor die Augen gestellt wurde, dass er selbst zum ärmeren Teil der Gesellschaft gehörte, hatte Karel echte Not nie kennen gelernt. Sollte er sich in seiner augenblicklichen Situation wirklich davor fürchten, dass er durch Obdachlosigkeit zum Notfall werden könnte? Sollte er es, falls es soweit käme, nicht als eine Lektion des Lebens annehmen und schmecken, was wirkliche Not ist? War nicht die Hand Gottes gerade denen, die in der tiefsten Not steckten, als treue Hilfe verheißen? Karel nahm sich vor, keine Angst mehr vor den kommenden Tagen und dem weiteren sozialen Abstieg zu haben.

Zur verabredeten Zeit traf er sich wieder mit Roland Hiller, sie gingen in die benachbarte Cafeteria. Jeder holte sich eine große Tasse Kaffee, dann setzten sie sich an einen freien Tisch in einer ruhigen Ecke. Dort schilderte Karel seinem Freund seine jetzige Situation und wie es dazu gekommen war.

„Hm", brummte Roland am Ende von Karels Bericht und kratzte sich am Hinterkopf, „das alles ist nicht gerade erfreulich. Ehrlich gesagt, hab ich schon vor einer Weile gedacht, dass du und Nadja ein nettes Paar abgeben würdet, aber über die Konsequenzen, die das mit sich bringen kann, hab ich mir natürlich keine Gedanken gemacht. Andererseits müsste euch das Sozialamt doch genug zum Leben lassen!"

„Du verstehst das Ganze nicht richtig", sagte Karel, „Nadja sorgt mit dem, was sie verdient, schon seit Jahren für ihre Verwandten in der Ukraine. Meine Aufgabe aber ist es, der Welt zunächst einmal das bestmögliche Buch zu schenken, das ich aus dem Herzen in die Feder fließen lassen kann. Nadja ist eine wunderbare Freundin, aber wir können uns nicht aneinander binden. Ich kann ihr nichts bieten, und sie soll sich mir nicht opfern!"

„Aber sie ist aufgeblüht, seit sie dich kennt", wandte Roland ein, „habe ich nicht vor Kurzem im Spaß gesagt, dass ich dir Nadja am liebsten ausspannen wurde? Jetzt lässt du diese Frau einfach zurück! Ist das nicht eine Schande?"

Rolands Bemerkung brachte ihn etwas in Verlegenheit, aber Karel spürte kein schlechtes Gewissen.

„Ich hoffe, dass Nadja in den letzten Monaten erkannt hat, was in ihr steckt.", erwiderte er sachlich, „es ist nicht auszuschließen, dass sich ein Mann in sie verliebt, der ihr im Gegensatz zu mir ein Auskommen bieten kann und für den sie nicht auch noch die Ernährerin sein müsste!"

Karel versuchte sich vorzustellen, Georg Kreuzmann wäre dieser Mann. Er lauschte einen Moment lang in sich hinein, wie es ihm bei dem Gedanken ging.

„Karel", riss ihn Roland aus seinen Gedanken, „ich wage zu bezweifeln, dass du zum einsamen Leben berufen bist. Irgendwie schien mir, dass nicht nur Nadja durch das Zusammensein mit dir aufgeblüht ist, sondern dass auch du durch sie gewonnen hast! Das sagt dir ausgerechnet ein eingefleischter Junggeselle wie ich, aber vielleicht wird es dadurch ja erst recht glaubwürdig!"

„Ich will ja gar nicht leugnen, dass ich bei Nadja ein Stück Heimat und Geborgenheit gefunden habe, aber vielleicht lag darin auch nur die Versuchung, einen bequemeren Weg zu wählen als mir eigentlich bestimmt ist."

„Warum solltest du nicht wie andere Anspruch auf ein wenig häusliches Glück haben?", beharrte Roland.

Karel zögerte ein wenig, bevor er diese Frage zu beantworten versuchte.

„Es ist nur eine Ahnung", sagte er gedehnt, „aber vielleicht muss ich einen besonderen Weg gehen, um mein Buch wirklich überzeugend schreiben zu können!"

Diese Andeutung brachte in Roland sogleich eine andere Saite zum Klingen.

„Hm", bemerkte er brummend, „den Gedanken hatte Karl May mitunter auch. Du weißt ja, dass er eine Weile der Welt erzählt hat, dass er die Abenteuer eines Old Shatterhand und Kara Ben Nemsi wirklich erlebt habe. Später hat er seine vermeintlichen Lügen damit entschuldigt, dass er innere seelische Vorgänge in märchenhafte Erzählungen umgewandelt hat. Die ganzen Kämpfe seines Lebens und alle Anfeindungen hat er bis zum Schluss in seine Bücher verpackt. So gesehen ist es schon möglich, dass der Dichter ein besonderes Los auf sich zu nehmen hat." Roland Hiller tippte sich an die Stirn. „Ja, vielleicht hast du Recht! Karl May wäre seine erste Ehe um ein Haar auch zum Verhängnis geworden, denn er hätte sich fast als Serienschreiber in der Kolportage verloren, um seiner Frau ein angemessenes Leben bieten zu können. Da wäre er beinahe zum Verräter an seiner Kunst geworden!"

Ob er es wollte oder nicht: Karel musste über seinen Freund schmunzeln. Vermutlich würde sich Roland nur zu leicht davon überzeugen lassen, dass ein Dichter um seiner Kunst willen zur Not auch bewusst Leidenswege zu gehen habe. Er würde Karel im Zweifelsfall kaum davon abhalten, eine verwegene oder romantische Dummheit zu begehen. Dass er einen Weg der Passion auf sich nehmen müsse, war für Karel freilich keinesfalls ein abstruser Gedanke. Nur schien seine Leidensscheue wesentlich schwerer zu überwinden als er sich bislang eingestehen wollte.

Männerabend

Die Begegnung mit Roland hatte Karel gut getan, auch wenn sie ihm in seiner äußeren Situation nicht weitergeholfen hatte. Roland war ihm, was die praktischen Seiten des Lebens anging, viel zu ähnlich, als dass er ihm eine Hilfe hätte sein können.

Die Dunkelheit war schon lange hereingebrochen, als Karel wieder in seiner Pension ankam. Er hatte eigentlich vor, sich sofort auf sein Zimmer zurückzuziehen, denn nach dem Verlauf des gestrigen Abends stand ihm der Sinn nicht nach einer weiteren Begegnung mit Alfred und Joschka. Als er allerdings den Flur zu seinem Zimmer betreten wollte, öffnete sich die Tür des Aufenthaltsraumes und Alfred stand grinsend vor ihm.

„Hallo Karel! Dachte schon, du lässt dich heute nicht wieder blicken! Mensch, wir warten auf dich. Es gibt heute etwas zu feiern!" Er zwinkerte Karel zu. „Kannst dir, ja denken, was es iss, haha: Das Ende einer männlichen Jungfernschaft!"

Karel überlegte einen Moment lang, ob er sich kommentarlos an Alfred vorbeiquetschen sollte, um ihn einfach stehen zu lassen. Dann aber sagte er sich, dass es Alfred ja auf seine Art gar nicht böse meinte. So seufzte er und antwortete, indem er an Alfreds Verständnis appellierte: „Bitte, Alfred. Verschone mich doch mit solchen Sachen! Du weißt, ich denke über manches etwas anders als du. Der gestrige Abend war für mich peinlich und ... ja ... zugegeben ... auch ein wenig frustrierend."

„Ach komm schon", lachte Alfred begütigend, „du hast ja bemerkt, dass Joschka eben doch schon ein wenig besoffen war. Bei Kummer schlägt Alkohol halt an und er war wohl für einen Moment verwirrt, ob er jetzt lieber ein Heiliger oder ein richtiger Mann sein wollte."

„Alfred", versuchte es Karel noch mal mit Geduld, „ich möchte nicht, dass du dich so ausdrückst. Mir sind gewisse Sachen ernst und wichtig!"

Das Grinsen verschwand aus Alfreds Gesicht und er entgegnete in verändertem Tonfall: „Es ist in Ordnung. Sorry. Ich meine das wirklich nicht böse! Bin halt immer ein bisschen vorne weg mit meinem Mundwerk!"

Karel nickte ihm freundlich zu und wollte sich an Alfred vorbeischieben, aber dieser rührte sich nicht vom Fleck.

„Mensch Kumpel, es würde mir wirklich den Abend versauen, wenn ich denken müsste, dass du jetzt auf dein Zimmer gehst, weil du sauer auf Joschka und mich bist!"

„Ich bin nicht sauer auf Joschka."

„Aber wohl noch auf mich?"

„Auch nicht wirklich auf dich! Nur ..."

Alfreds kurzzeitig verfinsterte Miene hellte sich wieder auf.

„Was ... nur?", fragte er eifrig.

Karel sah ein, dass es für ihn kein Entkommen gab. Er entschied sich dafür, offen zu sein: „Ich muss mir eben über vieles Gedanken machen. Ich weiß selber nicht, wie es bei mir weitergeht. Und eure Geschichte … das sind einfach für mich Dinge aus einer anderen Welt!" Karel versuchte ein Lächeln.

Dies veranlasste Alfred, ihm auf die Schulter zu klopfen. „Nochmals sorry! Bin halt nicht der Sensibelste! Aber du kannst mir glauben: Bist mir wirklich sympathisch, auch wenn du 'n bisschen anders bist! Und Joschka sieht das wohl genauso! Setz dich doch zu uns, wir quatschen einfach über etwas ganz anderes. Von mir aus können wir ja zur Abwechslung über deine Sorgen sprechen!"

Karel gab seinen Widerstand auf und ließ sich von Alfred in den Aufenthaltsraum bugsieren. Dort saß Joschka, der ihn freundlich, aber mit leichter Verlegenheit begrüßte. Alfred holte für Karel erst einmal eine Flasche Bier aus dem Kühlschrank, öffnete sie mit seinem Feuerzeug und stellte sie auf den Tisch. Karel ließ sich still seufzend auf den Stuhl fallen. Für den Moment wusste keiner etwas zu sagen. Alfred nahm seine halbleere Flasche und forderte Karel mit einem Kopfnicken zum Mittrinken auf. Karel stellte fest, dass ihn der lange Fußweg durchaus durstig gemacht hatte.

Alfred unterbrach das Schweigen. Er räusperte sich und sagte: „Ja, da hat es uns also zusammen in diese Pension verschlagen. Bleibst du hier eigentlich ebenfalls länger?"

„Nur noch bis morgen", antwortete Karel.

„Oh, dann iss dies heut ja schon unser Abschiedsabend!"

Wieder schwiegen sich die drei Männer an, bis es Alfred nicht mehr aushielt.

„'ne Beziehungsgeschichte?"

„Wie?" Karel schaute den Monteur fragend an.

„Na, ich meine dein Problem! Weswegen du hier mit deinem Koffer abgestiegen bist? Bist du bei einer Frau rausgeflogen?"

Karel überlegte, was er auf diese Frage sagen sollte. Leicht verlegen antwortete er: „So ähnlich kann man es ausdrücken."

„Scheiß-Weiber", sagte Alfred und versuchte damit, Verständnis für Karels Sorgen auszudrücken. „Die können einen ganz schön fertig machen!"

„Es ist etwas anders als du denkst", entgegnete Karel schnell. „Die Frau kann nichts dafür. Bin selber gegangen. Die Verhältnisse."

„Willst du darüber reden oder lieber nicht dran erinnert werden?"

„Lieber nicht reden", lächelte Karel, „du kannst ja übrigens doch ganz schön sensibel sein!"

„Haha", freute sich Alfred, „Joschka kann dir schon bestätigen, dass ich eigentlich 'n recht gemütlicher Typ bin. Wenn du willst, besauf ich mich mit dir. Oder ich such dir was Schönes im Fernsehen aus! Auf Saufen stehen Leute wie du sicher weniger?"

„Du meinst, weil ich ein frommer Betbruder bin?"

„Das hast jetzt aber du gesagt."

Alfred zwinkerte Karel zu, und dieser bemerkte, dass ihn der Monteur durch seine offene Art entwaffnet hatte. Aber er wollte das Gespräch nicht ins Alberne entgleiten lassen. Mit freundlichem Ernst sagte er: „Ich denke wirklich, jemand wie ich sollte nicht zum Alkohol greifen! Nicht, weil ich mich für einen Heiligen halte. Aber die Leute sagten schon über mich, ich käme generell etwas schwer mit dem Leben zurecht. Alkohol würde mich vielleicht vollends abdriften lassen!"

Auch Alfred bemühte sich jetzt um Seriosität. „Verstehe", sagte er, „klingt vernünftig."

Karel fuhr fort: „Joschka und du, ihr wisst, dass ihr morgen wieder hart arbeiten müsst. Ich könnte dagegen einfach mit einem brummenden Schädel liegen bleiben."

„Hast du keinen Job?"

„Zumindest keinen richtigen. Also keinen, von dem ich lebe."

„Hm, das ist nicht gut. Aber ich seh ja das Malheur mit deinem Arm. Andererseits bist du ja wohl eher 'n Kopfarbeiter?"

„Versicherungskaufmann. Hat aber nie wirklich funktioniert!"

Die Monteure lachten und freuten sich über Karels Ehrlichkeit.

„Jetzt wissen wir wohl, warum wir dich mögen", mischte sich Joschka erstmals ins Gespräch ein. „Und jetzt schlägst du dich mit Stütze durch?"

„Wenn man so will, ja. Ich lebe von Sozialhilfe und etwas Rente."

„Aber du machst nebenher noch was. Prediger oder so etwas?" Joschka schaute ihn erwartungsvoll an.

„Nein, ich bin kein Prediger", erwiderte Karel, „ich versuche, ein Buch zu schreiben. Ein bisschen ist das in meinem Fall vielleicht wie eine lange Predigt. Also, wenn das Buch irgendwann mal fertig sein wird und es jemand druckt, kann ich sagen, dass ich Schriftsteller bin."

„Und wir können dann sagen, dass wir dich schon kannten, bevor du berühmt warst", fiel Alfred wieder ein. „Ich hol uns noch Bier!"

„Ich lese ab und zu Bücher", sagte Joschka, „eher Science Fiction und so. Aber dein Buch werde ich dann auch mal lesen!"

„Ich weiß nicht, ob es dir wirklich gefallen wird. Es wird vor allem um Glauben und um Gott gehen." Karel leerte seine Flasche. „Aber ich freu mich natürlich, wenn du es liest", fügte er schnell hinzu.

„Was einer wie du über diese Dinge sagt, kann doch ganz interessant sein", sagte Joschka und es klang in Karels Ohren fast treuherzig.

„Ich hoffe es", entgegnete er lächelnd, „viele sehen das natürlich nicht so. Obwohl doch wirklich keiner einen Schaden davonträgt, wenn er etwas über Gott oder den Sinn des Lebens nachdenkt!"

„Oho!" Alfred stellte die neuen Flaschen ab. „Ihr werdet wieder philosophisch. Na mir soll es recht sein. Joschka hat uns heute bewiesen, dass er relativ normal tickt, und ein bisschen Nachdenken über den weiteren Sinn des Lebens schadet ja trotzdem nicht!"

Der Monteur fing einen Seitenblick von Karel auf, der ihn dazu veranlasste, begütigend die Hand zu erheben: „Ja, ich werde mich heut' Abend mit meinen Sprüchen zurückhalten! Im Zweifelsfall überhör einfach meine Kommentare! Joschka ist sie gewohnt und weiß, dass ich das alles nicht so meine!"

Als eine knappe Stunde später Karels zweite Flasche leer war, kündigte er an, sich zurückziehen zu wollen. Alfred bedauerte es zwar, aber da er versprochen hatte, sein Mundwerk in Zaum zu halten, war der Abend bis hierhin ohnehin viel weniger lustig gewesen, als er sich das erhofft hatte.

„Ich hoffe, wir laufen uns wieder einmal über den Weg", sagte er und wünschte Karel eine gute Nacht sowie für die Zukunft alles Gute. Karels Erwiderung war genauso freundlich. Auch dem jüngeren Monteur schüttelte er herzlich die Hand: „Mach es gut, Joschka!"

Der Angesprochene drückte ihm wortlos die Rechte und nickte ihm nur zu. Karel verließ den Aufenthaltsraum, die beiden anderen zurücklassend.

Er war zufrieden, dass diese Begegnung mit den beiden Monteuren recht harmonisch verlaufen war, und gleichzeitig froh darüber, den Abschied hinter sich gebracht zu haben. In seinem Zimmer ließ er sich leicht erschöpft auf das Bett fallen.

Einige Minuten später riss ihn ein Klopfen an der Tür aus seinen Gedanken. Er sprang auf, um nachzusehen, wer noch etwas von ihm wollte. Es war Joschka, der darum bat, hereinkommen zu dürfen.

„Bitte", sagte der junge Mann drängend, „ich würde noch gerne mit dir sprechen – ohne Alfred!"

Pläne

Karel hatte auf dem Bett Platz genommen, während sich Joschka einen Stuhl zurechtrückte. Die Erschöpfung, die Karel gefühlt hatte, war der gespannten Erwartung gewichen, was Joschka wohl noch auf dem Herzen habe.

„Ich wollte dir zunächst sagen …", fing der junge Mann zögernd an. „Also, die Sache von gestern tut mir leid! Ich hab mich idiotisch benommen und mir sind da ein paar Ausdrücke rausgerutscht, die ich selber nicht okay finde."

Karel nickte nur stumm.

„Bei uns geht es manchmal ziemlich derb zur Sache, wobei ich da eigentlich nicht mitmachen will. Aber Alfred hatte mich gestern wie einen Idioten hingestellt!"

Nachdem Karel ihm versichert hatte, dass er ihm nichts übel nähme, holte Joschka tief Luft, als hebe er zu einem Geständnis an.

„Zuallererst wollte ich dir sagen, dass ich mit dem Mädchen heute nicht … also, dass wir keinen … wir haben wieder nur miteinander geredet!"

Karel schaute Joschka erstaunt an und sagte zögernd: „Aber Alfred hat mir doch erzählt, dass …"

Joschka zog eine säuerliche Grimasse.

„Na ja. Ich hatte Alfred heute etwas anderes erzählt als gestern. Und siehe da. Seine Welt war damit in Ordnung und ich hatte meine Ruhe!"

„Ich verstehe."

Joschka biss sich auf die Lippen. Nach einer Weile fuhr er fort: „Bloß ist es jetzt so, dass er mir auch nicht helfen kann!"

„Helfen?"

„Ja. Ich möchte, dass Lisa von der Straße wegkommt."

Karel runzelte die Stirn. In diesem Moment fragte er sich, ob da eine größere Geschichte auf ihn zurollte.

„Weißt du denn, ob sie das überhaupt will?"

Die Frage hörte sich in Karels eigenen Ohren fast so an, als wolle er Joschkas Geschichte ausweichen, und so wunderte er sich gar nicht über dessen beinahe empörte Reaktion.

„Meinst du, ein Mädchen wie Lisa tut das freiwillig? Ich könnte fast kotzen, wenn ich daran denke, dass sie mit jedem, der sie bezahlt ... dass sie vielleicht jetzt gerade ...!"

Karel murmelte verlegen eine Entschuldigung und ließ sich erzählen, was Joschka über das Mädchen wusste.

„Lisa ist so alt wie ich", begann Joschka, „und sie kommt aus Ungarn. Sie spricht ganz gut deutsch. Deshalb haben die Kerle ihr gesagt, sie könne hier in Deutschland arbeiten. Als Zimmermädchen in einem Hotel. Einer gab sich als Hotelbesitzer aus."

„Wo hat sie diese Männer denn kennengelernt?"

„In einer Dorfdiskothek. Direkt in ihrer Heimatstadt. Sie haben ihr sogar einen Hotelprospekt gezeigt. 1000 Mark im Monat und freie Unterkunft haben sie ihr für drei Monate versprochen."

„Dürfte sie hier überhaupt legal arbeiten?"

Joschka zuckte die Schultern. „Ich vermute, das gäbe auf jeden Fall einen Papierkram. Aber als sie hier war, war von einem Hotel sowieso nicht mehr die Rede. Sie wurde den Typen übergeben, bei denen sie jetzt noch ist, und die haben ihr erklärt, dass sie ... einen anderen Job für sie haben. Die Kerle erklärten ihr, dass sie ihnen erst mal für die Reisekosten und die Erledigung der Grenzformalitäten 2000 Mark schuldig sei. Die müsse sie auf jeden Fall abarbeiten!"

„Das sind ja Verbrechermethoden!"

„Lisa hat nicht alle Einzelheiten erzählt, aber ich vermute, dass sie auch geschlagen wurde."

„Wenn sie zur Polizei ginge ..."

„Einer der Typen ist immer in ihrer Nähe. Er beobachtet sie und ein paar andere Mädchen. Er nimmt ihr so ziemlich das ganze Geld ab, das sie bekommt. Es ist schon vorgekommen, dass ein Kunde nicht bezahlt. Da haben sie ihr Schwierigkeiten gemacht und ihr vorgeworfen, sie unterschlage Geld. Deshalb wird es mich jedes Mal, wenn ich mit ihr reden will, 50 Mark kosten." Joschka lachte bitter.

Karel legte dem jungen Mann seinen Arm auf die Schulter und zeigte ihm, dass er mitfühle. Diese Art der modernen Sklaverei empörte ihn.

Joschka berichtete weiter: „Lisa hat mir heute gesagt, ich solle jetzt eine Weile nicht kommen. Wenn ein Kunde öfter auftaucht, schöpfen die Zuhälter Verdacht, er könne sich mit ihr verbünden. Das ist wohl schon vorgekommen. Einen, der sich mit einem der Mädchen angefreundet hat, haben sie zusammengeschlagen. Das Mädchen wurde dann einfach woanders hin verfrachtet."

„Das ist wirklich schlimm", bestätigte Karel erneut sein Mitgefühl, „aber meinst du wirklich, dass du dem Mädchen helfen kannst?" Wieder missfiel Karel der Klang seiner eigenen Frage, denn er fühlte, dass die Konfrontation mit Lisas Schicksal unbedingt ein Eingreifen erfordere.

„Hm. Ich bin ja kein Held", sagte Joschka, „aber es muss doch möglich sein, solchen Typen das Handwerk zu legen. Lisa hat allerdings Angst. Außerdem hat sie ja selbst gegen Gesetze verstoßen, weil sie falsche Papiere hat. Unter den Mädchen kursiert wohl das Gerücht, dass die Polizei mit den Zuhältern unter einer Decke stecke. Die Kerle selbst machen solche Andeutungen."

„Das ist eine mehr als verzwickte Sache."

„Ich hab schon vorgeschlagen, dass ich zur Polizei gehe und die Sache mit den falschen Papieren anzeige. Wenn die Polizei sie in Gewahrsam nimmt, können ihre Bewacher ja nicht einschreiten! Es hat sich aber wohl herumgesprochen, dass den Mädchen, die mit falschen Papieren hier sind, schärfere Strafen drohen als den Schleppern und Zuhältern! Deshalb zögert sie. Einigen Mädchen hat man wohl sogar damit gedroht, dass man ihre Familien belästigen würde."

„Aber deshalb können sie sich doch nicht versklaven lassen!"

„Lisa hofft immer noch ein wenig, dass sie in einigen Monaten wieder loskommt und dass man sie mit etwas Geld nach Hause schickt. Aber jeder

Tag auf der Straße ist einer Zuviel! Was da alles passieren kann! Sie ist ja den übelsten Leuten ausgeliefert. Dann die Sache mit AIDS!"

Je länger er Joschka zuhörte, desto klarer wurde Karel, dass in dieser Sache etwas geschehen musste und dass er sich nicht entziehen konnte, so ratlos er auch im Augenblick war.

„Hast du denn irgendeinen Plan?", fragte er den jungen Monteur.

„Ich habe an eine Art Entführung gedacht", erwiderte Joschka entschlossen.

Karel warf ihm einen überraschten Blick zu.

„Und Lisa würde da mitmachen?"

„Ich habe sie noch nicht vollständig überzeugen können", sagte Joschka jetzt etwas zögerlicher, bemühte sich aber sogleich darum, Zuversicht zum Ausdruck zu bringen: „Wenn ich ihr das nächste Mal einen Plan unterbreite, denke ich, dass ich sie überreden kann. Sie leidet ja täglich neu, ekelt sich vor Freiern, hat Angst …"

Karel versuchte, sich eine Befreiungsaktion vorzustellen.

„Das Mädchen müsste also regelrecht entführt werden", rekapitulierte er, „sie müsste so schnell weggebracht werden, dass ihre Aufpasser nicht eingreifen können!"

„Ja", pflichtete ihm Joschka eifrig bei, „ich habe mir schon einiges überlegt. Wir sollten mindestens zwei Autos haben und irgendwo einen sicheren Aufenthaltsort. Letzteres ist vielleicht gar nicht das Problem, denn wenn ich sie einfach zu mir brächte … ich wohne ja weit genug weg."

In seinen Gedanken schmiedete Karel bereits mit an einem Plan. Von Roland Hiller war er in den letzten Monaten durch so viele Karl-May-Geschichten infiltriert worden, dass es ihm nach kurzer Anlaufzeit gelang, sich in die Szenerie einer Entführung und einer Flucht hineinzudenken, trotz des Umstandes, dass er ein Schicksal wie das von Lisa bisher nur aus der Zeitung kannte. Bedächtig sagte er zu Joschka: „Wenn du das Mädchen bei dir verstecken möchtest, solltest du bei der Entführung selbst am besten gar nicht in Erscheinung treten! Es darf keine Spur geben, die zu dir führt. Warum sprachst du von zwei Autos?"

„Eines brauchen wir direkt vor Ort, mit dem wir Lisa schnell wegbringen. Da ist es natürlich nicht zu vermeiden, dass die Aufpasser sich Wagentyp und Nummernschild merken. Am besten wäre ein Mietwagen …

und dann brauchen wir ein anderes Fahrzeug, das Lisa zu mir bringt. Um ganz auf Nummer sicher zu gehen, wäre vielleicht sogar gut, wenn sie unterwegs noch einmal umsteigt!"

„Das hört sich eigentlich alles ganz machbar an", entgegnete Karel, der anfing, an das Gelingen des Planes zu glauben, „allerdings kann ich weder mit Auto noch mit Führerschein dienen. Aber ich könnte eventuell der Bote zwischen dir und Lisa sein, denn du solltest ab jetzt am besten nicht mehr mit ihr in Verbindung treten."

„Aber ich müsste ihr ja die Aktion …"

„Das muss anders funktionieren! Vielleicht kann ich ihr alles ausrichten und sie von deinem Plan überzeugen."

„Das würdest du dir zutrauen?"

Karel überlegte, was er auf diese Frage antworten sollte. Nachdem ihn Joschka in seine Gedanken eingeweiht hatte, schien es ihm folgerichtig, den Jungen zu unterstützen, falls dieser sich in Bezug auf Lisa nicht irrte. Im Rotlichtviertel ein Mädchen anzusprechen, gehörte nicht zu den Dingen, die er schon einmal getan hatte. Aber unter den besonderen Umständen würde er es auf sich nehmen, sich wie ein Freier zu geben. Ganz wohl war ihm bei der Sache nicht. Es war noch nicht allzu lange her, seit er selbst zuerst Zeuge und später Opfer einer Gewalttat gewesen war. Möglicherweise musste er deshalb sogar noch als Zeuge vor Gericht. Spätestens dann würde ihn wieder die Angst packen, dass Kalle Steinmann seinen Anschlag auf ihn wiederholte. War er wirklich der Richtige für abenteuerliche Pläne?

„Ich kann dich ja nicht hängen lassen", sagte er möglichst zuversichtlich, „nur brauchen wir noch eine Reihe weiterer Helfer zur Unterstützung. Wir müssten wohl einmal die Liste deiner und meiner Freunde daraufhin untersuchen, wer uns helfen kann."

Joschka fiel spontan nur einer seiner Bekannten ein, von dem er sich Hilfe erhoffen konnte. Dieser hatte ein Auto und war nach Joschkas Bekunden sicher bereit, für ein schönes Mädchen ein kleines Risiko auf sich nehmen. Karel versprach, seinerseits zu überlegen, wer sie bei der Ausführung des Planes unterstützen konnte.

Als sich Joschka verabschiedet hatte, lag Karel sinnierend auf seinem Bett. Konnte er wirklich Freunde in diese Geschichte hineinziehen, die ihm ja eigentlich selbst ziemlich fremd war? Das Mädchen Lisa kannte er nur aus der Erzählung. Den jungen Mann selbst hatte er widersprüchlich erlebt. War es Joschka zuzutrauen, die Situation richtig einzuschätzen? Was das Schicksal des Mädchens betraf, deckte sich Joschkas Bericht mit Zeitungsreportagen, an die Karel sich vage erinnerte. Die Machtlosigkeit der Behörden war in den Artikeln angeprangert worden. Wie gefährlich das Unternehmen einer Befreiungsaktion war, konnte er selbst kaum einschätzen. Klar war jedoch, dass sie nicht zu viel Zeit hatten. Joschka war nur noch für etwa zwei Wochen in der Stadt beschäftigt. Außerdem war zu befürchten, dass das Mädchen von einem Tag auf den anderen an einen anderen Ort gebracht werden konnte.

Roland Hiller war der erste, den Karel in die Sache einweihen wollte. Die anderen, die Karel als Helfer in Betracht zog, waren Volker Beutelmaier und Georg Kreuzmann. Die beiden letzteren besaßen ein Auto. Möglicherweise war es aber sicherer, wenn sie für die Aktion ein Mietfahrzeug benützten. Allerdings hatte Volker gerade eigene Sorgen. Deshalb beschloss Karel, zunächst Kreuzmann anzusprechen. Auf die Hilfsbereitschaft des Pastors hielt Karel große Stücke, aber er war sich unsicher, wie dieser über die ganze Sache denken würde. Die Befreiung des Mädchens war eine Sache; dass sich Joschka offensichtlich Hals über Kopf in sie verliebt hatte, eine andere! Es war unwahrscheinlich, dass das Mädchen diese Gefühle in gleicher Weise erwiderte. Ob der junge Mann dies einkalkuliert hatte?

Über all diesen Überlegungen hätte Karel beinahe seine eigenen akuten Sorgen vergessen. Wenn er morgen aus der Pension „Sterngasse" auszog, stand er buchstäblich auf der Straße. Sollte er seine Vorbehalte überwinden und doch bei einem seiner Bekannten einen Unterschlupf suchen? Oder war es für ihn nun einfach dran, am eigenen Leib zu erfahren, welche Möglichkeiten die Stadt für Wohnungslose bot?

Als er sich in seinem Bett wälzte, schien ihm der Gedanke absurd, dass er schon die nächste Nacht unter einer Brücke verbringen könnte. War es nicht hochmütig, in dieser Situation darauf zu verzichten, einen Freund um Hilfe zu bitten? Sicher würde ihm zumindest einer Geld leihen, damit er noch einige Tage in der Pension bleiben konnte. Bis ihn schließlich der Schlaf überkam, blieb sich Karel unschlüssig darüber, ob er den Weg der

Vernunft gehen oder ob er es riskieren solle, das Leben einmal ganz von unten zu schmecken.

Als Karel am anderen Morgen bei der Pensionswirtin seine Rechnung beglichen hatte, war sein Bargeldbestand empfindlich geschmolzen. Mit Joschka hatte er sich für den frühen Abend in der „Sterngasse" verabredet. Joschka sollte ihn in die Straße mit den berüchtigten Etablissements führen und ihm unauffällig das Mädchen Lisa zeigen.

Der erste Weg des Tages führte Karel zu Roland Hiller, den er von einer Telefonzelle aus angerufen hatte. Er holte den Freund ab, und die beiden Männer gingen zusammen in den Park. Dort steuerten sie ein Bänkchen an, wo sie schon öfter zusammen gesessen und sich unterhalten hatten. Roland staunte nicht schlecht über das, was Karel ihm erzählte, war aber ohne Zögern dabei, Pläne zu schmieden und Ratschläge zu erteilen. Auch bot er sich an, Karel und Joschka am Abend bei ihrem Spähgang zu begleiten.

„Es scheint ja, als hättest du gerade darauf gewartet, solch ein Abenteuer zu erleben", kommentierte Karel den Eifer seines Freundes.

„Du weißt ja, dass ich als treuer Leser Karl Mays Zeuge vieler geglückter Befreiungen und unsichtbar gemachter Fährten geworden bin! Im Orient wurden auch einige Mädchenräuber überlistet."

„Leider ist unsere Geschichte bittere Realität, und den Mädchenräubern möchte ich in diesem Fall lieber gar nicht begegnen!"

Es zeigte sich, dass Roland Hiller keinesfalls nur ein romantischer Abenteurer war, sondern die Lage schnell erfasste und konstruktive Hinweise geben konnte.

„Es ist wichtig, dass die Kerle keine Rückschlüsse auf Joschka und die Helfer ziehen können", mahnte er. „Wenn Joschka zwei Tage hintereinander bei dem Mädchen war, sollte er sie jetzt am besten gar nicht mehr treffen. Sonst könnte sich hinterher einer von Lisas Bewachern an ihn erinnern!"

„Wir müssen das Mädchen aber noch mindestens zweimal kontaktieren. Einmal, um mit ihr die Befreiung abzusprechen und das andere Mal, wenn wir den Plan umsetzen."

„Vielleicht können wir beide dies unternehmen", schlug Roland vor. „Du könntest mit Lisa die Sache absprechen, und ich trete später bei der Befreiung in Aktion. So ist es besser als umgekehrt, denn du fällst durch deinen gelähmten Arm eher auf und solltest mit der Befreiungsaktion nicht in Verbindung gebracht werden. Außerdem müssen wir noch einen Helfer finden, der mit dem Fluchtauto zur Stelle ist."

„Aus meiner Sicht kämen Volker Beutelmaier oder Georg Kreuzmann in Frage. Volker möchte ich aber gerade nicht fragen, weil er … Probleme hat."

„Also willst du einen Pfarrer in den Rotlichtbezirk locken. Ich weiß ja nicht! Natürlich könnte er für das Gelingen des Unternehmens prima beten", kicherte Roland.

„Kreuzmann müsste nur zu einer bestimmten Zeit am richtigen Ort vorfahren und dann schleunigst mit dir und dem Mädchen davonbrausen."

„Wir sollten versuchen, in Erfahrung zu bringen, wie und durch wen die Mädchen überwacht werden. Eine halsbrecherische Verfolgungsjagd können wir uns sicher nicht leisten. Wichtig ist deshalb, dass wir gleich aus dem Blickfeld der Bewacher kommen. Es darf keine Spur zu dem Mädchen führen, wenn sie später in ihrem Unterschlupf sicher sein soll!"

Karel nannte Roland die Zeit und den Ort seiner Verabredung mit Joschka. Sie vereinbarten, sich dort wieder zu treffen. Als nächstes wollte Karel sehen, ob er Georg Kreuzmann in seinem Büro vorfand. Als er davonging, rief ihm Roland nach:

„Mensch, mir fällt jetzt erst auf, dass du dich die ganze Zeit mit deiner Reisetasche abschleppst. Wo wirst du überhaupt die nächste Zeit wohnen?"

„Vielleicht kann ich es dir heute Abend sagen", rief Karel zurück und stapfte davon.

Unten angekommen

Georg Kreuzmann empfing Karel in seinem Amtszimmer, wo er über der Predigt für den nächsten Sonntag gebrütet hatte. Karel erzählte ihm die Geschichte von Joschka und Lisa und auch davon, dass er bereits mit Roland Hiller über einen Befreiungsplan beratschlagt habe. Der Pastor hatte zwar mehr kritische Rückfragen und Einwände als Roland, erklärte sich am Ende aber bereit, unter bestimmten Bedingungen als Fahrer an der Aktion mitzuwirken. Er regte einige Vorsichtsmaßnahmen an, die Karel für vernünftig hielt und in die Planungen einfließen lassen wollte. Als Karel sich schon zum Gehen anschickte, erfreut darüber, dass seiner Mission hier so schneller Erfolg beschieden war, bat Kreuzmann ihn, noch einmal Platz zu nehmen.

„Es handelt sich um Frau Tesslowski", sagte der Pastor und lehnte sich lächelnd in seinem Stuhl zurück. „Gestern habe ich einen weiteren Anlauf unternommen und sie endlich zu einem Treffen bewegen können. Am Sonntag habe ich sie zum Abendessen eingeladen. Ich hatte zuerst ein Kaffeetrinken vorgeschlagen, aber dann ist mir beim Blick in den Kalender aufgefallen, dass ich mittags noch einen Jubilar besuchen muss. Nun, ein Abendessen ist mir persönlich für ein Rendezvous noch lieber."

Kreuzmann errötete bei diesen Worten. „Ich sagte gerade ‚Rendezvous', aber ich habe gegenüber Frau Tesslowski natürlich noch einmal mein seelsorgerliches Interesse betont. Die Gute weiß ja immer noch nicht, dass sie einen Mann durchaus bezaubern kann! Sie machte übrigens überhaupt einen etwas niedergedrückten Eindruck auf mich."

Karel atmete tief durch. Kreuzmanns Blick fixierte ihn.

„Ist irgendetwas, das ich wissen sollte?", fragte der Pastor.

„Ich bin vorgestern ausgezogen", erwiderte Karel.

„Was? Wie kommt das?" Der Pastor schaute Karel entgeistert an. „Sie hatten doch nicht etwa Streit?"

„Nein, nein", wehrte Karel schnell ab. „Es ist eine verzwickte Geschichte. Ich wollte Nadja … Frau Tesslowski nicht in Schwierigkeiten bringen!"

Karel erzählte von der Vorladung beim Sozialamt und von seiner Kurzschlussreaktion, zu der er aber auch nach weiterem Nachdenken keine Alternative sehe.

„Aber das gibt es doch nicht!", sagte Kreuzmann entrüstet. „Eine Behörde kann doch nicht aus ein paar vagen Anhaltspunkten solche weitreichenden Schlüsse ziehen!"

„Das dachte ich zunächst ja auch", sagte Karel, „andererseits wird es mir, je länger ich mit Nadja zusammenwohne, umso schwerer fallen, wirklich schlüssig belegen zu können, dass sich diese Behördenmenschen in ihrem Vorgehen irren. Nadja kümmert sich ja wie eine richtige Freundin um mich … und sie ist es ja in einem besonderen Sinn auch!"

„O weh", seufzte Georg Kreuzmann, „der Blick für das Besondere fehlt diesen Amtspersonen natürlich. Diese Beamtenseelen können sich Ihre Art von Beziehung nicht vorstellen. Für sie ist nur vorstellbar, dass Sie und Frau Tesslowski Tisch und Bett miteinander teilen!"

Diesmal errötete Karel. Dem Pastor fiel es auf, und er entschuldigte sich für die Redensart. Karel wollte darauf etwas erklären, aber ihm fielen nicht die richtigen Worte ein.

„Zu dumm, dass diese Sache so gekommen ist", fuhr Kreuzmann fort, „vielleicht treffe ich mich ja künftig öfter mit Frau Tesslowski. Dann könnten diese Sozialschnüffler andere Schlüsse ziehen! Aber solche Gedanken helfen jetzt nicht weiter. Haben Sie denn eine neue Bleibe?"

Kreuzmanns Blick fiel auf die Reisetasche, die Karel neben sich abgestellt hatte.

„Die letzten beiden Tage hatte ich noch ausreichend Geld für eine Pension", erwiderte Karel, „dort habe ich übrigens die Bekanntschaft mit Joschka geschlossen."

„Dann stehen Sie jetzt also sozusagen auf der Straße. Trotzdem haben Sie noch die Nerven, sich um die Angelegenheiten dieses jungen Mannes und des Mädchens zu kümmern!" Georg Kreuzmann klang fast vorwurfsvoll, als er weitersprach: „Und hier wären Sie eben fast fortgegangen, ohne mir von Ihrer Situation zu erzählen! Denken Sie denn nicht, dass ich Ihnen vielleicht helfen kann?"

„Ich weiß, dass Sie hilfsbereit sind", erwiderte Karel verlegen. „Vielleicht klopfe ich die nächsten Tage bei Ihnen an. Aber aus besonderen Gründen möchte ich Sie zumindest jetzt noch nicht um Hilfe bitten."

Kreuzmann warf ihm über den Schreibtisch einen irritierten Blick zu, aber da er wusste, dass Karel einige Sonderlichkeiten an sich hatte, verkniff er sich eine Rückfrage.

„Das heißt", fuhr Karel fort, „Sie könnten mir eine Auskunft geben. Wenn ein fremder Obdachloser Sie fragt, wo er in dieser Stadt ein Dach über den Kopf findet, wohin schicken Sie ihn dann?"

Kreuzmann überlegte kurz und sagte dann etwas widerwillig: „Die Stadtmission betreibt ein Wohnheim in der Bismarckstraße. Aber es ist doch nicht Ihr Ernst …"

„Doch, ich habe heute beschlossen, das Leben in dieser Stadt aus der Perspektive eines Obdachlosen kennenzulernen."

„Stellen Sie sich das aber bloß nicht in irgendeiner Art romantisch vor!"

„Keine Angst. Ich mache mir keine Illusionen, und es fällt mir auch nicht leicht, in ein Obdachlosenasyl zu gehen. Aber irgendwie ist es mir, als müsste ich einmal am eigenen Leib erfahren, was es heißt, sehr weit unten zu sein!"

„Aber in Ihrer Situation hat es immer noch den Charakter eines abenteuerlichen Experiments. Sie könnten von mir Geld für eine Pension erhalten oder vorübergehend hier im Pfarrhaus wohnen!"

„Dafür danke ich Ihnen. Wenn ich den Eindruck habe, dass ich mich unnötig töricht verhalte, werde ich Ihre Hilfe gerne annehmen. Aber es ist mir, als dürfe ich mich nicht vor der Erfahrung der Obdachlosigkeit und Armut drücken. Als mir gestern im Park zwei Wohnsitzlose auffielen, bin ich über mich selbst erschrocken, wie selbstverständlich ich davon ausgehe, dass mir etwas Besseres zusteht als diesen Menschen!"

Kreuzmann ließ nicht erkennen, ob er Karels Gedanken nachvollziehen konnte oder ob die Missbilligung überwog.

„Dann wollen Sie sich also in Demut üben", stellte er fest, „ich kann Sie wohl nicht daran hindern, aber meine Tür steht Ihnen jedenfalls offen!"

Karel verabschiedete sich und machte sich auf, um das Wohnheim in der Bismarckstraße aufzusuchen. So sehr er Georg Kreuzmann dafür schätzte, dass dieser ihm notfalls mit Geld oder einer Unterkunft gedient hätte: Er versuchte, diese freundlichen Angebote aus seinem Hinterkopf zu verdrängen, als er sich mit leichtem Unbehagen seinem künftigen Domizil näherte.

In dem Teil der Bismarckstraße, wo sich das Wohnheim befand, standen Häuser, die in den 1950er- oder 60er-Jahren gebaut worden waren, um dringend benötigten Wohnraum zu schaffen. Heute präsentierten sich die Fassaden der Mietshäuser meist in einem tristen Grau. Hier und da hatte man in den letzten Jahren Versuche unternommen, etwas frische Farbe ins Bild zu bringen. Das Wohnheim gehörte jedoch nicht zu den Gebäuden, denen ein Anstrich beschert worden war. Lediglich das „Diakonie"-Schild neben dem Haupteingang war neu. Außerdem war an der Fassade ein auffälliger Schriftzug angebracht worden, der in seltsamem Kontrast zu ihrer sonstigen Schäbigkeit stand: „Martin-Luther-Heim der evangelischen Gesellschaft".

Das Glas an der Eingangstür hatte einen Sprung. Die Tür klemmte zunächst und sprang dann, als Karel kräftig daran zog, so schwungvoll auf, dass sie gegen einen Türstopper krachte, der neben dem Schuhabstreif-Gitter am Boden angebracht war.

„He, nicht so stürmisch!", schallte es Karel aus der Pförtnerloge entgegen. Ein gemütlich wirkender älterer Mann musterte ihn. „Oha, ein neues Gesicht!"

„Guten Tag", grüßte Karel, „ich wollte anfragen, ob ich für ein paar Tage hier unterkommen kann?"

„Wenn sich der Herr mit unserem einfachen Komfortzimmer begnügt, sehr gerne! Nur unsere Suiten sind alle ausgebucht!"

Karel sah den Mann hinter dem Tresen verwirrt an. War diese scherzhafte Bemerkung freundlich oder sarkastisch? Der Mann hielt Karels Verwirrung für ein Zeichen eher einfach ausgeprägter Intelligenz und wandte sich ihm nun väterlich jovial zu:

„Keine Sorge, wir haben ein Plätzchen für dich. Die Tage sind ja nun schon wieder etwas wärmer. In den letzten Tagen haben uns einige unserer treuesten Kunden verlassen, um wieder den nächtlichen Sternenhimmel zu genießen. Komm also rein und bring neuen Glanz in unsre Hütte! Ich brauch aber deine Personalien. Hast du 'nen Ausweis und die Bescheinigung der Wohnungslosenhilfe?"

„Ich hab nur meinen Personalausweis."

Der Pförtner strich sich übers stoppelige Kinn. „Und du hast wirklich keinen Nachweis darüber, dass dir nicht 'ne Villa im Südviertel gehört und du hier bei uns nur billig Urlaub machen willst?"

„Ich musste meine Wohnung verlassen und habe noch keine neue."

„Verstehe. Dann stell ich heut' mal in Gedanken die Uhr vor und verbuch' dich als Notfall. Abends schicken wir hier keinen weg. Wenn Papa Joe, unser Leiter, nix dagegen hat, kannste auch ein paar Tage bleiben. Ansonsten musste halt aufs Amt und dir 'ne Bescheinigung holen, dann nehmen wir dich auch für länger. Wenn ich es aber recht sehe, biste also noch gar nicht richtig auf der Wohnungslosen-Tour?"

„Zumindest vorübergehend bin ich ohne Wohnung."

„Und haste keinen Freund, wo du pennen kannst, oder 'ne Bekannte in der Stadt oder ein paar Kröten für eine billige Absteige?"

Karel fing an, sich über das Verhör des Pförtners zu wundern. Was wartete in dem Heim Schreckliches auf ihn, wenn ihm der inzwischen durchaus gutmütig wirkende Mann alle möglichen Alternativen aufzeigen wollte?

Er sagte wahrheitsgemäß: „Wenn ich mir weiterhin eine Pension leiste, muss ich für den Rest des Monats hungern."

„Verstehe, du willst also unbedingt in unsere gute Stube. Muss dir aber sagen, dass du dir 'n ruhiges Einzelzimmer abschminken musst. Wir renovieren gerade ein paar Schimmellöcher und müssen deshalb ein wenig stapeln, auch wenn wir nicht ganz ausgebucht sind. Dass mir keine Klagen kommen von wegen schlechte Gesellschaft und so! Wertsachen kannste hier im Büro deponieren. Ist für ‚bessere Herrschaften' recht empfehlenswert, wenn du nicht gewohnt bist, mit offenen Augen zu schlafen!"

Der Pförtner schob Karel einen Zettel zu und deutete auf einen Kugelschreiber, der wie auf einem Postamt mit einer Kette befestigt war.

„Falls du nicht schreiben kannst, helf ich dir beim Ausfüllen."

Karel lächelte.

Der Alte brummte. „War nicht böse gemeint. Es kommen immer mehr, die nicht lesen oder schreiben können."

Karel füllte den Zettel aus und schob ihn über den Tresen. Der Pförtner warf einen Blick darauf und schrieb dann etwas in ein Buch, das vor ihm lag.

„Du bist in Nummer 4. Bist der Erste, aber bekommst wohl noch eine oder zwei Einquartierungen. Eine Treppe hoch, den Gang links bis fast ans Ende durchgehen! Zimmer sind offen. Schlüssel für die Türen gibt's nicht. Wenn du mir fünf Mark Pfand hast, bekommst du 'n Schlüssel für 'n Spind. Falls du irgendwas von höherem Wert dabei hast, lässte das aber besser hier!"

Karel kramte aus seinem Geldbeutel einige Münzen und erhielt dafür einen Schlüssel ausgehändigt. Er bedankte sich und ging zur Treppe.

„Ach ja", rief der Mann hinter ihm her, „Rauchen nur hier unten im Saal oder draußen! Eigentlich war mal Alkoholverbot, aber bei Joe kannste heut Abend zumindest Bier bekommen. Wir dürfen gerade mit kontrollierter

Abgabe experimentieren, wie das so schön heißt. Aber das Zeug nicht tütenweise hier reinbringen, das verstößt gegen die Hausordnung. Dann biste gleich wieder draußen!"

„Danke, ich bin sowieso kein Trinker", rief Karel von der Treppe aus.

„Dann wünsche ich Ihnen einen angenehmen Aufenthalt in unserem Club", schallte es ihm nach.

Gerade schienen sich nicht viele Gäste im Haus zu befinden. Als er den Gang entlangging und sein Zimmer suchte, begegnete Karel niemandem. Nur aus einem Zimmer schallte ein Radio. In Zimmer 4 standen zwei Stockbetten. Das erinnerte Karel an eine Jugendherberge. Da alle Betten unberührt schienen, entschloss er sich, das obere Bett in der Nähe des Fensters in Beschlag zu nehmen. Er legte seinen Mantel darauf ab. Dann setzte er sich erst einmal auf einen der drei Stühle, die um einen kleinen Tisch herum aufgestellt waren. Der Tisch war aus Platzgründen an die Wand geschoben. Es gab aber einen vierten Stuhl im Zimmer, der zwischen den Betten stand. Es lag noch ein Geruch von Reinigungsmitteln in der Luft. Der Abstieg von der Pension hierher erschien ihm bis jetzt gar nicht so groß, wie er befürchtet hatte. Allerdings wusste er noch nicht, in welcher Gesellschaft er die Nacht verbringen würde.

Verlorene und Gefundene

Karel traf sich mit Roland vor der Pension „Sterngasse". Sie klopften bei Joschka an, der sich unter einem Vorwand von Alfred abgesetzt hatte. Karel informierte den jungen Mann darüber, dass er inzwischen die nötigen Helfer bei der Hand habe. Danach ließen sie sich von Joschka zu der Straße führen, wo Lisa gewöhnlich auf Kunden wartete. Zunächst sahen sie die Gesuchte nirgends. Andere aufreizend gekleidete Mädchen standen da und wurden ab und zu angesprochen. Es herrschte ein reger Passantenverkehr. Autos fuhren langsam die Straße entlang und hielten ab und zu an. Dann traten die Mädchen näher heran, und manchmal stieg eines in ein Auto ein. Die drei Männer warteten eine Weile an einer Straßenecke und beobachteten die Szenerie. Karel schlug vor, eine kleine Runde zu drehen, um nicht aufzufallen. Sie hatten sich umgesehen, ob sie irgendwo einen Bewacher der Mädchen ausmachen konnten, aber die Geschäftigkeit war um diese

Zeit zu groß. Möglicherweise beobachtete jemand aus einem der geparkten Autos die Mädchen. Aber genauso gut konnten dies irgendwelche Gaffer sein.

Als sie ungefähr zehn Minuten später wieder an der gleichen Straßenecke standen, hatten sie mehr Glück. Ein junges Mädchen war gerade zusammen mit einem grauhaarigen Mann aus dem Eingang eines Hauses getreten, in dessen Erdgeschoss sich eine Bar befand.

„Das ist Lisa", sagte Joschka.

Karel bemerkte, dass der junge Mann aufgeregt seine Fäuste ballte.

„Nimmt sie ihre Kunden immer dort hinein?", fragte Roland.

Joschka nickte.

„Ich habe aber vorhin bemerkt, dass Mädchen in Autos stiegen", sagte Karel.

„Das ist Lisa ausdrücklich untersagt. Sie soll ausschließlich hier … arbeiten."

Man hörte es, dass Joschka nach dem letzten Wort erst suchen musste.

„In Ordnung", murmelte Karel, „ich denke, wir gehen jetzt weiter!"

Der kurze Spähgang hatte ihn eigentümlich berührt. Es empörte ihn, dass junge Frauen sich unter Zwang verkaufen mussten. Gleichzeitig schien das Leben hier nach Gesetzmäßigkeiten abzulaufen, die ihm fremd waren. Die gelassene Professionalität, die selbst einige der jüngsten unter den anschaffenden Mädchen ausstrahlten, irritierte ihn. Joschkas Hilferuf schien für ihn Berufung genug, mutig in ein menschenunwürdiges Geschäft einzugreifen, doch gleichzeitig meldeten sich Zweifel in ihm, ob er hier nicht fehl am Platze war. Er kämpfte gegen kleinere Panikattacken an, die der Sorge entsprangen, die Hand, die er für gewöhnlich als Schutzschild über sich spürte, könne sich an diesem Ort von ihm zurückziehen, weil er sich anmaßte, es mit Kräften der Gesellschaft aufzunehmen, denen er nicht gewachsen war.

Roland kannte in der Nähe eine kleine Kneipe und lud die anderen dorthin auf ein Bier ein, um weiteres zu besprechen. Als sie eine Stunde später das Lokal wieder verließen, stand das Grundgerüst eines Planes. Nun musste lediglich mit Georg Kreuzmann und mit Joschkas Freund noch abgeklärt werden, wann diese Zeit für die Aktion hatten. Karel sollte dann mit Lisa Kontakt aufnehmen, sich als Joschkas Freund zu erkennen geben und ihr den Plan zur Flucht mitteilen. Zur vereinbarten Zeit sollte Roland das Mädchen ansprechen und mit ihr aufs Zimmer gehen. Dort hätten sie zu warten, bis Georg Kreuzmann mit dem Wagen vor der Tür des Etablissements vorfuhr. Roland und Lisa mussten diesen Moment abpassen, um ohne Zögern in den Wagen einzusteigen, und Kreuzmann sollte so schnell wie möglich davonfahren. Im schlechtesten Fall saß Lisas Bewacher abfahrbereit in einem Auto. Vielleicht gab ihnen Lisa einen Hinweis auf die Bewacher. Dann konnten sie nach Möglichkeiten suchen, um Georg Kreuzmann einen kleinen Vorsprung zu verschaffen.

Roland, der sich am besten in der Stadt auskannte, hatte die Route vorgeschlagen, die Georg Kreuzmann nehmen sollte, um Lisa auf die zügigste Art möglichst weit wegzubringen. An einem bestimmten Punkt sollte sie in das Auto von Joschkas Freund umsteigen. Wichtig war, dass Roland Hiller und Georg Kreuzmann von Lisas Bewachern nicht identifiziert wurden, damit sie später nicht in Schwierigkeiten gerieten. Dagegen würde man Karel nur für einen gewöhnlichen Kunden halten, der nichts mit der späteren Flucht zu tun hatte.

Nachdem sich Karel von den anderen verabschiedet hatte, kehrte er mit einem zuversichtlichen, wenn auch angesichts der Abenteuerlichkeit des Unterfangens etwas mulmigem Gefühl in seine Unterkunft zurück. An der Pforte des Martin-Luther-Heimes erblickte er jetzt nicht den älteren Mann von heute Mittag, sondern einen bullig wirkenden, vollbärtigen 50-Jährigen. Karel grüßte ihn und wollte sich still am Tresen vorbeidrücken. Davor standen zwei verwahrloste Gestalten, bei denen es sich vermutlich um Hausgäste handelte.

„He", rief es hinter dem Tresen hervor. Karel schaute sich verwundert um, ob er gemeint sei.

„Ja, dich meine ich", bellte der Mann, „was glaubst du, warum ich hier stehe? Damit sich hier jeder reinschleichen kann, wie er möchte?"

„Entschuldigen Sie bitte …"

„Wohnst du hier? Name? Zimmernummer?", fragte der Mann barsch.

„Puto. Zimmer 4."

Der Mann schaute in das vor ihm liegende Buch.

„Zum ersten Mal hier? Was ist mit der Bescheinigung wegen Obdachlosenhilfe?"

„Ihr Kollege meinte, ich könnte vorübergehend …"

„Mein Kollege meint in dieser Sache nichts. Meine Meinung ist maßgebend!"

„Ich bitte um Entschuldigung", erwiderte Karel leicht eingeschüchtert, „ich bin nicht im eigentlichen Sinne obdachlos, sondern nur vorübergehend ohne Wohnung, bis ich wieder eine Bleibe gefunden habe. Aber ich habe kein Geld mehr für eine Pension."

„Ach so, dann ist der Herr nur vorübergehend mittellos."

Ein höhnischer Blick traf Karel, der sich vornahm, geduldig zu bleiben.

„Nicht völlig mittellos", erwiderte er, „aber ich muss mit meinem Geld bis zum Monatsende klarkommen."

„Oha, ein Ökonom. Das ist ja mal ein besonderer Glanz in unserer Hütte. Wenn du keine Bescheinigung bringst, krieg ich für die Nacht zwölf Mark, verstanden? Also nicht, dass du dein Geld ganz auf'n Kopf haust!"

Karel nickte demütig. „Soll ich im Voraus bezahlen?"

„Nee, hau erst mal ab! Du siehst, dass ich Kundschaft habe!"

Der Bullige wandte sich den beiden wartenden Männern zu: „Vier Bier? Acht Mark! Und die leeren Flaschen will ich wiederhaben! Verstanden?"

Als Karel sein Zimmer betrat, sah er, dass zwei weitere Schlafplätze belegt waren. Im Bett unter dem seinen lag ein vollständig bekleideter Mann auf dem Rücken und schnarchte. Von dem Schlafenden ging ein scharfer Körpergeruch aus, der sich mit einem Dunst aus Alkohol vermischte. Karel öffnete das Fenster einen Spalt weit, um frische Luft hereinzulassen. Auf dem anderen Bett lagen ein zusammengerollter Schlafsack und ein großer Rucksack. Da der Schlafende seinen Packen achtlos vor sein Bett geworfen hatte, mussten die anderen Gepäckstücke einem weiteren Mitbewohner gehören. Karel betrachtete den Schläfer. Dessen Gesicht zeigte die typischen Spuren von längerem Alkoholmissbrauch. Sein Schnarchen war laut und unregelmäßig, aber sein Schlaf schien fest zu sein. Vor dem Bett standen zwei leere Bierflaschen und eine halbleere Flasche Wodka. So hatte sich Karel die Gesellschaft in einem Obdachlosenwohnheim vorgestellt. Nur fragte er sich, wie er bei diesem Schnarchen ein Auge zutun konnte.

Die Tür ging auf und ein junger, rotwangiger und auffallend blonder Mann betrat das Zimmer. Dieser schien gerade geduscht zu haben, denn er hatte feuchte Haare und ein Handtuch über die Schulter gelegt. Er trug ein Unterhemd und eine Jogginghose.

„Hallo", sagte er und streckte Karel die Hand entgegen, „ich bin der Thomas."

„Freut mich", erwiderte Karel, von der freundlichen Begrüßung überrascht, und stellte sich ebenfalls vor.

Der Blick des jungen Mannes fiel auf den Schläfer. „Da hat uns der Joe leider einen Streich gespielt! Das ist der Werner und das ist keine so tolle Einquartierung. Der Gestank im Zimmer ..." Er grinste. „Also das bin jedenfalls nicht ich! Ah, ich sehe, du hast das Fenster schon aufgemacht. Das Schnarchen geht nicht die ganze Nacht hindurch. Dafür wird er wohl ein paar Mal herumgeistern. Wenn du ihm was Gutes tun willst, halte für ihn etwas zum Trinken bereit. Und vielleicht kannst du ihn, wenn er wach ist, überreden, die Toilette aufzusuchen. Dann ist die Gefahr geringer, dass er sich bis zum Morgen wieder völlig bepisst hat. Er ist eigentlich kein schlechter Kerl. Wahrscheinlich wird er dir seine tragische Lebensgeschichte erzählen. Die variiert zwar immer ein bisschen, aber ein tödlich verunglücktes Kind und eine durchgedrehte Frau kommen darin immer vor. Wenn du ihm zuhörst, bist du sein Freund. Ich bin auch Werners Freund, aber ich könnte Joe trotzdem dafür würgen, dass er ihn zu uns ins Zimmer gelegt hat."

Karel musterte den redseligen Neuankömmling. Dessen jungenhaftes Gesicht wirkte gleich auf den ersten Blick sympathisch.

„Keine Angst", fuhr Thomas fort, „ich tue Joe natürlich nichts und auch keinem anderen. Abgesehen davon, dass mir Joe wohl eins husten würde!"

Nach seiner Aussprache zu schließen, kam Thomas aus Norddeutschland. Er machte einen körperlich fitten Eindruck und schien ein freundliches, optimistisches Gemüt zu besitzen.

„Du bist schon länger hier?", fragte Karel.

Thomas nickte. „Seit ich hier in der Stadt bin. Das Campieren unter Brücken ist nichts für mich. Hier dagegen ist es manchmal fast erträglich. Viele Leute hier im Heim sind, wenn man sie näher kennt, ganz in Ordnung. Der einzige miese Typ ist dieser Joe Hartmann, der abends am Tresen steht und der wohl der Chef des Hauses ist. Er heißt eigentlich Josef und ist so was wie ein Diakon. Einen Nachfahren des Heiligen Stephanus stellt man sich aber für gewöhnlich anders vor."

„Des Heiligen Stephanus?", fragte Karel verwundert.

„Sorry", entgegnete Thomas und fügte erklärend hinzu: „Ich lese gerade viel in der Bibel. In der ‚Apostelgeschichte', wenn dir das was sagt, gibt es einen Diakon mit Namen Stephanus."

„Ja", nickte Karel, „den kenne ich. Ich war nur, ehrlich gesagt, etwas erstaunt, dass du einen biblischen Namen erwähntest."

„Habe ja selber einen: Thomas, der Zweifler. Den kennst du vielleicht auch?"

„Ich bin selber ein regelmäßiger Bibelleser."

„Nicht möglich", entfuhr es Thomas freudig. „Womöglich bist du Christ, ich meine, bist du vielleicht ein gläubiger Christ?"

„Wenn du so direkt fragst, ja", erwiderte Karel lächelnd.

„Halleluja, ein Bruder!", rief Thomas aus. Man hätte es für Ironie halten können, aber seine Freude schien echt zu sein, denn er strahlte Karel fröhlich an. „Mitchristen trifft man hier im Haus vermutlich nicht allzu oft, wenn man mal von dem älteren Mann absieht, der mittags manchmal am Tresen steht! Mit dem kann man sich über Gott und Glauben unterhalten! Ich selber gehöre übrigens noch gar nicht so lange zu den Wiedergeborenen. Es ist jetzt zehn Tage her, da sprach mich in der Fußgängerzone ein Mädchen an und fragte mich, was ich von Jesus halte." Thomas grinste. „Weil sie recht hübsch war und nett schien, habe ich mich entschlossen, mal die positiven Seiten meines Religionsunterrichts einzublenden. Ich meine, gegen Jesus selbst kann man ja schlecht etwas einwenden, oder?"

Karel musste erneut lächeln. Thomas fuhr enthusiastisch fort: „Sie lud mich in einen Gottesdienst ein. Ich fragte, ob ich sie dort auch träfe. Sie sagte, sie würde dort in einer Art Chor singen und Gitarre spielen. Da dachte ich, dass ich mir das ja mal anschauen kann. Na ja, dann hat da so ein Amerikaner gepredigt. Ziemlich lebendig, aber auch witzig. Ja, und es hörte damit auf, dass er alle diejenigen nach vorne rief, die den Eindruck hatten, sie sollten an diesem Tag ein neues Leben mit Gott anfangen. Und mich überkam plötzlich so ein Gefühl wie ein warmer Schauer im ganzen Körper. Ich ging einfach vor zur Bühne, und da haben dann einige Mitarbeiter mit mir gebetet und mich gesegnet. Ich sprach noch mit ein paar

Leuten. Diese luden mich zu weiteren Gottesdiensten ein, und ich bekam eine Bibel geschenkt. Schau, hier …"

Thomas holte ein „Neues Testament" im Pocketformat aus seiner Tasche. „Ich lese es gerade zum zweiten Mal durch. Genial! Und gar nicht so altmodisch, wie ich das von früher her in Erinnerung hatte!"

„Das scheint eine neue Übersetzung zu sein", sagte Karel.

„Du kennst dich da wahrscheinlich besser aus als ich. Vielleicht können wir ja mal darüber klönen. Ich hoffe, du gehörst nicht zu denen, die das peinlich finden!"

„Nein", lachte Karel, „von mir aus können wir über Gott und die Welt miteinander sprechen. Mich bewegen Glaubensfragen sehr. Ich gehe keinem ernst gemeinten Gespräch aus dem Weg."

„Das ist ja ganz prima", freute sich Thomas, „heute Morgen hab ich noch darum gebetet, Gott möge mich Menschen treffen lassen, die ernsthaft an Jesus glauben. Die Leute dort im Gottesdienst haben mir ja gesagt, ich könne Gott um alles bitten. Ich soll das einfach ausprobieren. Und jetzt treffe ich dich hier. Dafür nehme ich nun auch gerne das Schnarchen von Werner in Kauf!"

„Dann weiß ich jetzt wenigstens, was mich hierher geführt hat", schmunzelte Karel.

„Hast du denn auch die Erfahrung gemacht, dass dies mit dem Beten so wunderbar funktioniert?", fragte Thomas und richtete seinen Blick vertrauensvoll auf ihn.

„Manchmal ja, manchmal aber leider auch nein", sagte Karel.

„Oh", bemerkte Thomas eifrig, „wenn es nicht klappt, dann sollen wir Gott einfach bestürmen, bis man uns erhört! So hat man es mir gesagt. Oder wir sollen andere um Gebetsunterstützung bitten. Dann passieren sogar Wunder!"

„Dir werden wahrscheinlich noch Christen begegnen, die das etwas nüchterner sehen."

„Und wie siehst du das persönlich?", fragte Thomas. Karel hatte fast den Eindruck, als läge für einen Moment etwas Lauerndes im Blick des jungen Mannes.

„Nun", sagte Karel bedächtig und lächelte, „an manchen Tagen würde wahrscheinlich dein Name zu mir passen, aber auf meine eigene Art glaube ich wohl schon immer wieder an Wunder. Du selbst scheinst ja solch ein Wunder zu sein! Ich meine die Art und Weise, wie du zum Glauben gekommen bist."

„Du nimmst mir das aber schon ab?", fragte Thomas besorgt.

„Natürlich. Ich habe schon von ähnlichen Begebenheiten gehört. Die einen machen jahrelang mit Glaubensfragen herum und die anderen überkommt es plötzlich, als würde ihnen ein Schleier von den Augen genommen. Keiner kann genau sagen, wie es kommt. Deshalb heißt es ja, dass immer der Geist Gottes mit im Spiel sein muss, wenn ein Mensch Jesus als seinen Herrn annimmt!"

„Kann es sein, dass ich das so ähnlich in meiner Bibel gelesen habe?"

„Ja, so ähnlich müsste es dort stehen", bestätigte Karel.

„Wow", sagte Thomas, begeistert darüber, dass sein Gegenüber ein fundierter Bibelkenner zu sein schien, „wir müssen unbedingt die Zeit nutzen. Ich glaube, dass du mir einige Sachen erklären und einige meiner Fragen beantworten kannst."

Karel nickte. „Vielleicht lerne ich ja auch etwas von dir, wer weiß?"

Obwohl es noch nicht ganz 22 Uhr war, schien sich Thomas bettfertig machen zu wollen. Karel suchte seinen Waschbeutel und ließ sich erklären, wo der Waschraum lag. Auf dem Weg dorthin erinnerte er sich an die Empfehlung von Thomas, ihrem Mitschläfer noch etwas zum Trinken zu besorgen. Er ging die Treppe hinunter zum Tresen. Joe Hartmann stand nicht mehr dort, aber als Karel herantrat, hörte er, dass der Diakon in dem dahinterliegenden Büro telefonierte. Ohne es zu wollen, schnappte er einige Wortfetzen auf.

„Nein, ich weiß nicht genau, wann Jury losfährt. Ob früh oder erst am Mittag ... sag ihm, er soll sich nicht so anstellen ... falls er sich nur sicher fühlt, wenn er das Zeug unterm Kopfkissen hat, soll er sich das mit dem Schließfach überlegen ... ich kann es übermorgen Abend in Empfang nehmen ... Jury holt es dann hier ab ... wenn er das nicht will, kann ich den Russen auch seine Adresse geben ... nein, das war nur ein Scherz. Gut. Und fünf Prozent der Summe separat im Umschlag! Die Kuriere wollen ihren Anteil gleich ... meinetwegen kann er meinen Anteil einbehalten, bis er den Anruf aus Zürich bekommt ... doch, natürlich bin ich wegen der Kuriere sicher. Ich mache keine Geschäfte mit Leuten, die ich nicht in der

Hand habe ... jetzt komm mal zum Ende, wir haben das alles schon besprochen! Wenn er Angst hat, soll er das Zeug eben beim Finanzamt anmelden ... Arschloch!"

Karel hörte, dass der Telefonhörer auf die Gabel geknallt wurde. Er wartete eine Weile, aber Hartmann schien sich weiter im Büro zu beschäftigen.

„Hallo", rief er zaghaft in Richtung der offenen Türe des Büros. Kurz darauf tauchte dort Hartmanns bulliger Schädel auf.

„Was ist?", fragte der Diakon unfreundlich.

„Kann ich noch etwas zum Trinken bei Ihnen bekommen? Zwei Flaschen Bier."

„Das fällt dir früh ein", knurrte Hartmann. Er holte zwei Flaschen und stellte sie laut auf dem Tresen ab. „Das macht vier Mark. Und am besten zahlst du mir auch gleich fürs Zimmer. Obwohl, warte mal!"

Hartmann schaute Karel scharf ins Gesicht. Dann sagte er: „Du hast doch vorhin gesagt, dass du fast blank bist?"

Karel nickte.

„Aber deine Sinne scheinst du doch einigermaßen beisammen zu haben, oder?"

Karel schwieg verwundert und schaute Hartmann fragend an.

„Ich hätte einen leichten Job zu vergeben. Mir ist nämlich der Nachtportier ausgefallen. Du scheinst mir doch keiner dieser typischen Säufer zu sein, oder?"

„Nein, ich trinke kaum."

„Schreiben und Rechnen kannst du auch, oder?"

Karel nickte.

„Es geht um die Zeit von zehn Uhr abends bis kurz nach Mitternacht. Die Bar hat da eigentlich schon geschlossen. Allerdings gibt's ein paar Zeitgenossen, denen du ihr Bier nicht verwehren solltest, wenn sie drauf bestehen. Und dann musst du gelegentlich noch ein paar Spätheimkehrer in Empfang nehmen und zur Not noch eine Einquartierung vornehmen. Alles nix Aufregendes! Mein Mitarbeiter kann es dir morgen alles erklären. Unsere Aushilfe hat sich erst einmal für drei Tage krank gemeldet. Heut schiebe ich hier Wache. Wenn du die nächsten beiden Tage zusagst, kannst du hier umsonst pennen und darfst dir am Abend zwei Flaschen Bier nehmen! Und den Werner quartiere ich morgen um, dies nennt man einen geldwerten Vorteil."

Hartmann lächelte Karel mit gefletschtem Gebiss verbindlich an, sodass dieser nach kurzem Zögern einwilligte. Karel hatte den Eindruck, dass ihm gar keine andere Wahl blieb, wollte er seinen weiteren Aufenthalt hier in Frieden verbringen. Der Diakon war ihm nicht geheuer, und was Karel vorhin zufällig vom Telefonat aufgeschnappt hatte, war nicht gerade dazu geeignet, sein Vertrauen zu fördern.

Nach der Begegnung mit Hartmann suchte Karel zunächst den Waschraum auf, wo er sich zwischen zwei anderen, etwas stumpf dreinblickenden Hausgästen wusch und die Zähne putzte. Dann ging er zurück in sein Zimmer. Er seufzte, denn nun waren es zwei Männer, die um die Wette schnarchten.

„Bei der Ausübung von Nachtruhestörung sind wiedergeborene Christen also keinen Deut besser als ihre verlorenen Brüder", dachte Karel bei sich. Er hoffte, dass es ihm trotzdem gelänge, eine Mütze voll Schlaf zu bekommen. In nächster Zeit musste er auf Draht sein, denn es war möglich, dass sie ihren Plan zu Lisas Befreiung schon am übernächsten Tag durchführten, wenn Kreuzmann und Joschkas Freund zur Mitwirkung bereit waren. In diesem Fall würde er morgen versuchen müssen, mit dem Mädchen in Kontakt zu treten. Mit Bedauern stellte Karel fest, dass es an seinem Bett weder eine Nachtlampe gab, noch einen Lichtschalter, um die Deckenleuchte auszuknipsen. Gerne hätte er im Bett noch gelesen, aber dann hätte er vor dem Einschlafen herabsteigen und das Zimmer durchqueren müssen, um das Licht auszuschalten. Deshalb packte er seine Bibel aus und setzte sich für einige Minuten an den kleinen Tisch. Es war ein ereignisreicher Tag gewesen, aber die nächsten Tage konnten vielleicht noch aufregender werden. Die bekannten Psalmverse, die er zufällig aufgeschlagen hatte, gaben ihm ein Gefühl der Entspannung und Geborgenheit. Zum ersten Mal seit einigen Stunden dachte er wieder an Nadja und widmete ihr sogleich ein stilles Gebet. Wenn sie ihn hier unter den Obdachlosen sähe, wäre sie wahrscheinlich hell entsetzt! Wie ihr Treffen mit Georg Kreuzmann wohl verliefe? Ob die beiden auch über ihn sprächen? Karel wusste nicht warum, aber der Gedanke daran bereitete ihm Unbehagen.

Nachtgespräch

Ein starker Ruck an seinem Bett weckte Karel aus seinem leichten Schlaf, in den er wegen der beiden lautstarken Schnarcher nur schwer hineingefunden hatte. Er hörte ein Geräusch, das er im Moment des Aufwachens nicht gleich identifizieren konnte. Es kam, wie er kurz darauf feststellte, von einer umgestoßenen Flasche, die zunächst an eine metallene Leiste des Stockbettes geknallt war und dann quer durch das Zimmer rollte. Karel nahm den keuchenden Atem eines Menschen und schwerfällige Schritte wahr. Dann hörte er tastende Hände an der Wand. Schließlich ging das Licht an. Für einen Moment blendete es Karel, sodass er nichts sehen konnte. Er richtete sich halb auf und bemerkte, dass der Mann unter ihm aufgestanden war. Das Geräusch war durch die Wodkaflasche verursacht worden, die vor dem Bett gestanden hatte. Werner hatte danach greifen wollen und sie dabei umgestoßen. Ihr Inhalt war zum Großteil verschüttet worden. Vor dem Bett hatte sich auf dem Linoleum eine kleine Lache gebildet. Karel sah, dass der Mann sich flach auf den Boden legte und so versuchte, etwas von dem vergossenen Wodka aufzuschlürfen. Dann fuhr er mit einer wischenden Bewegung über den Fußboden und leckte sich die Hand ab. Schließlich setzte er die Flasche an und sog gierig den letzten Rest Flüssigkeit heraus. Es war eine bizarre Szene, die sich vor Karels Augen abspielte, ohne dass ihn der Mann zunächst bemerkte.

Immer noch halb aufgerichtet im Bett, beobachtete Karel, dass der Mann nun nach den leeren Bierflaschen griff und sie nach und nach an den Mund führte.

„Wir haben noch etwas Bier besorgt", murmelte Karel schläfrig.

Werner drehte sich überrascht um. „Wo?", fragte er mit dumpfer, belegter Stimme.

„Dort auf dem Tisch", antwortete Karel.

Werner wankte zum Tisch, schnappte beide Flaschen und ließ sich schwer aufs Bett fallen. Dann bückte er sich, zog eine Sporttasche unter dem Bett hervor und wühlte mit fahrigen Bewegungen darin herum, bis er den gesuchten Gegenstand, ein Einwegfeuerzeug, entdeckt hatte. Nach einem kurzen verbissenen Kampf gelang es ihm, damit eine Flasche zu öffnen.

Werner hatte sich ins Bett zurück begeben, sodass Karel ihn nicht mehr sehen konnte, sondern nur die langen gurgelnde Züge hörte, mit der die erste Flasche geleert wurde. Tiefes schweres Atmen und mehrmaliges Rülpsen folgten. Karel hatte sich wieder hingelegt. Er hörte, wie abermals mit dem Feuerzeug an einer Flasche gestochert wurde, bis ein kurzes Zischen den Erfolg des Unterfangens signalisierte. Es schien, als wolle Werner sogleich die zweite Flasche leeren. Karel kam der Gedanke, dass er womöglich mehr Bier hätte besorgen sollen, aber dann hörte er, dass die Flasche auf den Boden gestellt wurde.

Werner schien sich wieder hingelegt zu haben. Karel hörte nichts mehr von ihm, außer den schweren Atemzügen. Ferner gab es die sägenden Schnarchgeräusche, mit denen Thomas die ganze Zeit über angezeigt hatte, dass er offensichtlich einen gerechten Schlaf genießen durfte.

„Darf ich das Licht wieder ausmachen?", fragte Karel leise. „Ich kann bei Licht nicht einschlafen."

Keine Antwort. Er beugte sich über die Bettkannte und sah hinunter zu Werner, der mit offenen Augen auf dem Rücken lag. Karel wiederholte seine Frage. Er erntete nur einen ausdruckslosen Blick.

„Ich mach dann mal das Licht wieder aus, ja", sagte Karel und kletterte die Leiter am Fußende seines Bettes hinunter. Er betätigte den Lichtschalter und tastete sich im Dunkeln zurück ins Bett. Dabei bemerkte er, dass er in etwas Feuchtes trat und erinnerte sich wieder an die Wodka-Lache.

„Licht anlassen", erklang es neben ihm dumpf, als er wieder die Leiter hochklettern wollte.

„Ich kann aber bei Licht nicht schlafen, und ich möchte es gerne", sagte Karel mit einem Ausdruck in der Stimme, als würde er mit einem Kind sprechen.

Die Antwort, die er bekam, zeigte, dass er anscheinend unwillkürlich den angemessenen Tonfall gewählt hatte. Werner maulte wie ein trotziges Kleinkind: „Ich kann auch nicht schlafen. Mach das Licht wieder an!"

Karel antwortete geduldig, aber bestimmt: „Es ist aber leichter, ohne Licht wach im Bett zu liegen als zu versuchen, bei grellem Licht einzuschlafen."

„Ich habe aber Angst im Dunkeln!"

Karel fragte sich, was er von dieser Antwort halten sollte. Nach kurzem Zögern, stieg er aber vollends in sein Bett und deckte sich zu.

„Ich habe Angst im Dunkeln, verdammt noch mal", ertönte es unter ihm nun in einem aggressiver werdenden Tonfall.

Das Schnarchen von Thomas hörte auf. Dieser warf sich in seinem Bett herum. Karel hoffte, dass es nun eine Weile still blieb. Er zog sich seine Decke fast vollständig über den Kopf und nestete sich tief in sein Kopfkissen. Da nahm er wahr, dass Werner sich schwerfällig erhob. Kurz darauf brannte im Zimmer wieder Licht.

„He", meldete sich die müde Stimme von Thomas, „was 'n los hier?"

„Das Arschloch dort hat das Licht ausgemacht", antwortete Werner dumpf und versoffen.

„Das ist kein Arschloch, sondern ein Freund, ein guter Kumpel", erwiderte Thomas fast im gleichen Tonfall, wie es vorher Karel versucht hatte. „Er hat dir sogar das Bier besorgt."

Werner grunzte. Man hörte nicht, ob dies Unmut oder ein versöhntes Einlenken signalisieren sollte.

„Ihm macht es aber nix aus, dass ich im Dunkel Angst habe", maulte es nach einer Weile zurück.

„Das wusste er halt noch nicht."

„Dann sag es ihm!"

„Werner hat im Dunkeln Angst, wenn er wach ist", sagte Thomas betont und geduldig.

„Und wie lange bleibt Werner jetzt wach?", seufzte Karel unter seiner Decke hervor.

„Oh, nur ein paar Stunden." Die Situation schien Thomas trotz des gestörten Schlafes etwas zu amüsieren. Werner nahm einen weiteren großen Schluck aus der Bierflasche.

„Sehe im Dunkeln immer Geister", murmelte er. Das Aggressive aus seiner Stimme war verschwunden.

Karel richtete sich auf. „Dann sind wir jetzt also alle wach." Er schaute auf seine Armbanduhr. „Und es ist zwei Uhr nachts."

„Wir können uns ja ein bisschen unterhalten", schlug Thomas freundlich vor. Ihm schien es nichts auszumachen, mitten in der Nacht aus dem Schlaf gerissen zu werden. Jedenfalls ließ er sich keine Spur von Unmut anmerken. Dies beeindruckte Karel. Er nahm sich vor, sich ebenfalls nicht aufzuregen. „I'll sleep when I'm dead" hatte ein Amerikaner vor ein paar Jahren einmal gesungen. Karel stellte fest, dass man dies auch als Trostformel verstehen konnte. Er richtete sich auf und setzte sich, den Rücken gegen die Wand gelehnt, auf sein Bett. Thomas lächelte zu ihm herüber.

„Werner tut sich wirklich schwer mit der Dunkelheit", sagte er. „Wenn wir etwas quatschen, wird er aber vielleicht müde und schläft wieder ein, nicht wahr Werner?"

Es grunzte zurück.

„Also, über was wollen wir reden?" Thomas hörte sich jetzt so munter an wie der Animateur eines Ferienclubs. Er musste wirklich ein sonniges Gemüt besitzen. Karel drängte es plötzlich danach, mehr Persönliches über diesen jungen Mann zu erfahren.

„Erzähl doch mal, woher du kommst und wieso du eigentlich hier bist", schlug er vor.

Thomas nickte. „Nun denn. Interessiert dich das auch, Werner?"

„Solange du nicht wieder mit deinem komischen Glaubenszeug anfängst", knurrte es zurück.

„Oh, keine Angst", entgegnete Thomas fröhlich, „in meinem alten Leben hatte ich ja noch gar nichts mit Jesus am Hut. Erst seit ein paar Tagen weiß ich, dass dies wohl der Kern aller meiner Probleme war."

„Was für eine vorbildliche Einstellung", dachte Karel, verkniff sich aber einen lauten Kommentar. Thomas fing an, zu erzählen. Geboren und aufgewachsen war er in Emden. Sein Vater war Filialleiter einer Bank, die Mutter Lehrerin. Außerdem hatte er zwei jüngere Geschwister. Seine Jugend war bis zum 14. Lebensjahr in geordneten Bahnen verlaufen. Dann hatte sein Vater die Familie Hals über Kopf verlassen, weil er eine Affäre mit einer seiner Schalterangestellten begonnen hatte. „Eine ganze Zeit lang habe ich ihn danach gar nicht mehr gesehen. Als er dann wieder versuchte, mit uns Kindern Kontakt aufzunehmen, wollten wir nichts mehr von ihm wissen. Die Weihnachtsgeschenke, die er mir schickte, habe ich ihm unausgepackt vor die Tür seiner neuen Wohnung geschmissen. Meine Geschwister haben später gekniffen und ihn wieder besucht, aber für mich war er gestorben. Nach der Scheidung hat meine Mutter heftige Probleme bekommen: Depressionen, Tabletten, Alkohol. Das hat sogar dazu geführt, dass wir Kinder ganz zu unserem Vater sollten. Da habe ich mich geweigert. Als meine Mutter zu einem längeren Klinikaufenthalt musste, bin ich weggelaufen und habe das erste Mal auf der Straße gelebt. Später war ich dann wieder bei ihr, aber unser Zusammenleben war nicht ganz einfach."

Thomas schilderte einige der Probleme, die das Leben mit seiner labilen und oft tagelang im Bett liegenden Mutter mit sich gebracht hatte. Er hatte sich zeitweise um alles kümmern müssen: Die Mutter und sich versorgen, schauen, dass Einkäufe gemacht und Rechnungen bezahlt wurden und dass die Wohnung nicht verwahrloste. Einen vergeblichen Kampf hatte er dagegen geführt, dass seine Mutter wieder zur Flasche griff. Nebenher hatte er versucht, sich im Gymnasium über Wasser zu halten, aber als er die Mittlere Reife in der Tasche hatte, war ihm die Energie zum Weitermachen ausgegangen. Nachdem er die Schule verlassen hatte, hing er die meiste Zeit herum und begann ebenfalls, sich gehen zu lassen. Er fand Anschluss an eine Clique, in der Alkohol und leichte Drogen für die meisten Mitglieder der wesentliche Lebensinhalt waren. Für kurze Zeit jobbte er, um seine Finanzen aufzubessern. Als er ein einziges Mal nicht schwarzgearbeitet hatte und danach mitbekam, dass seiner Mutter und ihm dafür, dass er ein paar Mark verdient hatte, die Sozialhilfe gekürzt wurde, war ihm die Lust an jeder seriösen Beschäftigung vergangen. Er war noch 17, als seine Mutter nach einem missglückten Selbstmordversuch in eine psychiatrische Klinik eingewiesen wurde. Ihm legte man nahe, zu seinem Vater zu ziehen, was er diesmal auch tat. Mit dem Vater lag er jedoch in einem ständigen Konflikt, weil er dessen Vorschläge, eine Ausbildung anzufangen oder weiter auf die Schule zu gehen, allesamt ablehnte. Kurz nachdem Thomas volljährig geworden war, hatte sein Vater ihn nach einem handgreiflichen Streit aus dem Haus geworfen. Eine Zeit lang hatte Thomas danach bei einer Freundin gelebt, aber die Beziehung war nach einigen Monaten zu Ende gegangen, weil das Mädchen sich in einen anderen Typen verliebt hatte.

„Ja. Damit sind wir auch schon in der Gegenwart. Ich habe danach Emden den Rücken gekehrt, war einige Zeit in Hamburg und bin seit ein paar Wochen hier in der Stadt. Was ich hier erlebt habe, habe ich euch schon erzählt. Werner will leider nichts davon wissen. Für mich ist es aber wichtig, denn vielleicht wird das ja ein richtiger Neuanfang in meinem Leben. Ich will ja weg von der Straße und Obdachlosenheimen. In der christlichen

Gemeinde wollen sie mir helfen, eine Lehrstelle zu finden. Ich könnte mir aber auch vorstellen, eine Bibelschule zu besuchen und Missionar zu werden. Das wollte Jesus doch eigentlich von seinen Leuten, oder?"

Karel war sich nicht sicher, ob dies nur eine rhetorische Frage war oder ob Thomas eine Antwort von ihm erwartete. Deshalb antwortete er nicht gleich. Als der junge Mann seine Rede nicht fortsetzte, räusperte sich Karel und sagte:

„Ich denke, du meinst da vor allem die Worte, die Jesus seinen Aposteln sagte: ‚Geht hin in alle Welt, macht die Menschen zu Jüngern, lehrt sie das zu halten, was ich euch gesagt habe.‘"

„Genau", bestätigte Thomas eifrig, „eigentlich müssten deshalb doch alle Christen damit beschäftigt sein, über Jesus zu reden!"

„In einem gewissen Sinn stimmt das sicher. Aber die Art und Weise, wie wir das tun, kann durchaus unterschiedlich sein. Es gehören ja nicht nur die frommen Worte, sondern auch die guten Taten dazu."

„He", maulte Werner dazwischen, „ihr solltet doch das mit dem Jesus-Quatsch lassen!"

„Was stört es dich denn, Werner?", gab Thomas freundlich zurück. „Du musst es ja nicht glauben! Aber Karel und ich tun es, und für Christen gibt es kein wichtigeres Gesprächsthema, nicht wahr?"

Karel sagte nichts, und Thomas fuhr fort: „Du müsstest miterleben, wie das ist, wenn du in einer völlig verpfuschten Lebenssituation plötzlich gesagt kriegst: ‚Deine alten Fehler zählen nicht mehr. Der Einzige, der dich dafür verurteilen kann ist Gott, und der ist dir gnädig.‘"

„Gelaber", brummte Werner, „steck mal in meiner Scheiße, dann vergehn dir diese Sprüche!"

„Auch du könntest frei werden! Selbst vom Alkohol", wandte sich Thomas nun direkt an Werner. „In dieser Gemeinde, in die ich eingeladen bin, gibt es Leute, die aus schlimmen Abhängigkeiten freigekommen sind, manche über Nacht!"

„Gelaber", wiederholte Werner, „von denen hat keiner in meiner Scheiße gesteckt."

„Woher willst du das wissen? Einige haben ihre Geschichte erzählt. Die waren …"

„Blödes Gelaber, das alles! Ich will dir mal was sagen. Bei mir hätte dein Superheld Jesus gar nichts in Ordnung bringen müssen, da war nämlich alles gut, alles sogar sehr gut! Dein Gott Jesus hätte bloß drauf achtgeben müssen, dass es so bleibt. Aber ich sag dir mal was. Der kann nicht mal auf ein kleines Kind aufpassen. Der lässt es zu, dass bei heiterem Sonnenschein ein Kind einfach überfahren wird. Das Kind lacht fröhlich, hüpft, freut sich an einer Kastanie, die es findet, erzählt seiner Mutter vom Geburtstag und von Weihnachten. Plötzlich kullert die Kastanie weg. Das Kind bückt sich danach. Es stolpert über die Gehwegkante. Die Mutter steht dabei, hört das Auto. Hört Bremsen ... das Kind liegt da im Blut ... das Gesichtchen bloß noch eine blutige Masse. Die Frau stirbt im gleichen Moment, aber so, dass sie noch da ist, versteht ihr?"

Werner heulte laut und hemmungslos. Es war für Karel seltsam, diesen Menschen, dessen einzige Sorge vorhin noch der Griff nach der Flasche und der nächste Schluck Alkohol gewesen war, plötzlich erzählen zu hören. Zu hören, dass einmal etwas anderes sein Leben geprägt hatte! Etwas, das er offensichtlich nicht weggeworfen oder verspielt hatte, sondern das ihm in einem einzigen unglücklichen Augenblick jäh entrissen worden war. Die Medien waren voll von solchen Schicksalen, aber so hautnah hatte Karel es noch nie miterlebt. Oder vielleicht doch? Er dachte für einen Moment an Achim Leverus, den er an jenem Abend ebenso mit Gott hadern gehört hatte. Leverus hatte freilich ein anderes Ventil gefunden, um mit seinem Verlust fertig zu werden. Er hatte sich nicht selbst zu Grunde gerichtet wie Werner.

Karel hoffte, dass Thomas jetzt nicht Falsches sagen würde. Nichts ‚Falsches'? War es denn ‚falsch' zu sagen, dass Gott hoffnungslose Fälle noch retten konnte? Doch wenn Karel den heruntergekommenen Werner vor sich sah, fiel es ihm schwer, zu glauben, dass dessen Leben nochmals eine Wende zum Besseren nehmen konnte. War er nicht körperlich bereits ein totales Wrack? Es passte eigentlich nicht in Karels Weltbild, einen Menschen vollkommen abzuschreiben. Aber was konnte das Leben für einen wie Werner noch Gutes bringen, außer vielleicht ein bisschen Mitleid, ein kleines Zeichen menschlicher Achtung oder zumindest Duldung und die notwendigsten Dinge, um nicht zu verhungern und nicht zu erfrieren? Thomas würde bald selbst erkennen müssen, dass die Wundergeschichten, mit denen man sich in manchen christlichen Kreisen gerne Hoffnung machte, die großen Ausnahmen waren gegenüber dem alltäglichen Leid, mit dem viele Menschen zu kämpfen hatten. Es war nur zu hoffen, dass Thomas über diese Erkenntnis den frischen Glauben nicht sogleich wieder verlieren würde.

„Vielleicht ist deine kleine Tochter jetzt ja in einer besseren Welt", versuchte Thomas den Heulenden zu trösten.

„Und sitzt jetzt auf einer Wolke und grämt sich darüber, dass die Mutter verrückt wurde und der Vater sich zu Tode säuft", dachte Karel bei sich. War es Bitterkeit, die in ihm aufstieg? Er rief sich innerlich zur Ordnung und sagte sich, dass es Thomas schließlich gut meinte und durch seine jüngsten Erfahrungen vielleicht wirklich das Bild eines Gottes im Herzen trug, der Schicksale allein dadurch wendete, dass Menschen plötzlich gläubig wurden und ihr Vertrauen auf Gott warfen. Für Karel dagegen war Gott öfter wie ein rätselhaftes Wesen. Gott war keineswegs verborgen. Karel spürte ihn auch dann neben sich, wenn er mitbekam, dass sich andere Menschen plagten und Ungerechtigkeit erlitten. Wenn er zu Gott mit fragendem Blick aufsah und von ihm wissen wollte, warum er all das Leid zuließ, dann war es ihm, als würde Gott selbst weinen. Es war ihm, als versuche Gott, sich ihm mitzuteilen und müsse dann traurig feststellen, dass es nicht zu erklären war. Gott sagte ihm, dass der Tag käme, an dem alle Tränen einmal abgewischt würden, aber er konnte ihm nicht erklären, warum bis zu jenem Tag so viel Leid geschah, das keinerlei Sinn ergab. Gott trauerte darüber, dass er das Vertrauen von vielen Menschen verloren hatte, die sein Handeln nicht verstanden. Iwan Karamasow, der älteste Bruder von Karels Liebling Aljoscha, hatte sich gegen Gott so weit empört, dass er ihn aus seinem Weltbild gänzlich tilgen wollte. Für Iwan war ein Gott, der es zuließ, dass in seiner Welt unschuldige Kinder gequält wurden, nicht akzeptabel. Und Aljoscha wusste nur, dass sein Bruder nicht im Recht sein konnte. Aber auch Aljoscha hatte keine Idee, wie er Gottes Handeln verteidigen konnte. Karel erging es in diesem Moment wie Aljoscha. Für das, was manchen Menschen im Leben an Leid zugefügt wurde, gab es keine Erklärung. Was man für diese Menschen tun konnte, war, sie nicht zu verurteilen, sondern sie zu entschuldigen, um ihnen in Liebe begegnen zu können. Wenn man bedachte, welche Umstände sie zu dem gemacht hatten, was sie waren, konnte man selbst Zyniker wie Achim Leverus lieben. Und erst recht gestrandete Menschen wie Werner!

Thomas riss Karel aus diesen Gedanken: „Meinst du nicht, Karel, dass Gott manches Leid zulassen muss, um die Menschen zum Nachdenken zu bringen? Vielleicht hat Werner, als er seine Familie noch hatte, gar nicht groß nach Gott gefragt?"

Karel spürte, wie abermals Unwillen in im aufkam, doch er zwang sich, ruhig auf die Frage von Thomas einzugehen. „Aber was hat Gott dann dadurch erreicht, dass er Werner alles nahm? Ich will dir mal was sagen, Thomas: Versuche nie, das Leid zu deuten und zu erklären, vor allem nicht das Leid anderer Leute!"

„Aber glaubst du denn nicht, dass alles Leid irgendeinen verborgenen Sinn hat? Jesus selbst hat doch am Kreuz unendliches Leid auf sich genommen?"

„Auch diese Vorstellung hat vielen Leuten schon Schwierigkeiten bereitet. Warum wird ein unschuldiger Mensch wie Jesus geopfert?"

„Aber man hat mir gesagt, Jesus sei ein Teil von Gott selbst."

„Ich könnte trotzdem fragen, ob es nötig war, Jesu Blut zu vergießen."

„Aber das geschah ja zur Versöhnung für die Schuld der Menschen…"

„Hört jetzt endlich auf!", schrie Werner laut dazwischen, „hört … bitte … auf!"

Karel und Thomas erschraken über den Zwischenruf. Thomas wollte etwas dazu bemerken, aber Karel sagte schnell: „Er hat recht. Verzeih uns, Werner. Du hast schon vorher gesagt, dass wir von diesen Sachen jetzt nicht reden sollen."

Auch Thomas lenkte ein. „Ist schon gut, Werner. Wir hören auf damit."

Damit war ihr Gespräch zu Ende. Obwohl er wusste, dass er das bei Licht nicht konnte, sagte Karel, dass er nun doch versuchen wolle, ein wenig zu schlafen. Er murmelte ein „Gute Nacht", legte sich hin und zog sich die Decke wieder halb über den Kopf.

Lisa

Als Karel aufwachte und auf seine Armbanduhr sah, war es sieben Uhr. Also hatte er doch noch ein Quantum Schlaf abbekommen. Er schaute zu Thomas hinüber. Der schien schon in seiner Bibel zu lesen. Unter sich hörte er Werner schnarchen. Trotz des offenen Fensters roch es im Zimmer stark nach Schweiß und Urin. Vermutlich war eingetreten, was Thomas vorausgesagt hatte, und Werner hatte sich in den Morgenstunden eingenässt. Karel überkam ein Ekelgefühl, obwohl er gleichzeitig feststellte, dass der unter ihm schnarchende Mensch für ihn jetzt nicht mehr bloß ein übel riechender, verwahrloster Obdachloser war, sondern jemand mit Namen und Schicksal, für den er Mitleid empfand.

Karel stand auf. Heute gab es einiges für ihn zu tun. Am Vormittag wollte er mit Kreuzmann klären, ob dieser bereit war, möglichst schon morgen an der Befreiungsaktion mitzuwirken. Zur Mittagsstunde hatte er sich mit Joschka in der Nähe der Goethe-Passage verabredet, um zu erfahren, ob auch dessen Freund mit von der Partie war. Wenn dies der Fall war, träfe er sich mit Roland Hiller, um nach einem Autovermieter Ausschau zu halten und für morgen einen Wagen zu bestellen. Danach wartete der schwierigste Gang auf ihn. Er würde dann mit Lisa Kontakt aufnehmen und sie darüber informieren, was schon alles zu ihrer Befreiung in die Wege geleitet worden war.

„Bekommen wir hier im Haus ein Frühstück?", fragte er Thomas.

Dieser sah von seiner Bibel auf und antworte: „Ja, ab halb acht gibt es unten etwas zu essen."

Karel deutete auf den schnarchenden Werner. „Was machen wir mit ihm?"

„Schau mal, ob er noch saubere Wäsche in seiner Tasche hat", erwiderte Thomas gleichmütig, „dann zerren wir ihn nachher unter die Dusche. Die nassen Kleidungsstücke kann man hier zum Waschen geben. Falls du nichts Brauchbares in seiner Tasche findest, müssten wir an der Pforte Bescheid sagen. Dann können wir uns aus der Kleiderkammer was für ihn geben lassen."

Karel zog die Tasche unter dem Bett hervor und schaute, ob sie frische Wäschestücke enthielt. Er fand Unterhose und Unterhemd und auch ein

Paar Socken. Als er noch einen Pullover herausnahm, fiel eine kleine Kunstlederhülle heraus, in der einige Papiere steckten. Darunter war ein kleines Bild, das ein fröhliches Kindergesicht zeigte. Karel musste das kleine Blondlöckchen eine Weile betrachten. Er merkte, dass ihm Tränen in die Augen stiegen. Schnell steckte er das Bild wieder zurück in die Hülle.

„Was ist?", fragte Thomas, der Karels feuchte Augen bemerkte.

„Ich habe ein Bild von Werners Kind entdeckt!"

„Das ist schon eine furchtbare Geschichte! Ein Stück weit kann ich verstehen, dass man da den Halt verliert. Andererseits hab ich aber gelesen: ‚Wem Gott eine Last auferlegt, dem hilft er, sie zu tragen'. Es gibt Menschen, die deshalb selbst unter solchen Umständen nicht zerbrechen!"

„Thomas, bitte! Das hilft Werner nicht weiter."

„Du hast ja Recht. Aber ich denke, die Menschen müssten ein bisschen mehr mit der Realität Gottes rechnen. Wir müssen Menschen wie Werner doch konkreter helfen als nur mit unserem Mitleid!"

Kurze Zeit später wurde Werner wach. Thomas befreite ihn mit geübten Griffen aus den feuchten Kleidern. Karel musste seinen Ekel überwinden, um dem jungen Mann dabei etwas zur Hand gehen zu können. Sie steckten die stinkenden Kleider in eine Plastiktüte. Aus der Unterhose befreiten sie Werner erst, nachdem sie ihn unter der Dusche gestellt hatten. Werner wirkte apathisch und ließ alles mit sich geschehen.

Es war fast acht Uhr, als sie zu dritt in den Speisesaal kamen, wo das Frühstück gereicht wurde. Sie ließen sich Kaffee geben. Als Werner die Tasse nehmen wollte, bemerkte Karel sein starkes Zittern.

„Eigentlich benötigt er jetzt schon wieder sein Quantum Alkohol. Es ist einfach schrecklich", flüsterte Thomas. Vom Nachbartisch wankte ein Mann mit stark verquollenem Gesicht herüber. Er langte in die Jackentasche und zog daraus ein kleines Spirituosenfläschchen hervor, das er Werner reichte. Der schraubte es mit seinen zitternden Händen auf und leerte es auf einen Zug.

Der andere grinste ihn an und brummte: „Schnaps am Morgen vertreibt Kummer und Sorgen!" Der Mann schaute Karel und Thomas an. „Für euch hab ich nichts, muss nachher erst wieder einkaufen." Mit diesen Worten schlich er sich zurück an seinen Platz.

Als Karel eine Stunde später das Haus verlassen wollte, wurde er an der Pforte aufgehalten. Dort stand jetzt wieder der ältere Mann, der ihm gestern das Zimmer zugewiesen hatte. Er sagte, dass er ihm im Auftrag von Herrn Hartmann ein paar Sachen erklären wolle, damit er am Abend erstmals den Spätdienst verrichten könne. Karel versuchte, sich auf die etwas umständlichen Ausführungen des Alten zu konzentrieren. Als der ihn endlich entlassen hatte, eilte er so schnell wie möglich zu einer Telefonzelle, um Georg Kreuzmann anzurufen.

Zur Mittagszeit konnten Karel und Joschka einander mitteilen, dass bis jetzt nichts dagegen spräche, den Plan anderntags durchzuführen. Auch die Buchung des Wagens funktionierte reibungslos. Kreuzmann hatte Karel vorsorglich seinen Führerschein mitgegeben, den Roland und Karel im Büro des Autovermieters vorlegten. Sie entschieden sich für ein mittelgroßes, spritziges Modell. Roland hatte die gute Idee, eine viertürige Limousine zu buchen, damit sie beim Einsteigen keine unnötigen Sekunden verlören.

Gegen 18 Uhr trafen sie wieder mit Joschka zusammen. Karel erhielt noch einige Instruktionen für das Gespräch mit Lisa. Joschka wollte Karel einen Brief für das Mädchen mitgeben, aber Roland riet davon ab. Lisa hätte den Brief verlieren können. Dies wäre ein Hinweis auf die Aktion und den Drahtzieher gewesen. Deshalb steckte Karel nur ein Foto von Joschka ein, um es Lisa zeigen und sich als Freund beglaubigen zu können. Außerdem gab ihm Roland noch Geld mit.

Es widerstrebte Karel, wie ein Freier suchend durch die Straße zu schlendern, wo die jungen Frauen ihre Dienste feilboten. Zunächst sah er Lisa nicht. Dafür wurde er von einigen anderen Mädchen angesprochen. Da er nicht lange auf und ab gehen wollte, drehte er eine Runde um den Block. Als er zurückkam, war immer noch nichts von Lisa zu sehen. Er marschierte nochmals eine größere Runde. Gerade als er diese beendet hatte, kam Lisa aus dem schon bekannten Hauseingang. Ein kugelbäuchiger Mann verabschiedete sich von ihr mit einem Klaps auf den Hintern. Langsam ging Karel in Lisas Richtung. Der Dicke kam ihm entgegen. Als Karel dessen selbstzufriedenes Gesicht und die geröteten Wangen bemerkte, fühlte er einen unangenehmen Druck im Magen.

Der Mann zwinkerte ihm zu. „Die Kleine ist nicht schlecht, bloß am Anfang etwas zurückhaltend."

Karel errötete und wandte seinen Blick zur Seite. Lisa schien zu bemerken, dass Karel zielstrebig auf sie zukam. Sie drehte sich etwas von ihm ab, als wittere sie eine Chance, dadurch übersehen zu werden. Als Karel neben ihr stehenblieb, schaute sie ihn an und wirkte dabei ein wenig wie ein in die Enge getriebenes Reh.

„Kann ich Sie …?"

Karel hatte vergessen, was er sagen wollte.

„Fünfzig – ohne besondere Wünsche. Nur mit Kondom", sagte das Mädchen mit farbloser Stimme.

„Ich komme mit", sagte er hastig. Lisa ging voran, und Karel folgte ihr ins Haus. Er war froh, zunächst einmal von der Straße wegzukommen. Lisa stieg vor ihm eine Treppe hoch. Das Mädchen war dunkelhaarig und zierlich. Über einer transparenten Strumpfhose trug sie einen extrem kurzen Lederrock. Karel durchquerte mit ihr einen dunklen Korridor und betrat ein kleines, einfach eingerichtetes Zimmer, in dem ein überbreites Einzelbett stand. Auf einem kleinen Tischchen lagen mehrere zusammengelegte Bettlaken. Lisa nahm das oberste und breitete es über dem Bett aus.

„Nebenan ist ein kleines Badezimmer", sagte sie und klang jetzt piepsig wie ein Schulkind.

Karel zog sich einen Stuhl her, setzte sich und sagte: „Lisa, ich bin gekommen, um Ihnen Grüße von Joschka zu bringen."

Er reichte ihr das Foto von Joschka. Lisa warf einen überraschten Blick darauf und setzte sich dann Karel gegenüber auf das Bett.

„Was ist mit Joschka?", fragte sie aufgeregt. „Er war hier. Er ist ein guter Mensch."

Die junge Frau sprach offensichtlich fließend Deutsch, wenn auch mit einem deutlichen Akzent.

„Lisa, ich bin gekommen, weil ich Ihnen mit Joschka zusammen helfen möchte, hier wegzukommen."

Lisa schaute ihn überrascht an. „Dann ist es wahr? Joschka sprach davon, aber er ist noch so jung! Ich hab ihm gesagt, dass es gefährlich sein kann."

Karel versuchte, Ruhe und Besonnenheit auszustrahlen, obwohl er sich immer noch etwas unbehaglich fühlte.

„Wir wissen über die Umstände Bescheid", sagte er.

„Umstände?"

„Ich meine, ich weiß, dass Sie bedroht und bewacht werden, aber wir haben einen Plan, wie es funktionieren kann. Es werden noch andere mithelfen. Es wird niemand bemerken, dass Joschka es ist, der Ihnen zur Flucht verhilft."

Karel erklärte dem Mädchen ihren Plan. Er zeigte ihr ein Foto von Roland Hiller und sagte, dass dieser morgen zu ihr käme und sich als Freier ausgäbe. Zu einer bestimmten Zeit werde ein Auto direkt vor dem Haus vorfahren. Lisa und Roland müssten das Haus genau in diesem Moment verlassen und unverzüglich einsteigen.

„Aber was ist, wenn ich zu dieser Zeit einen anderen Mann hier habe?", fragte Lisa.

„Wir werden flexibel sein. Sobald Roland mit Ihnen das Haus betritt, werden wir genau zwanzig Minuten warten, bis das Auto vorfährt. Ich werde irgendwo stehen und Sie und Roland beobachten. Dann teile ich die genaue Zeit unserem Fahrer mit, der in einer Seitenstraße wartet."

„Das ist ja eine richtige Verschwörung!" Lisa schüttelte ungläubig ihren Kopf.

Karel lächelte. „Ja, das geschieht alles, um Ihnen zu helfen. Es wird bestimmt gutgehen!"

Dann erkundigte sich Karel bei dem Mädchen nach den Aufpassern. Lisas Miene verfinsterte sich.

„Es ist manchmal einer hier im Haus, der die Straße beobachtet, und manchmal sitzt auch ein Aufpasser draußen in einem Auto."

„Dann müssen wir sehen, dass wir den Zeitplan genau einhalten", erwiderte Karel entschlossen. „Sie werden mit Roland zusammen im Flur nur kurze Zeit warten, bis der andere Freund mit dem Auto kommt. Wenn er hier anhält, werden Sie mit Roland schnell einsteigen und davonfahren. Falls Ihr Aufpasser im Wagen sitzt, wird er zumindest eine kurze Zeit benötigen, bis er starten kann."

Für den Fall, dass sie den Verfolger nicht abschütteln konnten, hatten sie vereinbart, direkt eine Polizeidienststelle anzusteuern und die dortigen Beamten um Schutz zu ersuchen. Dies hatte Georg Kreuzmann zur Bedingung gemacht, da er keine gefährliche Verfolgungsjagd riskieren wollte.

Von diesem Plan B erzählte Karel der jungen Frau aber nichts, da er nicht wusste, wie groß ihre Scheu vor der Polizei war. Stattdessen fragte er:

„Kennen Sie das Auto, in dem für gewöhnlich Ihr Bewacher sitzt? Vielleicht können wir ihn im entscheidenden Moment ein wenig ablenken."

„Es ist ein weißer Mercedes. Er parkt meist auf der anderen Seite der Straße."

Karel schaute auf die Uhr. „Ich werde mich jetzt auf den Weg machen. Haben Sie alles verstanden oder möchten Sie noch etwas fragen?"

Lisa schüttelte den Kopf. „Ich habe keine Fragen mehr. Nur …"

Sie reichte ihm die Hand und sagte leise: „Ich danke Ihnen, dass Sie dies alles für mich tun. Ich hätte nicht gedacht, hier in Deutschland noch so guten Menschen zu begegnen!"

Karel wurde verlegen. „Ich muss Ihnen Geld geben, damit Ihnen nichts fehlt, wenn Sie heute abrechnen müssen."

Lisa wehrte ab: „Nein, lassen Sie. Ich möchte nicht, dass diese Männer, die mich gefangen halten, noch mehr Geld von meinen Freunden bekommen."

„Aber sie merken vielleicht, wenn Sie nicht genug Einnahmen haben."

„Nein", sagte Lisa. „Der Mann vorhin hat mehr bezahlt. Er hatte … besondere Wünsche." Sie schlug die Augen nieder.

„Armes Mädchen", murmelte Karel. Lisa kramte in ihrer Handtasche und reichte ihm eine kleine Tüte. Er sah sie fragend an.

Sie sagte leise: „Das sind Schlaftabletten, die ich gesammelt habe. Wenn Joschka und Sie nicht gekommen wären, hätte ich sie alle irgendwann einmal geschluckt und gehofft, nie mehr aufzuwachen!"

Karel sah Lisas Augen feucht schimmern. Tröstend ergriff er ihren Arm. „Es ist bald überstanden", sagte er und versuchte dabei, überzeugend zu klingen.

Eine Befreiung

„Endlich kommst du. Ich habe schon gedacht, du verpasst deinen ersten Einsatz!"

Joe Hartmann empfing Karel kurz vor 22 Uhr an der Pforte. Karel kam gerade von der Lagebesprechung, die sie gemeinsam in Georg Kreuzmanns Amtszimmer abgehalten hatten. Roland, der Karel noch ins Wohnheim begleitet hatte, wunderte sich über den harschen Ton, den der bullige Mann anschlug.

„Otto hat dich heute Morgen ja in alles eingewiesen. Die zwei Stunden werden wohl rumgehen. Um Mitternacht kommt dann die Ablösung durch die Nachtwache. Dann wird hier die Pforte dichtgemacht. Wenn es eine Schlägerei gibt, ruf' sofort die Polizei und spiel' nicht den Helden! Alles klar? Ich mach' mich dann vom Acker. Hab' noch was anderes zu tun."

Mit diesen Worten verschwand Joe Hartmann.

„Ist der immer so freundlich?", wollte Roland wissen.

„Nur wenn er gut gelaunt ist", sagte Karel.

„Es ist ja erstaunlich", bemerkte Roland. „Kaum bist du von Muttern weg, hast du schon einen bezahlten Job!"

„Muttern?"

„Ich meine Nadja. Sie hat dich doch ganz schön bemuttert?"

„Ich weiß nicht, ob man das so sagen kann", meinte Karel verlegen, „sie ist ja schließlich nicht wirklich älter als ich!"

„Schon klar", entgegnete Roland lachend, „aber etwas Mütterliches hat sie dir gegenüber doch an den Tag gelegt."

„Ich sehe sie mehr als gute Freundin."

„Hast du dich eigentlich in den letzten Tagen nicht wieder bei ihr gemeldet?"

Karel rieb sich verlegen am Kinn. „Eigentlich wollte ich es, aber andererseits möchte ich ihr nicht gerade erzählen, dass ich hier im Obdachlosenheim wohne."

„Trotzdem. Ich denke, sie macht sich Sorgen, wenn sie gar nichts von dir hört."

„Kreuzmann sieht sie am Sonntag. Ich werde ihr Grüße bestellen und ihr sagen lassen, dass ich nächste Woche bei ihr anrufen werde."

„Kreuzmann? Nadja geht doch nicht etwa zu ihm in die Kirche?"

„Nein, er hat sie zum Abendessen eingeladen."

„Möchte er ihr den Hof machen?"

„Lass uns das Thema wechseln!", sagte Karel. Roland schaute ihn an und grinste. Er tat dem Freund aber sogleich den Gefallen und bemerkte:

„Nächste Woche ist wieder ein Treffen bei Leverus. Du wirst doch kommen?"

„Hm, vom Obdachlosenheim in den Salon – das nenne ich eine Wanderung zwischen den Welten!"

„Vielleicht hast du bis dahin ja schon eine neue Bleibe gefunden. Morgen müsste die Zeitung voll von Wohnungsangeboten sein!"

„Nur weiß ich nicht, ob ich die Nerven haben werde, mich darum zu kümmern."

„Wegen unserer kleinen Aktion? Dabei hast du doch gar nicht mehr so viel zu tun. Morgen werde ich meinen Auftritt haben! War es für dich eigentlich nicht seltsam, auf offener Straße eine Prostituierte anzusprechen?"

„Ich habe es mir schlimmer vorgestellt. Ich dachte, es müsste mich mit Scham erfüllen, für einen ... wie sagt man so schön ... Freier gehalten zu werden. Aber seltsamerweise hat mich das heute nicht mehr beschäftigt. Ich frage mich sonst ja auch nicht ständig, was die Leute von mir denken!" Karel lächelte schalkhaft. „Ich wohne gegenwärtig vielleicht unter einer der schlechtesten Adressen dieser Stadt und treibe mich abends im Rotlichtviertel herum. Doch zumindest bin ich der Sorge entledigt, nach außen besser zu erscheinen, als ich es in meinem Innern bin. Sonst verhält es sich im menschlichen Dasein doch eher umgekehrt. Vielleicht kennst du den Bibelvers: ‚Der Mensch sieht was vor Augen ist, Gott aber sieht das Herz an'. Heute kann ich an diese Worte so ziemlich ohne Unbehagen denken."

Nachdem sie noch eine Weile an der Pforte geplaudert hatten, verabschiedete sich Roland. Die Zeit bis zu seiner Ablösung verlief für Karel ohne Probleme. Es trafen noch zwei Spätheimkehrer ein, die ihren Schlafplatz schon gebucht hatten. Auch einen Neuankömmling gab es, der das Haus aber bereits kannte. Die Formalitäten waren schnell erledigt. Die Zeit wurde noch dadurch verkürzt, dass Thomas zu einem Plausch an den Tresen kam.

Als Karel nach der Ablösung durch den Nachtwächter kurz nach Mitternacht in sein Zimmer kam, lagen Thomas und Werner bereits in ihren Betten und schnarchten beinahe synchron. Karel ärgerte sich einen Moment lang, weil er es versäumt hatte, Joe Hartmann auf einen ruhigeren Schlafplatz anzusprechen. Andererseits fühlte er seinen beiden Zimmergenossen gegenüber fast schon eine Art Verbundenheit. Nur hoffte er, dass diese Nacht etwas störungsfreier verliefe als die letzte. Vor Werners Bett standen diverse leere und volle Flaschen. Der Vorrat musste ihm reichen, um bis zum Frühstück über die Runden zu kommen.

Karel ging in Gedanken den morgigen Tag durch. Am Vormittag war er mit Roland verabredet. Nachmittags würden sie sich mit Georg Kreuzmann treffen, um den Mietwagen zu holen. Am frühen Abend sollte es losgehen. Joschka ließ sich von seinem Freund direkt an seiner Arbeitsstelle bei der Goethepassage abholen. Die beiden würden an einem Parkplatz an der Ausfallstraße Richtung Autobahn warten, um Lisa in Empfang zu nehmen. Karel war es ein Trost, seine Unruhe in einem Gebet ablegen zu können. Die Erschöpfung ließ ihn schneller als am Tag zuvor einschlafen. Einige Zeit später notierte Karel unter seinem Bett wieder Unruhe und das Hantieren an diversen Flaschen, aber nach einer Weile kehrte wieder Ruhe ein. Werner schien weiterzuschlafen, und Karel hatte vollends eine ungestörte Nacht.

Der Tag begann wieder damit, dass sie Werner unter die Dusche stellten, ehe sie zum Frühstück gingen. Dann trennten sich ihre Wege. Thomas wollte sich mit einem Mädchen aus der Kirchengemeinde treffen, um sich über eine Bibelschule zu informieren. Werner würde den Tag damit verbringen, etwas Geld zu erbetteln, um sich davon Alkohol zu kaufen. Karel ging zunächst in den Stadtpark, wohin er Roland für den späten Vormittag bestellt hatte.

Als er dort ankam, saß Roland schon auf der Bank, wo sie früher öfter gesessen und Monologe über ihre Lieblingsdichter gehalten hatten. Auch jetzt konnte sich Karel eine literarische Anspielung nicht verkneifen:

„Heute ist nun eindeutig ein Karl-May-Tag!"

„Du meinst, weil wir heute unsere Gefangene befreien?", fragte Roland. „Wer hätte gedacht, dass wir einmal so real ein Abenteuer miteinander erleben!"

„Ich hoffe, wir machen nichts Falsches!"

„Was soll daran falsch sein, so einem armen Mädchen zu helfen?"

Die Ruhe, die Roland ausstrahlte, tat Karel gut. Er selbst spürte die wachsende Aufregung.

„Ja, was könnte falsch daran sein?", wiederholte er die Worte seines Freundes. „Das sage ich mir auch immer wieder. Dennoch habe ich so ein Gefühl, als würde ich in den letzten Tagen eine Expedition in eine Welt unternehmen, die nicht die meine ist. Billige Hotelzimmer, Rotlichtmilieu, Obdachlosenheim, konspirative Treffen."

Roland grinste. „Nun, vielleicht bist du jetzt erst richtig in der Welt angekommen. Ging es dir nicht darum, die wahre Welt und darin wiederum Menschen aus Fleisch und Blut zu erleben, um hinterher überhaupt ein glaubwürdiges Buch schreiben zu können, in dem viel vom richtigen Leben drinsteckt?"

„Aber was wir jetzt tun, das erscheint mir so … trivial!"

Roland lachte. „Das ist eben die Welt nach Karl May! Nächste Woche treffen wir uns wieder bei Leverus, und da erleben wir dann vielleicht wieder die Debatten um Glauben und Nihilismus, die dich auf den Spuren Dostojewskijs weiterbringen werden."

Das Gespräch der beiden Freunde verlor sich in Belanglosigkeiten. Sie spürten beide, dass sie zunehmend der Stunde entgegenfieberten, in der es galt, die Pläne zu Lisas Befreiung umzusetzen. Die Besorgung des Mietwagens war eine willkommene Aktion, die anzeigte, dass es nun endlich losging. Am späten Nachmittag erschien Georg Kreuzmann und brachte einen kleinen Koffer mit, den er Roland übergab.

„Da ist ein abgelegter schwarzer Anzug von mir drin, der Ihnen passen müsste, außerdem ein Hut. Alles, was ein bisschen untypisch für Sie ist, damit Sie nicht einer von Lisas Aufpassern später einmal durch einen dummen Zufall erkennt und Ihnen Schwierigkeiten macht. Und jetzt möchte ich einmal sehen, was für ein Auto Sie mir ausgesucht haben."

Es war kurz vor 18 Uhr, als sich Roland und Karel getrennt zu der Straße aufmachten, wo Lisa heute, wie sie hofften, das letzte Mal auf Kunden warten musste. Kreuzmann hatte den Wagen in eine Seitenstraße gefahren. Roland schlenderte etwa zwanzig Meter vor Karel auf dem gegenüberliegenden Gehweg an den Bars und Etablissements vorbei. Heute schienen sie auf Anhieb Glück zu haben, denn sie sahen Lisa wartend an ihrem Platz. Karel blieb an der Ecke stehen und beobachtete, wie Roland auf das Mädchen zuging und sie ansprach. Dann gingen beide zusammen ins Haus. Karel schaute auf die Uhr. Es war fast auf den Punkt 18 Uhr. Karel blickte sich suchend um, ob er irgendwo einen weißen Mercedes sah. Tatsächlich stand der Wagen gegenüber dem Haus, in dem Lisa mit Roland verschwunden war. Es saß eine Person darin. Wer es war, konnte Karel von seinem Standort aus nicht erkennen.

Karel kehrte um und bog in die Straße ein, in der Georg Kreuzmann im Mietauto wartete. Er trat an den Wagen heran und gab die genaue Uhrzeit durch, zu der Roland und Lisa das Haus betreten hatten. Dann spazierte er scheinbar ziellos die Straße hinunter und wieder zurück. Dabei schickte er einige Gebete zum Himmel und überlegte, was er eventuell noch tun konnte, um Lisas Bewacher im entscheidenden Moment abzulenken.

Eine Minute vor der verabredeten Zeit ging Karel langsam auf den weißen Mercedes zu. Er stand in unmittelbarer Nähe des Fahrzeugs, als er sah, dass der Mietwagen mit Kreuzmann am Steuer um die Ecke bog und im Schritttempo heranfuhr. In diesem Moment spürte Karel sein Herz bis zum Hals schlagen. Er wartete noch einen Augenblick, dann klopfte er ans Fenster der Fahrertür und signalisierte dem Mann am Steuer, dass er die Scheibe doch herunterkurbeln solle. Im Wagen saß ein junger Mann, der sich offensichtlich die Langeweile mit Zigarettenrauchen vertrieb. Dieser schaute Karel fragend an und betätigte dann den elektrischen Fensterheber. „Was wollen Sie?", zischte er knapp.

„Entschuldige Sie", sagte Karel und zog ein Blatt Papier aus der Manteltasche, auf das er kurz vorher in unleserlicher Schrift einen Fantasienamen und eine Adresse gekritzelt hatte. Er hielt dem Mann diesen Zettel nahe vors Gesicht. „Ich suche diese Anschrift hier. Kennen Sie die vielleicht? Es muss eine Kneipe sein. Die Adresse hat mir ein Freund gegeben!"

„Was soll das denn heißen?", fragte der Mann unfreundlich und bemühte sich, das Gekritzel zu entziffern.

„Entschuldigen Sie, aber das ist nicht meine Schrift. Es müsste sich um irgendeine griechische Taverne handeln."

Was sich auf der anderen Seite der Straße tat, konnte Karel nicht sehen, denn er fixierte den Mann im Mercedes. Es schien ihm, als hätten gegenüber Autotüren geknallt und als sei ein Wagen losgefahren. Karel deutete mit dem Finger auf den Zettel. „Taverne Mykonos vielleicht? Aber da steht ja auch der Name der Straße. Vielleicht kennen Sie wenigstens die Straße?"

„Ihr Freund hat vielleicht eine Klaue. Das kann ja alles heißen!"

Karel bemerkte jetzt, dass von der anderen Straßenseite aufgeregte Rufe herüberdrangen. Sofort sprach er wieder auf den Mann ein, der im Innern des Wagens das Schreien nicht so deutlich hören konnte wie Karel: „Sie haben Recht. Das ist wirklich schwer zu lesen. Aber warten Sie mal, es muss irgendetwas mit einem H am Anfang sein! Oder mit einem M?"

Die Rufe wurden nun noch lauter und waren nicht mehr zu ignorieren: „He, Ringo, du Pfeife. Da sind eben Mädchen entführt worden!"

Karel versuchte, noch etwas zu sagen, aber der Mann im Wagen fegte den Zettel mit einer Handbewegung weg.

„Machen Sie, dass Sie weiterkommen!" Der Mercedesfahrer öffnete die Wagentür, trat heraus und schaute zum Haus gegenüber, wo Karel jetzt im zweiten Stock einen anderen Mann wild gestikulieren sah.

„Zwei Mädchen sind abgehauen", brüllte der Mann herüber, „die Kleine aus Ungarn und die blonde Polin. In einem blauen Ford!"

„Hast du gesehen, ob sie an der Kreuzung abgebogen sind?"

„Nein."

„Was nein? Nicht gesehen oder nicht abgebogen?"

„Nicht abgebogen, verdammt nochmal. Beeil dich!"

„Scheiße."

Der Mann, der Ringo genannt worden war, stieg wieder ein und startete den Motor. Karel war stehengeblieben. Jetzt trat er zwischen den Mercedes und das davor parkende Auto und tat so, als wolle er von dort aus die Straße überqueren. Der Mercedesfahrer musste deshalb zurückstoßen, um aus der Parklücke zu kommen. Fast hätte er beim Herausfahren noch einen Unfall verursacht. Ein anderes Auto fuhr hupend vorbei. Karel schaute nach links. Von dem blauen Mietwagen war weit und breit nichts mehr zu sehen. Wenn Ringo nicht ein außerordentlicher Zufall zu Hilfe kam, würde Kreuzmann ihn abschütteln können, indem er mehrmals willkürlich abbog. Es schien, als habe ihr Plan funktioniert. Ringo musste noch ein weiteres Auto vorbeilassen, ehe er mit quietschenden Reifen losfuhr. Gleich darauf bremste der Mercedes wieder scharf ab, weil in dem Wagen vor ihm offensichtlich ein Freier nach Mädchen Ausschau hielt. Karel stellte befriedigt fest, dass die Befreiungsaktion bis hierher kaum besser hätte verlaufen können.

Flüchtige und Verfolger

Neben der Niederlassung der Autovermietung befand sich ein kleines Lokal, in dem Karel auf die Rückkehr von Roland Hiller und Georg Kreuzmann wartete. Er hatte sich eine Kleinigkeit zu Essen bestellt und war schließlich immer ungeduldiger und sorgenvoller geworden. Es war kurz nach 20 Uhr, als die beiden endlich eintrafen. Ihre Mienen verrieten Zufriedenheit. Roland, der in dem dunklen Anzug tatsächlich nicht wie er selbst ausgesehen hatte, trug jetzt wieder seine eigenen Kleider. Den Anzug hatte er im Koffer verstaut. Als Roland seinen Freund erblickte, strahlte er und machte mit den Fingern ein ‚V' für Victory.

„Na, Gott sei Dank", rief ihm Karel entgegen, „ich fing schon an, mir Sorgen zu machen. Ist Lisa denn in Sicherheit?"

Roland grinste. „Wenn man unterstellt, dass die Mädchen bei Joschka und seinem Freund in besseren Händen sind als vorher, dann ja!"

Eine Bedienung fragte nach der Bestellung der Ankömmlinge. Roland orderte ein Bier und ein Schnitzel, während Georg Kreuzmann erklärte, dass er sich gleich entschuldigen müsse, da er noch an der Predigt für den Sonntag arbeiten müsse.

„Da haben Sie Ihrer Gemeinde ja mal was zu erzählen", bemerkte Roland.

Kreuzmann lächelte zufrieden. „Soll ich das heute Erlebte als moderne Version des Gleichnisses vom barmherzigen Samariter bezeichnen? Aber ich muss gestehen, dass ich froh bin, die Episode hinter mir zu haben. Die Vorstellung, womöglich von Zuhältern und Mädchenhändlern verfolgt zu werden, war mir doch etwas unangenehm."

„Aber Herr Kreuzmann hat den Wagen kaltschnäuzig und zügig kreuz und quer durch die Stadt gelenkt, als hätte er nie etwas anderes getan als Fluchtautos zu steuern", erklärte Roland.

Er reichte dem Pastor, der schon wieder aufgestanden war, die Hand. „Sie waren wirklich großartig, Herr Kreuzmann. Sagen Sie übrigens Frau Tesslowski einen lieben Gruß, wenn Sie sie am Sonntagabend treffen."

Bei der Erwähnung des Namens schien Kreuzmann leicht verlegen zu werden. Als er Karel die Hand schüttelte, fragte er: „Darf ich Frau Tesslowski von Ihnen ebenfalls etwas ausrichten?"

Jetzt war es an Karel, verlegen zu werden. „Sagen Sie ihr bitte einfach, dass es mir gut geht! Und dass ich die nächsten Tage bei ihr vorbeischauen und meine restlichen Sachen abholen werde."

Diese Worte versetzten Karel einen leichten Stich in der Herzgegend. Kreuzmann ging, während Rolands Bier gebracht wurde. Die beiden Freunde stießen auf den geglückten Coup an.

„Was ich dich fragen wollte", begann Karel, nachdem er sein Glas abgestellt hatte, „du hast von Mädchen in Mehrzahl gesprochen. War Lisa nicht allein?"

„Nein", entgegnete Roland heiter, „eine verrückte Geschichte! Als ich mit Lisa auf ihrem Zimmer war, wartete dort dieses blonde Mädchen aus Polen. Ich bekam im Moment einen heftigen Schreck, aber Lisa erzählte mir, dass Helena eine gute Freundin sei und dass sie ihr unbedingt mit zur Flucht verhelfen wolle."

„Oh weh! Dann hatte Lisa diese Freundin in unseren Plan eingeweiht. Wie unvorsichtig, das Ganze!"

„Na ja, sieh es mal so: Auf diese Weise konnten wir gleich zwei Mädchen helfen. Joschka war zwar ganz perplex, dass wir ihm statt einer gleich zwei Prinzessinnen zuführten, aber damit muss er nun eben fertig werden. Er kann die Mädchen ja ohnehin nicht ewig verstecken, sondern muss irgendwie sehen, dass seine Schützlinge das mit den Behörden geregelt bekommen. Den Mädchen fehlen ja alle Papiere. Aber Kreuzmann hat versprochen, Joschka bei allen amtlichen Angelegenheiten zu helfen. Es war wirklich genial von dir, dass du gerade ihn um Hilfe gebeten hast!"

„Du hast Recht. Ich glaube sogar, es kam Pastor Kreuzmann gelegen, einmal etwas Praktisches in Sachen Nächstenliebe tun zu können. Oh, ich sehe, er hat den Koffer mit seinem Anzug vergessen."

„Ach, das ist ein älteres abgelegtes Ding. Ich werde ihm den Koffer mitbringen, wenn wir uns nächste Woche bei Leverus treffen."

Karel und Roland aßen und tranken, ehe sie sich eine Stunde später auf den Heimweg machten. Wie am Tag vorher ließ es sich Roland nicht nehmen, Karel zum Martin-Luther-Heim zu begleiten. Er wollte das glücklich überstandene Abenteuer offensichtlich mit dem Freund zusammen bis zum Schluss auskosten. Schließlich konnte er über seine Heldentat aus Sicherheitsgründen noch für geraume Zeit mit keinem anderen sprechen.

An der Pforte der Notunterkunft stand wieder Joe Hartmann, der Karel wie am gestrigen Abend schon ungeduldig erwartete, obwohl es noch eine halbe Stunde vor der Zeit war, die sie für die Ablösung verabredet hatten.

„Hör mal", bellte er hinter dem Tresen hervor, „ich müsste heute schon früher weg. Dafür komme ich gegen elf Uhr nochmal her, und du kannst dann in deine Koje verschwinden, klar? Falls vorher ein gewisser Jury nach mir fragen sollte – sag ihm, dass ich spätestens um elf wieder da bin!"

„Das ist vielleicht ein miesepetriger Typ", sagte Roland kopfschüttelnd, nachdem Hartmann gegangen war. „Ich finde ohnehin, dass du hier so schnell wie möglich wieder raus solltest!"

Karel nickte. „Ich werde eifrig Kleinanzeigen studieren. Vielleicht werde ich bei der Wohnungssuche fündig. Aber diese Woche war wirklich so voller Ereignisse, dass ich mich beim besten Willen noch nicht darum kümmern konnte!"

Zwei Männer mit leicht torkelndem Gang kamen in diesem Moment durch die Tür: Kundschaft für Karel. Dieser reichte Roland die Hand, um sich zu verabschieden: „Wir können uns am Montag in der Bibliothek treffen. Ansonsten sehen wir uns bei Leverus!"

Roland klopfte Karel herzlich auf die Schulter, warf den Neuankömmlingen einen leicht verunsicherten Blick zu und ging.

Karel bemühte sich um die Neuaufnahmen, erledigte die einfachen Formalitäten und führte die beiden angetrunkenen Gäste in ihr Zimmer, während er ihnen die Einrichtungen des Hauses erklärte. Als er wieder ins Foyer kam, bemerkte er, dass Roland den Koffer mit Kreuzmanns Anzug vergessen hatte. Er musste über die Zerstreutheit des Freundes lächeln, nahm das Gepäckstück und stellte es einstweilen im Büro ab. Während der nächsten halben Stunde empfing Karel im Minutentakt Hausbewohner, die von ihren Ausflügen aus der Innenstadt zurückkamen. Einigen verkaufte er noch ein paar Flaschen Bier. Karel war inzwischen den meisten Gästen bekannt, und diejenigen unter ihnen, die der Alkohol nicht zu stumpfsinnig hatte werden lassen, wechselten gerne ein paar Worte mit ihm. Man hatte bemerkt, dass Karel keiner vom Schlage Joe Hartmanns war, der den Hausbewohnern immer etwas Furcht einflößte.

Kurz nach 22:30 Uhr betrat ein Mann das Foyer, der mehr nach einem Geschäftsmann als nach einem typischen Hausgast aussah. Als er Karel hinter dem Tresen erblickte, war er erstaunt. Er trat näher und fragte mit erkennbar osteuropäischem Akzent: „Ist Herr Hartmann nicht hier?"

„Nein leider nicht", antwortete Karel höflich, „aber wenn Sie mit ihm verabredet sind, dann soll ich Ihnen ausrichten, dass er spätestens gegen 23 Uhr wieder hier sein wird."

Der Mann schaute auf die Uhr. „Mist, was soll das? Soll ich etwa hier warten? Was stellt er sich vor?"

Karel war verunsichert. „Sie können hier Platz nehmen. Vielleicht kommt er ja früher! Es schien so, als hätte er noch etwas Dringendes zu erledigen."

„Dringend?" Der Mann schimpfte in einer für Karel unverständlichen Sprache vor sich hin und setzte sich zögernd in einen der Sessel, die gegenüber dem Tresen im Foyer standen. Karel fühlte sich allein mit dem Fremden nicht wohl und tat, als sei er mit einigen Papieren beschäftigt. Plötzlich wurde die Tür aufgestoßen und Joe Hartmann stürmte herein. Der Fremde sprang auf und rief:

„Verdammt, Joe, warum kommst du erst jetzt?"

„Halt jetzt keine langen Reden! Womöglich ist man hinter uns her!" Joe drängte sich an Karel vorbei in das Büro und eilte einen Augenblick später mit einem Koffer in der Hand heraus.

„Mir nach! Zum Hinterausgang!", rief er dem Fremden zu und schob ihn eilig zu der Treppe, über die man in die Kellerräume gelangte. Einige Sekunden später hörte Karel, dass dort eine Tür aufgestoßen wurde und Glas klirrte.

Verwundert schaute Karel ins Büro. Kreuzmanns Koffer stand noch da, war aber unter einen an der Wand stehenden Tisch geschoben worden. Was war in Joe Hartmann gefahren, dass er plötzlich mit offensichtlich bereitgestelltem Gepäck aus dem Haus flüchtete? Karel erinnerte sich an das Telefonat, das er vorgestern Abend zufällig mitbekommen hatte. Es hatte sich angehört, als ginge Joe Hartmann irgendwelchen dunklen Geschäften nach. Karel hatte nicht viel über das Gehörte nachgedacht, aber die Szene, deren Zeuge er gerade geworden war, sprach dafür, dass der Heimleiter in Dinge verwickelt war, die nicht zu seinem eigentlichen Beruf gehörten.

Im nächsten Moment entstand wieder Unruhe. Zwei Männer in Trenchcoats betraten zielstrebig das Foyer. Einer zeigte Karel seinen Dienstausweis und fragte: „Wo ist Herr Hartmann? Hat er in den letzten Minuten das Haus betreten?"

Karel nickte mechanisch und sagte: „Er ist durch den Keller hinten hinaus."

„War jemand bei ihm?"

„Ein Mann, der mit osteuropäischem Akzent sprach."

„Unsere Infos waren richtig", rief der Polizist seinem Kollegen zu, der ins Treppenhaus gelaufen war und prüfende Blicke in alle Richtungen geworfen hatte.

„Durch den Keller nach hinten? Wenn wir Glück haben, stimmen auch alle anderen Tipps. Dann werden ihn die Kollegen stellen."

So plötzlich wie sie aufgetaucht waren, verschwanden die beiden Trenchcoat-Träger wieder. Spielte sich heute denn ein Krimi nach dem anderen ab? Karel wartete darauf, dass noch etwas passierte, aber es blieb ruhig. Bis der Nachtwächter kam und Karel seinen Dienst beenden konnte, herrschte nur der übliche Routinebetrieb.

Karel wies den Nachtwächter darauf hin, dass er vielleicht eine offene oder beschädigte Kellertür vorfände und dort am besten gleich nach dem Rechten sehen solle. Weil ihm der Mann einen fragenden Blick zuwarf, berichtete Karel ihm kurz von dem Zwischenfall, ohne ihn zu kommentieren.

„Bei Hartmann wundert mich gar nichts", sagte der Nachtwächter und verschwand kopfschüttelnd im Keller. Karel holte Kreuzmanns Koffer aus dem Büro und ging in sein Zimmer, wo er, wie vermutet, Thomas und Werner einträchtig schnarchend vorfand.

Die Nacht und der Morgen verliefen ähnlich wie die vorigen, außer dass Thomas nach dem Aufwachen außergewöhnlich fröhlich und aufgedreht wirkte. Als sie beim Frühstück saßen, fand er endlich Gelegenheit, Karel zu erzählen, was ihn bewegte. Auch sein gestriger Tag war sehr ereignisreich verlaufen. Er hatte sich zuerst mit dem Mädchen und später noch mit anderen Leuten aus ihrer Kirchengemeinde getroffen. Man hatte offensichtlich über ihm gebetet und prophezeit, ihn gesegnet und mit guten Ratschlägen überschüttet.

„Ein Bruder hat für mich gleich in einer Bibelschule angerufen, wo ich mich heute vorstellen werde", berichtete Thomas voller Begeisterung, „alle sagen, dass es mein Weg ist, auf den Gott mich führen will!"

„Kostet diese Bibelschule kein Geld?", fragte Karel, dem die ganze Entwicklung etwas zu schnell erschien.

„Oh, die Geschwister haben darüber gebetet und einer hatte eine Eingebung von Gott, dass sich das alles klären werde. Das Mädchen hat mir dann noch gesagt, dass man vielleicht in der Gemeinde für mich Geld sammeln wird."

„Obwohl man dich kaum kennt?"

„Das ist das Besondere an diesen Leuten. Seit ich an jenem Abend zum ersten Mal gesegnet wurde, habe ich das Gefühl, ganz zu ihnen zu gehören. Die Leute bestätigen mir immer wieder, dass es so ist. Ich bin ein neuer Mensch geworden! Ein Heiliger!"

Ein paar Männer, die in der Nähe saßen und etwas von dem mitbekamen, was Thomas unbefangen und nicht gerade leise erzählte, schauten offensichtlich amüsiert herüber. Thomas bemerkte die Blicke und fuhr fort: „Nicht heilig in dem Sinne, dass ich jetzt ein fehlerloser Mensch bin, sondern dass ich eben zu Gott und seinen Leuten gehöre."

„Ich verstehe", sagte Karel, „und ich denke, dass das ein guter Weg für dich ist, auch wenn du vielleicht mit der Zeit bemerken wirst, dass die Schwierigkeiten in deinem Leben nicht aufhören werden, nur weil du jetzt ein gläubiger Christ geworden bist."

„Aber Gott und die Glaubensgeschwister sind jetzt auf meiner Seite!"

„Auch da kann es manchmal Enttäuschungen geben. Wenn Christen sich nicht ganz als das entpuppen, was sie zu sein scheinen, wirst du vielleicht sogar manchmal nicht nur über sie, sondern sogar über Gott enttäuscht sein."

Karel merkte, dass ihm Thomas widersprechen wollte und fügte schnell hinzu: „Ich will dir dein Vertrauen nicht ausreden. Ich wünsche dir, dass es dich nicht verlässt, egal ob alles glatt läuft oder ob sich Schwierigkeiten auftürmen."

„Du bist ein feiner Kerl, Karel. Ich sehe es wirklich als Geschenk, dich hier kennen gelernt zu haben. Du bist zwar etwas anders als die anderen Geschwister, die ich bisher gefunden habe, aber ich glaube, dass du wie sie von Gott gesalbt bist. Vielleicht musst du manchmal stärker an Wunder glauben und damit rechnen, dass Gott sie auch heute noch vollbringt!"

„Vielleicht muss ich das", erwiderte Karel lächelnd. Sie beendeten das Frühstück und gingen auf ihr Zimmer, wo Thomas sein Bündel zusammenpackte.

„Ich werde nachher von Geschwistern abgeholt", erzählte er. „Wenn alles gut geht, werde ich nicht mehr hierher zurückkommen, höchstens später einmal als Missionar. Vielleicht hat Gott mich ja nur deshalb in die Obdachlosigkeit abgleiten lassen, damit ich später als Nachfolger Jesu ein besonderes Herz für die Armen habe. Ein älterer Mann aus der Gemeinde hat etwas Ähnliches jedenfalls gestern über mir prophezeit! Hier habe ich für dich einen Zettel mit der Anschrift der Bibelschule. Vielleicht können wir in Kontakt bleiben. Du hast ja wohl noch keine neue Adresse?"

Karel schüttelte den Kopf. „Aber ich kann dir die Nummer meiner früheren Vermieterin geben. Sie wird dir vielleicht zu gegebener Zeit sagen können, wo du mich findest."

Als sie die Adressen tauschten, überkam Karel nochmals ein tiefes Gefühl der Sympathie und der Anteilnahme für den jungen Mann. Es war nicht so sehr dessen überströmende Begeisterung für den neu erwachten Glauben, die ihn für Thomas einnahm, sondern vor allem die selbstverständliche Art, wie er sich um seinen Mitbewohner Werner gekümmert hatte, ohne dabei große Worte zu machen. Er hatte ihn morgens gewaschen und in frische Kleider gesteckt und bei Karel ungefragt die gleiche Hilfsbereitschaft vorausgesetzt. Gerne hätte Karel dem jungen Mann eine kleine Erinnerung mitgegeben oder ein Geschenk gemacht, aber ihm fiel nichts ein, was er Thomas geben konnte.

Als sein Blick auf Kreuzmanns Koffer fiel, kam ihm jedoch spontan ein Gedanke.

„Thomas", sagte er. „Wir haben ja beide so gut wie nichts, aber wenn es dir nicht zu verrückt vorkommt, will ich dir einfach den Koffer hier schenken. Irgendwie scheint es, als würde er von allen vergessen. Vielleicht kannst du das brauchen, was drin ist. Dass Kleider Leute machen, ist zwar ein Allerweltsspruch, aber … ich denke, der Besitzer wird sich freuen, wenn ich ihm erzähle, dass ich den Koffer jemandem gegeben habe, der sich in nächster Zeit sicher keinen Anzug hätte leisten können. Und wenn die Größe des Geschenks nicht passend ist, findest du sicher eine Gelegenheit zum Weiterverschenken."

Sie umarmten sich beinahe feierlich. Nachdem Thomas auch dem gerade ins Zimmer kommenden Werner freundlich die Hand geschüttelt und ihm alles Gute gewünscht hatte, zog der junge Mann zufrieden seines Weges.

Karel wollte sich nun zu einem Spaziergang in die Stadt aufmachen. Als er die Pforte passieren wollte, rief ihn Otto, der seinen üblichen Vormittagsdienst verrichtete, zu sich. Karel bemerkte, dass der alte Mann ziemlich aufgeregt war.

„Heute Nacht ist etwas Furchtbares passiert. Joe Hartmann ist tot!"

„Tot?" Karel erbleichte bei dieser Mitteilung.

„Ja. Er hat sich einen Schusswechsel mit der Polizei geliefert. Russenmafia war auch beteiligt. Alles ein bisschen diffus. Die Polizei lässt ja in solchen Fällen nur das Notwendigste raus. Aber zwei Polizisten sind gerade hier und machen sich hinten im Büro zu schaffen. Die haben schon nach dir gefragt. Du hattest doch vor Mitternacht hier Dienst?"

Die Tür des Büros wurde geöffnet und der Polizeibeamte von gestern Abend trat heraus. Er erkannte Karel wieder und sagte freundlich:

„Gut, dass Sie da sind! Ihr Kollege hat mir gesagt, Sie seien ganz neu hier und kannten Herrn Hartmann kaum. Wir wollen Sie deshalb nicht groß belästigen, hätten aber doch eine nicht ganz unwichtige Frage. Als Herr Hartmann gestern mit dem Fremden zusammen geflüchtet ist, hatte er da ein Gepäckstück bei sich?"

„Ja", antwortete Karel, „einen kleinen schwarzen Reisekoffer. So ein Allerweltsstück!"

„Sie sind also sicher, dass er mit diesem Koffer geflüchtet ist?"

„Ja. Er hatte ihn hier deponiert. Als er kam, hat er ihn schnell aus dem Büro geholt und ist dann mit dem anderen Mann zusammen weggerannt."

„Vielen Dank. Damit wäre alles geklärt!" Der Beamte drehte sich um und rief seinem Kollegen durch die offene Tür zu. „Joe Hartmann hatte den Koffer zweifelsfrei dabei."

„Dann hat also der Russe gestern ein ganzes Vermögen im Fluss versenkt! Das wird den Besitzer aber freuen", entgegnete der andere Polizist.

Der erste lehnte sich gegen den Türrahmen und lachte: „Ich freue mich auf das Gesicht des Bonzen, wenn wir ihn wissen lassen, dass ihm nun kein Finanzamt mehr droht." Dann wandte sich der Beamte wieder Karel zu, den er für einige Momente scheinbar vergessen hatte. Er setzte wieder eine amtliche Miene auf und sagte höflich: „Vielen Dank, dass Sie uns eine so präzise Auskunft geben konnten. Sie haben uns damit wirklich weitergeholfen!"

Offene Türen

„Nachdem wir uns beim letzten Mal in so unguter Stimmung trennten, schlage ich vor, wir wagen miteinander einen Neuanfang! Ich freue mich, dass Sie gekommen sind. Ich freue mich vor allem über Ihr Kommen, lieber Herr Kreuzmann. Sicher hätten einige hier im Kreis nicht vermutet, dass wir zwei schon heute wieder Wein trinkend und Literatur genießend einen Abend miteinander verbrächten. Nun, seine Religion gebietet Herrn Kreuzmann bekanntlich jederzeit Buße und Vergebung. Und wer nun meine Boshaftigkeit kennt, weiß, dass ich jedem Geistlichen nur zu gerne beweise, dass ich selbst unabhängig vom erhobenen Zeigefinger seines alten Weisheitsbuches in der Lage bin, zu verzeihen oder selbst um Vergebung zu bitten. Sie finden Herrn Kreuzmann und mich also im Reinen miteinander. Ich danke Ihnen, Herr Kronendorf, und auch Ihnen, Herr Puto, dass Sie sich nach unserem letzten Treffen unabhängig voneinander so rührend besorgt um meinen inneren Frieden gezeigt haben. Ich habe Ihnen den verwundbarsten Teil meiner Seele etwas unfreiwillig offengelegt. Sie haben das in schöner Weise dazu genutzt, mir Ihre Wertschätzung zu bezeugen. Es tut gut, zu wissen, woran ich mit Ihnen bin und was ich an Ihnen habe!"

Achim Leverus beendete seine feierliche Rede indem er das Glas erhob und seinen Gästen zutrank.

„Man merkt, dass er sich mit Fallersleben überworfen hat", flüsterte Heinemann dem neben ihm sitzenden Karel ins Ohr. „Da weiß man alte Freundschaften wieder zu schätzen! So milde und ergriffen habe ich ihn noch selten erlebt."

Karel überging den Kommentar des Dicken mit Schweigen. Er war froh über die entspannte Atmosphäre, die mit dem Eingangswort des Hausherrn wieder im „Dichterzirkel" einzuziehen schien. Es freute ihn außerdem, dass Guido Kronendorf den gleichen Gedanken wie er gehabt und Leverus zwischendurch besucht hatte. Karel gestand sich ein, dass seine Bewunderung für den jungen Dichter etwas beschädigt worden war durch die reservierte Behandlung, die er in der letzten Woche in Kronendorfs Wohnung erfahren hatte. Nun sagte er sich, dass jenes Erlebnis sicher nicht repräsentativ für Guidos innere Haltung gewesen sein konnte.

Achim Leverus hob zu einer Fortsetzung seiner Rede an: „Ein Programm im eigentlichen Sinne habe ich heute Abend nicht eingeplant, aber vielleicht können wir die gemeinsame Zeit dazu nutzen, darüber zu sprechen, was wir gerade lesen oder was einige von Ihnen gerade schreiben!"

Der Vorschlag fand allgemeinen Beifall und es entwickelte sich eine angeregte Erzählstunde. Roland Hiller bekam unvermutet Gelegenheit, über eine Reiseerzählung Karl Mays zu referieren und die neuen Erkenntnisse auszubreiten, die ihm erst beim sechsten oder siebten Lesen des besagten Buches gekommen waren. Heinemann zog sich gutmütigen Spott zu, weil er bekennen musste, gerade einen relativ seichten Liebesroman zu lesen, den seine Frau auf dem Wohnzimmertisch liegengelassen hatte. Guido gab als Lektüre den Titel eines Werkes und den Namen eines Autors an, die keiner im Kreis kannte. Über den Inhalt des Buches wollte er nicht viel sagen. Stattdessen zog er ein kleines Notizbuch aus der Tasche seines Sakkos und bot an, zwei seiner jüngsten Gedichte vorzulesen. Diese fanden in der heute ausgesprochen harmonisch gestimmten Runde großen Anklang. Karel registrierte, dass Guido sich wohl weiterhin intensiv mit Glaubensfragen beschäftigte. Er wünschte sich, bei Gelegenheit wieder einmal ein längeres Gespräch mit Guido zu führen. Lutterhof gestand etwas zögerlich, dass er aus einer gewissen Neugier heraus tatsächlich die Lektüre der „Nacktschnecken" begonnen habe, aber das überschwängliche Lob gewisser Feuilletonisten nicht ganz nachvollziehen könne. Ein Mitglied der Runde, dessen Name Karel wieder vergessen hatte, erzählte davon, dass er an einem Essay über Clemens von Brentano arbeite. Viktor Hollenweger, ein blasser Ministerialbeamter, der sich sonst kaum einmal zu Wort meldete, überraschte durch sein Bekenntnis, gerade ein erotisches Werk zu lesen. Als einzelne im Kreis leise kicherten, schaute er angriffslustig in die Runde. Er nannte es ein Zeichen von Verklemmung, ein Werk, das durchaus von hohem literarischen Rang sei, wegen einiger harmloser „Stellen" zu diskreditieren. Lutterhof zeigte sich scheinbar beeindruckt und empfahl Hollenweger einige weitere Bücher, die wegen ihres literarischen Ranges sicher seinen Gefallen fänden.

Entgegen seiner sonstigen Art sprang Leverus dem errötenden Beamten zur Seite und bemerkte, dass Lutterhof durchaus eine oder zwei literarische Bewusstseinsstufen erklimmen könne, wenn er statt der von ihm offensichtlich bevorzugten frivolen Lektüre das von Herrn Hollenweger genannte Buch lese. Mit dieser Bemerkung konnte er zwar Lutterhof nicht ernsthaft in Verlegenheit bringen, aber vielleicht erfolgreich verhindern, dass Hollenweger das nächste halbe Jahr wieder nur schweigend im Kreis verbrächte.

Nachdem noch zwei weitere Herren sowie Georg Kreuzmann zu Wort gekommen waren, blieb Karel schließlich der einzige, der sich noch nicht geäußert hatte.

„Was haben Sie denn Neues aus Ihrer Werkstatt zu berichten?", fragte ihn Leverus freundlich.

„Eigentlich nichts", bekannte Karel. „Ich bin in letzter Zeit weder viel zum Lesen noch gar zum Schreiben gekommen. Das hängt mit meiner derzeit etwas unbefriedigenden Wohnsituation zusammen."

In knappen Worten schilderte Karel, wie er wohnungslos geworden war. Er berichtete außerdem, dass er leider in den vergangenen Tagen auf der Suche nach einem möblierten Zimmer noch nicht fündig geworden sei.

Diese Mitteilung wurde mit einigem Mitgefühl aufgenommen. Mehrere in der Runde boten Karel an, ihn bei der Suche zu unterstützen und sich zumindest umzuhören. Leverus sprach sogar das Angebot aus, Karel für ein paar Tage bei sich aufzunehmen, aber dieser wehrte ab.

„Ich verliere vielleicht gerade ein paar Tage zum Schreiben, aber ich nehme dabei doch auch einige interessante Eindrücke auf, die mich als Schriftsteller weiterbringen."

„Dennoch macht es auf mich den Eindruck, als sei der Aufenthalt in diesem Heim nicht gerade die geeignetste Basis, sich nach einer neuen Wohnung umzusehen", sagte Guido Kronendorf. „Wäre es nicht eine gute Idee, das Angebot von Herrn Leverus anzunehmen?"

„Glauben Sie mir, im Augenblick komme ich gut zurecht", sagte Karel, obwohl er mit Grausen an die beiden letzten Nächte denken musste, in der ihn außer Werner noch ein anderer alkoholabhängiger und dabei latent aggressiver Mitbewohner den größten Teil seiner Nachtruhe gekostet hatte. Im Stillen nahm er sich vor, möglicherweise auf das Angebot von Leverus zurückzukommen.

Nachdem sie sich verabschiedet und gemeinsam das Haus von Leverus verlassen hatten, nahm Georg Kreuzmann Karel zu Seite.

„Herr Puto", begann er vertraulich, „zunächst soll ich Sie von Nadja grüßen. Hier ist übrigens ein Poststück, das letzte Woche für Sie angekommen ist."

Kreuzmann reichte Karel einen Umschlag. Es schien ein Behördenschreiben zu sein.

„Außerdem hab ich einen Vorschlag für Sie, was eine zumindest vorübergehende Unterkunft betrifft. Den Ringen unter ihren Augen nach zu schließen, müssten sie den Erholungswert unseres hiesigen Obdachlosenheims inzwischen ausgiebig genug erprobt haben! Ich bin mit den Mitgliedern einer kleinen christlichen Kommunität befreundet, die sich einige Kilometer vor den Grenzen unserer umtriebigen Stadt im Grünen angesiedelt hat. Bruder Stephan, der Prior dieser Gemeinschaft, wäre gerne bereit, Sie eine Weile als Gast aufzunehmen. Ich habe ihm davon erzählt, dass Sie Schriftsteller sind. Er würde sich freuen, wenn Sie die Ruhe des kleinen Landgutes nutzen könnten, Ihr Werk etwas voranzubringen. Wenn Sie nichts dagegen haben, könnte ich Sie schon morgen mit meinem Wagen hinausfahren. Sie können sich das Ganze erst einmal ansehen. Ich bin aber überzeugt davon, dass es im Augenblick das Richtige für Sie wäre. Nicht dass ich Sie zur Weltflucht ermutigen möchte, aber ich denke, ein Ort zum Auftanken täte Ihnen gut!"

Karel gestand, dass sich das Angebot des Pastors verlockend anhöre und er nicht ganz abgeneigt sei, sofern sich das Finanzielle regeln lasse.

„Ach", lachte Kreuzmann, „was Geld angeht, seien Sie unbesorgt. Vielleicht zahlt das Sozialamt einen Mietbeitrag. Falls nicht, springe ich gerne einstweilen für Sie ein. Ob ich der Bruderschaft nun eine Spende mache oder ihnen sage, dass ich die Kosten Ihrer Unterkunft übernehme, läuft für meinen Geldbeutel auf das Gleiche hinaus. Und Sie können sich bei mir revanchieren, indem Sie möglichst bald Ihren fertigen Roman vorlegen, der mir gewiss eine Hilfe für meinen Predigtdienst sein wird. Ich hole Sie morgen Vormittag gegen elf Uhr ab. Abgemacht?"

Karel willigte ein und reichte Kreuzmann die Hand. Roland, der abseits gestanden und gewartet hatte, trat auf die beiden zu, um sich gleichfalls von Kreuzmann zu verabschieden.

„Hatten Sie eigentlich Kontakt zu Joschka und seinen Damen?", fragte er den Pastor. Dieser nickte und sagte: „Das hätte ich fast vergessen. Ich soll Sie beide herzlich von Joschka und Lisa grüßen. Joschka arbeitet diese Woche noch hier in der Stadt. Lisa und das polnische Mädchen wohnen derweil in seinem Elternhaus. Ich bin gerade dabei, die Sache mit ihren Papieren zu organisieren. Es werden Ersatzdokumente ausgestellt, was noch eine Weile dauern kann. Ich war deswegen mit beiden Mädchen bei ihrem jeweiligen Konsulat."

„Kann man denn gegen die Mädchenhändler nichts unternehmen?", fragte Roland.

„Das können wir uns vielleicht dann überlegen, wenn feststeht, dass beide Mädchen unbehelligt ausreisen dürfen und dass auch ihre Familien daheim nicht von irgendwelchen Komplizen der Bande behelligt werden. Ich bin leider ziemlich pessimistisch und glaube kaum, dass man diesen gewissenlosen Gaunern das Handwerk legen kann. Dass wir wenigstens den beiden Mädchen haben helfen können, muss uns wohl fürs Erste genügen."

„Sie haben wohl leider recht", sagte Roland kopfnickend, „aber es ist immerhin bewundernswert, wie Sie sich einsetzen!"

„Es gibt mir das Gefühl, mal etwas Praktisches zu leisten", erwiderte Kreuzmann, „außerdem haben ich den Eindruck, als kehre ein wenig persönliches Glück wieder zu mir zurück. Das schlägt sich bei mir in der Tatkraft nieder. Aber ich will hier nicht meine Befindlichkeiten ausbreiten! Gute Nacht, meine Herren."

Kreuzmann ging davon, während Roland und Karel die andere Richtung einschlugen.

„Ich habe so den Eindruck, da ist etwas im Busch zwischen deiner ehemaligen Vermieterin und unserem Pastor", bemerkte Roland, „zu gönnen wäre es ja beiden, wieder einen Partner zu finden!"

Karel überging diese Bemerkung mit Schweigen. Seine Aufmerksamkeit fiel auf den Brief, den ihm Kreuzmann mitgebracht hatte. Er öffnete das Kuvert und stellte sich unter eine Straßenlaterne, um die Mitteilung zu entziffern. Es handelte sich um ein teilweise vorgedrucktes Formular, in das per Maschine einige Angaben eingefügt worden waren. Roland wartete, bis sein Freund die Mitteilung gelesen hatte.

„Und?", fragte er. „Gute oder schlechte Nachrichten?"

„Das wird sich herausstellen. Ich bin als Zeuge zu einem Prozess geladen. Siegfried Steinmann. Das muss der Bruder von jenem Kalle Steinmann sein, der mich damals gerne totgeprügelt hätte."

Dritter Teil

Klosterfrieden

Wenn Karel von seinem Platz am Schreibtisch aufsah, fiel sein Blick auf sattes Grün und grasende buntgescheckte Kühe. Ein Teil der Weide war für zwei schon recht altersschwache Pferde abgetrennt worden, die Bruder Andreas im letzten Jahr partout vor dem Schlachthof hatte retten wollen und seitdem mit Hingabe versorgte. Hinter der Weide lagen hügelige Felder, zwischen denen Hecken und einzelne Baumgruppen das Landschaftsbild belebten. Karel hatte es sich zur Gewohnheit werden lassen, täglich einen längeren Spaziergang durch dieses friedliche Stück Natur zu machen. Vom ersten Tag an hatte ihn Augustinus, der gutmütige Hofhund, dabei begleitet. Die drei Wochen, die Karel nun schon bei der „Bruderschaft unter dem Wort" verbrachte, waren ihm wie ein Kuraufenthalt für Leib, Seele und Geist erschienen.

Die Kommunität bestand aus acht Männern im Alter zwischen 25 und 70 Jahren. Bruder Andreas war der älteste von ihnen. Er betreute vor allem den reichhaltigen Tierbestand. Zwei weitere Brüder versorgten vollzeitlich die Landwirtschaft, während die anderen Männer verschiedenen Berufen nachgingen. Als Prior der kleinen Gemeinschaft war Bruder Stephan gewählt worden. Von ihm war einstmals die Initiative ausgegangen, eine Lebensgemeinschaft zu gründen, und er war es auch, der das geistliche Leben überwiegend organisierte. Stephan gab als katholischer Religionspädagoge Unterricht an verschiedenen Schulen. Seine Haare und sein Bart waren bereits ergraut, was ihn älter wirken ließ als er tatsächlich war. Der Prior war etwa in Karels Alter, aber ohne Zweifel ein charismatischer Leiter, der auch von den älteren Brüdern akzeptiert wurde.

Zwei Mitbewohner auf dem kleinen Landgut zählten nicht im eigentlichen Sinne zur Kommunität. Das waren Peter und Christian, beide im Alter von etwa Mitte 30. Sie hatten beide das Down-Syndrom und lebten und arbeiteten mit in der Gemeinschaft. Die Brüder nannten sie ihre assoziierten Mitbrüder und integrierten sie, so gut es ging, auch in das geistliche Leben. Vom Frühgebet um 5:45 Uhr, mit dem man gemeinsam den Tag begann, hatte man Peter und Christian zwar nach einigen Tagen in gegenseitigem Einvernehmen wieder befreit, aber beim Abendgebet um 18 Uhr und beim Nachtgebet um 21:30 Uhr waren sie üblicherweise mit im Kreis.

Die Regeln, nach denen man in der Bruderschaft zusammenlebte, waren an die alten Mönchsregeln angelehnt. Die Mittel, die erwirtschaftet wurden, flossen in eine gemeinsame Kasse, aus der jedes Mitglied nur ein kleines persönliches Taschengeld erhielt. Größere Anschaffungen wurden gemeinsam besprochen. Da die Einkommen aus dem Landgut und aus der beruflichen Tätigkeit über den eigenen Lebensbedarf und die notwendige Vorsorge hinausgingen, unterstützte die Gemeinschaft regelmäßig verschiedene Freunde in aller Welt, mit denen man in fester Verbindung stand und für die regelmäßig gebetet wurde.

Karel war in der Kommunität überaus freundlich aufgenommen worden. Er bekam ein bescheidenes, aber freundliches Zimmer zugewiesen und wurde zu den gemeinsamen Mahlzeiten eingeladen. Auch an den Gebeten der Kommunität nahm er regelmäßig teil. Zunächst hatte er sich nicht vorstellen können, jeden Tag so früh zu beginnen, doch nachdem er sich den Tagesablauf der Brüder erst einmal zu eigen gemacht hatte und den Tag spätestens eine Stunde nach dem Nachtgebet abschloss, fiel ihm das frühe Aufstehen nicht mehr schwer.

Das städtische Sozialamt kam nach Kreuzmanns hartnäckigen Verhandlungen für eine angemessene Miete auf. Außerdem bezahlte Karel der Kommunität aus dem monatlichen Beitrag des Sozialamtes ein Kostgeld. Er war also Mieter und zahlender Gast und deshalb zu keiner Hofarbeit verpflichtet. Dennoch fand er Freude daran, Bruder Andreas bei der Versorgung der Tiere zu unterstützen oder den Brüdern in der Küche etwas zur Hand zu gehen. Einen Großteil seiner Zeit verbrachte er aber mit Schreiben. Sein Manuskript machte endlich wieder größere Fortschritte.

Georg Kreuzmann hatte ihm alle Sachen gebracht, die Karel noch bei Nadja Tesslowski zurückgelassen hatte: Die Sommerkleidung, ein paar Bücher und einige weitere Kleinigkeiten. Karel war darüber nicht so glücklich gewesen, denn er hatte eigentlich die Abholung dieser Dinge mit einem Besuch bei Nadja verbinden wollen. So war es bisher nur bei einem Telefonat geblieben. Dabei hatte er Nadja versichert, dass es ihm gut gehe. Er hatte ihr vorgeschlagen, ihn einmal auf dem Land zu besuchen. Sie hatte zögerlich reagiert. Karel hatte versucht, Nadjas Befinden aus ihrer Stimme und dem, was sie sagte, herauszuhören, aber es war ihm nicht gelungen.

Georg Kreuzmann hatte ihm dagegen erzählt, dass es Nadja gut gehe. Er habe mit ihr einen wirklich schönen Abend verbracht und freue sich darauf, sie schon bald wieder zu treffen. Als Kreuzmann über Nadja sprach, war es Karel, als verspüre er wieder einen kleinen Stich in seinem Herzen. Er merkte, dass er gerne selber wieder einmal ein paar Stunden lachend und erzählend mit ihr verbracht hätte. Andererseits versuchte er, Kreuzmann das Glück zu gönnen. Für Nadja bedeutete es jedenfalls Abwechslung und Anerkennung, von dem Pastor hofiert zu werden.

Auch zu Joschka und dessen beiden weiblichen Schützlingen hielt Georg Kreuzmann Kontakt. Die Behördenmühlen mahlten langsam, aber es sah so aus, als hätten die Mädchen wohl bald alles Nötige in den Händen, das ihnen einen legalen Aufenthalt in Deutschland bescheinigte oder eine problemlose Rückkehr in die Heimat erlaubte. Die Mädchen hatten inzwischen mit ihren Angehörigen telefonieren und diese über ihr Ergehen einigermaßen beruhigen können.

Kreuzmann war, seit er Karel an die „Bruderschaft unter dem Wort" vermittelt hatte, einige Male dort zu Besuch gewesen. Gewöhnlich verbrachte er einen Abend in der Woche mit den Brüdern. Er kam zum Abendessen und reiste nach dem Nachtgebet wieder ab. Wieviel ihm diese Stunden der Gemeinschaft bedeuteten, hatte er Karel schon erzählt, als er ihn zu dem abseits gelegenen Landgut gebracht hatte. Karel selbst hatte nach der freundlichen Aufnahme durch Stephan und die anderen Brüder schnell den Eindruck, dass er sich dort wohlfühlen würde. Welch ein Kontrast zu der Atmosphäre im Wohnheim! Das einzige, das Karels Glück ein wenig trübte, war sein schlechtes Gewissen, die unmittelbare Nähe zu Menschen wie Werner nur wenige Tage ausgehalten zu haben und stattdessen jetzt die Behaglichkeit einer kleinen, heilen Welt zu genießen.

Zwar lebten auch hier zwei hilfsbedürftige Menschen, aber die schlichte Fröhlichkeit von Peter und Christan machte es jedem leicht, ihnen ein Nächster zu sein und sie in Liebe mitzutragen. Sie strahlten in ihrer Behinderung etwas ganz anderes aus als die Männer im Wohnheim, die der Dämon Alkohol im Griff hatte und die darüber in vielen Fällen in einen hilflosen und erbarmungswürdigen Zustand geraten waren. Es erschien Karel manchmal, als ersetzten Peter und Christian die Kinder, die in einer zölibatär lebenden Bruderschaft sonst gefehlt hätten.

Andreas und Stephan waren die Brüder, mit denen Karel immer wieder längere und freundschaftliche Gespräche führte. Dabei war Andreas kein Mensch, mit dem man über literarische Pläne und theologische Gedanken sprechen konnte. Er war ein einfacher und herzlicher Charakter, dem die Liebe zur Schöpfung über alles ging. Zeitlebens hatte er sich als Arbeiter in der Landwirtschaft verdingt und dabei sein karges Brot oft hart verdienen müssen. In der Kommunität zu sein bedeutete für ihn, das erste Mal im Leben seine Arbeitswelt ein Stück weit selbst gestalten zu können und nach seinen Idealen zu wirtschaften. Seine Frömmigkeit hatte ein Leben lang vor allem auf Tradition basiert. Seine Ehelosigkeit hatte sich einfach aus dem Umstand ergeben, dass er nie in der Lage gewesen wäre, eine Familie zu ernähren, und dass er sich schwer getan hätte, eine Beziehung zu einer Frau aufzubauen. Die übrigen Brüder waren anfangs skeptisch gewesen, ob mönchische Regeln zu Andreas passten und seiner inneren Haltung gemäß waren, aber es hatte sich bald gezeigt, dass er durch seine unkomplizierte Art die Gemeinschaft stabilisierte. Er machte fröhlich alles mit, was Stephan und die anderen für die Spiritualität und das geistliche Wachstum für hilfreich hielten.

Bruder Stephan war dagegen ein Mensch, der sich schon von Jugend auf in besonderer Weise für geistliche Fragen interessiert hatte. Lediglich vor dem Priesterseminar hatte er lange zurückgeschreckt, weil er sich nicht im Klaren darüber gewesen war, ob der zölibatäre Lebensstil etwas für ihn war. Als er es sich schließlich vorstellen konnte, war er schon über 30 Jahre alt und hatte als Religionslehrer einen Beruf, der ihn erfüllte. Von da an hatte er sich in seiner Umgebung auf die Suche nach Menschen gemacht, die seine Sehnsucht nach einem mönchischen Leben teilten. Ganz wollte er sich nicht in ein Kloster zurückziehen, weil er die Brücken zu seiner bisherigen Arbeits- und Umwelt nicht abbrechen wollte. So fand er schließlich den Weg, mit Freunden selbst eine Art Kloster zu gründen. Andere Männer verschiedener Konfessionen fanden die Idee des gemeinsamen Lebens anziehend und stießen dazu. Den Namen „Bruderschaft unter dem Wort" hatte man einem evangelischen Mitglied zu verdanken, dem besonders das gemeinsame Leben mit der Bibel wichtig gewesen war: Die Gebetszeiten der Brüder bestanden deshalb nicht allein aus freien Gebeten, sondern waren geprägt durch ausführliche Lesungen aus der Heiligen Schrift sowie Psalmengesänge.

Bruder Stephan hatte sich von Anfang an stark für Karels literarische Ideen interessiert und immer wieder das Gespräch mit ihm gesucht. In der kurzen Zeit ihrer Bekanntschaft hatte Karel schon manche Anregung von ihm erhalten. Das hatte seinem ins Stocken geratenen Schreibprozess starken Auftrieb gegeben. Sein Vertrauen zu Bruder Stephan war so groß, dass er ihm sogar einen Teil seines Manuskripts gegeben und ihn gebeten hatte, gelegentlich seine Meinung dazu zu äußern.

Karel saß gerade sinnend an seinem Schreibtisch, als es an die Zimmertür klopfte. Es war der Prior, der fragte, ob er auf einen Sprung hereinkommen dürfe. „Einen Nachmittagskaffee habe ich uns mitgebracht", sagte er und stellte ein Tablett auf dem Tisch ab, „sogar frischen Butterkuchen hat uns Bruder Matthäus gebacken."

„Oh, da lasse ich mich natürlich gerne stören", erwiderte Karel, „nehmen Sie sich einen Stuhl!"

Bruder Stephan deutete auf Karels Schreibblock und sagte lächelnd: „Eigentlich sollte ich Sie gar nicht unterbrechen, denn nachdem ich nun einiges aus Ihrem Manuskript gelesen habe, bin ich brennend daran interessiert, dass Sie Ihren Roman möglichst schnell fertigschreiben!"

„Sie fanden das wirklich interessant, was ich Ihnen zum Lesen mitgegeben habe?"

„Interessant ist fast untertrieben. Ich finde es spannend und herausfordernd. Und literarisch anspruchsvoll! Ich hätte es, ehrlich gesagt, gar nicht erwartet, dass heutzutage noch Literatur dieser Qualität am Entstehen ist."

„Nun übertreiben Sie aber", sagte Karel, den das Lob ziemlich verlegen machte. „Ich gebe zwar mein Bestes, aber ich weiß, dass es Autoren gibt, die viel besser schreiben als ich und deren Qualität ich nicht erreichen werde."

„Es mag sein, dass es Autoren gibt, die einen originelleren Stil pflegen oder die Ihnen handwerklich überlegen sind! Was mich bei Ihnen fasziniert, ist Ihr Anspruch, zu fragen, was die Welt im Innersten zusammenhält, um es mit Goethe zu sagen. Sie orientieren sich ja unumwunden an Dostojewskij. Von dem hat mal einer gesagt, dass er Bücher schreibt, die man nicht liest, um unterhalten zu werden, sondern um etwas über das Leben zu lernen! Wenn die Kostprobe, die Sie mir gegeben haben, repräsentativ für Ihr ganzes Buch ist, werden Sie dafür zweifellos den gleichen Anspruch anmelden können!"

Obwohl Bruder Stephan gerade die Worte aussprach, die Karel insgeheim einmal über sein Werk zu hören hoffte, fiel es ihm jetzt schwer, solch ein überschwängliches Lob widerspruchslos entgegenzunehmen.

„Nun ja", wehrte Karel ab, „ich habe sicher mein Bestes gegeben, um etwas Gescheites zu schreiben, aber mir kommt alles noch etwas vorläufig und unfertig vor."

„Ich bitte Sie. Seien Sie nicht zu bescheiden!"

„Das hat gar nichts mit Bescheidenheit zu tun. Wissen Sie, ich sehe einfach, dass meinem Buch noch etwas fehlt. Ich hätte es gerne noch lebendiger, noch authentischer."

Der Prior bemerkte, dass aus Karel jetzt nicht mehr die Verlegenheit sprach, sondern die selbstbewusste Bestimmtheit des Künstlers.

„Wie kommen Sie zu Ihrer Meinung, dass Ihr Werk nicht lebendig genug wirke?", fragte Stephan interessiert.

„Sie müssen wissen, dass ich bis vor Kurzem nur das Leben eines Bücherwurms geführt habe. Ich meinte, alles was es über das Leben gibt, aus Büchern herausholen zu können."

„Oh, aber wenn ich meinen Freund Georg Kreuzmann richtig verstanden habe, hatten Sie doch eine bewegte Zeit hinter sich, bevor Sie zu uns kamen?"

„Ja, ich habe sozusagen versucht, mich dem Leben zu stellen. Ich habe Ihnen ja erzählt, dass es mir darum ging, für meinen Romanhelden Aljoscha Karamasow reale Entsprechungen zu finden. Heilige unserer Zeit sozusagen!"

„Und? Sind Sie bis jetzt fündig geworden?"

„Ja und nein. Ich habe Menschen kennengelernt, die etwas von dem zu verkörpern schienen, Menschen, die alle in irgendeiner Form von Gott ergriffen sind, manchmal bewusst, manchmal völlig unbewusst. Menschen mit einer sensiblen Dichternatur. Menschen, die sich mitten im Schmutz unserer Gesellschaft nach Liebe in ihrer reinsten Form sehnen, dazu Menschen, die Gottes Liebe verwandelt hat. Doch obwohl mir diese Menschen begegnet sind, frage ich mich jetzt mehr noch als vorher, ob es den Helden, der mir für mein Buch vorschwebt, wirklich gibt. Ist er nicht vielleicht doch eine völlige Illusion?"

„Wie kommen Sie gerade jetzt darauf? Wenn Ihnen doch anscheinend alle diese von Gott geprägten Leute begegnet sind?"

Karel wirkte, als lächelte er in sich hinein. „Ja, wie komme ich eigentlich darauf? Es sind Kleinigkeiten, die meine Heiligenbilder stören. Vielleicht lächerliche Dinge, denn ich weiß ja, dass kein Mensch fehlerlos ist! Mein fast idealer Poet scheint gleichzeitig irgendwelchen, mir ihrem Wesen nach völlig fremden Geschäften nachzugehen. Der naiv Liebende ist zu vulgären Ausbrüchen fähig, die mich zu Unzeiten daran erinnern, dass zwei Seelen in seiner Brust wohnen. Und in dem Freund, der unter Gottes Einfluss ein neuer Mensch geworden schien, kommt immer wieder das Alte an die Oberfläche."

Jetzt schmunzelte der Prior, während er sich den Bart rieb. „Ich hätte Karel Puto gar nicht für jemanden gehalten, der von seinen Mitchristen Perfektionismus erwartet."

„Das erwarte ich auch nicht", entgegnete Karel eifrig, „da verstehen Sie mich falsch. Die, von denen ich gerade gesprochen habe, sind übrigens gar keine Menschen, die Sie als Christen bezeichnen würden. Ja, Menschen, die sich als bewusste Christen verstehen, haben meinen Weg auch gekreuzt. Aber bei denen hab ich mich seltsamerweise gar nicht gefragt, ob sie für meinen Aljoscha Modell stehen können. An ihnen stört mich mitunter gerade, dass sie sich ihrer Beziehung zu Gott bewusst sind. Ihr Freund Kreuzmann ist ein wunderbarer Mensch und ein wirklicher Mann Gottes, aber er kommt mir oft wie jemand vor, der einem christlichen Schema gerecht werden muss. Einen weiteren wirklich wundervollen Menschen habe ich ausgerechnet im Obdachlosenheim getroffen. Er ist noch gar nicht lange Christ, und es hat mich ehrlich gesagt ein wenig erschreckt, wie schnell seine Mitchristen einen frischgebackenen Gläubigen auf scheinbar vorgezeichnete Pfade dirigieren und wie eilfertig dieser sich sogar in seiner Sprache seinen neuen Geschwistern anpasst. Vielleicht braucht ein junger Christ ja Ordnungen, die ihm Sicherheit geben. Aljoscha stelle ich mir aber als jemanden vor, der sich im Wesentlichen auf sein Herz verlassen kann, das sensibel für Gott Willen ist und eine innigere Beziehung schafft, als es das Aneignen von Ordnungen und Glaubenssätzen je vermag."

„Ich glaube, ich verstehe, was Sie meinen", erwiderte Bruder Stephan, „demnach wäre unsere Kommunität mit ihren nach festgelegten Regeln lebenden Mitgliedern und den festen Gebetszeiten ja für Sie leider gar nicht ganz der richtige Ort, um ihr Buch fertigzustellen?"

Karel dachte kurz nach und sagte dann lächelnd: „Seltsamerweise scheinen mich dieser Ort und die Menschen hier trotzdem zu inspirieren! Vielleicht weil ich weiß, dass sich hier die mönchische Seite meines Aljoscha geborgen fühlen würde. Es ist ja nicht so, dass sich der Heilige zu der Welt hingezogen fühlt. Er sehnt sich nach der Nähe Gottes! Die aber findet sich im Frieden eines Klosters leichter als in der hektischen Betriebsamkeit der Welt, die unsere Sinne durch so viel gefangen nehmen möchte. Es ist nicht die Neigung, sondern eher die Einsicht, die den Heiligen in die Welt und unter die Menschen führt. Er weiß, dass unser Herr Jesus uns die geringsten unserer Brüder ans Herz gelegt hat. Wissen Sie, dass Aljoscha Karamasow von seinem geistlichen Lehrer aus dem Kloster fort und hin zu seinen Brüdern geschickt worden ist? Wäre es nach seinen eigenen Wünschen gegangen, so wäre er vielleicht im Kloster geblieben."

„Na, dann schauen Sie sich unter uns Brüdern doch noch einmal gründlich um! Wir führen hier ja im eigentlichen Sinne gar kein Klosterleben, sondern sammeln in diesem geschützten Raum die Kraft, die uns befähigt, unsere Arbeit in der Welt zu tun. Die meisten von uns gehen einem Beruf außerhalb unserer Kommunität nach. Vielleicht geben einige der Brüder doch ganz passable Heilige ab." Bruder Stephan legte bei diesen Worten seine Hand vertraulich auf Karels Schulter. „Mir wäre es jedenfalls recht", fuhr er mit ernster Freundlichkeit fort, „wenn Sie uns hier noch eine Weile erhalten blieben. Wie ich Sie erlebe, und vor allem wenn ich Sie über Ihren Weg erzählen höre, könnten übrigens auch Sie selbst das Wesentliche Ihres Helden Aljoscha verkörpern. Vielleicht sollten Sie darüber einmal nachdenken! Aber eigentlich bin ich ja gekommen, um Ihnen noch ein paar Fragen zu Ihrem Manuskript zu stellen und Sie darum zu bitten, mir noch eine weitere Leseprobe zu gewähren."

Bruder Stephan legte Karel ungefragt ein weiteres Stück Butterkuchen auf den Teller und schenkte ihm noch eine Tasse Kaffee ein.

Ein überraschender Verbündeter

Georg Kreuzmann hatte sich angeboten, Karel zum Treffen des „Dichterzirkels" abzuholen. Gemeinsam nahmen sie am liturgischen Abendgebet der Kommunität teil und aßen dann zusammen mit den Brüdern zu Abend. Dabei saßen alle gemeinsam um einen großen ovalen Esstisch. Das Speisezimmer der Kommunität lag direkt neben der Küche und war als Bauernstube eingerichtet. Bruder Stephan interessierte sich lebhaft für den „Dichterzirkel". Georg Kreuzmann erzählte ihm, was sie alles bei Leverus erlebt und wen sie dort schon zu Gast gehabt hatten. Als er den Namen Fallersleben erwähnte, machte der Prior eine abwehrende Handbewegung und meinte: „Ein sehr überschätzter Autor! Ein Kollege lieh mir sein letztes Buch. Es ist eigentlich traurig, dass ein derartiges Werk überhaupt Verbreitung findet!" Bruder Stephan richtete seinen Blick auf Karel: „Es wird Zeit, dass Sie mit Ihren Ideen in den Ring treten!"

Kreuzmann antwortete an Karels Stelle: „Zumindest werden wir heute die Ehre haben, nach längerer Zeit wieder einmal etwas aus Herrn Putos Manuskript zu hören. Ich bin schon sehr gespannt auf diesen Abend."

Als sie später zusammen im Auto saßen und längere Zeit einträchtig nebeneinander geschwiegen hatten, fragte Kreuzmann: „Nun, Sie stellen sich wohl schon vor, wie der alte Lutterhof die Messer gegen Sie wetzen und wie ihm Schwämmer dabei assistieren wird?"

Karel schüttelte den Kopf. „Nein, aber ich denke tatsächlich gerade an meinen letzten Vortragsabend im ‚Dichterzirkel'. Ich war damals an einigen Stellen ziemlich pathetisch. Ich glaube, ich habe hauptsächlich über die Liebe referiert. Es ist zwar noch gar nicht so lange her, aber ich denke, ich würde mich heute in einigen Dingen anders ausdrücken. Ich bin seitdem um einige Erfahrungen reicher. Eigentlich hab ich das Gefühl, heute mehr über die Liebe zu wissen, aber gleichzeitig fühle ich in mir eine größere Befangenheit als damals, über die Liebe zu sprechen! Vielleicht, weil ich daran denken muss, dass einige in unserem Kreis von der Liebe enttäuscht wurden?"

„Sie meinen Leverus und mich?", fragte Kreuzmann verlegen. Dann fügte er mit einem Lächeln hinzu: „Was mich betrifft, bin ich vielleicht auf dem Weg der Besserung!"

Karel tat, als ob er die letzte Bemerkung überhört habe. „Ich wundere mich, dass Leverus mich wieder darum gebeten hat, aus meinem Werk vorzutragen. Letztes Mal schien er gar nicht sonderlich daran interessiert zu sein."

„Täuschen Sie sich nicht! Ich hatte den Eindruck, dass er Ihre Arbeit durchaus respektierte."

„Aber inhaltlich schien ihn mein Buch nicht beeindruckt zu haben!"

„Vielleicht hat er inzwischen einfach die Nase voll von Fallerslebens Nihilismus und sich darauf besonnen, welche Juwelen Sie dagegen literarisch zu Markte tragen!"

Der Verlauf des Abends schien Georg Kreuzmanns Gedanken zu bestätigen. Achim Leverus brachte Karel von Anfang an vollstes Wohlwollen entgegen. Es begann schon mit der Überschwänglichkeit, mit der er ihn in seiner kurzen Einführungsrede präsentierte. Lutterhof und Schwämmer zuckten sichtbar zusammen, als Leverus von „anregender und sinnstiftender Dichtung" sprach. Karel suchte vergeblich nach einer Spur von Sarkasmus in den Ausführungen des Hausherrn. Die Spitzen von Leverus bekam diesmal nur Lutterhof ab, als dieser nach Beendigung der Lesung Karels Ansichten antiquiert nannte und den Erzählungen über Aljoscha attestierte, blutleere Heiligenlegenden zu sein.

„Leer und hohl ist vielleicht Ihr Schädel, Herr Lutterhof", kommentierte Leverus dessen kritische Bemerkung, „Sie müssten sonst erkennen, dass Herrn Putos Schilderungen durchaus Lebendigkeit und Tiefe haben, egal ob man seine Weltanschauung teilt oder nicht!"

„Waren Sie nicht letztes Mal noch anderer Auffassung?", versuchte Schwämmer für Lutterhof Partei zu ergreifen.

„Pah", wischte Leverus den Einwand beiseite, „ich hab nie etwas gegen Herrn Putos literarische Qualitäten gesagt, wenn ich auch zugeben muss, dass ich zunächst einige Vorurteile gegen religiös gefärbte Literatur ablegen musste!"

Nun wandte er sich direkt an Karel: „Mir scheint aber auch, dass Ihre heutigen Leseproben möglicherweise objektiv besser waren als die ersten, die Sie uns vortrugen."

„Ich habe mein Manuskript in den letzten Wochen an einigen Stellen überarbeitet. Was ich Ihnen heute vorgetragen habe, war ziemlich das Neueste, was ich geschrieben habe."

Die Augen von Leverus glänzten wie immer, wenn er sich bestätigt fühlte. „Ich sage Ihnen, meine Herren. In unserer Mitte wächst ein großes schriftstellerisches Talent heran! In einigen Jahren sind Sie stolz darauf, Zeuge seiner Anfänge gewesen zu sein!"

Karel wusste nicht, wie er mit diesem Lob umgehen und was er überhaupt von Leverus halten sollte. Als der gemütliche Teil des Abends begann, versuchte er, mit dem Gastgeber allein ins Gespräch zu kommen. Die Gelegenheit dazu ergab sich, als der Platz neben dem Hausherrn frei wurde. Karel setzte sich zu ihm.

„Herr Leverus", begann er zögerlich, „Ihr heutiges Lob hat mich ja fast überwältigt."

Der Angesprochene klopfte Karel kräftig auf die Schulter und sagte freundlich, wenn auch etwas gönnerhaft: „Und dieses Lob war vollkommen ehrlich gemeint!"

„Es freut mich sehr, gerade von Ihnen gelobt zu werden", erwiderte Karel und fühlte sich dabei ein wenig wie ein Student gegenüber seinem Professor, „denn gewisse Tendenzen in meinem Buch entsprechen ja vermutlich nicht ganz Ihrer Sicht der Dinge."

„Das mag stimmen. Gegenüber Ihrer religiösen Weltanschauung hege ich persönlich immer noch höchste Skepsis. Aber seltsamerweise mag ich Ihren Helden immer mehr. Außerdem sind Sie in Ihrem Buch kein penetranter Prediger. Ihr Aljoscha ist Ihnen vortrefflich geraten. Ich will Ihnen gerne gestehen, dass ich wohl weniger Abneigung gegen das Christliche hegen würde, wenn es tatsächlich Gläubige wie ihn gäbe!"

Karels Augen strahlten förmlich, als er dieses Bekenntnis aus dem Mund von Leverus hörte.

„Und was bringt Sie zur Überzeugung, dass es diese Menschen nicht gibt?", fragte er beherzt.

Leverus zog seine Stirn in Falten. „Eigentlich nur das, was ich so höre und lese. Na ja, und unser Freund Georg Kreuzmann wirkt, aufrichtig gesagt, nicht gerade so, als sei er über seine Schafe besonders glücklich."

„Aber das wäre ja so", insistierte Karel, „als würden Sie eine Kritik über ein Buch schreiben, das Sie gar nicht selber gelesen haben, sondern von dem Sie bestenfalls den Umschlag kennen!"

„Auf diese Art sind schon viele meiner Kritiken entstanden", konterte Leverus gelassen, „und ich hab gar nicht den Eindruck, dass es meine Schlechtesten waren. Jetzt sehen Sie mich bitte nicht so entgeistert an, als wüssten Sie nicht, dass man als Zeitungsschreiber manchmal in die Trickkiste greifen muss!"

Leverus und Karel schauten sich gegenseitig in die Augen und schmunzelten.

„Sie müssen aber zugeben, Herr Leverus, dass es zumindest manchmal besser ist, wenn man die Dinge näher studiert, bevor man sie beurteilt."

„Da mögen Sie recht haben, andererseits haben Sie ja mitbekommen, dass ich vor allem mit Gott selbst hadere. Ich glaube leider nicht, dass mein angeblicher Schöpfer und ich in diesem Leben noch gute Freunde werden!"

„Und Sie haben keine Furcht davor, dass sich dies auf Ihr nächstes Leben beeinträchtigend auswirken könnte?"

„Wollen Sie mir wie die Dogmatiker mit Himmel und Hölle kommen?" Leverus drohte mit dem Zeigefinger. „Haben Sie wirklich Sorge, Ihr Gott könne so nachtragend sein? Im Augenblick sehe ich das ziemlich gelassen, was natürlich nicht ausschließt, dass mich auf dem Totenbett nicht vielleicht doch noch einmal die Panik überfällt! Für diesen Fall kenne ich zumindest noch das Vaterunser!"

„Über die Dinge nach dem Tod möchte ich gar nicht spekulieren", antwortete Karel heiter, „aber es ist doch bereits in diesem Leben gut, wenn man Freunde hat! Mir tut es leid, dass Sie Gott nicht als Freund begreifen können, zumal ich glaube, dass Sie zumindest eine Ahnung von seiner Existenz haben. Ein wenig erinnern Sie mich an Aljoschas Bruder Wanja, der sich Gott wider besserer Einsicht verweigert."

„Karel, Karel. Jetzt fangen Sie an, mich zu enttäuschen, denn Sie geraten ins Fahrwasser Ihres Freundes Kreuzmann! Passen Sie auf, dass dieser Pastorenton nicht in Ihre Bücher einfließt, denn das würde ihnen schaden. Geben Sie nicht vor, über jemanden mehr zu wissen als dieser Mensch selbst von sich weiß! Das scheint mir ein Grundübel der Christen zu sein.

Sie wissen angeblich, welche Bedürfnisse die Menschen haben. Christen meinen, sie wüssten, was andere Menschen in ihrem tiefsten Inneren besorgt macht und was gut für sie ist. Ich weiß nicht, worauf sich diese christliche Überheblichkeit gründet."

„Ich kann mir gut vorstellen", bekannte Karel, „es liegt daran, dass wir Christen bei Jesus beobachtet haben, wie gut er die Herzen der Menschen kennt. Und wir wären natürlich gerne so wie er! Aber, ehrlich gesagt, war ich schon einige Male ganz froh, dass ich mir eingebildet habe, einen Menschen vielleicht besser zu kennen als er selbst sich kannte. Gibt es nicht sehr viele Menschen, die davon überzeugt sind, nichts wert zu sein und für nichts zu taugen? Ich verstehe Ihre Kritik, aber ich glaube, ich werde es mir nicht nehmen lassen, noch so manches Mal solchen Menschen gegenüber zu behaupten, dass ich mehr über sie weiß und sie anders sehe."

„Sie schwingen sich wirklich dazu auf, ein regelrechter Weltverbesserer zu werden! Aber so, wie Sie es verkaufen, mag ich nicht einmal böse über Sie sein! Haben Sie übrigens für Ihr Buch schon einmal die Fühler nach einem Verlag ausgestreckt?"

„Nein", sagte Karel, „ich dachte, ich schreibe es zunächst einmal fertig und das weitere wird sich finden."

„Der Gedanke ist zwar nicht ganz verkehrt, aber manchmal ist es kein Fehler, zu wissen, für wen man schreibt und dass man ein Manuskript nicht nur für die eigene Schublade produziert! Ein neuer Autor hat es nicht leicht, einen Verlag zu finden. Von Ihrem Talent her traue ich Ihnen zu, sich als Autor zu etablieren. Aber außer Talent braucht man leider auch ein unverschämtes Glück, um überhaupt wahrgenommen zu werden! Sehen Sie es deshalb nicht als Wichtigtuerei von mir an, wenn ich Ihnen meine Hilfe anbiete! Ich bin in der literarischen Szene vielen ein Begriff und kann Ihnen vielleicht eine Türe öffnen. Es geht nur darum, dass ich einige Leute auf Sie aufmerksam mache. Ich wage die Behauptung, dass Ihr Manuskript Gefallen finden wird, aber Verleger und Lektoren müssen erst einmal dazu gebracht werden, es ernsthaft zu lesen."

Karel bedankte sich bei Leverus für das Angebot. Bislang hatte er sich wenig Gedanken darüber gemacht, ob überhaupt jemand sein Buch publizieren würde. Dabei hatte er immer mit dem Bewusstsein geschrieben, dass er an einem Werk arbeite, auf das die literarische Welt geradezu warte. Vielleicht kam die Hilfe von Leverus zur richtigen Zeit! Der Journalist erklärte ihm in Kürze, wie man sich üblicherweise mit einem neuen Projekt bei einem Verlag bewirbt. Dann schlug er Karel vor, dieser möge ihn in den nächsten Tagen besuchen. Er würde ihm behilflich sein, ein Exposé zu verfassen und aus dem umfangreichen Manuskript eine geeignete Leseprobe herauszusuchen.

„Möglicherweise finde ich sogar jemanden, der ein Teil Ihres Manuskriptes am Computer erfassen kann", sagte Leverus.

Karel staunte über den Eifer, mit dem Leverus sich auf seine Seite schlug. Ihn als Verbündeten gewonnen zu haben, konnte von großem Vorteil sein, denn er galt als unbestrittene literarische Kapazität. Freilich hatte Leverus immer wieder zum Ausdruck gebracht, dass er von Karels Glauben und Weltbild nicht viel hielt. Konnte er Karels Werk da wirklich entscheidend fördern?

Georg Kreuzmann hatte immer wieder zu ihnen herübergeschaut, während Achim Leverus und Karel sich so intensiv unterhalten hatten. Vermutlich würde er genauso erstaunt sein, wenn Karel ihm von dem Hilfsangebot des Journalisten berichtete. Karel nahm sich vor, den Pastor auf dem Heimweg einzuweihen.

Schafe und Wölfe

„Alles, was ich von Ihnen wissen muss: Können Sie die Geschichte in drei Monaten vollends zu Ende bekommen? Wenn das Lektorat einen Großteil der fertiggestellten Teile schon jetzt bearbeiten kann, können wir das Buch auf der Messe präsentieren."

„Warum diese Hektik?", fragte Achim Leverus. Er und Karel saßen in zwei tiefen Ledersesseln vor dem mächtigen Schreibtisch des Verlegers Jean Eulenfels. Erst zwei Tagen zuvor hatte sich Leverus überraschend bei Karel gemeldet und ihm gesagt, dass bereits sein erster Versuch, den Kontakt mit einem Verlag herzustellen, erfolgreich gewesen sei. Jean Eulenfels habe sich persönlich gemeldet und sei sehr interessiert daran, Karel Puto für sein Haus zu verpflichten. Karel konnte es kaum fassen, dass sich ihm so schnell eine Türe öffnen sollte. Inzwischen hatte er sich umgehört und erfahren, dass es für literarische Neulinge in der Regel so gut wie ausgeschlossen war, bei einem der renommierten Verlage unterzukommen.

„Wie haben Sie das nur geschafft?", hatte Karel den selbstzufrieden wirkenden Achim Leverus gefragt, als sie vor dem imposanten Verlagshaus standen. Der hatte lächelnd gesagt, dass ihm Eulenfels zu Dank verpflichtet sei, da er dessen Hausautoren und Schwager Bodo Fallersleben publizistisch kräftig unterstützt habe.

„Mit meiner Hilfe ist ein Autor, den er höchstpersönlich verpflichtet hat, zu einem Bestseller-Erfolg gekommen. Jetzt hofft Eulenfels, den Coup wiederholen zu können."

„Oh weh", sagte Karel, „ich ahnte ja nicht, dass Sie mich ausgerechnet in dem Verlag unterbringen wollen, der auch das Buch von Fallersleben veröffentlicht hat. Mein Buch hat mit den ‚Nacktschnecken' nun wirklich nichts gemeinsam!"

„Seien Sie unbesorgt! Fallersleben wurde unter Vertrag genommen, weil es sich damals schon angedeutet hatte, dass er in die Familie einheiraten würde. Ich bezweifle, dass Eulenfels die ‚Nacktschnecken' wirklich zu Ende gelesen hat. Normalerweise ist der Verlag eher konservativ ausgerichtet. Vielleicht mag Eulenfels Ihren Roman sogar. In erster Linie aber ist er in diesem Fall Geschäftsmann."

„Es erschreckt mich ein wenig, was Sie da sagen", bekannte Karel leise. „Mein Roman ist für mich eine Herzensangelegenheit. Die Aussicht, dass ein anderer darin ein bloßes Handelsobjekt sieht, ist mir unangenehm!"

„Keine Sorge", beschwichtigte ihn der Journalist, „dem Eulenfels traue ich auf literarischem Gebiet zwar wirklich nicht viel zu, aber er hat tüchtige Leute im Verlag, die eine Ahnung von Büchern haben. Die meisten seiner Lektoren verstehen ihr Handwerk. Ihr Roman ist dort gut aufgehoben!"

„Sie meinen, dass es dort Leute gibt, die das, was ich schreibe, einfach bearbeiten und ändern werden?"

„Das wird natürlich in Abstimmung mit Ihnen geschehen. Sie brauchen keine Angst davor zu haben, dass Sie Ihr Buch hinterher nicht wiedererkennen werden! Die Lektoren wissen, wo sie Ihnen raten werden, zu glätten oder zu verändern, damit Ihr Buch beim Publikum bestmöglich ankommt."

„Ich habe ja nichts dagegen, dass man mein Manuskript auf Fehler untersucht, aber ich möchte nicht, dass man etwas ändert. Es gibt Stellen, bei denen ich bewusst um jedes Wort gerungen habe. Stellen Sie sich vor, das geht durch die gleichen Hände, die vorher die ‚Nacktschnecken' angefasst haben!"

„Herr Puto, Sie sollten nicht vergessen, dass Sie ein Neuling und noch kein Goethe sind! Man wird hier sicherlich nicht Schindluder mit Ihrem Manuskript treiben. Ich vermittle Sie schließlich nicht an einen zweifelhaften Verlag. Sie haben nicht die Reputation, sich wie eine Diva zu gebärden! Wenn Sie sich einigermaßen vernünftig verhalten, stehen die Chancen sicher nicht schlecht, dass Eulenfels Ihnen einen Vertrag anbietet. Und weil ich Sie begleite und berate, wird es kein ganz schlechter Vertrag sein. Die Gegenleistung, die von Ihnen erwartet wird, ist ein einigermaßen professionelles Verhalten."

Karel schwieg. Er überlegte, ob das schon die Situation war, vor der ihn Kreuzmann gewarnt hatte. Der Pastor, der selbst schon einige Bücher in christlichen Verlagen veröffentlicht hatte, war der Ansicht gewesen, Karels Buch sei bei einem Verleger, der sich ausschließlich der Verbreitung erbaulicher Literatur widme, möglicherweise am besten aufgehoben. Auch Kreuzmann hatte sich angeboten, seine Beziehungen spielen zu lassen, aber Karel wollte zunächst abwarten, ob Leverus ihn wirkungsvoll unterstützen konnte. Ein weltanschaulich nicht festgelegter Verlag bedeutete den Zugang zu einem breitgefächerten Publikum. Karel strebte schließlich an, nicht nur christliche Leser anzusprechen.

Als Karel nun aus dem Sessel den hinter seinem Schreibtisch thronenden Eulenfels ansah, fühlte er sich an Situationen erinnert, die ihm immer unbehaglich gewesen waren. In ähnlicher Weise war er den Personalbüroleitern der Versicherungen gegenüber gesessen. Wenn es um einen neuen Job gegangen war, vor dem er sich insgeheim gefürchtet hatte, oder wenn man ihm eröffnet hatte, dass er sich nach einem anderen Arbeitgeber umsehen sollte.

Am liebsten hätte Karel den Verleger darum gebeten, ihm sein Manuskript wieder auszuhändigen, und dann schnellstens das Weite gesucht. Sein Blick fiel auf die vertrauten Papiere, die Eulenfels jetzt vor sich liegen hatte. Während der Blick des Verlegers fragend auf Karel ruhte, strichen seine Hände beiläufig in gleichmäßigen Bewegungen über das Manuskript. Karel stellte sich vor, dass sie im selben Augenblick zugreifen würden, in dem er erklärte, die Frist einzuhalten. Er überlegte, was es für ihn hieße, ab diesem Augenblick auf einen Termin hinzuarbeiten, den ein anderer ihm gesetzt hatte. Es kam ihm vor, als wäre er ein Vater, der ein Kind zu fremden Leuten gibt, die nur versprochen hätten, ihm Nahrung und Kleidung zu verschaffen, es aber gewiss nicht liebten, sondern es für sich arbeiten lassen wollten. „Aljoscha" war sein Kind. Es verfügte über die reinste Kinderseele und besaß kein Schild, das es vor feindlichen Giftpfeilen schützen konnte. Dieses Kind jetzt wegzugeben, hieß, es schutzlos der Welt auszuliefern!

Karel erinnerte sich an einen Rabbi, der seinen Schülern gesagt hatte, dass er sie wie Schafe unter die Wölfe schicken werde, und der nicht dafür garantierte, dass nicht einige von ihnen von den Wölfen zerrissen würden. Einige dieser Schafe kamen in Gegenden, wo die Menschen bislang nur Wölfe gesehen hatten, aber gar nichts von der Existenz von Schafen wussten. Diese Menschen sahen fassungslos zu, wie die Schafe zu einer blutigen Beute der Wölfe wurden, und fragten sich, warum um Himmels Willen es Tiere gab, die so wehrlos gegen Wolfsbisse waren.

Karel sagte zu, dass er das fertige Manuskript in spätestens drei Monaten vorlegen werde.

Kurz darauf stand er zusammen mit Achim Leverus wieder vor dem Verlagsgebäude. Dieser klopfte ihm vor Freude über das Zustandekommen des Vertrags heftig auf die Schulter und gratulierte ihm zu seinem Glück. Karel überlegte, was ihn letztendlich dazu bewogen hatte, dem Verleger eine Zusage zu geben. Er hatte sich wieder einmal daran erinnert, wie Aljoscha Karamasow von seinem geistlichen Lehrmeister ermahnt worden war, sich nicht in das Kloster zurückzuziehen, sondern in die Welt zu gehen, um zunächst seinen Brüdern beizustehen und später noch an anderen Orten Gutes zu wirken.

Auf der Heimfahrt mit Leverus tauchte in Karels Gedanken das Bild der Schafe unter den Wölfen nochmals auf. Einige der Menschen, die vorher nur Wölfe gekannt hatten, sahen, dass die Schafe gut für sie waren. Die Menschen vertrieben die Wölfe und nahmen sich der überlebenden Schafe an, die ihnen Milch und Wolle spendeten. Man ehrte die Schafe, baute ihnen schöne Ställe und mästete sie, bis sie dick und fett wurden. Eines Tages kam ein fremder Mann, dessen Haupt und Haar weiß waren wie weiße Wolle oder wie Schnee und dessen Augen wie eine Feuerflamme loderten. Man staunte über sein leuchtendes Angesicht und erschrak vor seiner Stimme, die wie ein gewaltiges Wasserrauschen erschien. In seiner Hand hielt er einen goldenen Hirtenstab, mit dem er auf die fett und unansehnlich gewordenen Schafe deutete.

„Wir sind angekommen!", rief Leverus. Karel wurde durch das Abbremsen des Wagens aus seinem leichten Schlummer geweckt.

„Oh, wir sind tatsächlich schon da", gähnte Karel. Er sah auf die Uhr. „Gerade feiert die Kommunität das Abendgebet. Danach gibt es ein gemeinsames Essen. Es wäre schön, wenn Sie noch etwas Zeit hätten und mit uns essen könnten!"

„Warum nicht?", sagte Leverus. „Unter Ihren Klosterbrüdern werde ich mir zwar vorkommen wie ein Wolf in einer Schafherde, doch zur Feier des Tages ... aber warum lachen Sie denn, Herr Puto? Ich habe doch nur eine gängige Redensart gebraucht!"

Kurz darauf saßen sie in der gemütlichen Bauernstube zusammen. Leverus saß zwischen Karel und Bruder Stephan, der den Gast aufs Freundlichste begrüßt hatte. Der Name Achim Leverus war Bruder Stephan ein Begriff, da er zu den regelmäßigen Lesern des Feuilletons gehörte.

„Und Sie haben es tatsächlich fertig gebracht, unseren Freund Karel bei Eulenfels unterzubringen?", erkundigte sich der Prior. Von Karel hatte er am Morgen erfahren, dass Leverus kommen werde, um mit ihm zusammen den bekannten Verleger aufzusuchen.

„Qualität setzt sich eben durch", antwortete Leverus. „Würde das Manuskript unseres Freundes nichts taugen, nützten die besten Beziehungen nichts!"

„Ich weiß, dass wir hier einen wirklichen Dichter unter uns haben", sagte Bruder Stephan. „Ich war so glücklich, einiges aus Herrn Putos Manuskript lesen zu dürfen. Man kann es freilich nicht gerade als selbstverständlich bezeichnen, dass der heutige literarische Betrieb noch etwas übrig hat für einen Autoren, der so offen seinen christlichen Glauben erkennen lässt."

„Vorurteile", entgegnete Leverus, „ich denke, ein Schriftsteller kann auch heute noch glauben und schreiben, was er will. Man wird ihm nichts verübeln, solange er literarisch überzeugt! Aber es scheint heute eben nicht mehr die wirklich großen christlichen Geister zu geben, die zugleich ein künstlerisches Empfinden an den Tag legen. Ich sage Ihnen voraus: Wenn unser Freund Karel Puto richtig erfolgreich wird, werden zwei, drei andere Verlage in der nächsten Saison ebenfalls versuchen, einen Schreiber mit christlicher Tendenz am Markt zu platzieren. Ich hoffe dann nur, dass man sie nicht bei irgendeinem Traktatverein abwirbt, sondern dass es sich um echte Talente handelt! Dann wird es einige Artikel und Aufsätze über eine Renaissance des Christentums in der Literatur geben, ehe zweit- und drittklassige Epigonen die Bewegung wieder ruinieren werden. Glauben Sie mir: Ein Autor wie Herr Puto hat heute nicht weniger Chancen als ein Fallersleben, so lange sein Buch gut genug ist, um eine gewisse Faszination auszuüben!"

„Sie meinen, die Menschen finden das Gute ebenso anziehend wie das Schlechte?"

„Gut und schlecht sind relative Begriffe. Ich muss Ihnen gestehen, dass ich Fallersleben vor geraumer Zeit für durchaus gut hielt. Dass er inzwischen für mich ein erledigter Fall ist, hängt damit zusammen, dass der erste Ruhm, den er erntete, eine tiefe Kluft zwischen seiner Kunst und seinem Lebensstil offenbarte. Ich halte ihn heute nicht mehr für glaubwürdig."

„Aber ist es denn zulässig, die Qualität eines Werkes am Lebensstil des Künstlers zu messen? Solch eine moralisierende Betrachtungsweise wirft man doch sonst am ehesten uns Christen vor?" Bruder Stephan lächelte schalkhaft und Achim Leverus verlor tatsächlich für einen Moment etwas von seiner Souveränität. Aber dem Prior war es nicht darum gegangen, den Journalisten aus dem Konzept zu bringen. Um das Gespräch wieder anzustoßen, fragte er: „Halten Sie eigentlich das Unterfangen von Herrn Puto geglückt, einem Werk der Weltliteratur eine adäquate Fortsetzung hinzuzufügen?"

„Ich muss gestehen", antwortete Leverus wieder im gewohnten selbstbewusst dozierenden Tonfall, „dass bei mir die Lektüre von Dostojewskij schon viele Jahre zurückliegt. Ich lese Herrn Putos Werk als einen eigenständigen Roman, der von der Strahlkraft seiner Hauptperson lebt. Er schafft es, eine wirklich außergewöhnliche Figur zu zeichnen, die sich wie ein Pilger durch die Welt bewegt und ihre Umgebung geradezu erleuchtet."

„Für einen Christen wie mich ist es besonders faszinierend, die Züge unseres Herrn Jesus in der Figur Aljoscha wiederzuentdecken!", warf der Prior ein.

Leverus wandte sich überrascht an Karel:

„Bruder Stephan meint, dass Aljoscha nicht nur ein moderner Heiliger ist, sondern ein moderner Christus? Können Sie dies bestätigen, Herr Puto?"

Karel, der dem Gespräch bisher schweigend gefolgt war, rieb sich nachdenklich mit der Rechten übers Kinn und sagte: „In einem Heiligen werden immer die Züge Christi zu erkennen sein. Dem Herrn nachzufolgen, heißt ja, danach zu trachten, seinem Wesen zu entsprechen und so zu handeln wie er! Nur fällt es eben schwer, sich Menschen vorzustellen, die diesem Ideal auch nur annähernd entsprechen. Aber nach meiner Einschätzung wollte Dostojewskij, als er den Fürsten Myschkin und später Aljoscha Karamasow darstellte, durchaus aufzeigen, wie sich die Reinheit des Wesens Jesu in Beziehung zu den Irrungen und Wirrungen der modernen Gesellschaft verhält."

„Meines Wissens haben diese beiden Helden aber in ihrer Zeit und ihrer Gesellschaft nichts ausrichten können", wandte Leverus ein. „Wollte Ihr Dichter gar aufzeigen, dass Jesus heute wehrlos und zum Untergang verurteilt wäre? Nun ja, viele sehen ja sogar in dem historischen Jesus letztendlich einen Gescheiterten!"

„Ich glaube nicht, dass Myschkin und Aljoscha Karamasow wirklich Gescheiterte sind", sagte Bruder Stephan. „Haben sie es nicht verstanden, Herzen anzurühren? Spüren wir nicht als Leser die Kraft, die von ihnen ausgeht? Sind sie uns nicht Vorbilder der Liebe?"

„Aber dass diese Liebe gegen die äußeren Verhältnisse wirklich eine Chance hat, scheint zumindest Dostojewskij nicht wirklich geglaubt zu haben", stellte Leverus fest. Seine beiden Nebensitzer wollten ihm widersprechen, aber der Journalist fuhr schon, an Karel gerichtet, fort: „Dieser Gedanke bringt mich auf die Frage, wie es um Aljoscha eigentlich am Ende Ihres Buches stehen wird? Verraten Sie uns, ob es eine Art Happy End geben wird? Wird er erfolgreich Gutes bewirken oder werden wir als Leser am Ende mit ihm zusammen die unabänderlichen erbarmungslosen Gesetzmäßigkeiten dieser Welt betrauern?"

„Ich muss Ihnen ehrlich bekennen, dass ich bezüglich des Endes noch gar nicht festgelegt bin", erwiderte Karel, „einerseits will ich gerne alles zu einem guten Ende bringen, andererseits sollte es aber vor allem einen glaubwürdigen Schluss geben. Ein gutes Ende könnte konstruiert wirken, aber ein tragisches Ende könnte zu der irrigen Meinung verleiten, dass ich als Autor keine Hoffnung dafür aufbringe, dass sich das Gute in der Welt behaupten und durchsetzen kann."

„Das hört sich nach einer spannenden Fragestellung an", sagte Bruder Stephan, „ich bin sehr neugierig, wie Sie sich am Ende wirklich entscheiden werden."

„Aus meiner Sicht wird wohl nur die tragische Variante einigermaßen glaubwürdig rüberkommen", seufzte Leverus. Er nahm einen Schluck Wein. „Wenn Sie aber wirklich ein Entscheidungsproblem haben, fragen Sie doch einfach Eulenfels. Er bezahlt Sie schließlich."

So wenig ernst dieser Vorschlag gemeint war, ging er Karel bis zum Ende des Tages nicht mehr ganz aus dem Kopf. Als er spätabends wach in seinem Bett lag, ergriff ihn nochmals ein panisches Gefühl, weil er sich klarmachte, dass sein Werk seit heute nicht mehr nur ihm gehörte, sondern zu einem Teil schon einem Menschen wie Jean Eulenfels.

Ende gut?

„Herr Leverus hat neulich in der Tat eine interessante Frage aufgeworfen", sagte Bruder Stephan, der es sich zur Gewohnheit gemacht hatte, an seinen freien Nachmittagen mit einem Kaffeetablett bei Karel zu erscheinen und sich für ein Viertelstündchen oder länger zu ihm an den Schreibtisch zu setzen.

Karel musste nicht lange überlegen, was der Prior meinte. „Sie denken an die Frage, ob Menschen wie Aljoscha überhaupt in der Lage sind, die Welt zu verbessern oder zumindest ihre Umgebung zum Guten zu beeinflussen?"

„Genau. Sie werden sich ja ein Stück weit zu entscheiden haben! Werden Sie in Ihrer Geschichte Aljoscha als einen Gewinner oder einen Gescheiterten abtreten lassen? Ich gestehe, ich wüsste selbst nicht, für welche Variante ich mich entschiede. Schließlich möchte man die Leser ja ermutigen. Andererseits muss das, was Sie schreiben, aber unbedingt glaubwürdig sein."

Karel lachte. „Ist es nicht unglaublich? Da sitzen sich zwei gläubige Christen gegenüber, zwei Menschen, deren Glaube angeblich Berge versetzen kann, und sie tun sich schwer mit einem läppischen Happy End!"

„Aber hat man beim Blick auf die Weltgeschichte und die Geschicke vieler Menschen denn nicht wahrhaftig den Eindruck, dass das Gute am Ende selten die Oberhand behält? Ich denke, das Gute lässt sich nicht ganz unterkriegen, es schimmert als Hoffnungsstrahl durch, aber ein ‚Ende gut – alles gut' würde in Ihrer Geschichte doch wie ein Kunstgriff wirken!"

„Würden mir die Leser solch einen Kunstgriff überhaupt verübeln? Ich muss gerade an meinen Freund Roland Hiller denken, der mit wahrer Begeisterung seine abenteuerliche Erbauungsliteratur verschlingt. Bei Karl May behält das Gute, ja sogar das Christliche, am Ende stets und unangefochten die Oberhand. Dieser Meister der Fantasie hat einen Kosmos kreiert, in dem der Sieg des Guten geradezu ein Naturgesetz zu sein scheint! Ich glaube, ihn schriftstellerisch zu beerben, wäre um einiges einfacher gewesen, als sich Dostojewskij zum Vorbild zu nehmen!" Karel gab einen vernehmbaren Seufzer von sich, dem Bruder Stephan jedoch keine Beachtung schenkte.

„So deprimierend, wie Leverus meint, gehen Dostojewskijs Erzählungen allerdings gar nicht zu Ende", bemerkte der Prior. „Ich sehe in seinem Aljoscha keineswegs einen Gescheiterten. Der Samen des Guten, den er streut, wird ja aufgehen! Nur können wir die Herrlichkeit, die daraus erwächst, in diesem Leben vielleicht nicht unverhüllt wahrnehmen."

Karel nickte und rührte eine Weile in seinem Kaffee herum.

„Was mich in diesem Moment ein wenig unzufrieden macht", sagte er nachdenklich, „ist die Tatsache, dass wir hier gemütlich sitzen und über die Verhältnisse einfach theoretisieren. Fast erinnert mich dies an die langen trockenen Studien, die ich absolvierte, bevor ich mich richtig ans Schreiben machte. Irgendwann habe ich dann einer Stimme gehorcht, die mir sagte, dass ich die Wahrheiten für mein Buch im Leben selbst suchen müsse. Konkretisiert hat sich dies darin, dass ich mich daran machte, ein reales Vorbild für meinen Aljoscha zu finden. Dies ist mir zwar nicht auf die Art geglückt, wie ich es mir vorgestellt hatte, aber schon der Versuch hat mich entscheidend vorangebracht. Nun sieht es also so aus, als wäre ich fürs Ende meiner Geschichte wieder ganz auf das angewiesen, was mir hier in der Stille meiner Kammer einfällt."

Bruder Stephan musterte Karel mit verschmitztem Gesichtsausdruck. „Vielleicht muss ich Ihnen jetzt doch noch einmal ernsthaft einen Rat geben. Vor einiger Zeit habe ich schon einmal versucht, es Ihnen zu sagen."

Karel schaute den Prior verwundert an. Dessen Blick wurde eine Spur ernster, ohne an Freundlichkeit zu verlieren. Milde und etwas feierlich sagte er, während er Karel seine rechte Hand auf die Schulter legte: „Ich glaube, Sie hätten gar nicht so viel unternehmen müssen, um einen Menschen vom Typ Aljoschas zu finden!"

„Wie meinen Sie das?"

Karels Frage war eigentlich überflüssig, denn die Art und Weise, wie ihn Bruder Stephan angesprochen hatte, brachte zum Ausdruck, was er meinte. Karel wurde verlegen. Er hatte schon darüber nachgedacht, was ihn selbst mit Aljoscha verband, aber er hatte sich nie mit der Hauptperson seines Romans identifiziert. Zwar verkörperte Aljoscha alle Ideale eines Karel Puto, sich jedoch bewusst mit Aljoscha zu identifizieren, hätte für Karel bedeutet, ihn nicht mehr unbefangen in seiner Reinheit darstellen zu können. Sich in einen reinen und unfehlbaren und obendrein bescheidenen Helden zu verwandeln, durfte nur ein Märchenerzähler wie Karl May wagen! Der schickte sein ideales „Ich" durch eine Welt, in der Gut und Böse fein säuberlich voneinander getrennt waren und das Schicksal dem Helden alles in die Hände spielte, was er zum Bestehen seiner Abenteuer brauchte. Jeder Leser, der mit Old Shatterhand und Kara Ben Nemsi auf eine Reise aufbrach, träumte sich insgeheim in diese Heldenrolle hinein.

Aljoscha dagegen hatte in einer komplizierten, feindseligen Welt zu bestehen. Er war eigentlich nicht von dieser Welt. Schon dies machte die Identifikation mit ihm schwer. Karel hätte nie von sich behaupten können, nicht von dieser Welt zu sein. Eine gewisse Weltfremdheit bescheinigte man ihm freilich. Denen, die ihn so charakterisierten, gab er im Grunde recht. Aber er fühlte, dachte und handelte in den meisten Dingen nicht anders als andere Weltkinder. Zwar sollte Aljoscha in Karels Vorstellung durchaus ganz Mensch bleiben, aber manche Dinge, die Karels Herz vertraut waren und es befleckten, sollten Aljoschas Herz völlig fremd bleiben. Dies konnte nicht mehr funktionieren, wenn Aljoscha zur Spiegelung des eigenen Ichs wurde!

Bruder Stephan hatte auf Karels Frage nicht geantwortet, aber seinen Blick freundlich auf ihm ruhen lassen. Sollte Karel versuchen, dem Prior klarzumachen, was ihm an dessen Gedanken missfiel? Eine plötzliche Eingebung hinderte ihn daran, Bruder Stephan, den er ja in gewissem Sinne durchaus für einen Weisen hielt, zu widersprechen.

Wenn er seinen eigenen Gedankengängen noch einmal nachging, war es ja im Grunde ebenso absurd und unlogisch gewesen, in anderen Menschen Vorbilder für Aljoscha zu suchen. Es gab Menschen, die vielleicht einiger Wesenszüge Aljoschas teilhaftig sein konnten. Aber sie waren doch genauso mit der Welt verhaftet wie er selbst. Wenn er sich selbst nicht mit Aljoscha identifizieren wollte, konnte er auch andere real existierende Personen nicht mit diesem Ideal auf eine Stufe stellen. Aber ein anderer Gedanke hatte ihn auf eine neue Spur gebracht. Hatte nicht Jesus gesagt, dass er in seinen Nachfolgern weiterlebe? Trug nicht somit jeder wahre Christ ein Vermächtnis in sich, das Leben seines Herrn weiterzuführen? Worin aber zeigte sich dieses Leben Christi? Karel fielen die schönen Worte über die Liebe ein, die dem Apostel Paulus wie ein Hymnus aus der Feder geflossen waren. Die langmütige, selbstlose Liebe, die sich nicht aufspielte, sondern sich wie selbstverständlich dem Mitmenschen zuwandte – das war das Samenkorn des Lebens, das Jesus in die Herzen seiner Nachfolger eingepflanzt hatte. Wo ein Mensch liebte und ein Werk der Liebe vollbrachte, da lebte Christus auf. Nach einem würdigen Vorbild für Aljoscha zu suchen, hieß also danach zu fragen, wo sich Liebe zeigte und wie sie tätig wurde. Diese Erkenntnis hatte ihm die Augen dafür geöffnet, dass seine Suche nach Aljoscha im realen Leben nicht ohne Erfolg geblieben war.

Was Karel auf seiner Suche nach einem Vorbild für Aljoscha gefunden hatte, waren zahlreiche kostbare Scherben eines vollkommenen Gefäßes gewesen. Er hatte Menschen getroffen, in denen er mindestens einen Abglanz jener Liebe erkannte, die Aljoscha für ihn verkörperte. Etliche seiner

Fundstücke hatte er während der vergangenen Wochen eingebaut in eine Nachbildung jenes Gefäßes, an der er nun schon so lange modellierte. Diese sollte dem vollkommenen Gefäß möglichst ähnlich werden, dessen Gestalt er doch nur erahnen konnte. Was gab ihm überhaupt die Gewissheit, dass sein Modell dem Vorbild während der letzten Periode seines Schaffens wirklich ähnlicher geworden war? Vielleicht war es die Erkenntnis, dass er in jüngerer Zeit der Liebe in mancher ihrer Formen das erste Mal in seinem Leben überhaupt erst begegnet war. Das hatte ihm ein völlig neues Fundament für sein Schaffen gegeben.

Die Andeutung von Bruder Stephan machte ihm nun bewusst, dass er auf seinem Weg ins Leben ja nicht Beobachter und Suchender geblieben war, sondern dass er selbst ins Leben anderer Menschen hineingewirkt hatte. Und natürlich war er dabei so gut es ging seinem Gewissen als Christenmensch gefolgt. War deshalb die Selbstbetrachtung vielleicht doch ein geeignetes Werkzeug, Erkenntnisse über das mögliche weitere Schicksal seines Aljoscha zu gewinnen?

„Meinen Sie wirklich, dass ich ein Mensch bin, der viel von Gottes Liebe in sich trägt?", fragte Karel den Prior.

„Ich nehme Sie als einen liebevollen Menschen wahr. Sie sind zu jedermann freundlich, begegnen allen mit Respekt. Sie behandeln unsere beiden behinderten Mitbewohner nicht herablassend, Sie strahlen eine dankbare Zufriedenheit aus!"

„Aber das sind doch Selbstverständlichkeiten", wandte Karel ein.

„Aber es sind nur Selbstverständlichkeiten, weil Sie im Grunde Ihres Herzens Ihren Mitmenschen in Liebe begegnen. Verstehen Sie mich nicht falsch. Sie sind kein herausragender Christenmensch. Alles was ich von Ihnen sage, gilt für die meisten meiner Brüder hier. Jeder der sein Herz wirklich für Jesus öffnet, kann in einen solchen Menschen verwandelt werden, allenfalls bedarf es je nach Charakter stärkerer oder schwächerer innerer Kämpfe. Aber jedenfalls werden Sie überall dort die Züge Ihres Aljoscha wahrnehmen, wo Sie Liebe finden. Warum sollten Sie also nicht Ihre eigenen Erfahrungen zu Rate ziehen, wenn Sie der Frage nachgehen, wie erfolgreich die Liebe die Welt prägen und verändern kann? Haben Sie mir nicht von vielen Begegnungen und Erlebnissen berichtet, die Sie während des letzten Jahres hatten? Fragen Sie doch einfach einmal, wie Sie auf das Leben anderer Einfluss genommen haben! Fragen Sie, was sich dort, wo Sie Liebe investiert haben, verändert hat! Wenn Sie Antworten auf diese Fragen finden, wissen Sie zugleich, ob ein Aljoscha Karamasow die Welt zum Besseren beeinflussen kann oder ob seine Mission vom äußeren Augenschein her eher zum Scheitern verurteilt ist. Richten Sie Ihren Blick darauf, was in Ihrer eigenen Welt wirklich geschieht – dann werden Sie Hinweise dafür finden, wie Sie Ihre Geschichte zu einem glaubwürdigen Ende bringen!"

Nachdem sich Bruder Stephan wieder verabschiedet hatte, saß Karel grübelnd an seinem Schreibtisch. Vielleicht lag der Prior richtig, vielleicht war es das Beste, für die Fertigstellung seines Romans die eigenen Erfahrungen zu befragen. Es ging in Karels Roman schon längst nicht mehr um das ganze Leben des Aljoscha Karamasow. Den Plan einer kompletten Biografie hatte er während seiner Zeit in der Kommunität endgültig verworfen. Er hatte es als große Befreiung erlebt, damit zugleich der Last enthoben zu sein, über den Tod Aljoschas nachzudenken. Die Geschichte Aljoschas würde in seinem Buch enden, wenn dieser das Alter eines gereiften Mannes erreicht hatte. Bei der Frage nach Erfolg oder Misserfolg im Leben seines Helden ging es also nur um eine Zwischenbilanz. Weil es aber voraussichtlich, literarisch betrachtet, die endgültigen Erkenntnisse und letzten Aufschlüsse über Aljoscha blieben, behielt das Ende seiner Erzählung dennoch ein besonderes Gewicht.

Jetzt wäre es gut gewesen, einen seiner Freunde hier zu haben! Einen, der ihn länger und besser kannte als der Prior. Karel überlegte, wer dafür in Frage käme, und er stellte fest, dass seine ältesten Freundschaften sehr jung und nicht sehr zahlreich waren. Roland Hiller hatte er sein Herz geöffnet, aber Karel war sich nicht sicher, ob dieser eigensinnige Privatgelehrte ihn immer verstanden hatte oder nicht viel zu sehr mit seinen eigenen Gedanken beschäftigt gewesen war. Volker Beutelmaier hätte er auch als Freund bezeichnet, aber was wusste dieser wirklich über ihn? Karel spürte wieder den bekannten Stich in seinem Herzen, als ihm klar wurde, dass seine wirkliche Vertrauensperson Nadja Tesslowski gewesen war. Mit ihr hatte er aber nach seinem Auszug kaum ein paar Worte gewechselt! Zuletzt hatten sie sich nur über Georg Kreuzmann Grüße übermitteln lassen. Karel hatte zwar noch einmal bei ihr angerufen, aber sie hatten sich am Telefon nicht viel zu sagen gehabt. Er hatte sich nach ihrem Ergehen erkundigt. Sie hatte ihm auf diese Frage eine Allerweltsantwort gegeben.

„Fragen Sie, wie Sie auf das Leben anderer Einfluss genommen haben!" Karel kamen die Worte des Priors wieder in den Sinn, während er an Nadja dachte. Hatten nicht alle, die Nadja kannten, ihm bescheinigt, wie sie in der Zeit, während der er bei ihr gelebt hatte, aufgeblüht war? Georg Kreuzmann schien Nadja regelrecht zu verehren. Immer wieder ließ der Pastor Bemerkungen fallen, die Karel den Eindruck vermittelten, dass Kreuzmann Nadja inzwischen regelrecht umwarb. Karel malte sich Nadja an der Seite des Geistlichen aus. Sie war eine gebildete Frau und würde sich leicht in eine Rolle einfinden, die ihr eigentlich mehr entsprach als das Leben als ungelernte Arbeiterin und Putzfrau. Falls Nadja inzwischen für Kreuzmann die gleichen Gefühle empfand wie der Pastor für sie, konnte sich Karel möglicherweise als Stifter des gemeinsamen Glücks fühlen oder zumindest als Helfer. Hier war er völlig unbeabsichtigt zum Segensbringer geworden.

Anders stand es bei seinen Freunden Volker und Marianne Beutelmaier. Gemeinsam mit Nadja hatte er hier bewusst versucht, helfend in das Schicksal der beiden einzugreifen. Wie hatte sich Marianne entschieden? Es war höchste Zeit, dass er wieder Kontakt zu Volker Beutelmaier aufnahm und sich nach dem Ergehen der beiden erkundigte! In sein eigenes Leben war ja nun äußerlich wieder Ordnung und Regelmäßigkeit eingekehrt.

Der Erste, mit dem er sich verabreden wollte, war jedoch Roland Hiller, der einen Anspruch darauf hatte, zu erfahren, welche Perspektive sich für Karels Schriftstellerkarriere in der Zwischenzeit ergeben hatte.

Blutsbrüder

Karel und Roland waren im Café „Schillerlocke" verabredet. Roland verkehrte hier öfter. Vor längerer Zeit war Karel mit ihm schon einmal dort gewesen. Der Zufall fügte es, dass Karel, kurz bevor er sich in die Stadt aufmachte, einen Anruf von Eulenfels erhielt. Dieser fragte ihn, ob er mit dem überwiesenen Vorschuss zufrieden sei. Karel erwiderte, dass er gar nicht wisse, ob schon etwas auf seinem Konto eingegangen sei.

In seiner Verlegenheit fragte er den Verleger nicht nach der Höhe des überwiesenen Betrags. Der Schalterbeamte in seiner Bank informierte ihn diskret darüber, dass Karel augenblicklich mehr als 10.000 D-Mark auf dem Konto hatte und fragte ihn, ob er eine Termingeldanlage wünsche. Karel hatte ein Gefühl, als sei ihm ein Lotteriegewinn zugefallen. Er hob einen für seine Verhältnisse größeren Betrag ab und verließ die Bank mit einem prall gefüllten Geldbeutel.

Das Café „Schillerlocke" nannte sich zwar Café, und man bekam dort auch einen ausgezeichneten Kaffee, war aber eigentlich eher ein Bistro, das abends stärker frequentiert wurde. Zur Nachmittagszeit waren nur wenige Tische besetzt. Roland war noch nicht erschienen. Deshalb suchte sich Karel einen Ecktisch aus, von wo aus er jeden eintretenden Gast gleich sehen konnte. Den Kellner beschied er, dass er mit seiner Bestellung warten wolle, bis auch sein Freund hier sei. Kurz darauf kam Roland zur Tür herein. Als er Karel an seinem Tisch entdeckte, huschte ein Freudenstrahl über sein Gesicht.

„Schön, dass du schon da bist", sagte Roland, während er herzlich Karels Hand schüttelte. „Mir ist leider eine Straßenbahn vor der Nase weggefahren. Sonst wäre ich schon etwas früher hier gewesen."

Karel wehrte die Entschuldigung des Freundes ab und sagte: „Ich bin eben erst angekommen."

Sie bestellten sich Kaffee und Kuchen. Zunächst tauschten sie ein paar allgemeine Nettigkeiten aus. Dann erkundigte sich Roland, ob Karel etwas von Joschka und den beiden befreiten Mädchen gehört habe. Karel konnte berichten, dass Georg Kreuzmann sich erfolgreich um die Angelegenheiten der Mädchen gekümmert habe. Er selbst wolle sich bei Gelegenheit einmal persönlich erkundigen und hoffe, dass sich Joschka vielleicht in nächster Zeit bei ihm melde.

„Vielleicht ist er einfach zu sehr mit seiner Lisa beschäftigt", kommentierte Roland lakonisch. „Der Junge war ja über beide Ohren verliebt. Das Mädchen hatte auch wirklich Charme. Schlimm, was man ihr angetan hat!"

Roland nahm einen Bissen Kuchen und kaute bedächtig. Dann legte er die Gabel wieder aus der Hand, schaute Karel freundlich an und forderte ihn auf: „Nun erzähl aber endlich von dir! Wie geht es dir in deinem Kloster? Kein Heimweh nach Nadja?"

„Was für eine Frage!" Karel schlürfte einen Schluck aus seiner Kaffeetasse. Gerade hatte er dazu anheben wollen, von seinen schriftstellerischen Erfolgen zu berichten und nach einem passenden Einstieg gesucht. Jetzt hatte ihn Roland, ohne es vermutlich zu wollen, durch eine harmlose Frage zunächst einmal aus dem Konzept gebracht.

„Nadja scheint es gut zu gehen", schob er hastig nach, „Kreuzmann sieht sie regelmäßig." Er holte tief Luft. „Und was mich betrifft, mir geht es unter den Brüdern auch ganz gut. Die leben ja zusammen wie eine große Familie, und sie geben mir ein Gefühl der Zugehörigkeit."

„Du überlegst dir aber nicht, in die Bruderschaft einzutreten, oder?"

„Bis jetzt ist mir der Gedanke noch nicht gekommen. Ich bin einfach froh, wieder einen behaglichen Platz zum Wohnen und Arbeiten gefunden zu haben. Ich rechnete nicht damit, dass ich es irgendwo so gut haben werde wie bei Nadja."

„Und dort geht es dir so gut wie bei ihr?", fragte Roland. Er richtete einen forschenden Blick auf seinen Freund.

„Es ist ... anders. Aber es ist auch gut. Ich wollte dir jedoch eigentlich von etwas anderem erzählen." Karel holte nochmals tief Luft und begann in fröhlichem Tonfall mit seinem zurechtgelegten Bericht: „Ehrlich gesagt, wundere ich mich, dass du mich nicht zuerst nach dem Fortgang meines Romans gefragt hast. Gerade du! Ich hoffe, du vernachlässigst nicht etwa das Literarische, das uns ja zusammengeführt hat. Gerade jetzt, wo ich dir sozusagen von ersten Erfolgen berichten kann. Ich habe nämlich einen Verleger."

„Da ist ja ... großartig!" Rolands Freude nach einem kurzen Augenblick der Verblüffung war spontan und echt. Er sah Karel mit leicht geöffnetem Mund an. Dieser fuhr fort:

„Ich hätte nie gedacht, dass ausgerechnet Leverus mir einmal zu einem Verlagsvertrag verhelfen würde. Ja, du hast richtig gehört. Es gibt sogar schon einen Vertrag und ich habe einen bedeutenden Vorschuss überwiesen bekommen."

„Einen Vorschuss?"

„Richtig. Du sitzt einem Mann mit gefüllter Geldbörse und einem dicken Konto gegenüber. Ich habe heute zum ersten Mal in meinem Leben eine Termingeldanlage vorgenommen. Aber das ist ja alles, alles gar nicht von Bedeutung! Das weißt du ja. Mir geht es um das Schreiben an sich, darum, dass mein Buch einmal unter die Leute kommt. Und jetzt gibt es da plötzlich einen Verleger, der nur darauf wartet, dass mein Manuskript fertig wird. Nach all der Zeit, in der ich manchmal selbst daran zweifelte, ob es überhaupt einen Sinn ergibt, zu schreiben!"

„Du hattest wirklich solche Zweifel? Das habe ich nie bemerkt. Umso mehr freue ich mich jetzt natürlich mit dir. Wie heißt denn dein Verleger?"

„Es ist Eulenfels."

„Uff. Das ist nun aber tatsächlich eine richtig große Hausnummer. Leverus ist wirklich ein Spitzenagent!"

„Das kann man wohl sagen. Sein Urteil hat in der literarischen Welt tatsächlich Gewicht."

„Aber er hat auch schon einen Fallersleben protegiert!"

„Ich glaube, das ist ihm inzwischen absolut peinlich, denn Fallersleben hat sich als Scharlatan ohne moralische Grundsätze entpuppt."

„Und Eulenfels geht davon aus, dass dein Werk in sein Programm passen wird?"

„Ich weiß nicht, was er wirklich von meinen Ideen hält. Aber er ist offensichtlich überzeugt davon, dass Leverus für mich begeistert seine kritische Feder schwingen wird und dass dies allein schon einen gewissen Publikumserfolg garantieren wird."

„Aber ist dein Buch nicht tendenziell zu christlich für unsere Zeit?"

„Offensichtlich meint Eulenfels, dass man in einer pluralistischen Gesellschaft auch mit christlichen Gedanken punkten kann, wenn sie nur originell genug verpackt sind. Gestern Fallerslebens Nihilismus – morgen Putos Seelennahrung!"

„Trotzdem bin ich skeptisch in der Frage, ob das Gute heute wirklich noch eine Chance hat."

„Wenn ihm sogar ein Zyniker wie Leverus eine Chance gibt, muss es doch einen Bedarf für ein gutes Buch geben. Sonst hätte ich ja gar nicht anfangen dürfen, zu schreiben."

„Aber du sprachst ja vorhin selbst von Zweifeln."

„Oh, Zweifel gehören zum Leben und zum Glauben. Ich denke, gerade einer wie du müsste doch wissen, dass viele Leser im Grunde in einem Buch etwas Gutes für ihre Seele suchen! Begründete dies nicht den nachhaltigen Erfolg deines lieben Karl May?"

„Richtig, aber Karl May lebte und schrieb in einer anderen Zeit."

„Ich denke, es gab zu allen Zeiten die literarische Avantgarde oder die Provokateure und es gab, ganz abgesehen von den Lieferanten von gedrucktem Unterhaltungsfutter, die Autoren, die sich in die Herzen der Menschen schrieben. Übrigens war auch Dostojewskij nicht immer unumstritten. In der ersten Hälfte unseres Jahrhunderts legte man in seiner Heimat nicht viel Wert auf seinen religiösen Seelenkram oder seinen Röntgenblick auf die menschliche Zerrissenheit. Aber er geriet nie in Vergessenheit. Offensichtlich gab es einfach zu viele Menschen, denen es aufgegangen war, dass in seinen Büchern hilfreiche Wahrheiten stecken. Es gibt ja nichts Größeres, als in einem Buch Lebenshilfe zu finden. Anstöße, sich positiv zu verändern oder wenigstens einen weiteren Horizont zu gewinnen."

„Das ist schön gesagt. Ich, zum Beispiel, habe ja immer wieder auf die Ermutigungen hingewiesen, die ich in Karl Mays Büchern finde. Der Blick auf Mays Helden und ihr Eintreten für alle Hilfsbedürftigen stärkt das eigene Rückgrat und die Sehnsucht nach dem Guten."

Karel lachte. Roland schaute ihn leicht verwundert an und fragte ihn nach dem Grund seiner Heiterkeit. Karel nahm einen letzten Schluck aus seiner Tasse und erklärte:

„Ich lache nicht über dich. Das heißt, ein wenig lache ich schon über dich, weil ich nämlich über uns beide lachen muss. Kaum sind wir eine Weile zusammen, ist wieder jeder von uns in seinem Element. Ich doziere über meinen Dostojewskij, du über deinen Karl May. Am Anfang unserer Freundschaft haben wir uns dabei vielleicht nicht einmal mit ganzer Aufmerksamkeit zugehört. Das Schönste war damals für mich, jemanden gefunden zu haben, dem ich die Fülle meiner Gedanken vortragen konnte, ohne befürchten zu müssen, dass er plötzlich unter irgendeinem Vorwand aufsteht, weggeht und nie wieder kommt. Das eigentlich Großartige aber war, dass wir uns mit der Zeit wohl wirklich verstanden und feststellten, dass unsere beiden scheinbar so verschiedenen Themen doch ihre Gemeinsamkeiten haben."

„Deshalb mache ich dir ja immer wieder deutlich, dass Dostojewskij für seine Weisheiten und seine Menschenkenntnis zwar Bewunderung gebührt, dass man Vieles aber auch bei Karl May findet, wenn auch anders verpackt. Karl May verstand sich ebenfalls als Psychologe. Übrigens widmen sich beide Dichter natürlich den christlichen Themen. Da hatten wir ja ganz automatisch einige Schnittpunkte."

Roland fiel es offensichtlich nicht leicht, sein Lieblingsthema Karl May loszulassen, um Karels Reflexionen über ihre Freundschaft zu folgen, aber Karel unternahm einen weiteren Versuch, das Gespräch auf die höhere Ebene zu bringen. Er sagte: „Gerade im letzten Punkt stelle ich fest, dass das gegenseitige Verständnis und nicht unbedingt die Übereinstimmung die Basis unserer Freundschaft bildet, was sie mir freilich nur noch wertvoller macht!"

Roland dachte einen Moment darüber nach, was ihm Karel damit sagen wollte. Dann fragte er offen: „Du spielst darauf an, dass ich nicht ein genauso überzeugter Christ bin wie du?"

Auch wenn es ihm nicht nur um diesen Punkt allein gegangen war, griff Karel Rolands Frage direkt auf: „Ich will in keiner Weise so verstanden werden, als gäbe mir mein Glaube einen Vorzug gegenüber dir. Überhaupt wollte ich deinen Glauben nicht bewerten und beurteilen. Mir scheint nur, dass du das Christliche deshalb schätzt, weil es sich in guten Taten und hohen moralischen Werten äußert. Um ein Beispiel zu nennen: Für dich scheint es nicht von großer Bedeutung, ob du in persönlichen Glaubensfragen mit deinem Lieblingsdichter Karl May übereinstimmst. Für dich ist allenfalls wichtig, dass du dich mit seinen Werten identifizieren kannst. Das macht dich freilich auch für mich zu einem idealen Freund. Du akzeptierst mich, ungeachtet dessen, dass ich vielleicht einige Standpunkte habe, die du nie mit mir teilen wirst. Ich dagegen bin mit meinem Lieblingsdichter nochmals mit einem stärkeren Band verknüpft, weil ich mich in geistlicher Hinsicht mit ihm verbunden fühle. Für mich ist Dostojewskij nicht weniger als ein Prophet unserer Zeit. Ich teile mit ihm auch seine Fragen nach Gott. Ich suche und finde in seinen Büchern Erkenntnisse über das Wesen Gottes und seine Pläne für den Menschen. Manches lese ich wie einen Kommentar zur Bibel, der sich freilich nicht auf theologische Wissenschaft, sondern auf feinste Beobachtung der menschlichen Psyche und des Lebens allgemein gründet."

„Ich verstehe", unterbrach ihn Roland, „aber beantwortest du damit eigentlich meine Frage?"

Karel wurde verlegen, weil er sich fragte, ob er Roland beleidigt habe. Nach kurzem Zögern und Überlegen sagte er: „Nun ja. In gewissem Sinne denke ich, dass für mich der christliche Glaube eine existentiellere Bedeutung hat als für dich. Ich hoffe, du nimmst mir das nicht übel, wenn ich es so sage!"

„Warum sollte ich?", fragte Roland und schaute Karel betont offen und freundlich in die Augen, „wahrscheinlich hast du damit einfach recht. Außerdem versuchst du mir ja wortreich zu vermitteln, dass du dich deshalb nicht für den besseren Menschen hältst. Danke! Übrigens sage ich immer wieder zu mir selbst, dass du bisher nie ernsthaft den Versuch gemacht hast, mich zu missionieren. Ich muss es mir deshalb sagen, weil ich latent das Gefühl habe, dass es dir lieb wäre, ich würde irgendwann einmal voll und ganz deinen Glauben annehmen und nicht nur äußerlich damit sympathisieren."

„Hm. Du hast wahrscheinlich erkannt, dass ein wahrhaft überzeugter Christ seinen Glauben am liebsten mit allen auf der Welt teilen möchte, besonders natürlich mit seinen Freunden."

„Genau getroffen! Das habe ich übrigens schon bei Karl May entdeckt, der ja viel darüber schreibt, dass er den Glauben aller Menschen achtet. Aber am Ende jedes Buches müssen die Freunde Old Shatterhands respektive Kara Ben Nemsis dann eben doch Christen werden, wenngleich er sie angeblich nicht dazu überredet."

Karel stieß einen deutlichen Seufzer aus. „Damit hast du wohl auch mich unverbesserlichen Christenmenschen in meinem mir manchmal selber unbekannten tiefsten Inneren durchschaut, und ich kann nur an dich appellieren, mir dennoch gewogen zu bleiben!"

Roland lachte. „Das werde ich bestimmt, lieber Freund! Und ich will dich gar nicht aller Hoffnung berauben, dass du mir auf dem Sterbebett dermal einst nicht doch noch die Nottaufe spenden darfst, wie damals Old Shatterhand seinem Freund Winnetou."

„Nanu, von einer Taufepisode las ich ja gar nichts in meinem dritten Band ‚Winnetou'?"

„Da steht es auch nicht, aber Karl May versicherte es einst einem katholischen Leserbriefschreiber, dass der Apache getauft in die ewigen Jagdgründe eingezogen ist."

„Ich kann dir feierlich versprechen, dass ich gar nicht zu denen gehöre, die auf solche Äußerlichkeiten überhaupt Wert legten."

„Vermutlich hat deshalb unsere Freundschaft bisher so gut funktioniert."

„Es freut mich, dass du es so siehst." Karel machte eine kurze Pause, ehe er fortfuhr: „Übrigens bringst du mich darauf, dir eine vielleicht seltsam anmutende Frage zu stellen. Sie hängt mit einem Gespräch zusammen, das ich neulich mit Bruder Stephan geführt habe."

„Du machst mich neugierig."

„Es ist aber eine vielleicht etwas lächerliche Frage."

„Ich lausche gespannt."

„Also, angenommen man fragte dich, ob dein Leben dadurch besser geworden ist, dass du mich kennengelernt hast?"

Roland lächelte. „Was willst du auf diese Frage hören? Sagte ich nicht gerade, dass unsere Freundschaft gut funktioniert? Ist das nicht schon eine Antwort auf deine Frage? Ein Freund macht einem doch wohl das Leben immer besser. Oder willst du noch etwas von mir über deine speziellen Qualitäten hören?"

„Ich sagte doch, dass es eine ziemlich seltsame Frage sei", sagte Karel, über dessen Gesicht sich eine leichte Röte legte, „aber nicht jede Freundschaft gibt einem ja das Gefühl, dass sie überwiegend gut tut. Manchmal können Freunde durch ihre Sorgen oder durch ihre Gedankenlosigkeiten ja auch wehtun und zur Belastung werden!"

„Und nun möchtest du hören, dass mir deine Freundschaft das Leben verschönert?"

„Ich möchte möglichst deine ehrliche Meinung hören. Wobei ich gerade wirklich das Gefühl habe, dass man solch eine Frage eigentlich nie so direkt stellen sollte, nicht einmal einer ehrlichen Haut wie dir."

Karel nannte sich im Stillen selbst einen Narren, dass er Roland auf eine so plumpe Art aushorchte. Roland wiederum stellte belustigt fest, dass sich sein Freund wirklich auf einen Abweg manövriert hatte, aber er beschloss, ihm entgegenzugehen und ihn zu erlösen.

„Okay", sagte er und versuchte, für einen Moment wieder ernst zu werden, „du willst also eine ehrliche Antwort? Spontan würde ich dir bescheinigen, dass du einen positiven Einfluss auf mein Leben hast. Nicht dass sich äußerlich viel verändert hätte. Vielleicht kommt das ja noch, wenn du jetzt sogar reich und berühmt wirst!" Roland lachte wieder und fügte dann hinzu: „Immerhin hast du mich kürzlich zur verrücktesten Heldentat meines Lebens inspiriert, als wir diese Mädchen aus der Drachenhöhle befreiten. Also, ich würde sagen, du tust mir gut!"

Karel Züge entspannten sich, was Roland nochmals zum Schalk reizte: „War das die erhoffte Antwort?", fragte er betont treuherzig.

Karel fiel tatsächlich auf das Manöver herein und entgegnete mit einem Unterton der Verzweiflung: „Ich sagte doch, dass ich nur eine ehrliche Antwort wollte!"

„Aber du hast ja vielleicht trotzdem gehofft, dass die ehrliche Antwort in eine bestimmte Richtung geht", erwiderte Roland unbarmherzig.

Zum Glück kam jetzt der Kellner und fragte, ob sie noch Wünsche hätten. Karel und Roland bestellten nochmals zwei Kaffee. Karel hoffte, dass sie nun wieder das Thema wechseln konnten. Roland schien jedoch nicht locker zu lassen: „Ich glaube, hinter deiner Frage steckt irgendetwas, das mit deinem Glauben zu tun hat. Irgendwie wollt ihr entschiedenen Christen ja doch immer etwas Gutes bewirken, nicht wahr? Aber ich warne dich. Falls du mir gegenüber doch eine gewisse Missionsabsicht hegst, werfen dich solche Fragen in deinen Bemühungen natürlich weit zurück!"

Diese Bemerkung brachte Karel, da sie von einem schelmischen Lächeln Rolands begleitet war, nicht mehr in neue Verlegenheiten. Befreit und heiter antwortete er:

„Ich danke dir für deine Offenheit, lieber Roland. Ich kann dir versichern, dass meine Frage mir nur in literarischer Hinsicht weiterhelfen sollte."

„Ich glaube, dass du nicht zu beneiden bist, wenn du dich für deine literarischen Pläne auf solches Glatteis begeben musst."

„Das Los eines Dichters ist köstlich, aber nicht leicht!"

Sie lachten beide, genossen den Kaffee und labten sich an ihrer Freundschaft.

Wie ein Engel

Zwei Tage später war Karel erneut in der Stadt. Er war mit gemischten Gefühlen in den Tag gegangen, denn am Vormittag wartete eine unangenehme Sache auf ihn. Der Gerichtstermin von Siegfried Steinmann stand an. Karel war noch nie in seinem Leben in einem Gerichtssaal gewesen. Nun war er sogar als Zeuge geladen. Er hatte sich auf der Straßenbahnfahrt zum Gericht Mühe gegeben, die Szene, die sich damals vor dem Kiosk abgespielt hatte, zu rekapitulieren. Viel würde er wohl nicht dazu sagen können.

Es waren damals zwei Täter gewesen, die den jungen Mann zusammengeschlagen hatten. Siegfried Steinmann war von der Polizei ausfindig gemacht worden, weil sein Bruder so unüberlegt gehandelt und Karel bedroht hatte. Der Mittäter konnte nicht ermittelt werden, denn Steinmann und seine Freunde schwiegen eisern. Das Opfer aber war neu in der Stadt gewesen und hatte keinen seiner Kontrahenten persönlich gekannt. So hatte die Polizei nur die Personenbeschreibungen des Opfers und die von Karel. Diese Angaben genügten nicht, um den zweiten Täter zu identifizieren. Da die Sache für das Opfer glimpflich ausgegangen war, hatte man die Ermittlungen nicht sehr intensiv betrieben. Deshalb wurde Siegfried Steinmann als einziger zur Verantwortung gezogen.

Karel hatte geraume Zeit vor der Tür zu warten, ehe er in den Gerichtssaal gerufen wurde. Dort empfing ihn ein freundlicher, etwas behäbig wirkender Richter, der ihm durch die Art, wie er Karel begrüßte und auf seine Zeugenpflichten hinwies, einen Großteil seiner Beklemmung nahm. Dann wurde Karel zuerst durch den Richter, anschließend durch den Staatsanwalt und als nächstes durch den Beistand des Angeklagten befragt. Gegenüber dem Richter und dem Vertreter des Staates konnte er die Tatbeteiligung Steinmanns bezeugen, aber der Verteidiger wollte von Karel wissen, ob er genau gesehen habe, welcher von beiden Tätern jeweils zugeschlagen und nach dem am Boden liegenden Opfer getreten habe. Dies wiederum konnte Karel nicht mit Gewissheit sagen, was den Fragesteller offensichtlich befriedigte. Der Richter bedankte sich bei Karel und entließ ihn.

Als Karel den Saal verließ, fiel sein Blick auf die Zuhörerbänke. Er erschrak, als er dort Kalle Steinmann entdeckte. Die Blicke der beiden Männer trafen sich. Kalle Steinmann erhob sich. Es schien so, als wolle er mit Karel zusammen den Saal verlassen. Karel beschloss, sich nicht um den gewalttätigen Bruder des Angeklagten zu kümmern. Auf dem Flur beschleunigte er seine Schritte und ging Richtung Treppenhaus.

„Halt, warten Sie!", rief ihm Steinmann hinterher.

Karel drehte sich nicht um, sondern lief eilig die Treppen hinunter. Der andere kam ihm nach.

„Bleiben Sie doch stehen!"

Karel blickte sich um und sagte: „Machen Sie keinen Unsinn. Sie werden mich hier im Gerichtsgebäude doch nicht angreifen wollen?"

„Blödsinn. Ich tue Ihnen nichts."

Karel blieb stehen und Kalle Steinmann kam schnaufend heran. Der bullige Mann streckte ihm seine Pranke entgegen und sagte: „Eigentlich wollte ich mich bei Ihnen entschuldigen."

„Entschuldigen? Erst wollen Sie mich umbringen und jetzt entschuldigen Sie sich?"

„Sie haben mich immerhin nicht angezeigt. Dabei wussten Sie, oder vielmehr ihr Freund Volker, ja genau, wer Sie überfallen und verletzt hat."

„Ich habe einfach gehofft, dass Sie mich in Ruhe lassen würden, nachdem mein Freund Sie erkannt hatte. Immerhin haben Sie ja von mir abgelassen und haben sich wieder verzogen."

„Ich hatte trotzdem Angst, dass mich die Polizei holen würde. Als das mit meinem Bruder passiert war, haben Sie ja gegenüber der Polizei auch ausgesagt."

„Damals wurde ich als Tatzeuge befragt. Diesmal wollte niemand etwas von mir wissen."

„Trotzdem danke!"

„Schon gut."

Die Männer standen sich leicht befangen gegenüber. Steinmann schien noch mehr auf dem Herzen zu haben, denn nach einigen Momenten des Schweigens sagte er verlegen brummend:

„Tut mir wirklich leid, dass ich Sie damals so übel zugerichtet habe. Bin bloß froh, dass Ihr Freund dazwischen gegangen ist."

„Es war sicher für uns beide gut", sagte Karel möglichst freundlich.

Steinmann fühlte sich ermutigt, noch etwas zu sagen: „Vielleicht freut es Sie zu hören, dass mich die Sache damals zum Nachdenken gebracht hat."

„Warum sollte mich das freuen?"

Obwohl er es nicht wollte, klang Karels Frage reserviert und etwas misstrauisch, aber Kalle Steinmann ließ sich davon nun nicht mehr beirren.

„Na, ich meine", sagte er, „Sie haben mir sozusagen ermöglicht, mir mal zu überlegen, was in meinem Leben in den letzten Jahren so alles falsch gelaufen ist."

„Wenn Sie in sich gegangen sind und sich vorgenommen haben, künftig niemanden mehr zu bedrohen und zusammenzuschlagen, freut mich dies tatsächlich. Dann kann ich Ihnen sagen, dass ich Ihre Entschuldigung annehme."

Auf Kalle Steinmanns Gesicht zeigte sich in diesem Moment tatsächlich eine fast kindliche Freude.

„Das ist wirklich sehr okay von Ihnen. Sie müssen mir glauben, dass es vor allem diese blöde Sauferei war! Ich habe das jetzt eingeschränkt. Eigentlich wollte ich mich schon früher bei Ihnen entschuldigen, aber ich wusste ja nicht, wer Sie sind, und Ihren Freund Volker sehe ich in letzter Zeit auch nicht mehr!"

„Also, dann passen Sie weiterhin auf sich auf. Soll ich Volker einen Gruß von Ihnen ausrichten? Vielleicht sehe ich ihn heute noch."

„Ja. Er macht sich in den Kneipen rar. Ist vielleicht aber besser so für ihn, oder? Ich meine, es geht ihm doch gut?"

„Ich habe ihn selbst eine Weile nicht mehr gesehen. Aber ich hoffe, es geht ihm gut."

„Ich glaube, ihm tut die Sauferei auch nicht gut, was?"

„Keinem tut sie gut!"

Steinmann nickte bedächtig und reichte Karel wieder die Hand.

„Ja, ich geh dann mal wieder rein und schau, wie das mit meinem Bruder wird. Und danke nochmals!"

„Ich danke Ihnen ebenfalls", sagte Karel und ging die Treppen weiter hinunter. Er war jetzt wirklich dankbar dafür, dass Kalle Steinmann ihn angesprochen hatte. Er hatte zwar keine übermäßige Furcht vor einer Wiederholung des Überfalls gehabt, aber das kurze Gespräch hatte ihn nun jeder Sorge enthoben. Wenn es wirklich stimmte, dass Steinmann durch den Vorfall zur Einsicht gekommen war, konnte Karel sogar die körperlichen Blessuren, die er damals davongetragen hatte, nachträglich in einem anderen Licht sehen.

Die erste Herausforderung dieses Tages war überstanden. Nachdem Karel das Gerichtsgebäude verlassen hatte, beschloss er, erst einmal ein Stehcafé zu suchen und sich einen Cappuccino zu bestellen. Weil er an einer Telefonzelle vorbeikam, versuchte er noch einmal, bei Volker Beutelmaier anzurufen. Ihm war erst gestern Abend der Gedanke gekommen, seinen Besuch in der Stadt mit einer Visite bei Volker zu verknüpfen. Er hatte angerufen, aber niemand hatte abgenommen. Dass er jetzt ebenfalls weder Volker noch Marianne erreichte, verwunderte ihn nicht sonderlich, denn im Normalfall waren sie um diese Zeit bei der Arbeit. Da der Tag gut begonnen hatte, beschloss Karel, sich die Zeit in der Stadt zu vertreiben und gegen Abend bei Volker einen Besuch zu machen. Vielleicht gelang die Überraschung.

Irgendwann musste es endlich auch mit einem Treffen mit Nadja Tesslowski klappen! Was hatte er ihr nicht alles zu erzählen! Karel bemerkte einen Anflug von Schmerzgefühlen, wenn er daran dachte, dass Nadja alle Neuigkeiten, die ihn betrafen, vermutlich zuerst von Georg Kreuzmann erfuhr. Vielleicht sprachen die beiden aber auch gar nicht mehr über ihn, wenn sie sich miteinander trafen? Ob Nadja, wenn sie mit dem manchmal etwas steifen Pastor zusammen war, auch so fröhlich sein konnte, wie er sie manchmal erlebt hatte? Ob Kreuzmann schon den Mut gehabt hatte, ihr zu sagen, dass er sich in sie verliebt hatte? Wie Nadja wohl auf eine Liebeserklärung reagierte? Karel war so tief in seinen Gedanken versunken, dass er an dem Café, das er eigentlich gesucht hatte, fast vorbeigelaufen wäre.

In Ermangelung einer besseren Idee beschloss Karel, einen Teil des Nachmittags in der Bibliothek zu verbringen. Auf dem Weg dorthin machte er einen spontanen Abstecher zum Martin-Luther-Heim. Otto, der ältere Pförtner, begrüßte ihn wie einen guten Bekannten und freute sich darüber, dass Karel wieder eine Wohnung gefunden hatte. Er berichtete Karel, dass

Thomas vor einigen Tagen vorbeigeschaut hatte, um sich nach Werner zu erkundigen.

„Er hat auch nach dir gefragt", erzählte der Pförtner. „Aus irgendeinem Grund glaubt der Junge übrigens, dass du gar kein wirklicher Obdachloser bist."

„Ich bin ja auch gar keiner mehr", lachte Karel.

„Nee, er meint, du wärst damals schon in irgendeiner geheimen Mission hier gewesen, wie ein Engel sozusagen. Er hält dich für einen reichen Geschäftsmann, der heimlich Gutes tut. Also, falls ich dich siezen soll, musst du es mir sagen!"

„Der Junge ist ja wirklich eine Nummer! Dabei habe ich ihm nur den abgelegten Anzug eines Freundes geschenkt."

„Na ja, jedenfalls hatte der Werner damals mit Thomas und dir zusammen wohl die letzten erfreulicheren Momente seines Lebens. Ihr habt ihn damals wenigstens noch morgens in saubere Kleider gesteckt. Dem armen Kerl war leider nicht mehr zu helfen! Er hat sich kurz darauf vollends den Rest gegeben. Vielleicht ist er jetzt irgendwo, wo er es besser hat."

Der alte Mann schluckte. Karel nickte nur stumm. Er war froh, dass ihm der Gedanke gekommen war, nochmals hier vorbeizuschauen, obwohl er das triste Haus mit einigen recht trostlosen Erlebnissen assoziierte. Otto hatte ihm gerade die Menschen in Erinnerung gerufen, derentwegen ihn Gott vielleicht hierher geführt hatte. Karel hatte damals über Thomas gelächelt, als dieser so überzeugt von einer höheren Bestimmung gesprochen hatte. Als er sich nun mit einem herzlichen Händedruck von dem Pförtner verabschiedete, glaubte er fast selbst daran.

In der Bibliothek plauderte Karel am Tresen etwas mit Marlies Kunstmann, die ihn nach seinen schriftstellerischen Fortschritten fragte. Als die Bibliothekarin hörte, dass er für seinen Roman einen Verlag gefunden hatte, schien sie sich ehrlich für ihn zu freuen.

„Dabei hatte ich schon befürchtet, alle Ihre Pläne hätten sich zerschlagen. Man sieht Sie ja nur noch selten hier", bemerkte sie.

„Oh, das liegt einfach daran, dass die Zeit der Vorstudien beendet ist", antworte Karel. „Ich arbeite jetzt intensiv an meinem Manuskript und habe mir dazu ja einen ganzen Ordner voll mit Notizen angelegt."

„Ich finde es schön, dass Ihr Buch realisiert wird. Dass Sie nicht zu den vielen gehören, die nur der Illusion hinterherjagen, mit Ihren Gedanken die Welt beglücken zu können. Sie müssen es mir sagen, wenn das Buch erscheint. Ich werde es ganz bestimmt lesen!"

„Ich werde Ihnen gerne ein Exemplar schenken. Sie waren es schließlich, die mich auf Herrn Hiller hingewiesen hat. Und durch Herrn Hiller habe ich Herrn Leverus kennen gelernt. Und Herr Leverus hat mich zu meinem Verleger geführt."

„Sie meinen nicht etwa Achim Leverus, den Literaturkritiker?"

„Doch."

„Nun staune ich aber wirklich. Wenn Herr Leverus Ihr Buch empfiehlt, muss es literarisch ja wirklich anspruchsvoll sein!"

Marlies Kunstmann wurde bewusst, dass das große Erstaunen, das sie zum Ausdruck brachte, für Karel Puto nicht gerade schmeichelhaft war. Sie räusperte sich verlegen. Karel war jedoch nicht beleidigt. Er hatte gewusst, dass die Frau hinter dem Tresen ihn immer ein wenig belächelt hatte. Sie hatte ihn mit Roland Hiller in einen Topf geworfen, der ja zeitweise ein genauso leidenschaftlicher Bibliotheksbesucher wie Karel gewesen war, aber wohl immer ein brotloser Privatgelehrter bleiben würde. Aber hätte dies nicht auch sein eigenes Los sein können? Wie unendlich umständlich waren seine Studien und Vorarbeiten verlaufen, ehe er sich endlich an den eigentlichen Schreibprozess herangewagt und immer größere Fortschritte gemacht hatte! Karel überlegte, ab wann es mit ihm und seinen Plänen wirklich entscheidend vorangegangen war. Er stellte fest, dass Nadja Tesslowskis Interesse an seiner Arbeit ihn erheblich motiviert hatte. Anregend waren auch die Abende im „Dichterzirkel" gewesen, aber möglicherweise hätten ihn Leverus und dessen Freunde zunächst einmal ziemlich entmutigt, wenn er mit Nadja nicht über die dort gemachten Erfahrungen hätte sprechen können und wenn sie ihm nicht das Gefühl gegeben hätte, dass er etwas zu sagen und zu geben hatte.

An Nadja dachte Karel auch noch, als er später im Bus saß, der ihn in die Vorstadt brachte, wo Volker Beutelmaier wohnte. Nur mit Nadjas tatkräftiger Unterstützung hatte er es damals geschafft, dass er mit Marianne Beutelmaier ein Gespräch über ihre Trennung von Volker führen konnte. Vom Erfolg oder Misserfolg seiner Mission sollte er jetzt vielleicht bald erfahren.

Die Dämmerung war bereits hereingebrochen, als er vor Volkers Haus stand. Karel sah Licht aus den Fenstern der Erdgeschosswohnung schimmern. Es war also jemand zu Hause. Karel hoffte inständig, Volker und Marianne anzutreffen. Er läutete. Aus der Türsprechanlage vernahm er Volkers Stimme. Karel nannte seinen Namen, worauf sofort der Türöffner betätigt wurde. Volker empfing ihn an der Wohnungstür.

„Karel! Was für eine Freude!"

Die beiden Männer umarmten sich und Volker führte seinen Freund in das gemütliche Wohnzimmer. Von Marianne war nichts zu sehen, aber Karel hatte, als er sich umsah, den Eindruck, dass hier wieder eine Hausfrau schaltete und waltete. Volker sah den prüfenden Blick seines Besuchers und fragte lachend: „Du möchtest sicher wissen, ob Marianne wieder hier ist?"

Karel nickte und erwiderte leise: „Schon."

Volkers funkelnde Äugelein ließen ihn hoffen und vermuten, dass die Antwort nur eine positive sein konnte.

„Nun", begann Volker etwas gedehnt, „ich muss dir sagen, dass ich eine neue Frau gefunden habe!"

Karel schienen die Gesichtszüge zu entgleiten. Seine Mimik wirkte vermutlich nicht sonderlich intelligent, denn Volker fuhr fort: „Jetzt schau mich nicht so entgeistert an. Du bist schließlich schuld daran."

„Ich … bin …schuld daran, dass du eine neue Frau …?"

„Ja", lachte Volker. „Seit Marianne wieder zurück ist, kommt sie mir einfach noch einmal wie eine ganz andere Frau vor!"

Karel holte tief Luft. Ihm lagen Kraftausdrücke auf der Zunge, aber da er solche Worte gewöhnlich nicht über die Lippen brachte, schluckte er sie auch diesmal wieder hinunter. Er wirkte dabei wohl immer noch etwas verwirrt, denn Volker sagte jetzt gutmütig und mit betonter Wärme: „Mensch, entschuldige, dass ich mir meine Sprüche nicht ganz verkneifen kann. Aber ich freue mich, dass du endlich mal wieder hergefunden hast, um dich von unserem wiederhergestellten Glück zu überzeugen. Marianne müsste jeden Augenblick von der Arbeit nach Hause kommen."

Kurz darauf erschien Marianne tatsächlich. Volker begrüßte sie an der Wohnungstür mit einem Kuss und sagte fast zärtlich: „Liebes, wir haben heute überraschend Besuch bekommen."

Dann führte er seine Frau ins Wohnzimmer. Karel hatte sich von seinem Sessel erhoben. Als Marianne ihn erblickte, strahlte sie übers ganze Gesicht und kam auf ihn zu, um ihn zu umarmen.

„Karel! Endlich hast du mal zu uns gefunden!"

Sie drückte ihm links und rechts einen Kuss auf die Wange. Es war offensichtlich, dass das Eheglück bei den Beutelmaiers wieder Einzug gehalten hatte.

Als sie wenig später zu dritt beim Abendessen saßen, versuchten Volker und Marianne zu erklären, warum sie selbst sich bisher noch nicht mit Karel in Verbindung gesetzt hatten. Sie hatten einige Male mit Nadja Tesslowski telefoniert und zuletzt von ihr erfahren, dass er sich in einer Art Kloster befände. Zwar hatten sie über die Telefonnummer der Kommunität verfügt, aber sich gescheut, dort anzurufen.

„Wir dachten, dass du dir vielleicht bewusst eine Auszeit genommen hast", sagte Marianne.

„Aber wir hofften auch, dass du dich bei uns melden würdest", fügte Volker hinzu, „wenn du jetzt nicht bald erschienen wärst, hätten wir nächstens doch versucht, dich zu erreichen."

„Schließlich bist du nicht ganz schuldlos daran, dass ich mit diesem schrecklichen Mann wieder zusammen bin", lachte Marianne und zerzauste dabei die Frisur ihres Gatten.

„Und du bist schuld daran, dass diese Frau inzwischen fast so schrecklich ist wie ich. Ich mag gar nicht an Harmagedon denken!" Volker schüttelte prustend den Kopf. „Die Frau riskiert für mich tagtäglich ihr Seelenheil!"

„Ich hoffe eigentlich, ihr findet es gemeinsam Seite an Seite", sagte Karel mit heiterem Ernst.

Volker griff nach seiner Hand und entgegnete: „Du hast recht. Ich sollte mich nicht so flapsig ausdrücken. Aber Marianne hat tatsächlich der Glaubensgemeinschaft, in der sie aufgewachsen ist, Lebewohl gesagt. Das war alles in allem nicht leicht für sie. Ich glaube jedoch, dass sie sich inzwischen bestätigt sieht und weiß, dass ihre Entscheidung richtig war. Die Art, wie ihre früheren Glaubensgeschwister sie inzwischen behandeln, hat wohl ein Übriges getan. Ihr sind die Augen aufgegangen, dass in dieser Organisation einiges nicht stimmen kann."

Mariannes Gesichtsausdruck war während der letzten Worte ihres Mannes ernst geworden.

„Volker stellt sich das vielleicht immer noch einfacher vor, als es für mich wirklich war", sagte sie an Karel gewandt. „Man kann ja einen Glauben, mit dem man aufgewachsen ist und zu dem es gar nie eine Alternative gab, nicht einfach abstreifen! Ich frage mich auch jetzt noch manchmal, warum ich die Gewissheit meiner früheren Überzeugungen gegen die jetzige Unsicherheit eingetauscht habe."

„Aber wir haben den Glauben ja nicht aufgegeben", sagte Volker und streichelte seiner Frau liebevoll über den Arm. „Ich glaube, dass gar nicht alles falsch ist, was wir als Predigten bei Jehovas Zeugen gehört haben. Aber ich denke, dass wir uns über kurz oder lang lieber einer normalen Kirche anschließen werden, wo es ja ebenfalls Menschen gibt, die in der Bibel lesen und ihr Leben danach ausrichten."

„Für mich ist das im Augenblick noch nicht möglich", erklärte Marianne. „Mir fällt es einfach schwer, in eine Kirche zu gehen, über die ich immer so viel Schlechtes gehört habe. Das Vertrauen in meine alte Gemeinschaft habe ich allerdings tatsächlich verloren. Letztlich war das Maß voll, als Martha Waldeck anfing, dich, lieber Karel, als einen Diener des Bösen zu beschimpfen. Da hat sich mein ganzes Innerstes dagegen aufgebäumt. Aber ich kann jetzt nicht einfach an etwas anderes glauben. Wieso sollte Jehova die ganzen Irrungen und Wirrungen in der Christenheit zulassen? Das verträgt sich doch nicht mit seinem Wahrheitsanspruch. Ich muss gestehen, dass es mir leichter fällt, mit Volker einfach so in den Tag hinein zu leben, als mich irgendwelchen gläubigen Kreisen auszusetzen und jetzt mit Leuten aus einer anderen Kirche die Bibel zu studieren."

„Du wirst es kaum für möglich halten", sagte Volker an Karel gerichtet, „im Augenblick bin ich in unserer Ehe derjenige, dem die ganze Sache mit Religion und Glauben wichtiger ist. Aber ich habe eben an mir selbst erfahren, dass ich ohne den Glauben an Gott Gefahr laufe, vor die Hunde zu gehen. Marianne ist wesentlich charakterstärker als ich."

„Es ist ja nicht so, dass ich mir vorstellen kann, dass es ohne Gott geht", sagte Marianne, „aber ich tendiere inzwischen dazu, mir einfach zu sagen, dass alle Religionen relativ gleichgültig sein müssen, wenn schon nicht eine allein den Schlüssel zur Wahrheit besitzt. Vielleicht müsste Karel eine Kirche gründen!"

„Da würde ich gleich Mitglied!", fiel Volker ein.

„Bitte bringt mich nicht in Verlegenheit!", sagte Karel. „Ich bin ja selbst nur ein Grashalm im Wind und oftmals verwirrt darüber, welchen der vielen christlichen Pfade man einschlagen soll. Vielleicht ist es geradezu fahrlässig, dass ich manchmal versuche, über Gott zu sprechen und zu schreiben, wo ich doch selbst nicht sagen kann, welcher Weg der unfehlbar richtige ist."

„Aber als du mich bei Martha Waldeck aufgesucht hast, sprachst du mit solch einer Gewissheit davon, dass man auf sein Herz hören kann und dass uns Gottes Liebe zu den richtigen Entscheidungen leiten wird!", wandte Marianne ein.

„Das habe ich bestimmt aus voller Überzeugung heraus gesagt", erwiderte Karel nachdenklich. „Ich glaube, dass du richtig gehandelt hast, dich für Volker zu entscheiden. Deshalb glaube ich auch daran, dass ihr gemeinsam die Nähe und die Führung Gottes erfahren werdet. Aber ich weiß eben im Augenblick leider gar nicht, welche weiteren Ratschläge ich euch geben könnte. Ich verstehe den Konflikt von Marianne, denke aber genauso, dass Volker recht hat, wenn er die Gemeinschaft mit anderen Christen und die weitere Beschäftigung mit der Bibel für wichtig ansieht."

„Für mich besteht gerade das größte Wunder darin, dass ich trotz des Verlustes aller religiösen Sicherheit viel ruhiger bin als ich es mir je hätte vorstellen können", sagte Marianne. „Ich habe an der Seite von Volker einen inneren Frieden, den es eigentlich gar nicht geben dürfte, weil ich ja sehe, wie ich das religiöse Leben fast ganz vernachlässige."

„Ich denke", erwiderte Karel, „dass dieser Frieden nur dort existieren kann, wo die Liebe die dominierende Kraft ist. Die Liebe hat uns Gott durch Jesus aber zum Allerwichtigsten aller Gebote gemacht. Wir sollen Gott lieben, uns selber und unsere Mitmenschen! Wenn wir uns davon bestimmen lassen, müssten uns doch die gefährlichen Abwege allesamt verbaut sein."

„Hat er dies nicht wieder schön gesagt?", fragte Volker seine Frau und nahm sie in den Arm. „Der Pfarrer neulich im evangelischen Gottesdienst hat übrigens im Prinzip auch nichts anderes gepredigt. Ich glaube, dass es unter all den Konfessionen doch eine ganze Schar von Gläubigen geben wird, die einfach nach dieser Liebe streben. Vielleicht gab es diese Menschen sogar hinter den ‚Wachturm'-Mauern, aber wir haben sie nicht gefunden. Lass uns nun doch einfach woanders nach solchen Brüdern und Schwestern in Christo Ausschau halten!"

„So ist Volker, wenn er von etwas begeistert ist", seufzte Marianne und drückte ihrem Mann einen Kuss auf die Wange. „Eine Zeit lang war er übrigens der erfolgreichste Zeitschriftenverkäufer in unserer Gemeinde. Lieber Mann, ich schlage dir vor, wir freuen uns jetzt erst einmal über unseren Bruder Karel. Heißt es nicht in der Schrift, dass zunächst zwei oder drei genügen, um im Namen des Herrn zusammenzukommen?"

„Amen", sagte Volker und gab seiner Frau den Kuss zurück.

Hoffnung

Die meiste Zeit der nächsten Tage verbrachte Karel wieder über seinem Manuskript, das große Fortschritte machte. Es war, als strömten ihm die Ideen nur so zu und als wolle sich die Geschichte fast von selbst zu Ende erzählen. Alles schien auf ein optimistisches Buch hinauszulaufen, das unter einer bewegten Oberfläche viel von dem Frieden widerspiegelte, den Karel bei der „Bruderschaft unter dem Wort" spürte.

Sein Aljoscha schlug sich wacker durch eine bedrückende Welt. Obwohl er stets das Gute suchte, wurde er Opfer mancher Verleumdung, aber die Pfeile der Anfechtung schienen ihm nichts anzuhaben. Immer war er ein Fürsprecher der Ärmsten in der Gesellschaft. Ohne Murren und voller Demut teilte er ihr Los, als man ihn durch betrügerische Machenschaften um sein Vermögen geprellt hatte, blieb ein Wohltäter, obwohl er selbst nicht wusste, wo er seine nächste Mahlzeit bekäme. Und Gott schickte ihm Hilfe durch treue Freunde, die für ihn Partei ergriffen, wo er es selbst abgelehnt hatte, für sein Recht zu kämpfen. Über Aljoschas Leben schienen gute Mächte zu walten, die das Böse, mit dem man ihm seine Güte immer wieder vergalt, am Ende in gerechte Währung ummünzten. Eine höhere Vorsehung schien auf krummen Linien gerade zu schreiben.

Selbst auf einige Fragen nach dem Hintergrund menschlichen Leids, die Karel bewusst offen gehalten hatte, weil er selbst die Antworten nicht kannte, ließ er jetzt noch den einen oder anderen Lichtschimmer fallen. Karel wäre sich wie ein undankbarer Narr vorgekommen, hätte er über die Hoffnung geschwiegen, die er für die Welt sah, solange es Menschen gab, die Gott und ihre Nächsten liebten. Auch wenn seinem Aljoscha das Leid nicht erspart blieb, war es doch offensichtlich, dass dieser in keiner Situation allein und gottverlassen war.

Karel hatte es sich nach langem Zögern gestattet, Aljoscha bewusster als zu Beginn mit einigen seiner eigenen Züge zu kolorieren. Sein Held wurde für ihn nun ein Stück weit zur Identifikationsfigur. Hatte es ihm vorher an der Fähigkeit gefehlt, Aljoscha nicht nur heilig, sondern auch wirklich menschlich zu gestalten, so lernte er es nun auszuhalten, dass göttliche Inspiration und menschliche Schwachheit miteinander einhergingen und dass es erst diese geheimnisvolle Komplexität war, die einen Charakter vollkommen machte. Einige Schlüsselerlebnisse der letzten Tage hatten Karel zu seiner Freude aufgezeigt, dass seine eigene Existenz durchaus fruchtbar sein konnte. Die Meinung von Bruder Stephan war bestätigt worden. Wesentliches von Aljoscha kam in Karel selbst zum Vorschein, so wie er die Spuren des Heiligen an anderen liebenden Menschen wahrnahm. Einige seiner letzten Begegnungen hatten ihm die Bestätigung verschafft, dass er einen Zugang zu Menschenherzen gefunden hatte. Seine Worte und Gedanken waren anderen zur Hilfe geworden und hatten Anstöße zum Guten gegeben.

Karel fühlte sich in dieser produktiven Zeit glücklich und zufrieden. Allerdings hätte er sich gerne endlich mit Nadja getroffen. Immerhin hatte ihm die Begegnung mit Volker und Marianne einen guten Anlass geliefert, wenigstens bei ihr anzurufen und ihr die Grüße der beiden auszurichten. Nadja hatte sich über die Versöhnung des Ehepaares sehr gefreut. Dann hatte sie Karel von ihrer neuen Arbeitsstelle erzählt. Georg Kreuzmann habe ihr im Büro des Superintendenten eine Stelle vermittelt. Sie verdiene gut und habe das Gefühl, etwas Qualifiziertes zu leisten. Die Arbeit sei jetzt in vielem leichter und besser, nur sei der Anfang noch etwas hart, weil sie mehrere Abendkurse besuche, um sich mit Computern vertraut zu machen.

Während Nadjas Bericht hatte Karel versucht, ihren Gemütszustand zu erraten. Sie hatte selbstbewusst und zufrieden gewirkt, aber er hatte empfunden, dass sie ihm etwas unterkühlt beggne. Als er sich ehrlichen Herzens über ihren beruflichen Neuanfang mitgefreut und ihr für die Anfangshürden Mut zugesprochen hatte, war ihm ihre zurückhaltende Reaktion aufgefallen. Karel hatte sich ihr gegenüber wie ein entfernter Bekannter gefühlt. Mit Wehmut waren in ihm Erinnerungen aufgestiegen an die schönen, immer vertrauteren Gespräche, die sie geführt hatten, als sie noch zusammen wohnten.

Georg Kreuzmann hatte sich Nadjas voll und ganz angenommen. Wenn Karel ehrlich war, schien Kreuzmann ein weitaus nützlicherer Freund für Nadja zu sein als er selbst es je gewesen war. Er staunte, was dieser Mann bewegen konnte. Wenn Nadja die Zuneigung des Pastors erwiderte, fände sie bei ihm sicher Geborgenheit und Glück.

Während die Gedanken an Nadja einen leichten Schatten auf die sonnenhellen Tage warfen, schien der Besuch von Thomas wie bestellt, um Karels augenblicklich optimistische Selbstwahrnehmung zu beflügeln. Karel hatte ihm bei ihrem Abschied Nadjas Telefonnummer gegeben. So hatte Thomas ihn ausfindig machen und über Bruder Stephan seinen Besuch ankündigen können.

Karel begrüßte den jungen Mann wie einen guten Freund und führte ihn zunächst durch das ganze Anwesen, während er ihm erklärte, nach welchen Regeln die Männer in der Kommunität zusammenlebten. Thomas war begeistert vom neuen Aufenthaltsort Karels. Welch einen Kontrast bildete dies alles zu den Umständen, unter denen sie sich kennengelernt hatten!

Thomas sah man ebenfalls an, dass es ihm gut ging. Er wirkte ausgeglichen und zufrieden, und er war gut gekleidet. Karel richtete in der Küche Kaffee und Kuchen auf ein Tablett, bevor sie es sich in Karels Zimmer gemütlich machten. Sie genossen den Fensterblick auf die schöne Landschaft.

„Jetzt musst du mir vor allem einmal verraten, ob dir dieses Landgut selber gehört", sagte Thomas, nachdem er den ersten Schluck Kaffee genommen hatte.

„Mir gehört?" Karel lachte lauthals. „Wie kommst du denn darauf?"

„Aber ich bitte dich", erwiderte Thomas, „wer auf solche Art wie du als Wohltäter agieren kann. Ich war übrigens beinahe schockiert, als ich den Koffer geöffnet habe. Es hat mich wirklich lange beschäftigt, was du wohl für eine Absicht hattest, als du mich derart verrückt und übermäßig beschenkt hast. Ich habe darüber intensiv gebetet."

„Nun, von meiner Seite war es zugegeben ein spontaner und vielleicht etwas verrückter Einfall. Das Geschenk hatte für mich allerdings vor allem einen Symbolwert."

Jetzt lachte Thomas. „Symbolwert? Das grenzt schon an Snobismus, wenn du in einem solchen Fall von einem symbolischen Wert sprichst! Na ja, etwas Surreales haftete diesem Geschenk aber sicher an, und ich hoffe, ich bin ganz im Sinne des Erfinders damit umgegangen. Wie sagtest du, als du mir den Koffer gabst? Kleider machen Leute. Ich habe mich also ausgestattet und konnte mich in der Bibelschule vorstellen, ohne dass mir der Geruch von Obdachlosigkeit und Straße anhaftete."

„Und die Fragen, die deinen Lebensunterhalt betreffen, haben sich auch geklärt?"

„Oh ja … jahaa", sagte Thomas gedehnt und zwinkerte Karel lachend zu, „du hast dich wahrscheinlich köstlich amüsiert, als ich dir so arglos davon erzählte, dass man an Wunder glauben soll. Dabei war das Wunder schon greifbar nahe, und du hast es gewusst."

Karel verstand nicht, auf welches Wunder genau Thomas anspielte, aber er hatte den Eindruck, dass es dem jungen Mann augenblicklich richtig gut ging. Dies war ja, wenn man seine Geschichte kannte, durchaus ein ausreichender Anlass, Wunder gelten zu lassen.

„Na ja", lächelte Karel, „tatsächlich sind mir in letzter Zeit ebenfalls wunderbare Sachen passiert. Du wirst es kaum glauben, ich habe zum ersten Mal in meinem Leben richtig viel Geld verdient."

„Ich will lieber gar nicht fragen, was für dich richtig viel Geld ist. Ich habe allerdings gehört, dass oft in dem Maße, wie man anderen Gutes tut, das Gute wieder zu einem zurückfließt. Trotzdem denke ich, dass du mir durch das, was du mir gegeben hast, zugleich sagen wolltest, dass Geld nicht alles ist. Dass es etwas ist, an das sich diese Welt viel zu viel klammert. Ich habe dein Geschenk als einen Auftrag verstanden, als ganz junger und frischgebackener Christ selber freimütig und unerkannt Gutes zu tun und das, was mir in die Hand gelegt wurde, großzügig zu verschenken."

„Wenn du schon die Möglichkeit dazu hattest, freut es mich wirklich. Wobei ich dich nun wirklich und inständig bitte, mein Geschenk am besten nicht mehr zu erwähnen. Es macht mich verlegen, zumal es ja im eigentlichen Sinne nichts war, was mir wirklich gehörte."

„Genauso möchte ich mit meinem Eigentum künftig auch umgehen. Alles, was mir Gott in die Hand legt, will ich als etwas Geliehenes betrachten! Weißt du übrigens, dass unser armer Freund Werner, mit dem wir uns damals das Zimmer geteilt haben, gestorben ist?"

„Ich habe es von Otto, dem Pförtner, gehört", sagte Karel.

„Armer Mensch. Ich hoffe so sehr, dass er jetzt seine kleine Tochter wieder bei sich hat. Und dass er überhaupt Frieden hat!"

Thomas schlug bei diesen Worten die Augen nieder und wirkte, als spräche er ein stummes Fürbittgebet. Karel schwieg eine Weile mit ihm, ehe er bemerkte: „Im letzten Buch der Bibel steht, dass Gott einmal alle Tränen abwischen wird. Das gilt sicher gerade für einen armen Kerl wie Werner."

„Aber wir wissen nicht, was er geglaubt hat", sagte Thomas.

„Nein, das wissen wir nicht", entgegnete Karel leise, „aber ich glaube, Gott weiß, wie Werner seine Familie geliebt hat und dass der Verlust über seine menschliche Kraft gegangen ist. Ich glaube dass Gott in der ganzen Geschichte mitgelitten hat."

„Aber kann denn ein Mensch ohne Glauben gerettet werden?"

Karel lächelte. „Weißt du was, Thomas? Du hast das Entscheidende doch schon gesagt. Du hoffst, dass Werner jetzt Frieden hat! Und vermutlich hast du für ihn gebetet. Dann lass uns doch einfach darauf vertrauen, dass Gottes Liebe so ist, wie wir sie uns erhoffen, wir sollten nicht darüber spekulieren."

„Ich möchte dir ja gerne zustimmen. Allerdings gäbe es bei uns in der Bibelschule sicher einige skeptische Stimmen zu dem, was du gerade gesagt hast. Ich selber suche da noch meinen Standpunkt. Warum sind wir denn als Christen aufgerufen, in der ganzen Welt das Evangelium zu verkündigen, wenn es für das Seelenheil des Einzelnen gar nicht so erheblich ist, woran er glaubt?"

„Das fragst du? Ist dein Leben nicht erfüllter und sinnvoller dadurch geworden, das du glauben kannst? Wird nicht jeder Mensch, der auf Gott vertrauen kann, glücklicher und befreiter?"

„Aber gläubige Menschen verzichten doch auch auf vieles. Wäre es nicht irgendwie ungerecht, wenn sich schließlich alle im Himmel wiederfänden? Diejenigen, die sich für Gott und ihre Mitmenschen aufgeopfert haben, und diejenigen, die das Leben aus vollen Zügen genießen konnten?"

„Ich glaube fest, dass es jetzt schon kein besseres Los gibt, als im Frieden mit Gott zu leben. Sicher haben viele ein schweres Leben, aber ich kann mir nicht vorstellen, dass irgendeiner einen Gewinn hätte, wenn er seinen Glauben für irgendein irdisches Gut aufgeben würde. Umgekehrt denke ich, dass viele ein besseres Leben hätten, wenn sie an Gott glauben könnten, auch die vermeintlich Reichen und Schönen. Wie viele dieser Leute erleben Sinnkrisen oder werden Sklaven von Alkohol oder irgendwelchen anderen Drogen! Wie viele seelische Grausamkeiten mögen hinter all den Klatschgeschichten stecken, den Scheidungen und Affären! Wie viele unerhörte Schreie nach Liebe stecken hinter manchem scheinbar glamourösen Leben! Ich glaube, wir dürfen beruhigt alle Neidgefühle loslassen, die wir vielleicht noch in uns tragen, und erkennen, dass wir mit Gottes Hilfe ein weitaus erfüllteres Leben führen können, als es vielen Reichen vergönnt ist."

„Aber Gott ist doch nicht nur gnädig, sondern auch gerecht! Wäre es nicht unerträglich, wenn der Himmel mit Leuten bevölkert wäre, die im Leben alles, was mit Gott zu tun hat, verspottet haben?"

„Aber wäre es erträglicher, im Himmel zu sitzen und zu wissen, dass Menschen verloren gegangen sind, nur weil wir es nicht geschafft haben, ihnen die Liebe Gottes begreiflich zu machen?"

„Gerade deshalb besuche ich ja die Bibelschule, um später einmal ein möglichst guter Missionar zu werden."

Thomas sah Karel mit einem leicht verzweifelten Gesichtsausdruck an. Karel spürte, dass der Junge ihm eigentlich alles das abnehmen wollte, was er ihm gerade gesagt hatte, aber dass Thomas damit gleichzeitig in Konflikt geraten wäre mit einigen Dogmen, die ihm in den letzten Wochen sehr wichtig geworden waren und Orientierung versprochen hatten.

„Ich möchte dich keineswegs davon abbringen, als Missionar die Menschen für den Glauben gewinnen zu wollen", sagte Karel sanft, „selbst wenn ich nur an eine irdische und nicht an eine ewige Hölle glaube. Das Himmelreich sollte sich in jede Richtung ausbreiten und die Sehnsucht nach Gottes Himmel möchte ich selbst nicht hinten anstellen. Wer weiß schon, was ihn in der Ewigkeit erwartet und wie er sich im Auferstehungsgewand fühlen wird! Bist du dann noch du, bin ich dann noch ich? Erkennen wir die Menschen, die uns hier wichtig waren? Wir haben aber doch schon jetzt eine Liebe in uns, die etwas gestalten möchte! Eine Liebe, die sich dem anderen zuwenden möchte und sein Bestes sucht. Wir merken, dass es uns selber gut tut, andere glücklich zu machen. Wenn dir dein Herz sagt, dass du als Missionar die Liebe Gottes weitergeben kannst, dann geh diesen Weg! Ich selber will meine Liebe auf die Menschheit loslassen, indem ich ein Buch schreibe. Ich glaube, es ist die gleiche Liebe und die gleiche Sehnsucht, die uns antreibt."

„Dazu möchte ich am liebsten laut ‚Amen' sagen", sagte Thomas fröhlich. „Übrigens hätte ich dir so lange Reden gar nicht zugetraut!"

Karel lachte: „Ich muss ja nur aus meinem Buch zitieren. Mein Aljoscha tut ja meist nichts anderes, als mit anderen über Gott und die Welt zu diskutieren und sich Gedanken über den Sinn des Lebens zu machen."

„Und sonst passiert nichts in deinem Buch?", fragte Thomas zweifelnd.

„Nun, die eine oder andere gute Tat vollbringt mein Held auch noch und auch einige kleine weltverbessernde Wunder gelingen ihm."

„Und keiner versucht, deinen Helden zu steinigen oder ihn zu kreuzigen?"

„Oh, ein paar Knüppel werden ihm schon zwischen die Beine geworfen, aber am Ende wird wohl alles gut werden."

Karel war in den letzten Tagen ziemlich klar geworden, welchen Schluss er seiner Geschichte geben würde. Alles um ihn herum schien Hoffnung auszustrahlen. Nun blickte er in das frische jugendliche Gesicht von Thomas und pries Gott im Stillen für all das Gute, das dieser junge Mensch in der Welt noch vollbringen konnte.

Demaskiert

Thomas und Karel hatten sich vorgenommen, sich möglichst bald wieder zu treffen. Während der nächsten Tage schrieb Karel emsig an seinem Buch. Dann stand wieder der „Dichterzirkel" auf dem Programm. Georg Kreuzmann hatte sich für diesen Tag zum Abendgebet und zum anschließenden Essen bei den Brüdern angekündigt. Karel fiel auf, dass der Pastor etwas bedrückt wirkte und sich recht einsilbig gab. Aber da Kreuzmann von sich aus keine Andeutung darüber machte, was ihm Kummer bereitete, fragte niemand nach.

Die Männer unterhielten sich stattdessen über allgemeine Themen. Bruder Stephan nahm gerne Anteil an dem, was im Kreis von Leverus vor sich ging. Karel kam der Gedanke, Achim Leverus gelegentlich zu fragen, ob er den literarisch interessierten Prior in den Zirkel einladen dürfe. Da Kreuzmann keine rechte Lust zu haben schien, über das heute zu erwartende Programm des „Dichterzirkels" zu sprechen, gab Karel dem Prior die gewünschten Auskünfte.

Guido Kronendorf sollte einige seiner neuesten Gedichte vortragen. Karel war deshalb besonders erwartungsvoll. Anfangs war Guido Kronendorf derjenige aus dem Kreis gewesen, der ihn am meisten interessiert hatte. Karel hatte eine Seelenverwandtschaft verspürt. Er hatte es gewagt, mit Guido über Glaubensfragen zu sprechen und dabei eine vielversprechende Resonanz festgestellt. Zuletzt hatten sie sich dennoch etwas aus dem Blick verloren. Heute erhoffte sich Karel zumindest eine Gelegenheit, sich wieder einmal mit den Fragen auseinanderzusetzen, die Guidos Innerstes bewegten. Denn Karel hatte keinen Zweifel daran, dass die Gedichte Aufschluss darüber gaben.

Wie sich herausstellte, wurde er nicht enttäuscht. Nachdem man im Kreis zunächst geplaudert und dabei auch Karel nach den Fortschritten seines Romans befragt hatte, legte sich für eine gute halbe Stunde konzentrierte Stille über die Runde, während Guido seine Verse vortrug. Guido las neben Gedichten einige kurze Prosatexte, die sich wie Tagebucheinträge anhörten. Karel entging nicht, wie oft Guidos Gedanken um die Frage nach Gott kreisten. Ein anderer Zuhörer hätte vielleicht gesagt, dass das, was sich für Karel wie ein Gebet anhörte, eigentlich eine Liebeserklärung an eine Frau war. Karel hätte widersprochen. Natürlich neigte man bei Liebeslyrik zu Überhöhungen der Angesprochenen und versah die Geliebte mit göttlichen Attributen, doch zum einen hatte Karel von Guido ja bereits persönlich gehört, dass den jungen Dichter die Fragen nach Gott ernsthaft beschäftigten, und zum anderen schienen einige der scheinbaren Liebesgedichte eher auf einen männlichen Adressaten hinzudeuten.

Als Guido seinen Vortrag beendet hatte, scheuten sich die Zuhörer eine ganze Weile, die weihevolle Stille zu unterbrechen. Selbst der dicke Heinemann tat sich ausnahmsweise nicht mit einer unpassenden Bemerkung hervor. So bekam auch Lutterhof keine Gelegenheit, die entrückte Gesellschaft durch einen ätzenden Kommentar auf den Boden herunter zu holen. Lutterhof hatte zwar nichts dagegen, als Zyniker zu gelten, wollte aber nicht als Trampeltier auftreten. Walther Schwämmer wiederum benötigte Lutterhof als Stichwortgeber, ehe er sich zu einer Sache äußern konnte. Der meist schweigsame Viktor Hollenweger räusperte sich schließlich und sagte: „Also mich haben die Gedichte unseres jungen Freundes sehr angesprochen. Es geht von ihnen eine gewisse Leidenschaft aus, die ich teile."

Heinz Heinemann kicherte, was den blassen Ministerialbeamten irritierte und für den Rest des Abends verstummen ließ.

„Ich bin ja sicher nicht verdächtigt, auf Liebeslyrik besonders anzusprechen", sagte Lutterhof, „und Herrn Kronendorf hätte ich als einen der Letzten verdächtigt, dass er es schaffe, eine Saite in mir zum Erklingen zu bringen ..."

Heinemann kicherte erneut, aber Lutterhof ließ sich dadurch nicht irritieren und fuhr fort: „Ich muss allerdings wirklich sagen, dass Herrn Kronendorfs Ausdrucksvermögen sich langsam von jener Befindlichkeitslyrik abzuheben beginnt, die mir so völlig zuwider ist!"

„Ja, beachtlich", sagte Schwämmer, „ich glaube, Herr Kronendorf könnte mit seiner Lyrik gewiss auch manches Frauenherz erobern!"

Lutterhof schaute seinen Adlatus missbilligend an. Dieser spürte, dass der Versuch, die Aussage seines Vorredners zu bestätigen, aus irgendeinem Grund misslungen war.

Endlich meldete sich Karel zu Wort: „Ich wundere mich, wie Sie Herrn Kronendorfs Verse und Gedanken nur so verstehen können, als wären sie an Frauen adressiert!" Er machte eine Kunstpause und wunderte sich, dass es ihm damit offensichtlich gelang, die Aufmerksamkeit aller zu gewinnen. „Ja merken Sie denn nicht, dass Herr Kronendorf bei seiner Liebeslyrik an etwas ganz anderes denkt als an Frauen?" Wieder eine Pause. Karel spürte, dass ihn Leverus am Arm zupfte, aber er wollte sich jetzt nicht unterbrechen lassen. „Ich weiß nicht, ob es statthaft ist, hier auszuplaudern, was ich nicht zuletzt aus Gesprächen mit Herrn Kronendorf selbst weiß, aber es wird Sie ja nicht gerade überraschen, dass ich mich bezüglich gewisser Fragen mit Herrn Kronendorf schon sehr intensiv unterhalten habe, zumal ich bekennender Christ bin." Karel machte erneut eine Pause, um seine Worte wirken zu lassen und schaute fragend zu Guido hinüber. Karel wusste nicht, ob es im Sinne des jungen Dichters war, wenn er die Diskussion wieder einmal auf religiöse Fragen lenkte. Aber er konnte aus der Guidos Miene diesmal nichts herauslesen.

„Für mich steht fest, dass Herr Kronendorf seinen Versen mindestens einen Doppelsinn gegeben hat, und eben nicht eine Frau anspricht, sondern eine andere Form der Liebe mit ins Spiel bringt. Was erheitert Sie, Herr Heinemann? Für mich klingen einige dieser Gedichte fast wie Psalmen. Ja, es sind Gebete, denn die Liebeserklärungen sind doch offensichtlich an Gott gerichtet!"

„Heilige Einfalt", sagte Lutterhof, „würde ich Herrn Puto nicht für im Grunde harmlos halten, gäbe er einen hervorragenden Jesuiten ab. Ich habe einmal einen Lehrer gehabt, der jeden guten Gedanken sofort für den Katholizismus reklamierte. Ich möchte Herrn Puto ja nicht desillusionieren, aber Sie merken, dass einige der Herrschaften in unserer Runde sich gerade sichtbare Mühe geben, ernst zu bleiben!"

Aus Guido Kronendorfs Gesicht war die Farbe gewichen. Mit unverkennbarer Schärfe in der Stimme sprach er Karel direkt an: „Herr Puto, gerade weil Sie wissen, dass meine Worte den von Ihnen angesprochenen Doppelsinn ergeben, bin ich sehr enttäuscht von Ihnen, dass Sie dieses unwürdige Spiel treiben, das einigen hier im Kreis ganz offensichtlich zur Belustigung dient!"

Karel schaute Guido entsetzt an. Was hatte er Falsches gesagt? Der junge Mann fuhr mit schneidender Stimme fort: „Es war nicht notwendig, so plump auf meine Neigungen anzuspielen, über die Sie ja nun wohl endlich auch Bescheid wissen! Und jetzt erwarten Sie noch eine Diskussion über ihr Lieblingsthema! Ich bereue es in diesem Augenblick, mit Ihnen über meinen Glauben und mein Suchen nach Gott gesprochen zu haben, denn wer sagt mir, dass Sie sich an meinen zaghaften Gehversuchen auf diesem Gebiet nicht ebenfalls mitunter belustigt haben?"

Karel erbleichte. Hilfesuchend schaute er sich nach Leverus um.

„Herr Kronendorf", sagte der Journalist, „ich glaube wirklich nicht, dass es zu Herrn Puto passen würde, dass er …, vermutlich weiß er wirklich nicht, was er gerade unfreiwillig an Anspielungen produziert hat!"

„Herr Leverus!", entgegnete Guido, der aufgestanden war. „Herr Puto hat mich in meiner Wohnung aufgesucht und weiß sehr wohl, womit ich meinen Lebensunterhalt verdiene! Vermutlich hab ich ihn enttäuscht und das ist seine Art, sich dafür zu rächen, dass ich seinen christlichen Idealen nicht entspreche. Ich habe sehr wohl registriert, dass sich Herr Puto mir gegenüber zuletzt eher reserviert verhalten hat, aber dass er es nötig hätte, solche Spielchen zu treiben, war wirklich das Allerletzte, was ich von ihm vermutete! Leben Sie wohl, meine Herren! Ich wünsche Ihnen noch einen netten Abend!"

Guido hatte das Zimmer verlassen, bevor ihn jemand aufhalten konnte. Sie hörten die Wohnungstür zuknallen und schauten einander entsetzt an. Karel war erstarrt und wirkte wie ein Häuflein Elend.

Auf der Heimfahrt saß er bedrückt neben Georg Kreuzmann in dessen Wagen.

„Da habe ich wirklich etwas angerichtet", sagte er zu Kreuzmann, der den ganzen Abend nicht viel gesagt und auch die peinliche Szene im „Dichterzirkel" nicht kommentiert hatte. „Nun bin ich mit meiner Naivität wirklich zum Gespött des Kreises geworden und habe den armen Guido blamiert. Es wird ihm schwer begreiflich zu machen sein, dass ich wirklich so arglos bin."

Karel wartete auf irgendeine verständnisvolle Reaktion des Pastors, aber Kreuzmann schwieg weiter.

„Ich staune manchmal wirklich über meine eigene Naivität", murmelte Karel trübe.

„Sie gefallen sich doch in der Rolle des Naivlings!"

Die Bemerkung von Kreuzmann fuhr Karel durch Mark und Bein. Was war das für ein Ton? Der Pastor klang kalt und fast angewidert. Karel fühlte sich plötzlich wie in einem falschen Film. Wann hatte man ihn zuletzt so missverstanden wie an diesem Abend? Zuerst hatte Guido ihm plumpe Anspielungen unterstellt und jetzt beschlich ihn das Gefühl, als setze Kreuzmann dazu an, ihm einen weiteren Schlag zu verpassen. Karel hatte keine Ahnung, welcher Fehler ihm noch unterlaufen sein konnte. Nach quälend langen Sekunden, vielleicht waren es auch Minuten, verschaffte Kreuzmann seinem offensichtlich schwelenden Unmut über Karel endlich Luft.

„Ich meine wie ich es sage. Sie pflegen das Image des etwas weltfremden Seelenmenschen, aber letzten Endes gelingt es Ihnen wohl immer, Ihr Ziel zu erreichen. Sie schaffen es sogar, einen Achim Leverus vor Ihren Karren zu spannen!"

Karel war wie zu Eis erstarrt. Was war in den sonst so freundlichen Pastor gefahren? Nur einmal hatte er Kreuzmann in diesem Ton reden hören. Das war im „Dichterzirkel" gewesen, als er über Leverus hergefallen war und den Frust über seine gescheiterte Ehe herausgelassen hatte. Ehe Karel zu einer Entgegnung fähig war, fuhr Kreuzmann fort:

„Bei Nadja haben Sie ja auch alles erreicht. Sie haben mich für dumm verkauft, was ihre Beziehung mit ihr anging. Ihre Vermieterin? Ihre Gesprächspartnerin? Und sich über die angebliche Behördenwillkür auszulassen, die Sie aus Ihrem Paradies vertrieben hat! Inzwischen weiß ich, wie gut Sie sich bei Nadja eingenistet hatten. Und was Sie sich schließlich für einen Abgang verschafften! Und ich verhalf Ihnen in meiner Blauäugigkeit noch zu Ihrem klösterlichen Refugium!"

„Was hat Ihnen Nadja über mich erzählt?", fragte Karel erschrocken. Ihm hatte in Bezug auf Nadja eine Last auf seiner Seele gelegen, aber es wäre ihm nie in den Sinn gekommen, so unvermittelt angegriffen zu werden, vor allem nicht von Georg Kreuzmann!

„Was hat Ihnen Nadja über mich erzählt?", äffte Kreuzmann ihn nach. „Sie hat mir viel zu lange gar nichts erzählt. Fast hätte er wunderbar geklappt, Ihr schöner Plan, Nadja damit bei Laune zu halten, dass Sie ihr einen neuen Verehrer zuführen. Mein Gott, womöglich haben Sie sich auch noch edel dabei gefühlt, zu meinen Gunsten auf sie zu verzichten. Hätte ja auch fast geklappt! Ich hatte Ihnen gegenüber ja völlig arglos durchblicken lassen, dass mir ihre Ex-Freundin gefällt. Hat Sie das nicht gefreut, wie wunderbar ich in Ihren Plan passte? Leider haben Sie aber ein wenig die Gefühle der Frauen unterschätzt. Oder haben Sie geglaubt, Nadja sei eine Frau, die sich so schnell von einem anderen trösten lässt?"

„Was reden Sie da von einem Plan? Ich verstehe Sie nicht", stammelte Karel, obwohl langsam eine Ahnung in ihm hochstieg, was Kreuzmann mit seinen Vorwürfen meinte. Verzweifelt schüttelte er mit dem Kopf, während er sich mit der Hand an die Stirn griff. Er lachte hysterisch auf und versuchte Kreuzmann in die Augen zu sehen, was schwierig war, denn dieser musste sich in der Dunkelheit auf die Straße konzentrieren.

„Ich bitte Sie, Herr Kreuzmann, wie können Sie mir unterstellen, dass ich mit Nadja und Ihnen auf solche Weise spielen würde?" Er schüttelte wieder heftig mit dem Kopf und sagte leise: „Wenn es auch nur im Entferntesten so wäre, wie Sie sagen, dann hätte ich nicht in den letzten Wochen fast so etwas wie Eifersucht Ihnen gegenüber verspürt!"

„Sie waren eifersüchtig?" Jetzt war die Reihe an Kreuzmann, einen hysterischen Lacher auszustoßen. „Das passt aber nun wirklich nicht zu dem von Ihnen gepflegten Image des selbstlosen Heiligen! Da müht sich einer wohl verzweifelt um ein Retuschieren seines Porträts! Jetzt, da ich entdeckt habe, dass Sie wohl doch nicht so bedürfnislos in gewissen Dingen sind, bemühen Sie sich noch schnell darum, den Eifersüchtigen zu spielen."

Kreuzmann unterbrach seinen Wortschwall, da er an eine Kreuzung heranfuhr und sich über den richtigen Weg Orientierung verschaffen musste. Karel überlegte, ob es einen Sinn mache, noch einmal einen Einwand vorzubringen. Würde Kreuzmann in seiner Stimmung ihm nicht aus jedem Widerspruch einen neuen Vorwurf konstruieren?

„Ich ... spiele ... nicht ... den Eifersüchtigen", sagte Karel betont. „Ich habe nicht einmal behauptet, eifersüchtig zu sein. Ich habe gestanden, etwas wie Eifersucht zu verspüren!"

Karel stellte selbst fest, dass diese Aussage in der jetzigen Situation relativ lächerlich wirkte, aber er hatte das Gefühl, überhaupt etwas sagen zu müssen. Kreuzmann war inzwischen mit dem Wagen in die richtige Abzweigung eingebogen. Er quittierte Karels Einwand mit einem verächtlichen Lachen: „Sie können es nicht lassen, an Ihrer Rolle festzuhalten! Aber machen Sie sich keine Sorgen. Sie brauchen mir gar keine vermeintliche Eifersucht vorzutäuschen. Ich verachte Nadja nicht, bloß weil sie für Sie offensichtlich ihren Zweck erfüllt hat. Diese Frau war viel zu schade für Sie und ich werde nicht den Fehler machen, sie fallenzulassen, weil sie von Ihnen beschmutzt wurde."

„Nadja – beschmutzt?" Karels Ohnmacht verwandelte sich in Empörung. „Sie beleidigen nicht nur mich, sondern auch Nadja. Sie haben nicht das Recht, die Freundschaft zwischen Nadja und mir nachträglich in den Schmutz zu ziehen. Wenn ich an Nadja schuldig geworden bin, dann werde ich mich bei ihr entschuldigen. Sollte Nadja mir Vorwürfe machen, verstehe ich das. Aber Sie haben gewiss kein Recht …"

„Sie werden sich gefälligst hüten, mit Nadja zu sprechen", unterbrach ihn Kreuzmann brüllend. Er verzog dabei das Lenkrad. Karel befürchtete einen Moment lang fast, sie kämen von der Straße ab.

„Wollen Sie Nadja vielleicht ein weiteres Mal umgarnen und verführen?", brüllte Kreuzmann weiter, „Sie werden sich gefälligst von ihr fern halten. Ich habe Ihnen klipp und klar gesagt, dass ich Nadja nicht aufgebe, nur weil sie mir gebeichtet hat, dass sie mit Ihnen im Bett war!"

Für eine Weile herrschte zwischen den beiden Männern eisiges Schweigen. Karel fühlte sich, als wäre er mit einem schweren Vorschlaghammer malträtiert worden. Er stellte sich vor, welches Bild Kreuzmann von ihm hatte. Karel verspürte ein leichtes Entsetzen darüber, wie der innere Zustand des Pastors wohl sein musste, dass sich solch ein Bild festsetzen konnte. Gleichwohl fühlte er auch eine Erschütterung über sich selbst. Waren Kreuzmanns Vorwürfe allesamt unberechtigt? Hatte er Nadja einfach so verlassen dürfen? War ihr Verhältnis zueinander nicht viel tiefer gewesen, als er es sich eingestanden hatte? Hätte er Nadja nicht wenigstens die Gelegenheit geben müssen, sich darüber zu äußern, wie sie ihre Freundschaft bis dahin gesehen hatte? Er hätte Nadja als gute Freundin und Vertraute bezeichnet, und es war nicht seine Absicht gewesen, diese Freundschaft und Vertrauensbeziehung aufzukündigen, als er aus Nadjas Wohnung ausgezogen war. Aber hatten sie nicht miteinander gelebt und sogar einige Nächte miteinander verbracht? Wie konnte er da überhaupt davon ausgehen, dass eine räumliche Trennung nichts zwischen ihnen änderte? Er war wirklich naiv gewesen und hatte keineswegs den Naiven nur gespielt, aber Karel fing jetzt an, zu begreifen, dass er für die daraus resultierende Verantwortungslosigkeit möglicherweise zu Recht Zorn auf sich geladen hatte.

Dennoch stieg in ihm Empörung auf, als er über Kreuzmanns Vorwürfe nachdachte. Karel erinnerte sich noch genau an die Gefühle, die Nadja und ihn zum ersten Mal einander in die Arme getrieben hatten. Sie hatten sich gegenseitig Geborgenheit schenken können. Zuerst war es Nadja gewesen, die gegen die scheinbar übermächtige Kälte eines trostlosen Tages einfach die Wärme eines Menschen gesucht hatte. Später hatten Nadja und er einige Male besonders intensive, fröhliche und auch traurige Gespräche damit gekrönt, dass sie sich die körperliche Nähe des anderen gegönnt hatten und schließlich miteinander eingeschlafen und aufgewacht waren. Sie waren erwachsene Menschen, und keiner hatte den anderen zu etwas Ungewolltem verführt. So hatten sie es miteinander empfunden und es sich nach der ersten gemeinsamen Nacht, die sie mit etwas verwirrten Gefühlen entlassen hatte, gegenseitig erklärt.

„Wie kommt es eigentlich, dass Sie meinen, Nadja hätte vor Ihnen etwas zu beichten?", fuhr Karel den Pastoren an.

Kreuzmann lachte bitter und entgegnete in spöttischem Tonfall: „Nach Ihrem Verständnis gibt es wohl nichts zu beichten. Christen Ihrer Richtung gehorchen ja selbst dann nur ihrem reinen Herzen, wenn es um außerehelichen Verkehr geht!"

„Nadja bezeichnet sich gar nicht als Christin. Warum sollte sie Ihnen etwas beichten, was für sie gar keine Sünde ist? Was zwischen ihr und mir war, geht Sie gar nichts an. Ich wundere mich, dass Nadja darüber mit Ihnen gesprochen hat."

„Ach! So drehen Sie es hin? Ich will Ihnen sagen, wie es dazu gekommen ist. Das ist nämlich noch etwas, das Sie durch ihre Kunst der Täuschung erreicht haben. Als Nadja mir sagte, sie sei noch nicht frei für eine neue Beziehung, habe ich nämlich ganz arglos gefragt, weshalb sie das aufgelöste Mietverhältnis mit Ihnen denn als Beziehung bezeichne. Ich bin schamrot geworden, als sie mir erklärte, dass Mietverhältnisse in der Regel bestimmte Intimitäten nicht einschlössen!"

„Nadja hat wirklich von einer Beziehung gesprochen?", fragte Karel. Er war zuletzt ebenfalls ungewöhnlich aggressiv geworden, weil er das Gefühl hatte, es sei legitim, sich gegenüber Kreuzmann zu verteidigen. Die letzte Frage sprach Karel dagegen im Tonfall ehrlichen Erstaunens aus. Kreuzmann geriet darüber noch mehr in Wallung.

„Ich fasse es nicht, dass Sie die Stirn haben, dies in Frage zu stellen! Kapieren Sie immer noch nicht, dass der weltfremde Naivling Karel Puto für mich seit Nadjas Enthüllung ein für alle Mal gestorben ist? Meinetwegen können Sie sich in Ihrem Roman selber für Aljoscha Karamasow halten! Das tun Sie doch, wenn Sie ehrlich sind. Ihr Held ist doch nichts anderes als die idealisierte Rolle, die Sie gerne im wirklichen Leben spielen möchten. Aber wenn Sie sich als schriftstellernder Weltverbesserer gefallen, dann lassen Sie sich sagen, dass in meinen Augen Ihre Mission schon gescheitert ist, bevor sie überhaupt richtig begonnen hat! Aus einer solch trüben Quelle wird niemals ein Strom mit reinem Wasser."

„Lassen Sie mich hier bitte aussteigen!", entgegnete Karel kühl. „Ich werde den Rest des Weges zu Fuß gehen."

Obwohl sie bestimmt noch drei bis vier Kilometer von ihrem Ziel entfernt waren, bremste Kreuzmann den Wagen sofort ab, um Karel aussteigen zu lassen. Dann wendete er und brauste in Richtung der Stadt davon.

Karel stand am Rand einer einsamen Landstraße unter einem wolkenverhangenen Himmel. Ein einziger Abend schien alles wieder infrage zu stellen, was ihn zuletzt so wunderbar aufgerichtet hatte.

Kämpfen oder fliehen?

Während Karel in seinem Sessel immer mehr in sich zusammensank, wuchs hinter dem mächtigen Schreibtisch Jean Eulenfels zu einem Hünen heran. Er wetterte über das Manuskript, das ihm Karel zugeschickt hatte, die Blätter, die alles enthielten, was er in Jahren zusammengetragen und sich von der Seele geschrieben hatte. Was fangen wir damit an, hatte der Verleger gefragt. Was soll uns das alles sagen? Die Stimme donnerte: Achim Leverus hat uns einen Geniestreich versprochen und Sie liefern uns bloß Hirngespinste und Lügenmärchen!

Karel war auf die Größe eines Zwergs geschrumpft. Dies veranlasste Jean Eulenfels, sich zu erheben und seine drei Meter Körpergröße zu demonstrieren. Er griff nach dem Papierstapel und begann, die Blätter nach allen Seiten durcheinander zu werfen und dabei ein brüllendes Gelächter auszustoßen. Durch das große Fenster fielen Sonnenstrahlen, die von Eulenfels' bronzenem Panzer reflektiert wurden und Karel fast blendeten. Karel bemerkte, dass er in seiner Linken eine kleine Steinschleuder hielt. Seine Rechte suchte zitternd in seiner Manteltasche nach einem Stein und wurde fündig. Jederzeit gewärtig, der brüllende Riese könne sich auf ihn stürzen, spannte er die Schleuder und schoss den Stein auf Eulenfels ab. Das Geschoss verfehlte den Kopf des Riesen und traf die Fensterscheibe, die mit einem lauten Klirren in tausend Scherben zerfiel. Karel fühlte sich von einer Hand gepackt und durch die Fensteröffnung geschleudert.

Er wachte auf und schaute nach einem Moment der Orientierungslosigkeit auf seinen Wecker. Es war vier Uhr morgens. Er hatte also kaum zwei Stunden geschlafen. Als er das letzte Mal auf den Wecker geschaut hatte, war es kurz nach zwei Uhr gewesen. Sein linker Arm war bewegungslos wie immer. Karel seufzte. Oft, wenn er träumte, war sein lahmer Arm gesund und beweglich, sodass Karel ihn wie ganz selbstverständlich gebrauchte.

Diesmal war Karel froh darüber, aufgewacht zu sein, um feststellen zu dürfen, dass er nicht mit einer Steinschleuder auf seinen Verleger gezielt haben konnte. Was für ein verrückter Traum! Karel brauchte nicht lange darüber nachzudenken, welche Ängste sein Gehirn damit verarbeitet hatte. Die Begebenheiten des gestrigen Abends hatten ihn aufgewühlt. Lange hatte er keine Ruhe gefunden. Die Episode mit Guido Kronendorf erschien ihm inzwischen grotesk und lächerlich. Aber Karel konnte nicht vergessen, mit welchem Zorn ihn der sonst so sanftmütige junge Mann angeschaut hatte.

Noch tiefer war ihm allerdings der Streit mit Kreuzmann gegangen, wohl nicht zuletzt deshalb, weil ihm plötzlich die Augen dafür geöffnet worden waren, dass er sich an Nadja schuldig gemacht hatte. Alle glücklichen Ereignisse erschienen ihm plötzlich schal, denn sie hatten in seinen Gedanken Nadja ein ums andere Mal in den Hintergrund verdrängt. Nadja hatte Georg Kreuzmann gegenüber von einer Beziehung gesprochen. War es wirklich denkbar, dass sie in ihm mehr gesehen hatte als einen Schützling oder allenfalls einen Kameraden, den ihr eine Laune des Schicksals geschickt hatte?

Manchmal hatte Karel sich sogar vorgestellt, er und Nadja seien ein Paar! Hätte er doch nur den Mut und eine passende Gelegenheit dazu gefunden, mit einem seiner Freunde zu sprechen und darüber nachzudenken, ob die Gefühle, die er für Nadja empfand, etwas mit Verliebt sein zu tun hatten. Aber er hielt sich gewiss nicht für einen Mann, an den sich jemand wie Nadja auf Dauer anlehnen konnte.

Während er an Nadja dachte, konnte Karel die Episoden mit Guido Kronendorf und Georg Kreuzmann zwar verdrängen, aber er stellte fest, dass sie ihn spätestens wieder einholen würden, wenn er über seinem Manuskript säße. Sein Selbstwertgefühl war angeknackst. Dies war keine gute Basis, um weiterzuschreiben und seinen Roman zu einem guten Ende zu bringen.

Karel versuchte, noch einmal einzuschlafen, aber er fand keine Ruhe mehr, bis der Tag anbrach. Er stand auf, um vielleicht Bruder Andreas bei dessen früher Runde durch die Tierställe zu begleiten. Da fiel sein Blick auf ein Kuvert, das auf seinem Schreibtisch lag. Georg Kreuzmann hatte es ihm gestern Abend schon bei der Begrüßung in die Hand gedrückt und gesagt, dass es ein Brief von Joschka sei. Karel hatte ihn eingesteckt, um ihn später zu lesen. Fast hätte er den Brief in all den anschließenden Aufregungen vergessen, aber jetzt war er neugierig darauf, wie es Joschka und Lisa inzwischen ergangen war. Ein klein wenig hatte Karel die Hoffnung, der Inhalt des Briefes würde ihm vielleicht wieder einige erfreulichere Gedanken zutragen.

Aus dem, was ihm Joschka schrieb, konnte sich Karel freilich keinen richtigen Reim darauf machen, wie es um dessen Liebschaft mit Lisa stand. Immerhin schrieb Joschka, dass er sich sehr darüber freuen würde, Karel bald zu treffen. Der Brief enthielt Joschkas Telefonnummer, unter der er abends praktisch immer zu erreichen sei, und den Hinweis, dass er sich am Wochenende gerne die Zeit nähme, Karel zu besuchen. Karel nahm sich vor, den Brief nicht lange unbeantwortet zu lassen. Dann zog er sich an, um den alten Andreas zu suchen.

Bruder Andreas hatte inzwischen die Kühe schon vom Melkgeschirr befreit und machte sich gerade daran, die Tiere auf die Weide zu treiben. Karel schloss sich ihm an. Die Kühe trabten munter voraus und machten keine Versuche, auszubrechen. Als das letzte Tier auf der Weide war, schlossen die beiden Männer das Gatter. Jetzt erst schien Bruder Andreas seinen Helfer richtig wahrzunehmen.

„Nanu, Karel", brummte er, „so früh schon auf? Da kannst du mich ja nachher direkt zum Frühgebet begleiten."

„Ich weiß noch nicht, ob ich wirklich daran teilnehmen möchte. Vielleicht bleib ich einfach noch ein wenig hier draußen und genieße den jungen Tag."

„Du siehst aus, als hättest du keine gute Nacht gehabt. Kummer?"

„Ärger und Kummer."

Andreas nickte mehrfach bedächtig, womit er seine Anteilnahme zum Ausdruck bringen wollte.

„Magst du über deinen Ärger und deinen Kummer reden oder soll ich dich einfach in Ruhe lassen?"

Karel schaute auf die Uhr. „Das Gebet fängt gleich an. Du musst los!"

„Das Frühgebet findet auch ohne mich statt", sagte Andreas. „Sag, soll ich bleiben?"

„Lass uns ein wenig miteinander in Richtung des Wäldchens gehen. Dort hätte ich mich mit meinem Kummer hinbegeben. Es ist schön, wenn du mir etwas Gesellschaft leistest."

Karel und Andreas schlenderten eine Weile schweigend den Feldweg entlang. Dann fragte Andreas: „Gibt es Probleme mit deinem Buch?"

„Wie kommst du darauf?", fragte Karel zurück.

„Na, Georg und du, ihr seid doch gestern bei diesem Literaturmenschen gewesen."

„Nun, es hat nicht direkt mit meinem Buch zu tun, aber du weißt ja, wie sensibel wir Künstlernaturen sind", sagte Karel mit einem leicht ironischen Tonfall, „etwas Ärger im Leben, und sogleich schlägt es sich auf die Kunst nieder."

„Aber nicht immer zum Schlechtesten", entgegnete Andreas, „ich verstehe zwar nicht viel von Büchern, aber ich weiß, dass alle großen Dichter unglücklich waren."

Karel lächelte. „Ich wollte der erste glückliche Dichter werden."

„Und was hindert dein Glück? Dir geht es doch gut bei uns! Die Natur, unsere Tiere, keine Frauen, die uns ärgern. Wir täten dich gern in unsere Kommunität aufnehmen."

„Vielleicht frage ich die Brüderrunde bald einmal, ob ihr mich für immer hier haben wollt."

„Aber nicht bloß, weil dich die Welt enttäuscht hat!"

„Ich weiß, ich weiß", nickte Karel, „man muss zum Mönchsleben berufen sein!"

Während Bruder Stephan noch nie eine Andeutung darüber gemacht hatte, dass sich Karel über den Eintritt in die Kommunität Gedanken machen solle, war der alte Andreas in dieser Hinsicht unverblümter. Für ihn selbst gab es keine erfülltere Existenz als das Leben, das er hier gefunden hatte.

„Meinst du eigentlich wirklich, ich gäbe einen guten Bruder ab?", fragte Karel.

„Schon", sagte Andreas ernsthaft, „du bist doch ein wenig wie ich! Zum Leben in der Welt draußen taugst du nicht richtig, an den Herrgott glaubst du, und mit den Frauen hast du auch nicht viel zu schaffen oder sie nicht viel mit dir. Habe ich's getroffen?"

„Dann könnte ich also zum Mönch berufen sein?"

„Freilich. Wobei das mit dem Glauben das Wichtigste ist, aber da kannst du bei Bruder Stephan ja noch ziemlich viel lernen."

Karel gefiel die Direktheit des alten Andreas, aus dem die Einfalt seines Herzens sprach.

„Und was wäre, wenn es in meinem Leben eine Frau gäbe?", fragte er und war auf die Reaktion des Bruders gespannt.

Andreas verzog das Gesicht. „Dann ist das vielleicht der Grund für deinen Ärger? In diesem Fall kann ich dir leider wenig gute Ratschläge geben, außer vielleicht, dass man die Frauen am besten meidet!"

Die beiden Männer hatten inzwischen den Waldrand erreicht. Dort wo der Weg in das Wäldchen eintrat, blieben sie stehen und blickten zurück. Die Kühe hatten sich über die ganze Weide verteilt und grasten glücklich. Das kleine Landgut lag friedlich in der Senke und wurde von den ersten Sonnenstrahlen beschienen. Karel hatte sich durchaus schon Gedanken darüber gemacht, wie es wäre, für lange Zeit hier zu leben. Mehrere solche Erlebnisse, wie er sie gestern gehabt hatte, und er zöge sich gerne für immer an einen so beschaulichen Ort zurück. Aber war das richtig? War ihm im letzten Jahr nicht klargeworden, dass er sich nicht verstecken dürfe, sondern sich unter die Menschen begeben müsse? Waren nicht die meisten seiner Erfahrungen durchaus positiv gewesen?

Karel dachte über seinen Traum nach. Es steckte eine Angst in ihm, dass ein Mensch wie Jean Eulenfels nicht wirklich sein Freund war. Aber Jean Eulenfels war sicher kein Feind! Er verfolgte mit Karel seine Zwecke, und wenn es günstig lief, konnte auch Karel längerfristig davon profitieren! Das Leben hatte sicher immer wieder seine Fallstricke, aber Karels Füße waren auf weiten Raum gestellt. Würde es nicht immer Refugien für ihn geben? Und wenn er tatsächlich einmal fiele, gab es doch die Möglichkeit, wieder aufzustehen. Selbst die Sache mit Guido ließ sich womöglich bereinigen, und Georg Kreuzmann sah vielleicht schon heute ein, dass er zu hart geurteilt hatte. Möglicherweise würde sich der Zorn des Pastors auf Karel in dem Moment legen, in dem Nadja dem Werben Kreuzmanns entgegenkam.

Andreas und Karel hatten längere Zeit schweigend die vor ihnen liegende Idylle betrachtet. Schließlich wies Andreas auf das Frühstück hin. Während sie den Weg langsam zurückgingen, pries er das gemeinschaftliche Leben auf dem Land und machte ein paar Bemerkungen, die Karel nur deshalb nicht als frauenfeindlich wertete, weil er sich gar nicht vorstellen konnte, dass der alte Andreas überhaupt eines Menschen Feind sein konnte.

Joschka und Lisa und ein Wiedersehen

Karel musterte Joschka verstohlen. Wirkte der junge Mann glücklich? Wie hatte sich seine Freundschaft mit Lisa entwickelt, wenn man von einer Freundschaft überhaupt sprechen konnte? Karel wollte nicht mit der Tür ins Haus fallen, aber er war doch brennend daran interessiert, wie es um die beiden stand. Das Telefonat zwei Tage vorher war jedenfalls in dieser Hinsicht nichtssagend gewesen. Karel hatte mit Joschka vereinbart, dass sie sich in der Stadtmitte treffen wollten, da dieser mit der Bahn anreiste. Es war ein Freitag und der Monteur konnte Überstunden abfeiern.

Vom Bahnhof aus hatten Karel und Joschka ein kleines Lokal angesteuert, das der junge Arbeiter von seinem letzten Einsatz her kannte. Er hatte dort öfters zu Mittag gegessen. Es war eine jener einfachen Eckkneipen, die immer mehr verschwanden, weil sie in irgendwelche Café-Bars oder Bistros umgewandelt oder, wenn sie in ungünstiger Verkehrslage residierten, einfach geschlossen wurden. Im „Scharfen Eck" führte ein ehemaliger Berufsboxer ein freundliches Regiment. Die verbindliche Art des Wirtes und die Kochkünste seiner Frau sicherten der äußerlich nicht sonderlich attraktiven Gaststätte den notwendigen Umsatz. Die Preise waren niedrig und die Portionen groß, was die in der Regel hart arbeitenden Gäste zu schätzen wussten.

Joschka war von der Reise her hungrig und bestellte sich einen Rheinischen Sauerbraten, den er auch Karel aufs Wärmste empfahl. Der Wirt musterte den jungen Mann mit einem „Kennen-wir-uns?"-Blick. Joschka reagierte darauf mit der Bemerkung, es sei schön, mal wieder hier zu sein, um die Küche des Hauses zu genießen. Als der Wirt zwei frisch gezapfte Bier vor ihnen abstellte, erkundigte er sich nach ihrer Herkunft und ließ dann einige spöttische Bemerkungen über die noble Goethepassage fallen, wo Joschka gearbeitet hatte. Als er wieder abgezogen war, schaute Karel sein Gegenüber erwartungsvoll an. Er wartete darauf, dass Joschka endlich von sich erzählte. Aber dieser schien es nicht eilig zu haben!

„Gut siehst du aus, Karel", sagte Joschka nach einem genüsslichen Schluck aus seinem Glas, „hast dich neu eingekleidet, was? Wirft die Schriftstellerei schon etwas ab?"

Karel berichtete von dem Honorarvorschuss für sein Buch und Joschka bat darum, ihn zu informieren, sobald das Werk auf dem Markt sei.

„Du musst mir in ein Exemplar eine Widmung reinschreiben", sagte er begeistert, „es ist toll, einen echten Schriftsteller zu kennen. Ich lese ja schon immer ganz gerne, aber was du so schreibst, interessiert mich natürlich besonders! Was wird das genau für ein Buch?"

„Ein Roman", sagte Karel knapp. Er sprach zwar im Allgemeinen gerne über seine Buchpläne, wollte jetzt aber viel lieber etwas über Joschkas Seelenzustand hören.

„Krimi- oder Liebesroman?", ließ Joschka nicht locker.

„Eher etwas zum Thema Liebe", nuschelte Karel und fügte dann hoffnungsvoll hinzu: „Dazu fällt mir übrigens ein, dass ich dich …"

„Ist das nicht eher ein Frauenthema?", fragte Joschka penetrant weiter.

Karel resignierte innerlich und antwortete: „Nein, es soll ja keine schnulzige Liebesgeschichte werden, sondern eher um die Liebe im Allgemeinen gehen, Philosophisches und Religion."

„Aha, interessant", bekundete Joschka, „ich glaube, du sagtest mal, dass du dich in deinem Buch sehr mit Gott beschäftigst."

Karel gab sich endgültig geschlagen. Er gab Joschka eine erschöpfende Inhaltsangabe seines Buches und erzählte ihm, dass es kurz vor der Fertigstellung stehe. Joschka hörte ihm mit wirklichem Interesse zu und bemerkte schließlich:

„Diese Fragen um Gott interessieren mich in letzter Zeit wieder stärker. Helena, das ist die Freundin von Lisa, ist eine praktizierende Katholikin. Für sie war es besonders schlimm, dass sie für diese Verbrecher anschaffen gehen musste."

Jetzt schienen sie endlich bei dem Thema angekommen zu sein, auf das Karel schon während der ganzen Zeit neugierig gewesen war.

„Wie geht es Lisa?", fragte er nun direkt. „Wohnen die Mädchen noch bei dir und deinen Eltern?"

„Helena ja, Lisa ist wieder daheim in Ungarn." Joschka sagte es so beiläufig, als wolle er gleich wieder das Thema wechseln.

„Oh, aber ihr seid in Kontakt miteinander?", forschte Karel weiter.

„Eigentlich nicht, sie hat ja schließlich einen festen Freund in Ungarn."

„Ach so, ich verstehe." Karel nickte bedächtig mit dem Kopf. „Tut mir leid für dich."

„Nicht so schlimm."

Leicht verlegen nahm Joschka einen Schluck Bier.

„Na ja", sagte Karel und bemühte sich um einen heiteren Ton, „ein gutes Werk war es jedenfalls, ihr zur Flucht zu verhelfen. Das ist trotzdem etwas, auf das du stolz sein kannst."

Joschka hatte den Kopf gesenkt und spielte mit dem Besteck, das der Wirt zusammen mit den Getränken schon gebracht hatte.

„Ich habe in Bezug auf Lisa trotzdem Mist gebaut", bekannte er, „ich habe einfach sauer reagiert, als ich hörte, dass sie einen Freund hat. Hatte mir ja erhofft, dass …"

„Aber sieh mal", sagte Karel tröstend, „ihr kanntet euch ja kaum. Klar, hätte ich mich gefreut, wenn ihr zusammengefunden hättet. Aber man konnte ja nicht einfach davon ausgehen, dass es wirklich zwischen euch funktionieren wird. Liebe ist eben im wirklichen Leben komplizierter als in Romanen!"

„Du hast ja recht, und ich habe mir selbst oft genug gesagt, dass es viel wichtiger ist, dass wir ihr helfen konnten. Aber … ich müsste dir das eigentlich gar nicht sagen, aber vielleicht verstehst du dann, warum ich so unzufrieden mit mir bin … ich habe in meinem Ärger und meiner Enttäuschung fast bereut, dass ich damals mit Lisa nicht einfach … also dass ich nicht mit ihr … für Geld … ist das nicht irgendwie krank? Ich wäre ja gerne einfach der edle Ritter und selbstlose Helfer, aber wenn ich ehrlich bin, habe ich da charakterlich völlig versagt!"

„Nun sei nicht zu hart mit dir selbst", sagte Karel und griff nach Joschkas Hand. „Unsere Gedanken haben wir nicht immer im Griff, aber wie du dich für Lisa eingesetzt hast, das war edel!"

„Eigentlich bin ich ja auch darüber hinweg. Das Problem ist nur …"

„Ja?"

„Jetzt habe ich mich in Helena verliebt und fühle mich so blöd dabei, weil es mir vorkommt als sei sie ein Ersatz oder was auch immer. Und ich habe Angst, dass sie das auch so empfindet, denn sie weiß ja, dass wir die ganze Befreiungsaktion nur wegen Lisa unternommen haben."

Karel lachte auf. „Oh weh, soll ich dich jetzt bemitleiden oder dich dazu beglückwünschen, dass du mit Helena so schnellen Trost gefunden hast? Weißt du in ihrem Falle wenigstens, dass sie ihr Herz noch nicht anderweitig verschenkt hat?"

„Hat sie nicht", sagte Joschka und sah dabei schon wieder etwas glücklicher aus. „Mit ihr kann ich übrigens reden, wie ich es mit Lisa gar nicht konnte. Meinst du, es kann Schicksal sein, dass sie damals einfach mit geflohen ist? Oder hat Lisa sie wegen mir …? Aber das glaube ich nicht!"

„Das Ganze war eine verrückte Episode. Vielleicht hat sich Lisa damals etwas ebenso Schräges ausgedacht? Aber wahrscheinlich wollte sie Helena einfach nur helfen."

„Na ja, das andere Verrückte ist, dass es mit Helenas Papieren diese Komplikationen gab. Sonst hätten wir uns nie so gut kennengelernt. Ich hoffe, ich kann sie dir bald vorstellen. Eigentlich müsstet ihr euch mögen."

Der Wirt servierte nun das Essen und wünschte ihnen einen guten Appetit, der angesichts der riesigen Portionen auch vonnöten war. Joschka nahm sogleich den ersten Bissen, ehe er etwas verschämt bemerkte, dass Karel seinen Kopf zu einem Tischgebet geneigt hatte. Joschka verharrte einen Moment mit der Gabel in der Luft, bis auch Karel endlich zum Besteck griff. Dann nickten sie sich zufrieden zu und widmeten sich fürs erste der ausgezeichneten Hausmannskost.

Neue Gäste kamen herein. Der freundliche Wirt begrüßte sie und geleitete sie an einen der Nebentische. Es waren zwei Frauen und ein Mann. An dem Mann fiel der dunkle Anzug auf. Die beiden Frauen wirkten in ihrer schlichten Eleganz so, wie Karel sich Vorzimmerdamen oder Bankangestellte vorstellte. Eigentlich passten die Neuankömmlinge nicht so richtig in diese Gaststätte, aber der Wirt schien das Trio zu kennen. Er plauderte auf eine vertraute Art mit dem dunkel gekleideten Herrn und seinen Begleiterinnen. Der Wirt machte eine witzige Bemerkung, die von den beiden Damen mit einem herzlichen Lachen quittiert wurde.

Karel schaute zum Nebentisch hinüber. Er glaubte seinen Augen nicht zu trauen, als er in einer der beiden Frauen Nadja erkannte. Karel starrte eine Weile mit halb geöffnetem Mund und einem vermutlich nicht sehr intelligenten Gesichtsausdruck in ihre Richtung, Nadjas Blick fiel auf ihn, und sie reagierte ebenfalls sichtbar überrascht. Für einen Moment, wussten beide nicht, wie sie sich verhalten sollten. Dann aber entschloss sich Karel, hinüber an den Nebentisch zu gehen.

„Entschuldige mich einen Moment, ich habe da eine … Bekannte am Nebentisch entdeckt", murmelte er erklärend zu Joschka und schob seinen Stuhl zurück. Während der wenigen Schritte zu Nadja spürte er, dass ihm das Herz bis zum Hals pochte. Er räusperte sich und streckte Nadja lächelnd, aber stocksteif seine Hand entgegen.

„Hallo Nadja", sagte er, „schön, dich zu sehn."

„Hallo Karel", erwiderte Nadja und versuchte ebenfalls zu lächeln. Die Blicke von Nadjas Begleitern richteten sich neugierig auf die beiden.

„Das ist Herr Puto, mein … ehemaliger Untermieter", mühte sich Nadja um die Etikette, „und das sind Frau Strobel-Marberg, eine Kollegin von mir, und Herr Superintendent Tiefensee, unser Chef."

„Freut mich", sagte Karel befangen und nickte den Vorgestellten zu. Diese erwiderten seinen Gruß, indem sie ihn, wie ihm schien, misstrauisch musterten. Karel stand etwas verloren vor Nadja und sagte: „Ich habe von Herrn Kreuzmann gehört, dass du jetzt für die Kirche arbeitest."

„Ja", sagte sie knapp.

„Geht es dir gut?"

Nadja nickte.

„Gut", schob sie nach. „Und dir?"

„Gut", sagte er.

„Schön", sagte sie. Es klang etwas reserviert.

Karel war unschlüssig, ob er die Konversation fortführen sollte oder ob es jetzt einfach angebracht war, an seinen Platz zurückzukehren, wo sein Braten auf ihn wartete.

„Ich gehe dann mal wieder rüber, bevor mein Essen kalt wird."

„Ja, es wird sonst kalt", sagte Nadja.

Karel verabschiedete sich, indem er auch ihren Kollegen zunickte, und nahm wieder seinen Platz ein. Schweigend vertiefte er sich in die Nahrungsaufnahme.

„Wer ist die Dame?", fragte Joschka.

„Meine frühere Vermieterin", sagte Karel knapp.

„Oh, da wäre ich aber an deiner Stelle nicht ausgezogen", sagte Joschka grinsend. „Flotte Frau!"

Karel antwortete nicht, und Joschka war so taktvoll, zunächst ebenfalls zu schweigen. Ab und zu schaute Karel zum Nebentisch hinüber, wo eine fröhliche Unterhaltung in Gang kam, die der Superintendent mit seiner sonoren Stimme dominierte. Zwei- oder dreimal begegneten sich Karels und Nadjas Blicke, was beide veranlasste, schnell wieder in eine andere Richtung zu schauen. Es war ein seltsames Gefühl, Nadja ganz in seiner Nähe zu wissen und doch unüberbrückbar von ihr getrennt zu sein.

Etwas orientierungslos versuchte Karel, sich wieder Joschka zu widmen, der jetzt gerne noch etwas über Helena erzählen wollte.

„Sie ist wirklich ein feiner und wunderbarer Mensch", sagte Joschka.

„Ja, das ist sie", sagte Karel und schenkte Nadja unwillkürlich einen kurzen Seitenblick.

„Und ich könnte mich mit ihr stundenlang über Gott und die Welt unterhalten!"

„Das ist gut, jemanden zum Reden zu haben, verstanden zu werden!"

„Du sagst es", nickte Joschka, „dabei habe ich mich Stück um Stück immer mehr in sie verliebt."

„Das kann ich verstehen", antwortete Karel.

„Passiert es dir auch noch, dass du dich verliebst, oder hört das ab einem bestimmten Alter auf?" Joschka lachte. „Oh, Verzeihung. Ich meinte jetzt nicht, dass du alt bist. Und ich meinte natürlich auch nicht, dass ich mich ständig neu verlieben möchte! Nein, ich wollte eigentlich nur von dir hören, warum du sagst, dass du mich verstehen kannst? Also, wenn ich so neugierig sein darf. Warst du … oder bist du auch verliebt?"

Diese Frage war lange zu Karel unterwegs gewesen. Ein wenig hatte er sie in diesem Moment vielleicht sogar selbst herausgefordert. Oder er hatte gehofft, dass sie ihm gestellt würde, so wie man manchmal auf eine bestimmte Frage wartet, weil man eine passende und besonders eindrucksvolle Antwort parat hat.

„Ich bin verliebt", sagte er leise, aber mit besonderer Betonung auf dem zweiten Wort. „Es ist diese Dame am Nebentisch", fügte er flüsternd hinzu und versuchte dabei eine Verschwörer-Miene aufzusetzen.

„Verstehe", flüsterte Joschka zurück. Ihm gelang der verschwörerische Blick wesentlich besser. „Es sieht aber so aus, als hätte die Dame dein Geständnis noch nicht gehört."

Karel zuckte mit den Schultern und versuchte, eine Grimasse zu schneiden, die seine Hilflosigkeit ausdrücken sollte. Joschka kniff die Augen zusammen.

„Das wird schon", sagte er mit mafiösem Timbre, „und wenn wir beide dazu noch eine Entführung einfädeln müssen!"

Als sie beim Wirt bezahlt hatten und bereit waren, zu gehen, nahm Karel nochmals all seinen Mut zusammen und ging zu Nadja, um sich zu verabschieden. Zu seiner Freude stand sie ebenfalls auf und trat mit ihm einige Schritte zur Seite.

„Wirklich schön, dich wieder gesehen zu haben", sagte sie leise, „ich war vorhin nur sehr überrascht."

„Ich bin heute das erste Mal hier", erklärte Karel, „Joschka ist zu Besuch hier in der Stadt."

„Joschka? Ich glaube, Georg hat einmal seinen Namen erwähnt."

„Hm", brummte Karel und zwang sich gleichzeitig zu einem Lächeln, „ich würde dir die Geschichte mal gerne ausführlich erzählen."

Nadja nickte stumm. Für einige Momente herrschte ein verlegenes Schweigen. Dann fuhr sie fort: „Georg erzählte, dass du mit deinem Schreiben schon erfolgreich bist."

Nadja schien sich aufrichtig zu freuen. Mit dem vagen Versprechen, in den nächsten Tagen bestimmt einmal etwas ausführlicher miteinander zu telefonieren, gingen Nadja und Karel auseinander.

„Georg hat erwähnt! Georg hat erzählt!" Karel realisierte nun wirklich und gestand es sich selbst ein, dass ihm die Erwähnung von Kreuzmanns Namen durch Nadja jedes Mal einen Stich versetzt hatte. Etwas rettete dennoch seinen Tag: Dass Nadja beim Abschied mit ihrer Hand leicht über seinen Arm gestreichelt und dass in ihrem Lächeln ein Ausdruck von Sympathie gelegen hatte. Es war nicht viel Nahrung für einen Verliebten gewesen, aber es war für den Moment gerade ausreichend, um sich einen sonnigen Nachmittag in der Gesellschaft eines Freundes nicht eintrüben zu lassen.

Karel empfand es als befreiend, Joschka in seine Gefühle für Nadja einzuweihen. Dass Joschka in ein paar Stunden wieder abreiste und dann für längere Zeit wieder aus seinem Leben verschwand, machte alles leichter für Karel.

Als sie nun zu zweit einen Spaziergang durch den Park machten, waren sie rasch wieder beim Thema Liebe. Während Joschka von Helena erzählte, stiegen in Karel unwillkürlich Bilder von Nadja auf. Trotzdem hörte er dem jungen Mann jetzt intensiv zu und bestätigte diesen in der Hoffnung, dass er mit Helena vielleicht doch das richtige Mädchen für sich gefunden habe.

Daraufhin erkundigte sich Joschka nach Karels Geschichte mit Nadja. Karel gestand ihm, dass er bis vor kurzem, so unglaublich es jetzt erscheinen mochte, gar nicht bemerkt habe, welche Beziehung sich zwischen ihm und seiner Vermieterin entwickelt hatte. Joschka versuchte sich gar nicht erst den Anschein zu geben, als könne er Karels Begriffsstutzigkeit nachvollziehen, aber Karel bekannte ihm offen, dass er in seinem ganzen bisherigen Leben so gut wie keine Erfahrungen mit Frauen gesammelt habe. Das Thema Partnerschaft habe sich ihm nie ernsthaft gestellt.

„Schau", erklärte er, „unlängst habe ich vorübergehend sogar mittellos in einem Wohnheim gehaust. Ich habe gar nichts, was einer Frau das Leben an meiner Seite auch nur wenigstens zumutbar machen könnte."

„Aber Nadja scheint dich doch geliebt zu haben!"

„Von jetzt aus betrachtet, wäre es ihr vielleicht sogar zuzutrauen gewesen, das Leben mit einem wie mir auszuhalten. Aber nun ist sie Büroangestellte, verkehrt mit Superintendenten und hat gar einen beamteten Geistlichen als Verehrer. In ihrer jetzigen Welt bin ich ein Nichts oder nur ein Relikt aus einer tragischen Vergangenheit. Jemand wie Georg Kreuzmann hat es ihr binnen kurzem ermöglicht, ihre schlecht bezahlten Jobs aufzugeben. Die Zeit, in der sie auf Untermieter angewiesen war, ist sicher vorbei. Das einzige, was sie vielleicht noch auf Abstand zu Georg Kreuzmann hält, ist vermutlich ihr distanziertes Verhältnis zu seinem Beruf. Aber das wird sich nun vielleicht ändern, jetzt wo sie im Büro des Kirchenamtes arbeitet."

Karels resignierte Äußerung hörte sich so bestimmt an, dass Joschka kein Einwand dazu einfiel. Stattdessen sagte er: „Du bringst mich da auf eine Frage, Karel, die mir noch auf dem Herzen liegt. Entschuldige, dass ich wieder zu meiner eigenen Angelegenheit zurückkehre, aber ich hab mich gefragt, ob es ein Hindernis sein könnte, dass Helena tiefreligiös ist, während ich mich noch nie viel mit dem Glauben auseinandergesetzt habe?"

Karel musste zugeben, dass ihn diese Frage noch nicht beschäftigt hatte, weil für ihn persönlich das Thema Ehe und Partnerschaft nie relevant gewesen war. Nach einigem Überlegen kamen ihm trotzdem einige Gedanken: „Ich kann nur sagen, wie es mir selbst mit Nadja gegangen ist. Bei ihr störte mich nicht, dass sie zu ihren Zweifeln in Bezug auf Gott stand. Ich spürte in ihr keine Abneigung gegen all das, was mir wirklich wichtig und heilig ist. Es war eher eine kritische Distanz, die mich hinterfragte und herausforderte. Ich kann ja übrigens alle ihre Fragen nachvollziehen, denn sie betreffen stets Punkte, bei denen ich als gläubiger Mensch oft ebenfalls meine Fragen auf dem Herzen habe."

„Was heißt das aber für mich?", insistierte Joschka.

„Ich denke, du musst dich prüfen, ob dich Helenas Religiosität stört und du sie im Augenblick nur billigend in Kauf nimmst, weil du sehr verliebt bist, oder ob du Helenas Glauben als Teil ihrer Persönlichkeit wirklich annehmen kannst und bejahst. Du solltest vermutlich ganz einfach den Eindruck haben, dass du sie auch in Bezug auf ihren Glauben gar nicht anders haben möchtest als genauso wie sie ist!"

„Geht es dir bei Nadja ebenfalls so?"

„Im Grunde ja, auch wenn ich als gläubiger Mensch natürlich den Wunsch hätte, Nadja könnte wie ich auf Gott vertrauen. Aber ich will sie nicht verändern, schon weil ich weiß, dass ich das nicht kann. Wie im Herzen eines Menschen der Glauben Fuß fassen kann, ist ein letztlich von Gott gehütetes Geheimnis."

„Hm", brummte Joschka sinnierend.

Als sich die beiden Männer abends am Bahnhof voneinander verabschiedeten, sagte Joschka zu Karel, dass er ihm heute sehr weitergeholfen habe. „Ich glaube jetzt wirklich, dass es mit mir und Helena etwas werden kann. Und ich wünsch dir natürlich alles Gute, was dich und Nadja betrifft!"

Bruder Aljoscha

Karel dachte auf dem Weg durch die Bahnhofshalle über Joschkas gute Wünsche nach und musste schmunzeln. In Joschkas Augen war Karel nun wohl ebenfalls ein verliebter Junge, der das typische Problem hatte, dass er die Auserwählte von seiner eigenen Person und der Möglichkeit einer gemeinsamen Perspektive überzeugen musste. In seinem bisherigen Leben hatte Karel so einen Versuch noch nie unternommen. Selbst jetzt hielt ihn etwas zurück.

Hatte sich sein Leben inzwischen nicht als reich genug entpuppt, auch ohne eine Frau an seiner Seite? Gott hatte ihm durch die „Bruderschaft unter dem Wort" womöglich ein für ihn maßgeschneidertes Angebot für seine weitere Lebensplanung bereits vor die Füße gelegt.

Um zufrieden sein zu können, benötigte Karel vielleicht nicht mehr als die Bestätigung, dass zwischen ihm und Nadja wieder emotionaler Frieden herrschte. War es nicht ausreichend, wenn Nadja wieder glücklich war und ihm das Gefühl vermittelte, dass ihre gemeinsame Zeit etwas Gutes bewirkt hatte? Wenn Nadja ihm die Fehler verzeihen konnte, die er ihr gegenüber begangen hatte, könnten sie einfach wieder gute Freunde werden. Karel sagte sich, dass es wohl eher leichtsinnig und unbedacht von ihm gewesen war, gegenüber Joschka von einem „Verliebtsein" zu sprechen. Er tröstete sich damit, dass dieses Bekenntnis wohl zumindest dazu beigetragen hatte, den jungen Mann spüren zu lassen, dass Karel ihn in jeder Hinsicht verstand.

Zuhause angekommen setzte Karel sich wieder an den Schreibtisch. Den Freitagabend und den größten Teil des Samstags widmete er seiner Arbeit. Das Romanmanuskript stand kurz vor der Vollendung. Es würde ein etwas seltsames Gefühl sein, das Werk schon bald ganz aus der Hand zu geben.

Würde die Leserwelt es zu schätzen wissen? Würden die guten Gedanken, die er darin verwoben hatte, ihre Adressaten erreichen? Würde irgendwo ein Mensch, den er gar nicht kannte, bei der Lektüre plötzlich die Gegenwart Gottes spüren, so wie er sie an manchen Tagen gefühlt hatte, wenn er mit Aljoscha zusammen lachte und weinte?

Aljoscha war ihm während des Fortganges der Erzählung immer mehr zu einem Bruder geworden. Karel nahm sich vor, jede Stunde auszukosten, die er noch allein mit ihm verbringen konnte. Er spürte Aljoschas Präsenz, die während der letzten Phase des Schreibprozesses bisweilen so stark geworden war, dass Karel in der Manier einiger berühmter Dichter Zwiegespräche mit seinem Helden geführt hatte. Aljoscha war aus Karels ursprünglich so abstrakter Gedankenwelt wie aus einem Nebel hervorgetreten und hatte Fleisch und Blut angenommen.

Es hatte eine ganze Weile gedauert, bis Karel begriffen hatte, dass er es aufgeben konnte, Vorbilder für Aljoscha zu suchen. Zwar hatte er Menschen gefunden, die einige Wesenszüge seines Helden besaßen, doch wenn er jetzt über diese Menschen nachdachte, erkannte er in ihnen zugleich deren Wesensverwandtschaft mit ihm selbst! Sogar die Menschen, die ihm an Gaben oder Fähigkeiten weit überlegen schienen, liebte Karel für Eigenschaften, die er selbst gerne gehabt hätte oder zumindest als erstrebenswert empfand. So erschien es als ein Naturgesetz, Aljoscha schließlich als ein idealisiertes Spiegelbild von Karel Puto zu sehen, genau wie Bruder Stephan es vor einiger Zeit angedeutet hatte. Karel konnte Aljoscha mit den eigenen Wünschen und Idealen auf den Weg bringen und seine persönlichen Erfahrungen mit dem Schicksal seines Helden verweben.

Ein wenig bange fragte sich Karel, ob Aljoscha dabei die Anmut und die Faszination behielt, die ein Meister wie Dostojewskij ihm so scheinbar mühelos verliehen hatte. Würde Karels Aljoscha die Herzen der Menschen ebenso anrühren? Gewiss würde nicht jeder Leser und vielleicht nicht einmal die Mehrheit ihn in der ganzen Tiefe seines Wesens erkennen, aber wenn nur ein Mensch seinen Aljoscha lieb gewönne und in Karels Buch einen Reichtum der gleichen Art fände, wie er ihn selbst in den „Brüdern Karamasow" gefunden hatte, so hätte sein Roman schon Wesentliches erreicht.

Karel hatte sich das Leben Aljoschas wie eine Pilgerschaft vorgestellt, geprägt von einer großen Verantwortung für seine Brüder, zunächst die leiblichen, mit der Zeit aber immer mehr die vielen anderen Menschenbrüder, die ihm das gottgelenkte Schicksal schickte. Eine ureigene Aufgabe hatte Aljoscha darin erkannt, sich um Kinder zu kümmern. Mit jeder Kinderseele, die er vor Gewalt und Verwahrlosung schützen konnte, glaubte Aljoscha der Welt eine Hoffnung zu schenken, die aus einem kleinen Samenkorn einen blütenreichen Baum entstehen ließ. Teils setzte er das eigene geerbte Vermögen ein, um an mehreren Orten Kinderbewahranstalten zu gründen, teils gelang es ihm, andere für Werke der Mildtätigkeit zu gewinnen. Einige schenkten Geld, andere arbeiteten mit und ließen sich von Aljoscha die Augen dafür öffnen, welcher Reichtum darin lag, Kinderseelen zu dienen.

Aljoscha bekämpfte viel äußere Not. Was ihn aber vor anderen auszeichnete war die Fähigkeit, sich im Kreise einer fröhlichen Kinderschar zu verlieren, eins zu werden mit den kleinen Geschöpfen, die staunten, lachten und sich verwundert fragten, warum es denn so schwer sein solle, dass alle Menschen einander liebten und sich gegenseitig halfen. Manchmal passierte es freilich, dass eines der Kinder plötzlich zum Außenseiter wurde und ein Opfer kindlicher Grausamkeit, welche die wunderbarsten Momente plötzlich vergiften konnte. Dann konnte Aljoscha mit dem Ausgestoßenen leiden und sogar weinen, was auf die Grausamen oftmals mehr Eindruck machte, als hätte er ihnen eine geharnischte Strafpredigt gehalten.

Aljoscha zog sich durch seine vermeintliche Weichheit den Zorn mancher Menschen zu, der dadurch nicht gemildert wurde, dass ihn andere, darunter vor allem gebildete, gesellschaftlich engagierte Frauen, lieb gewannen und ihn nach Kräften unterstützten.

Eine partnerschaftliche Liebesbeziehung würde Karels Aljoscha verwehrt bleiben. Das war jetzt sicher, da nur noch wenige Seiten zu schreiben waren. Aljoschas Liebe sollte allen Menschen gehören. Er war dazu bestimmt, weiterzuziehen, wenn seine Mission an einem Platz, an den Gott ihn gestellt hatte, erfüllt war, und wenn dort andere die Fackel hochhielten, die Aljoscha entzündet hatte.

Karel war während des Schreibens durchaus ins Schwanken geraten, ob das zölibatäre Leben wirklich Aljoschas Bestimmung sei, denn plötzlich war da eine faszinierende Frau in die Geschichte geraten, Natascha Tschechowa, die als schwesterliche Freundin und Vertraute Aljoschas dessen Werke nach Kräften förderte und ihm in manchen Stunden als Ratgeberin und Trösterin zur Seite stand, wenn er sich auf Pfaden der Nächstenliebe müde gelaufen hatte und die Hingabe an die Bedürftigen seine Kräfte zu überfordern schien.

Karel hatte sich durch die Beziehung zwischen Jesus und Maria Magdalena inspirieren lassen, die ja bereits die Fantasie mancher Kunstschaffenden gereizt hatte. Er liebte es, Aljoscha der süßen Marter auszusetzen, sich zwischen der Liebe zu dieser wunderbaren Frau und einer noch viel umfassenderen Liebe entscheiden zu dürfen.

Aljoscha wartete heute dort auf Karel, wo sie vor kurzem voneinander Abschied genommen hatten. Karel wunderte sich, dass er Aljoscha immer noch auf einer Freitreppe sitzend gegenüber dem Haus von Natascha in einer der besseren Wohngegenden von Petersburg vorfand, denn eigentlich wollte er ihn in einem Zug nach Moskau wieder treffen.

Mit fragendem Blick näherte er sich dem jugendlich wirkenden Mann mit den schulterlangen blonden Haaren, der ihn mit einem melancholischen Lächeln begrüßte.

„Du sitzt immer noch hier. Hattest du dich nicht entschlossen, von ihr Abschied zu nehmen, weil die Pflicht dich nach Moskau rief?", fragte Karel.

„Du hattest das entschieden", antwortete Aljoscha lächelnd, „aber ich fühlte, dass wir uns doch noch einmal hier treffen sollten."

„Wenn Natascha aus dem Fenster schaut, könnte sie dich hier sitzen sehen und sich fragen, ob die Worte, die du ihr beim Abschied gesagt hast, doch nicht so unumstößlich sind, wie sie klangen."

„Sie wird weder aus dem Fenster schauen, noch wird sie je einen Versuch machen, mich zur Umkehr zu bewegen. Du bist ihr Schöpfer und weißt, dass du sie mit einem Engelswesen ausgestattet hast, das alles hinnimmt und duldet, was mit dem Willen des Höchsten in Einklang zu stehen scheint. Sie weiß, dass in Moskau eine wichtige Aufgabe auf mich wartet und dass ich mich dazu entschließen musste, allein zu gehen."

„Aber könnte ich sie dir nicht als Gehilfin zur Seite stellen?", fragte Karel.

Aljoscha erhob sich langsam und ging auf Karel zu. Er schüttelte den Kopf und sagte:

„Nein, das hatten wir uns doch schon überlegt. Ich führe das Leben eines Pilgers. Ich kann an keinem Leidenden vorbeigehen, den ich am Wegrand sitzen sehe. Ich kann nichts unterlassen, was die Liebe von mir fordert. Ich kann mir nicht die Fessel der Rücksichtnahme anlegen lassen, wenn mich mein Gewissen ins Martyrium treiben sollte."

„Warum bist du mir nur so übermenschlich geraten?", seufzte Karel.

„Wenn es übermenschlich wäre, seiner Berufung zu folgen, was wäre dann menschlich?", fragte Aljoscha eindringlich. „Es machte mich traurig, wenn du dich an meiner Stelle anders verhieltest, denn du weißt ja, was mir bestimmt ist. Ein Gott geweihtes Leben bedeutet, mich auch dort hinführen zu lassen, wohin ich nicht will. Wenn mir nicht die Ruhe des klösterlichen Lebens vergönnt war, meinst du dann, dass Natascha mir zur Zuflucht bestimmt sein könnte? Ich habe mich damit abgefunden, auf dieser Welt keinen festen Platz als Zuhause für mich zu beanspruchen."

„Aber dein Bruder Mitja hat seine Jahre in Sibirien nur überlebt, weil ihm deine Schwägerin Gruschenka zur Seite stand. Sollte Gott dir in Natascha nicht auch eine Helferin bestimmt haben?"

„Wenn es nur um mein Überleben ginge, vielleicht", lachte Aljoscha, „freilich hält mein göttlicher Vater für diesen Zweck die ganzen himmlischen Heerscharen bereit. Natascha war ein Segen für mich, das weißt du, aber wenn ich sie weiter für mich beanspruchte, fräße mich die Sorge um sie irgendwann auf, weil mich mein Gewissen immer wieder zwänge, ihr eine Last aufzubürden und ihr wehzutun."

Karel nickte verständnisvoll, wirkte dabei aber ganz plötzlich so bedrückt, dass Aljoscha ihm den Arm um die Schultern legte und fragte: „Warum so niedergeschlagen, Bruder Karel? Ich erkläre dir doch nur, was dir selbst schon lange über mich bekannt ist. Du weißt, dass es mein Weg ist, warum stellst du ihn infrage?"

Karel löste sich aus der Umarmung und stand Aljoscha jetzt so gegenüber, dass er ihm in die hellen Augen schauen konnte.

„Ich muss dir ehrlich bekennen", sagte er schließlich, „dass es nicht dein Weg ist, der mich gerade mit mir selbst kämpfen lässt, sondern mein eigener. Du bist mein Vorbild, mein älterer Bruder. Ich möchte in deinen Spuren gehen und habe die Sorge, dass sie mir zu groß sind."

Aljoscha sah Karel eindringlich und liebevoll an. „Ich verstehe dich sehr gut, Bruder Karel. Ich könnte dir jetzt sagen, dass nicht jeder Mensch für den gleichen Weg bestimmt ist, aber ich spüre natürlich unsere Seelennähe. Du hast so lange Zeit Freud und Leid mit mir geteilt, bist mir dabei so nahe gewesen wie kein anderer, sodass sich tatsächlich die Frage stellt, ob du nicht dazu berufen bist, denselben Pilgerweg wie ich zu gehen."

„Aber ist dein Weg für mich denn gangbar, bin ich dafür nicht zu schwach?"

„Bin ich denn nicht gerade dabei, dich dafür stark genug zu machen?"

In Aljoschas Frage lag eine Herausforderung. War sich Karel nicht mit dem intensiven Nachdenken über Aljoschas Berufung wesentlicher Teile seines eigenen künftigen Lebenswegs bewusst geworden? Vielleicht hatte er sich selbst ein Vorbild geschaffen, in dessen Fußspuren er im Laufe der Zeit sicher wandeln konnte, auch wenn sich ihre Lebensumstände und ihre Prüfungen voneinander unterschieden? Schon bei der Notwendigkeit, das vermeintliche Verliebtsein in Nadja zu überwinden, würde ihm Aljoscha die entscheidende Hilfestellung bieten.

Karel rechnete es später den Mysterien seines Lebens zu, dass er durch Bruder Stephan aus genau diesen Gedanken gerissen wurde. Karel hatte über seinem Schreiben und seinen Gedanken das Abendgebet der Kommunität vergessen. Er erwartete eigentlich, dass der Prior ihn zum gemeinsamen Abendessen einlüde. Bruder Stephan aber überbrachte Karel die Nachricht, dass soeben ein Telefonanruf für ihn eingegangen sei. Eine Frau habe ziemlich verzweifelt nach ihm gefragt.

Karel sprang auf. Obwohl sein Gespräch mit Aljoscha jäh unterbrochen worden war, schien dessen jungenhaftes und doch männliches Antlitz nochmals für einen Moment vor Karels geistigem Auge aufzutauchen. Karel bildete sich ein, Aljoscha winke ihm lächelnd nach, während er sich schon zur Tür gewendet hatte und dem Prior folgte.

Es war Nadja, die Karel angerufen hatte. Aus dem, was sie sagte, wurde er zunächst nicht klug:

„Karel?" Nadjas Stimme klang tatsächlich aufgeregt und für ihre Verhältnisse fast hysterisch. „Gott sei Dank, dass ich dich erreiche! Es geht um Georg."

Nadja schien zu schluchzen. „Ich mache mir große Sorgen. Komm bitte. Ich brauche dich!"

„Was ist passiert? Sag doch!"

„Komm bitte!"

„Bist du daheim?"

„Ja, ich warte hier auf dich. Beeil dich bitte! Ich brauche deinen Rat und ich habe Angst, dass Georg etwas Unüberlegtes tut. Mein Gott, ich habe wirklich Angst!"

„Wo ist er jetzt?"

„Das eben weiß ich ja nicht! Frage bitte nicht viel, sondern komm, so schnell du kannst!"

Karel berichtete Bruder Stephan über das Telefonat. Der Prior fand sich sofort bereit, Karel zu Nadjas Wohnung zu fahren. Karel war besorgt. Was konnte Nadja in solche Aufregung versetzt haben? Weshalb machte sie sich Sorgen um Georg? Wieso sollte gerade der Pastor etwas Unüberlegtes tun? Nadjas Aufregung kam gewiss aus keinem nichtigen Anlass.

Es beruhigte Karel, Bruder Stephan an seiner Seite zu haben, der Georg Kreuzmanns Freund war. Sie parkten in der Nähe von Nadjas Wohnung. In diesem Viertel war es nie leicht, eine Parklücke zu finden. Bruder Stephan fragte, ob er Karel begleiten solle. Karel überlegte kurz, hielt es aber für besser, zunächst allein mit Nadja zu sprechen. Er eilte den kurzen Weg bis vor ihre Haustür und klingelte. Nadja betätigte den Türöffner, ohne über die Lautsprecheranlage nachzufragen. Vielleicht hatte sie am Fenster gestanden und auf ihn gewartet. Karel erklomm im Laufschritt die Treppen. Nadja stand an der Wohnungstür. Als er oben ankam, sprang sie auf ihn zu und warf sich an seine Brust.

„Nadja! Um Himmels willen! Was ist denn los?", fragte er atemlos.

Sie führte ihn in das Wohnzimmer. Aus irgendeinem Grund hatte Karel erwartet, dass sich in der Wohnung seit seinem Auszug manches verändert hatte. Aber es war alles so, wie er es kannte. Nur Nadja wirkte mit ihrer neuen Frisur und dem dezenten Make-up verändert. Auch die Kleidung, die sie trug, hatte er noch nie an ihr gesehen. Das alles war jetzt jedoch nebensächlich. Als er auf der Couch Platz genommen hatte, presste sie ihren Kopf wieder an seine Brust und fing nun an, heftig zu weinen.

Er strich ihr durch das Haar und legte seinen Arm um ihre Schultern. Es verging eine Weile bis er spürte, dass Nadja sich etwas entspannte. Ihr lautes Weinen ging in ein Schluchzen über. Endlich hob sie den Kopf und sagte leise: „Ich bin so froh, dass du gleich gekommen bist. Du warst plötzlich wieder der Einzige, an den ich mich wenden konnte!"

Karel drückte sie an sich und sagte: „Natürlich bin ich gekommen, Nadja. Aber erzähl doch! Was ist passiert?"

Nadja fing wieder an, zu schluchzen, beruhigte sich diesmal aber schneller.

„Georg Kreuzmann. Er hat ... er hat sich mir gegenüber vergessen!"

„Um Himmels willen! Was hat er getan?"

„Er ... er ist böse geworden ... handgreiflich. Er ..." Wieder wurde Nadja von einem Weinkrampf geschüttelt. „Das alles ist so unwirklich und so peinlich!"

„Doch nicht Kreuzmann!", entfuhr es Karel. Er bereute es sogleich, denn sein Ausruf der Erschütterung hätte als Zweifel an Nadjas Worten verstanden werden können. Aufgewühlt erzählte Nadja weiter: „Er ging mir an die Bluse und wollte mich ins Schlafzimmer zerren. Er schrie, dass ich doch auch mit dir ... Es war wie in einem schlechten Film!"

„Dir ... dir ist aber nichts passiert?" Karel drückte Nadja wieder fest an sich.

„Nein, bis auf eine Ohrfeige ..." Nadja deutete auf ihre Wange und Karel bildete sich zumindest ein, noch eine Rötung zu erkennen. In Nadjas aufgelöstem Zustand war schwer zu erkennen, ob es sich wirklich um die Spur eines heftigen Schlages in Gesicht handelte. Karel murmelte fassungslos: „Was ist in ihn gefahren ... wie konnte er nur?"

„Ich ... ich habe wohl zuerst nach ihm geschlagen, als er mich bedrängte. Ich weiß nicht, was auf einmal los war. Er schien doch wirklich ein guter Freund zu sein. Ein Freund von uns beiden ..."

„Ich hatte neulich einen groben Streit mit ihm. Er war plötzlich auf mich eifersüchtig."

„Es war wohl alles meine Schuld. Ich habe gespürt, dass er mehr als ein guter Freund sein wollte, und da habe ich ihm unsere frühere Beziehung so geschildert …" Nadja brach ab. Dann fügte sie flüsternd hinzu: „So, wie ich sie eben zeitweise erlebt hatte oder erleben wollte."

Karel presste Nadja an seine Brust, so fest wie er es mit seinem einen gesunden Arm konnte.

„Nadja, Nadja", sagte er zärtlich, „ich weiß inzwischen, dass ich ein Narr gewesen bin. Ich weiß jetzt aber …". Karel schluckte und holte tief Luft. „Ich weiß nun, dass ich dich liebe und schon lange geliebt habe! Ich hätte nicht einfach fortgehen dürfen."

Sie suchte seine Hand, griff nach ihr und drückte sie an ihre Wange. Minutenlang verharrten sie fast bewegungslos. Dann richtete sich Nadja auf und sagte:

„Ich mache mir Sorgen um Georg. Er schien richtig unter Schock zu stehen, als ihm klar wurde, dass er mich geschlagen hat. Er war einen Augenblick lang wie erstarrt. Dann ist er wortlos davongerannt. Ich habe Angst, er tut sich etwas an!"

Nadja schien sich gefangen zu haben. Karel fiel plötzlich ein, dass der Prior schon mehr als eine Viertelstunde im Auto wartete.

„Ich bin mit Bruder Stephan hierhergefahren", erklärte er. „Er ist ein guter Freund von Kreuzmann. Vielleicht kann ich ihn zuerst einmal zum Pfarrhaus schicken. Wir werden Kreuzmann hoffentlich bald finden."

Tod und Leben

Am Sonntagvormittag war in der Kaiser-Wilhelm-Kirche das übliche kleine Häuflein von Gläubigen versammelt. Die Menschen saßen meist einzeln oder paarweise in den Bänken und lauschten dem langsam verklingenden Konzert der Kirchenglocken. Sobald die Schläge verebbt waren, setzte in der Regel die mächtige Orgel ein.

Alles schien seine Ordnung zu haben, außer dass der alte Messner seit einiger Zeit unruhig hin und her lief, mehrmals in der Sakristei verschwand und dann wieder zurückkehrte, um mit einem der Gemeindeältesten zu flüstern, der in einer der vorderen Bankreihen saß.

Die Glocken schweigen nun. Alle Gottesdienstbesucher warteten auf den Einsatz der Orgel. Tatsächlich erklang nun das Vorspiel. Der Organist hatte offensichtlich die Zeichen des Messners nicht bemerkt, als dieser wild in Richtung der Orgelempore gestikulierte, mit dem Präludium noch zu warten. Vielleicht hatte der Organist die Zeichen auch missverstanden. Jedenfalls erklang eine kleine Improvisation, die in ein Vorspiel zum Choral „Morgenglanz der Ewigkeit" einmündete, dem ersten Gemeindelied, das auf der Liedtafel angeschlagen war. Der dünne Gemeindegesang klang heute noch ein wenig zaghafter als sonst, weil die meisten Besucher inzwischen etwas irritiert nach vorne blickten, wo gewöhnlich Pastor Georg Kreuzmann spätestens bei den ersten Klängen des Vorspiels seinen Platz einnahm. Bis jetzt war er jedoch noch nicht aus der Sakristei gekommen.

Karel und Nadja, die in der letzten Bankreihe in einer halbdunklen Ecke saßen, schauten sich ratlos an. Sie hatten darauf gehofft, dass der pflichtbewusste Pastor doch noch zu dem Gottesdienst erscheinen würde, für den er dienstlich eingeteilt war. Aber als der Choral mehr recht als schlecht zu Ende gebracht war, trat nur der Kirchenälteste ans Mikrofon und sagte, dass Pastor Kreuzmann bis jetzt nicht eingetroffen sei. Er schlug vor, schon das zweite angeschlagene Lied zu singen, während der Messner zum Pfarrhaus hinübergehen werde, um zu sehen, was den Pastor möglicherweise aufgehalten habe.

Bruder Stephan hatte sich gestern Abend auf den Weg zu Georg Kreuzmann gemacht, ihn aber nicht daheim angetroffen. Daraufhin hatten sie zu dritt nach Kreuzmann geforscht. Nadja und Karel hatten versucht, sich an die Lokale zu erinnern, in denen Kreuzmann ab und zu verkehrte. Später durchstreiften sie ausnahmslos alle Gaststätten, die im Quartier zwischen Nadjas Wohnung und dem Pfarrhaus lagen. Erst kurz vor Mitternacht hatten sie die Suche aufgegeben, nachdem sie nochmals beim Pfarrhaus vorbeigeschaut hatten. Dort war alles dunkel gewesen, und auf das Klingeln von Bruder Stephan hatte sich nichts geregt. Ob Kreuzmann mit seinem Wagen weggefahren war, ließ sich nicht feststellen, denn die Garage war abgeschlossen.

Sie hatten beratschlagt, ob sie nicht vielleicht sogar eine Polizeiwache aufsuchen sollten, aber die beiden Männer konnten Nadja davon überzeugen, dass eine Suchmeldung nur Nachfragen und Aufsehen bedeutet hätte. Womöglich brachten sie Kreuzmann damit unnötigerweise in eine peinliche Situation. Karel hatte Nadja beiseite genommen und sie gefragt, ob sie den Pastor für den tätlichen Angriff anzeigen wolle, aber Nadja hatte dies entschieden verneint. Sie hatte erwidert, schon die Reaktion von Georg Kreuzmann habe gezeigt, dass er sich völlig bewusst geworden war, falsch gehandelt zu haben. Er sei durch sein Gewissen sicher mehr als genug gedemütigt. Sie hoffe nur, dass er sich nicht aus Verzweiflung über sein Fehlverhalten selbst bestrafe.

Auf Bitte von Nadja war Karel für den Rest der Nacht bei ihr geblieben, während sich Bruder Stephan eine Stunde nach Mitternacht verabschiedet hatte. Da sie wussten, dass Pastor Kreuzmann heute Dienst hatte, waren Nadja und Karel morgens zur Kaiser-Wilhelm-Kirche gegangen, in der Hoffnung, den Vermissten dort wohlbehalten anzutreffen.

Die Orgel setzte nach der Abkündigung des Kirchenältesten wieder ein, aber kaum einer der Besucher sang wirklich mit. Hier und da setzte ein leises Getuschel ein. Nadja fasste Karels Hand und schmiegte sich an seine Schulter und flüsterte: „Ich habe wirklich Angst, dass er sich etwas angetan hat!"

„Ich glaube nicht, dass er so etwas tut", log Karel und nahm sich dabei im Stillen vor, künftig zu Nadja möglichst immer aufrichtig zu sein. Er war selbst hochgradig beunruhigt, denn er wusste, dass Kreuzmann sehr impulsiv sein konnte und dass er in sich Schmerzen und Verletzungen trug, die bisher niemand hatte heilen können. Karel wusste jetzt außerdem, dass Kreuzmann die starke Hoffnung gehegt hatte, Nadja wäre vielleicht genau dazu berufen. Außerdem fragte sich Karel, wozu eine Enttäuschung einen Menschen wie Georg Kreuzmann wirklich treiben konnte. Kreuzmann schien sein Leben äußerlich gut im Griff zu haben, war ein pflichtbewusster Kirchendiener und ein hilfsbereiter Mensch. Aber er konnte auch an einen Punkt gelangen, an dem er die Selbstbeherrschung verlor. Er hatte Nadja zu was auch immer zwingen wollen und sie geschlagen. Wer zu einem Verhalten fähig war, das den eigenen Grundsätzen und Moralvorstellungen derart zuwider lief, konnte wohl auch eine selbstzerstörerische Tat vollbringen!

Das Lied war uninspiriert zu Ende gebracht worden, ohne dass der Messner wieder erschienen wäre. Da stand der Kirchenälteste auf, trat an das Mikrofon und sagte: „Meine Damen und Herren, es sieht leider so aus, als sei unser Herr Pastor durch irgendeinen Umstand verhindert. Es tut mir sehr leid, dass Sie sich heute Morgen vergeblich auf den Weg gemacht haben. Ich möchte Sie noch auf die Bibelstunde am kommenden Mittwoch um 20 Uhr hinweisen und die Probe des Kirchenchores am Freitag um 19 Uhr. Auf das Einsammeln eines Opfers verzichten wir heute. Ich wünsche Ihnen noch einen schönen Sonntag."

Karel war dieser kurzen Ansprache mit wachsendem Widerwillen gefolgt. Er konnte später selbst nicht mehr sagen, was in ihm vorgegangen war, doch er fühlte plötzlich einen unbändigen Zorn auf den Kirchenältesten, der ja eigentlich nichts Schlechtes im Sinn gehabt und unter der peinlichen Situation als Verantwortungsträger wohl mit am stärksten gelitten hatte. Noch ehe Nadja ihn zurückhalten konnte, war Karel aufgesprungen und durch den Mittelgang der Kirche nach vorne geeilt. Einige der Besucher waren schon aufgestanden und wollten gehen. Nun fiel ihre Aufmerksamkeit auf den fremden Besucher, der zielstrebig an das Mikrofon getreten war.

„Brüder und Schwestern", begann Karel, während der Kirchenälteste etwas konsterniert neben ihm stand, „darf ich euch Brüder und Schwestern nennen? Das ist doch das, was unser Herr Jesus Christus uns als Vermächtnis hinterlassen hat. Dass alle, die zu ihm gehören, untereinander wie Geschwister sind!"

Die Aufmerksamkeit aller war nun auf Karel gerichtet. Diejenigen, die schon aufgestanden waren, setzen sich wieder auf ihre Plätze. Karel sprach mit immer fester werdender Stimme weiter:

„Ihr seid heute Morgen hierhergekommen, um Gottesdienst miteinander zu feiern. Was heißt das für euch? Heißt das, einer Tradition zu folgen? Heißt das, sich eine Stunde lang in der Kirchenbank zurückzulehnen und einem Ritual beizuwohnen? Oder heißt es, bewusst die Gemeinschaft der Gläubigen zu suchen? Über diese Gemeinschaft hat Jesus uns verheißen, dass dort, wo zwei oder drei in seinem Namen zusammenkommen, sein Geist unter ihnen leben wird! Ist sein Geist heute nicht in diese Kirche eingezogen, nur weil euer Pastor fehlt? Was stellt ihr euch selbst für ein Zeugnis aus, wenn es heißt, das hier und heute kein Gottesdienst stattfinden kann?"

Einige in den Bankreihen fingen an, unwillig zu werden, andere schienen mit wachsender Aufmerksamkeit zu lauschen. Karel fuhr unbeirrt fort:

„Jesus hat gesagt, er sei das Haupt und die Gemeinde sei sein Leib. Hat er nicht jeden einzelnen von euch mit geistlichen Gaben ausgestattet? Wie kann es sein, dass ihr jetzt auseinanderlaufen wollt? Was, wenn ihr nach eurem Gottesdienst gefragt werdet? Wollt ihr wirklich bekennen, dass fünfzig Gläubige zusammengekommen sind und es nicht möglich war, einen Gottesdienst abzuhalten? Ihr habt auf euren Pastor gewartet? Er ist bis jetzt nicht gekommen? Fällt euch in dieser Situation wirklich nichts anderes ein, als nur schulterzuckend auseinander zu laufen? Warum besinnt sich niemand auf das, weswegen er hergekommen ist? Auf dem Altartisch liegt eine aufgeschlagene Bibel. Wieso schlägt niemand vor, gemeinsam auf das Evangelium zu hören? Warum ist keiner auf die Idee gekommen, ein gemeines Gebet anzuregen?

Weiß jemand, was mit eurem Pastor los ist? Vielleicht braucht er jetzt gerade eure Gebete? Er war für euch Jahr für Jahr ein treuer Hirte und hat euch in Gottes Wort unterwiesen. Aber keiner von euch ist in der Lage, ein Gebet oder Segenswort zu sprechen. ‚Könnt ihr nicht eine Stunde mit mir wachen und beten?' Das hat unser Herr in der Nacht gefragt, als er verraten worden ist. Und das frage ich euch alle jetzt in seinem Namen!"

Es wirkte fast angriffslustig, wie Karel seinen Blick reihum durch die Bankreihen wandern ließ. Nadja war irritiert. So hatte sie Karel noch nie reden gehört. Die Mimik des Kirchenältesten verriet, dass er durch ein Wechselbad der Gefühle gejagt wurde. Zuerst kämpfte er mit sich, ob er Karel vom Mikrofon wegziehen oder dieses einfach abschalten solle. Dann notierte er jedoch, dass einige der Anwesenden durchaus auf das zu hören schienen, was der Fremde zu sagen hatte. Einzelne nickten dazu sogar bestätigend oder senkten schuldbewusst ihre Köpfe.

Möglicherweise war der Redner sogar ein Geistlicher aus einer Nachbarkirche, der heute dienstfrei hatte und den Gottesdienst seines Kollegen besuchen wollte? Vielleicht hielt er sogar eine freie Predigt? Der Kirchenälteste trat bei dieser Eingebung fast ehrfurchtsvoll zwei Schritte zurück, um den Platz am Mikrofon demonstrativ freizugeben. Nun legte sich auch das Gemurmel derer, die Karel nur für einen verrückten Störer mit sektiererischer Neigung gehalten hatten. Karel spürte, dass sich die Atmosphäre veränderte. Die abwehrende Haltung vieler Zuhörer schien zu weichen und einer aufmerksamen Gespanntheit Raum zu machen. Dies stellte Karel ausgerechnet an dem Punkt fest, an dem er eigentlich vorgehabt hatte, seine Ansprache zu beenden. Er schloss für einen Moment die Augen und atmete tief durch.

Dann erhob er wieder die Stimme: „Ich danke euch, dass ihr mich anhört. Es ist sicher ungewöhnlich, dass hier plötzlich einer aus der letzten Reihe vortritt und das Wort ergreift. Ich war vor einiger Zeit schon in eurer Kirche und habe Gottesdienste hier besucht. Ich kenne Pastor Kreuzmann, und ich mache mir im Augenblick Sorgen um ihn. Ich weiß, dass er durch seinen Dienst und andere Dinge sehr belastet ist. Auch ein Pastor ist Teil der Gemeinschaft und kann nicht alles allein tragen. Ich weiß nicht, wie ihr ihn für gewöhnlich in seinem Dienst mitträgt oder ihn unterstützt, aber ich denke, ihr tragt ihm keine Ehre ein, wenn ihr diese geschenkte Stunde des Gottesdienstes einfach verstreichen lasst, weil er nicht bei euch ist. Ich bin nicht einmal evangelisch, aber ich kenne den Begriff ‚Priesterschaft aller Gläubigen'. Findet sich wirklich niemand, der bereit ist, priesterliche Dienste zu übernehmen? Kann nicht der vorgesehene Lektor trotzdem das Evangelium für den heutigen Sonntag lesen? Können wir nicht trotzdem zusammen ein Vaterunser beten und die Fürbittgebete sprechen? Wäre es nicht besonders angezeigt, für Pastor Kreuzmann persönlich hier und jetzt zu beten?"

„Amen", rief energisch eine einzelne Stimme aus dem Hintergrund. Der Zuruf klang wirklich nach einer bekräftigenden Zustimmung. Karel wollte soeben fortfahren, als neben ihm die Tür der Sakristei geöffnet wurde. Der Messner kam eilenden Fußes herein, und gleich hinter ihm betrat Georg Kreuzmann den Altarraum. Kreuzmann hatte einen hochroten Kopf, teils, weil er sich sehr beeilt hatte, teils aus Verlegenheit, weil er wusste, dass die ganze Gemeinde inzwischen schon zwanzig Minuten auf ihn wartete. Der Pastor sah aus, als habe man ihn gerade nach einer heftig durchzechten Nacht gewaltsam aus dem Bett geholt. Alles in ihm schien noch in Unordnung. Wie es unter dem hastig übergeworfenen Talar aussah, blieb glücklicherweise allen Blicken verborgen.

Kreuzmann die Kirche betreten zu sehen, war für Karel, als fiele eine Zentnerlast von seinem Herzen. Der Pastor sah keineswegs gut aus, aber allein die Tatsache, dass er da war, hieß für Karel, dass alles gut werden musste. Er trat vom Mikrofon weg und machte einen Schritt auf Kreuzmann zu. Dieser war bei Karels Anblick wie erstarrt stehen geblieben. Karel versuchte ein zuversichtliches Lächeln, aber es gelang ihm nicht. Kreuzmann starrte ihn mit verquollenen Säuferaugen an. Karel hätte nie gedacht, dass der Gesichtsausdruck desselben Menschen so unterschiedliche Naturen offenbaren konnte. Der Blick von Georg Kreuzmann war regelrecht hasserfüllt. Karel erschrak, und er spürte einen unangenehmen Kälteschauer durch seinen ganzen Körper fließen.

„Sie hier?", schnaubte Kreuzmann. „Reicht es Ihnen nicht, dass ich Ihnen Ihre Russenfreundin überlasse? Wollen Sie jetzt auch noch meine Gemeinde verwirren? Ich möchte Sie in dieser Kirche nicht mehr sehen, solange ich hier Pastor bin! Gehen Sie!"

Karel fühlte sich, als bekäme er mit einer Keule einen Schlag verpasst, der ihn niederstrecken sollte. Er spürte, wie seine Knie nachgaben und einzuknicken schienen. Aber er blieb stehen. Karel sah Kreuzmann direkt in die Augen und er hätte nicht sagen können, was er dabei empfand. Ob er Kreuzmann in diesem Augenblick hasste, verachtete, trotzdem liebte oder ob er vor allem nur unendlich traurig war? Kreuzmanns Kontur verschwamm vor Karels Augen und verwandelte sich in das Angesicht eines blutleeren neunzigjährigen Greises. Karel trat schweigend auf ihn zu und küsste ihn still auf die Lippen. Dann ging er, ohne sich nach rechts oder links umzudrehen durch den Mittelgang zurück, wo Nadja ihn erwartete. Er ergriff ihre Hand, und gemeinsam verließen sie die Kirche.

„Wir feiern diesen Gottesdienst im Namen des Vaters, des Sohnes und des Heiligen Geistes", hörten sie Kreuzmanns Stimme noch über die Lautsprecher schallen.

„Dies nenne ich nun wirklich professionell", sagte Nadja lakonisch, als die Kirchentür hinter ihnen zufiel. „Aber ich bin trotzdem froh, dass er gekommen ist."

„Ich war darüber auch sehr erleichtert", erwiderte Karel. Schweigend machten sie sich Hand in Hand auf den Rückweg zu Nadjas Wohnung. Karel war in Gedanken versunken. Nadja spürte seine innere Unruhe. Mit einem Finger streichelte sie zärtlich Karels Hand, welche die ihre festhielt. Es dauerte eine Weile, bis er diese behutsame Berührung wahrnahm. Er blieb stehen und schaute in Nadjas Augen, die er für die wunderschönsten der Welt hielt. Auf ihrem Gesicht zeigte sich nun wieder ein Anflug von Fröhlichkeit. Aber selbst Nadjas Augen konnten jenen hasserfüllten Blick

Kreuzmanns noch nicht vergessen machen, der ihn soeben in der Kirche durchbohrt hatte.

„Wir haben wohl fürs erste einen Freund verloren", sagte Karel.

„Aber doch beide einen noch besseren Freund wiedergefunden", erwiderte Nadja leise. Karel verstand diese Bemerkung als Aufforderung, seine Begleiterin zu küssen wie er sie noch nie geküsst hatte.

Epilog

„Wenn ich gewusst hätte, dass eine Hochzeitsfeier so aufwändig ist, hätte ich mich für ein Leben ohne Trauschein entschieden", seufzte Karel.

Nadja kraulte zärtlich seinen Nacken und lachte: „Dabei heiraten wir doch nur wegen dir und deinen frommen Freunden."

„Nein, vorerst nur wegen der bürgerlichen Ordnung", neckte sie Karel, „für mich und meine frommen Freunde hätte ich mir eine schöne kirchliche Trauung gewünscht."

„Na ja, wenn du den zuständigen evangelischen Pfarrer überreden kannst, dass er uns traut, werde ich vielleicht noch schwach."

„Oh, du schlechtes Mädchen! Aber wiege dich nicht in Sicherheit! Womöglich lässt sich Kreuzmann bald versetzen und dann komme ich auf dein Angebot zurück. Überhaupt bin ich ja eigentlich katholisch."

„Katholisch heiraten? Willst du, dass mich Superintendent Tiefensee wegen gegenreformatorischer Tendenzen hinauswirft? Vergiss nicht, dass jemand die Brötchen verdienen muss, wenn dein schriftstellerischer Erfolg verblasst. Es dürfte dir ja kaum gelingen, noch ein zweites Buch über Aljoschas Leben zu schreiben."

„Sag das nicht, denn ich fange schon an, unzufrieden mit dem zu werden, was ich bisher zu Papier gebracht habe. Es ist noch zu vieles offen geblieben."

„Was willst du denn noch erreichen? Leverus schrieb über dein Buch, es lese sich wie ein ‚fünftes Evangelium'."

„Käme dieses Zitat von einem Schreiber, der die vier Evangelien kennt, würde es mich vielleicht überzeugen."

Wieder musste Nadja lachen. Die Resonanz auf Karels Roman war überwältigend gewesen, und viele Leser hatten bekundet, dass sie selten ein tiefsinnigeres Werk in Händen gehalten hätten. Der Verfasser selbst haderte jedoch von Zeit zu Zeit damit, dass er möglicherweise ein heiliges Geheimnis ungeschriebener Weltliteratur entweiht habe, indem er etwas vom weiteren Leben Aljoscha Karamasows enthüllt hatte. Diesen Enthüllungsversuch konnte er nicht mehr rückgängig machen. Vielleicht bestand deshalb seine nächste Aufgabe darin, die Leser noch mehr von dem Geheimnis sehen zu lassen. Ein gewissenhafter Archäologe ist sich bewusst, dass jede Ausgrabung ein Werk der Zerstörung ist. Nur wenn der Wert der daraus gezogenen Erkenntnisse hoch genug ist, kann er sein Tun vor sich selbst rechtfertigen.

Aljoscha, wie ihn Karel der Welt in seinem Buch zeigen konnte, war ein wunderbarer Mensch, nicht fehlerlos, aber ein Mensch, der aus jeder Pore seines Herzens Liebe verströmte. Kein Mensch, der alles, was er anfasste in Gold verwandelte, aber ein Mensch, der in die Dunkelheit ein Licht tragen und Feindseligkeiten mildern konnte. Nadja entdeckte in Aljoscha viele Eigenschaften, die Karel an Menschen aus seiner näheren Umgebung bewundert und ihr gegenüber in ihren tiefsten Gesprächen erwähnt hatte. Ja, sie hatte sogar das Gefühl, etwas von ihren eigenen Wesenszügen in Aljoscha zu finden. Daneben waren natürlich die schönen Gedanken und Ideale Karels in die Figur Aljoscha eingeflossen. Dass sie jetzt gerade mit Karel zusammensitzen, scherzen und ihre Hochzeit planen konnte, wäre wohl nicht möglich gewesen, wenn sie nicht den Eindruck gehabt hätte, Aljoscha eröffne ihr einen Blick in die eigentliche Seele Karels, jene Seele, die keinen Anteil hatte an den Fehlern, die er ihr gegenüber begangen hatte.

Ob Karel jemals vollkommen bewusst geworden war, wie sehr er sie verletzt hatte, als er töricht Hals über Kopf davongelaufen war, statt sich vernünftig mit ihr auszusprechen? Ob sich Karel nicht hätte fragen müssen, was es bedeutete, wenn sich ihm eine Frau wie sie körperlich hingab? War es wirklich verzeihlich gewesen, dass er sich über Wochen und Monate in sein Buch und in Gedanken über die Liebe vertiefen konnte, ohne große Energie für die Frage aufzubringen, wie sie damit zurechtkam, dass er sie verlassen hatte? Wo wäre sie ohne die praktische Hilfe Georg Kreuzmanns gelandet, der jetzt als Verlierer der Geschichte dastand? Müsste sie sich nicht fragen, was ihr ein mitunter gedankenloser und weltfremder Mann wie Karel im weiteren Leben noch an kleinem oder großem Kummer eintrug? Aber Karel war für sie mehr als jeder andere Mensch zugleich ein Aljoscha, durch den eine Liebe strömte, die beständig war, weil sie aus einer ewigen Quelle kam. Dass Karel zur Stelle gewesen war, als sie nach ihm gerufen hatte, hatte alles Vertrauen, das er verdiente oder nicht verdiente, in ihr Herz zurückgespült.

Nadja setzte sich neben Karel und drückte ihm einen Kuss auf die Wange.

„Dann freue ich mich also auf ein weiteres Evangelium aus deiner Feder", sagte sie mit liebevoller Ironie.

„Vielleicht muss dies noch warten", entgegnete Karel im gleichen Tonfall, „denn ich könnte Roland ja anbieten, zunächst einmal eine Fortsetzung zu Karl Mays ‚Schatz im Silbersee' zu schreiben."

„Gutes Stichwort." Nadja warf einen Blick auf das Papier, das vor ihnen auf dem Tisch lag. „Haben wir Roland auf unserer Einladungsliste?"

„Ja", sagte Karel lächelnd, „wie ich sehe, sogar zweimal. Einmal unter ‚Dichterzirkel' und einmal unter ‚Freunde'."

„Ah ja", gurrte Nadja, „Prüfe doch gleich noch einmal, ob wir deine Freunde komplett haben! Volker und Marianne? Und wie heißt die Verlobte von Joschka?"

„Helena."

„Und der Freund von Guido?"

„Leander … und unterlasse das Kichern! Er heißt wirklich so. Bitte schau, dass sie nicht am Tisch von Thomas und Lydia sitzen!"

„Sind das die beiden von der Bibelschule? Wir haben wirklich das ganze Spektrum, einschließlich einiger Mönche."

„Bruder Stephan kannst du übrigens neben Guido platzieren. Guido liebt Klöster, und das Zölibat wäre doch ein guter Kompromiss."

Nadja ließ offen, was sie von Karels Anspielung hielt, und seufzte stattdessen: „Puh, mir wird ganz schwindelig, wenn ich sehe, wie lang die Gästeliste ist."

„Aber Liebes", antwortete Karel betont süßlich, „ich möchte am glücklichsten Tag meines Lebens eben allen Anteil geben, die sich irgendwie um mich verdient gemacht haben."

Nadja lachte: „Aber deshalb gleich einen Kerl einzuladen, der dich schon einmal fast krankenhausreif geschlagen hat, halte ich doch für übertrieben! Und eine Bibliothekarin? Du bist wirklich ein Spinner, aber leider ein ganz lieber! Sag mal, wer ist überhaupt Frieda Lüderitz?"

Anmerkungen

Im Roman „Aljoscha" wird zwar mit der Fiktion einer Fortsetzung der „Brüder Karamasow" von Fjodor M. Dostojewskij gespielt, aber die Kenntnis dieses Werkes wird beim Leser nicht vorausgesetzt. Die Reminiszenzen an Dostojewskij (oder an die Bibel oder an Karl May), die in „Aljoscha" auftauchen, sind, soweit sie nicht in der Erzählung selbst erklärt werden, für das Verständnis der Geschichte unwesentlich. Deshalb beschränke ich mich hier auf wenige Anmerkungen.

Wer Dostojewskijs „Großinquisitor" kennt, wird am Ende des Kapitels „Tod und Leben" kleine Anspielungen auf die berühmte Parabel entdecken. Der Anfang des Kapitels „Kämpfen oder fliehen?" zitiert in freier Form die biblische „David-und-Goliath-Episode". Die Kapitelüberschrift „Harmagedon der Liebe" spielt darauf an, dass die Glaubensgemeinschaft „Jehovas Zeugen" den Begriff der Schlacht von Harmagedon (manchmal auch: Armagedon) aus der „Johannes-Offenbarung" gerne bei ihren Lehren vom Weltende verwendet.

Einige andere Kapitelüberschriften sind aus historischen Karl-May-Büchern entlehnt („Frieden auf Erden", „Blutsbrüder", „Eine Befreiung", „Tod und Leben"). Die Kapitelüberschrift „Der Idiot" weist auf einen anderen berühmten Dostojewskij-Roman hin. Dessen Held, der Fürst Myschkin wird in „Aljoscha" mehrfach erwähnt. Im 13. Kapitel („Hier stehe ich …") erlaubte ich mir den Spaß, dass sich Volker Beutelmaier ausgerechnet mit einem Martin-Luther-Zitat vor einem evangelischen Pfarrer rechtfertigt. Und zum Schluss: Wer auf die Frage im letzten Satz des Epilogs die Antwort nicht mehr weiß, findet des Rätsels Lösung im Kapitel „Die Vorladung".

Die Romanhandlung wurde ins zu Ende gehende 20. Jahrhundert verlegt, als die Computer den Alltag noch nicht so sehr dominierten wie heute. Inzwischen schreibt Karel Puto seine Bücher selbstverständlich mit Laptop und recherchiert dafür im Internet. Auch einige sozialgesetzliche Bestimmungen haben sich seither verändert.

Alle Personen, Orte und Ereignisse sind frei erfunden. Bei allgemein bekannten und verbreiteten Kirchen und Glaubensgemeinschaften wurden reale Bezeichnungen verwendet, die einzelnen Gemeinden oder ihre Repräsentanten sind wiederum frei erdacht.

Man darf in „Aljoscha" eine Hommage an Fjodor M. Dostojewskij und auch ein wenig an Karl May sehen, aber eigentlich geht es nicht um die Dichter-Persönlichkeiten, sondern um die Frage nach Gott. Dostojewskij und (vielleicht nicht immer ganz so offensichtlich) May waren Literaten, für die Glauben und Religion zentrale Themen waren. Sie schrieben für ein Publikum, das in Büchern mehr suchte als pure Unterhaltung. Mir selbst haben beide Schriftsteller auf ihre Art immer wieder „Seelennahrung" und Denkanstöße geschenkt. Manche mögen den Kopf darüber schütteln, dass ich hier Schriftsteller von unterschiedlichem Rang zusammenbringe, aber aus den Salongesprächen des „Dichterzirkels" wird vielleicht deutlich, wo die Berührungspunkte liegen. Als ich im Herbst 2010 die Dauerausstellung im „Literaturmuseum der Moderne" in meiner Heimatstadt Marbach am Neckar besuchte, konnte ich zu meiner Freude sehen, dass dort ausgerechnet eine Erstausgabe des „Winnetou" und eine deutsche Ausgabe der „Brüder Karamasow" nebeneinander in einer Vitrine standen.

Die Frage, ob der Hinweis auf einen geplanten zweiten Teil der „Brüder Karamasow" in Dostojewskijs Roman-Vorwort ernstgemeint oder nur ein Kunstgriff war, ist in der Forschung umstritten. Karel Puto könnte sich aber mit seiner Version der Lebensgeschichte Aljoschas im Rahmen dessen bewegen, was Dostojewskij vielleicht vorschwebte.

„Aljoscha" habe ich im Frühjahr 2010 in kleiner Auflage im Eigenverlag veröffentlicht. Für die Neuausgabe wurde der Text nochmals kritisch durchgesehen. Für Unterstützung bei der Korrektur und wertvolle Hinweise danke ich Christiane Kathmann, Bad Blankenburg. Außerdem danke ich Tamara Hoffarth, Marbach, für die Buchgestaltung sowie Claudia Kirschner (cap-books) für die Projektbetreuung und Verleger Andreas Claus für das unternehmerische Wagnis.

Das „Projekt" hatte bis hierher schon viele Wegbegleiter und Unterstützer, denen ich, neben meiner Familie, ebenfalls „danke" sagen möchte: Leser, Ratgeber, Kritiker, Redakteure, Musiker und Autorenkollegen. Zudem habe ich aufs Neue festgestellt, wie gut es ist, eine Gemeinde zu haben, auf die man bauen kann: in meinem Fall die Evangelisch-methodistische Kirche Marbach.

Parallel zur Arbeit an dieser Neuausgabe produzierte der Hamburger Schauspieler und Sprecher Detlef Tams für den „Action"-Verlag (Essen) eine ungekürzte Hörbuchausgabe von „Aljoscha", die unter dem Titel „Nastrowje, Cowboy!" im Herbst 2011 erscheinen soll. Der vorliegende Rohschnitt verheißt eine kongeniale Umsetzung, bei der jede Figur ihre individuelle Stimme erhält. Eine schönere Ehrung kann man für ein Erstlingswerk fast nicht bekommen.

Weitere „credits": Für die Szenen im Obdachlosenheim bekam ich Anregungen durch einen „Zeitbericht" von Michael Holzach. Über ukrainische Dichter machte ich mich bei Wikipedia kundig. Dass ich mich so gut in die Psyche eines Roland Hiller hineinfinden konnte, verdanke ich meiner langjährigen Mitgliedschaft in der Karl-May-Gesellschaft. Wer sich über Fjodor Michailowitsch Dostojewskij kundig machen möchte: die Homepage www.dostojewski.npage.de bietet einen guten Überblick. Danke, Klaus Trost, für die Verlinkung! Die Schreibmaschine auf dem Cover hat Rainer Knäpper fotografiert.

Wahrlich, wahrlich, ich sage euch: Wenn das Weizenkorn nicht in die Erde fällt und stirbt, bleibt es allein; wenn es aber stirbt, bringt es viel Frucht.

Diesen Bibelvers (Johannes-Evangelium, Kapitel 12, Vers 24) hat Dostojewskij seinem Roman „Die Brüder Karamasow" vorangestellt. Er passt ebenso zu „Aljoscha: Eine Geschichte vom Suchen und Finden".

Marbach, im Sommer 2011

R. B.

Tony Campolo
Gutes für die Seele
117 geistliche Muntermacher für jeden Tag.
Tony Campolo ist ein wunderbarer Geschichtenerzähler. Auf der ganzen Welt sammelt er, was Gott in den Herzen und Gedanken der Menschen bewirkt. Diese kleinen Alltagsgeschichten sind echte Muntermacher für das geistliche Leben. Ideal auch als Einstieg in Andachten und Hauskreise. Oder eben als Impuls für das eigene geistliche Leben.
ca. 240 Seiten, gebunden
Bestell-Nr.: 52 50428
ISBN 978-3-86773-128-7

Unsere Bücher und CDs erhalten Sie in jeder christlichen Buchhandlung oder direkt beim Verlag.
cap-music • Oberer Garten 8 • D-72221 Haiterbach-Beihingen
Tel.: 07456-9393-0 • Fax: 07456-9393-29 • Email: info@cap-music.de • Onlineshop: www.cap-music.de

Shane Claiborne und John M. Perkins
Komm mit mir in die Freiheit
Ein Buch für radikale Jesusnachfolger.

Shane und John sind ein ungleiches Gespann. Der eine jung, der andere alt. Völlig verschiedene Herkunft. Was sie verbindet, sind ihre unkonventionellen Ansichten und Ansätze.

In einem gut zu lesenden Dialogstil entwickeln Shane und John achtzehn spannende Themen für Jesusnachfolger. Sie hören aufeinander, hinterfragen und denken frisch und frei.

Herausgekommen ist eine außerordentlich inspirierende Lektüre: Komm mit mir in die Freiheit.

280 Seiten, Paperback
Bestell-Nr.: 52 50426
ISBN 978-3-86773-119-5

Unsere Bücher erhalten Sie in jeder christlichen Buchhandlung oder direkt beim Verlag.

Dr. John Townsend
Nicht mit mir!
Wenn schwierige Menschen mich unter Druck bringen.
Schwierigen Leuten kann man nicht immer aus dem Weg gehen, aber man kann den Umgang mit ihnen lernen! Dieses praktische und leicht verständliche Buch ist eine echte Lebenshilfe.
120 Seiten, gebunden
Bestell-Nr.: 52 50420
ISBN 978-3-86773-089-1

Unsere Bücher erhalten Sie in jeder christlichen Buchhandlung oder direkt beim Verlag.

„Ich weiß, wie schwer Vergebung ist."
Frida Gashumba

Frida Gashumba
Frida - Vom Tod zum Leben
Eine afrikanische Biografie

Hörbuch
Bestell-Nr.: 52 00398
ISBN 978-3-86773-066-2

Glücklich und behütet wächst Frida inmitten der sanften Hügel Ruandas auf und weiß nichts von den Stammesunterschieden in ihrem Land. Erst als in der Schule demütigende Zählungen durchgeführt werden, spürt sie, dass ihr Land sich verändert.

Die Ereignisse spitzen sich zu, bis es zum Unvorstellbaren kommt. Nachbarn werden zu Feinden und Frida muss mitansehen, wie ihre Familie von Hutus getötet wird. Sie wird gefragt, wie sie sterben möchte. Doch Frida überlebt...

Diese wahre afrikanische Geschichte ist nicht nur eine Geschichte großen Leids, sie wird zu einer Geschichte von Liebe und neuer Hoffnung mitten im Trauma.

180 Seiten, 8 Fotoseiten, Paperback
Bestell-Nr.: 52 50398
ISBN 978-3-86773-037-2

Unsere Bücher erhalten Sie in jeder christlichen Buchhandlung oder direkt beim Verlag.

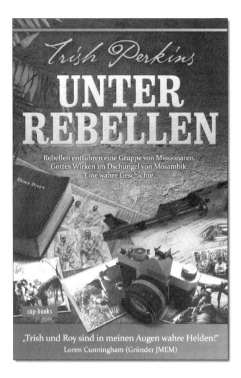

Trish Perkins
Unter Rebellen
Eine wahre und spannende Geschichte aus Afrika. Sechs junge Missionare und ein zweijähriges Kind werden in Mosambik von Rebellen gekidnappt. Es beginnt eine monatelange Odyssee durch den Dschungel. Rastlos werden Hunderte von Kilometer marschiert, immer Seite an Seite mit den schwerbewaffneten Männern. Durch Krankheit, Hunger und Kämpfe.

Spannend, farbig und ein ehrliches Zeugnis der Bewahrung, der menschlichen Grenzen und der Christusliebe. Mit Fotos und Zeichnungen, die in der Zeit der Entführung entstanden sind

484 Seiten, 16 Fotoseiten, Paperback

Bestell-Nr.: 52 50395
ISBN 978-3-86773-109-6

Unsere Bücher erhalten Sie in jeder christlichen Buchhandlung oder direkt beim Verlag.

Sarah Shaw
Sarah
Dieses Buch ist eine große Ermutigung, es ist der Bericht über einen schweren Weg der Überwindung.

Sarah Shaw hatte ihr Leben im Griff. Zumindest äußerlich. Sie war erfolgreich als Managerin. Aber es kam der Tag, an dem sie nicht mehr den äußeren Schein wahren konnte. Ihr innerer Schmerz explodierte. Die Erinnerungen an den jahrelangen Missbrauch, als Kind und Teenager, ließen sich nicht länger unterdrücken.

Der Schmerz war so intensiv, dass sie aus dem Berufsleben aussteigen musste. Die Fachleute wussten keinen Rat mehr.

In diesem Buch geht es nicht um den Schrecken des Missbrauchs, sondern die Geschichte der Heilung. Ein starkes Zeugnis, dass bei Gott Dinge möglich sind, die bei Menschen unmöglich scheinen.

180 Seiten, Paperback
Bestell-Nr.: 52 50396
ISBN 978-3-86773-108-9

Unsere Bücher erhalten Sie in jeder christlichen Buchhandlung oder direkt beim Verlag.